第八届交通运输
优秀新闻作品集

《第八届交通运输优秀新闻作品集》编委会 编

人民交通出版社股份有限公司
北 京

内 容 提 要

本书由第八届交通运输优秀新闻作品汇集而成，包括消息类、通讯类、评论类、副刊类四大部分内容，收录 2019 年和 2020 年发表在《中国交通报》《中国水运报》《广西交通》《中国远洋海运报》《中国铁道建筑报》《中国邮政快递报》《中国邮政报》《中国救捞》《中国海事》等交通报刊上的优秀作品。

本书可供交通运输行业新闻工作者及相关从业人员学习使用。

图书在版编目(CIP)数据

第八届交通运输优秀新闻作品集 /《第八届交通运输优秀新闻作品集》编委会编. — 北京：人民交通出版社股份有限公司，2023.1
ISBN 978-7-114-18281-5

Ⅰ.①第… Ⅱ.①第… Ⅲ.①新闻—作品集—中国—当代 Ⅳ.①I253

中国版本图书馆 CIP 数据核字(2022)第 195006 号

Dibajie Jiaotong Yunshu Youxiu Xinwen Zuopinji

书　名：	第八届交通运输优秀新闻作品集
著 作 者：	《第八届交通运输优秀新闻作品集》编委会
责任编辑：	李　农　刘永超　石　遥
责任校对：	赵媛媛　魏佳宁
责任印制：	张　凯
出版发行：	人民交通出版社股份有限公司
地　　址：	(100011)北京市朝阳区安定门外外馆斜街 3 号
网　　址：	http://www.ccpcl.com.cn
销售电话：	(010)59757973
总 经 销：	人民交通出版社股份有限公司发行部
经　　销：	各地新华书店
印　　刷：	北京市密东印刷有限公司
开　　本：	720×960　1/16
印　　张：	35.75
字　　数：	562 千
版　　次：	2023 年 1 月　第 1 版
印　　次：	2023 年 1 月　第 1 次印刷
书　　号：	ISBN 978-7-114-18281-5
定　　价：	90.00 元

(有印刷、装订质量问题的图书，由本公司负责调换)

《第八届交通运输优秀新闻作品集》

编委会

编委会成员：李咏梅　殷陆君　初晓波
　　　　　　李占川　徐祖根　杨志华
　　　　　　关鸿雁　李　锦　姚　锋

主　　　编：姚　锋
副　主　编：宁剑波　宋丽芳
编　　　辑：熊婷婷

CONTENTS 目录

◎ 消息类 ◎

一等奖

新春佳节不打烊　战"疫"生产两不误

复工首日"中国制造"大型盾构机出口发货 …………… 胡　清　何大成(3)

2020年我国快递业务量突破800亿件 ……………………………… 赵立涛(5)

二等奖

宋庆礼代表面对面跟总书记说特别想要高铁站

道路通即财路通　好产品卖好价钱 ………… 苗　蕾　潘庆芳　王　郑(7)

长江干线数字航道全线联通

　　2700公里航道实时信息"跃然屏上"

　　……………………… 吴　静　包　芸　邹小锋　曹树青(10)

珠江水运内河货运量首次突破10亿吨大关

　　…………………………………… 张建林　马格淇　龙思任(12)

首台中远海运造中国南极科考站极地特种箱顺利下线 ………… 李　琳(16)

三等奖

推动北斗系统在交通运输行业全面应用

让行业发展与北斗建设"同频共振" ………………………… 孙丹妮(17)

世界最长重载铁路浩吉铁路通车 …………………………………… 程继美(19)

京津冀首个高速公路省界收费站开始拆除改造 ……… 张贺贺　龚腾飞(21)

短短20秒钟　他救了一车人 ………………………… 施　妍　袁梦南(23)

一南一北　双"管"齐下
我国跨海通道施工再创世界纪录
………………… 董永贺　陈振强　卢志华　潘星雨　栾兆鹏(25)
方向盘上的大年夜 ……………………………… 李　岩　郭瑞杰(28)
广西:创新交通投融资方式　多举措破解资金难题
………………………………………… 覃　升　刘如萍　张　孟(29)
习总书记视察过的舟山港迎来"振华速度" ………………… 林　勇(31)
建设现代综合交通　支撑美好安徽发展 …………………… 吴　敏(33)

◎通讯类◎

一等奖

寄存市场新闻调查——
问"长三角"谁主沉浮 ……………… 吕　磊　陈　帅　章思佳(37)
五本火车驾照的故事 ……………… 侯若斌　魏　乐　刘　翔(43)
生命摆渡人 ………………………………… 任国平　戴元元(49)
胡秀花的三双鞋 ………………………………………… 史朵朵(78)
"但凡有希望,我们就不会抛下一个人" ………………… 周佳玲(82)
你从长江走来　带着三种色彩
——海事部门为母亲河驻颜 …………………………… 张孟熹(87)
柑橘上车进城　游客下车摘果
四川"金通工程"直通实达 …………………………… 朱姜郦(95)
变更378次,这条隧道太难了 …… 尹沁宇　杜晓月　唐思平　南　竹(98)
走基层看脱贫
——见证2020脱贫攻坚收官年
………… 李　诺　王　艳　范晓雯　陆小兰　袁　震　李　骞
　　　　叶　扩　党　博　王海音　王永峰　丁　宁　王继华(101)

二等奖

为全球减贫提供最佳案例
——江西邮政助力"廖奶奶"合作社发展纪实
………………………………………… 吕　磊　蔡兆清　李　萍(143)

限硫令倒计时,集体焦虑为哪般? ················· 王思佳(148)
更美好的出行　必将如期而至
　　——交通运输部公路科学研究院服务撤站攻坚纪实
　　　　　　　　　　　　········· 赵鹏飞　梁　微　罗叶红(155)
大宗货物水路运输成痛点
上千企业盼贺江扩能复航 ········· 张建林　钟俊峰　陈贻送(170)
偏向武汉行
　　——记中国邮航飞行部737一中队中队长王晓辉 ········· 毛志鹏(182)
天地融合,北斗卫星"智"领交通再升级!
　　——北斗卫星系统在交通领域的应用探讨 ············· 刘睿健(187)
为你们喝彩 ················ 胡卫娣　严晓璐　郜芳琳　黄　旸
　　　　　　　　　　　　　张晶晶　李佳珂　牛　可　瞿华英(194)
铁打的潜水队　钢铸的潜水员
　　——记上海打捞局潜水队 ····························· 李星雨(201)
习近平:要维护好快递员等就业群体的合法权益 ········· 王宏坤(206)
抢建生命驿站,他们与死神赛跑 ························· 徐云华(211)
千万里　只为你 ··························· 周献恩　陶　静(216)
打好"组合拳"　护航回家路"速度+精度+温度"　牢牢扎紧外防输入关口
　　——北京交通行业疫情"防输入"工作纪实 ············· 韩　靖(225)
"快,立刻去现场支援!"
本报记者现场直击沈海高速公路温岭大溪段槽罐车爆炸事故救援工作
　　········ 张诗雨　王多思　蒋尚建　章柠檬　盛　琪　朱国金(232)
孙勇:无人科技赋能物流新起点 ························· 祁　娟(235)
建立三级联席会议制度　首创移动管理系统　路地双段长齐负责　我省
探索出铁路沿线安全治理新模式 ············· 刘　练　吴春鹏(240)
丹心驭舟　为国远航
　　——写在"新海辽"轮运营一周年之际 ········· 王肖丰　阎　语(244)
城轨施工领军人
　　——记全国五一劳动奖章获得者、中铁一局高级工程师梁西军
　　　　　　　　　　　　　　　　　　··· 薛　亮　辛　镜　王玉娟(251)

他倒在保卫长沙"西大门"的哨位上 ················· 冯玉萍(264)

三等奖

"直播天团"诞生记 ················ 李 平 袁 怡 刘慧卿(268)

甬台温高速猫狸岭隧道"8·27"事故后
他们展开了一场紧急救援与修复 ······ 张诗雨 项亚妮 林书博(272)

致敬战疫医护人员：你们为我们拼命,我们送你们回家
················ 葛汝峰 兰龙辉 杨佳璇 程锦波 余娟雪 刘 峰(276)

冲锋！汇聚水上战"疫"磅礴力量
——海事部门防抗疫情保障畅通综述 ················· 吴 楠(280)

十八洞村 三张照 一段缘 ························· 李雨青(287)

雪岩顶村脱贫记（系列报道）

在雪岩顶上书写山乡巨变
——长航局精准扶贫五年回眸
················ 廖 琨 李 璐 康承佳 谭 凤(289)

守得牛儿在 日子生光彩 ···························· (295)

背靠绿水青山 端稳生态饭碗 ························· (298)

村子美了 心更美了 ································· (301)

三天建起一座咖啡馆 ··························· 慕立琼(303)

深山苗寨"拔穷根"
——贵州省公路开发公司驻大歹村脱贫攻坚工作纪实 ····· 胡选武(305)

妻子女儿正隔离治疗,他在千里之外上了"抗疫"一线
················ 黄梦婷 向代文 郑立维(312)

"1+2=12"：台里村的脱贫攻坚公式 ················ 何忠州(316)

"决不能落下一位考生"
强降雨突袭江山,交通部门积极调度,787名考生准时走进考场
················ 陈保罗 毛建华 蔡文俊 黄 睿(319)

后疫情时代中国船舶工业何去何从 ················· 吕同舟(321)

军人的忠诚岂止在战场
——记长春市公路路政管理局路政七大队副队长李付军 ······ 张士鹏(324)

高质量建设交通强省　江苏在行动 …………………… 唐益志　施　科(331)
尊重赢得农民工倾情回馈
　　——建安公司杭州地铁7号线Ⅰ标项目双节前夕慰问一线建设者侧记
　　　　…………………… 黄　斌　牛荣健　余　刚　刘　盼(337)
因路而兴,"小黄瓜"结成了"大产业"
　　——承德平泉市榆树林子镇黄瓜产业助力群众脱贫致富 …… 王冉冉(340)
长三角共下互联互通"一盘棋" ……………………………… 吴　敏(342)
公交"摆渡"老兵"出征"
　　——记武汉市739路公交司机聂三华 …… 焦　杨　吕作武　陈祺民(346)
疫情防控勇担当　扶贫攻坚履使命
四川交职院扶贫干部防疫扶贫"两不误" …………………… 罗　超(352)
守护祖国的绿水青山
　　——集团公司开启水务环保发展新篇章 ………… 薛　伟　刘崇水(356)
从人工到大数据+AI:"一张网"稽核加速中 ……………… 王　虹(360)
作示范　勇争先
　　——江西取消高速公路省界收费站工作纪实
　　　　…………………… 练崇田　郭　萍　徐　钊　温　静(365)
"撤站"攻坚成绩单 ……………………………… 刘　怡　何建军(371)
钱来钱往中,快递业乘风破浪 ……………………………… 武　琪(378)
扶贫攻坚　港口在行动(系列报道一) ……………………… 芮　雪(383)
SynCon Hub 云端服务也有温度 …………………………… 李　琳(389)
强基础　促融合　添动能
农村公路激发田园综合体活力
　　…………………… 李家辉　谭　磊　唐雪芹　田　杰　夏小芹(392)
中美贸易战:当前的形势和我们的任务 …………………… 丁　莉(397)
补短板之策 …………………………………………………… 张　波(409)
"战疫"中的交通大数据应用"枢纽"
　　——记北京市交通运行监测调度中心 ……………………… 张　蕊(414)
福建交通构建"153"大审计格局 ………………… 薛荣泰　李　懋(417)

2018年投资突破千亿元　超额完成年度计划
湖北交通"四大攻坚战"高质量推进 ……… 石　斌　潘庆芳　赵　超(420)
新冠肺炎疫情下的中国船员 ……………………………… 崔乃霞(423)
何健杰:我从雪山走来 ………… 陈克锋　周　蓉　何莉莉　张　鑫(430)
守初心　担使命
　　CCS持续提升广东、黑龙江海事船舶安全质量水平 ……… 胥苗苗(439)
战"疫"在一线　监督不缺席
　　——宁夏交通纪检监察干部参加和监督防疫工作纪实
　　　　　　　　　　　　　　　　　　　　　　　　 徐　晴　王志军(445)

◎评论类◎

一等奖

让"中国建造"成为"一带一路"形象大使 ……………… 付涧梅(451)
逆行不凡　温暖有光 ………………………………… 任国平(453)

二等奖

全力以赴汇聚中国力量 ………………………………… 李　琳(455)
实现更多"从0到1"的突破 …………………………… 张　涛(457)
波澜壮阔70年　交通发展谱新篇 …………………… 张海洋(459)
顺变·求变·不变 ………………………………… 陈克锋(461)

三等奖

从这个春天出发 ………………………………………… 肖维波(463)
新冠肺炎疫情防控系列评论 …………………………… 张　蕊(466)
舒适停车,别拿性别说事 ……………………………… 王晓萌(473)
学习抗疫英模　建设交通强国 ………………………… 胡志仁(475)
让自然和社会一起生长 ………………………………… 谢博识(477)
"城际网约车"能否撬动万亿级市场? ………………… 祁　娟(479)
疫情在前　我们相约逆行! …………………………… 李海宁(481)
一流大湾区　海事当先行 ……………………………… 童翠龙(483)

◎ 副刊类 ◎

一等奖

一条路的自白 …………………………………………… 敖胤力(487)

铁路为何在这里拐个弯 …………………………………… 张雨涵(490)

你们,是这个国家的脊梁 ………………………… 臧弋萱 胡小娟(494)

二等奖

每一束希望的光 …………………………………………… 李 丹(502)

写给"天鲲号"的一封信 …………………………………… 丁忠华(505)

村道闪闪发光 ……………………………………………… 李能敦(507)

大山·梦想 ………………………………………………… 孙 晓(510)

那些年我们乘坐的"公交车" ……………………………… 王文红(512)

两代人的"振华情" ………………………………… 胡 萍 杨 嵘(514)

三等奖

怀揣初心永不变
　　——记川藏公路参建者、老公路人许必隆 …………… 王远峰(519)

不负韶华再出发 …………………………………………… 侯佳冰(523)

在这里感受 加速复苏的港口"心跳"
　………………… 王有哲 陈江强 付秋明 龙 巍 欧振国 赵光辉
　　　　　　　姚 峰 王 晖 蒋晓东 余 波 余洪力 王 敏
　　　　　　　刘晓龙 姜 山 耿玉和 夏德松 何明波(525)

一位96岁老兵最后的守望 ………………………………… 时 旭(527)

牛栏江上的通话 …………………………………………… 郑思婕(529)

我用文图致敬英雄 ………………………………………… 潘庆芳(532)

跨越一个多世纪的公益引领
　　——吴太夫人纪念活动前记 ……………………………… 丁德芬(536)

爱上这个不公平的世界 …………………………………… 吴 烨(539)

解决老年人出行运用智能技术困难 ……………………… 孙 悦(543)

子鼠记 ……………………………………………………… 袁建强(544)

◎附录◎

第八届交通运输优秀新闻作品推选结果 …………………………………（547）

消 息 类

获奖名次：二等奖
标　　题：《新疆乌尉公路包项目尉犁至且末公路沙基全线贯通》
作　　者：吴　铮
原 刊 于：《交通建设报》2020 年 9 月 30 日 540 期 1 版

获奖名次：二等奖
标　　题：《最美水上高速(组图)》
作　　者：方文涛
原 刊 于：《江西交通》2020 年 12 月 31 日第 186 期 42-45 页

一等奖

新春佳节不打烊 战"疫"生产两不误
复工首日"中国制造"大型盾构机出口发货

胡 清 何大成

本报长沙2月11日讯 2月10日,在全球领先的高端地下工程装备制造基地、中国铁建重工集团长沙第一产业园内,一台出口土耳其的大型盾构机,经节日加班工人的精心打包,似中国"新娘"正待越洋远"嫁",这一大型隧道掘进装备的出口,是对目前疫情阻碍中国出口贸易的一次重要突破。

岁末年初,一场席卷华夏的新冠肺炎疫情给中国经济发展带来了一定的负面影响,出口贸易正面临极大挑战。为打赢疫情防控阻击战,促进节后复工复产,提振发展信心,连日来,铁建重工一手抓防控,一手促生产,广大员工新春佳节不打烊,并在节后复工首日,迅速进入工作状态,各车间机器轰鸣、生产有序,呈现出一派繁忙景象。

铁建重工掘进机总厂副总经理孙强介绍,在节后复工班组人员到岗后,各车间严格执行疫情防控要求,一天两次监测体温,及时配发防疫物资,24小时监督员工身体状况,对生产区域按照一天两次的频率进行消毒,确保员工、车间与病毒完全隔离。

依托国家级企业技术中心和工业设计中心等技术创新平台,该集团自主设计制造的盾构机、TBM、钻爆法隧道施工装备等系列产品,打破国外垄断,填补世界空白。其中,铁建重工生产的盾构机连续多年占据国产市场"半壁江山",并成功出口俄罗斯、土耳其、斯里兰卡、韩国等国家和地区。

春节前夕,出口土耳其的这台盾构机已经完成了工厂验收和部分拆机工作。由于土耳其方面工程项目急需,从2月6日开始,车间班组在做好防疫保护的前提下,部分工人提前复工,开始设备打包、装箱、防护、发运工作。与此同时,他们还根据疫情带来的出口形势变化,主动与国外客户及有关方面对接,确保产品能顺利出口、运达。

据悉,这台为土耳其量身打造的土压平衡盾构机开挖直径5.36米、总长110米,将掘进隧道9000米,需穿越玄武岩,可满足英安岩等极硬岩层开挖需要。整机已通过CE认证,达到欧洲出口标准。

"复工首日就保证了出口发货,不但提振了广大员工和企业的信心,也让国外客户看到了中国人的决心。"孙强充满自信地告诉记者。

春回大地,万物复苏。在孙强的工作台账上,记者看到该集团盾构机的生产订单排得满满的。

原载于《中国铁道建筑报》2020年2月12日1版

2020年我国快递业务量突破800亿件

赵立涛

本报讯 12月21日上午,根据国家邮政局中国快递大数据平台实时监测,一件从湖北黄冈寄往湖南长沙的快递包裹,幸运地成为2020年第800亿件快件。自9月10日我国今年快递业务量达到500亿件开始,每月都登上一个百亿级台阶,实现"四连跳"直至突破800亿件大关,又一次创造了我国快递发展史的新纪录,凸显出我国快递市场繁荣活跃的发展前景,折射出中国经济复苏的良好势头和强大的消费能力,为邮政快递业"十三五"规划圆满收官添上了浓墨重彩的一笔,也为"十四五"规划良好开局奠定了坚实的基础。

2020年新冠肺炎疫情暴发之初,国家邮政局坚决贯彻落实习近平总书记重要讲话精神和中央决策部署,率先实现复工复产,全力做好统筹推进疫情防控和服务经济社会发展各项工作,全力保障防疫物资和居民生活基本生活物资运递,充分发挥了在"打通大动脉、畅通微循环"方面的先行作用,助力畅通国内国际双循环。国家邮政局组织13家企业第一时间开通全国驰援武汉救援物资和海外捐赠国内防疫物资两条运递"绿色通道",数百万快递小哥冒疫奔忙,为老百姓寄递生活必需和人间温暖,在抗击疫情与服务民生中发挥了重要作用,汇聚起战胜疫情的强大力量,累计发运车辆8.75万台次、货运航班779架次,寄递防疫物资48.98万吨。

2020年,我国快递业务量增速经历了从负到正再到重回高位区间运行的转变。受新冠肺炎疫情影响,全国快递业务量1月份低位运行,首现负增长,2月份快速恢复、转为正增长。进入二季度,随着复工复产复市持续推进,快递业务增速明显加快,重回30%以上。当前,邮政快递业已基本摆脱疫情影响,日均3亿件已成常态,日均服务用户4亿多人次,服务民生作用更加凸显,助力畅通国内国际双循环不断加码,在加快构建新发展格局中不断发挥连接千城百业、联系千家万户、连通线上线下的新型网络价值。国家邮政局相关负责人表示,邮政快递业能够克服疫情影响,迎难而上重回高位增长区间,得益于行业的率先复工复产,得益于我国消费市场加快线上线下融合发展,得益于400万快递小哥像勤劳的小蜜蜂一样夜以继日辛苦付出。快递作为线上消费最主要的交付渠道,电子商务的蓬勃发展成为快递业务量增长的主要来源,同时,三四线城市及农村市场增量较快,在消费者享受到经济网购服务的同时,也令快递市场获得了新的规模扩张。

即将过去的2020年,是全面建成小康社会和"十三五"规划收官之年。"十三五"期间,邮政快递业认真践行"人民邮政为人民"的宗旨,已构建起覆盖城乡、惠及全民的网络体系,建制村全部实现直接通邮,快递网点基本实现乡镇全覆盖,邮政快递业在经济社会发展中的作用不断增强,基础性战略性先导性作用日益凸显。我国邮政快递业规模不断扩大,邮政业务总量和快递业务量翻了近两番,快递业务量和快递业务增速连续稳居世界第一。我国快递业务量超过美国、日本和欧洲等发达经济体总和,对世界快递业务增长贡献率超过50%。高效的寄递服务有效促进了电子商务的繁荣发展,年支撑网上零售额超10万亿元。邮政快递业每年新增就业岗位20万人以上,为国家稳就业作出突出贡献。现代农业、先进制造业快递服务向专业化和价值链高端延伸,双向流通渠道进一步打通,仅今年前11个月支撑工业品下乡和农产品进城就超过1.7万亿元。

据了解,今年第800亿件快件是一箱来自湖北黄冈罗田的土特产,由顺丰速运承运,已于12月22日上午送到位于湖南长沙的收件人手中。

原刊于《中国邮政快递报》2020年11月23日1版

二等奖

宋庆礼代表面对面跟总书记说特别想要高铁站

道路通即财路通　好产品卖好价钱

苗　蕾　潘庆芳　王　郑

"因为疫情原因,大会压缩了日程,习近平总书记特意说,'湖北代表团一定得来一下。你们是湖北6000万人民的代表,我要看望一下大家。'"5月24日晚上,全国人大代表、湖北省鹤峰县金泰牧家庭农场主宋庆礼回到驻地后,仍为总书记温暖人心的话感动不已,也为自己关于沿江高铁在鹤峰设站的建议得到总书记的回应而激动。

宋庆礼是来自湖北省恩施土家族苗族自治州鹤峰县五里乡南村的少数民族代表,是一名和脱贫攻坚战一起成长起来的致富带头人。关于脱贫攻坚和乡村振兴,他有太多的心里话想跟总书记说。"面对面给总书记汇报,我无比喜悦、无比激动。"宋庆礼与本网记者视频连线时说。

以前"看见的山走半天"　现在"村村通车很方便"

恩施8个县市已经全部脱贫摘帽。脱贫攻坚战不仅让宋庆礼成长为当地脱贫致富的带头人,更是让他的家乡发生了翻天覆地的变化。

"乡村越来越美丽,家家户户都住上了安全房,喝上了干净水,用上了稳定电。以前是'看见的山走半天',现在是'村村通车很方便'。"宋庆礼向总书记汇报。随着村组道路进村入户,修到家门口,群众出行更为便捷,来访的客商也多了起来。

鹤峰曾经的"穷山恶水"变成了现在的"处处是景、样样是宝"。茶叶、蔬菜、箬叶、恩施小土豆等产业基础越来越扎实,外销渠道越来越畅达。宋庆礼说:"之前我们的一亩茶叶卖3000多元,现在能收入1万多元。去年鹤峰农民人均收入达到12140元,这在以前真是想都不敢想的事情!"

听到这些,习近平总书记会心地点了点头,饶有兴致地询问箬叶等产业发展情况,宋庆礼一一回答。

建议支持贫困山区大交通建设

"现在我们的生活越过越好,去年我们县终于通了高速公路,老百姓很高兴。但交通仍然是困扰我们发展的最大瓶颈!"宋庆礼说,"恩施的茶叶、土豆等特色农产品质量特别好,但受交通条件的限制,产品出山难、客商进山难,好产品卖不出好价钱。"

"道路通"即"财路通"。宋庆礼打算借着难得的机会,向总书记建议国家加大对贫困山区大交通建设的支持力度。

"现在你们当地有没有交通方面的规划?"未等宋庆礼说出具体建议,总书记便问道。

"有!"全国人大代表、湖北省委书记应勇随即做了介绍。

这时候,宋庆礼按捺不住急切的心情,举手示意:"总书记……"

习近平向他望了一眼说道:"我知道,你就想新建的高铁在你那里有站嘛!"会场内瞬间一片欢声笑语。

得到总书记亲切回应的宋庆礼,心中的激动之情难以言表。他知道,距离家乡通铁路的日子不远了!

"请总书记放心,我们山区人民绝不会坐等扶持、空享政策,回到家乡以后一定与农民兄弟跟着党好好干,撸起袖子加油干!"宋庆礼表了态,并邀请总书记早日到他家做客。

高铁即将通到老区群众家门口

记者从湖北省交通运输厅了解到,恩施现有沪渝高速公路、宣鹤高速公路等 7 条高速公路，通车里程 588 公里，已实现"县县通高速"目标。作为湖北省最后一个通高速公路的县，鹤峰人民感受到了便捷的基础设施带来的发展红利。

"前几年，我在家乡开展土鸡养殖，脱贫成效就很不错，后来我又开始种植恩施小土豆，去年我们县销售收入有 1300 多万元，今年有望突破 2500 万元。"宋庆礼告诉记者。

宋庆礼希望能有更多的高速公路、铁路通到鹤峰县。他告诉记者："我来北京开会，总共花了 6 个半小时，从恩施市到北京只用了 2 个小时，但从鹤峰县到恩施市要用 4 个半小时啊！"

宋庆礼说，希望国家加大对恩施高铁、高速公路、机场等交通大动脉建设的投入，尤其是在高铁建设上，推动沿江高铁在"十四五"期内尽快开工建设，建议选线途经恩施并在鹤峰设站，改变革命老区无铁路的历史。

据了解，经交通运输部门积极协调，沿江高铁有望纳入国家"十四五"铁路发展规划，安(康)恩(施)张(家界)、恩(施)黔(江)铁路前期工作也在顺利开展。随着恩施全域旅游业的发展，75 公里的旅游观光铁路也成了全州重点推进项目。

活力涌动的交通大动脉正在恩施铺展开来，革命老区也必将在强劲的交通带动下，焕发新的生机。

原刊于《中国交通报》2020 年 5 月 26 日 1 版

长江干线数字航道全线联通

2700公里航道实时信息"跃然屏上"

吴 静 包 芸 邹小锋 曹树青

本报讯 6月28日10时，随着长江航道局局长付绪银按下联通启动按钮，长江航道局"数字航道"主中心大屏幕上，宜宾、泸州、重庆、宜昌、武汉、南京6个"数字航道"分中心的信息与主中心实现同步，各项数据也由零变为实时数据，宣告长江干线数字航道全线正式联通，全面试运行。

"数字航道"工程是长江航道公共服务能力的一次思想、技术、行为、管理革命，它推动着长江航道由传统的人工管理模式向数字化服务模式转型。当前，"数字航道"正立足长江航道公益服务职能，对外面向航行船舶、港航企业、社会公众等，实现长江航道信息资源数字化；对内改变航道业务体系、维护管理模式、内部管理机制等，实现长江航道管理活动数字化。"数字航道"初步实现了"远程看、坐着管、走着用"的工作方式，使长江航道图App取代纸质航道图，航标遥控遥测GPS定位取代人工驾船巡查寻找航标，无人机、无人船测绘取代部分人工外业测绘……

记者了解到，按照数字航道"一主六分七中心"的规划总体架构，长江航道局实现了长江干线2687.8公里航道航标、航道水情、控制河段、航道尺度等动态监测信息的互联，实现了总局、6个区域航道局、81个航道处之间航道运行、航标运行、工作船舶、物资器材维护等多项管理流程的标准化与管理信息的互通，实现了航道、航标、船舶等多项航道基础信息数据标准的统一。

"通过数字航道的信息化优势，缩短了'统筹管理—调度指挥—现场执行'工作链的信息传递时间，精简了无效工作流程和环节，汇聚了大量数据，将为管理决策带来科学有力的支撑。"付绪银告诉记者。据悉，"数字航道"的联通运行,将实现每年长江干线全线航标数据更新不少于10万条,电子航道图数据更新不少于1500幅,水位数据年交换传输不少于40万条次,为沿江地方政府、港航管理单位、航运企业、营运船舶、社会公众等提供及时、顺畅、便捷的航道信息服务。

原刊于《中国水运报》2019年7月1日1版

珠江水运内河货运量首次突破10亿吨大关

张建林　马格淇　龙思任

1月6日,记者从交通运输部珠江航务管理局(以下简称"珠航局")获悉,2019年珠江水运发展形势喜人,全年珠江水系内河货运量首次突破10亿吨大关,长洲水利枢纽船闸货物通过量首次突破1.45亿吨,均创历史新高。国务院明确西江航运干线上划为中央财政事权,将对推进珠江水运治理体系和治理能力现代化产生深远影响……珠江水运人用汗水浇灌收获,以实干笃定前行,推动珠江黄金水道建设迈出了新步伐。

内河货运量首超10亿吨

据悉,2019年,珠江水运发展持续向好,全年珠江水系内河货运量超过10亿吨,同比增长5.5%,继续仅次于长江位居世界第二;内河港口货物吞吐量为6.1亿吨,同比增长12.6%;集装箱吞吐量为1400万TEU,同比增长13.4%;西江航运干线长洲船闸货物通过量达到1.45亿吨,同比增长10.3%。珠江水运的发展为沿江两岸地区的经济发展建设提供了有力支撑。

在航道方面,珠江水系1.56万公里航道中,等级以上航道占比62.7%,高等级航道达到2419公里。"一横一网三线"国家高等级航道网更加完善。2019年,珠江水系共有在建水运工程项目53个,主要为港口、航道、通航设施等工程,总投资621.78亿元。

在港口方面,目前,珠江水系32个内河港口拥有生产用泊位1777个,年综合通过能力近6亿吨。以主要港口为骨干,地区重要港口为基础,一般港口为补充,分层次的港口布局体系逐步形成,南宁、贵港、梧州、肇庆、佛山等主要港口逐步向综合性港口发展。

在船舶方面,目前,珠江水系拥有水上运输内河船舶约1.5万艘,净载重量约1600万吨,载客量约16万客位,集装箱箱位量21万TEU。过闸船舶标准化率超过90%,船舶结构不断优化,正在向大型化和专业化方向发展。

高层协调机制凝聚"珠江力量"

过去一年,珠江水运主动服务交通强国建设、粤港澳大湾区建设、深圳中国特色社会主义先行示范区建设、西部陆海新通道建设等国家战略实施,珠江水运发展高层协调机制作用更加凸显。2019年9月6日,珠航局在南宁成功组织召开了2019年珠江水运发展高层协调会议,交通运输部和国家发改委领导,广东、广西、贵州、云南四省(自治区)人民政府省长(主席)出席了会议。会议听取了珠航局局长王建华所作的《珠江水运发展高层协调会议办公室工作报告》,原则通过了《珠江水运助力粤港澳大湾区发展实施意见》并即将由部省联合印发,凝聚了部省共建珠江黄金水道的强大合力。

在高层协调机制的作用下,国家发改委目前已发文明确了龙滩水电站通航建筑物建设的审批手续和新增资金筹措主体;推动云南省形成了《百色水利枢纽过船设施工程可行性研究报告》初步成果,珠江上游水运脱贫攻坚取得新进展。下一步工作中,珠航局将通过高层协调机制,继续推动龙滩、百色水利枢纽通航设施建设,力争在2020年底前按照通航1000吨级船舶标准开工建设龙滩水电站通航设施,明确百色水利枢纽通航设施项目建设业主和资金筹措方案,协调推进北线通道航电水利枢纽项目建设和船闸改造前期工作,早日打通云贵南下珠江、联通西部陆海新通道的水运出海通道。

绿色发展按下"加速键"

过去一年,珠江水运绿色发展按下了"加速键"。截至2019年12月底,《推进珠江水运绿色发展行动方案》中的32项任务全部启动实施,其中21项任务基本完成,完成率超过70%。

在生态航道建设方面,打造了广西贵港至梧州3000吨级航道工程、贵港二线船闸工程等生态航道示范工程,推广应用新材料、新技术,实施生态护岸、生态护滩、人工鱼巢等修复措施,改善航道生态环境。在绿色港口建设方面,珠江三角洲和西江航运干线基本完成港口水平运输机械"油改电"和"油改气"改造工作；广西壮族自治区已完成了内河港口岸电建设任务；广东省除液货危险品泊位外，实现了内河港口岸电设施全覆盖；推动港口建设船舶含油污水、化学品洗舱水、生活污水和生活垃圾等污染物的接收设施。在船舶结构优化方面，严格落实珠江水系和西江航运干线"三线"内河过闸船舶标准船型主尺度系列等国家强制标准，新建过闸船舶标准化率达100%；船舶大型化明显，货运船舶平均载重吨位近1400吨。在清洁能源应用方面，梧州、云浮已建成两座LNG加注站，建成营运LNG动力船舶31艘，全球首艘2000吨级纯电动内河船在珠江投入使用，280客位的纯电动游船正在建造；与此同时，珠江水运还启动了甲醇、氢能源等清洁能源应用的前期工作。

西江航运干线迈入"畅通"时代

西江航运干线素有"黄金水道"之称，其通航保畅意义重大。近年来，珠航局牵头广东、广西两省（自治区）交通运输、水利水电部门以及相关企业，成立了西江航运干线通航保畅工作小组，构建了西江航运干线通航保畅工作机制，组织编制了《西江航运干线通航标准》《梯级船闸联合调度技术规程》等。2019年国庆期间，因枯水期上游来水减少，长洲水利枢纽通航水位降低导致船舶滞航，有关单位迅速按照西江航运干线通航保畅工作机制的要求，各司其职，协调配合，经过共同努力，滞航船舶由最多时的615艘，逐步减少至200艘以下。此次应急响应解除历时8天，是历次船舶滞航处置速度最快的一次，西江航运干线通航保畅工作机制发挥了重要作用。

据悉，2019年西江航运干线航道财政事权改革取得重大突破。国务院办公厅印发《交通运输领域中央与地方财政事权和支出责任划分改革方案》，方案明确了西江航运干线航道上划为中央财政事权，此举是破解珠江水运改革发展重大难题、解决重大矛盾的"关键一招"，将对推进珠江水运治理体系和治理能力现代化产生深远影响，将进一步激发西江航运乃至珠江水运的发展潜力，推动珠江黄金水道加速发展。

信息化引领珠江航运管理现代化

2019年10月30日，历时三年建设的珠江航运综合信息服务系统通过交通运输部组织的竣工验收。这是珠航局与广东、广西交通运输厅联合共建的第一个跨区域的综合信息服务系统,是"数字珠江"建设的初步成果。该系统的初步建成,形成了珠江干线电子航道"一张图",构建了珠江航运数据资源"一中心"、珠江航运干线航运信息"一张网"和三大应用系统(即航运运行监测预警系统、干线船舶过闸协调系统、航务信息发布系统)。

该项目的建成推进了珠江水运信息化建设模式的创新,实现了珠江水系信息资源共享,提高了跨区域航运管理的整体性和协调性,提升了珠江航运综合航运信息服务能力和水平,能够更好地为行政相对人提供及时准确的信息服务。

奋力谱写交通强国珠江水运新篇章

珠航局新闻发言人王灿强表示,2020年是全面建成小康社会和"十三五"规划的收官之年,也是全面落实西江航运干线航道财政事权改革部署、加快建设交通强国的紧要之年,重点要打好三场硬仗。

一是打赢全面建成小康社会脱贫攻坚战。坚持"水运扶贫",以咬定青山不放松的精神,力争红水河龙滩水电站通航设施2020年开工建设,协调推动右江百色枢纽通航设施建设前期工作在2020年实现突破,助力上游沿江贫困地区打赢脱贫攻坚战,为实现云贵两省通江达海的夙愿打下坚实基础。

二是打好"十三五"规划收官战。重点是要进一步创新思路、强化督办、狠抓落实,全面完成好部、省明确的工作任务,奋力实现"十三五"规划的各项目标。

三是走出珠江水运发展新路子。要坚决克服困难,广泛借助外脑,深入开展调研,科学谋划"十四五"发展。深刻领会国务院关于《交通运输领域中央与地方财政事权和支出责任划分改革方案》精神,协助有关部委做好调研和改革工作,科学贯彻西江航运干线事权改革,提升珠江水运治理体系和治理能力现代化,奋力谱写交通强国建设珠江篇章。

原刊于《珠江水运》2020年1月刊总第497期

首台中远海运造中国南极科考站极地特种箱顺利下线

李 琳

本报讯 中秋前夕,一台通体红色的特种集装箱在寰宇东方国际集装箱(启东)有限公司(以下简称"寰宇东方启东箱厂")顺利下线,这是由今年刚完成并购整合的寰宇东方启东箱厂承接的中国南极科考站极地特种箱业务中的第一台。

整合成立以来,寰宇东方启东箱厂积极落实中远海运集团"四个一"文化理念和"三个跑赢"工作要求,积极践行国家海洋强国战略,努力开拓特种箱市场。近期,寰宇东方启东箱厂承接了中国南极科考站可移动特种集装箱化制造业务。本批次极地可移动特种集装箱由科考模块箱、冷冻集装箱、常温集装箱等多模块组成。随着本批次第一台箱顺利下线,该系列由中远海运制造的极地特种箱产品将很快亮相地球最南端的南极大陆。

因南极气候极端,箱体设计考虑了风雪环绕的密封性,所有的内部装修都具备了一定的抗腐蚀性能,每个舱体都配备了正常照明和应急照明。舱内安装的烟感探测报警器和声光报警器,均能够在温度极低的环境下正常工作。在用电消防方面,更是配备了相应的消防设施以应对可能突发的火灾,如舱体采用防火门、开门方式满足火灾情况下的迅速逃生要求等。

据了解,建成后的极地特种箱产品将全部随中国第36次南极考察队登陆南极,服务中国南极科考站。通体红色的箱体,饱含着中远海运人对中国南极科考事业的美好祝福,将为白雪皑皑的南极大陆带去一抹亮丽的中国红。

原刊于《中国远洋海运报》2019年9月13日1版

三等奖

推动北斗系统在交通运输行业全面应用
让行业发展与北斗建设"同频共振"

孙丹妮

6月23日上午,北斗三号最后一颗全球组网卫星发射后成功布阵太空,我国提前半年全面完成北斗全球卫星导航系统星座部署。当日,记者从交通运输部6月例行新闻发布会上获悉,交通运输部高度重视行业北斗系统应用工作,逐步推动北斗系统在交通运输行业的全面、深入应用,并取得显著成效。

记者了解到,交通运输部此前印发《北斗卫星导航系统交通运输行业应用专项规划》,对行业北斗系统应用作出中长期部署,并把北斗系统应用扩展到铁路、公路、水路、民航、邮政等综合交通运输领域。目前,全国已有666.57万辆道路营运车辆、5.1万辆邮政快递运输车辆、1356艘部系统公务船舶、8600座水上助导航设施、109座沿海地基增强站、300架通用航空器应用了北斗系统。运输航空器上安装使用北斗系统也实现了零的突破。

此外,交通运输部还持续推动国际化应用。在国际海事组织框架下,成功推动北斗系统纳入全球卫星搜救系统;持续开展北斗短报文服务系统加入全球海上遇险与安全系统(GMDSS)工作;推进中俄北斗-格洛纳斯国际道路运输应用;同时,持续推动北斗系统进入国际民航组织等相关国际组织和国际标准体系,促进北斗系统的国际化应用。

下一步，交通运输部将认真谋划行业北斗系统应用工作，实现行业发展与北斗建设"同频共振"，为交通运输行业用户提供更加广泛、更加融合、更加智能的定位导航服务，让北斗系统为交通强国建设注入强劲动能。

原刊于《中国水运报》2020年6月24日1版

世界最长重载铁路浩吉铁路通车

程继美

河南三门峡讯 9月28日,由中铁上海工程局集团有限公司参建的世界最长重载铁路浩吉铁路(原称蒙华铁路)全线正式通车。至此,中国版图新增了一条纵贯南北、年运输能力超2亿吨的能源大通道。

浩吉铁路线路全长1814.5公里,北起内蒙古鄂尔多斯市的浩勒报吉南站,途经内蒙古、陕西、山西、河南、湖北、湖南、江西7省区,终到京九铁路吉安站。

浩吉铁路由包括集团公司在内的16家中国中铁单位参与施工。集团公司承担着浩吉铁路16标段44.86公里的施工任务,标段特大、大、中桥18座,隧道14座,隧道比高达74%。其中,大中山隧道、峡河特大桥转体梁施工是全线重点控制性工程。

工程建设中,蒙华铁路项目以实验室活动为载体,紧密围绕长大隧道施工及高空转体梁施工技术难题,成立科技攻关小组,与建设、设计单位联合展开技术攻关,开展"长大山岭隧道机械化施工"课题研究,克服了多断层、高地温、岩爆、突水等复杂地质条件和长大隧道施工组织协调难度大等诸多困难,创造出了大中山隧道施工过程中的多项"蒙华速度"。

在浩吉铁路峡河特大桥跨越宁西铁路上、下行线空中曲线梁转体施工中,项目部在施工中引入BIM技术,通过三维建模对转体施工进行模拟演练,保证了承台底盘稳定、球铰安装精准和牵引过程零失误。峡河特大桥跨越宁西铁路上、下行线空中曲线梁转体分别以38.9米、43.9米高的结构转体施工两次刷新了我国重载铁路桥梁转体的施工高度纪录。

据悉,浩吉铁路是纳入国家"十二五"规划、"十三五"规划和《中长期铁路网规划》的重大项目,被列为首批基础设施等领域鼓励社会投资的80个示范项目之首。浩吉铁路衔接多条煤炭集疏运线路,完善了区域路网布局,是点网结合、铁水联运的大能力、高效煤炭运输系统,也是"北煤南运"新的国家战略运输通道,对华中"中三角"地区和长江中游城市群建设与经济发展具有重要战略意义。

原刊于《中铁上海工程》报2019年9月30日2版

京津冀首个高速公路省界收费站开始拆除改造

张贺贺　龚腾飞

本刊讯　8月15日上午,唐廊高速冀津界丰南主线收费站开始拆除改造。这是河北省拆除改造的首个省界收费站,也是京津冀区域间拆除改造的首个省界收费站。它的拆除标志着河北省高速公路省界收费站拆除升级工程正式启动。

丰南主线收费站位于唐山市丰南区,设18条收费车道,是河北省与天津市之间的重要通道——唐廊高速的主要站点。此次拆除改造工程涉及18条收费车道、收费岛及基础分阶段拆除、广场路面改造、超高段排水施工、交通导改施工等。为避免造成收费站拥堵和通行缓慢,拆除工程采取不断交施工的方式,分两个阶段进行。

目前正在进行第一阶段,首先,拆除丰南主线收费站最南侧部分收费大棚,对5条收费车道进行收费岛拆除、路面改造、交安设施施工等,留13条车道正常收费通行。其次,待5条收费车道改造完成可正常通车后,对剩余的13条车道进行收费亭、收费设备、通信设备、监控设备等拆除。根据计划,丰南主线收费站将于10月31日前完成主线大棚拆除、路面施工及交安设施施工,将具备主线通车条件。

今年12月底前,河北省将完成与交通运输部系统联调测试和高速公路入口不停车称重检测设施建设,将具备取消高速公路省界收费站条件。按照交通运输部统一部署和时间安排,全国收费系统进行切换,河北省将实现省界不停车收费。届时，再进行第二阶段，对丰南主线收费站外部设施进行拆除。据现场工作人员介绍，丰南主线收费站拆除改造的同时，将在原址同步搭建ETC门架系统，并计划于9月底前完成。

据了解，年底前河北省将取消省界收费站44个、省内主线站2个，其中京津冀之间高速公路省界收费站19个。

原刊于《河北交通》2019年9月30日总第239期2版

短短 20 秒钟　他救了一车人

施　妍　袁梦南

导报讯　减速、将车靠边停稳、拉手刹、开车门……短短 20 秒钟，他凭着本能完成了一系列的操作，然后才跟跟跄跄下了车，等待救援。这是 8 月 2 日上午 11 点 03 分，在湖州市 51 路公交车上发生的一幕，驾驶员丁风城在行驶途中突发疾病，但他还是用尽全力将车停靠路边，保障了车上乘客的安全。

"如果再让我选一次，我还是会这样做的，这是我的职业操守，不管怎样都要做到。"刚下手术台不久的丁风城，尽管身体还很虚弱，但在说这话时，他的语气却无比坚定。

丁风城是安徽人，在湖州市交通集团公共交通有限公司三公司开公交车不过短短 2 年多时间。每天和乘客打交道，他早把自己当成了一名真正的湖州人。特别是这次发病，看着为他忙前忙后的同事、朋友，他的心里充满了感激。

"那天我和平时一样开车，途经南窑湾路段时，突然感到身体很不舒服，头晕、胸闷、心痛，当时脑子里唯一转的念头就是：停车，保障乘客的安全！"丁风城说，就在他感觉快要撑不住的时候，车终于稳稳地停在公交车站里，然后他用最后的力气，给城南分公司调度室打了电话。

在接到丁风城的求助电话后，调度全秋霞一边冷静地安慰他在路边等待 120，一边向上级汇报，并通过视频随时查看丁风城的状况。与此同时，公司的同事也立刻起身赶往南窑湾站点。

"丁师傅是安徽人，家属都不在身边。这个时候，公司就是他的家，同事就是他的家人，我们责无旁贷。"城南公司经理夏峰说。丁风城被送到医院后，医生诊断是心血管堵塞造成的突发性心梗，情况紧急，需要立即做手术。

"救人要紧！"夏峰随即垫付医药费，并和同事们一起守在手术室外，"那几个小时,对我们来说真是太难熬了。"

　　好在,经过全力抢救,手术室里传来了好消息:手术很成功！当天下午5点多,丁师傅的家人从安徽老家赶到医院,夏峰悬着的心才彻底放下了,他把事情的经过和病情仔仔细细地告诉了丁师傅的家人。"他在危急时刻,首先想到的是乘客的安危。请他放心地安心养病,我们就是他最坚实的后盾！"

　　　　　　　　　　原刊于《交通旅游导报》2020年8月5日1版

消息类

一南一北 双"管"齐下

我国跨海通道施工再创世界纪录

董永贺　陈振强　卢志华　潘星雨　栾兆鹏

本报综合消息 12月9日,我国跨海沉管隧道建设史上迎来前所未有的历史性时刻——我国北方首条跨海沉管隧道大连湾海底隧道完成首节沉管安装,实现寒冷地区沉管隧道施工零的突破;深中通道完成E6管节安装,世界最长最宽的钢壳沉管隧道逼近千米大关,再创长度纪录。

一南一北两大超级工程同日完成关键节点,创造了我国乃至世界跨海通道建设领域的新纪录,彰显了我国在跨海通道建设中强大的综合协调、资源统筹及科技研发实力,有效推进了东北老工业基地和粤港澳大湾区交通发展。

我国北方首条跨海沉管隧道
大连湾海底隧道工程首节沉管成功安装

9日,历经17小时的连续作业,公司负责施工的我国北方首条大型跨海沉管隧道集群工程——大连湾海底隧道首节沉管成功沉放海底,与北岸暗埋段实现精准对接,标志着我国寒冷地区海底沉管隧道建设实现零的突破。

大连市城市管理局相关负责人,公司领导由广君、陈平、潘伟,总技术顾问李一勇,总经理助理、大连湾海底隧道项目部总经理孟凡利,大连湾海底隧道有限公司总经理王际好等出席动员会并全程指挥。

公司总经理由广君指出,大连湾海底隧道首节沉管安装责任重大、使命光荣,希望大家秉持"每一次都是第一次"的理念,按部就班、稳步推进,将首节沉管平安顺利地安装到位。大连湾海底隧道首节沉管与深中通道 E6 管节同时浮运安装，一天安装两个管节，南北通道遥相呼应，彰显了一航局的实力和底气，相信在各方共同努力下，沉管安装定能取得圆满成功，为实现交通强国目标贡献中交智慧和一航力量。

大连市城市管理局相关负责人表示，作为超级工程，大连湾海底隧道建成后将较大程度改善大连市南北交通压力，对大连经济和民生的意义重大。项目开工以来，中交建设者发扬吃苦耐劳、拼搏向上的企业精神，克服了大连市两轮疫情的影响，提前完成多个节点，成果来之不易。相信在建设者的努力下，大连城市建设必将取得更大辉煌。

8 日 10:30，在 6 艘拖轮组成的拖轮编队拖带下，我国首个沉管浮运安装专用施工船组"津安 2"和"津安 3"拖带 E1 沉管准时起航。经过 2 次航道转向，13:29，船组顺利抵达系泊区并开始管节系泊作业；21:20，沉管沉放各项准备工作就绪。9 日凌晨 3:45，首节沉管与北岸暗埋段完成精准对接。

大连湾海底隧道是继港珠澳大桥、深中通道之后，又一项技术条件复杂、环保要求高的跨海交通集群工程，也是我国首个采用 PPP 模式投资建设的跨海沉管隧道。隧道全长 5.1 千米，共由 18 节沉管组成。此次安装的 E1 沉管为非标准管节，长 135 米，宽 33.4 米，高 9.7 米，重约 4.1 万吨。

E1 管节施工海域为岩石基础，地质状况较差，无法采用全抬升式常规整平船插桩作业，研发团队在国内首创整平船全漂浮式整平工艺，填补了我国跨海通道领域碎石基床整平工艺空白。

为确保沉管顺利对接，研发团队经过六年多的攻关，科研立项 25 个，完成专项施工方案 140 项，克服了对接端水域狭窄、带缆方式烦琐、沉管纵坡大、安装精度要求高等诸多技术难题。正式安装前，施工团队对安装船舶及操作系统进行了适应性升级改造，并组织了 1 次浮运空载演练、5 次沉放重载演练、8 次系泊演练，确保操作万无一失。

大连湾海底隧道建成后，将为大连市新增一条纵贯南北的快速通道，对缓解大连中心城区交通拥堵、拓展城市发展空间、推动大连湾两岸一体化建设具有重要意义。

逼近千米大关
深中通道 E6 管节顺利对接

与大连湾海底隧道施工同步,9 日凌晨,2000 余公里外的伶仃洋上,同样由公司团队负责施工的深中通道顺利完成 E6 管节对接,建成隧道长度达 948.5 米,再次刷新了世界最长最宽的钢壳沉管隧道长度纪录。深中通道管理中心总工宋神友,公司副总经理吴凤亮,总经理助理、深中通道项目部总经理宿发强出席动员会并全程指挥。

E6 为标准管节,长 165 米,宽 46 米,高 10.6 米,重约 8 万吨,沉放水深超过 30 米,是由西人工岛斜坡段转为中间段施工的首个管节。

施工中,项目团队依托世界首制沉管运安一体船"一航津安 1"、世界最先进碎石铺设整平船"一航津平 2"等核心装备,克服多项重大挑战:施工位置距社会航道最近处仅 90 米,过往船舶闯入施工区域发生碰撞风险增加,船行波对沉管沉放干扰增大,现场东北风达到 6 级,顶风、顶流、顶浪,船机负荷明显加大。E6 安装完成后,深中通道建设"保五争六"目标顺利完成,核心装备的强大性能再次得到验证。

深中通道全长约 24 公里,采用设计时速 100 公里的双向八车道高速公路技术标准,预计 2024 年建成通车。通车后,中山到深圳宝安机场的时间将由 2 小时缩减至 30 分钟,成为粤港澳大湾区的核心交通枢纽。

原刊于《筑港报》2020 年 12 月 11 日 1302 期 1 版

方向盘上的大年夜

李 岩　郭瑞杰

2月4日大年夜，当全国人民正在阖家欢聚、共庆新春佳节的时候，有这样一些人，依然坚守工作岗位上，只为让更多人早早与家人团聚。贾东玉就是来自这支队伍中的一员，他是客五分公司第三车队807路驾驶员。

807路往返于大北窑南与土桥村，线路往返52公里，是连接北京城市副中心至国贸CBD的一条主要公交线路。贾东玉已经在这条线路上干了15年，他每天下午4点半上班，夜里11点交车下班，到家一般都是凌晨了。今年已是他第15次错过家中年夜饭。谈起与家人一起过年，贾东玉说："相比那些夜班公交车驾驶员，我算幸福的，虽然赶不上三十的那顿年夜饭，但是至少我能和家人一起吃顿饺子。"

晚上9点30分，已经跑了2趟的贾东玉整理了下工装，准备跑最后一趟车。每次出车前，贾东玉都会认真执行出车前例检，"检查一遍就是对乘客负责，同时也是对自己负责任。"这句话贾东玉每天挂在嘴边上。

大年夜，路上的车辆和行人很少，偶尔有几辆车从807路公交车旁驶过，很快就消失在夜色中。夜已深，路上很难看到行人的踪影，但是807路依然在沿途各站停留。当车辆抵达各站时，贾东玉都会将手放在车门开启的按钮上。"如果我们驾驶员都为了早回家甩站的话，那些大年夜等公交车回家的乘客怎么办？"他熟练地将车停靠在站台、报站、再驶出站台开往下一站。

每年春节，北京公交各个岗位上都有很多像贾东玉一样忙碌在一线的职工，正是他们的付出，才给人们的出行带来便利。他们知道在这个阖家欢乐的时刻，还有人在站台上，等着坐上那辆驶向"家"的公交车。

原刊于《北京公交》2019年2月15日4版

广西：创新交通投融资方式 多举措破解资金难题

覃 升 刘如萍 张 孟

南宁讯 近两年来，广西千方百计扩大交通有效投资，补短板，稳增长，通过创新政府和社会资本合作模式（PPP）、大力支持交通运输企业利用多层次资本市场体系开展直接融资、创新运用政府债券、推进"政金企社"合作等方式，努力拓宽交通项目投融资渠道和资金来源，有效缓解交通项目融资难题，为高质量打赢交通脱贫攻坚战和加快交通强国建设提供资金保障。

一是创新政府和社会资本合作模式（PPP）。广西通过BOT+EPC、BOT+EPC+可行性缺口补助、股权合作+BOT+EPC等建设模式，引进中国交通建设集团、中国中铁股份公司、中国铁建股份公司等大型央企、地方国企和民企，采取独资、合资或央企与地方交通国企合作等方式，加快推进高速公路项目建设扩投资稳增长。二是利用多层次资本市场体系开展直接融资。鼓励交通运输企业利用能产生稳定现金流的资产发行证券化产品，盘活存量资产，支持符合条件的企业大力发行企业债、公司债、中期票据、短期融资券等多样化的债券品种，扩大融资规模；依托广西壮族自治区政府投资引导基金，推动设立政府引导、市场化运作的产业（股权）投资基金，推动发展投贷联动、投保联动、投债联动等新模式，积极吸引社会资本参与，鼓励金融机构以及全国社会保障基金、保险资金等通过认购基金份额等方式参与交通基础设施建设。两年来，已设立广西交通投资基金、广西北投交通投资基金、广西水运港口发展基金等3支交通投资基金，总规模近2000亿元，并以沙井至吴圩、南丹至下老高速公路等项目为突破口，率先实现对重大项目的投资。三是创新运用政府债券。依法依规发行政府债券用于重点项目建设，用足用好政府债券政策，扩大有效投资，补短板稳增长。今年以来，广西已累计发行政府债券1160亿元，其中安排用于交通项目417亿元，占比达36%。此外，用好政府专项债券可作为重大项目资本金政策工具，其中安排政府专项债券资金272亿元用于自治区高速公路、铁路等重大项目资本金，预计可带动银行等社会投资700亿元，能够有效减轻深度贫困地区项目建设配套资金负担，全力支持高质量打赢交通脱贫攻坚战。四是推进"政金企社"合作。创新完善交通领域金融服务支持方式，完善政府主导、分级负责、多元融资、风险可控的资金保障和运行管理机制，用好自治区"政金企社"合作对接机制和信息共享、资金对接平台，大力推动政策性、开发性金融机构在交通基础设施等方面的长期稳定合作，推动企业复工复产金融扶持政策加快落地见效。同时，组织指导交通运输企业对符合条件的收费公路存量债务开展再融资工作，降低企业负债率和融资成本，减少政府债务规模，腾出政府专项债券发行空间，支持自治区交通基础设施项目加快推进建设。

原刊于《广西交通》2020年8月10日2版

习总书记视察过的舟山港迎来"振华速度"

林 勇

4月16日,在习近平总书记实地考察宁波舟山港穿山港区后的第三周,公司为宁波穿山港区码头提供的4台岸桥顺利交付用户。

该项目是公司在浙江全面复工复产后推进的首个大项目,从4月3日设备到岸,仅用了13天的超短周期完成设备交付,体现了公司高效的项目执行力和强大的履约能力。穿山港区码头总经理方建波向公司赠送了"工匠精神,大企风范,工艺精湛,重守信用"锦旗,表示对公司产品及服务质量的高度认可。

为确保4台岸桥安全抵达和顺利卸船,国际集团浙江区域负责人李斌带领现场交机团队提前策划,通过与宁波海事局、宁波港引航站、船代公司及港方用户等多方协调,敲定运输船靠离泊方案、设备卸船计划、现场安全措施等细节,确保各个环节万无一失。项目推进期间,现场团队与用户提前沟通,严格按照港区当地的防疫要求做好相关防疫工作,做到防疫生产两不误。

4月3日7点40分,"振华31"轮装载4台岸桥如期到岸。由于前期准备充分,在船停靠稳妥后,吊卸随船件、割除海绑件、铺设轨道等卸船工作便热火朝天地展开。现场分工明确,配合默契,在确保安全的前提下,一切工作有条不紊地快速进行。4月4日5点40分,随着高平潮的到来,第一台岸桥伴着旭日缓缓上岸。9点30分,设备顺利落轨。

由于现场高效的分工和资源配置,交机团队在保证每天1台岸桥上岸落轨的同时,马不停蹄地穿插进行已到位设备的安装恢复和通电调试工作。4月8日,经过5天连续奋战,在码头用户的配合下,4台岸桥全部进入指定位置并完成基础功能恢复和调试。4月13日,全部设备成功通过特检检查并达到交付状态。4月16日,交机团队正式向码头用户提出交机申请并顺利通过验收。

该项目 4 台岸桥安装于两个不同泊位,设备安全可靠的运行状态获得用户高度赞赏。

原刊于 2020 年 4 月 23 日《振华重工报》总 231 期 1 版

建设现代综合交通　支撑美好安徽发展

吴　敏

1月17日,记者从安徽省交通运输工作会议上获悉,2020年,安徽将坚持以习近平新时代中国特色社会主义思想为指导,以供给侧结构性改革为主线,以五大发展行动计划为抓手,落实"六稳"工作部署,抓重点、补短板、强弱项,高质量推进现代化综合交通运输体系建设,为现代化五大发展美好安徽建设提供坚强的交通运输保障。

安徽省交通运输厅厅长章义介绍,2019年,安徽全年完成交通固定资产投资788亿元,完工高速公路232公里,新增一级公路513公里,一级公路总里程达到5377公里。加快推进长三角交通一体化,开工普通国省道"断头路"项目9个、建成7个;交通运输脱贫攻坚成效显著,全年下达贫困地区交通建设补助资金60.3亿元,占下达全省县(区)资金总量的69.8%,建成农村公路扩面延伸工程2.5万公里;省港航集团加盟"海洋联盟",进入国际港航"朋友圈"。

2020年,安徽交通将坚定不移贯彻新发展理念,在稳增长、服务国家战略中当好先行,确保全面建成小康社会和"十三五"圆满收官。全年预计完成交通建设投资700亿元以上,建设高速公路1247公里,新改建普通国省干线公路3800公里,新增一级公路通车里程300公里以上。建成农村公路扩面延伸工程1.1万公里,确保全省基本实现村民组通硬化路。

安徽将全面完成贫困地区基础性任务,持续推进城乡交通一体化发展。计划新改建贫困地区农村公路4200公里、危桥改造130座、生命安全防护工程3000公里。提请省政府出台《深化农村公路管理养护体制改革实施方案》,进一步完善农村公路管理养护长效机制。继续推进城乡道路客运一体化示范县创建,建设怀宁县城南汽车站等8个普通客运站,确保全省城乡道路客运一体化发展水平4A级及以上的县达到90％以上。

  在支撑国家重大发展战略方面,安徽将加强战略谋划和规划对接。制定交通强国建设试点实施方案,立足"五山联动",开展皖南交旅融合发展试点;立足综合示范,建设合肥全国性综合交通枢纽。继续消除省际"断头路"和"断头航道",全力推进溧宁高速公路黄山至千岛湖段等项目建设,协调推动新汴河航道等省际航道建设。开展长江经济带船舶和港口污染防治专项整治行动,推动400总吨以下船舶生活污水防污染改造工作。

  安徽还将进一步加快基础设施联网升级,全力实施高速公路攻坚工程、干线公路提质工程、综合枢纽增效工程和港口航道升级工程。开工建设宁芜高速公路改扩建、合肥至周口高速公路寿县颍上段等项目,重点实施合六南通道等市域联通项目;建成商合杭高铁寿县综合客运枢纽、淮南南站综合客运枢纽等项目,支持合肥、芜湖等国家物流枢纽建设;推动安徽港口参与长三角港口群职责分工和港口一体化进程,开工建设合肥派河国际综合物流园港区项目一期工程等。同时,大力提升"四好农村路"建管养水平,实现农村公路开养率100％。

原刊于《安徽交通运输》2020年1～3期合刊第12页

通 讯 类

获奖名次：二等奖
标　　题：《其美多吉，你就是明星》
作　　者：易思祺
原 刊 于：《中国邮政快递报》2019年4月19日8版

获奖名次：三等奖
标　　题：《英雄城市　浴火重生》
作　　者：赵广亮
原 刊 于：《中国交通报》2020年5月28日4版

一等奖

寄存市场新闻调查——
问"长三角"谁主沉浮

吕 磊　陈 帅　章思佳

在"长三角"地区,"一体化"一词从来没有像今天这样引人关注。从经济发展到生态保护,从文化建设到市场环境营造,诸多话题都和"一体化"密切相关。"一体化"的背后,是国家对高质量发展的探索,对资源重新配置的探索。党的十九大报告明确提出,实施区域协调发展战略,创新引领率先实现东部地区优化发展。

伴随着我国最具发展活力之一的"长三角"实现再提升、再突破的"快进"节奏,寄递市场也"合拍"繁荣起来。2018 年,"长三角"寄递业务量约占全国寄递市场的 37%,但邮政寄递业务(地区互寄)的市场占有率(EMS、邮政快递包裹合计)却与寄递市场"国家队"的身份极不相称,仅为 3.9%。

这 3.9% 的背后是什么?

2018 年 12 月 29 日中午,北京化工大学法律系学生李珍林签收了一箱网购水果,这是 2018 年中国产生的第 500 亿个快递包裹。数据显示,从 2013 年开始,中国快递量自 92 亿件起,进入增长快车道。2018 年,快递业务量突破 500 亿件,这一规模已经超过美、日、欧等发达经济体的总和,成为中国快递史上的里程碑。

习近平总书记在2019年新年贺词中,称赞快递小哥是美好生活的创造者、守护者。

岁末年初,无论是市场发展还是领导关怀,无不证明快递物流业在国民经济和社会发展中的重要作用。快递物流业一头连着生产、一头连着消费,在市场经济中的地位越来越凸显,这已经成为自上而下的一种普遍共识。然而,在大有可为的战略机遇期面前,邮政寄递业务(EMS与邮政快递包裹业务合计)的市场份额已经从1999年的90%萎缩至不足8%(《2017年邮政行业发展统计公报》统计数字)。揪心的数据暴露出严峻的问题——中国邮政丢失了"国家队"应有的地位。

正是源于此,同时,为了落实集团公司党组书记、董事长刘爱力在2019年集团公司工作会议上提出的"通过以客户视角、竞争视角、行业最优视角的全要素对标,推动运营管理模式的突破",本报打造特别报道《寄递市场新闻调查》,通过聚焦"长三角""珠三角"和环渤海地区的寄递市场,找出问题,分析问题,进而提出解决问题的思路,为中国邮政寄递事业的发展出谋划策。

拿什么拯救市场

在江苏,邮政有510个揽投网点(原速递),而顺丰有749个网点;在浙江,邮政有426个揽投网点(原速递),顺丰有801个网点;在上海,邮政有82个揽投网点(原速递),顺丰有212个网点。在"长三角",邮政的揽投网点不仅远少于顺丰,在核心区域的揽投员投入也比顺丰要少。以江苏为例,在全省公布的第一批重点开发的511栋商务楼宇(核心区域内)中,顺丰驻点179栋,占比35%,驻点人数340人,平均每栋1.89人;江苏邮政驻点57栋,占比11%,驻点人数44人,平均每栋0.77人。

埃森哲咨询公司调查数据显示,邮政寄递业务处理环节中转次数较多,平均每件邮政快递包裹要中转2.8次才能被送达目的地;而圆通快递包裹平均只需要中转2次,而且圆通直发(邮件不中转,直达目的地)的邮件占全部邮件量的份额超95%。

无论是从网点和人员配置这个"点"上,还是从邮件内部处理流程这条"线"上,都折射出整个寄递市场这个"面"上的现状。《长江三角洲地区快递服务发展"十三五"规划》统计数据显示,2015 年,"长三角"地区快递企业达 3720 家,其中,国有企业 67 家、民营企业 3594 家、外商及港澳台企业 59 家;业务收入超过 100 亿元的有 6 家,超过 200 亿元的有 5 家。区域快递营业网点增至 2.23 万个,县级网点覆盖率达 100%,乡镇民营快递网点覆盖率达 95%,快递网络不断健全。快递干线车辆从 2.26 万辆增至 7.2 万辆,综合运输能力明显提升。

与"蓬勃"气息十足的数据形成鲜明对比的,是一组来自中国邮政和顺丰的最新统计数字:2018 年,"长珠环"区域 EMS 标快业务收入为 75.88 亿元,而顺丰时效产品的收入高达 381 亿元,且邮政寄达地为县(不含)以上区域的业务量仅占全部寄递业务量的 32%。

面对同样的"蓬勃"市场,邮政的发展为何尽显"颓"势?"长三角"邮政管理部门给出的答案是:在中国寄递业务量巨大的市场区域,邮政的网点和揽投人员都没有社会快递公司多,自然在竞争中处于劣势,最终导致邮政在这些核心市场的占有率偏低。

事实也是如此,1 月 3 日一早,记者跟着上海市奉贤区邮政寄递事业部南桥营业部揽投员姚春明一起投递邮件,我们的目的地是 10 公里以外的一个工厂。还没到达目的地,姚春明便接到了新的派件通知,他低声说:"又要折腾喽。到下一个目的地,要再跑 10 公里。"南桥营业部负责人戴连军对记者说:"邮政的揽投网点比竞争对手少太多,导致我们揽投员的服务半径远远超过竞争对手(EMS 约 10 公里,顺丰约 5 公里)。我们的揽投员太辛苦。"

市场就像一只无形的手。只有以市场为导向,合理进行资源配置,才能不断调整出对经营发展有益的"新战术"。

在浙江,顺丰把浙江总部从杭州搬到了快递业务量在全国所有城市排名第二的义乌(正在筹建中);圆通正在嘉兴机场建设全球航空物流枢纽,以实现 3 小时飞行圈内能够全面覆盖"长三角""珠三角"、京津冀及成渝经济带等国内核心城市群。

在江苏,顺丰是南京第一家自有全货机落地的民营快递企业,进一步丰富了以南京为中心的国内国际航空快递运输网络。在城市人口将近 2400 万的上海,韵达布局食品经营及冷链仓储配送业务,主要定位仓储、运输、配送(B2B、B2C)三类业务;顺丰打造的丰泰产业园是集研发、办公、智能仓储、生活、休闲功能于一体的现代化园区,为入驻客户提供完善的全产业链服务。

在区域市场的变革与发展中,顺丰、四通一达大有先发制人之势。面对行业"国家队"身份的日渐丢失,中国邮政必须站在国家战略高度重新审视在"长三角"地区的战略布局,必须紧紧围绕"让市场在资源配置中起决定作用"这一主线,提高资源的配置效率,以拯救和收复市场。

敢问路在何方

邮政有两种快递产品(不包括同城业务):标准快递(承诺62个重点城市次日递)和快递包裹(不承诺时限)。截至2018年12月31日,"长三角"互寄邮件次日递率约为66%。

顺丰有3种快递产品(按时效市场分类):顺丰即日(当日20:00前送达)、顺丰次晨(次日12:00前送达)、顺丰标快(次日20:00前送达)。截至2018年12月31日,"长三角"互寄邮件次日递率一直保持在接近100%的水平。

抛开市场占有率因素,只看产品。为什么邮政的寄递产品种类少,时限反而慢;顺丰的产品种类多,时限却全部都能保证?

菜鸟网络平台提供的一组数据显示,"长三角"邮政互寄快递包裹时长与民营快递企业差距明显,而这种差距主要体现在邮件分拣、运输以及末端处理环节。

对比浙江金华邮政与金华百世快递可以看出,"长三角"城市间直达邮路多;采用前端全面集包的做法,再通过总包的形成,实现邮件在处理中心环节的快速经转;邮运频次密集;按业务量需求配建邮件处理中心,这些都是民营快递公司为产品提供时限保障的主要做法。

以浙江杭州发往江苏泰州的快递为例,邮政快递包裹(非直达、非集包邮件)从揽收到妥投平均用时32.5小时,而排名第一的快递公司仅要24.7小时(通过集包)。

看似是产品和时限的问题,深究原因,是我们的中间流程出现了问题。解读一下"流程"二字,"流"就是三流:物流、信息流、资金流,任何流程都会形成三流中的一流或多流;"程"就是程序、过程。"流程"合起来就是形成物流、信息流、资金流的程序、过程或者作业。如此看来,流程再造对我们邮政企业来说确实是企业变革之需要,流程现状倒逼流程再造与优化,进而提高管理水平与运营效率,最终作用在时限和产品上。

保证了这些,那个叫"好"的产品能不"叫好"嘛!

涛声不再依旧

在南京,记者在同一地点、同一时间体验了一次顺丰和邮政的服务。1分钟内,顺丰的智能客服通过精准的数据库自动识别了记者的地址,完成下单;而邮政的人工客服用了6分钟才最终确认记者的地址,完成下单。快递员上门取件的时间分别为0.5小时(顺丰)和1小时(邮政)。快递面单填写方式分别为便携打印机现场打印电子面单(顺丰)传统手写填单(邮政)。

中国标准化研究院联合清华大学共同发布的2018年快递行业客户满意度调查结果显示,快递行业客户满意度平均得分为76分。其中,顺丰得分最高,为81分;邮政列6个主要品牌的最后一位,为74分。从调查的主要指标来看,顺丰在品牌形象、服务及时性、货品完好性、服务业务和范围以及服务态度方面,均具有明显优势;圆通快递在性价比方面表现较好。

"随着互联网行业的兴起和繁荣,与'体验'相关的概念越来越频繁地出现在传统服务业和其他深受影响的企业中。在快递行业也是如此。随着客户的需求越来越多,各家快递企业越来越重视对客户体验的研究。"浙江省邮政管理局副局长王德奔的话很有"普适性"。

"改革开放40年了,邮政还在用手写面单。""邮政PDA的反应慢得我总以为它死机了。""邮政能微信下单?有那么先进嘛!""我的快递都已经到了,邮件查询状态还是已发货。"在体验"横行"的当下,南京、杭州等"邮政快递贴吧"里,也不乏如此"吐槽"。

浙江省分公司的数据调查显示,在当下这个移动互联时代,全省邮政的移动客户端下单率只有15.37%。而《顺丰2017年年度报告》显示,顺丰的移动端下单率接近96%。

同样的指标,数值可谓相差甚远。对此,上海市邮政管理局副局长余洪伟说:"相比民营快递公司,邮政在客户体验上还是要再务努力的,尤其在揽投设备和系统的科技化、智能化等方面要向民营快递企业学习。"

仅以热敏打印机为例,江苏省邮政分公司热敏打印机的数量为753台,一线揽投人员的配置比例仅为10%。而在顺丰,揽投员配置热敏打印机的比例是100%。

再看PDA(掌上电脑),很多邮政揽投员向记者反映,本来是为了方便揽投员工作、提升客户体验而配发的PDA,可实际使用效果却并不理想。

同样的声音已经从中国邮政高层发出。在1月14日召开的2019年集团公司工作会议上提出,目前,顺丰、京东以及联邦快递、敦豪等国内外快递物流企业已基本实现了信息化、自动化、智能化、集约化,而我们的"四化"水平总体上远远落后于全行业。显而易见,"四化"既体现出目前中国邮政自身存在的差距,也代表着中国邮政未来要发力的方向。

良好的客户体验,直接关乎行业"国家队"重振雄风。仅靠往日的旧船票肯定难以重登客船,要想涛声依旧,科技赋能、着力"四化"是必由之路。

无论是战略布局的缺失、流程无法保证时限,还是科技赋能的落后,这背后所反映出的是中国邮政在寄递市场资源配置方面出现了地区结构、产品结构、市场结构、企业结构的失衡问题。如何从"长三角"实际出发,强化中国邮政的规划统筹能力?如何快速提升端到端时效,让产品更符合客户的多样化需求?如何以提升信息化、自动化、智能化、集约化水平为重点突破口,增强邮政的科技赋能能力?这些都是中国邮政需要重视并亟待解决的问题。

原刊于《中国邮政报》2019年1月23日4版

通讯类

五本火车驾照的故事

侯若斌　魏　乐　刘　翔

　　改革开放四十多年来,中国的面貌发生了翻天覆地变化。中国铁路西安局集团有限公司西安机务段48岁火车司机孙西宁,由裹着"油包"工作服的"煤黑子"变成了西装革履的"白领",从蒸汽机车司机一路成长为高铁动车组司机。让我们通过这五本火车驾照的故事,共同感受时代的脉搏。

赶上了蒸汽时代的尾巴(驾照一)

　　1989年,从小就梦想成为火车司机的孙西宁从武汉铁路司机学校毕业,被分配到西安机务段北货队。这个队的牵引机车是蒸汽机车,与他学的专业对口。孙西宁清晰记得,他接触的第一台蒸汽机车是解放型。

　　登上蒸汽机车,孙西宁要从焚火学起。给火车锅炉投煤,看似简单,实际上是个既要有力气又要有"窍门"的技术活。

　　西安至瑶曲线有连续长大坡道,100多公里的路程,一趟下来要烧掉8吨煤。这对于年仅19岁、身体瘦弱的孙西宁来说,确实是个不小的挑战。"刚开始练投煤,根本抬不动锹,投出去一锹20公斤的煤,要使出吃奶的劲。当时我都想放弃了。"孙西宁回忆说。

　　"如果不当司炉,就不能考司机,学也就白上了。"简单朴素的想法,让孙西宁鼓起了勇气和干劲,并摸出了窍门——从铲煤、踩踏板、打开炉门到投煤,不仅动作要一气呵成,而且投进去的每一锹煤,必须形成中间薄四周厚的"簸箕"形,才能保证火力旺盛。

　　经过苦练,焚火关过了,可另外两关,不是靠努力就能改变的:一个是夏天的热,一个是过山洞的"呛"。

"蒸汽机车没有空调。夏天的时候,锅炉产生的热量,加上不能歇气的投煤劳动,流汗如流水一般。那种火热的滋味,我这一辈子都忘不了。"孙西宁感慨地说。

每次过山洞,随着"咚咚咚"三声气阀响,司机室总是被水蒸气和煤烟笼罩,司机、副司机、司炉会被呛得喘不过气来。一百多公里线路有36个山洞,一趟下来要呛36回,整个人不但变成了"非洲朋友",衣服也被煤灰汗水弄成了"油包"。当时,这条线路被戏称为"劳改线"。在同一批司炉中,有的转了岗,有的离开了铁路,一直坚持下来的,只有为数不多的几人。

1993年,到了考蒸汽机车司机的规定年限。"为了防止背规章瞌睡,大冬天穿着秋衣秋裤在室外背,这种苦每名考司机的人都吃过。"几本厚厚的规章制度被孙西宁背得滚瓜烂熟,连标点符号在哪个位置他都记得一清二楚。就这样,孙西宁拿到了他人生的第一本火车驾照。

原以为当上了司机就可以不用焚火,工作能轻松些。可真开上了火车,孙西宁才知道火车司机并没有想象中的那样风光。蒸汽机车大部分是机械构造,操作起来特别费力,闸把有杯子口粗,要站起来用双手握住才能扳动。司机室前的锅炉,像是机车的"长鼻子",让瞭望变得十分困难。司机瞭望必须打开左窗探出头去,另一侧瞭望的副司机也得这样。长年累月下来,司机普遍左肩低,副司机右肩低。人们开玩笑说:"从肩膀的高低,就能看出哪个是司机,哪个是副司机。"

青春与内燃机车相伴(驾照二)

科技在发展,时代在进步。孙西宁当上司机没多久,线路便换成了内燃机车牵引。登上内燃机车,再不用烧火了,从繁重的体力劳动中解放出来,这让他既兴奋又担心。兴奋的是,以后再也不用被煤烟呛了;担心的是,老车开惯了,新车不会开,怎么办呀?

学!为了让这批司机尽快熟悉新车型的操作,段上专门对他们进行了培训。"开新车怎么能不懂新车的原理,万一路上出现故障咋办?那还算称职吗?"于是,主电路、辅助电路、控制电路等理论知识成了孙西宁攻克的对象。他从零开始,遇到不懂的原件或复杂的电路就请教"高人",段职教科成了他常去的地方。

功夫不负有心人。孙西宁通过考试,拿到了既可以驾驶内燃机车、又可以驾驶电力机车的"A照",这是他的第二本驾照。

内燃机车值乘环境有了很大改善,但噪声大、柴油味重。"那时候值乘,说话声音稍微小一点根本听不见,司机和副司机之间的交流要靠吼,内燃机车司机普遍都是大嗓门。"孙西宁说。

在这样的环境中,他驾驶过 DF7 型、DF4 型、DF11 型内燃机车。在这条线路上,孙西宁整整干了 6 年,这是他成长成才的 6 年,也是青春最美好的 6 年。

开着电力机车进北京(驾照三)

1995 年,随着铁路普及电气化,电力机车司机需求量大,业务能力突出、拥有"A照"的孙西宁被转线到客车队,跑西安至三门峡的旅客列车。如果说,从拉货到拉人是一个巨大的变化,那么从内燃机车到电力机车,对于孙西宁来说更是一片新天地。

孙西宁通过转岗考试,拿到了电力机车驾照,这是他拿到的第三本火车驾照。他驾驶的第一台电力机车是 SS1 型电力机车,这是我国第一代有级调压、交直传动电力机车,设计时速为 95 公里。虽然和之前的内燃机车速度差不多,但值乘环境好了很多。车上没有了油烟味,没有了噪声,没有了让身心不舒服的感觉。但交路长、值乘时间长、驾驶技术要求高,这对孙西宁来说又是一个挑战。

为了更快地适应新装备、新线路,单位组织他们这批电力机车中级工进行了为期三个月的封闭式培训。在这次培训的过程中,孙西宁的孩子出生了。由于临近考试,学习任务紧张,他没能陪在妻子身边。

孙西宁是一个自律的人,从不会因为私事耽误任何一趟值乘任务。身体不舒服了扛着,家中的事情也都托付给妻子办。由于陪伴孩子时间少,孩子见了他就躲,把他当成"陌生人"。甚至姐姐、弟弟的婚礼,他都没有请假参加。

时代加速前行,铁路提速奔跑。2000 年,全国铁路实施第三次大面积提速。这一年,陇海线第一个快速机车队成立。这是三秦铁道首条实行单司机值乘的线路。当然,在这条新线上,孙西宁是不会缺席的。

机车速度的提高,对司机的精力和操纵技术要求更高了。刚开始,一趟车7个多小时跑下来,孙西宁经常头晕眼花。那时机车保养工作还是由乘务员担当,等完成了车体文明化保洁,他常常累得直不起腰。

新线路新站场也有许多难题要攻克。"记得巩义下行进站信号机前是下坡道,要以77公里的速度进行制动,到达信号机处速度要控制在79到80公里,在距出站信号机1100米处必须带闸视情况进行追加准确对标……"说起这些操纵"技巧",孙西宁满是自豪,这是包括他在内的西郑车队几名业务骨干共同总结的进站精准对标作业法。此外,包括平稳操纵"技巧"等,都是他们从实践中获得的"真知"。2002年,孙西宁安全走行五十万公里,获得"安全司机"称号。

作为第一个快车队,无论是在业务技能、还是在形象素质方面,西郑队都要为所有车队打标立样。西郑队也成为全段第一个规范化着装的车队。火车司机穿西装、打领带、穿皮鞋,俨然一副"白领"的样子。

2004年,中国铁路第五次大提速,实行单司机长交路,西京队组建成立。孙西宁有幸又成为该队的第一批司机。在此之前,他从未去过北京,想不到第一次去北京,居然是开着火车而去的。

从西安到河南,到河北,再到首都北京,一路上的美丽风光,一路上大大小小的站场,不仅让孙西宁开阔了视野,增长了见识,更增加了他学习的热情和动力。作为一名火车司机,他累并快乐着。

令他高兴的还有,电力机车上有了空调。这对开了15年火车的孙西宁来讲,还是大姑娘上轿——第一回。"第一次受用上了空调,那种夏天蒸热难耐的日子一去不复返了。那其实是一个时代的结束,也是一个时代的开始。"孙西宁如此感慨着。

迎来动车新时代(驾照四)

2007年,中国铁路第六次大提速。西安铁路局开通了西宝动车组,这是西北地区第一条动车组线路。从那时起,西部铁路进入动车组时代。一列列动车组像一条条银龙风驰电掣。更出乎他意料的是,在接下来的十年间,西安局"米"字形高铁网初步形成。

报考动车组司机要求年龄不超过45岁,要有计算机和英语知识。虽然孙西宁年龄符合要求，但此前他从未使用过电脑，英语知识也仅限于上学时学过的 26 个字母。"这些从头学起来也不是一天两天的事，算了，还是继续开电力机车吧。"情形如此，孙西宁放弃了第一批报考动车组司机的机会。

由于路网扩充，动车组开行对数越来越多，动车组司机的需求量越来越大，当第二批动车组司机招考时，孙西宁动心了。

"动车代表着最先进的生产力，当火车司机也是自己最初的梦想，如果不努力争取一下，到退休的时候，那是会悔恨一辈子的。"孙西宁在心里一遍遍说服着自己。争取不一定成功，但不争取则一定不会成功。

就这样，作为当年那批报考动车组司机中年龄最大的，孙西宁拿出了比年轻人更足的劲头，开始了全方位的备考。他做的第一件事就是给家里装了台电脑，从最基础的开关机、拼音打字、办公软件使用开始，每天进步一点点。而他请教这些知识的"老师"，不是别人，正是他上初中的女儿。孩子只要在家，做完作业后的时间，都用来教他操作电脑。

英语也是女儿教的。孩子小时候，只要孙西宁在家，他就会辅导女儿做作业。如今，孩子只要在家，就会教他学英语。从最基础的 26 个英文字母发音到日常用语，孙西宁像小学生一样跟着女儿一遍遍地读。到后来，他竟能自己对着资料单独学习了。

动车组的技规和既有线是不一样的，这就意味着像新华字典那么厚的《铁路技术管理规程》得重新学习。休班时间，他除了学电脑、学英语，就是背技规。机会总是青睐有准备的人。经过层层选拔、考试、心理测试、体检，孙西宁顺利拿到了时速 250 公里的动车组司机驾照，这是他的第四本火车驾照。

"我在学校学的是蒸汽机车专业，毕业后，想着只要能开上蒸汽机车就行了。没想到，一路走来，不仅开上了蒸汽机车、内燃机车、电力机车，现在连动车组列车都开上了，这是以前做梦都不敢想的。"坐在动车组司机室，触摸着牵引手柄，孙西宁由衷地兴奋。

动车组司机室明亮整洁，视野开阔，U 形操纵台上分布着 5 个显示屏，既有英文又有中文。而以前开的车各种部件仪表上都是汉字，孙西宁也就明白了为什么动车组司机要考计算机和英语。

对于 ATP、CIR 这些高科技设备，动车组司机只需要知道用途和用法就行了,假如途中出现故障,有随车机械师处理。但孙西宁觉得要开好车,不仅要知其然,还要知其所以然。所以,只要有空,他都会向随车机械师虚心请教,讨问不止。

动车组精细化程度非常高,任何一个信号输入错误,都会给安全运行埋下隐患。每次走车前,孙西宁都要耐心输入各类信号信息,一遍遍地核对,一遍遍地复述,以确保所有信息输入准确无误。

孙西宁开着动车组,全神贯注目视前方,手比动作标准规范,但呼唤应答的声音和平常讲话差不多是一样的。"以前蒸汽机车和内燃机车噪声大,要求'高声呼唤、手比眼看'。现在动车组噪声小,但精准性要求高,所以呼唤要求变成了'准确呼唤、手比眼看'。"

风驰电掣:350公里时速(驾照五)

2010年,随着郑西高铁开通运营,西安局正式跨入高铁时代。孙西宁顺应时代潮流,又考取了他的第五本驾照——每小时350公里等级动车驾驶证,也是国内最高等级的动车组驾照。

虽然孙西宁有时速250公里动车组驾照的基础,但考取时速350公里的驾照还是有一定难度。规章有调整,得重新学习。另外,驾驶每小时250公里等级的动车组,行车信号类似于既有线,主要以地面信号为准。而每小时350公里动车组没有地面信号灯,所有行车信号都来自ATP。仪表盘上所有的显示灯也不同了,正常行驶时是灭的,只有非正常情况下才是亮的。这跟之前驾驶的思维模式完全相反,是一种颠覆性的变化。同时,时速从250公里提高到350公里,速度更快了,像飞一样,对人的适应性、反应能力要求更高,精力要求更集中。所有这些问题都被爱开火车的孙西宁很快适应了。

在西安机务段工作的29年,孙西宁经历过许多"第一次""第一批",接触过各个类型的机车,了解几乎所有的高铁线路,也亲身经历了中国铁路改革发展的各个历史阶段。

"中国铁路的每一次变革都触动着我的思想,影响着我的选择。铁路的路,就是我人生的路。我开着火车奔跑,铁路也拉着我提升。"孙西宁如是说。

原刊于《铁路建设报》2019年4月24日1版

通讯类

生命摆渡人

任国平　戴元元

人群泱泱,你们在阴霾中指引前路;逆行而上,义无反顾奔赴生命战场。

"人民群众亲切称你们为快递小哥。你们是疫情中的逆行者,在平凡中展现不凡。你们奔波在大街小巷,给人民群众送去的不仅是生活必需,更是人间温暖。"

逆行而上,前行的路多远多难,你一个人扛。

复工复产要靠人。被困家中,你作出惊人决定,步行踏上一百七十公里返岗路。两天两夜,你的双脚长满了水疱。

交通运输要打通。高速公路限行,你全国动员,一个一个高速路口派人摸底,途经的运输司机都能够从容应对。

行业联动上下游。上游停工,网点运营成本高企,你咬牙坚持每天跑一趟,人们却不知你一趟就亏五千块钱。

双腿奔波成车轮,转身多少辛苦与泪水,越是艰险越勇往直前。你奋战在抗击疫情物资运输投送的第一线,冲锋在与疫情斗争的最前沿,奔跑在守护人民美好生活的"最后100米"。舍小家、顾大家、为国家,使命在、责任在、阵地在。

逆行而上,发出的光多亮多暖,你风轻云淡。

大米饭、微波炉、羽绒服、修眼镜、剪头发、接下班……白衣天使敬重你,叫你一声"大哥",你是他们身边神奇的"哆啦A梦";

收地瓜、卖草莓、送蔬菜,疏堵滞、畅物流、解忧愁……瓜农果商感激你,日盼夜盼,你手中的快递带领他们走向心中的远方;

摆"地摊"、支货架、件入箱,末端通、衣食通、心路通……社区用户感谢你,没有你,哪有米面粮油、安心"宅"家的衣食无忧。

"疫情过后,我第一个要感谢的除了医护人员,就是快递小哥!"感慨声中,3月初行业300万人到岗,复工率超92%;1.6亿件,每日流通快件重回高位。又半月,湖北以外产能基本恢复,物畅其流。行业一路艰难、爬坡过坎,通往光明的时刻日益临近,以最佳的姿态为广大人民群众的生产生活发光发热。

逆行而上,国家在为你们保驾,行业专心护航。

习近平总书记要求,科学调配医疗力量和重要物资。要落实防护物资、生活物资保障和防护措施。要密切监测市场供需动态,积极组织蔬菜和畜禽等生产,畅通运输通道和物流配送。

李克强总理指示,物流链连着产业链、供应链。有序推动复工复产,物流是重要基础。要尽快取消各种不合理的限制障碍。各地要对邮政和各种所有制快递企业给予一视同仁的通行便利,推动打破乡村、社区"最后一公里"通行和投递障碍。

免收全国收费公路车辆通行费;采取切实举措使货车司机从免收通行费中受惠;对执行运输保障任务的企业给予财政补贴;加大对客货运输企业的金融支持力度。

全力推动行业复工复产,"达效提产";积极与主要电商平台企业沟通,有序发运;指导企业了解免收快递收派增值税等惠企政策,用足用好;引导总部出台特殊时期对一线的扶持政策,关爱关心。

你说"自己多跑路,让客户少出门"。让我们忆起那个三棵树下的"中青周杰伦"、大明湖畔的"蓝色萝卜头",更让我们记住了背后的百万"小哥哥"。

你不是天使,更没有翅膀。穿上快递的"战衣",你的眼前只有大义面前的担当。逆行而上,逐风奔跑。你之所在,未必光芒四射,但始终温暖有光。

怕,真怕,捅破生死的事,没有什么是职责所在

作为一名生长于武汉的顺丰速运快递小哥,几乎全年无休的汪勇,在这个春节迎来了自己的假期。晚上回家后女儿腻在怀里甜糯的"爸爸"叫声,让这个80后的快递小哥更加深深地体会到,在焦虑逐级传递、整个武汉陷于困顿的除夕前夜,与家人的相伴,是此刻最大的安慰。但他没有想到,在此后的一个多月

里,他的生活如此跌宕起伏。

一切源于他偶然闯入一个"医护人员车辆需求群"。

"撒谎三件套"

金银潭医院的一位护士在微信群中求助:"回不了家,接应时间是大年三十6:00。大年二十九发出的消息,一直无人回应。"23:00,汪勇说了声"我去"。

作出决定前的一个小时,他考虑了三件事情:一是如何出门,二是不回来住哪儿,三是如果出事怎么办。那个在床上辗转反侧的晚上,他想了所有的事情,如果遭遇不幸,家人、车贷、房贷,这些怎么处理?出发前,他就"把脑袋提了起来"。

住的地方是最先想好的,点部仓库,一楼,通风好,有上下铺。最大的不足是潮湿阴凉。汪勇后来回忆说:"没啥不好的,有地儿住已经是最大的幸福。"而他每次都是在早上量体温确定发现不足36摄氏度时才感觉到,"仓库里面真冷啊"。

汪勇的反常引起了妻子彭梦霞的注意。彭梦霞发现,吃过年夜饭是看春晚的时间,但汪勇却一直背对着她"刷"手机。彭梦霞一开始觉得可能丈夫跟自己一样比较恐慌,在看一些新闻,但随后她突然瞥见汪勇手机上出现了"医护接送"的字眼。彭梦霞很害怕,立刻对汪勇说:"你不要去搞这个事情,你看看行,但不要去!"但其实,在哄女儿睡觉的时候,汪勇心里早已思谋好了计划。

在记者采访的时候,汪勇开玩笑地与记者分享了他和妻子的"撒谎三件套":一是公司加班,自己房贷车贷缠身,妻子不可能不让他去工作;二是不要贸然打电话,要发微信,给彼此思考时间;三是降低对方心理预期,她就会答应你程度稍低的请求。所以为这个三件套,他搭配了一个"三步走":第一步,告诉妻子点部春节值班;第二步,告诉妻子自己接触了疑似病例需要隔离;第三步,如果被拆穿,就说自己并没有在一线。他却没料到,亲人之间那种感应,早已穿透了这种善意的隐瞒。

第二天,汪勇离开了家,妻子果然没有怀疑。

"我来接你了,你有酒精不?"汪勇打通护士的电话时,护士不敢相信在这个时候会有人来接她。她坐在车上哭了一路,汪勇的腿抖了一路。

这一抖,抖了一天。12个小时,接了30多人,接近19:00,腿抖得止不住,汪勇收工了。接下来他要按照"计划"向妻子撒第二个谎。

"我有些事情要跟你说。"收到丈夫信息的彭梦霞心里咯噔一下，赶紧回了一个电话。"今天我一个一起工作的同事发烧了，为了安全起见，我最好还是去隔离一下，就在我们公司的仓库里面隔离。不要跟爸妈说。"汪勇说。

刚听到这个消息的彭梦霞很害怕，她知道这个病毒的传染性很强，但是为了家人，她支持丈夫这样做。此时的她依然被蒙在鼓里。

安抚好妻子，躺在床上的汪勇回忆起这一天上车的人，他没有看清也不记得一个面孔，但内心的惊惧让他再次考虑到生死问题，"如果万一有事怎么办""大不了卖房子"。

"其实想通了就没那么害怕了，腿也不抖了，11点钟，沉沉睡去。"

没想到这是此后一个多月时间里，他睡得最早的一次。惊心动魄和千转百回的一个多月，开始了。

第二天，回家拿上妻子放在门外的一些衣服和生活用品，汪勇毅然踏上征程。"从那天开始的一个月里我就没怎么见过他了。"彭梦霞说。

在送出第一天的善意之后，汪勇决定继续干，因为"人家都拼出命来救我们，我们为何不能送他们回家"。他知道全国医疗救援队来之前的这一周，金银潭医院在这场战役中的角色，他自己日常快递服务的片区就在这附近；他也清楚地知道，医护人员要想从这里叫辆车有多么困难。

"平常大家开车都尽量少经过这里，何况这个时刻"，走路4个小时，深深地刺激着他。"一天接送一个医护人员可以节省4个小时，接送100个就是400个小时。"账不管如何算，汪勇都觉得自己赚大了。"这能救多少命啊，至少能让他们多休息一会儿啊。"

然而，汪勇的拼命让自己"破绽百出"，随后的几天里，彭梦霞觉得不对劲。"女儿很黏他，每天都要跟他电话或视频。我就发现他经常不接，一直说有事。"

可能汪勇自己也觉得没办法再这样骗下去，就把一部分实情告诉了妻子。"我在做一些资源的协调，不会直接接触到危险，知道吧？"他把接送医护人员的事情隐瞒了下来。

"不行，我不同意，你回来！家里老的小的都很需要你，万一有什么事情我们怎么办？你这太不负责任了，你不把我们这个家放在心里吗？"一听丈夫在做志愿者,彭梦霞一下就哭了出来。

"你不要慌,其实你要想一想,医护人员现在缺的东西太多了,神经也是很紧绷的。如果说他们倒下了,我们武汉就很危险了。他们难道就都没有家吗?"

听到丈夫的解释后,彭梦霞愣住了,逐渐冷静下来。"我还能怎么反驳他,他说得确实有道理。"

"这次希望没给父母丢脸"

彭梦霞说,生活中,汪勇是那种宁愿自己承受所有的压力也不让家人受委屈的人。"因为房贷和家里生活的压力,他在做快递之外晚上就去跑滴滴,很多吃苦的事情都做。"

虽然不能回家,但汪勇对妻子是千叮咛万嘱咐。"你不要去看每天增加了多少人,这不是你要去操心的,你要学会怎么保护好自己和家人。"他还向妻子普及病毒的传染途径、预防的方法等知识,他不允许家人出现一丁点意外。

"'封城'以后家里没有备什么菜,但还可以去一些暂时没有关闭的超市买。这时汪勇就不允许我们去超市,甚至不允许我们下楼。他说他去买了放在楼下我们去取。"彭梦霞说,"但你知道吗?为了不排队,他每次去买的时候都是趁着超市快关门了再去,买回来的菜可能都是人家挑剩下的,我们一家人吃了很长一段时间这种不新鲜的菜。肉根本抢不到,我们一个月没吃肉。而他就说有吃的就行了。他每次买完菜就放在单元楼门口,只准我一个人戴着手套下去拿。还让我尽量等楼道里没人的时候下去。"

汪勇放下菜一般会直接离开,偶尔有点时间能和妻子见一面,他也是站得很远。"我想抱一下你。"妻子说。但汪勇很坚持,"不行!拿完菜赶紧走。"

汪勇是独生子,自己做志愿者的事情一直没有让父母知晓,他也不让妻子说。因为儿子和儿媳妇的隐瞒,汪勇的妈妈直到2月13日才从朋友那里知道儿子在做志愿者。

"知道消息以后,婆婆第一时间给他打电话,他就承认了。我当时看到老人家眼里都是泪水。但他们还是忍着,而且鼓励儿子,'在这么难的时候去帮助医护人员,你做得还是很不错的,家人很为你骄傲,希望你做好防护'。"但彭梦霞说,其实从那天之后,整整10天老人家晚上都没怎么睡觉。后来一直到汪勇23号回来,而且去做了CT显示没有什么问题,大家都很开心,老人家才踏实睡了个觉。

"当点部主管那一年,其实他比之前更累。每天在家的时间很少,遇上'双11''双12',他就在公司住十几天。当了主管,他很负责任,而且他在当主管那一年在顺丰内部得到了很多荣誉,把业务靠后的一个网点逐渐做到中等水平。后来因为孩子还小,老人身体也不好,都需要他的陪伴,所以他就选择了继续当快递员。"

"他是一个特别有担当和热心肠的人。有一次我们出去逛街,他看人家妈妈推着孩子过坎,就赶紧从很远跑过去,帮人家推过去。有一次遇到一位年纪蛮大的爷爷很吃力地蹬三轮车上坡,他就跑过去搭把手,结果车推上去了他的手却被划了很长很深一个口子,全是血。我还陪他去打了针,每天去换药,很长时间才好。就算人家一声谢谢都没说,他也不会去怪谁。他其实是一个正能量很足的人,不喜欢去考虑那些负面的东西。"

一个人的人生观,经历了许多事、许多人的塑造,成形于家庭养成、个人经历、后天教育。父母这代人的经历和教育,让汪勇自小耿直,但他自称不是"省心的小孩",所以,此次一直瞒着父母,也是觉得自己30多岁的人,不应该让父母再操心。但无论儿子走多远,又岂能走出父母柔韧的掌纹,那在电话中连声鼓励儿子的父母,背后隐忍了多少牵挂的情绪。一句"这次希望没给父母丢脸"的话,算是这么多年默默地感谢吧。一篇关于汪勇的文章下面有一句留言,"兄弟,你这何止没丢脸",话没说完,但背后的潜台词,都是暗暗称赞吧。

后天养成的一部分,来自他工作近6年的顺丰速运。2014年9月汪勇入职,"诚信第一的价值观深植脑海,平等相待,彼此尊重,我虽然没有王卫总裁的思想和高度,但是我不折不扣地把他的思想理念进行落地"。汪勇直言,顺丰系统全面的企业培训,大大提高了他个人逻辑推导能力和全盘思维能力,而干快递所锻炼的良好的沟通能力,对于做好这次志愿工作是良好助力。"我感谢公司,我以自己是顺丰人而骄傲。"

"每一刻都是生死边缘的徘徊"

中新社记者孙恒业在2月6日跟拍了汪勇一天,从9:00到17:00,他用视频方式全面报道了汪勇组局的前前后后。他说,汪勇的线索,来自给医护人员送餐的志愿者,这是一个由汪勇组织的志愿者团队,"觉得汪勇做很多事情,特别辛苦"。

随后,中新社率先播出介绍汪勇的微纪录片《武汉志工》,在各类视频网站的播放量达数千万次,引起中央电视台等多家媒体竞相报道。

这一天,孙恒业看到了汪勇的开心和沮丧。给金银潭医院医护人员送物资,看到那些物资用到医护人员身上;给酒店的医护人员送餐,酒店的人都知道有一个"勇哥",这时候的汪勇就那样乐呵呵的。沮丧的那一刻,孙恒业感同身受。汪勇后来在回忆中说:"那天正好赶上金滏餐厅被相关部门查封,他自己一点点地交涉。一边是规定,一边是热心,但结果没有折中,非常时期只能执行规定。"

回到汽车上的汪勇默不作声一脸懊恼,流着眼泪拍着方向盘说,"我一定要做下去,即使遇到再多问题,也要想办法解决"。这个时候的汪勇,很多问题亟待解决,尤其是面对更多的不确定性,内心有闯劲,有志忑,还有偶尔的无力。

3月3日孙恒业再次回访汪勇的时候,第一感受是"他开朗了很多",被众多媒体报道之后,他做事情开始变得容易,很多时候一个需求发一个朋友圈,十几分钟后就能看到他在朋友圈里回复"问题已解决"。本刊记者在采访他的时候和他聊过媒体报道的问题,他说的是"只要有助于把事情做下去,让医护人员在前线安心工作,我愿意站出来"。但他同时表示,如果说是荣耀,那这份荣耀不单属于个人,像他一样的人还有很多,只是自己恰好被放在了聚光灯下。

流动的时代,不再有一个固定的人生模型可以供所有人模仿。在孙恒业的印象里,汪勇有着如媒体报道所说的"CEO"特质,目标明确、思路清晰、会找方法,遇到困难一定先去攻山头,攻不下来再绕路。这个描述和央视前主持人张泉灵在《少年得到》里讲述的汪勇一样,"明确目标、设立边界、会找方法、修改目标、坚持不懈"。无论是解决医护人员的出行和吃饭问题,调动志愿者、滴滴、摩拜、超市,还是在饭店复工和供应泡面之间的调配和斡旋,都体现出他能干事善做事的特质。

而让孙恒业感动的,则是汪勇的单纯,"成年人到这个年龄考虑得更多是家庭、赚钱,而他乐观、单纯,价值观特别正。"对于这种价值观,汪勇告诉本刊记者,他认为在顺丰速运工作已久,总裁王卫的价值观深深地影响到他,"要做有价值的事,要做不一样的有创新的事,不要老是想着守护自己的利益,守是永远守不住的。我们都可以通过艰辛的过程而完成蜕变,成为精彩的人生毅行者"。

人生的美好和艰难莫过于此。

有时候危险不是在前方等待我们,而是在看不见的后方逼近,怕的就是对事物的不了解和少认知。1月29日从北京出发前往武汉,在这一个多月里,孙恒业从最初的害怕到现在的坦然,这何尝不是汪勇大年三十"提着脑袋出发"到现在的心路历程。汪勇报道之后这一系列的反响,让他内心充满成就感,"这是一个记者职业价值的体现"。和汪勇一样,在前方的他们,用自己的行动,传达强劲而柔韧的力量,共同的心愿是"把这段时间赶紧度过去,让武汉好起来"。

在孙恒业之前的印象里,快递小哥是街头匆忙的身影,有着让你签收快递时急迫的表情。而在武汉的这一个多月,他深深地感受到,快递小哥在维持着武汉这座城市的活力和运转。

承担重压,而又负起大义,汪勇满眼疲惫地喝着牛奶,乐观地回答记者提出的一个个问题,谈到开心处,他说"看到上海医疗队吹灭生日蛋糕,一切都值得了";谈到黯然处,他说"你不是我,我也不是他们,只是听说,我们永远都不知道对方在经历什么,但对于当事者来说,也许每一刻都是生死边缘的徘徊"。

"我志愿加入中国共产党……"

汪勇一天的时间表基本是这样的:

5:30—9:00,和志愿者一起,为医护人员送去900份早餐;

9:00—10:00,回公司处理工作;

10:00—14:00,按照头天晚上做好的事项表格一项项安排,对接资源,调配人手;

14:00—18:00,物资规划和配送;

18:00—20:00,处理当天不急的事情;

20:00—20:30,陪孩子玩耍半个小时;

20:30—24:00,复盘当日事项,统计未完事宜,跟进落地,分配事项,列表次日清单。

再十分钟后,他已经进入梦乡,忙碌的生活养成了汪勇迅速入睡迅速起床的习惯。

在3月2日的上午十一点多,汪勇的事项列表中有着郑重的一项,"入党宣誓。"

2月28日,中共武汉江汉经济开发区工委批复汪勇火线入党,成为预备党员的时间是2020年2月28日。

"我志愿加入中国共产党……"3月2日上午十一点多,在顺丰速运湖北公司的"员工之家"活动室,面向党旗,汪勇举起右拳,用沉稳而激动的声调庄严宣誓。

"说真的,我太激动了。"电话那头的汪勇,利用吃饭时间和本刊记者连线。"当我举起右拳,我的人生就有了新的烙印,'党员'两个字的沉甸甸程度,超过我的想象。此刻我脑子里只有一句话,就是事情不能停。"

汪勇入党前,2月22日,包括他在内的25名湖北顺丰快递小哥获得提拔;2月26日,汪勇获得了国家邮政局精神文明建设指导委员会办公室授予的"最美快递员"特别奖。国家邮政局还号召邮政业党员干部职工要向汪勇同志学习,学习汪勇同志爱岗履责、恪尽职守的敬业精神,协作互助、投身实践的志愿精神,开拓创新、担当有为的时代精神,友善无私、助人为乐的奉献精神,他见贤思齐、激发斗志、真抓实干、勇当先锋、敢打头阵、不畏牺牲,凝聚起全行业投身疫情防控斗争的强大力量。

"火线提拔,火线入党,这是顺丰公司和全社会对汪勇志愿工作的支持;获得'最美快递员'称号,这是行业对汪勇正能量的激励。"顺丰速运湖北区党支部书记周雷,全程见证汪勇的入党宣誓仪式。

但还没来得及沉浸于成为一名中共预备党员和"最美快递员"的喜悦,汪勇立即开始了未完事项的处理:2000双回力鞋需要分配;400套床单需要送到酒店;举办征文活动的文字、图片和视频需要分类整理,对接媒体……

"如果有困难挡着,那就爬过去,如果爬不过去那就绕过去。"这是这一个多月来,汪勇做事情的最大心得。

跑,快跑,服务的可都是救命的人啊

"累吗?"经常有人问汪勇。

"扛得住这个阶段命运给予你的艰难困苦,以后我可以扛得住自己所作的任何选择。"这是他的回答。他相信自己,别人也相信他。

"好想吃大米饭啊"

一个人的力量毕竟是有限的,萤火微芒照亮的道路,深深浅浅。

自己出来跑了几天车后,汪勇决定招募志愿者,条件是"一个人住,必须佩戴防护用具,必须遵守消毒流程"。让他深感骄傲的是,他聚拢起来的二三十人的团队最终没有一个被感染。"除了目标一致,就是要遵守消毒流程,这是为了每个人的命。"认准了道路要往前走,严格的规则一条都不能破,这是汪勇的内心遵循。

但后来让他烦恼的是,志愿者还是不够用。"很多小区三天只让出来一次,很多人出不来"。因为不用近身服务医护人员,所以他对于志愿者的招募逐渐不再严格于"必须一个人居住",但是必须有共同的价值认定,必须严格遵守消毒程序,这一点,谁都不能马虎。"疫情可怕,但更可怕的是不注意细节。"汪勇说,"感谢身边人让我为所欲为,大家都很辛苦很艰难,但正是这么多人挺身而出,才做成了所有的事情。在这场疫情中,每个人都在渡劫,大家齐心协力才能爬坡过坎。"

协同的力量继续发挥,朋友圈和志愿者群所产生的叠加效应超出了汪勇最初的想象,他们先是联系摩拜单车和医院、酒店,所有的点位,车辆一天到位,2公里以内的出行需求得以解决;接下来用一个星期时间对接滴滴,滴滴把接单公里数从3.5公里以内直接更改为15公里以内;还有青桔单车,400辆车投放3天完成。只要能够利用到的带轮子的出行工具,汪勇一个都不放过。

艺术家露易丝·布尔乔亚说,"如果一个网破了,蜘蛛回去修补它,这就是他要在生活里做的事情,重塑自我,重新构建自己的世界,努力使它完整。"汪勇说这是我们的武汉,我们只想让它赶快回到以往的样子。

最后的事实证明,汪勇真的赚了。"看着他们一点点地变好,真的特别开心,看着那些曾经抹泪的小姑娘从楼上蹦蹦跶跶地过来,我觉得自己值了。"

出行问题初步解决,汪勇把心思用在了另外一件紧急的事情上。起因是一位援鄂的医疗队医生发了一条朋友圈,"好想吃大米饭啊!"

"过来救命的恩人,我必须得让他们吃上白米饭。"汪勇开始联系餐馆,得知为医务人员供餐,不少餐馆直接提供盒饭不要钱,但他们要么难以长久,要么产能到顶。找到一家固定供餐的餐厅成为汪勇的执着心愿。志愿者采取扫街的方法,一天跑20多家餐厅谈合作,可以直接供餐,也可以免费或者低价提供场地和员工一起合作。2月3日,金溢山餐厅开始供餐,解决金银潭医院医护人员休息时的就餐问题,同时供给滴滴司机。可惜,2月7日,餐厅停止营业。

　　汪勇继续联系,也不断受挫,就在这时,他打听到了Today便利店(总部位于武汉的品牌连锁便利店)可以在满足金银潭医院所有支援团队的用餐问题外,每天提供滴滴车主300份免费午餐。

　　为了方便武汉的医院预订餐食,汪蕾作为Today对接医院的联系人,手机号对医院进行公开。此后,她的手机便频繁响起。"每天主要的工作就是接听求助信息、安排工厂产能、对接运输配送等。"汪蕾说,这是一条救命通道。

　　武汉市第八医院是Today的捐助对象之一。2月初,第八医院的30位医护人员紧急支援到金银潭医院。因为金银潭医院没有餐食,他们就向汪蕾提出了求助。紧接着,Today开启了捐赠金银潭医院的通道。

　　"小蕾,谢谢你,我们转到这里你们还能提供餐食。"一位和她对接的医护人员在微信中对汪蕾说,"之前有一位志愿者在向金银潭提供餐食,但是因为餐馆关门,断掉了。他叫汪勇。"汪蕾从这位医护人员口中第一次听到"汪勇"的名字。

　　而过了不久,汪蕾便接到了汪勇的电话,并通过了他的微信好友申请。

　　"您好,我是汪勇……感谢您解决金银潭外来援助医务人员的用餐问题。"汪勇在微信中高兴地对汪蕾说,接着又说明了目前向金银潭医院供餐的情况。"说来惭愧,我意识到现在供餐这块的压力,两天时间恢复了一个餐馆开始供餐,结果被食品相关部门在第二天查封。"

　　听到汪勇说金银潭医院实际上还需要260份餐食以及医护人员的艰难时,汪蕾深表同情:"其实不用你说,我们给医院送了那么久的餐,很多情况都理解,有的医护人员真的是连泡面都吃不上。"

　　理解的同时汪蕾有些担心,她并不认识汪勇,如果Today送餐过来,而对方没有把餐送到医护人员手上怎么办?但当她了解了汪勇这些天的经历后,深受感动。她觉得还是一定要相信大家,相信有这么多有爱的人。

作出决定后,汪蕾紧急联系了 Today 餐食工厂,她要确认工厂产能是否跟得上。

疫情防控期间,Today 餐食工厂同样受到冲击。员工被困在村里回不来,加上还有一些人上班的意愿也没那么强烈,导致工厂人数比平常少很多。而就是在这种情况下,工厂在岗的员工产生了一种一定要为武汉做一些事情的信念。每每想到大家都愿意加班加点生产、保证前方医院供应的情形,汪蕾都忍不住热泪盈眶。这么难的时期,大家抱在一起才能挺过去。

得知产能能够满足的情况下,汪蕾同意了汪勇的请求。但接下来配送的难题又摆在她面前。

彼时,Today 同时服务着武汉市不同方位的 50 多家医院,每天赠送 1.5 万份餐食,加上市内的 100 多家门店配送需求,Today 的配送车很难按照汪勇给出的时限把餐食准时送到。

2月8日,在尝试送了一次餐后,汪蕾对汪勇解释说:"中午实在赶不到,我们送到金银潭那边最早也得下午一两点了。"

"这些医护人员已经很辛苦了,还是希望他们能够在中午准时吃上饭。我能不能自己过来拿餐?"了解情况的汪勇着急地说,"任何地方都可以。"

汪勇的坚持再次给汪蕾留下深刻印象。金银潭医院距离 Today 工厂三四十公里,开车需要 40 多分钟,来回需要一个半小时。汪勇依仗的,就是他自己认为还不错的身体,还有他那辆既跑滴滴又拉物资的汽车。

"实名担保"

在解决了医护人员用餐问题后,汪蕾又接到了汪勇的求助,这一次被捐助者变成了滴滴司机。

汪勇跟汪蕾讲述了滴滴司机保障医护人员上下班、服务社区居民外出采购的故事。"他们的一日三餐没有解决,人数还比较多。这些司机是整个志愿者链条中非常重要的一环,如果餐食供应跟不上,可能医护人员上下班接送会受到影响。"

滴滴司机的处境也牵动着汪蕾的心。虽然刚开始的时候,她的工作主要是满足医院的需求,但到后来,她发现不只是医院在餐食供应方面存在困难,其他如环卫工人、警察、社区工作者、快递员等都有同样的需求。因此,当了解了这些滴滴司机的处境后,汪蕾也希望能够帮助到他们。

"需要多少?"汪蕾问。

"300份。每天中午150份,晚上150份,我可以去取。"手机那头的汪勇有些不好意思,在非常时期这不是一个小数目。而且他还建议,滴滴司机不像医护人员可以在食堂或者用微波炉热饭,他们整天都跑在路上跑到很晚,给他们需要加热的米饭不太现实。"可不可以提供一些冷餐?"

"你等一下,我先去了解一下工厂的产能。"汪蕾心想,又要给后方增加工作量了。

其实在Today向社会捐赠的餐食中有很多不同的品种,除了牛奶、米饭,还有三明治、饭团、面包等。针对滴滴司机的需求,汪蕾马上跟公司营业部的负责人进行沟通。她觉得,既然做了这个事情,就一定要做好。

在满足了汪勇提出的滴滴司机的需求后,Today进一步向武汉市内营业的100多家门店下达了通知:只要是滴滴司机或者是快递员、外卖员来到我们店,都免费提供热餐服务。

在到工厂取餐环节,因为滴滴司机十分分散,Today物流配送的范围比较大,武汉三镇的医院都要跑,时间很难把控。所以汪勇提出的"10:00到11:00之间送到"存在难度。在双方商量后,汪勇决定找志愿者到工厂自提。

对接完所有工作,汪蕾向汪勇提出了一个原则:不管是给医院还是给滴滴司机,一定要免费赠送,绝对不能收费。

"不知道该说什么,除了感谢、感谢、感谢……任何地方,我去取。"汪勇回复。

汪蕾从手机屏幕上能够感受到对方的激动。让她更意外的是,汪勇把自己的身份证号码发了过来:"实名担保汪勇(身份证号),在Today所取快餐绝不收取滴滴师傅一分钱费用,如有违反,承担所有责任。"

汪蕾再一次被感动。她感觉汪勇做事很细,有的事情自己都没有想到,但是他能想到。比如她并不理解对方如何将300份餐食发给奔跑在武汉不同角落的滴滴司机。

"你到时能不能拍些图片给我看。"汪蕾很好奇,同时她也要确定餐食送到滴滴司机手上。

当第二天汪勇把取餐、送餐的视频和图片发来时，汪蕾恍然大悟。原来，在汪勇的组织下，志愿者们在武昌、汉阳、汉口选了三个地方作为集合点，滴滴司机们开始集合后，他们就把饭一份份送在车上，放一辆走一辆，秩序井然。

随着疫情的变化，武汉针对社区人员进出的管制不断趋紧。有一段时间，汪蕾看着工厂里上岗的人员越来越少，最严重时，打包线上的三四十个人缩减到十余人，而所有出厂的餐食都需要工人一个个分拣和打包。人员的减少给 Today 的产能带来非常大的压力。

"我们确实很难，平常一天能做 1.5 万份，那几天最多可能做 8000 到 1 万份，还有一些缺口。"汪蕾向汪勇共享了工厂的情况，"要不给医院送点泡面之类的？"

对汪勇来说，心中压力也越来越大，他担心再次断供，医护人员再一次吃不上饭。为此，汪勇接到汪蕾电话的第一反应是制定两套计划，B 计划是先弄来泡面，A 计划是协调相关部门，保证生产。B 计划：供货—需求—配送，三个环节一个个重新理清楚，从自己最熟悉的配送出发。他先组建了一个 26 辆车不间断的送饭车队，再从自己的人际网络里找到一个在武汉市有 10 万份方便面的供应商，仅用 3 个小时便将网络打通。A 计划：主要是找人，谁管事找谁。汪勇联系上了武湖街道办事处，有礼有节把事情讲清楚，15 分钟后领导批复："明天可以恢复生产，但是手续要办齐。"

但汪勇觉得应该尽一切可能，他还是希望医护人员能够吃到米饭。

怎么办？难也要上。汪勇与团队成员商量后，得出了唯一能够满足产能的办法——做菜做不了那么多，炒饭总可以。于是，那几天 Today 的工厂里连夜掀起了炒饭高潮，两天后才恢复正常。

在汪蕾看来，作出炒饭的决定很难，但让她觉得更难的，是无法得到所有人的理解。

在提供炒饭的两天里，汪蕾发现在滴滴司机的微信群中有些人并不买账，甚至有一些抱怨。她看到那些信息后，感觉好"心塞"。

"我们都已经这么连夜赶工为大家做炒饭，也是希望能够让大家吃些米饭，但还是有人不理解。"汪蕾难过地流下了眼泪。

让汪蕾感动的是,在她难过的时候,汪勇在微信群中站了出来,他一边说明 Today 作出的努力和付出的情感,一边在群里发了很多公告信息。逐渐地,大家的情绪都缓和下来。

"我觉得因为我们在顶他,他也在顶我们。"汪蕾说。

汪蕾开始并不了解汪勇,觉得他就是一个很热心、很想做点事情的志愿者。但当她看完很多相关报道,以及通过汪勇的朋友圈,才知道汪勇背后的故事,"很敬佩他"。

2月15日,《新民周刊》刊载《快递小哥搞定金银潭医护难题:我送的不是快递,是救命的人啊!》后,关心武汉疫情防控的全国各地网友通过各种途径和形式对 Today 点赞!

2月16日,Today 发布公告:"我们受宠若惊!亦深感受之有愧!……Today 作为一家创业公司深感能力有限,我们与汪勇一样,只是一个组局者。"

汪蕾说,在 Today 和汪勇向医护人员提供的餐食里,其实饱含了很多组局者的爱心和恩情。就像配餐,一盒牛奶、一袋面包,都是不同企业通过 Today 送达;就像送餐,亦凝结了很多像汪勇一样的志愿者的感性和热血。

"哆啦 A 梦"

年夜饭刚上,彭襄红就接到医院紧急集合的电话。她所在的武汉市第八医院需要调集力量支援金银潭医院,而像第八医院一样收到召集令的医院还有很多。

出发时,护士长来送他们一行八人,眼里满是泪水。彭襄红也清楚自己要去的地方十分危险,但更多的是担心自己去了能否担起这一重任。

救护车在除夕夜里疾驰,把彭襄红一行送到金银潭医院附近的海风情假日酒店,这里是他们的临时住所。

第二天,经过半天的培训,彭襄红就下临床了。金银潭医院收治的都是确诊的新冠肺炎患者,彭襄红被分配的区域又是重症区,需要经常给患者上呼吸机等,加上穿着防护服,连续 10 个小时几乎不休息,她感觉自己都需要抢救了。

好不容易熬到下班,拖着疲惫的身体回到酒店,彭襄红才发现很多东西酒店里都没有,尤其是没有饭吃。金银潭医院虽然供餐,但大家都不愿意在休息的时候再跑到医院。"如果医院那边可以往酒店送餐就好了。"她心里想,但现实是医院也没有相应的配送力量。

饿着肚子,彭襄红和同事开始在朋友圈求助,意外的是紧接着就有很多好心人送来了泡面和水,汪勇也在这时出现在他们面前。

在汪勇的帮助下,一批泡面和零食被送到海风情假日酒店,解决了彭襄红等人饿肚子的问题。过了几天,因为不忍心大家天天吃泡面,汪勇又给彭襄红他们送来了盒饭。

和彭襄红一起住进海风情酒店的还有武汉市内不同医院的200多位医护人员。汪勇提供的都是一日三餐,供起来耗费极大。

"我们的物资也没有那么充裕,但我尽量给你们想办法,谁需要的话就在群里面喊一声,哪一个房间需要几份,大家接龙,最后我来统计数字,按需提供。"汪勇在彭襄红所在的医护人员群里说。

能够吃到方便面,汪勇已经让彭襄红十分感激。她觉得汪勇也很不容易,有时候宁肯吃泡面也不想去麻烦他,米饭可以留给更需要的人。"最开始觉得泡面贼好吃!吃了一礼拜,最后顶不住了。"

了解到医护人员工作时间不固定,汪勇还在海风情假日酒店一楼大堂配了很多微波炉。"我们下班的时间很尴尬,有时候下午两点多才回来,饭肯定凉了,他为了让我们能够热饭,而且不用排队,也不知道从哪儿弄来这么多微波炉。"

"大家中午一餐,晚上一餐,有卤肉饭、鸡肉饭,都可好吃了。盒饭之外还有很多三明治、酸奶、面包等,我们留着当早餐。汪大哥还怕我们饿肚子,亲自去Today的仓库把饭拉过来,保证我们12:00左右能吃到午饭。"

第八医院对金银潭医院的支援持续了19天,之后彭襄红和同事回到了本院。在酒店的近20天里,汪勇的名字一直陪伴他们左右。

让彭襄红更为震撼的是,在离开金银潭医院的时候,因为安排好的救护车一直在接送病人,他们等了三个小时也没等来。实在没办法的情况下,彭襄红又想到了汪勇。电话中,彭襄红说明了情况。

"你们8个人,我给你们叫8辆吧,东西比较多,一人一辆好拿一些。"

彭襄红本来想请汪勇帮忙叫4辆车,但没想到对方一下子给他们叫来8辆车。看着长长的车队一起到来,彭襄红有种想哭的冲动,在金银潭医院的辛苦和压力一下子又重新涌上心头。

"汪大哥这两天已经回快递公司上班了,但他没有退群,仍然在往酒店送东西,他只要有东西都会想到那边,我还看到他帮医护人员去修各种东西。只要你能够提出来的,他都能够想办法满足你。他就像哆啦A梦,需要什么都能变出来。"

……

随着汪勇回归工作岗位,医护人员的白米饭没有断,甚至还升了级。

这天汪勇收到了一条长长的微信:"你那里的鸡汤还有吗,能分点给我们病房的老人吗?好些肿瘤晚期的老人,没有子女在旁边,都是老两口互相照应,婆婆得了癌症爹爹照顾,爹爹得了癌症婆婆照顾。1病床的爹爹肿瘤晚期,吃啥吐啥,婆婆今天用5块榨菜丁咽一碗白米饭,都舍不得吃15块的盒饭,我看着都心酸。"汪勇回答得很简单:"数量""定期有好的,我就送来"。

医护人员的爱在志愿者和病人之间传递。3月6日一大早,汪勇载着湖北吴王春秋餐饮品牌孵化中心刚做好的100碗热气腾腾的鸡汤,一路驱车赶到湖北省中医院。

5楼病房1床李爹爹是肿瘤晚期患者,吃不下米饭,就想喝点鸡汤。李爹爹子女不在身边,由婆婆照顾。当护士为李爹爹端上热气腾腾的鸡汤,一口一口喂老人家喝的时候,老人家不住点头:"好喝,真好喝。"实际上这是汪勇第三次送爱心鸡汤了,前两次是赴医护人员下榻酒店为医护人员送上爱心鸡汤,让医护人员补充点营养,吃得舒服点。

这次"能为肿瘤晚期老人做志愿服务,让肿瘤晚期老人感受到关怀和温暖,非常值得,以后还会定期来为老人送爱心餐"。汪勇告诉记者,尊老敬老、爱老助老本来就是中华民族的传统美德,自己是做了应该做的事情,也希望更多的爱心人士参与到关爱活动中来,传递人间真情。

分别之际,汪勇对护士说:"你们可以去征集一下老人的意见,看还希望吃些什么,天天送不现实,一周送一次没问题。鸽子汤啊,稀饭啊,看老人的想法,我来想办法尽量满足。"

忙,真忙,让他们在前方战斗力满格

媒体的报道让汪勇接收到了更多捐赠,更多欣喜也是更大压力,"面对更多

人的捐赠,一点都不能囤积,任何囤积都是浪费,比不拿资源还要浪费。因为如果你不拿这个资源,那么还有可能放到别的地方去发挥更大作用。我们只想一步一步去做,不断地衔接上"。

在医护人员这边,他苦恼的却是如何让更多医护人员相信自己。"因为如果他们不信任你,就不会提需求,有什么都自己忍住,可是他们在救我们啊,怎么能让他们受那么多委屈。"

在每日期盼迎接胜利的时刻

记者采访汪勇是在 2 月 25 日的 0:00,电话和微信不停的他,采访时间从 13:00 一直往后推,在微信视频里他说的第一句话是,"刚忙完,让我喝口水"。

而他刚刚忙的事情,是给医生修眼镜。

"你知道现在医生哪两个需求最大吗？也许你想不到,一个是修眼镜,一个是修手机。眼镜腿儿特别容易被护目镜压断,一条腿儿断了他们都不好意思说,往往是两条腿儿都断了,耳朵挂不住了才会找你;手机因为经常消毒,酒精很容易渗入手机。而这看似容易满足的两个需求,他们自己在方圆十里花三天也找不到人修。"汪勇刚刚做完的两件事,是联系购买 700 台紫外线消毒灯和 5000 多双护士鞋。紫外线灯安置在他们住宿的酒店,同时提供给医护人员家用。至于护士鞋,是他想到了各个医疗支援队出发时天气寒冷,随着天气转热,脚上的鞋已经穿不住了。

提出"没鞋穿"需求的有郭文昊,不只没鞋穿,羽绒服也不够。

疫情暴发以来,河北省向武汉援助了数批医疗队。1 月 27 日,大年初三,衡水代表河北省向武汉派出第二批医疗队,衡水第四人民医院的郭文昊就在这批队伍中。

"衡水这批队伍一共 100 多人,大部分支援了武汉市第七医院,我们 15 个人被分流到金银潭医院。"郭文昊说,他被安排到金银潭医院附近的维也纳酒店居住。

终于来到疫情一线的郭文昊既紧张又兴奋。"我平时爱出汗,穿上防护服后,里面的衣服经常会全湿,汗顺着裤腿流到了鞋里。但在大量的工作下,自己根本不觉得,也忘了什么是害怕。"

和郭文昊一样,冲在抗疫一线的白衣天使们勇敢地与病魔抗争,但在生活方面却无暇顾及。

大年初三,郭文昊还在岳父家过年,召集的电话打来后,他半小时就赶到了医院,根本来不及准备更多东西,"把几件衣服塞包里就来了。"

到了维也纳酒店后,郭文昊才知道生活物资的缺乏:带的衣服不太够,洗发水、牙刷、香皂、毛巾也不够。医院里和郭文昊一个组的护士对他说:"如果你真有什么需要的话,就去加一下汪勇大哥的微信,有什么需求跟他说。"

下班回到酒店,郭文昊就把汪勇加为好友,并把维也纳酒店医护人员生活物资短缺的情况告诉了汪勇。

"你们酒店有志愿者的微信群吗?"汪勇问。

"我们刚来维也纳,应该还没有志愿者的群。"郭文昊说。

听到酒店的名字,汪勇说:"维也纳我们暂时没有提供服务,但是你现在既然说了,我就必须提供服务。接下来咱们必须建一个群,把同一个酒店的所有医护人员都加进来。"

根据汪勇提示,郭文昊把同一酒店几个不同地区医疗队的领队拉到一起建了一个群,"通过领队再把他们的队员拉进来。"

微信群逐渐壮大,最后拉起来将近200人。"作用主要是让大家聊聊天解解压、沟通病区日常,以及汇总短缺物资的情况。汪大哥就在群里统计大家的需求。"郭文昊说,"很多医护人员来得匆忙,带的衣服不太够,比如羽绒服,医院里穿一套,酒店里不能再穿,还需要一套,我们就说有这方面的困难,然后汪大哥第二天就给我们送来了,每人一件。"

除了羽绒服以外,郭文昊还收到了汪勇送来的鞋子。"我们是昨天在群里提到了有这方面的需求,然后他就让大家在群里用鞋码和数量接龙。没想到今天就收到了,整整四大箱,又是每人一双。"

"大家还有什么需求?有需求我再给大家准备,别不好意思说,尽管跟我提,能解决的绝对帮大家解决。"送完了鞋子,汪勇在酒店里碰到大家时说。

"真是遇到亲人了。"郭文昊当时有一种热泪盈眶的感觉。自从住到这里以来,基本上大家有什么需求都会问汪大哥,而且都能得到解决。"我感觉他挺神通广大的,而且细心。有些女生吃不下东西,他还送来了话梅,还有坚果、面包和蛋糕。"

有一天，一位经常来维也纳酒店慰问医护人员的政府领导问郭文昊："大家吃得怎么样，各方面服务到不到位？"郭文昊回答："有一位叫汪勇的志愿者来给我们提供了好多服务，我们都挺感谢汪大哥的。"郭文昊一边说，身后好多医护人员也都跟着附和。汪勇的事迹让这位领导也很感动，"能把他的联系方式给我吗？回头我们要把他作为典型进行表扬，让媒体宣传他的事迹。"

在汪勇等志愿者细心而又坚韧的守护下，郭文昊全身心地投入一线的抗疫工作中。"就算汪大哥之后回到了自己的工作岗位，也仍然没有和大家中断联系。我们有什么需求，他还是能第一时间赶到。"

从一开始支援金银潭医院看到的床位爆满，到后来逐渐有空床的出现，郭文昊说自己逐渐看见了曙光，在每日期盼迎接胜利的时刻，他的脑海中总能浮现一个人的身影。

因为信任，所以靠近

最难建立的是信任，而最不能辜负的也是信任。

当到新的岗位任职之后，汪勇曾经想过为志愿活动按下"暂停键"，但是他突然意识到，如果自己不做，医生的眼镜腿儿也依然还在断，手机也还会进水，那这么多天协调的资源、和医护人员建立的感情、和合作伙伴建立的信任就白白浪费了。"如果不信任你，这些医生不会给你提出需求，比如他们一直用一次性牙刷；比如现在酒店的合作洗衣房没有开工，援鄂医护人员的床单一个月都没换；比如他们换洗衣服晾不干，不知道面膜能减轻护目镜压痕。医护人员素养都很高，如果是普通交情，他们担心被认为多事。"

你必须仔细，才能体会到别人的需求并给予帮助。汪勇本就是一个细心的人，他把自己的视角放在了医护人员的每日生活中，"假如我从外地到达一个陌生城市，每天忙碌在病床前，我需要什么。"

在志愿者之间，在志愿者和医护人员之间，情感真挚纯粹，一个是想为他们做些什么，一个是不要麻烦他们太多，而就在这个过程中，他们变得慢慢像家人一样。这种关系，夹杂着欢笑、焦虑、担忧，然后就是彼此的竭尽全力，一个在病床前，一个在手机后。

在汪勇和医护人员的对话中,经常看到医护人员连说"不好意思",而汪勇的回复是,"你放心,马上办"。3月2日他发了一条朋友圈,求购速干运动内衣裤,这源自一位医生家属的求助。

一位援鄂医生家属通过为自己小区服务的顺丰快递小哥,从顺丰内部拿到了汪勇的电话,说自己的丈夫在前线每天换洗的衣服不能晾干,求助他帮忙买三套内衣、两双轻便安全的鞋子。汪勇一口答应之余还细心询问,"内裤要不,袜子要不"。

"就像是家人一样,都在前线,有的救人,有的送饭,有的出钱,有的出力。既然是家人,你就要多考虑,更细心,尽量让他们在前线的时候保持战斗力满格,不为后方操心。"

医护人员的信任给予汪勇的,是一个多月从5:30到24:00这种战斗状态的保持,而让他暖心的队友和合作伙伴给予了他更多的动能。

志愿者罗文怀是一名中学英语老师。2月3日他第一次见到汪勇,负责采购物资和送餐等日常事宜。他说,汪勇找物资有四个梯次状的条件:一是不急的物资尽量找免费的,二是尽量低于成本价,三是成本价,四是不得已才能高于成本价。"要用10万块钱办50万块钱的事情",这是他们的宗旨。

农贸市场关门,罗文怀他们就去"扫街",透过留着一点缝的卷闸门去打探有没有人,店铺上贴着的电话号码抄下来一个个打过去问问有没有库存,听说某地有捐助的蔬菜急忙前去,22:00出发,24:00拉回来一些萝卜和花菜。因为经常开面包车拉货,这段时间,罗文怀重新拣起开手动挡汽车的手艺,甚至还依靠自己的常识判断,用外置电瓶和电瓶线夹,把医生无法启动的汽车给开到了汽修店。"汪勇心态特别好,做事情不放弃,有的时候一波三折,但不管怎么样,最后的结局都是好的。他又特别讲原则,所以大家都信任他。"

向他们捐助洗漱用品的一家基金会,捐出价值13万元的日化品,由于都是援鄂医疗队,盖章开接收函不现实,对方说只要医护人员用得上,其他什么都不要。

"让我最骄傲的就是彼此之间的信任,如果不是非常时期,我们无法做到这么快这么多地去协调资源,如果不是彼此谈论过生死,我们也无法建立这么多的信任。"

500个紫外线灯、3000多双回力鞋、400盒面膜、900份早餐、400份饺子，以及衣架、防蚊液、图书、治颈椎的药……

一份份待办清单后，我们看到的是共产党员的赤诚之心。在抗疫面前，人人都是战士，而他们，就是给前线战士鼓气的人。

看了太多泪目之后，我们对于之前的那套感动方法论或许有些疲劳。汪勇说，每天都在感动，但最佩服的其实是这些医护人员绵延不绝的生命力，下班回到酒店"泡一个脚，贴个面膜，感觉生活圆满，很是满足"。这不到20元能买5片的面膜，不仅是减轻护目镜压痕的保护品，还在为医护人员的生活减压。

"很多人的护肤品都用完了，那些贵重东西我们供应不起，但这些平常他们可能都瞧不上的面膜成了宝贝。"

把刀刃磨利，解决更多问题

从调配医疗物品、保障医护人员日常出行、协调1.5万份盒饭，再到给医护人员修眼镜、买拖鞋……一个月时间，普通的快递小哥汪勇成了医护人员的"大管家"，甚至医院组织大家进行一场乒乓球赛也想到了江勇。活动本来想活跃一下医护人员的业余生活，缓解心理压力，让汪勇帮忙筹办奖品。结果奖品筹到了，大家觉得球赛有聚集危险。怎么办？汪勇想到了举办征文比赛，得到大家积极响应。"目前已经有100多人参加，这些文字、图片和视频里面，有着医护人员有血有肉的武汉生活。"

"你一天除了医护人员，对接资源要接触多少人？"记者一直好奇这个组局者，为"医护人员的出行、餐饮、生活服务、医疗物资对接等"这些事宜，要协调多少人。

汪勇一愣，"没数过，六七十人吧，每天的微信，除了微信群的内容，个人找我对接需求和我自己标注的未完成需求信息一天有200多条。"汪勇做事情喜欢建群，因为一个人的精力永远是有限的，所以要调集更多的资源来完成这些事宜。比如医护人员打车，要根据地点建立不同的"医护人员打不到车群"，安排在被限制出门的有时间的志愿者来组织这些群，通知大家7:00—8:30和17:00—19:00减少出行，其他时间由志愿者帮忙协调。事情做得细才能做得好，看着琐碎但这就是现实状态。而很多群可能建立了就用一次，比如协调一次国外物资的对接,但是在这个过程中,每个人都在竭尽全力。

"时间不等人,推一个小时、推一天就不知道是个什么结果"。正是这群有着共同目标的人,他们最能识得善良,也最能珍视善良。

"如果说以前学习需要时间,那这一个多月学习都是立竿见影,别人的一句话都能立马改变我自己处事的态度和方法。"这句话来自和汪勇合作给前线供餐的潮粤香餐厅老板方钟钦。因为一件汪勇认为是志愿者的失误而导致的错误,汪勇大为着急。

方钟钦说:"你需要知道你时刻在干什么,你需要做什么,你正在做什么,只要方向一致,就不要把精力、心情浪费在没有意义的事情上。"

"他不是武汉人,但从大年初二起一直在坚持为医护人员免费做盒饭。别人都在付出,我们还能讲什么条件。"这一句话一下子点醒了汪勇。"就觉得自己的思想进入了另外一个层次,控制情绪才能聪明做事。原来我认为一件事情是对的,就必须这么干,现在处理事情游刃有余,沟通不了再试,实在不行再想办法。别人往前进一步,自己往后退一步,这样事情就成了。"

3月12日,有来自大学的老师请求把汪勇的事迹编成教学案例,老师说:"想让学生感受到善的力量,知道面对真实困难解决实际问题需要考虑的因素,让学生了解在这样的时代需要什么样的素质才能立足。"

"不可避免,有很多事会经历很多波折,但就像磨刀一样,必须要把自己的刀刃磨锋利,才能解决更多的问题。有很多事情也让我们重新审视自己,也是对自我能力的倒逼。"

"你是怎么做到这么细心的?"

"你不知道这些医护人员有多么坚持,不到万不得已,他们绝对不会提,只会说'谢谢你''已经很麻烦了',你一定要在他们张嘴之前发现问题,找到需求点,一一破解,然后再寻找最优解决方案。"

从送第一个护士回家,到成为医护人员的"大管家",汪勇说:"我所有的资源就是一辆车,但我用自己串出了一张网。如果说成绩,这是队友们齐心协力的结果,我就是一个组局的人,而局里的每一个人都是拿命在扛,在这场疫情中每一个付出的人都是英雄。"

有人说汪勇"红"了,他说红是一个好颜色,党旗的红,鲜艳纯正,志愿者们也都有这样的一颗红心。而这种"红",让他集纳和调动更多的资源,帮助更多的人。

和汪勇聊天的过程很有趣,他爽朗的笑感染着你,但突然,你的笑声可能会被哭腔卡住,因为他说,"我终于休息了5分钟"。而他始终情绪平稳。

以前的他,做事"表面平静,内心不平静";现在的他,做事"表面平静,内心更平静"。

多,真多,汪勇应该是我们共同的名字

一个社会或者文明,正是有更多人以这种正能量的方式站出来,才赋予更多人回到生活继续坚持的勇气。在非常时刻,他们没有温和地走进良夜,而是用自己的光,照亮前行更坦荡的路。

银鞍照白马,飒沓如流星

《新民周刊》记者吴雪的稿件《快递小哥搞定金银潭医护难题:我送的不是快递,是救命的人啊!》一发出,无数人被感动到流泪,了不起的"勇哥"更入人心。她在自己的记者手记里说:"一个多小时的采访中,我数度落泪,为了不影响采访进度,我极力控制自己。汪勇所讲述的画面,过去数天,仍然刻在我的脑海中。"

一边撞击着心灵,一边流着泪记录写作。她告诉记者,"这些志愿者之间形成了一个强大的网络,每个人身上都有很多闪光点。也是在对志愿者的更多报道中,很多事件都串联起来,这是一个由小人物组成的强大网络。"

吴雪最欣赏的,是汪勇没有回避自己的不完美。虽然报道之前没有想到后期的反响,但是编辑部内部在编稿审稿过程中都触动很大。汪勇所表达出来的,是一个普通人从纠结、害怕到越来越爱的过程,是一个平凡小人物在疫情防控中的担当,"每一个口述代表不同人的性格,不同的纠结,包括不完美,而承认不完美才是这个社会的进步。"对于汪勇的组织能力,吴雪表示钦佩,"无论是物资分发,还是满足医护人员出行需求,他都是当成项目在处理,责任到人。"和中新社记者孙恒业一样,吴雪也在采访和之后接触的过程中,深深地感受到汪勇的朴实善良、有责任感,家庭从小为他种下爱的种子,而在成长的过程中他又深

受王卫的影响。与汪勇接触的志愿者,都对他夸赞有加。一位基金会的志愿者说:"他太强了,滞留在仓库数天的物资,他开车冲过去就拿回来了。"义务理发师甘师傅说:"汪勇组织协调能力特别强,他一个人可以顶十几个人的队伍。"

报道发出之后,厦门大学教授易中天写道:"疫情过后,我第一个要感谢的除了医护人员,就是快递小哥!医护人员救命,快递小哥保命,他们都是拼了自己的命来守护我们共同家园的人。"

2月16日,越来越多的周刊读者留言要求捐款捐物,在与汪勇商议后,他们决定只开辟"捐赠物资"的通道。目前已有多批物资发往武汉前线。

报道发出后,吴雪和她的同事们也多了一个全新的身份——武汉线上志愿者,两天只睡三个小时的他们,深刻理解汪勇以及前线志愿者的辛苦。好在,通过周刊,北京一家基金会帮助调集了部分防护服,北美留学生支援团队也有大批量物资发往武汉。大家信任汪勇,他就像一盏灯,照亮医护人员,鼓舞着每一个身处"黑暗"的普通人。

新民周刊记者吴轶君给汪勇团队直接对接物资,几百名捐赠者,来源不一,有公益团体,有热心个人。她给记者讲述了一些温暖人心的事,"一位志愿者捐赠了8件防护服,当我们记录他的名字的时候,他说'汪勇应该是我们共同的名字'。"北京的一群小学生录制视频《童言无忌》,希望通过《新民周刊》传递给武汉一线的医护工作者们。杭州的老师们把汪勇的故事编辑成两期广播节目,小朋友们给亲爱的"哆啦A梦"汪勇叔叔说了很多悄悄话。汪勇在回复中说:"在孩子的声音中听到了力量,听出你们在未来不畏艰险、勇于拼搏和扛起社会责任是属于自己的荣耀。"

说起汪勇,湖北顺丰公共事务部负责人何向军不住点头称赞,"这个小伙子勤劳、细心、踏实、能吃苦、肯担责任。"提起新领导汪勇,顺丰武汉硚口点部收派员陈伟和舒凯满心敬佩,纷纷竖起大拇指。

不辞山路远,踏雪也相过

一个月前,他们彼此陌生;如今,得知他要回家时,数名医护人员要为他让出自己肺部CT的免费额度。这是汪勇与白衣天使之间建立的情谊。

汪勇发的朋友圈,每天都有五条左右,对接物资,感谢队友,找二手手机,租车租房,都和支援前线有关。

2月2日,汪勇发了一条朋友圈消息,"这么多天扛住,护士的一句关心让我泪流不止"。但当医护人员对"勇哥"说着感谢时,他说:"其实我们是被他们每天感动着,在口罩紧缺、满屋子消毒的情况下,他们将本来应戴4个小时就换的口罩用6小时,只为戴两次能够'抠'出一个给我。"在采访中,轻易不动情绪的汪勇提到这些时语速缓慢。

只有大家互相认同,心和心才能够在一起。这是汪勇这一个月最大的感触,而他和医护人员之间的故事,用他的话来说,"这份情谊很重、很真,我和他们之间的故事,可以听到你温暖的感动,也可以听到你哭。即使哭也分好几种,可以让你呆呆地流泪,思绪静止;也可以哭到怀疑,哭到崩溃。最重要的是,我们扛过来了。"一听说他要出行,群里就有人回应:"勇哥小心,多保重。"有的医护人员发了增强免疫力的药,自己吃一半,给汪勇留一半。

2月21日,听说汪勇要做肺部CT的消息,医生护士群里异常热闹,什么时间最合适,哪家设备有空闲,除了支招,就是捐献自己的免费额度,最后结果是医院给汪勇申请了免除CT费用,结果显示一切皆好。

和医务人员接触久了,汪勇更多地理解了这个群体,理解了他们为何宁愿走4个小时也要回家,理解了他们面对时间和生命的竞夺中的那种无奈,理解了他们在"天然的盔甲"之后的温和软弱。"在很多报道中,医护人员要么英勇地出行,要么是悲壮地殉职,要么是义无反顾地坚持。其实他们也害怕。正是这一个月的相处,让我看到了一个真实的有生命力的医护群体。很多人问我为什么能坚持这么久? 遇到困难没有放弃,这是他们教我的。"

就像看待快递小哥一样,汪勇觉得,很多时候,大家都是用惯性思维来看待一个群体,他希望可以为快递小哥这个群体呼唤更多的理解和关注。"每个人都在往前走,拼的是身体和信念,不是身份。每个人都是让社会良好运转的一个环节,都如此重要,每个人都在为这个社会贡献力量,不能因为某个职业或者身份而瞧不起他人。每一个付出力量的人,都在推动着社会前进。希望大家多一分理解,那这个社会就多一点温暖。快递员、外卖员、环卫师傅、滴滴师傅,各种服务人员,希望这些社会基层人员在疫情过后能被记住,被温柔以待。"

3月13日,湖北顺丰决定为所有援鄂医疗团队的返程行李寄递提供免费服务。公告的下方"默契"地公布了提供免费寄递服务的具体联系人——快递小哥汪勇。

东风何时至,已绿湖上山

大家讨论给汪勇做 CT 的同一天,湖北顺丰对 25 名在疫情防控期间奋勇拼搏、彰显担当的优秀员工予以火线提拔,汪勇被跨等级提拔为武汉硚口分公司经理。他在朋友圈中说:"感谢公司在曾经的管理岗位中的栽培,让我处事冷静;感谢父母教导让我知道自己该做与不该做;感恩我遇到的一切美好。武汉,加油。"

在顺丰公司给汪勇随口罩寄来的祝福卡片上,也同样能感知爱的心意。卡片正面,收件人是"珍贵的您",以"顺丰人"为名手写的祝福内容,表达了公司对汪勇的骄傲自豪、敬意和感谢,尤其叮咛他在今后的行动中注意防护,保重身体。而到达新岗位后,汪勇本来以为自己的志愿工作要按下"暂停键",没有想到,他得到了公司和同事更大的支持。

在顺丰的支持下,汪勇目前大部分时间仍然冲在志愿者第一线。妻子彭梦霞说:"有时我睡到半夜发现他还在手机上回志愿者信息。然后每天 5:00 起来去给医护人员送早餐。我问他'这么早去干吗?你不是很早之前就交给其他的人了吗?'他就说'其他志愿者那么辛苦,我想让其他人多休息一会。'"

汪勇现在一回到家,就在饭厅旁的电脑桌上处理事情。电脑、手机同时对接不同的资源。最近采访他的人比较多,他说没那么多时间接受采访。但还得去解释清楚,他想把更多的精力放在医护人员身上。最近天气转暖了,医护人员的羽绒服、鞋子都穿不了了,他就在准备换季的服装。

"汪勇是一名再普通不过的中国人,但他是我们的榜样,我们少先队员也应该做一些力所能及的事,我让妈妈找到了汪勇的微信号,捐出了我的压岁钱。我相信在千千万万个中国人的努力下,我们一定能打赢这场没有硝烟的战争,胜利的曙光已经到来!"广州市越秀区农林下路小学五年三班学生孙盟鸥在《〈快递小哥搞定金银潭医护难题〉的读后感》里写到。孙盟鸥的父亲说,这是孩子长这么大做得最棒的一件事。

对于下一代的影响,也是汪勇最为看重的。他希望下一代看到这些东西,内心有一种触动,"我长大了,会不会有一定的担当,会不会站出来贡献一份小小的力量?"

2月23日,另一个父亲汪勇回家了。

离家的踌躇,他用了一个小时;回家的喜悦,他提前三天在朋友圈里"广播"。

这天晚上桌上的饭菜,全是他爱的口味。过去的一个月,他吃的泡面相当于自己大学四年吃的所有的泡面数量。但现在不变的是,不管汪勇到家早还是晚,基本没有时间陪孩子。

汪勇的女儿两岁半,平时就像橡皮糖一样黏在爸爸身上,这段时间她其实很希望爸爸回来,就算不能奢求爸爸陪她玩和亲一下她的脸蛋,但她觉得能站在爸爸身边就很满足了。"平时爸爸在电脑上工作,她就要坐在爸爸身上,敲着键盘瞎捣乱。后来慢慢就变成爸爸在工作,她站在爸爸旁边也是好的。"

当荣誉、掌声、热情、呼喊铺天盖地而来,汪勇说:"我不是什么平民英雄,我更喜欢大家和平常一样,叫我一声'勇哥',我们继续往前走。"疫情过后,他最想做的只有三个字,"陪家人"。

陪伴是最长情的告白,在所有的善意之后,彼此回归,把最深沉的爱给家人。社会对顺丰小哥汪勇这样了不起的普通人致以了最崇高的敬意,"摩顶放踵,宽宏坚毅",而他们渴望的,是一切回归正常的生活。汪勇可以和他的女儿在每个下班后的时刻,一起欢乐戏耍。这是一个普通的武汉青年,用行动给出的生活呼声。

从一无所有到一呼百应,从一心一意到一往无前,四个词串起汪勇的这段美丽人生。电影《美丽人生》里说,没有谁的人生是完美的,但生命的每一刻都是美丽的。

汪勇说自己最感谢的,就是自己除夕前夜23:00的那一刻,有点冲动,有点理想主义。就是这一刻,让这份从大年初一凌晨开始的温暖,绵延不绝。

时间往回倒退17年,2003年非典过后,一座"人间天使"铜雕在清华大学拔地而起,上面镌刻碑文:"魔鬼出现的时候,人们往往会发现天使其实就在身边……在人类遭遇的某些特殊时刻,如果有一个职业人群能够舍生忘死去履行天职,不顾一切去捍卫自己的职业尊严和职业荣誉,他(她)们就是人间天使。人类需要每个人在必要的时候都能成为别人的天使。"

17年过去,流转的是时光,不变的,是每一个平凡人的担当。

有人建议拍一部电影,叫《公民汪勇》;有人说,好样的汪勇是不是用"义士"更贴切,侠者,义也,以众生为己护。虽不及护众生,但汪勇现在的心情,就是"我不能停"。

明天,他还要走多少路?答案也许就像我们不知道2020年的春天以错过的方式到来一样难以预测。但世上很多事情总是有深深浅浅的善意叠在一起。还好,春天真的要来了。

他说,只愿所有医护人员凯旋,一个不少。

原刊于《快递》2020年6月20日第46~51页

胡秀花的三双鞋

史朵朵

半夜的一场雨,让云南怒江的水又奔腾起来。石子裸露的山道上满是泥泞,路更难走了。但是胡秀花的步伐格外轻巧,她所在的福贡县上帕镇珠明林村,此刻山花烂漫。在公司定点帮扶下,这个淳朴勇敢的傈僳族姑娘终于走出贫困,成为当地脱贫致富的明星。

在胡秀花的家里,保存着不少鞋子。每双破旧的鞋子,与每双新鞋的出现,都成了她命运链条上紧密相扣的一环。其中三双鞋,以难以觉察到的存在感,再现生命的蓬勃,成为她脱贫攻坚决心的见证。

这三双鞋,与她的人生档案,已密不可分了。

一 双 布 鞋

一双宽大松垮的军用胶布鞋,带着特有的年代感。10岁以前,胡秀花没有穿过鞋,直到这双鞋的出现。

出了家门,抬头是山,走远了还是山。连绵不绝的大山,像是把人们困在这里,这大概是祖祖辈辈延续的宿命。

母亲早逝,父亲时常酗酒。这个连吃饭都要在贫瘠土地里扒拉的人家,更不要提起对鞋的奢望。

年幼的胡秀花,容易满足于简单的快乐。

她最开心的事,就是背着破旧的书包,走10公里山路,奔向校园,哪怕是光着脚。

学校,对渴望改变命运的女孩来说,是放飞理想的地方。通往学校的路,胡秀花是蹦跳着去的,就像一簇火光。光脚的快乐,在夏天还好,到了冬天,就成了折磨。她的每个脚趾头都长冻疮,肿胀的脚面上,常有数道裂口蔓延开来,每当洗脚时,她总会疼得倒吸冷气。

在学校里,她第一次对鞋产生了向往。

那是一双白色的回力鞋,姐姐从学校的贫困生捐赠品里领到以后,连睡觉都不肯脱下来。胡秀花第一次听到"扶贫"这个词,与美好的鞋子产生了关联。

她一直盼着,等姐姐穿不下的时候,就轮到自己穿了。那白色的鞋子,就是她闪闪发光的梦。

一年后,终于,在炎热的夏天,姐姐把鞋脱下来扔在墙角。胡秀花按捺不住欣喜,来不及洗脚,穿进这双已经发黑的白色球鞋。但是,鞋底成了一个薄片,侧面线头绽开,怎么补也补不上。

那龇牙咧嘴的裂缝,像是在嘲笑一个贫穷孩子的期待。

为了这双鞋,胡秀花哭了很久。后来,一个亲戚带她到镇上,花了3块钱,帮她买了一双老的军用布鞋,这双有着年代感的鞋,虽然丑陋,却让胡秀花感受到了别样的温暖。

穿上人生中的第一双鞋,她暗自发誓,一定要穿着鞋,走出大山。

一双劳保鞋

劳保鞋上,已经沾满了泥巴。这是改变命运的一双鞋。

在当地,女孩们已经习惯了早早辍学,外出打工,扛起家庭的重担。上完初中后,像许多女孩一样,胡秀花辍学了。卖菜,摆烧烤摊,到工地烧饭……倔强的女孩一直在寻找改变命运的出口。

2018年,中交第三航务工程局有限公司对定点扶贫的福贡县上帕镇开展了产业扶贫专项调研。大家被眼前吃苦耐劳、好学能干的胡秀花打动,希望她带动村里富余劳动力,到公司的项目工作。这是一个昭通市2000米"挡墙"的工程项目。

胡秀花有些犹豫,有了家庭后,她不想走出怒江。但是,经常被拖欠工程款、还在负债的胡秀花,被三航局的扶贫干部打动。在看到扶贫干部前后6次上门,保证"不会拖欠工程款"时,胡秀花动摇了。从福贡县到昭通,上千公里的路,她一个人开车,带上9个工人出发了。

路上大雪纷飞，但是没能阻止她走出贫困的决心。苦，她和工友们都不怕；累，他们也不怕；他们最怕的是困在大山里，与贫困相伴的孤独。

在工地上，她领到了一双劳保鞋。劳保鞋特别沉，但比脚上的塑料鞋结实多了，泥沙进不去，也磨不破，相当有安全感。穿着这双鞋，好像就有了无尽的勇气。胡秀花没有闲着，看到工友们在工地上搅拌水泥，她也和男人一样，用瘦弱的肩膀扛起了水泥包、灰袋，投入建设中。

工程很顺利，穿着劳保鞋的胡秀花，带着一个个贫困工友从傈僳山寨走出来，凭着勤劳和汗水，拿到了15万元"巨款"。回到家乡时，村里放起了鞭炮。鞭炮声中，她脚下一步步丈量着的山路，好像已经没有小时候那样遥远了。

一双高跟鞋

今年6月21日，在三航局银川文化园项目部的工地上，胡秀花眼里闪烁着亮光，笑意写在脸上，她脚上是一双黑色的高跟鞋。

近几年，胡秀花接到的工程越来越多。32岁的她被人嘲笑，除了头发长，哪里都不像女人。

后来，只要有重要场合，她就会换成高跟鞋。这次，三航局宁波分公司包车去接她和30名工友一起到项目部，通过就业，脱贫致富。对她来说，这又是一次带动傈僳族同胞脱贫致富的重要契机。

从第一次安全教育到手把手教混凝土抹面，从第一次签合同到一起做饭聚餐，项目部用情怀和责任，逐步打消了胡秀花和傈僳族工友的顾虑，使他们逐步融入了项目部的生活。

在三航局扶贫干部的帮助下，她成立了公司，建立起规范的管理制度，村里已有40多人跟着她走出大山。他们所在的福贡县今年也将退出贫困县序列。

胡秀花在感谢信中写道，"一人上班，全家脱贫。感谢三航局给予我们脱贫致富的机会，我一定不会辜负您们的期望，带领工友撸起袖子加油干，一步一个脚印，把您们给予我们的帮助，化成前进的动力，用自己的实际行动来表达感谢。"

投我以木桃，报之以琼瑶。

来时的路，胡秀花没有忘记。行走在山间，胡秀花将自己的善良融入大山。

只要听说有生活困难的群众,无论多远的山头,她总会尽点绵薄之意。遇到上学困难的孩子,她也常常施以援手,让爱学习的孩子能穿着鞋,奔向知识的殿堂。

胡秀花身后的山脊上,一轮红日喷薄而出。三双鞋,作为一个普通人与贫瘠抗争的档案,于无声处,记录着胡秀花走过的山间路。

原刊于《三航报》1618 期 2020 年 8 月 31 日 4 版

"但凡有希望,我们就不会抛下一个人"

周佳玲

2019年6月17日22时55分,四川省宜宾市长宁县双河镇发生6.0级地震,震源深度16千米。据应急管理部官方微博,截至18日17时,地震共造成13人死亡,199人受伤,紧急转移安置8867人,宜宾市12个县(区)14.5万人受灾。

一方有难,八方支援!在无情天灾面前,交通、消防、武警、医疗等救援力量一批批奔赴灾区;志愿者等爱心人士陆续抵达;救灾物资源源不断往现场输送……尽管灾区有众多房屋倒塌,但是废墟之上,仍有温暖和希望在悄悄蔓延。

一条道路
凝聚交通人无数心血

"昨晚,在地震发生10分钟后,我们就立即启动了地震救灾应急预案,并在局长卢伟的带领下分3个巡查组对全县主要道路进行了巡查。"6月18日16时,在暂设于双河镇政府的新闻中心,长宁县交通运输局副局长饶雷红着眼眶对记者说,连续奋战了17个小时的他,眼睛里已布满了红血丝。

据初步统计,此次地震中,长宁县乡道路有300处垮塌,垮塌土石方方量约13500立方;路面开裂受损里程约11公里;28座桥梁受损,造成经济损失约1400万元。

为了给后续人员救助和物资运送抢通保畅,长宁县交通运输局紧急调动养护段50余人,6台应急抢险机具对道路塌方进行清理,运管所安排5辆客车对应急抢险力量进行运输。截至记者发稿时,已抢通长大路、竹双路、珙晏路等县域主干线公路,满足了群众的基本通行需要。

"S309 硐底大桥至崖门口因山体滑坡断道,客车通行受阻,已制定绕行方案,确保群众出行方便;珙双路长宁境内有 20 立方土石垮塌,珙县境内有 100 立方土石垮塌,长宁县境内已抢通,路面拉裂较为严重;双周路正在抓紧抢修……下一步,我们将加快清理各路段垮塌落石,继续开展路面清扫等工作,力争尽快恢复道路畅通!"饶雷说道。

一根油条
传递灾区兄妹的爱心

"发油条了,你要一份吗?" 6 月 18 日 16 时左右,在长宁县双河镇中学安置点,记者看到一对 20 岁出头的兄妹正挨个给受灾群众发放油条,这些油条是他们用了 18 斤面粉,花了 4 个小时亲手炸出来的。

地震发生前一个多月,哥哥张杰和妹妹张琴在双河镇盘下一家店铺做早餐生意。突如其来的地震,打破了往日的宁静。记者从店铺门口虚掩的卷帘门往里看,发现内部墙体都是裂缝,地上还有一堆打碎的碗。为了安全起见,兄妹俩决定暂不经营。

"我们今天想去街上买点东西吃,结果发现什么都没有,想到大家可能都需要食物,所以就炸点油条给大家送过去。"张琴说,由于店铺受损无法开工,所以她和哥哥专门跑到乡下的老房子里去炸油条。

面对记者的采访,张琴显得有些腼腆,她表示,自己只是做了力所能及的小事。哥哥张杰则表示,如果受灾群众有需要,他们还会继续炸油条送过来。

一杯热水
沉淀重庆女孩的深情

6 月 17 日 23 时,距离长宁近 300 公里远的重庆也有明显震感。这一天晚上,重庆女孩张艳在得知地震的消息后,久久难以入眠。第二天早上天刚亮,她就起床,买好水和食物,坐上了从重庆赴长宁县的客车。

5 个多小时的路程,到达长宁时,已接近下午 2 时。"当时就有特别想来灾区帮助受灾群众的念头,哪怕自己力量薄弱,还是想来。"由于进入震中双河镇的高速公路已封闭,张艳不得不带着她购买的救援物资在高速路口耐心等待。

终于,在相关爱心人士的帮助下,她顺利进入了灾区。

舀水、烧水、帮受灾群众接水泡方便面……在双河广场,这样简单重复的动作,张艳从18日下午一直做到19日早上,累了就坐在锅炉旁的小凳子上休息一下。

"下午有两位头发花白的奶奶过来接热水喝,她们告诉我今天还没转移到安置点来的时候,喝的都是泥浆沉淀后的水,现在有干净的热水喝,特别开心。听她们这样说,我就觉得自己这趟没有白来,哪怕辛苦也值得了!"说起这段志愿经历,张艳满足地笑了。

一场救援
凸显青年老板的善心

"我昨晚上就打算过来,但看到朋友圈有人说进双河镇的高速已封闭,道路正在抢通,我担心大家蜂拥而至反而会堵塞交通,不利救援,所以今天早上才过来。"家住长宁县县城的罗思纲给记者讲述了他的志愿故事。

6月17日晚发生地震后,罗思纲家中的房屋也有开裂,他和家人不得不在安全的平地上站了一整晚。第二天一早,罗思纲便来到长宁县政府。"我想去看看有什么我能做的,在那里看到民兵部队正在集合,我就和他们一起过来了。"

"刚来时,看到双河广场一片狼藉,那时救灾帐篷还没搭好,受灾群众在广场上散乱分布着,看着心里着实难受。"罗思纲和民兵到达后,帮助灾区搭建帐篷、发放物资、安置老人和小孩、清理废墟,避免造成二次伤害……完成一系列救援措施后,他说他也数不清今天走了多少路、搬了多少物资。罗思纲只是微笑着说:"在救援面前,个人辛苦不算什么,解决受灾群众的温饱才是大事!"

记者了解到,罗思纲本是一家养生公司的副总,来此之前,他已电话交接清楚工作。截至记者发稿时,他已在灾区各处往返奔波了近12个小时。

一部电影
绘就夜雨中最暖篇章

6月18日晚上8时,天空飘起了绵绵细雨。双河广场上,电影机投出的光线穿过雨雾,映在白色屏幕上,一部讲述抗震救灾的影片正在播放……

从 6 月 18 日起，宜宾市映三江农村数字电影院线有限公司（以下简称"映三江"）派遣放映队奔赴震中双河镇、梅硐镇的 6 个集中安置点和珙县珙泉镇、巡场镇集中安置点，放映《地震逃生与自救》《中小学生防震常识》及故事片《战狼2》《红海行动》《最后一公里》等抗震救灾影片。

据悉，"映三江"作为全国双服务和全国学雷锋先进集体，是一支战斗在抗震救灾第一线的"红色文艺轻骑兵"队伍，致力于把抗震救灾的科普知识传递给灾区群众。

为了保证放映，"映三江"做了充分的准备。为预防灾区突然断电，他们自备了两台发电机，还联系中宣部数字电影节目管理中心对灾区放映的影片进行点对点授权，减少中间环节。中宣部中影集团新农村公司为其赠送 300 场影片，《最后一公里》剧组赠送了 200 场影片，以保证灾区影片的顺利放映。此外，各级各部门对放映工作开辟了绿色通道，保证电影能第一时间送到灾区群众身边。

一本手册
警示防灾自救知识

在双河镇，受灾群众主要安置在双河广场、双河镇中学等地。蓝色的帐篷整齐地搭建在广场空地和学校操场上，容纳了上千名受灾群众。

"小心小心，往那边走！"夜幕中、细雨里，穿着印有"长宁民兵"字样马甲的民兵们，往双河广场安置点送来了更多的帐篷。记者在现场看到，每顶帐篷里，整齐摆放着六七张一米宽左右的简易床。"现在每个帐篷里至少能住 12 个人，睡不下就轮流睡，大家都可以互相体谅。"在救灾帐篷里，老人余昌琼说道。

帐篷里，双河镇受灾居民罗永琴正在认真翻看民兵们刚发放的地震应急知识手册。她回忆道，"地震发生的那一刻，我正在洗漱，突然感觉天摇地动，我腿都吓软了，裹上被单就往外跑。"罗永琴家的房子在地震中完全坍塌，由于逃跑及时，她和儿子幸免于难。

"我们文化程度不高，这种册子平常看得不多，但是娃娃学校里老师都会教，他们回来就会跟我们说。"现在，罗永琴已经知道，发生地震时，家住高层就先找个卫生间、厨房等小空间有承重的地方躲起来，有合适机会再跑。

"现在还心有余悸,以后要再多了解点地震自救知识才行。"说完,罗永琴又开始认真翻看起手中的知识手册。

记者手记:

在地震中心双河镇,我目睹了许多令人揪心的画面,但更多的,是感受到浓浓的暖意。

消防官兵、武警战士在倒塌的房屋前大汗淋漓地忙碌着;志愿者从全国各地先后赶赴这里;救援人员为砸掉一块5吨重的石头得忙上一整天……全力以赴、争分夺秒、想方设法,一切只为了争夺生的希望。

一位亲历汶川地震的志愿者说:"全国人民是一家,只要发生地震,我就会尽全力赶来,无论多远。"

一位正在抢修道路的交通人说:"里面还有村民在等着我,就算头上有落石、脚下有裂缝,我也必须去。"

一位灾区现场的清洁工说:"我能做的不多,但是目之所及,我保证一定要打扫得干干净净!"

……

在长宁灾区,记者亲历了四次震感强烈的余震。慌乱间,身旁的救援战士伸手扶了我一把,他说:"没事的,我们都会和你在一起。"是的,携起手、共患难,黑暗里仍有光亮持续闪耀!

原刊于《中国水运报》2019年6月21日5版

你从长江走来 带着三种色彩

——海事部门为母亲河驻颜

张孟熹

  1978年,新华社用一则电讯通告全世界,长江的源头位于唐古拉山脉主峰各拉丹东雪山西南侧的沱沱河,至此长江取代密西西比河,成为世界第三长河。

  万里长江,奔流入海;千埠并起,因水而生。从嘉陵江口到黄浦江畔,密布着中国42.8%以上的人口和他们居住的上百座城市,2018年长江经济带创造的地区生产总值占全国40%以上,进出口总额约占全国44.1%,是我国经济活力所在。

  然而,蓬勃发展也给长江带来了许多问题,母亲河病了。近年来,习近平总书记一直心系长江经济带发展,亲自谋划、亲自部署、亲自推动,多次深入长江沿线视察工作,多次对长江经济带发展作出重要指示批示,站在历史和全局的高度,为推动长江经济带发展掌舵领航、把脉定向。

  推动长江经济带发展是党中央作出的重大决策,是关系国家发展全局的重大战略。近年来,沿江海事部门在交通运输部、部海事局的指导和支持下,坚决贯彻落实党中央对推动长江经济带发展的总体部署和安排,创新体制机制,激发内生动力,联合一切可以联合的力量,以铁的手腕、钢的毅力投入到美丽长江的建设中去,在日复一日的坚持中,海事人看到长江"母亲河"正在焕发新的生机。

轻舟江中游 绿水绕山走

  "回家喽!"4月13日,700尾不同年龄的大规格中华鲟在现场市民的欢呼中,从湖北宜昌回归长江,朝着大海的方向奋力游去。宜昌海事局艾家河执法大队派专艇为中华鲟护航,提醒过往船舶远离投放区并减速慢行,防止车叶打伤刚回归长江的中华鲟。

中华鲟是鲟鱼的一种,是地球上现存最古老的脊椎动物,曾是恐龙的小伙伴。它们出生在长江,在婴儿时期就顺江而下出海远行,十几岁成年后又能准确无误地在茫茫大海中找到长江口,溯江而上完成种群延续。但是,受人类活动影响,中华鲟自然种群逐渐衰退,已被列为世界自然保护联盟"国际极危物种"。

水质好不好,水中生物是最显著的指标。2002年,人类所见的最后一只中华白鱀豚永远停止了游动。2007年,中华白鱀豚被宣布功能性灭绝,成为长江生态的一曲悲歌。而如今,沿江各省根据水中生物的选择,建起了多处中华鲟、江豚自然保护区,走上生态优先道路的长江正在逐渐恢复生机。

2018年4月,习近平总书记在深入推动长江经济带发展座谈会上的讲话中指出,推动长江经济带发展,前提是坚持生态优先,把修复长江生态环境摆在压倒性位置,逐步解决长江生态环境透支问题。这就要从生态系统整体性和长江流域系统性着眼,统筹山水林田湖草等生态要素,实施好生态修复和环境保护工程。"一衣带水"这一发源于长江的成语,形象地展现出沿长江经济带上下游、左右岸是一个血脉共通的有机整体,共抓大保护,难点在"共"字,突破口也在"共"字。

2017年12月25日,交通运输部办公厅印发《长江经济带船舶污染防治专项行动方案(2018—2020年)》,为贯彻落实党的十九大关于生态文明和美丽中国建设的发展理念,以及习近平总书记关于美丽长江建设的指示精神,海事部门从水、固、气全方位发力,为长江提供立体防护。

2019年8月12日,张家港海事局联合张家港市交通运输局率先在江苏省范围内实现全港区"一零两全、四个免费"(到港船舶污染物"零排放""全接收"、航行中排放"全达标",水上免费交通、免费锚泊、免费生活垃圾接收、免费生活污水接收)。张家港是长江入海前的最后一道江湾,"一零两全、四个免费"不仅是江苏海事局用绿色勾勒长江最后一道湾的生动注脚,更是美丽长江建设的重要"锚点"。

为更好地解决船舶垃圾和生活污水等问题,此前,江苏海事局积极开展调研，走访政府、交通、环保、住建等部门了解船舶污染物监管环节的实际情况，充分听取航运公司、港口企业的实际需求，实地察看内河船舶生活污水处理装置安装和使用情况，参考各地先进模式，提炼形成了推进落实"一零两全"的创新举措。

通过与江苏省交通运输、生态环境、住建等部门沟通协调，"市、县人民政府统筹规划建设靠泊船舶污染物接收、转运及处置设施，加快建设水上绿色综合服务区，努力实现靠泊、锚地停泊和过境船舶生活污水、生活垃圾等污染物的免费接收"被列入省政府《长江保护修复攻坚战行动计划实施方案》。江苏海事局会同有关部门联合印发船舶污染物联合监管制度，全面推行船舶污染物接收转运处置电子联单制度，实现了船舶污染物后处理全程可追踪。"通过'一零两全'管理机制的实施，我们能够更及时、全面地掌握船舶污染物处理数据"，江苏海事局工作人员介绍道。

为减少船舶大气污染，国际海事组织颁布"限硫令"，规定从2020年1月起，全球海域执行0.5% m/m的船用燃油硫含量标准。2016年，中国已打响"水上蓝天保卫战"，将京津冀、长三角、珠三角设为排放控制区，推广使用硫含量小于0.5% m/m的燃油。据测算，2018年3个排放控制区的船舶硫氧化物、颗粒物排放量相比2015年分别下降33%和22%，效果显著。2019年，《船舶大气污染排放控制区实施方案》正式实施，将原3个排放控制区范围扩展到我国领海基线12海里以内海域，并将长江干线的云南水富至江苏浏河口段通航水域和西江干线的广西南宁至广东肇庆段通航水域划定为内河控制区，该实施方案的要求比国际规定整整早一年。"自2019年初开始，我们承担了交通运输部海事局全球限硫令国内化实施的研究工作，现阶段我们正在积极备战'限硫令'大考，探索一整套海事监管措施"，上海海事局副局长吴红兵介绍道。

为配合船舶大气污染排放控制区实施，长江沿线海事部门结合辖区水域和船流量特点积极探索，在取样抽查的基础上，投入使用多种"黑科技"。第一件神器是便携式快速燃油检测仪，120秒内就可以测出船舶燃油含硫结果，解决了查处取证难、送检耗时长等问题，目前已在长江沿线普及。第二件神器是船舶尾气遥感监测系统，以江苏海事局为例，目前已在辖区内6座大桥上建设了23套固定式监测点，船舶通过大桥时就如同通过一座座监测站，遥感监测系统将对行驶中的船舶尾气进行逐一"筛查"。第三件神器是无人机载监测系统，长江入海口水域开阔，无人机更能大显身手，可通过高精度的传感器敏锐捕捉船舶尾气。

此外，为加强长江干线航行船舶扬尘污染治理，长江海事局发布《关于实施船舶封舱管理的通告》，自2019年9月1日起，长江干线（四川宜宾至江苏浏河口）通航水域实施船舶封舱管理；为推动船舶转换使用绿色动能以及控制船舶噪声污染，长江沿线各海事部门正在积极推广船舶靠泊期间使用岸电……从巴山蜀水到江南水乡再到黄浦江畔，海事人正在用自己的力量为长江生态环境的整体保护筑起坚实的屏障。

共饮一江水　两岸遍洒金

万里长江横渡，极目楚天舒。长江从青藏高原奔腾而下，穿过巴蜀，越过三峡，送走两岸的重峦叠嶂，来到了开阔的荆楚大地。武汉地处长江、汉水交汇之处，距离重庆、上海均为1000公里，一肩挑起长江上游成渝、下游长三角两大城市群，高铁路线覆盖大半个中国，让武汉在中国交通版图中再度夯定"九省通衢"之地位。阳逻国际港集装箱铁水联运示范基地是全国首批16个铁水联运示范工程之一，长江新丝路公司重点打造的"上海—武汉—川渝"线路，可缓解三峡翻坝难题，提高转运效率。2013年7月31日，习近平总书记冒雨到武汉新港阳逻集装箱港区考察。按照中央要求，武汉在中部崛起战略中要成为战略支点。

2019年来，武汉市清退市中心的码头建设江滨公园，原来的码头向阳逻新港迁移。"众所周知，武汉是长江中游的航运集散中心，阳逻因得天独厚的通航环境最适宜港口作业，目前，仅阳逻海事处辖区内年集装箱吞吐量超过160万标箱"，武汉海事局阳逻海事处处长黄俊鹏说。结合码头作业的实际情况，阳逻海事处在多次与码头、船企和船员沟通、交流的基础上，制定了新港集装箱码头靠泊次序管理规定。黄俊鹏说，"新规实施后，船舶依次进场作业，与原来多排并靠相比，一方面可以避免因漂流而发生的碰撞事故，另一方面船舶作业完成后无须等待外围发车船舶避让，即可驶离码头，极大地提高了码头的运转效率，同时有效地保障了码头作业安全。"阳逻海事处辖区安全形势复杂，分布着武汉造船厂、鄂州电厂、阳逻电厂、80万吨乙烯工程等，在"安全就是效率"理念的指引下，阳逻海事处为辖业提供精准服务，辖区连续12年未发生一起等级以上事故。

2018年4月，习近平总书记在深入推动长江经济带发展座谈会上的讲话中指出，长江岸线、港口乱占滥用、占而不用、多占少用、粗放利用的问题仍然突出。湖北是长江干线流经最长的省份，针对这一问题，2016年以来，湖北长江干线共取缔各类码头1211个，清退岸线长度149.8公里。在这一过程中，武汉海事局联合地方政府，对江畔几十个杂乱的砂石码头进行集中整治，助推小码头参股集散中心，并在两个集散中心选址的过程中充分考虑行政区划分、能耗、环境容量等主要资源要素配置需要，提出合理化建议，优化了岸线资源利用率。

8月15日，在距武汉1000公里之外的上海，某物流公司的王先生来到上海海事局政务中心，申请办理船舶油污损害民事责任保险。依据新出台的上海海事局证明事项告知承诺办法，王先生无须携带营业执照原件，只提交了营业执照复印件并签订告知承诺书，承诺材料真实可靠，便成功办理了该项业务，王先生成了享受该项便利企业措施的第一人。

2019年5月，司法部印发《司法部关于印发开展证明事项告知承诺制试点工作方案的通知》，就开展证明事项告知承诺制试点工作作出部署。交通运输部作为5个国务院部门之一，6月4日公布证明事项告知承诺制试点实施方案，确定上海海事局为系统内唯一试点单位。目前，证明事项告知承诺制已覆盖73项证明事项，可减少119项证明材料。截至9月6日，上海海事局共适用告知承诺制办理各类海事业务142件，抽查117件，抽查合格117件，未发现有不实承诺办理情况。

"很多航运公司的法人都是'空中飞人'，以往在办理有关许可登记等事项时，往往因为需要提交法人身份证原件而耽误不少时间。对于企业来说，时间就是真金白银。开展证明事项告知承诺制试点，是'减证便民'行动的具体措施，对于方便群众和企业办事、改善营商环境、提高政府服务能力具有重要意义"，吴红兵说。

"上海背靠长江水，面向太平洋，长期引领中国开放风气之先。上海之所以发展得这么好，同其开放品格、开放优势、开放作为紧密相连。"2018年11月5

日,习近平总书记在首届中国国际进口博览会开幕主旨演讲中这样评价上海。

为营造国际一流营商环境,有效释放航运市场活力,上海海事局在交通运输部、部海事局领导下,严格落实党中央、国务院深入推进简政放权、放管结合、优化服务改革的各项工作。统计显示,"十三五"至今,上海海事局严格做好规定动作,累计取消行政许可360余万件次,减少收费5亿元,在此基础上,上海海事局不断推出自选动作,先后3次系统优化规范性文件,通过制、修、废联动,文件数量较2016年年初下降41.33%,分两批次自行下放执法事权22项,取消、停止实施本局文件设定的行政备案事项36项,并充分发挥规范性文件政策试验田的作用,促成《上海市推进国际航运中心建设条例》《上海港船舶污染防治办法》等法规、规章的出台,不断形成示范动作。

2016年1月,习近平总书记在深入推动长江经济带发展座谈会上的讲话,为把长江经济带建设成为生态更优美、交通更顺畅、经济更协调、市场更统一、机制更科学的"黄金经济带"提供了重要遵循。近年来,沿江海事部门以高度的政治自觉,结合地域经济特色,形成了"江为线、城为珠、线串珠、珠带面"新格局,以招牌动作助力地方经济腾飞,服务长江流域发展提速换挡。

一抹海事蓝　创新护平安

京口瓜洲一水间,钟山只隔数重山。春风又绿江南岸,明月何时照我还?曾经,王安石的一首《泊船瓜洲》将镇江与扬州联系在了一起,而如今镇江、扬州海事局携手用创新在六圩河口奉上了一部新"虎口脱险"记。江上跑船的人都知道,六圩河口是有名的"老虎口"。六圩河口是京杭大运河与长江主流在江北的交汇水域,也是目前全国最大的内河十字交汇的节点,地理位置极其特殊,全国水域第一;受回流、运河水流、长江主流汇合影响,该水域呈无规则流态,通航条件尤其复杂;九股船流在六圩河口水域叠加交汇,每天进出六圩河口船舶约500艘次,一条龙船队20多个,长江主航道日均船舶流量达1600多艘次,2018年六圩河口年货物通过量达到了3.36亿吨,较新中国成立前翻了数百倍,监管压力可想而知;历史上该水域事故险情数量最多,一度占到长江干线总数量的近1/10。针对该水域事故险情频发的问题,镇江海事局、扬州海事局在走访调研、专题研究的基础上,亮出"创新"利剑,寻找出了实现"虎口脱险"的现实途径。"六圩河口水域监管职能有交叉,如果各方都退后一步,就留下了监管漏洞;如果各方都向前一步,就是强强联合,形成安全防护网。"镇江海事局张金宝说。

通过机制创新,镇江、扬州海事局成立了镇江、扬州海事局六圩河口联合监管临时党支部,建立了水域共享、责任共担、资源共享、文明共建的新机制,并与江苏省施桥船闸管理所党支部、鲁扬船务服务有限公司驻扬州流动党支部等六家单位形成了"六联"党建联盟。"党建合作以其突出的灵活性,为政、企、事业单位合作交流提供了新思路,实践证明也确实解决了问题,是活用马克思主义的具体体现",镇江海事局彭慧敏说。

镇江、扬州海事局联手以六圩河口联合监管临时党支部合作平台为基础,以新航法攻克"第一密集"航段航行难题,借鉴陆路交通成功经验,提出环岛式航法,并研究制定了船舶进出六圩河口安全航行操作指南,将以往9股船流合并为5股船流,在六圩河口形成了隐形环岛缓冲区,大幅减少了航流的交汇,有效解决了进出口船舶互见困难、一条龙船队进出运河口操作困难等航行问题;以新技术解锁"第一复杂"关口管控密码,发挥信息技术在水上安全监管中的支持保障作用,水上电子警察系统开发应用,"通过雷达、AIS、CCTV等多途径获得检测数据,系统通过智能分析,在流量高峰期亮起红灯,向值班人员发出提示,降低了对监管人员经验的依赖度",值班人员镇江海事局刘铸说。自联合监管实施以来,六圩河口未发生一起等级以上事故。2018年7月18日,交通运输部党组书记杨传堂专程到六圩河口海事执法基地视察调研,并作出了江苏六圩河口海事执法基地身处海事监管一线,是"长江水上交通第一岗"的高度评价。长江江苏段不仅是黄金水道,更是沿线城市的水源地,也是南水北调、江水东引和引江济太的调水水源。目前,该水域安全直接与2亿多人生活用水安全相关。2018年江苏海事局辖区进出港载运危险品船舶近11万艘次,危险货物载运量1.72亿吨,占长江全线的75%,其中散化品运输量达6900万吨,稳居全国第一。"安全是底线,如果安全守不住,绿色和经济都无从谈起",谈起推进实施危化品货主(码头)高质量选船机制的意义时,江苏海事局工作人员这样说。江苏海事局推动货主建立了高质量选船机制信息平台,实现检查信息的共享,辖区范围内所有通过检查的船舶信息在平台上统一展示,货主(码头)想要了解船舶情况,打开就能够看到每艘船舶的检查报告、缺陷整改等情况。该系统能够实现智能统计分析,通过大数据能够分析出船舶的主要缺陷,也会对船舶的风险进行科学的评价,货主(码头)可以根据需要自主对准备使用的船舶进行风险评估。"大家都知道危化品船舶运输专业性强,收益相对较高,但风险也大。市场上有一种说法,叫作劣币驱逐良币。推动高质量选船检查机制就是要打破这个怪圈",江苏海事局工作人员介绍道。首先将不符合的船拒之门外,再引入诚信管理。让看不见的手发挥作用,运用市场手段引导市场回归到正常的轨道,从而形成良性循环。短期看,高质量选船将运价低的船舶淘汰出了市场,看似成本高了;但长期看,低质量的船舶退出运输市场,整个行业的环境改善了,互相倾轧价格的格局改变了,各种风险减低了,综合成本其实摊薄了。

江苏海事局在辖区范围内坚持统一步调、统一标准、统一实施,切实保证高质量选船机制可以落到实处。此外,江苏海事局根据水上安全与船舶污染防治工作重点,动态调整推荐选船标准的重点内容,落实危化品船舶"可进可出"机制,让这个机制更具有生命力。从唐古拉山上飘动的经幡,到上海外滩闪烁的霓虹,长江一路向东,她倾听金沙流韵,见证了创造人类奇迹的三峡大坝,也曾于黄鹤楼与岳阳楼、滕王阁之间流连忘返,她流过千千万万人的家门口,终于还是在奔腾中归于大海。面对长江,你会感叹大自然的鬼斧神工,她就这样肆无忌惮地辟开一条出路,寻一个去处,同时你也会感叹人类智慧的结晶,无论在怎样的自然条件下,都能为生存发展寻一条出路。长江两岸的海事人,就是这样智慧的长江卫士,他们用担当和作为将守护美丽长江的重任扛在肩上,默默守护着生态之江、活力之江、平安之江,将一条美丽的长江留在今昔,留给未来。

原刊于《中国海事》2019 年 11 月 15 日第 10~14 页

柑橘上车进城　游客下车摘果

四川"金通工程"直通实达

朱姜郦

"8月份的时候,我们这里开通了乡村便民小客车。出家门没几步就是招呼站,农产品、水果拿出去卖简直太方便了。"在四川省宜宾市翠屏区龙兴村,村民漆介蜀望着枝头上沉甸甸的柑橘充满期待。漆介蜀口中的"乡村便民小客车",正是四川今年3月率先在全国提出并实施建设的人民满意乡村客运"金通工程"。

"'金通工程'是四川巩固脱贫攻坚成果、无缝衔接乡村振兴战略的标志性工程,是全力打造乡村客运服务的'四川品牌',为全国乡村客运高质量发展提供'四川经验'。"9月8日,四川省交通运输厅党组书记、厅长罗佳明在全省乡村客运"金通工程"现场会上表示。目前,四川首批57个"金通工程"试点已取得阶段性成效,构建了省、市、县"三个一点"的乡村客运发展政策补助体系,推动乡村客运交邮、交快、交游融合发展,确保老百姓行有所乘。

节省乡村物流费用

龙兴村因种植柑橘而闻名,被当地人亲切地称为"橘香小镇"。随着"金通工程"的铺开,这里的百姓实实在在体会到了农村客运带来的甜头。

"过去,我们要走到主干道才能坐公交或者客车到市区,到了后还要再转车,费时又费力。"谈到以前的乘车经历,漆介蜀连连摇头,"现在好了,有了便民小客车,我们不仅可以根据发车时间安排出行,还能提前预约包车到目的地。价格跟以前差不多,但时间上更灵活。"

不仅如此，便民小客车的开通更为"橘香小镇"旅游业发展带来新机遇。"这几个周末，能明显感受到游客量的增加。"龙兴村党支部书记陈建秋介绍，"平时游客来这里只能坐大巴或者自驾，现在便民小客车串联起附近的乡镇，途经我们村，乘客基本上都会'刹一脚'，下来赏赏花，摘摘果。"

得益于"金通工程"便民小客车的开通，龙兴村预计每月可为游客提供个性化运输服务360余趟次，乡村旅游创收将达2.7余万元，惠及该村862户家庭。"金通工程"还打破了该村农副产品采用大宗货物运输的传统模式，拓展了农副产品定制零售。今年以来，便民小客车已承运农副产品9600余件，为农户节省物流费用3万余元，带动当地群众增收致富。

打通快递"最后一公里"

"金通工程"在宜宾的发展不仅如此。在屏山县蒋坝村，屏山直运锦桓汽车运输有限公司与邮政、顺丰、申通等7家快递物流企业合作，打造了乡村快邮示范点，提供邮政快递和小件快递到户服务。目前，该驿站通过便民小客车每天附搭收、发邮政快递和小件快递120余件。党报党刊、杂志可实现当日送达，农副产品、小件包裹可实现当日收发派送，快递运送时间平均缩短至半天，为群众每人次节省交通费约10元。

四川充分利用乡村客运"金通工程"构建的镇与村、村与村、村与户之间的客运网络，以便民小客车为运输载体，开展客车附搭邮政快递和小件快递进村入户业务，打通了乡村快递运输"最后一公里"，既为快递物流企业拓展了市场，又为乡村客运企业带来了收入，实现了运力资源互用互补。

年内覆盖所有贫困县

四川交通积极打造监管和大数据服务平台，建成了四川省乡村客运监管服务平台，建立了乡村客运车辆单独监管池，整合了客运车辆卫星定位监控数据、运政平台数据和农村公路通达数据。

通过车辆运行轨迹比对和行政许可信息核查的方式，四川实现了镇和建制村通客车情况"动态可视""静态可查"，确保乡镇和建制村通客车真通实达。乡村客运"四统一"（统一乡村客运标识、统一招呼站、统一车辆外观、统一从业人员标识），有效解决了长期以来的"黑车"问题和非法营运顽疾，极大提振了乡村客运驾驶员的职业荣誉感和行业归属感。

"我们还将开行个性客运服务，如赶场车、学生车、健康车、乡村网约车、乡村定制客运等。今年年底将实现全省贫困县全覆盖，'十四五'实现183个县全覆盖。"罗佳明表示，下一步，四川交通将深化"金通工程"在识别系统、服务、政策、监管等方面的标准化建设，满足基本公共出行服务均等化需求，以班线服务、公交服务为主，不断满足广大农村群众美好出行愿望。

原刊于《四川交通运输》2020年9月总309期第28~29页

变更378次,这条隧道太难了

尹沁宇 杜晓月 唐思平 南竹

11月30日,2022年北京冬奥会赛场联络主通道延庆至崇礼高速公路的控制性工程——松山特长隧道左线胜利贯通。千层酥、水帘洞,这是建设者们给它起的"昵称",名字听上去很美,施工难度却非同小可,9.2公里的隧道内,岩层千变万化,还有涌水不停地冲刷。

全长约113.7公里的延崇高速公路,是被交通运输部、北京冬奥组委寄予厚望的"一号工程"。项目建成后,北京到崇礼的车程将由4小时缩短至1小时。由中交一公局集团有限公司(以下简称"公局集团")承建的松山特长隧道,是华北地区在建最长公路隧道,分为北京段和河北段,两段同时掘进。松山通,则延崇通,一公局集团迎难而上,在延庆和怀来的沟谷间打响一场硬仗。

状如"千层酥",岩层变化频繁

松山隧道的掘进有多难?说异乎寻常一点不为过。它地处燕山山脉,属于燕山期两次侵入花岗岩接触带,围岩复杂多变。"每一块岩石都不一样,这一刻还是花岗岩,下一刻就会遇到孤石、断层、烂泥,泥层被挖掘机齿斗轻轻一碰就唰唰往下掉。"延崇9标项目负责人汤智力说,岩层千变万化,大家都说这是"千层酥"。

每一次岩层变化都会带来施工方法的调整,这给按进度施工造成极大困难。为了拿下这块"千层酥",一公局集团延崇项目部共进行了378次的围岩变更,变更率超过30%。

虽然已经通过地质雷达、超前探孔等方法进行勘测,但由于隧道埋深大,最深达到731米,地质复杂,且围岩变化频繁,很多情况还是难以精准预测。面对接下来右线最后的 200 多米掘进任务,一公局集团延崇项目团队仍旧十分谨慎,"最困难的时候,我们 7 个作业面围岩等级同时变更。接下来还会遇到什么,仍是个未知数。"延崇 ZT1 标项目经理王贺起说。

全副武装,在"水帘洞"里挖隧道

难上加难的是,隧道涌水量奇大。"涌水时的隧道如同'水帘洞',最高峰一天涌水量达到 4 万多方。"王贺起说。由于隧道岩层遇水膨胀,极度酥软,突水突泥情况频繁发生。穿上雨靴、戴上安全帽、套上雨衣,成了松山特长隧道建设者的日常装束。

自 2018 年 9 月份开始穿越围岩破碎带以来,隧道内实际涌水量远超预测设计。为此,项目团队采用三级泵站排水系统解决涌水问题,70 多人组成的专业排水班组守着泵站 24 小时不停地作业。秉承"绿色冬奥"理念,项目团队引进高效凝水处理工艺净化涌水,作为降尘、养生、混凝土拌合、绿化等施工用水,实现了循环利用。

"工人长时间带水作业,斜井内空气较差,时间一长就会对斜井施工产生畏惧心理。"王贺起说,为稳定施工队伍,项目部尽力为一线职工创造适宜的作业和生活环境,采取通勤车接送工人进出洞、设立班组工序奖励等一系列暖心措施。

为了 2.1 厘米,14 天转站千余次

隧道能否精准贯通,测量极其关键,稍有偏差就会出现中间接头错位的"穿袖子"现象。松山隧道规范贯通误差是 8 厘米,最终控制在 2.1 厘米,在精准测量上,一公局集团的建设者们将这门技术活发挥到了极致。

"零下 20 摄氏度的松山,我们 14 天走了 70 多公里,辗转 1077 站,才完成这一任务。"汤智力说。由于松山隧道跨越北京和河北,设计的控制点不在同一个坐标系上,连绵不断的大山阻隔在中间,测量技术难度大、测量距离远。队长常国亮带领测量班,早晨天没亮就出发,一边找路一边测量,冬季白昼短,"为争取宝贵的时间,常国亮他们人停机不停,直到天黑得实在看不见尺子了才归队。"汤智力说。

测量的精准度，会受到光线、湿度等各种因素的影响，即使测程中车辆经过带来的空气流动，都会造成误差。有时候，1个数据需要来回测量近20次，时机、严谨、耐心，缺一不可。14天，辗转盘山路、国道、村道、沟谷、山坡，一站一站地跋涉，松山隧道北京段终于与河北段洞口的控制点闭合，闭合差仅为1.2厘米，是规定误差的三分之一。

2019年11月30日，松山隧道左洞大贯通，实测贯通误差2.1厘米。测量队就像松山隧道的"眼睛"，保证了松山隧道的成功贯通。而像这样跨两省的长距离水准测量复核，从开工以来的3年里共有4次。

专业特工队，智慧工地"神助攻"

偌大的工厂只有4个人作业，却能满足50吨钢筋的日生产能力。一公局集团延崇项目团队大力贯彻中交集团"334"工程建设理念，"八台套"机械、BIM控制、人脸识别……松山隧道的攻坚克难，不仅靠的是一帮作风硬朗的专业团队，更得益于智慧工地的"神助攻"。

在延崇9标项目，项目部使用焊网机器人、数控弯箍机、钢拱架加工机提高钢筋安全性能，实现"人半功倍"的生产效率。同时，创新"八台套"方法，将三臂凿岩台车、湿喷机械手、三臂拱架安装台车等8种先进的机械合理组合，实现松山隧道北京段的全机械化作业。26台不同种类的全自动机械轮番上阵，与传统隧道施工相比，松山隧道的掘进更安全、更智能、更规范、更高效。

在延崇ZT1标项目，人脸识别、定位跟踪、实时监控等应用，助力"智慧工地"管理全新升级。作为河北首个全线运用BIM技术的高速公路，在这里，只需轻点鼠标就能看到松山隧道的施工状态，根据实际问题优化图纸，对施工中的重难点进行"特写"，实现交底更明确，问题解决更加快、准、狠。除了水净化措施，项目部还引进新型车载式隧道除尘净化设备，爆破后20分钟内可大幅净化烟雾，汤智力说，"我们要实现绿色冬奥，说到做到。"

松山隧道左线贯通的那一刻，阴暗湿冷的隧道内，一公局集团的建设者们摇旗庆祝这一胜利会师，大家纷纷表示，要一鼓作气实现右线隧道贯通。

原刊于《交通建设报》2019年12月12日第507期2版

走基层看脱贫
——见证 2020 脱贫攻坚收官年

李 诺　王 艳　范晓雯　陆小兰　袁 霆　李 骞
叶 扩　党 博　王海音　王永峰　丁 宁　王继华

走基层看脱贫——见证 2020 脱贫攻坚收官年系列报道其一：

编者按：

2020 年是我国脱贫攻坚决战决胜之年，也是具有里程碑意义的一年。《南方航空报》和内宣平台以此为契机，策划推出以"走基层看脱贫——见证 2020 脱贫攻坚收官年"为主题的系列报道，聚焦脱贫攻坚这一伟大壮举，深入南航驻村帮扶、脱贫攻坚前线，记录贫困地区贫困群众甩掉穷帽子、拔掉穷根子、踏上富路子的生动故事，挖掘南航驻村扶贫队成员攻坚贫中之贫、艰中之艰，忘我奉献的感人事迹。

满山遍结"致富果"，贫困户当上股东
——"航空引领、产业带动"，深圳分公司精准扶贫文岗村，书写脱贫攻坚必赢答卷

初秋，广东省肇庆市怀集县连麦镇文岗村南航火龙果基地里的村民正在山间忙碌，背篓里装满了"红火日子"。山下，贫困户文兰生家地里的"炮弹"芋头早已成熟，一群"木棉先锋"党员志愿服务队队员正帮他挖出绿叶下的累累硕果。合作社里，"村史馆小蜜蜂"文妃梅正忙着计算村集体收入。旁边村委会议室里，几个孩子正上着网课。在广东省怀集县连麦镇文岗村，一幅美丽的乡村

画卷，尽显脱贫摘帽奔小康的蓬勃生机。

一边是生活靠"凑合"的"原始"村庄，一边是"分分钟收入几千万上下"的经济特区，相隔约 320 公里，原本并无交集的村与城，因对口扶贫结缘。自 2016 年 4 月南航确认对口帮扶关系以来，7.1 平方公里的文岗村，先后迎来了 5 名南航深圳分公司驻村扶贫干部。在这里，南航人挥汗如雨，重点围绕村建档立卡贫困户 145 户 394 人（2016 年初数据）开展精准扶贫。为这里，南航人东奔西走，多渠道累计投入资金、物资、人力等 1300 余万元。

帮助贫困户见到了"红票子"

当下正是火龙果成熟的季节，在文岗村南航火龙果基地，一片接着一片的果树随着山势铺开，60 余亩果实陆续成熟上市，给当地村民带来收获的喜悦。

收入是民生之源，提升村民幸福感与获得感最直接的就是实实在在地增长收入。为此，南航结合文岗村实际，因地制宜，确定"先贸易，再产业；先试点，再推广；先种植，再养殖；轻资产，重销售，2020 年见成效"产业发展思路。

山还是那座山，新添了绿"刺头"、红"山果"，火龙果基地连年丰收，"南航+村委会+合作社+社会能人+贫困户"模式帮助 44 名贫困户见到了"红票子"。地还是那块地，不见了荒草，引来了尖头翘嘴的"绿凤凰"，300 多万元投资，600 亩鹰嘴桃在这里扎根结果，小康的"果香"飘进一户又一户贫困户家中。

去年工作队再为村产业建设"添砖加瓦"，带领村民累计开垦 10 余亩荒地，开辟南航蔬菜示范种植园，引进大头菜、玛莎莉番薯等农作物，不仅将种子免费赠送给村民，还请来专家"把脉"，教授种植技巧。

正在地里劳作的贫困户卢颜少说："以前家里只有 6 分地，今年老公又突然走了，留下我和 5 个孩子，日子都不知道怎么过。还好有工作队帮助，不但帮我家申请低保户，还雇我在南航种植园干活。现在家里种了 2 亩水稻，一年两季，一亩一季度可收入 1000 多块钱呢。明年我也打算再种上一些工作队引进的新品种番薯，日子可算有盼头了。"

果子有了，关键是要卖出去，要让村集体的家底更厚实。2019 年 9 月，在驻村工作队的支持下，文岗村注册了"怀集县文岗脱贫攻坚农业专业合作社"。同年 10 月，在南航深圳分公司信息工程部支持下，选择"有赞"平台，注册文岗扶贫商城,开启了互联网业务。一时间,文岗的土特产走进了城里人的大厨房,火龙果供不应求,皇帝柑从 2019 年 10 月底一直销售到 2020 年 1 月底,文岗鸡和石坑鸭更是受到了广大员工的追捧。村民们摇身变成"小股东",年年都有分红。

阻断贫困代际传递,上学不再难

下课铃声一响,孩子们三五成群地冲到篮球场上、乒乓球案边,尽情玩耍。崭新的教学楼、明亮的木棉图书室、完善的教学设备让人眼前一亮。

提起文岗村"文岗"二字,文氏族人总会滔滔不绝。村史馆讲解员文妃梅告诉记者:"元朝末年,文天祥侄子文年六的曾孙文才志、文才庆从江西吉州庐陵迁居怀集县连麦镇文岗村,他们是最早在此开基发族的,这里地形为岗头地,故曰'文岗',村里人历来以民族英雄文天祥为豪。"

让孩子们接受良好教育,既是文岗村村民的迫切渴望,也是阻断贫困代际传递的良好途径和扶贫的重要任务。

为了让孩子们"有学上、上好学",2018 年,南航资助 40 万元全面升级改造文岗小学,并捐资购买 8000 多本课外书籍,建设木棉图书室。2020 年 9 月,南航捐资建设的文岗幼儿园试开园,设大班、中班各一个,招收 70 名适龄儿童,对文岗村建档立卡贫困户子女免收学费。

文岗村小学校长罗天锦告诉记者:"我们以前的图书阅览室只有不到 3000 本残旧图书,南航捐赠后,图书数量一下子增加到超过 11000 本,全校学生人均达 23 本。"

2020 年,面对疫情学校推迟开学的情况,工作队更是为部分即将迎来中考、高考的贫困户子女送去平板电脑,并联系爱心企业捐助课程、赠送网络流量,在不增加贫困户负担的情况下,确保学生安心学习。2020 年高考,5 名贫困户应届高中生全部考上了本科、大专。

精准施策扶贫到位,颜值倍增

提起旧时的文岗村,村民总是会说"雨天一脚泥,晴天尘土飞"、天黑不见路、看病难、住房环境差,日子只能凑合着过。一句句抱怨,一声声叹气,工作队员听在耳中,记在脑中,急在心里。

路不好,南航修。2016年12月,一条5公里的木棉路破土动工,让100多户群众告别了车辆不进村的难题,15分钟就能到达镇上。南航配合省定贫困村新农村建设,辅助投入300余万元,完善26个自然村道路硬化。450盏太阳能路灯照亮房前屋后。

看病难,南航援。文岗村卫生站拔地而起,南航捐助医疗器械、赠送药品药材,为村民免费健康体检,一系列举措全面提升了文岗村公共医疗水平。

住房差,南航帮。在决胜全面小康、决战脱贫攻坚之年,工作队聚焦"两不愁三保障",逐户自查、回查、反复查,不仅圆满完成了收入、住房两大指标任务,还将贫困户的厨房、卫生间、简单家具配置作为升级标准来抓,帮助贫困户过上"城里"日子。

走在文岗村,土路变了,宽敞的铺装道路穿境而过;老房子变了,多层独院别墅干净明亮;村民的精气神也变了,木棉文化楼、村民广场、南航阳光游乐园等"应运而生",使文岗村"颜值"倍增。

让贫困劳动力端稳就业"饭碗"

"培新一人,就业一人,脱贫致富一家。"文天活一家是村里建档立卡贫困户,妻子残疾,大儿子身体欠佳,一家人靠他一人做豆腐的收入勉强生活。在工作队的动员和帮助下,小儿子经过培训,应聘至南航深圳分公司,成为一名餐厅面点师,每月有了稳定收入。靠着这门手艺,在短短一年时间里,一家人摘掉了"穷帽子",原来矮矮的一层旧屋已变成了两栋三层小楼。其中一栋被工作队租用作为宿舍,并将一楼改造成新时代农民讲习所,11月6日正式开课,为村民开展培训,提高致富技能。

授人以鱼,不如授人以渔。为让贫困劳动力端稳就业的"饭碗",南航针对文岗村贫困户劳动力的实际情况,组织农技和职业培训,提高贫困户务农、务工技能。通过扶贫资金增设保洁员等公益性岗位,累计帮助40人次贫困户劳动力实现"家门口就业";并投入12万元作为外出务工奖补资金,同时成立经济合作社鼓励贫困户回乡创业,真正由"输血"变"造血"。

习近平总书记强调,在扶贫的路上,不能落下一个贫困家庭、丢下一个贫困群众。在南航人的努力下,2019年底文岗村达到省定贫困村退出标准,133户356名贫困人口全部达到脱贫退出标准,退出率100%。

致富经:

村里有家建工店,走出一位文老板

"书记,我要退出低保户,我的建工店在南航的资助下开起来,现在生意也是红红火火,十里八乡的乡亲们都来找我做门窗,今年打算再买辆小货车,日子越来越好了,不能再给国家、村里增添负担了。"前阵子,一大早,原贫困户文天寅就跑来找村党总支书记。

文天寅的建工店开在村里主干道旁,20平方米左右的店面被隔成工作间、休息室、厨房。见到他时,他正拿着榔头蹲在店门口,在接近完工的防盗窗上敲敲打打。空地上摆着几个门窗栅栏完成品,这些成品马上就会被拉去附近的几个村里,安装在刚刚装修好的房屋上。

驻村队员喊了一声"文老板",让一副"书生"长相的文天寅有些羞涩,一边兴奋地招呼我们进屋喝茶,一边把屋里风力最大的电扇打开,颇具热情与豪气。

回想起他刚刚回村里那会儿,全家人挤在一间危房里,妻子和小儿子残疾,大儿子患病,常年卧床不起,一家四口只有他一人具备劳动能力。工作队得知情况后,多次慰问,鼓励他树立信心,帮助他改造危房、给孩子看病,并捐资帮他开起了不锈钢门窗店,让他的手艺有了施展的地方,也看到了摆脱贫困的希望。

一百元、一千元、一万元,靠着这间店面,文天寅的钱包慢慢鼓了起来。现在的文天寅已成为村里的致富带头人,原来的危房早已变成了整洁明亮的2层小楼。平日里,建工店也会请村里贫困户来做工,帮助村民增收。文天寅说:"真的要感谢南航,我在南航的帮助下过上了好日子,现在我也想帮别人,我没什么文化,不会说那些漂亮话,只能用实际行动报答对南航的感激,帮着村里一块脱贫致富。"

收入增加了,底气也就足了。采访过程中,文天寅的脸上始终洋溢着笑容,并热情地邀请我们一同吃午饭。其实,他还应感谢自己。若不是踏实肯干,勤奋自强,他不会收获家里的别墅,若不是心存感恩,怀揣梦想,他也不会收获乡亲们嘴里的"文老板"。

记者手记：

心存希望，下一站就是幸福

前段时间，我和"木棉先锋"共产党员志愿服务队一起去了文岗村。车子下了高速，七拐八拐约 1 个小时到了村口。驻村工作队早已等在那里，带着我们逛这逛那，像是家里来了亲戚般热情。

村里这几天也正是热闹，番薯、芋头、火龙果陆续成熟，家家户户都在地里忙碌着，村里的幼儿园也竣工试开园了。幼儿园紧挨着小学，在村口一下车就能看到。穿过教学楼前的操场便是宗祠，宗祠门口贴着几张"大字报"，写着村里哪家给上学的娃娃们捐助了多少学费。这个"设计"倒也巧妙，孩子们上学放学都可以看到，有了这些"奖学金"，想必也会受到激励，努力学习。

行至村文化广场，扶贫前后村容村貌对比展板格外显眼。从照片上看来，旧时村里的房屋，与其叫房屋，不如说是"窝棚"更为妥当，又破又小。但转头望去，眼前是一栋栋崭新的 2 层或 3 层小楼，再不济也是 1 层带院。这要是在城里一定会被人说成豪宅。

傍晚，走在宽敞的水泥道上，道路两旁的路灯泛着光芒，村民们聚在文化广场，或分享丰收的喜悦，或在健身器材上运动，孩子们拍着篮球嬉笑追逐。

这几年的帮扶，文岗村的软硬件有了大改善，产业和人才基础越来越牢固。在村里采访，听到最多的，是村民们对党、政府和南航的感谢，"孩子有学上了""现在家里过得好了，房子也盖到 3 层了""现在看病方便多了，还免费做了体检""村里比以前干净多了"……朴实的村民们认为是南航驻村工作队的帮扶，给他们找到了脱贫致富的门路，帮他们把家园变得更好。

脱贫攻坚终会告一段落，工作队也终究有一天会走，而实现乡村的全面振兴还有很长一段路要走。但是现在村民对家乡充满希望，只有心存希望，才会安心为家乡贡献才智、努力奋斗。回望村里，一幢幢别墅，很美！田地里硕果累累，很美！校园里琅琅读书声，很美！

心存希望，下一站就是幸福。

走基层看脱贫——见证2020脱贫攻坚收官年系列报道其二：

要绿水青山还要金山银山 "小特产产业"助攻
——海南乐东县抱湾村脱贫记

从县城坐车出发,沿着地势崎岖的山路,走上40分钟才能进入藏在大山深处的抱湾村。

进村之前,在县城公路和进村路交会处,伫立着一块石头路牌,上面书写着苍劲而瞩目的大字"抱湾村"。

说起这块石牌,中国南方航空股份有限公司海南分公司(以下简称"海南分公司")驻村干部陈坚满是自豪:"海南分公司为抱湾村花费11万元在村内外多处修建了村标路牌。以前大家都不知道大山深处有个抱湾村,恐怕连火警救援车都找不到进村的路,更不用说吸引人上门做生意了。"竖立村标路牌事情虽小,却是立足实际开展扶贫工作的点睛之笔。

走进村子,家家户户的房前屋后都养着家禽家畜,到处都种植着金椰树和波罗蜜,以及成片的槟榔树。村两委办公室旁有一片新修的健身器材,茶余饭后,村民们会来到这里锻炼身体、活动闲聊,也给村里带来了很多欢乐。值得注意的是,村子里的道路大多进行了修建硬化,通路后县城的公交车也开进了村子。

临近中午,刚下课的小学生们正在回家的路上,他们身后是窗明几净、宽敞整洁的学校教学楼,而不远处则是刚建好准备启用的菜市场。

抱湾村是移民村,由于早年间建造水库,几个村子的村民搬迁到抱湾村,共有327户,村民1442人,人均耕地面积仅0.14亩。

之前,村民们主要收入来源于橡胶、槟榔、水稻以及外出务工,集体经济"一片空白",绿水青山虽然守住了,但一年到头守着"巴掌田""鸡窝地"种水稻、毛豆和花生,靠天吃饭常常饿肚子。

铆足力气促增收,产业扶贫有后劲

2016年以来,海南分公司认真贯彻党中央、南航集团扶贫工作决策部署,按照"航空引领、产业带动、教育固本、关爱救助、阳光扶贫"的工作模式,扎实开展了一系列扶贫工作。

2020年10月16日,在第七个国家扶贫日即将到来之际,抱湾村的扶贫干部们传来了好消息:海南分公司出资建设的养鸡场所养的2000只鸡销售一空。

陈坚回忆起卖鸡的经历很感慨:"我们既是推销员也是快递员,不管是2只鸡还是10只鸡,都是我们自己送去卖的。最远的一次,去了远在88公里外的莺歌海卖鸡,早上6点出发,一直忙到晚上10点才回来。"

然而,驻村扶贫干部逄晶和陈坚仔细算了一笔账,发现养鸡并不是最适合抱湾村贫困户的营生。村里有近80户是残疾人,腿脚不便难以走出深山谋生;加上村子里没有屠宰、消杀、打包等一系列硬件设备,养鸡卖鸡成本高,价格缺少竞争力。有什么产业可以让村民们足不出户就能有好收成呢?

在挨家挨户上门了解情况的过程中,他们发现村民的房前屋后都有自建猪栏,这让他们有了新的思路。当地五脚猪瘦肉多,口感好,一头成年五脚猪价格在3000元左右,到了出栏的时候,城镇上的农贸企业都会主动上门来收购。养殖五脚猪不仅能给村民带来比现在更可观的收入,还大大节省了为运输销售奔走的波折和成本。

逄晶说:"我们就是要找老百姓适合的产业,因地制宜、一户一策地发展产业。从产业扶贫的角度辅助他们增加收入。我们向贫困户征求意见,愿意养猪的都可以报名,上门入户调查之后,符合条件的就发放猪苗,请专人教他们喂养。"2020年4月,海南分公司再投入9万余元,向抱湾村贫困户发放了45头猪苗。

发展产业是实现脱贫的根本之策,海南分公司驻村帮扶以来,抓住了产业这个根本,规划产业,发展产业,壮大产业,为抱湾村的脱贫致富事业添上一把燃烧正旺的新火。

2019年,抱湾村的贫困户实现人均年收入4000元,贫困户从50户降至2户。目前,抱湾村全面实现脱贫目标,2020年人均收入突破6000元。

"要我脱贫"变为"我要脱贫"

逄晶和陈坚从2019年11月起驻村开展扶贫工作,虽然当地条件艰苦,但他们做事充满激情——进入脱贫攻坚的关键年,自己刚好接到最关键的一棒。

起初,抱湾村的村民对南航倡议的扶贫计划都不感兴趣。召集村民开会,扶贫干部们在会议室足足等了3个小时,也不见有人过来。稀稀拉拉来的村民中,还有人喝得醉醺醺的。看着这一幕,扶贫干部在空荡荡的会议室里面面相觑。向村民宣传养殖计划时,村民们连连摇头,摆手拒绝:"太麻烦了,不想这么累。"

在村两委班子和扶贫干部的共同努力下,养殖计划终于逐步推开。海南分公司陆续聘请多位专业老师,上门为村民们讲授养殖知识。一开始,村民还得靠村干部上门请、上门催,甚至上门"押"去课堂。

逄晶回忆说:"通过致富带头人带动大家劳动致富的积极性,效果很好。村民走进他的园子里一看,他的园子好,自己的园子却稀稀拉拉的,自然就有了边学边干的热情。"

扶贫干部和村民们同吃同住,日渐熟络了起来。晚上大家常在一起吃饭拉家常。渐渐地,村民们也打开了话匣子,对这两位远道而来的南航扶贫干部有了信任感。走访路上,村民吉家荣向逄晶反映,家里的五脚猪已经产崽,吃得多,猪栏小,打算长到15斤就卖了;村民邢秀珍和扶贫干部商量,五脚猪已经到时间配种了,可是自己不会配种,接下来该怎么办。

陈坚说:"村民所想的,正是我们下一步巩固脱贫攻坚成果要做的工作。个体养殖五脚猪成本高、规模小,技术上缺乏指导。我们打算联合村委会和村民的力量,把原有的养鸡场进行二次规划利用,从个体零散养殖转向集体规模化养殖,把五脚猪养殖事业做大做强。不仅要让村民有获得感,还要进一步提升他们的参与感。"

走回村口,眺望远方,青山如黛,雨后的崇山被层层云雾笼罩,远处的田野是一片生机勃勃的嫩绿。"家乡是个好地方,挣钱不用去远方",正在成为全村人的共识。这里的黎族老百姓,已经从过去靠打猎吃野菜为生,转向养殖种植业劳动致富。他们谈论和关心的,是槟榔的保花技术,是家禽家畜的养殖治疗技术。

下一步,海南分公司还将投入到"厕所革命"中,为抱湾村投资建设30间环保厕所,这将极大改善村民的生活环境。脱贫攻坚的"后半篇文章",正在抱湾村悄然展开。

致富经：

一块土地上创造三种收入

对于抱湾村的致富带头人卢荣理来说，每天都是忙碌而充实的。他的时间表是这样的：早上5点半起床，喂鸡、喂猪、干农活，回来洗把脸收拾一下，8点半之前准时赶往村支部开始一天的工作。中午和傍晚下了班，再回来喂猪喂鸡，打理槟榔园里的农活。

这位80后村支书是个体格强壮、肤色黝黑、身材高大的黎族汉子。一讲起种槟榔，卢荣理掰着指头说得头头是道："现在一斤槟榔能有20块5毛的收入，反季槟榔收购价格更高，一斤能卖100元左右。你看我的槟榔园，槟榔树都像战士列队一般整整齐齐，树与树之间的间距都有2.3米，是我自己拉线比画着种下去的。槟榔树不能种得太近，不然成熟之后的果实就不够饱满，卖不出好价钱。我对自己要求很严格，每一株槟榔树我都要种好。"

他的槟榔园目前发展到了15亩1000株的规模。

卢荣理不仅种槟榔树在行，在养殖方面也很有一套。他高兴地指着猪栏里的五脚猪说："在南航扶贫工作的大力支持下，我养了这15头猪。你看这头已经下了10个崽，那头算预产期差不多还有5天就要生了。这些都是南航引导贫困户和致富带头人养起来的。"

在当村干部之前，卢荣理曾经是镇上远近闻名的乡村医生，深受群众爱戴。过去村里还没有通公路，他常常不辞辛苦，走很长一段山路，再坐船辗转去到邻村给村民看病。他干活勤快，还肯吃苦，爱动脑筋，他的猪栏和其他人的都不一样，上面有他一手研究改造的喂水喂食"流水线"装置。有了这个装置，可以极大提高饲养效率。

陈坚向记者解释了卢荣理成为致富带头人的原因：卢荣理做乡村医生时走遍了镇上各个村子，也在城市里学习过种植养殖技术；卢荣理当过贫困户，了解贫困户，知道贫困户想什么，再加上有拼劲儿，能给其他贫困户带个头、立个榜样。

卢荣理告诉记者："种植养殖都有收入，关键是人要勤快。政府帮脱贫，致富靠双手。我一边养猪,一边养鸡,同时种槟榔树,槟榔树下养鸡,鸡粪可以给槟榔树施肥,鸡可以留着自己吃,也可以拿出去卖。可以说是在一块地上创造了三种收入。其他贫困户过来看我的园子,问我是怎么做到的,我说只要人勤快就肯定没问题,50株槟榔树管好了,那么就会有50株的收入。"

对于未来,卢荣理打算再包下20亩地,继续养殖五脚猪。他相信,在驻村干部的帮扶支持下,只要勤劳肯干,努力奔跑,就一定能够跑出更加红火的好日子。

记者手记:

脱贫摘帽不是终点

在对海南分公司纪委书记高义和两位驻村干部逢晶、陈坚的采访中,我反复听到的是同样的一句话——"哪天我们撤了,也希望抱湾村老百姓的生活越来越好。"

海南分公司党委班子和扶贫干部们不仅希望南航的投入能够助力当地脱贫攻坚事业,更重要的是希望把南航人勤奋、务实、包容、创新的精神面貌带进抱湾村,把明晰、规范、完善的管理模式和规章制度带进抱湾村。

随驻村干部进村的,还有雷厉风行、奋发有为的工作作风。学习效仿企业化的管理治理方式,对于村委会而言是新鲜的。自从他们来了以后,抱湾村两委班子立下规矩,每一次开会都要有签到表,迟到缺勤都登记在册,坚决做到赏罚分明。这些对城里人来说看着稀松平常的细节,对于当地村委会而言都是大跨步的改变。海南分公司作为扶贫企业单位,主要任务是协助政府开展脱贫攻坚工作,探索建立稳定的脱贫长效机制。先期投入资金支持贫困户成立合作社,兴办养鸡场,强化产业扶贫,组织消费扶贫,加大培训力度,全力帮助贫困户进行生产、销售。

发展扶贫产业,找准路子是关键。如果没有海南分公司的大力支持,如果没有逢晶、陈坚日复一日地驻村工作,养殖业就不可能在抱湾村如火如荼地开展起来,更不可能渐入佳境地深入下去。

逢晶、陈坚两位扶贫干部自2019年11月入村以来,就敏锐地发现了养鸡虽然小有收获,但是痛点突出。多年的企业工作经验,让逢晶和陈坚不仅在驻村扶贫工作中雷厉风行、敢为人先,更具备独到的创业思维和敏锐的市场化眼光——

村民的房前屋后都有自建猪舍,解决了养猪场地的基本问题;本地五脚猪品质优良,市场上的生猪价格长年稳定在合理区间,迎合了贫困户们创收增收奔小康的迫切心愿;养猪不需要外出兜售就会有商户上门以市场价格收购,打通了从养殖到销售的"最后一公里";打造本地特色产业,建立完善的管理机制,持续推进五脚猪养殖,计划从单户养殖向集体养殖迈进,筹谋了扶贫事业循环发展的长远设想。

习近平总书记指出,发展扶贫产业,重在群众受益,难在持续稳定。要因地制宜探索精准扶贫的有效路子,多给贫困群众培育可持续发展的产业,多给贫困群众培育可持续脱贫的机制,多给贫困群众培育可持续致富的动力。

脱贫摘帽不是终点,而是新生活、新奋斗的起点。眼下,抱湾村的五脚猪养殖和槟榔、金椰、波罗蜜等经济作物种植正逐渐升温,"小特产"正在成为带动村民脱贫致富的"大产业"。

对于抱湾村村民而言,"新世界"的大门已经打开,新生活的势头也越来越喜人、越来越兴旺。

走基层看脱贫——见证2020脱贫攻坚收官年系列报道其三:

昔日荒山变橙园 "大塘"品牌产业兴
—— 湖南分公司派队开展驻村帮扶工作,积极推动南航集团特色扶贫模式落地

夜幕下,乡间大屋里依然灯火通明,这是湖南邵阳大塘村村支书家里。驻村扶贫工作队的队员总是和村支书黄剑讨论工作到深夜。关于村里的大小事务,村干部都很是牵挂。扶贫工作队驻村两年半以来,扎扎实实走访、探索、学习,硬是在荒地上种起了脐橙,在山地上盖起了自来水厂,驻村第一书记、扶贫队长熊劲松说:"这两年多以来,我们的车走了16万公里,等于足足绕了地球4圈。"

2018年以来,中国南方航空股份有限公司湖南分公司(以下简称"海南分公司")积极履行央企社会责任,派队入驻大塘村开展驻村帮扶工作,积极推动南航集团"航空引领、产业带动、教育固本、关爱救助、阳光扶贫"的特色扶贫模式落地。

村里有了"二环""三环",还有连心桥

一路进村,看见星罗棋布的山间小屋,门口都有了水泥路,大部分房子在重建、修葺或者美化。熊劲松说:"大部分房子门口的水泥路都是近两年才硬化的,有了路才有希望。"两年来,在熊劲松的引领下,大塘村统筹各方资金300余万元,新修10公里村道、林道,大塘村有了自己的"二环",甚至"三环"。随着道路入组进户,"晴天灰尘飞、雨天泥巴深"的历史一去不返。

村里的综合服务平台门口,老人正站在健身器械上唠嗑,小孩子则在刚铺好的篮球场地上疯跑,门口几个工人正在砌墙砖。这座380平方米的现代化村级综合服务平台,2020年初刚落成,使村两委办公环境大为改善,党员有了活动场地,农产品有了展示中心,留守妇女、儿童也有了全新的家。

2020年7月,南航连心桥建成通车。每次村支书黄剑骄傲地介绍这座桥的时候,总要拿出以往的视频做个对比、展示。这原本只是一座90厘米宽的桥,摩托车和行人走在上面颤颤巍巍的。"这可是通往隔壁武冈镇最近的路,比起另一条弯路能节省10多公里,更是孩子们去镇里上学的必经之路。现在有了这座双车道的桥,生活方便多了,大卡车也能进来拉农产品了。"村支书的欣喜之情浮于脸上。

远处的山头上,可覆盖1600人的自来水厂工程也进入尾声。水、电、路、桥、学校等基础设施都在一步步完善起来。黄玉成是村里有名望的老人,是名退休建筑工程师,他非常认可扶贫队的贡献:"这是第四批进村扶贫的工作队了,改变特别大。铺了路,修了水库水渠,修复了损毁20年的电排通了电,修了森林防火通道,尤其是修了连心桥,这是河两岸村民20年的心愿啊。建了学校、茶园、橙园等等,这些都切实改变了我们的生活。我退休了,也希望能回来村里跟上步伐,做一点贡献。"

"三不搞",力气花在"刀刃上"

扶贫就像创业,把准市场脉搏,落实做好"产业带动",才能取得成功。村里原来的底子太薄弱,一切都需从零起步,扶贫队伍来到后一步一个脚印地落实工作。熊劲松秉承"三不搞"政策来确保扶贫的力气花在"刀刃上":"本地老百

姓不会搞的不搞,不适合当地不能形成规模的不搞,不能形成品牌不能走向市场的不搞。"

村综合服务平台旁的食品加工厂已经建成,各类食品加工机器正安静地躺在里面等待运行。急冻库和冷冻库也已经就位,等待压缩机轰鸣启动的一刻。熊劲松介绍:"农产品都是有季节性和保鲜期,有了冷库就能延长产品保鲜期,错开季节销售,提升食品值,创造更高效益。每一个细节,都是为了提升产业价值。"

驻村工作队为大塘村定制了科学的改善方案。首先因地制宜,请农业专家为村里土地精准把脉,确定可种植的作物,包括脐橙、水稻等。其次带领村民学习,形成了技术和销售团队,在村里培养人才。另外将作物深加工,拉长附加值,例如把糯米变烧麦,把米粉变成糖油粑粑等。

两年来,驻村工作队推动500平方米扶贫工厂项目顺利落地、800亩高山生态水稻成功升级。2019年共销售"大塘村"牌高山大米18万斤、高山蜜薯10万斤、红薯制品1万斤、蜂蜜3000斤以及价值近20万元的土鸡、土猪、山羊等家禽牲畜,实现了村级产业的新突破,也极大促进了贫困户增产增收。未来,大塘村扶贫工厂将生产出更多农副产品,通过"大塘扶贫电商"平台走向更为广阔的市场。

扶贫扶智,孩子大人两手抓

熊劲松带领村两委落实各项教育政策,在保证义务教育学生零辍学的基础上,提出了"扶贫扶智,美好大塘村,未来在儿童"的教育扶贫理念。2018年,推动停办6年之久的大塘小学重建复学,为孩子们打开了一扇通往山外世界的窗户,也让山里人看到了希望。湖南分公司空乘、飞行员等来村90余人次,他们和孩子们一起做游戏、一起学习,为小同学们带来崭新的校服、图书以及精彩的"开学第一课"。

除了小孩,让村里的劳动力不断学习增值,才是致富的关键。在熊劲松的带领下,大塘村加大普惠性农业技术培训,组织职业农民实用技术培训班7期,受训人员达到800余人次,内容涵盖种养技术、产业发展、电商物流、生活科学等十余个门类,为全村家家有产业、户户懂科学打下扎实基础。同时,驻村工作队带领全村党员组长"走出大塘取真经",去到油溪桥等国家级先进村落进行观摩学习,帮助村民放大梦想、坚定信心。

"大塘村"品牌响当当

按照扶贫队的思路发展下去,"大塘村"这个品牌将会越做越大。统一标准,统一渠道,统一品牌,这三个统一不仅可以做好农产品的质控,还能把事业发展到邻村。熊劲松说:"邻村很多人看我们发展得好,都想去种稻米,种橙子,但不懂科学耕种就只会浪费时间。我们大塘村以后要建成示范园,大家来这里学习,按照这个品牌的规范科学耕种,由品牌统一销售。以后我们可以流转的土地增多,产量上升,品牌就能越做越大,也能为更多人带来收益。"

黄费荣的家位于村综合服务平台的旁边,他说这两年多以来,过上了越来越安心的日子:"扶贫队很关心我家,以前我们什么东西都种一点,每一样收成都不好,收益也低。扶贫队教我们怎么种,种什么,现在我家的水稻都是村里帮我销售的。我只管安心种植,不用考虑销售问题。"

"上了上了,终于上去这个平台了。"9月15日早上,正在电脑前工作的熊劲松突然兴奋地跳了起来。"大塘村"品牌进驻了832扶贫电商平台,进驻了这个平台,就能为"大塘村"品牌带来更多订单,也加大了品牌的市场认知度。一上午,熊劲松就收到了大量的订货咨询电话。现在,"大塘村"品牌的20多项产品已走进湖南扶贫产品和国家扶贫展示馆,入驻全国832个贫困县优质产品和湖南省扶贫产品等平台,并通过各类展会销往全国20多个省市,在长沙的超市里面也有售卖。

扶贫队围绕"高山生态"和"产业升级"8个字做文章,推动全村产业规模化、管理科学化、经营市场化、推进平台化,建立了低风险、高效率、可复制、能长远的产业发展机制,真正打造了一支永不离开的工作队。扶贫队还把大塘的产业模式推广到邻村。

现在还不是村里最好的时候

村里虽然底子薄,但是村民有着对生活的期盼。熊劲松打了个比方:"村民就是干柴,遇到我们这把烈火,小宇宙就燃烧起来了。他们只需要有指路明灯,就能找到出路。"驻村扶贫工作队在村里夜以继日地工作,快马加鞭,两年来带领着村干部完成了应该5—6年才能完成的工作。

村里一天一个样,大塘村的贫困发生率从26.5%降至0.6%。2019年11月28日,新宁县人民政府发布脱贫退出村名单,大塘村赫然在列,迎来了整村脱贫退出的历史性一刻,彻底摘掉了"穷帽子",走上了致富路。

2020年7月全国脱贫攻坚普查中,大塘村贫困户生产和生活明显改善率为100%。熊劲松认为现在还不是村里最好的时候,这只是开荒阶段。他憧憬村里真正的好日子将会在5年、8年之后。那时候种植、加工、销售、品牌都走上了轨道,村民的日子就会更加美好。

致富经:

橙园赋予的底气

"胖子,你要跟着谢师傅好好学习脐橙种植管理技术,以后带动更多的人。"驻村队长熊劲松口中的"胖子"是贫困户刘新钊,如今,他在驻村工作队和村两委的引领下,已经成为脐橙园的管理人员。

"胖子"一天天瘦了下来,脐橙树苗一天天长大。刘新钊回忆着曾经的自己:"我过去是一个游手好闲的青年,村里人都不看好我,对于脱贫致富我也是保持一种消极态度。工作队来了之后,我看到他们迅速地修建好了学校,这给了我很大的信心。我开始尝试按着他们的路子工作。工作队带我去学习,改变了我懒散的状态。我从零开始学习种脐橙,什么季节该干什么,每做一步我都要出去外面的果园学习一次,然后回来亲自动手,还要教会工人。我现在是经理了,要有责任心,没有责任心的人什么事情都做不好。"

回想2017年,刘新钊被纳入建档立卡贫困户,看着扶贫手册上写着"因学致贫、因缺乏劳动技能致贫",他心里感到很悲凉。因为他觉得自己和妻子正值年轻力壮,却走到被扶贫的地步。

2018年初,大塘村来了南航驻村扶贫工作队。驻村队长熊劲松了解到刘新钊家的情况后,对他说:"我知道你是一个有想法又肯卖力气干活的人,咱们村要开始搞建设、开始搞产业、开始创业,最缺你这样的年轻人,你愿意一起干吗?"刘新钊从来没想到过有干部这么看得起他,也从来没想过自己能有这个机会,他表示:"我有的是力气,我不怕吃苦,但我没有文化和技术,需要工作队和村里带领我学习、前进。"

2018年7月,村里集资成立大塘生态农业公司,主要目的是让全村人一起努力,搞好集体产业,组织起大家生态种植和养殖。了解此项计划后,刘新钊与妻子商量,东拼西凑,拿出了5000元入股农业公司,并加入了农业专业合作社,按要求进行耕种。当年末,农业公司效益不错,进行了分红,他分到了1000多元,家中按照标准种出来的谷子质量也很好,比市场价高出15%卖给了农业公司。刘新钊还按要求种了很多红薯,年底村里收购红薯进行深加工,销路很好,价格也高。刘新钊在农业公司跑上忙下,每天不停干活和学习,他的工作和生活也走上了正轨。

每个月村里都会举办培训班,刘新钊学得最好最快,村里就把刘新钊和几位贫困户送到县里脐橙种植基地进行现场学习。两年来,他跟着行家学,并且带着村里的人一起干,把学到的知识传授给他们。

刘新钊见证了从荒山到果园的神奇转变,他也变得越来越自信,种植技术和管理水平也越来越好。刘新钊更为村里培养了好几位专业果农,村民们有了信心,也都开始种植脐橙。当他们遇到难题时,刘新钊都会第一时间赶去帮助。

成绩背后是艰辛,也是希望。两年多来,刘新钊靠自己的勤劳和积极的心态摆脱了贫困,并成为致富带头人。2018年,刘新钊主动申请脱贫。

记者手记:

曾经的困惑,在丰收的橙园里退散

远处山坡上写着的"大塘航橙",是村里脐橙的品牌。低矮的橙树上挂着果实,这是去年刚种下的橙树。走近山顶,看到一个绿色的水池,工人们正将水引出来,缓缓地喷灌到橙树上。"这是为橙园修建起来的水池,从下面引水,加入有机肥和有机农药一起喷灌,闻不到任何刺鼻的农药味。"熊劲松欣喜地介绍这个206亩的脐橙园。

大塘、南航、脐橙园的故事,还要从一年多前讲起。驻村工作队走遍了大塘村18个村民小组,入户走访600余人次,对耕地山林进行详细摸底,并带着村两委走出大塘取经,看企业、看产品、看市场、学经验。"扶贫资金一分一厘都不能乱花,我们要对大塘村人民负责。"熊劲松一直牢记他的使命。

驻村工作队和村两委连夜盘算：管理、技术不是问题，县脐橙龙头企业龙丰果业将会成为我们的合作伙伴；资金方面，省队产业发展配套资金及南航扶贫资金都会陆续到位；至于土地，8组、18组那片地较好，可以流转过来。

大家希冀大展身手。然而，困难却不期而至。

经过两次开会动员、宣讲，8组、18组的村民大部分同意土地流转，却在3户那卡了壳。

贫困群众思想上的顽疾是最大的拦路虎。驻村工作队苦口婆心，一遍遍对这几户做思想工作：土地流转每年都有收入，脐橙园建设、采摘都可以优先让你们来干活，以后村集体有钱了，能做很多好事，大家都受益……

工作队和村两委拧成一股绳，劲往一处使，联合党员、小组长，先一户户上门沟通、做工作，然后再召集百姓开会，前前后后召开了4次院落会议，不厌其烦地和百姓们讲政策、谋长远、算总账，在这个偏远山区的小山村里，经常到了晚上11点还灯火通明。一个多月来，熊劲松以及队员党博、黄科文守在村里不断做说服工作，披星戴月，都没有回过家。

最终，历尽艰辛，150亩土地成功流转，驻村工作队和村两委长舒了一口气。

"熊队长，见到您我都有些不好意思，我是真没想到，这树都没长几棵的荒山，真的变成了脐橙园，还建设得这么漂亮，您辛苦了，不愧是上过湖南卫视春晚直播的明星队长呀！"村民黄大学看到熊劲松走过来，有些局促却又开心。

如今，他和老婆都在脐橙园做工，就在家门口，每天有200多元的收入，虽然辛苦，却是天天喜笑颜开。

大塘村航空脐橙园的建成，实现了荒山变果园的梦想，走出了一条产业兴旺、生产发展、生态良好的"精准扶贫"新路子，为大塘村脱贫退出和持续发展打下了扎实的产业基础。

走基层看脱贫——见证2020脱贫攻坚收官年系列报道其四：

精准帮扶显成效 "三本真经" 促脱贫
——广西富川瑶族自治县罗山村脱贫记

罗山村党群服务中心三层村部楼是此次走访的第一站。正值中午，一楼右边的活动中心里，8位老人正专注着各自手上的扑克牌，另外4位老人坐在躺椅上看电视,各得其乐。

罗山村位于广西富川瑶族自治县莲山镇,村委下辖4个自然村:罗山自然村、牛背岭自然村、栗下塘自然村、青草洞自然村。中国南方航空股份有限公司广西分公司(以下简称"广西分公司")作为中直驻桂企业,自2015年起响应自治区党委号召,对口帮扶莲山镇罗山村。广西分公司前后共派了3名年富力强的中层干部担任驻村第一书记,分别是张仕明、陈昊、林云云。

2015年,罗山村共有贫困人口389户1696人,全村贫困发生率为40.6%。2018年,贫困发生率下降至1.89%;2019年初,通过自治区脱贫核验,摘掉了贫困村的帽子,全村仅剩下2户未脱贫。这些数字变化的背后,是南航社会责任的体现,是驻村干部和村两委以及村民共同努力下收获的脱贫胜利之果。

真经一:"筑塔+引水"助脱贫攻坚

在走访栗下塘村贫困户时,我们发现沿着水泥路主干道有新挖的小沟,村干部黄桂建介绍说:"村民用水不方便,有时压力不够,今年南航出资修建水塔,加了加压泵,目前大部分工程结束了,现在是把水引到各家各户,小沟是用来埋引水管子的。"

"预计11月底水塔通过验收,全村都能用上安全的生活用水啦。"驻村第一书记林云云说,"其他3个村的村民都已经用上了安全的饮用水。"

青草洞村是4个自然村中最偏远的,依山而建,部分房屋散落在半山腰,沙石子路上散落着牛粪。在村里的岔路口,青草洞休闲活动中心楼刚封顶,预计11月底投用。村负责人黎开文说:"感谢南航,这是南航捐建的。"

村尽头有个大山塘,年久失修,农业灌溉不便利。2019年10月,南航出资建设26米排水涵管、1座箱涵现浇毛石混凝土,将山塘加固,整个村的农田灌溉得到保障。

真经二:"项目+资金"助产业发展

在青草洞脱贫户麦开仁家的猪圈里,七八个小猪仔正围着母猪吃奶。林云云兴奋地说:"上回来还没有小猪仔,那么快又产啦,现在多少头猪啦?""有60多头啦,不够住啦,要找地方围猪圈啦。"麦开仁告诉记者,因为疫情,年初时没法外出务工,他决定养猪。因种猪繁殖迅速,6月起饲料费每月开销1万元。南航驻村干部协助申请了5万块免息贷款。麦开仁指着睡在地上的猪,充满期待地说:"现在有200多斤啦,到300斤就可以出栏了。"

同样享受小额免息贷款扶持政策的还有"建哥饮食店"的李建新兄弟俩。饮食店开在镇上一个水库旁。李建新告诉记者,"我以前在广东打工,一直想开个饮食店,但是钱不够。我和我哥一人贷了5万,南航工作队他们办事效率非常高,教我们填表格,两三分钟就填好,银行3天就打钱给我们了。一日三餐我们都做来卖,开业2个多月,我是有信心做好的。"说到最后,他爽朗地笑起来,语气中带着自信。

夜幕降临,炊烟飘荡。近60岁的宋京友满头白发,正蹲在地上剥葛薯皮,客厅里的东西散乱。我们刚进门,他的儿子宋联寒从厨房里走出来,憨憨地对林云云说:"我很爱劳动,哈,我爱劳动。"

林云云告诉记者,宋联寒是残疾人,无独立劳动能力,25岁。2020年工作队给他申请了公益性岗位,1—9月在小学扫地,每个月有1000元的收入。因政策变化,10月份开始暂停了。"每次他见到我们队员,都说他很爱劳动,我们3个队员都说好了,哪怕是不在这里驻村,我们也会和接班队员交代,有公益性岗位一定要优先给他。"

罗山村某产业园内广西贺州伟正电子科技有限公司的车间生产线上,工人们有条不紊地忙碌着。村民李春花告诉记者,年底回来看到南航驻村干部林云云在微信群里转发招聘信息,"我就赶紧过来看了。一个月大概2300元,虽然没有外出打工那么多,但是可以看看女儿啊。"

林云云补充到,平时县扶贫就业小组发布信息,工作队都会及时转发并做好就业政策宣传工作,"工作队积极与政府、产业园联系对接,帮助村民就地就近就业,目前,有146人在产业园工作。"

真经三:"消费+带卖"助产品销售

初冬,远处雾气萦绕山间,细雨夹风吹,车在山间的水泥路穿行。约10分钟后,一块蓝色的大牌和一面带檐顶的墙出现在我们面前,大牌上写着"创业致富带头人培训基地",这是忠鹏脐橙种植专业合作社,种植面积300亩,后盾单位是南航广西分公司,致富带头人是李运鹏,他是罗山村的党支部书记和村主任。

果树约 2 米高,橙子挂满枝头,树干旁都加了一根棍子,绳子将枝丫连至棍子上,防止果实过重将树枝引向地里造成腐烂。李运鹏的爸爸正在揭掉果子上的纸片,他说:"怕晒成太阳果啊,专家说贴了就晒不着,现在要揭掉啦,还有一个多月就可以摘果子了。"每年,村两委和驻村工作队都会请来种植专家对果树种植进行技术指导。

据介绍,该合作社解决了 20 多名村民就业,每年贡献 3 万多村集体收入。每年 11 月下旬至次年 1 月的脐橙采摘高峰期,合作社都会请来贫困户和村民一起采摘水果。村民李启长笑着说:"摘果子一天能挣 100 元,多的有 120 元。"

有种植技术的加持,村民迎来果实丰收,而销售作为一个新命题摆在村委和工作队面前。2019 年,时任第一驻村书记陈昊积极联动,利用广西分公司自身优势,组织乘务员代表前往脐橙园拍摄宣传片,后期制作购买链接,通过"互联网+"助力脐橙线上销售,在机场值机柜台、贵宾室摆放宣传展架,出行的旅客扫码便可购买,同时发起职工爱心认购,助力橙农早日脱贫。

早上 10 点半,罗山自然村村小课间休息时间,孩子们欢声笑语。听到记者说是南航的,一个小姑娘仰起头,满脸自豪地说:"我去看过飞机。"2019 年 11 月 7 日,陈昊和广西分公司多部门联合策划了"蓝天课堂——我与祖国一同起航"活动,30 个瑶乡少年到广西分公司参观,看看外面广阔的世界。离开村小前,记者特意走了一遍村小环绕的水泥路。2016 年前,这是一条泥巴路,村民出行不便,孩子上下学不安全,驻村干部联系南航出资 25 万元捐建了这条路。此时,孩子们的读书声在细雨微风中似乎愈发响亮悦耳……

在记者结束罗山村采访的当天,富川瑶族自治县扶贫开发领导小组发布莲山双认定县级公告,罗山村最后两户符合脱贫摘帽标准,全村退出率 100%。脱贫只是第一步,如何巩固脱贫成果则是一条漫漫长路,也是一条必须要走,而且一定能走好的路。

致富经:

"打工仔"返乡创业成致富带头人

两天的走访中,好几次听到驻村队员以及村民叫李运鹏作"鹏鹏",由此,我感受到村民、驻村工作队、村干部之间的融洽关系。

坐在对面的李运鹏比照片上的更黑,更壮实。当我提到第二任驻村书记陈昊曾在扶贫日记中写上门说服他带头试种10亩脐橙时,李运鹏有点不好意思地笑着说:"哈哈,陈书记!那时真的没信心,之前养猪失败了。他多次上门打消我的顾虑,希望我能带头承包10亩地种橙子,光嘴巴发动没有用的,要有实际行动才行,人家才信服你。"

既然答应牵头做好忠鹏脐橙种植专业合作社,李运鹏和驻村干部觉得一定要做出个模样来。合作社最初于2014年成立,但因为不懂种植技术又缺少资金,发展比较缓慢。陈昊向广西分公司申请了5万元完成村级柑橘果园黄龙病防治,组织村民和其他合作社交流种植问题,哪里有开班讲授技术,就到哪里去"取经"……村民尝到了种脐橙的甜头,也逐步扩大了种植面积。2018年4月,和李运鹏同时加入合作社的有5户家庭,合共35亩;到2020年10月,合作社已发展为300亩,整整翻了近10倍。

谈及过去,李运鹏说,2004年在成都打工,2007年回村里养猪创业,"那时不懂技术,还是吃了亏的。"创业路从来就不是坦途,他一点点摸索养殖方式,勤劳肯干,2012年,被镇政府评为"致富能手",同年村党支部换届选举,他当选党支部副书记兼村委会主任。2013年底自治区开展贫困户摸查工作,他带领工作人员入户摸查。2015年,李运鹏着手贫困户的建档立卡,走访核实村民的家庭情况,哪家娃厌学情绪重,哪家不赡养老人,哪家没有固定的经济收入……他都尽力协调,想办法解决。

2019年南方地区多地发生猪瘟,罗山村未能幸免。"有些村民给猪买了保险,拿到理赔。我一看到有这个苗头都赶快处理了,怕引发传染。"李运鹏说到养猪,话匣子就打开了,"其实,我是有反复考虑过种橙子的事的,现在不都说产业链吗,我是先养猪,猪粪经过一年时间的发酵成为有机肥,给橙树施肥非常好,省钱又环保。"他继续列举养殖和种植结合的复合型生态经济模式。与陈昊扶贫日记中的描述一点没差,"李运鹏真是很有经济头脑",我对面前的同龄人更多了几分敬佩。

随着脐橙园的扩大,施肥量增加,很多村民想效仿李运鹏的猪粪培橙树。2020年8月,李运鹏牵头成立莲山启宏养猪合作社,5户家庭拉回50多头母猪,李运鹏家养 25 头。他们统一行动,统一采购猪饲料,积极参加养殖技术班……

发展产业是实现稳定脱贫增收的根本之策,致富带头人的带头作用越来越显著,罗山村村民的日子越来越红火,如橙园里那累累硕果,令人充满希望。

记者手记:

扶贫既要扶"口袋",更要扶"脑袋"

近半年,因工作关系,我读了不少扶贫干部的扶贫日记。他们分布在西北新疆、东北辽宁、中部湖南、西部贵州、南部两广及海南等地区,带着共同的目的——深化南航集团党组"航空引领、产业带动、教育固本、关爱救助、阳光扶贫"的扶贫模式,让贫困户脱贫过上幸福生活,帮助当地政府建立长效脱贫机制。

就罗山村而言,山地多,区位优势不明显,村民生活水平曾多年未见改善。但这五年来,通过南航驻村干部与村两委的共同努力,发展产业,积极推就业,村民的"口袋"逐渐胀起来。怎样才能让"口袋"持续胀鼓呢?我想起习近平总书记曾在多个场合强调教育扶贫的重要意义,他指出要把发展教育扶贫作为治本之计。

学校的设施设备等硬件投入可以通过资金得以解决,而孩子的心理健康成长是个巨大工程,其中最离不开父母的言传身教。家庭教育对孩子的个性、品质和健康成长起着极其重要的作用。李运鹏直言答应试种 10 亩脐橙的部分原因是得到了父亲的支持,"父亲的勤劳能干在村里是出了名的"。

在走访中,我了解到罗山村虽已摘掉贫困村的帽子,但是一些不良风气仍然存在,有返贫风险。为了巩固好脱贫成效,引导村民从"要我脱贫"向"我要脱贫"转变,广西分公司前后共有 30 多名支部书记与村民开展结对帮扶。

驻村第一书记积极落实帮扶书记与贫困户开展家庭会议的要求,定期与贫困户家庭开展谈心谈话,不断地激励贫困群众改变庸懒散、等靠要思想,传达勤劳致富观念,通过讲政策、讲先进、引导做、鼓励做、见成效"两讲两做一见效"的谈话模式,在解决贫困群众内生动力上下功夫,发挥好支部书记的思想引领作用。

教育扶贫是阻断贫困代际传递的根本性手段和重要方式。成长一代人需要20年,未来,我们还是要以充分的耐心,坚持狠抓长抓教育固本,抓好村民思想建设,通过教育改变孩子们的思想理念、拓宽视野,让他们具备追求美好生活的理想和能力……

走基层看脱贫——见证2020脱贫攻坚收官年系列报道其五:

"走心"扶贫,做好每一件小事
——河南省南阳市赵湾村脱贫记

赵湾村位于石佛寺镇北4.5公里,距赵湾水库1公里,是南阳基地对口帮扶的贫困村之一。跟随扶贫队员,从南阳机场驱车过来,不过一个多小时。高速公路上一下来便经过石佛寺镇全国有名的玉城,玉城里随便抓起的一小片玉,价格动辄上千元。很难想象距离玉器市场不到5公里的地方,就存在着石佛寺镇贫困人口最多的贫困村——赵湾村。

走进村里,环境相当安静,大有阡陌交通鸡犬相闻的感觉,然而这种安静里缺少了点生气。据扶贫队员介绍:"村民文化水平普遍偏低,贫困群众大部分不识字,相当一部分未成年人很早就辍学进入作坊学手艺挣钱,还有很多孤寡老人和残疾人。"

2016年4月,南阳市政府下达扶贫任务,中国南方航空有限公司南阳基地(以下简称"南阳基地")共分包贫困户18户(因自然消亡、清退原因目前尚余16户)。南阳基地党委非常重视,选派管理人员、职员负责与贫困户进行"一对一"帮扶;并选派政治素质过硬、工作作风严谨踏实、群众工作经验丰富的业务骨干,组成扶贫工作队,驻村开展扶贫工作。经过10次专题研究,5次实地调研,3次现场推进,全面了解赵湾村贫困发生情况,因病施策,因户制宜,18名党员干部与18户贫困户结对帮扶,开展扶贫工作。

原来还有"管吃饱饭"这种政策?

赵湾村零星的贫困户,人口多,劳力少,家底薄,缺少基本生产和生活资料,生活条件很差。他们住的是多年前的瓦房,有的冬天还铺着凉席,衣服在地上堆着,院中杂草蔓生,养有鸡鸭等家禽,农具摆放杂乱,甚至堆砌到门口,连下脚的地方都没有。

　　这些原本应该享受国家政策保障的贫困户,因为智力不健全、残疾等原因,对国家扶贫政策并不了解。于是扶贫工作队队长马千秋带领同事入村走访,精准识别贫困户,宣传党的扶贫政策,为南阳基地分包的贫困户建立档案。他发现其中一户老太太李安申家没有通电,原因是老太太舍不得用电,担心通电后花费大。马队长便向老太太宣传党的政策,建档立卡的贫困户,除贫困户低保补贴外,每月可以享受10元的用电补贴。补贴申请下来后,马队长立即联系电工开户,并帮助架设室内线路,安装照明灯。家里通了电,并且拿到了用电补贴,老太太脸上乐开了花。

　　在马队长带领下,驻村队员协助赵湾村村委精准分类,用足政策,经过一番努力,为贫困户申请政府兜底、医疗、教育保障、基础建设等,16户贫困户低保、五保、医疗、教育等全部落实到位。通过自建、村委联建,5户贫困户完成危房改造,盖起了新房子;1户贫困户安排公益岗位,当上了环保员。

　　补助申请完成后,有村民表示:"我都不知道,这些政策真的有用,能让我们吃饱饭,还住了新房子。"

分类帮扶对症下药

　　马队长带领队员逐家走访,逐户确定因病、因残、因学,或是缺资金、缺技术、缺劳动力、缺自身发展动力等致贫原因,这样除了让村民拿上补贴,更有助于扶贫队帮他们确定后续发展计划。只有通过产业带动,才能让村民找到谋生技能,才能自主脱贫;只有通过教育固本培元,才能让后代走出贫穷,从思想上改变现状。

　　陆鹏举是个17岁的小伙子,礼貌又腼腆地跟我打招呼,随后就带领我去参观他的小工厂了。说是工厂,其实就是一个小房子里面摆着一台机器。打开灯,插上机器电源,他开始琢磨起玉石来。手半泡在乳白色的水里,磨几下,搓一搓,拿起来仔细打量一番,又继续磨。"你看这个马,好不好看?"他举起他的作品,"你看,还有这个,这个,都是不同姿势在奔跑的马。"我真没想到,一个小男孩在小作坊产出的作品,雕工不比我在玉器市场看到的成品差。

　　"我读书不成,之前游手好闲,还好扶贫队员来帮助我,鼓励我去学手艺。

这一带最容易接触的就是玉器加工了,学会了这门手艺,在这里还是很好找工作的。我跟了师傅学,扶贫队给我买了机器,我在村里就能工作了。能帮补家计,又能照顾家里。"陆鹏举是家里的老大,有弟弟、母亲要照顾。他从小没了父亲,母亲的精神也不太好。过去,他的母亲身份不明,村里也没有人知道她从何来。扶贫队员来到后帮她查明户籍地,找到远在贵州失散多年的家人,解决了20余年来未能解决的户口迁转问题,落实了兜底保障。

助力村民走向高价值产业

对于有劳动能力的贫困户,扶贫队动员其发展养殖、种植、手工业等,协助申请到户增收补贴,鼓励其通过自己的劳动脱贫致富。

陆鹏举的玉器加工作坊旁边,就是陆天华家刚修好的新房子,内部装修还在进行中。目前他们一家四代同堂住在后面的旧房子里。"以后待我们搬到新家,这个旧居就完完全全是工作坊了。"陆天华热情地招呼我们到他家里坐坐。

陆天华家主要是靠磨玉石健身球为生。陆天华的儿媳妇吕晓丽是个脸色红润、中气十足的妇女。"我们每天的工作主要就是对健身球进行初加工,一天大概要磨1000个,每个6分钱,操作这个机器没难度,就是比较花力气。"陆天华的儿子正在清理磨健身球的废料池,"现在都提倡绿色环保,我们打磨的废料都要倒去指定的地方呢。"

过去他们家以初步加工健身球为生,扶贫队根据他们的劳动能力,推荐他们家养牛。牛棚设在他们家旁边,和以前在农村看到过的牛棚不一样,这里非常干净,在门口闻不到任何异味。"扶贫队员老是来叮嘱我们要把牛棚打扫干净,因为万一牛病了容易传染其他牛,村里整个养殖产业都会受到影响。"小牛养成大牛,卖牛赚钱,再买小牛,这是一个良性循环。扶贫队员还为他们家申请到养殖规模补助,希望他们能够逐渐扩大养殖从而结束低产值的健身球加工工作,走向高产值。

心系群众,忧村忧民

在发展产业的过程中,扶贫队积极协助村民解决难题。2017年时值粮食减产,正是入冬时节,贫困户刚开始养牛,缺乏经验,没有准备草料、饲料,而购买的花费偏大。马队长将情况汇报给南阳基地后，基地提前安排场务割草打包送来草料。同时，帮扶人也送了 600 余元的麸子、豆皮饲料，协助减轻农户负担，打消农户顾虑。

"当时正值机场场务除草，割下的几顿草料还没有来得及处理，于是队长灵机一动，提出将 7 吨草料整理装车，直接送去赵湾村贫困户那里，解了村民燃眉之急。"驻村队员王永峰感慨，马队长的心里无时无刻不惦记着村民，总想为村民多提供帮助。

在村庄的北面，有一片大棚，里面土地肥沃。"这里土地松好了，你看上面薄薄的一层白色粉末是在做除菌消毒，下个月就可以播菌种，明年下一波羊肚菌可以收成了。"驻村队员丁宁介绍了这片为村里带来高产值的土地。除了一对一帮扶，扶贫队还参与援建赵湾村羊肚菌大棚，每年为村集体增收 3 万元、为每户贫困户增收 700 元。

贫困群众需要更多的关怀。扶贫队为 1 名 8 岁语言残疾儿童联系医院、医生，通过手术恢复语言功能，并为其捐赠书籍、辅导功课，这名儿童在 2020 年秋季正式入学，圆了"读书梦"。另外，为 1 名建档立卡贫困生捐赠助学金 2000 余元，帮助其完成高中学业。扶贫扶智，有机会接受教育的下一代，才能为赵湾村做出更多贡献。

2019 年 5 月，赵湾村整村脱贫摘帽。4 年来，赵湾村贫困户的生活有了很大的变化，盖起了新房子，生病能及时接受救治，孩子能安心上学，他们脸上的笑容是对扶贫工作最好的回馈。

致富经：

脱贫需要"明白人"

"陆天华家庭有 7 口人，他是户主，他和父亲因病支出较大，家中成年男子轻度低能，孙子孙女上小学，生活来源主要靠务农和加工健身球……"我一边听着介绍一边在想象这户人家的家庭状况，还有点担心。

进入院内，三间正房，两间偏房其中一间是厨房。左边靠门口的地方拴着两条狗，养了些鸡。一堆白绿色的小石柱旁边有一台机器，应该是一台打磨机。院内修了一个带水的池子，池子里面白色沉淀物快满了，一个男子正在把白色沉淀物往小推车上铲。正在铲沉淀物的是户主陆天华的儿子,户主儿媳妇吕晓丽看到我们来,放下了厨房门口准备洗的菜,来迎接我们。

看到扶贫队员过来,陆天华和吕晓丽都非常高兴。陆天华告诉我们:"咱们家的牛准备生小牛,牛棚都要'添丁'了。"话毕,便带我们去参观他的牛棚。"做健身球的初加工价值太低了,石材加工污染大,还是养牛好。这里也得谢谢扶贫队的指导,告诉我们政策,让我们家收入更高了。"吕晓丽感激村里的养殖培训政策。

"家有一老,犹如一宝,陆天华父亲陆云光虽然因为肺癌去世了,到户增收选择养牛这条路确实走对了,留下的都是希望。"这是马队长生前对他们家的鼓励。扶贫队员回忆起他们家的发展进步,都赞扬他们勤劳。

回想当初,开展到户增收扶贫措施宣传后,走访聊天时得知陆云光年轻的时候养过牛,工作队斟酌家庭实际情况,便有了让陆天华家养牛的想法。吕晓丽这个"明白人"却极力反对,说老人现在已是80多岁了,力不从心,他们年轻的没有养殖经验,而且农村也有句俗话"家有千万带毛的不算",对养牛充满了担心。

村党委及时汇总了工作队到户增收宣传走访情况,反馈给镇扶贫办。几天后,镇平县和石佛寺镇政府便先后举办了电商培训班、农业种植养殖培训班,为了打消群众怕耽误务农生产不想去的顾虑,符合培训条件的每人每天补助40元钱,吕晓丽的丈夫陆东方参加了农业种植养殖培训班。

培训班结束后,工作队想趁热打铁,动员陆天华家养牛,走到他们家,意外发现门外已经拴着一大一小两头牛。恰逢吕晓丽满脸委屈地端着一筐草料出来喂牛,告诉扶贫队买牛的事。原来培训一结束,第二天一早老人和陆东方一合计,没和她商量就买回来一头怀孕的母牛和一头小牛,花了16500元,原本不宽裕的家更困难了。扶贫队员安慰她说,会尽快将到户增收实施情况汇总上报,待上级验收后,补贴会及时发放到各家各户,教育扶贫可以保障好家里的学生上学,健康扶贫可以解决老人看病的后顾之忧。听到这里,吕晓丽说道,"原来两位老人看病花费大,现在村里有卫生室,签约医生服务到家,慢性病免费用药,住院最高能报销95%,家里有粮食,种的还有菜,每个月还有低保补贴,真花不了多少钱,还是国家的政策好啊!"她原本激动的情绪慢慢平静下来。

次年,陆天华家出栏两头牛,获利17600元,同时花费9800元又购买了一头母牛。

"你们家已经五头牛了,而且有三头又怀上了,这到年底都八头牛了,牛棚里地方小养不下了,要做好牛棚的卫生防疫。"队员一直提醒他们要注意牛棚卫生。

陆东方一直在旁边刷手机,后来我才发现他是在刷抖音,学习养牛的知识。疫情防控虽然限制外出,但是开启了网络学习的新模式。学习的形式变了,通过劳动创造美好生活的想法却没有变,陆东方和吕晓丽都在争当家里脱贫致富的"明白人"。

近年牛的价格不断上涨,一头成牛的市场价已经超过16000元,上门联系购买成牛和小牛的人很多,吕晓丽对养殖也有了规划,计划短期内控制养殖规模不超过五头,繁殖后养大轮换出售,同时少量养殖鸡鸭,继续积累养殖经验,等资金经验积累成熟,重新选址扩大养殖规模,逐步停止加工健身球的代工工作。

要让贫困群众可持续脱贫,发展产业"造血"是重点,更重要的是要通过扶志和扶智,给贫困群众带来致富的希望和理念,让每个人都成为走在脱贫致富道路上的"明白人"。

记者手记:

陪着村民慢慢走出贫困

到访赵湾村的两周前,我在微信上和马千秋队长联系,初步确定了进村采访时间。两周后出发的前两天,我本打算和马队长再确认一下见面时间和地点,然而,马队长再也没有回复我短信了。后来才知道,马队长因重病已经离世了。这是一个非常令人难过的消息,我想更多了解马队长生前为之奋斗的赵湾村是怎样的。

队员的办公和住处就租在村里的一座简易房子里,扶贫队员们说,这是马队长的意思,他叮嘱我们一定不能搞特殊,在村里帮扶就必须体验到村民们的生活,才能更好地了解他们的需求。

在村间走访,除了感觉到了村民温饱得到满足后喜悦的状态,更是处处充满了人情味。

走到农户毕文改家里,她刚从电动车上跨下来,就热情地招呼我们进去坐。她家干净整洁,墙上贴满了奖状,从褪色的到新近贴上去的都有。她的穿着比其他人稍微时髦一点,刚从玉器店下班回来,她的日子是刚刚步入正轨,正充实起来。

毕文改育有一子一女。2017 年,她的丈夫因病过世,自己又患有乳腺癌需要动手术,女儿出嫁,儿子尚在读高中,家里经济条件每况愈下,她思前想后,打算劝儿子放弃读书,到镇上玉雕作坊学手艺,"一个月能挣好几千"。

结对帮扶人知道后,马上到贫困户家里和毕文改沟通,劝诫她不能被眼前的几千块"迷惑",知识改变命运,孩子学习好将来才有大出息。并且以个人名义为毕文汉儿子捐了 2000 元助学金。驻村队员还到赵湾村委协调特困生免学费、补助生活费的问题,最后她同意了让儿子继续回到学校读书。

说到这里她就激动得控制不住泪水,哽咽着说:"幸好有南航这些扶贫队员帮了我,让我们家的生活都好起来了。我就住在驻村队隔壁,这几年来都是像邻居一样。听说你们队伍明年就完成任务要离开了,这可怎么办呢?"说到这,她急得轻微地跺脚。擦干眼泪心情平复过来之后,她怪不好意思地招呼我们在她家用午膳,张罗着要去蒸红薯和炒面。虽然没有在她家吃饭,但是那股发自内心的热情让我忘记不了。

扶贫队员有心,村民有情。扶贫工作虽不易,但队员们陪着村民慢慢走,走向美好的生活。

走基层看脱贫——见证 2020 脱贫攻坚收官年系列报道其六:

阳光书记,为贫困村带来新希望
——贵州省盘州市十里村脱贫记

进入 12 月,全国大部分地区出现降温,位于贵州六盘水西南部的盘州市竹海镇也同样迎来了冬季。但是,对于十里村的村民而言,今年的冬天并不寒冷——这个在 3 年前还是十里镇贫困村之一的小村子,在国家政策与驻村扶贫工作队的帮助下,已经于 2019 年实现了脱贫。

两年多的时间里,南航驻村干部陈钢深入田间地头,与全村 172 户 615 名贫困村民同吃同住同劳动,推进危房改造、产业升级等帮扶措施落地,用行动为全村百姓带来了阳光与温暖。

改造危房修旧屋　贫困户住进了新房子

在十里村后的山坡上,有几间低矮破旧的土房,房间逼仄阴暗,窗上没有玻璃,最外一间房的外墙是用大小不一的石头砌成的。这里就是65岁村民何仁田曾经的家,他们一家四口在这个总面积不到60平方米的小房子里生活了近30年。

夏天漏雨,冬天透风,但是比起房屋本身的残旧,其潜在的安全隐患更令人担忧——因为房子建在山腰上,夏季遇到暴雨天气,可能会发生滑坡,对住户的生命安全造成极大威胁。何仁田知道其中利害关系,但身为贫困户的他每年养鸡种地的收入不过四五千元,偶尔帮村里人做修缮房屋的零活,一年下来也只能赚三四千元,实在无力承担换新房的费用。

随着南航驻村干部的到来,这一切发生了改变。按照当地扶贫政策要求,危房改造是扶贫工作的重点内容,而何仁田家的情况正好符合改造条件。了解情况后,身为第一书记的陈钢立刻着手,为何仁田一家申请到了3.5万元的国家补贴。加上家中的积蓄,他们终于凑足了盖新房的钱。

钱有了,新房该盖在哪呢?通过了解当地有关政策,陈钢得知何仁田一家可以采取置换的方式,用一块田地按1∶1比例换一块适合盖房子的平坦土地。就这样,何仁田一家搬进了新盖的房子里,面积有老房子的两倍大,南北通透,而且距离村中主干道很近,交通便利。与此同时,陈钢也协助何仁田一家申请到了政策性补助,生活有了保障。"过去生活很困难,现在生活好了。我们现在吃的、穿的,都是国家给的!"何仁田说。

在何仁田等13户危改家庭如期搬入新房、217户老旧房屋得到修缮的同时,十里村各项基础设施建设也在进行着。在陈钢的带动下,全村200多户村民积极参与到修建50立方米高水位池的劳动中,铺设管网25000米,解决了233户857人用水难题,根除157户562人长期不正常供水顽疾,保障了全村的饮水安全。厨改、厕改等工作有序开展,全村人人用上了卫生厕所,处处整洁干净。

随着十里村最后一条"串户路"修到13组村民王选金和王选昌家门口,十里村通组公路全部成型,实现了"组组通"的扶贫目标。村容村貌焕然一新,为村子未来的发展打下了基础。

农作物种类丰富了　大家腰包也鼓了

进村之初,十里村的产业状况曾一度让陈钢感到压力山大:无厂矿企业、无交通要道、无成型产业。如何帮助村民通过发展产业实现脱贫成为一道难题。面对这样的"三无"状况,陈钢开始深入研究政策,并进行实地走访。

随着对当地情况的进一步了解,陈钢逐步理清了产业发展头绪。十里村地势平坦,素有"十里平"的美誉,自然环境极佳,适宜农作物种植。但一直以来,当地村民在自家土地中种植的大多是玉米等粮食作物,在满足家庭生活需求后,能带来的经济收入十分有限,贫困户家庭尤其如此。究其原因,在于大部分村民承担不起高级作物的种苗费用。于是,陈钢通过向中国南方航空股份有限公司贵州分公司(以下简称"贵州分公司")协调项目,争取资金数十万元用于发展种养殖业,同时带领村民以合作社为纽带,精准对接、因地制宜,引进了精品水果软籽石榴以及其他作物。

相比于每年每亩至多带来1000元左右收入的玉米,软籽石榴的利润至少在1.5倍以上,而在市场行情好的年份每亩收入更可达到五六千元,价值十分可观。两年多的时间里,十里村种植主导产业软籽石榴719亩,林下套种小米400亩,太子参150亩,烤烟188亩,食用菌等22亩,同时实施生态扶贫退耕还林1218亩,基本覆盖全村所有耕地,惠及农户458户1178人,稳定了农户收入,拓宽了增收渠道。

与此同时,陈钢还协助村委会针对贫困户实际,采取土地入股、劳动务工等形式动员农户加入合作社,建立利益联结机制。对于缺土地、无劳动力的老年村民,村子将按照适当比例从合作社盈余资金中提取部分予以分红,确保全村贫困户100%加入合作社,实现了"户户有增收渠道、人人有致富门路"。

就这样,十里村农田里的作物品种丰富了起来,村民生产经营的方式多了起来,贫困户的腰包也逐渐鼓了起来。在这个过程中,村干部们全程护航,督促管护,引领村民们走上了致富的道路。

落实帮扶政策　村民过上好日子

2016 年,十里村村民孙育的生活遭逢巨变:在外地工厂打工的丈夫突发疾病,猝然离世。工厂老板给了 3 万多块补偿款,但是运送遗体和办理后事就花去了 2 万多。彼时,孙育的两个孩子正在上学,家里还有 80 多岁的老父亲需要供养。拿着丈夫用命换来的 1 万多元钱,孙育的生活陷入了窘境。

年近五旬又没有一技之长,孙育只能通过帮村里人打零工补贴家用,一年下来收入不过几千元,而她大儿子读大学的学费,一年就要 4000 元。面对入不敷出的困境,孙育只能一次又一次去向亲友借钱。而驻村帮扶工作的启动,让孙育一家人的生活迎来了转折。

2018 年,在了解到孙育家的情况后,陈钢协助他们办理了贫困户登记,申领到了国家的低保补助,孩子每年的学费也由国家帮助解决。与此同时,陈钢还协调村里为孙育提供了各种工作机会,比如帮合作社收购小米、竹子等。孙育一家人由此度过了最艰难的岁月。如今,孙育的两个孩子都已经成家,大儿子在盘州市区经营酒厂,一家成功脱贫。孙育现在每天的主要任务就是照顾孙子和老父亲,也算享受到了天伦之乐。

在十里村,像孙育这样通过帮扶政策改变生活状态的贫困户还有很多:子女长期在外务工的胡安琴、骆国伟获得了由卫生院办理的慢病卡;杨天分家小孩成功落户,享受到了教育资助;五保户何发选家重新粉刷、焕然一新,卫生条件也大大改善。他由衷表示:"国家的政策太好了!"而这一切都离不开驻村干部的协调与落实。

在陈钢驻村期间,贵州分公司先后共向十里村划拨资金 105 万元用于村级基础设施改造等各项扶贫工作,为十里村贫困户的生活带来了实实在在的改变。"过去村里的困难户只能吃玉米饭,用水要去很远的地方挑;现在大家都能吃上大米饭,每家都有水窖,而且家家户户都覆盖到了网络,生活不会再有问题了!"见证了十里村脱贫全过程的离任村干部骆开良由衷感叹道。

十里村的村民们实现了脱贫,但是他们对美好生活的追求仍在继续。而被他们称为"阳光书记"的南航扶贫干部陈钢,将与村镇干部们一起努力改变这块土地,为大家带去更多的温暖与希望。

致富经：

从庄稼汉到养殖专业户，他带动村里人一起致富

"这个牛棚建好以后，能养得下七八十头牛。到时候村民们可以用自己家的牛入股，获得分红！"54岁的赵兴洪一边领大家参观建造中的牛棚，一边认真地说道。

身为十里村致富带头人的赵兴洪，其人生经历颇为丰富，既当过村里的庄稼汉，也做过城里的"打工人"，搞过养殖，包过项目，这为他后来带领大家一起致富积累了宝贵的经验。

七八年前，在城里"折腾"了几年的赵兴洪回到村里，种起了烟草。相比其他农产品，烟草的市场很不稳定，有时收入不错，有时却要倒贴。尽管如此，赵兴洪家每年还是能有2万元左右的收入，就十里村而言，已算不错。但没想到的是，赵兴洪的女儿突然得了红斑狼疮。这样的重症，以当地的医疗水平无法治疗，赵兴洪只能带女儿去昆明求医。在高昂的医疗费面前，种烟草赚的钱根本不够用。为了给女儿治病，赵兴洪一家负债累累，女儿最终还是走了，而他们一家人也因病致贫。

得益于国家的政策，赵兴洪一家于2014年被纳入了贫困户。有了国家的帮扶，赵兴洪的生活迎来转机。发挥爱动脑、执行力强的特质，赵兴洪积极探索，在3年内实现了脱贫。而后，随着南航驻村扶贫工作的开始，在陈钢的帮助与协调下，赵兴洪组织起村民们一起致富：养猪、养牛、种太子参、种软籽石榴……他还承包了村里的水管维修工作，聘请村里有相关技能的人来执行，他负责管理工作。在赵兴洪的带动下，村民们积极参与到工作中，收入都渐渐多了起来。

其中最值得一提的是修建牛棚。长期以来，养牛都是竹海镇的重要产业，十里村里养牛的农户不在少数。一头一千斤的牛可带来2万元以上的利润，牛也因此成为村民家中最重要的财产。为了防止牛被盗窃，很多村民把牛养在房中，吃住都跟牛在一起。这种分散养殖不但效率不高，同时也影响了村民的居住环境与卫生状况。经过走访调研，陈钢提出了修建牛棚的项目，让村民们把

牛集中起来饲养,使资源得到充分利用,而组织修建牛棚的任务也由赵兴洪负责。500多平方米的牛棚,让有建筑技能的村民有了用武之地,增加了收入,更为未来十里村养牛产业的发展打下了基础。

记者手记:

扶贫先扶"志"与"智",十里村迎来新生活

竹海镇十里村位于贵州省六盘水市盘州市东南部,距市区约有90公里。站在村口,可以看到一条平坦宽阔的主干道,两侧是整齐干净的房屋,几家店铺橱窗里的货物品种齐全而丰富——初入眼帘的画面与我预想中的场景颇不相同。

作为唯一长期驻村的扶贫干部,十里村第一书记陈钢告诉我,2018年他刚来这里的时候,路是灰尘扑扑的泥土街道,村里的砖瓦房高矮不一,褐黄色苞谷秆堆满田间。眼前的景象让他意识到自己责任重大,于是立刻开始了驻村扶贫的行动:挨家挨户走访了解情况,深入田间地头与村民交流,学习政策推进项目落地……两年多的时间里,这位原贵州分公司从事行政工作(现为南航物流贵州营业部销售管理室职员)的"白面书生",变成了一个脸膛发黑、脚沾泥巴、裤腿常挽的"阳光后生",与此同时,他也见证了村里的土路变成柏油路、贫困户由危房迁入新居、新农作物引入田地的全过程。

陈钢带领我参观了整个村子,所到之处都会有村民友善地跟我们打招呼。据陈钢介绍,他刚来的时候要带根"打狗棍"才敢进村走访,而今他已与乡亲们打成了一片,时不时会去村民家里与大家挤在长板凳上聊半天。

村里有不少人去了城里打工,很多人家大门紧闭。但是,村里并不冷清——因为进入了冬季农闲时节,不用到地里干活的村民坐在自家院里,晾晒玉米,喂鸡喂狗,含饴弄孙,悠然自得。偶尔会看到有村民牵着一两头牛从路上走过,也颇有当地特色。这样的景象与寻常农家无异,很难让人想到一年多前,村里还有近三分之一的村民挣扎在贫困线以下。

在两年多的驻村时间里,陈钢帮助村民们改善了生活、摆脱了贫困,而在这个过程中,他对扶贫工作也有了更为深刻的认识,那就是扶贫必须先扶"志"与"智"。扶贫不仅仅是让村民们增加收入、提高生活水平,更需要他们改变认知,

充分发挥主观能动性，以更积极的态度面对未来的生活。

"要改变村民们的思维方式与传统观念，必须灵活利用党课、主题党日、村民沟通会等活动，尽可能把党和国家的系列政策方针讲入心、讲透彻、讲明白。"陈钢说。在一次党课中，他为村民们宣讲了习近平总书记在贵州代表团的重要讲话及十九大会议精神，传达了党和国家的强农政策与省委、省政府的重大决策部署，村民们颇受启发，陈钢也由此确定了接下来的工作方向。

2020年即将过去，新的一年里，十里村的村民们将以更饱满的精神迎接新的生活。

走基层看脱贫——见证2020脱贫攻坚收官年系列报道其七：

80座果蔬大棚 种出脱贫致富新希望
——辽宁兴城市郭家镇孙家村脱贫记

"刘队，来啦，老想你们啦。"和我们打招呼的是孙家村贫困户齐艳平，满脸笑容，2020年9月喜当外婆，在家专心照看外孙女，此前在扶贫产业园务工。说话间她给我们每人塞了一个大梨子。她口中的"刘队"是中国南方航空股份有限公司北方分公司（以下简称"北方分公司"）派出的定点扶贫工作队队长刘宏志，"这不是来看你们来了嘛。"刘宏志笑着回应道。他们你一句我一句熟络地唠着，像自家来亲戚一样热闹。

2016年3月，按照辽宁省委、省政府的要求，北方分公司开始定点帮扶兴城市郭家镇孙家村，并组建了扶贫工作队。进村之时，全村贫困户349户759人，贫困发生率38.4%，贫困户人均年收入不到3000元。从那时起，前后有7名同事到村开展帮扶工作，刘宏志和王滨一直在工作队中，这一帮就是5年，基本上每月固定来孙家村2次，并视情驻村工作。

从砖土危房到阳光新房

下午2点，贫困户王桂欣家，阳光透过约2米宽的塑钢玻璃窗毫不吝啬地铺满了火炕。她热情地领我们参观，三间房、中间厨房、过道，左右各有一间卧室，方正实用，窗户结实，约70平方米。

很难想象，两年前这里还是40多年房龄的土砖房，漏风漏雨，还有大裂缝。

王桂欣60多岁,6年前丈夫因重病到处借钱治疗,欠下不少债。儿女各自成家,因文化程度不高,靠打零工维持生活。2016年老伴去世后,王桂欣独自生活,得益于国家的扶贫政策,2018年,南航补助3万元,加上自筹,在原址上翻建了现在的阳光新房。

王桂欣住进新房是孙家村众多贫困户的一个缩影。据刘宏志回忆,2016年7月村里持续大雨,不少房屋塌顶或出现裂缝,"第一次到村里时,道路积水,村民家的锅碗瓢盆都用来接水,看着令人心酸。"

北方分公司党委通过工会号召员工捐赠棉衣、棉被等物资,暂时缓解村民受灾影响,为此,北方分公司制定了三年规划重点项目——积极推进贫困户危房改造,并派出具有建筑结构经验的王滨参与其中,严把房屋质量关。截至2020年12月,南航共投入120万元,完成孙家村76户贫困户的危房翻建或维修,较其他村提前实现住房安全。

从推车取水到打井抗旱,村民喝上安全水

孙家村位于辽西兴城市西北40公里的山区,十年九旱,农业灌溉更是难题,每年春耕,村民得推车到邻近河道里取水。孙家村魏屯原有一口小井,水质不达标,生活用水也得不到保障。在挨家挨户走访中,工作队还发现部分边缘贫困户因没享受到国家扶贫政策的相关待遇,有不良情绪,他们看在眼里,记在心上。

转眼到2017年,北方分公司拨出25万元扶贫经费,工作队队员思索着怎样精准使用扶贫资金,并能惠及更多的村民。他们积极到邻村调研,得出养鸡、修路、种红南果梨树等项目,然而分析后发现这些项目经济效益低,覆盖贫困户人群有限。

在走访中,工作队了解到村民比较集中的诉求是用水难,那就从这着手。他们请来工程队打了1眼饮用水井和3眼灌溉井,饮水井通至各户,早晚各有一小时的固定供水,解决了30户村民的饮水问题,灌溉井解决了周边100多户近300亩土地种植灌溉问题。

"每当看到我们工作队队员时,村民都热情和我们打招呼,还经常邀请我们到家里去看看,4年共打了21眼井,近千亩农田都可灌溉了。"王滨说。村主干

道边上农田里,一个带着"南方航空援建"红色字眼的井特别醒目。

从靠天吃饭到靠智创收

在推进危房改造、打井抗旱的同时,扶贫工作队和村两委始终思考着如何为村民增收,为村集体创收,但孙家村没有任何产业,这着实令他们感到头疼。

"孙家村历史上都这么穷吗?"我问。

村支书陈绍忠指着村部对面小山坡上几栋老建筑说:"其实孙家村有过辉煌时期,50 年前光华机械厂入驻孙家村,当时有 1 万多名工人,村民就近打工或种蔬菜瓜果供厂里。但是 1991 年工厂搬离,村民失业,随之而去的还有这 1 万多人的消费力……"

"村民说以前这里还有医院和俱乐部呢。"刘宏志道。看来,扶贫工作队听过不少机械厂的故事。

在走访调研中,工作队了解到村民有务工意愿,于是联合南航在沈阳的驻地单位梳理了 20 多个务工岗位并在孙家村组织专场招聘,有 12 人到沈阳试工,因各种原因,效果并不理想。但从中,扶贫干部准确读到了村民就近务工的强烈愿望。扶贫干部和村两委翻史溯源,"以前有机械厂,村民在家门口打工,要不也在村里开展项目,给贫困户提供打工的机会?"

这想法和郭家镇政府当时的乡镇经济发展战略不谋而合。2017 年兴城市招商引资,准备打造菊花小镇,郭家镇试验种植 10 个大棚菊花,免费提供花苗、技术指导以及包销。"我们那时争取了 3 个棚,持续跟踪,发现原来一亩地种花生只能收入 1500 元,种菊花收入竟是它的 10 倍。"拿到产业分析报告时,扶贫工作队特别振奋,向北方分公司争取更多支持。

2018 年初,北方分公司投资 130 万元,镇政府投入 20 万元,流转土地建设南方航空扶贫产业示范园,搭建 26 个钢结构冷棚。为提高示范园的经营管理水平,让产业园能有效运作,他们采取公开发包的形式,招募承包人。吉林人王志波此前在葫芦岛市承包大棚种植作物,有丰富的经验,他成功中包。

从一年一季到一年两季

2018 年 4 月流转土地,5 月开工建设,6 月种菊花,11 月就有了收益。当年大棚农业产值60万元,20多名贫困户到园里打工,人均获得劳动报酬8000元,村集体收入8.6万元,350户贫困户每户获得200元的分红。同年11月,孙家村实现了贫困村的销号。

次年,经走访了解市场,刘宏志和承包人共同研究春季种植早熟品种,3月底开始种植西瓜、香瓜和错季蔬菜,6月上市,随后种出口菊花。按天气条件只能一年一季的孙家村,在大棚里已经变为一年两季。

村民的收入在增长,村集体经济收入账本上的数字也让扶贫干部和村两委更坚定了扩大大棚种植面积的信心,他们积极争取更多的资金支持。

截至2020年12月,北方分公司在产业园建设上累计投入200万元,加上吸收郭家镇其他行政村的脱贫资金及乡村振兴资金,最初的26个冷棚发展至80个,成为葫芦岛地区最大的香瓜和切花菊种植基地,年产值增至180万元。2019年3月被评为兴城市科技扶贫、产业扶贫和就业扶贫的示范基地之一。同年,全部342户建档立卡户的户人均年收入都超过脱贫标准,实现整村脱贫。

5年多来,南航在孙家村共投入扶贫资金450万元,76户村民从低矮老破的泥土危房到住进阳光暖房,再到在家门口灵活打工创收;孙家村的产业从无到有,再到成为兴城市科技扶贫、产业扶贫和就业扶贫的示范基地之一;刘宏志从扶贫工作开荒牛到成为村民的知心人,再到见证全村脱贫……

孙家村的甜瓜、白菊越来越多地进入市民的视野,夏季菊花国内销售北起黑龙江,向南通过江苏销往全国各地,最远直销至贵州毕节,秋季白菊主要出口到韩国日本。

冬日里,产业园大棚内村民正忙着整理土地,郭家村党群服务中心里,扶贫干部、承包人以及村两委干部也在讨论着明年的春耕计划,来年大棚里的鲜花将越发娇艳。

致富经:

赵丽华:从"煮饭婆"到"老板娘"的华丽转身

扶贫产业园大门口有3间看护房,承包人王志波一家平时就住这里。看护房有一大厅,40多平方米,这里既是村民们的食堂,又是他们歇息的地方。

王志波远远看到我们一行几人,有点害羞,但刘宏志一问明年的种植计划时，他就打开了话匣子："种点土豆、甜瓜，还有切花菊啊……"正说着，一位身材矮小、短发、约50岁的妇女开门进来。

"老板娘回来啦，上哪忙去啦？这位是我们产业园的老板娘。"刘宏志边和她打招呼，边向我们介绍。

"还老板娘呢，就一个煮饭婆，哈哈。"她直爽回应着。老板娘名叫赵丽华，她给我们拿来水果，然后开始"倒苦水"，说太辛苦、太操心。

2020年是他们承包产业园种植的第三年，第一年26个大棚，只王志波一个人参与管理，想着省点费用，没严格按辽宁省农科院技术专家的要求打农药，导致部分菊花不符合出口标准，损失了10多万元。

第二年，大棚增至60个，灵活务工高峰时达80人，赵丽华从吉林来到产业园帮助老公负责组织生产，全家6口人都投入到这大棚经营管理上。

据介绍，前两年按计时制付劳务费，赵丽华到孙家村后仔细观察，发现有些村民出工不出力，有意拖延工时。"老王不好意思批评村民，只有我唱黑脸，督促村民抓紧时间赶工，村民都说我太厉害。去年开始包棚算劳务费，但有的棚不能按计划完工。今年改为计件制，多劳多得嘛，这下都积极了，咱花也能按时给收到集装箱了。"赵丽华说。

除了调整计酬方式，赵丽华还把全勤奖激励法搬进孙家村，以确保用工高峰期有足够的人手，"今年7月1日到10月底，全勤的得2000元，缺一天扣100，那甜瓜和菊花可不能烂地里。"

这个在赵丽华眼里认为比较奏效的激励法，却伤害了骨干老员工徐玉梅。原来今年9月她家里老人去世，请两天假，被扣了200元，她向刘宏志抱怨老板娘不近人情。

刘宏志发挥"润滑剂"调节作用，安慰她说："确实有点不近人情，回头我说说她。不过既然立了规矩，咱也得遵守，她十天就给大家发一次工资，压力也大。今年中秋还给大家发月饼，年底我找她给你们几位老员工发发慰问，给补回来，不生气哈。"

徐玉梅又有点不好意思地说："谢谢刘队长，老惦记着我们。"

村妇女主任孙桂荡告诉我们："村民说老板娘厉害，其实她是刀子嘴豆腐心，夏天热，村民愿意起早干活，她会煮鸡蛋、大米粥加间餐；用工高峰期免费提供午饭、晚饭。确实有小部分村民思想不够上进,在她的严格管理和关怀下,都慢慢地发生了改变。"

赵丽华除了明立规矩,还暗里用劲。大棚里务工的几乎是上了年纪的妇女,其中不免有些摩擦。赵丽华察言观色,巧妙分组,避免有摩擦的双方在同一个大棚里劳作。为了提高组与组之间的劳动竞争力,她还将技术优秀的和技术稍欠缺的同组搭配,营造良好的帮带和赶超氛围。

扶贫干部的出谋划策加上不断改良的用工管理方式,王志波一家3年的辛劳付出也终于取得了回报,今年80个大棚的年产值达180万元。

丰收属于过去,承包人和扶贫工作队正商量着来年的种植计划,他们决定引进新品,分批种植……

记者手记:

敢于试错,才能下好产业扶贫这盘棋

12月中,寒风刮脸,零下9度,行车逐渐远离城市。灰黄树枝,干净黄土地,偶有玉米秆垛立地间,东北地区由于自然条件,地里半年没有收成,"南航扶贫干部又是怎样带领孙家村实现脱贫致富的?"带着这个问题,我走进郭家镇孙家村南航扶贫产业园,走近扶贫工作队。

脱贫致富的关键是发展产业,扶贫干部始终围绕着发展产业做文章。孙家村的总体情况是土地少且土壤肥力弱、旱涝多发,村民多在50岁以上。5年来,扶贫工作队积极调研,从产业立项、产业管理、产业销售等多个方面着手,真正做到因地施策,下好产业扶贫这盘棋,打造了高质量的郭家白菊、郭家甜瓜等特色产业,为打赢脱贫攻坚战提供了重要保障。成绩的背后是北方分公司扶贫工作队的不断探索。

首先,是确保产业精准立项。2016年至2017年初,扶贫工作队做了提供就业岗位的尝试,调研形成5个备选产业项目,均未能取得如期效果。2017年中,借助郭家镇推行乡村振兴战略契机,与辽宁省农科院等技术专家开展小范围试种出口切花菊,形成可行性分析报告,到2018年积极争取多方资金和技术支持,建设有26个冷棚的南航扶贫产业示范园,再到2020年增至80个,既盘活了土地资源,给贫困户带来土地分红和务工收入,又为村集体经济增收,为后续建立村花生深加工厂，打造农业品牌提供资金支持。

随后，开展产业规范管理。建立示范园需要流转土地，扶贫工作队参考周边标准，根据当地种植花生的亩产经济价值，确定流转标准，减少土地流转阻力。为提高示范园经营管理，确保扶贫资金有效产出，采取公开发包形式，招募有能力的合作伙伴。

农业产业发展风险大，不可控因素多。2020年的疫情给刚建成的扶贫产业园带来了新的挑战。原定的种植出口鲜花计划在扶贫干部的积极研判后作出调整，由最初期望降低损失到大获丰收，实现了承包人、村集体、村民、南航的"四赢"，保证了产业园的有效运作。

最后，是拓宽产业销售渠道。大棚丰收只是初步的成功，把丰收变现才是最终目的，扶贫干部围绕"销售"二字持续发力。对内做好消费扶贫落地，号召员工团购2万多斤爱心花生、7500多斤甜瓜；对外积极跑市场，联系沈阳水果批发商做线上线下销售，今年代销5000斤甜瓜。白菊和甜瓜成为郭家镇的特色产业，也在今年被收入辽宁消费扶贫产品目录，进一步拓宽了产业园的销路。

南航在孙家村的产业扶贫表明，精准扶贫路上，只要敢于积极尝试，不断修正思路，产业扶贫道路一定会越走越好。

原刊于《南方航空报》2020年11月11日、11月12日、11月17日、11月24日、12月8日、12月15日、12月29日4版

二等奖

为全球减贫提供最佳案例
——江西邮政助力"廖奶奶"合作社发展纪实

吕　磊　蔡兆清　李　萍

2020年8月1日,江西瑞金"廖奶奶"咸鸭蛋专业合作社(以下简称"廖奶奶"合作社)负责人张杨在与南昌大学食品学院的合作协议上签上了自己的名字。他回过头看了看一直在注视着自己的奶奶,喜极而泣。随着双方合作的开展,制约"廖奶奶"咸鸭蛋产量的两个问题:腌制破损率降不下去、营养价值有限将有望解决。"我不能辜负奶奶的信任,一定要让咸鸭蛋卖更多钱,让乡亲们过上更好的日子。"张杨说。

"廖奶奶"合作社给记者提供了一份资料:2019年,92户贫困户户均食品支出由2015年的约60%降至约40%,这是一个令人惊叹的数字。参照国际上测定贫困线常用的"恩格尔系数",这意味着乡亲们的生活水平由贫困进入了小康,并迈向了富裕阶段。"手里有钱了,乡亲们都在盘算着,等疫情结束后出去走走,看看外面的世界。"廖秀英说。从贫困到脱贫,再到迈向小康,"廖奶奶"让乡亲们实现了消费升级。

按照联合国秘书长古特雷斯的话说:"中国已实现数亿人脱贫,中国的经验可以为其他发展中国家提供有益借鉴。"2019年10月,"廖奶奶"走出国门,从全球820份减贫案例中脱颖而出,入选了由世界银行、联合国粮农组织等国际组织评选的"全球减贫最佳案例"（共 110 例）。

帮助别人与红色传承

8 月初，在全国脱贫攻坚战决战决胜关键期，带着对廖奶奶的敬意，记者第三次来到凤岗村，见到了廖秀英，她依然是那么气定神闲。坐在自家的邮乐购店里，廖秀英手持一把蒲扇，一边扇风一边注视着门前往来的人流。头顶上方，"全国脱贫攻坚奋进奖""国家地理标志保护产品"的牌匾在阳光的照射下显得格外耀眼。老朋友的到访让廖秀英格外高兴，她起身招呼记者进屋休息，并让家人准备了她亲手腌制的咸鸭蛋。"嗯，还是那个味道。"一块儿鸭蛋黄下肚，记者香在嘴里，甜在心里……

廖秀英是革命后代，读懂她，一定要了解她坎坷的身世。

1942 年，12 岁的廖秀英被要北上抗日的父母从广东老家送到了瑞金山区。"国难当头……"离别时，父母对廖秀英说了很多话，但她只记住了开头的这四个字。父母的无私无畏和家国情怀让"帮助别人"成为廖秀英一生的追求。

"让人民过上好日子。"中国共产党人的这句誓言就诞生于瑞金这片红色的沃土。虽不是土生土长的瑞金人，但廖秀英早已融入了这片土地，无私奉献的"苏区精神"让本就甘于"帮助别人"的她萌生了如何让乡亲们过上好日子的念头。廖秀英曾对子女说："咱们家的日子越来越好了，但还有那么多吃了上顿没下顿的乡亲们呢，我看着难受啊。"

20 世纪 70 年代，廖秀英在村里开了一家小卖铺。自打小卖铺开张，乡亲们来买东西，如果钱不够，廖秀英就少收一点儿，有时甚至是白送。几十年来，这家小卖铺并没有给廖秀英带来多少收入。"我们虽然也不富裕，但比大多数乡亲们要好过一点儿，所以我们开店不能只想着赚钱。"这句家训，由廖秀英传给了儿女，现在又被传到了孙辈身上。

扶智与扶志

"一斤粮食送军粮，一块盐巴送伤员，一个娃儿上战场。"在革命战争年代，瑞金人民作出了巨大的奉献和牺牲，为夺取中国革命胜利建立了不朽的功勋。由于地处欠发达地区，改革开放多年后，瑞金的发展仍然严重滞后。截至 2014

年底，瑞金还有省定贫困村 49 个。

2015 年，习近平总书记在中央扶贫开发工作会议上明确指出，要坚持精准扶贫、精准脱贫，重在提高脱贫攻坚成效。就是这一年，江西邮政联合江西省扶贫办和省商务厅，共同打造了江西电商扶贫工程，吹响了邮政精准扶贫的集结号，首战就是瑞金！"作为在党的领导下从瑞金一路走来的中国邮政，'人民邮政为人民'的初心使命不曾改变。我们要将邮政最大的优势与江西最基本的省情相结合，致力闯出一条有江西特色的农村电商发展之路。"江西省邮政分公司总经理李金良斩钉截铁地说。

如何让电商扶贫工程真正惠及老区百姓？因地制宜是先决条件。自 2015 年以来，数千名江西邮政电商业务人员深入贫困山区，来到乡亲们身边。他们要精准地找到适合老百姓种植养殖、便于电商销售、城市居民普遍接受的农副产品。

瑞金农村水源丰富，老百姓喜好养鸭，腌制咸鸭蛋是很多村民的拿手好戏，而且咸鸭蛋保质期长，便于长途运输，又深受城市居民喜爱。小小咸鸭蛋能否成为让老区百姓过上好日子的"金蛋蛋"？"凤岗村有个廖奶奶腌的鸭蛋特别好吃。"瑞金邮政电商业务负责人杨雄慕名来到廖秀英家。"蛋白细嫩、蛋黄油亮，太好吃了！"杨雄品尝后兴奋地说，"就是它！"

扶贫必扶智

在江西邮政的指导下，廖秀英把自家的咸鸭蛋放到了邮乐网上卖，成为凤岗村电商销售的先行者。两个月后，月销量就从几百个增至几千个。

江西省邮政分公司渠道平台部副总经理甘兆勇说："在农村电商发展中，我们从人物选择到品牌选定都力争精益求精。'廖奶奶'咸鸭蛋项目就是江西电商扶贫工程以赣南革命老区为突破口，以一个饱经沧桑的老人的经历，让精准扶贫工作更具以点带面典型性的生动实践。每一个站点都由邮政统一装修改造、添置设备，每一个农产品都是邮政电商团队精心挑选，利用邮乐网及'老俵情'等平台，为当地特色农产品插上电商的翅膀。"

"你只要保证乡亲们都能赚到钱，我就答应你。"不屈不挠、坚持不懈的"红井精神"让已经赚到钱的廖奶奶选择迎难而上，帮助乡亲们脱贫。

2015 年 12 月，江西邮政金融放贷 30 万元，帮助廖秀英成立了"廖奶奶"合作社，采取"电商+合作社+贫困户"的发展模式，让贫困户通过向合作社出售鲜蛋、到合作社务工、入股分红等形式，实现增收脱贫。廖秀英和江西邮政分工明确：廖秀英带着贫困户在凤岗村腌制咸鸭蛋；江西邮政打造"廖奶奶"咸鸭蛋品牌，利用自有渠道平台优势在全国各地不断拓展市场。一年后，首批加入合作社的28户贫困户户均增收2万余元，成功脱贫！

作为廖秀英扶贫路上的亲密战友，江西邮政在"廖奶奶"合作社发展的每一个时间节点都起到了重要作用。2017年，在瑞金邮政的积极努力下，壬田镇政府在镇农民电商运营中心辟出2000平方米给"廖奶奶"合作社建设新厂房，让"廖奶奶"咸鸭蛋的产量和品质得到了进一步的提升。2017年底，"廖奶奶"合作社年产值超过300万元，2018年、2019年的产值都逐年翻番。2020年上半年，面对新冠肺炎疫情的不利影响，江西邮政又一次挺身而出，助力"廖奶奶"咸鸭蛋销量同比增长150%。

扶贫先扶志

55岁的杨人芙、56岁的杨秀英、57岁的王科福……从最初的28户贫困户到第二年的56户贫困户，再到最后的92户贫困户，越来越多的凤岗人加入了合作社，有些上了年纪的贫困户不想再坐等国家兜底，而是主动到合作社务工，想依靠自己的双手过上富裕的生活。正如江西省扶贫办社会扶贫与对外联络处处长吴路宁所说："'廖奶奶'改变的不只是贫困户的生活，更是教会他们本领和技能，让大家主动依靠双手去脱贫致富。"

从"邮乐购"电商扶贫站的设置，到"廖奶奶"专业合作社的成立，再到农民电商服务中心的入驻，廖奶奶的小卖铺门脸变了，但不变的是廖奶奶"帮助别人"的理想信念，不变的是邮政人"人民邮政为人民"的服务宗旨。

消费升级与思想转变

加入合作社之前，身患重病的贫困户王科福为了治病负债累累，意志十分消沉。但现在的王科福，头发乌黑，微微有些发胖，还一直以微笑示人，完全看不出生过大病的样子。加入合作社5年来，从年收入3万元增长到10万元以上，王科福不仅脱了贫，还治好了病。手里有钱了，王科福不仅买了空调，还挨个儿把电视、洗衣机等家用电器都升级换代了。

在凤岗村和曾经的贫困户聊天,大家异口同声地说等疫情过去,想组个团儿去北京旅游,一定要亲眼看看天安门城楼。记得在 2016 年记者第一次到"廖奶奶"合作社采访时,这些刚入社的贫困户谈论的是如何拼命干活赚钱,吃好点儿、穿好点儿。不到 4 年的时间,消费升级带来了乡亲们的思想转变。

在"廖奶奶"合作社的示范带动下,附近的大柏地、叶坪、丁陂、黄柏等乡镇,也相继建立了蛋鸭养殖基地,共同投身到咸鸭蛋产业中。

2018 年 7 月,瑞金正式脱贫摘帽,但"廖奶奶"合作社并没有停下前行的脚步。廖秀英在思考如何借着国家乡村振兴战略的东风,继续带领乡亲们过上更富裕的生活。从 500 万元到 800 万元,再到现在的近 1000 万元,投资市场对"廖奶奶"咸鸭蛋的品牌估值越来越高。为了合作社的长远发展,年事已高的廖秀英选择急流勇退。

如今,懂管理、脑子活、有拼劲儿的张杨成为合作社的接班人。"我信他是真心实意帮乡亲们过好日子。"廖秀英对孙儿寄予厚望。

面对以"廖奶奶"为代表的江西电商扶贫工程,江西省商务厅电商处副处长潘茂栋饱含深情地说:"每当我们驱车七八个小时,在大山深处的小村庄见到由中国邮政打造的电商扶贫站点,就非常激动。每一个站点都像是一面红旗,承载着乡亲们脱贫的希望,宣告着党和国家打赢脱贫攻坚战的决心。"截至 2020 年 7 月底,江西邮政累计建成电商扶贫站点 761 个,对接产业合作社 573 个,对接培育农产品产业基地 19 个,累计上线农产品 3800 余款,实现农产品线上线下销售额 4.6 亿元。

站在新的历史起点,江西邮政已在思考如何实现脱贫攻坚与乡村振兴的有效转换。对此,李金良说:"我国农村正从以个体经济为主的联产承包责任制,向以生产组织为主的新型农业经营主体转变。农村是邮政生存之根本,也是邮政当下优势之所在。未来我们要与更多的'廖奶奶'合作,协同邮政金融、电商、寄递业务,提高'廖奶奶'们的规模经营水平,有效推动合作社社员从贫困到脱贫再到致富的可持续发展。"

原刊于《中国邮政报》2020 年 10 月 20 日 3 版

限硫令倒计时,集体焦虑为哪般?

王思佳

面对新的立法趋势带来的变化,业界出现了明显的不适应感,并产生了不小压力与焦虑。

日前,在挪威海事展期间举办的 Trade Winds 船东论坛上,部分船东表示,面对日益临近的国际海事组织(IMO)的限硫令实施日期,他们依然感觉很焦虑。那么,本应进入冲刺阶段的各方为何依旧焦虑不安?他们到底在纠结什么?应该如何缓解这别样的"考前"焦虑?

缘起缘灭皆因它

要找出业界对于"限硫令"的真正焦虑点,得从限制硫化物排放说起。

随着社会对空气污染的关注,如何控制船舶尾气污染物排放已经成为航运业研究的重点。据相关研究显示,船舶对大气环境的污染主要来源于船用发动机燃烧,船舶所排放的污染物以二氧化硫(SO_2)、氮氧化物(NO_x)为主,同时含有一定量的可吸入颗粒物(PM10)、细颗粒物(PM2.5)、一氧化碳(CO)、挥发性有机化合物(VOCs)等大气污染物,以及以二氧化碳(CO_2)为主的温室气体等。其中,SO_2是由船舶燃料中的硫转化而来;PM10 和 PM2.5 等颗粒态污染物包括直接排放的黑炭、重金属等一次颗粒物,以及经过化学反应转化生成的硫酸盐、硝酸盐、二次有机物等二次颗粒物,SO_x和NO_x等均会转化形成颗粒物。这些微小颗粒物能渗透到肺的敏感部分,导致或加剧呼吸系统疾病,例如肺气肿和支气管炎等。据 IMO 统计表明,全球以柴油机为动力的船舶每年向大气排放的NO_x约为 1000 万吨,SO_x约为 850 万吨。

由于SO_2的排放量与燃料类型、燃油质量及消耗量等因素直接相关,因此,控制船舶燃油的硫含量可以有效减少船舶发动机运行中硫氧化物和颗粒物的排放,因此,目前国际社会对于船舶大气污染所采取的主要控制方式便是限硫。

根据 MARPOL 公约最新要求,自 2020 年 1 月 1 日起,船舶所使用的燃油硫含量不应超过 0.5% m/m,当船舶航行于排放控制区(ECA)时,则禁止使用硫含量超过 0.1% m/m 的燃油。

除了 IMO 设置限硫法规外,欧盟(EU)、美国加州空气资源委员会(CARB)和我国相关部门也都推出了自己的船舶 SO_x 排放控制要求。

2010 年 1 月 1 日,欧盟所涉港口的 0.1% 硫含量燃油标准开始实施;2014 年 1 月 1 日,美国加利福尼亚州要求进入其沿海岸 24 海里区域时使用硫含量 0.1% 的船用馏分油;2019 年 1 月 1 日,我国交通运输部制定的"船舶大气污染物排放控制区实施方案"开始实施。

对于 ECA 来说,由于其政策已经实施多年,因此船东的履约情况已基本趋于稳定。同时,目前市场上提供的轻油基本能满足硫含量 0.1% 的标准,在现有的排放标准下,船东的普遍做法是船上分别存有硫含量高低不等的两种燃料油,分区域使用,在进入到 ECA 后,改用轻油,来满足港口国检查(PSC)。

而针对即将生效的 IMO 限硫新规的准备情况则没那么简单了。该新规自 2016 年 10 月在 IMO MEPC70 通过之后,焦虑便如影随形困扰着船东,且随着生效日期的日益迫近,焦虑更是逐步升级。

针对限硫新规,IMO 便给出了三个履约途径建议:使用含硫量低于 0.5% 的低硫燃油,加装脱硫装置(船舶废气清洗系统)和使用替代燃料液化天然气(LNG)。船东们可以根据自己实际情况自由选择,也可进行技术创新。但无论如何选择,面对新的立法趋势带来的变化,业界出现了明显的不适应感,并产生了不小压力与焦虑。

有机构分析指出,新规的生效必将增加船舶运营成本。据测算,全球海运燃料成本将上涨 25%,年均增加约 240 亿美元的支出。此外,对船舶进行技术改造需要投入一定比例的额外花费,导致船舶运营成本上升。相应地,管理成本也必将有所提升。

因此,在何时选择何种履约方式最具经济性和安全性的问题,让船东们焦虑不断,纠结至今。

先行者的焦虑

2000年,全球首艘LNG动力船"Glutra"号汽车/客运渡轮在北海挪威海域投入运营以来,航运业便迎来了使用LNG燃料的新时代。面对限硫新规,公认的清洁燃料LNG曾一度被业界视作履约的优选方案,因为其不仅可以应对新规,还可以满足未来环保要求的进一步升级。据2018汉堡海事展(SMM)的海事行业报告显示,当时已有高达44%的船东正在考虑为新造船选择LNG动力。

然而,理想很丰满,现实却骨感。LNG动力船的改造或新建船舶的投资相当巨大,加之目前燃油价格较高,LNG码头建设及加注站布局也待完善等一系列问题,让本已负重前行的船东望而却步。当然,有业内专家称,使用LNG作为船舶动力将是未来的必然趋势。但在当下,显然不是业界所焦虑的重点。

随着生效日期的临近,业界不得不将希望转至其他履约途径。这时,具备成本低廉、便于管理和使用等特点的船舶废气清洗系统(洗涤塔)成功从"限硫阵营"里脱颖而出,并迅速获得行业青睐。之后,行业内随即掀起一股洗涤塔安装潮。数据显示,2018年10月至今,洗涤塔订单增长了43%,而且这一趋势仍在继续。多家供应商均表示2019年的洗涤塔设备已经售罄,目前预订的洗涤塔安装订单已覆盖至2020年,而且这些订单也并非全都能在2020年到来之前落实。

但是,任何新事物的发展历程注定都是曲折的。就算是这个看上去完美至极的方案也不例外。随着脱硫设备订单的增加,船舶改造、设备维护、配套环保要求、机器故障处理等一系列问题接踵而至,让船东应接不暇。

然而,有人貌似觉得剧情还不够精彩。

2018年11月,新加坡海事港务局(MPA)CEO Andrew Tan在一次活动中公开表示,为了保护海洋环境并确保港口水域的清洁,将禁止船舶把开环脱硫器的洗涤水排放到新加坡水域。也就是说,从2020年1月1日开始,新加坡港口将禁止使用开环洗涤塔。该条禁令犹如一记重拳,将那些已经站队至洗涤塔一方、准备坐等新规生效的船东们揍得眼冒金星,顿时无所适从。要知道,全球安装洗涤塔的船舶中,有超过80%的船舶安装的是开式洗涤塔。

更让人绝望的是,继新加坡之后,又有越来越多的国家或地区开始对开式洗涤塔出示了"红牌"。屋漏偏逢连夜雨，这边的"禁令剧"还未落幕，另一边的"亏损剧"便已匆匆登场。希腊散运船东 Star Bulk Carriers 发布公告称，公司在 2019 年第一季度因之前安装洗涤塔产生了约 300 天的停租期，公司净亏损达 530 万美元，而去年同期净收益为 990 万美元。

至此，那些未能在船厂排上号以及仍持观望态度的船东更加不敢轻举妄动，唯恐一个不小心便会造成不可挽回的局面。挪威银行 DNB 分析指出，截至目前，安装洗涤塔的船舶在全球船队中只占很小一部分，全球商船队大约共计 10 万艘，因此，预计截止 2020 年底，安装洗涤塔的船舶总数将仅占全球船队的 3.7%。

然而，难道真的就让前期投资的大量资金付诸东流，一切从头再来吗？在大环境持续低迷的情况下，相信没几家公司能经得起这么折腾。针对此，业界即刻展开了针对开式洗涤塔所排洗涤水是否会对海洋环境造成危害的研究，随后，丹麦、日本官方及清洁航运联盟（CSA）相继发布研究报告称，科学试验证明，开式洗涤塔的洗涤水无论短期还是长期排放，皆不会对海洋环境造成危害。就在这些国家试图证明开环脱硫器的洗涤水排放不会对海洋造成污染时，近期瑞典环境科学研究院的一项调查却得出了相反的结论。该机构一项研究显示，未经处理的开环式洗涤塔废水含有大量对海洋环境有害的污染物，研究人员也表达了对开环式洗涤塔长远影响的担忧。

一时间，业界针对洗涤塔的争议愈演愈烈。2019 年初，欧盟向 IMO 提交提案称，希望收集更多有关洗涤塔废水的数据并制定全球范围内统一协调的洗涤塔法规，该提案在 MEPC 74 获得了 IMO 成员国的支持，并将被提交至 IMO 污染预防与应急分委会第 7 次会议（PPR7）做进一步讨论。据了解，关于该事项的讨论将在 2021 年得出结论。

此外，在安全使用方面，MEPC 74 还对 IMO 的洗涤塔安装及使用指南进行了评估审核，对船东在洗涤塔出现故障并且船上只有高硫燃油时应当如何应对给出了指导意见。该指南的修订工作将于 2020 年完成。由此可见，有关洗涤塔的核心问题不是短时间能解决的，因此围绕洗涤塔的各种焦虑依然会持续不断。

低硫油引发的焦虑

据业界专家预测，IMO 限硫令生效后，将有 80% 左右的船舶将选用低硫燃油来履规。在限硫新规公布之初,业界普遍偏向使用低硫油来履约,因为该选项使用简单方便,只需要转用含硫量低于0.5%的低硫油即可。但是由于初期需求较小,还未形成一定规模,低硫油价格普遍偏高,因此,船东们才将心思转移到其他履约选项上,试图找出更加经济的选项。大家普遍认为,最不济,法规生效后直接使用低硫油履约就好,就像之前使用含硫量低于0.1%的低硫油一样。因此,该选项一度被搁置,成为大家的保底选项。

随着限硫大考的逼近,眼见替代燃料LNG和加装脱硫装置均难以在短期内满足要求,寻找最佳经济途径无果的船东们开始回头看。然而,这一回眸,却惊起了一身冷汗,焦虑指数更是一路狂飙。原来,低硫油并非大家之前所想象的取之即用那么简单。不知不觉中,低硫油问题变为了船东未来的"最大考"。随着诸多问题不断浮出水面,各种焦虑和担忧也随之而来。

第一,成本焦虑。由于大部分船东一直处于边观望边站队的状态,因此,炼油商们也始终无法确定自己的生产计划,进而使得低硫油价格一直居高不下。待新规生效后,选用低硫油来履约的船东各项成本必将有所增加。因此,大多数选择使用低硫油的船东均期盼低硫油能够尽快实现大规模量产,那么高、低硫油的价差便有望进一步缩小。

第二,燃油供给及布局焦虑。合规燃油供应量是否充足,在哪些港口供应等问题一直困扰着业界。关于此问题,IMO在确定限硫新规之前就已审议并批准了全球燃油可获得性评估报告(MEPC70/5/3、MEPC70/INF.6),该报告认为全球炼油业有能力为航运业提供足量的合规燃油。同时,已有不少燃油供应商已经对外宣称,2020年新规生效后,可以提供足量的合格低硫油。此外,为了避免无法获得合规燃油问题给船东带来的影响,IMO同意船东可以通过提交无法获得合规燃油的报告(FONAR)来申请责任豁免。然而,不可否认的是,这些都未真正打消业界对局部地区无法获得合规燃油的担忧。

第三,燃油质量焦虑。首先,含硫量低于0.5%与含硫量低于0.1%的燃油本质上就存在不同,目前市面上含硫量低于0.1%的燃油大部分是馏分油(MDO/MGO),而含硫量低于0.5%的燃料则多种多样。由于含硫量低于0.5%的馏分油的市场供应很难在短时间内跟上,因此,专家预测在2020年新规正式生效之初,硫含量低于0.5%的"调和燃油"将成为主要的合规燃油供应来源。

但是,尽管调和燃油在硫含量方面满足要求,但是其在闪点、稳定性和兼容性等其他方面可能有不达标的情况,存在安全隐患。同时,由于这些新型调和燃油尚未在市场上得以广泛使用,因此现阶段还无法准确判定它们的相关特性及参数。

IMO 对燃油质量的关注由来已久,MARPOL 公约附则Ⅵ第 18 条就已对燃油质量提出了要求。2017 年,国际标准组织(ISO)发布海运燃料规范(ISO 8217:2017),增加了对混合燃油的具体要求,该规范计划针对限硫令进一步予以修订。在此基础上,IMO 完成了燃油供应商最佳实践指南和燃油购买者/使用者最佳实践指南。此外,2018 年 12 月召开的 IMO 海上安全委员会第一百次会议(MSC100)已决定,将在双年度议程中增加一项任务"为促进与燃油使用相关的船舶安全制定进一步措施",目标完成年为 2021 年。

第四,低硫油使用安全焦虑。燃油经过脱硫处理之后,许多特性都随之发生了巨大变化,例如发热值高、密度低、黏度低、润滑性差等。因此,低硫油的储存、处理及使用安全方面的要求也必然不同。首先,船舶燃油系统、机器设备一般基于重油/船用柴油设计,长时间使用低硫燃油会对船舶主辅机产生一定的影响。在美国,已有不少由于低硫油的低黏度和冷流性所造成的燃油泄漏将加剧主机磨损的相关事故报告。其次,由于目前低硫馏分油的使用经验尚浅,转用低硫油可能将导致燃油系统及设备故障,甚至发生船舶失去动力的危险。

业内人士认为,全球 0.5% 限硫要求的规模和影响将远大于排放控制区 0.1% 限硫要求。因此,先前排放控制区的经验并不足够应对新规,有必要在采取行动前对限硫新规所涉及的各方面进行充分考虑。目前,留给业界的时间已经十分有限,针对即将到来的限硫新规,应做好应急预案。对此,中国船级社(CCS)建议:

首先,为确保船舶在 2020 年 1 月 1 日顺利过渡实施 IMO 低硫燃油或采用等效的解决方案做好准备,船东或船舶管理公司应尽早依据 IMO 批准发布 2020 船舶"限硫令"实施计划指南(即,MEPC.1/Circ.878),确定所辖每艘船舶的实施"限硫"计划(即 SIP),以便采取相应的措施。因此,强烈建议船东或船舶管理公司尽快制定每艘船舶实施"限硫"计划。考虑各国主管机关、区域组织(如 EU)的特殊规定,建议适用船舶应建立并实施相关程序,如培训程序、加油程序、燃油切换程序、操作程序，按要求记录相关数据（如换油或使用后处理系统的起止日期/时间、使用量、船舶经纬度等），船员应提前熟悉并能熟练操作，相关支持文件如燃油供应单、油类记录簿、日志等以及燃油样品应保存在船上，并注意相关证据的保存期限。

其次，如果不能及时购买符合规定的燃油，或所在地不销售符合规定的燃油，或者因机械故障、设备失效等原因导致船舶不得不使用不符合规定的燃油，船方应尽快联系船旗国主管机关和相关港口当局以便及早解决，相关文件应作为证据保存在船上。

原刊于《中国船检》2019年7月第21~25页

更美好的出行　必将如期而至

——交通运输部公路科学研究院服务撤站攻坚纪实

赵鹏飞　梁　溦　罗叶红

不用多想,你都能把撤站后的样子猜得八九不离十——

时间:2020年第一天开始

地点:全国高速公路

人物:全国驾驶员

动作:脚踩油门不停车通过ETC门架

"力争2019年年底前基本取消全国高速公路省界收费站",是交通人向党和人民作出的庄严承诺。

对大众来说,撤站意味着出行更加便捷。行驶在没有省界收费站的高速公路上,收费快捷、拥堵减少。

对交通人而言,撤站是一场必须打赢的硬仗。推广ETC、修订条法、完善政策、确保网络安全、拆除省界站点、建设门架系统、改造ETC收费车道……这场与时间进行的较量,是对"艰苦奋斗、勇于创新、不畏艰险、默默奉献"交通精神的又一次生动诠释。

如何向党和人民交上一份满意的答卷?交通人有实干、有担当,众志成城、齐心协力。公路交通科研"国家队"——交通运输部公路科学研究院(简称部公路院)勇当科技先锋。

准备充分的开局

3月的北京,春雷乍响。李克强总理在《政府工作报告》中提出的"两年内基本取消高速公路省界收费站，实现不停车快捷收费"，在交通运输行业引发热议。

"马上到部里，下午2点部公路局开会讨论撤站事宜。"3月13日上午，交通运输部公路科学研究院(以下简称"部公路院")北京中交国通智能交通系统技术有限公司(以下简称"中交国通")总工程师刘鸿伟接到了部公路院副院长李爱民的电话。

讨论会上，十多位领导、专家热烈讨论，会议从当天下午一直开到深夜，最终确定由部公路院尽快拿出总体技术方案。在院领导的带领下，刘鸿伟的中交国通ETC技术团队打响了编制撤站总体技术方案攻坚战。

撤站是收费公路领域的一次重大变革，绝非只是一拆一建。实际上，短时间内要在全国14万多公里高速公路上"画"出精准可靠的技术路线，兼顾好未来收费技术发展方向和交通强国建设布局，难度之大可以想象！

把最复杂的事情用最简单的办法来解决。这是一个朴素的哲学观点，也恰恰是部公路院科技工作者追求的目标。

为了找到适合的技术路径，中交国通ETC技术团队对行业内外普遍关注的ETC、北斗卫星通信、RFID(无线射频识别)、C-V2X/5G技术、车牌付等技术进行综合比较，从满足业务需求、技术成熟度、可拓展性、产业支持、经济性以及自主可控等方面反复论证。

最终，在交通运输部的指导下，"技术更先进、系统更简单"的方案出炉：采用以我国自主知识产权的ETC技术，实现电子不停车快捷收费(ETC)、辅以车牌图像识别、多种支付手段融合应用的技术路线，实现撤站目标。这一方案，获得了部领导及行业内外的普遍认可。

熟悉公路联网收费的人们都知道，在这一领域，部公路院已深耕多年。自2005年开始，部公路院就开始研究公路联网收费的模式和技术。

他们更是ETC技术研究的先行者。早在十余年前，他们便承担了"十一五"国家科技支撑计划"国家综合智能交通技术集成应用示范"重大项目课题中的"国家高速公路联网不停车收费和服务(ETC)系统"课题。

"给后续工程实施留出更多时间，必须尽快完成总体技术方案。"作为2018年苏鲁、川渝撤站试点总体技术方案的主要起草者，刘鸿伟带领团队不断自我加压。

最开始,团队办公的地方在公司一层的会议室。白天,各领域研究人员分别研究、查漏补缺、优化思路;晚上,抓紧时间碰头交流、分享心得、编制方案。通常晚上11时,会议室里还是热火朝天,讨论后他们再各自回办公室加班。为了方便工作,团队搬到离部公路院2.6公里的辽宁饭店集中办公。

仅用60余天时间,以刘鸿伟为主的团队便陆续编制完成《取消高速公路省界收费站总体技术方案》《高速公路ETC门架系统技术要求》《电子收费单片式车载单元(OBU)技术要求》等。这些内容翔实、科学的指导性材料,为撤站后续工作的开展奠定了基础。

全过程参与翻越一座座山丘

"不知疲倦地翻越,每一个山丘。"

就像李宗盛《山丘》里唱的那样,编制完成总体技术方案后,部公路院越战越勇,全程参与撤站攻坚。

几个月来,部公路院与各省交通运输部门、全国30多家ETC设备供应厂家、基础设施建设团队、软件维护团队等多方力量,众志成城,全力以赴。

中交国通紧接着承担起国产密码算法迁移工作,为全国所有待发行的OBU设备进行密钥初始化。从白天8个小时生产到全天24小时生产,1亿多颗芯片经工程师们完成初始化后,及时应用于撤站前线。

谋定而动,旌旗猎猎。

同样作为部公路院院属企业——中路高科交通科技集团有限公司的下属公司,北京交科公路勘察设计研究院有限公司(以下简称"北京交科")、北京公科飞达交通工程发展有限公司(以下简称"公科飞达")、北京诚达交通科技有限公司(以下简称"北京诚达")、中路高科交通检测检验认证有限公司(以下简称"中路检测")的技术团队,也加入撤站工作中,承担起各省撤站方案设计、部分省份集成和技术服务、关键设备产品质量监督检测等工作。

镜 头 一

"人在边疆无时差,撤站攻坚争分秒""用亮剑精神打赢宁夏撤站攻坚战"

"粤聚交科精英、迎战收费变革、屡破技术难关、必获胜利捷报"……这些富有地域特色的标语横幅,就悬挂在北京交科在北京、河北、甘肃、广东、青海、新疆、内蒙古、宁夏、山西等多个省份项目组的墙上。

春暖花开的4月,北京交科公司一半人员奔赴撤站前线,承担起十余个省份的撤站设计工作,具体包括方案设计、初步设计、施工图设计和招标文件编制、施工配合服务等。

"微信群随时都在咆哮。"北京交科总工程师盛刚搜了一下项目相关的微信群,发现自己已经数不清有多少个。

盛刚告诉记者,各地高速公路及其联网收费系统差异较大,要在部里总体技术方案基础上,结合当地实际情况和需求量身定制。

真正开始之后,大家才切实体会到工作难度之高、工作量之大。以广东省为例,高速公路通车里程达9002公里,有收费站946个,约占全国通车高速公路总里程的十分之一。北京交科广东撤站组负责70%高速公路的撤站设计工作,有6000多公里的路段需要反复调研。

不止如此,撤站工作涉及的专业知识很是繁杂,包括收费、通信、供配电、结构、监控、交安设施、路线等。这意味着,撤站组的成员们要化身"一个人的撤站组"。

夜以继日成了北京交科工程师们的工作常态。在广州,常常是"小蛮腰"都"休息"了,广东组还在学习、设计、研讨;在兰州,当清晨阳光洒满黄河时,甘肃组才意识到一夜未眠;在乌鲁木齐,新疆组凌晨2时睡早上7时起,只为每天能多工作两个小时……

"全院的力量集中到一起,很给力!"盛刚止不住感慨,最大的力量是团队的力量,齐心一致的激情澎湃让人动容。

镜 头 二

打开北京诚达天津项目组的技术方案图,天津市全路网1个联网中心、13个路段中心、115个收费站、945条车道、318个门架清晰标注。

已是晚上10时,进出收费站的车辆越来越少了,但天津市高速公路联网收费中心一楼办公室里,项目组20多个年轻的身影还在挑灯夜战。

作为天津市撤站工作的核心参建单位，北京诚达承担着全市联网收费云平台管理系统的开发任务。

从现行收费系统改造成撤站后的收费系统，如同心脏移植手术，牵一发而动全身。北京诚达不负众望，在不影响既有系统运行的基础上完成了系统平滑切换。他们还摸索攻克了"路径还原与拟合""分布式图片管理"两项关键性技术，实现车辆运行轨迹精准还原。

除了天津项目，有着20多年高速公路机电系统实践的北京诚达，经过研判，用时3个月，自主开发ETC门架系统综合智能控制机柜，提高了高速公路自由流虚拟站智能化水平，从而降低维护成本。

镜　头　三

凌晨4时到晚上10时，地理坐标从江苏南通到河南三门峡，公科飞达河南三门峡项目负责人押运着关键设备，马不停蹄。饿了，面包、饼干就着白开水。

当天晚上，项目部连夜安装调试，130多公里线路上，吊装完成7台一体化室外机房，并连夜完成机房内设备安装。次日早上8时，大家无比振奋——机房所有安装任务顺利完成，保证了河南省撤站项目的总体建设任务进度。

从7月开始，公科飞达陆续参与到全国9条高速公路撤站项目的系统集成和科技服务工作中。

面对工期紧张、劳动力短缺、关键设备货源短缺等难题，公司前后出台的多项专项管理办法保障了项目顺利推进。

"集中所有内部资源，全力确保撤站项目质量和进度！"

公科飞达优化了内部采购及合同审批流程，建立审批"直通车"以保障备货速度；发挥、协调各方面力量，调配人力到厂家押货运输；针对下阶段软件安装及联调可能出现的问题，提前谋划解决方案。

镜　头　四

在凌晨的部公路院公路试验场，中路检测的高级工程师王磊正在等待着环境试验箱里的TC天线设备检测结果，他要在设定的严苛条件下测试ETC设备的性能参数是否满足标准要求。

"这就像给一辆辆汽车进行最后的'出厂检验',容不得半点差池。"反复进出零下20摄氏度的低温箱,他的眉毛结了白霜。

撤站工程推进得好不好,质量评测的支撑和服务工作必不可少。"作为交通行业的检测'国家队',为撤站工作把控质量,我们义不容辞。"中路检测总工程师朱传征坚定地说。

受部科技司委托,中路检测(国家交通安全设施质量监督检验中心)作为牵头机构,组织技术人员加班加点编制了《电子不停车收费设备产品质量行业监督抽查实施规范》等规范。

作为牵头部门,中路检测还组织承担了"2019年度电子不停车收费系统等相关产品质量行业监督专项抽查"工作。按照要求,监督抽查工作组两个月内在全国范围内共抽查了19个省份的92批次电子不停车收费系统相关产品。其中,中路检测独立承担了10个省份的OBU、CPC卡等产品共计56批次检测工作,保质保量地完成了检测任务。

据了解,在ETC并网和撤站全面推进的工作需求下,中路检测将承担起新疆、吉林等多个省份撤站交工检测和ETC并网的检测项目。

镜 头 五

补光灯一闪一闪,试验数据呈现在电脑上。几个月前的部公路院公路试验场内,部公路院安全中心的工程师正通过"半实物+驾驶模拟仿真"的研究方法,开展驾驶员在补光灯照射下的驾驶模拟测试。试验中要确保驾驶舱内与实际照度一样,尽最大可能了解ETC门架上的夜间补光灯对驾驶行为安全性的影响。

在谋划推进撤站总体工作之时,交通人从未忘记要首先从服务出行者的角度考虑,把安全作为交通最基本、最重要的要求。

"他们保证工程顺利实施、完成工作,我们从用户角度最大限度保障安全。"安全中心研究人员们谈起几个月来的工作,最多的是欣慰。

如果在较短距离、多个ETC门架间,车辆通过时门架上的夜间补光灯交替闪烁,是否影响驾驶?是否安全?

在交通运输部的部署下,安全中心承担起这项研究工作。

十几类试验,共测试近千人次;邀请北京师范大学、中国科学院心理学方面的专家担当"找茬王",把所有可能影响驾驶安全的因素考虑在内;借鉴公安等领域研究成果,5月底立项6月底出结论……1个多月时间的精心打磨、反复试验、精准比对,他们的心血最终汇集成《ETC门架系统设置对司乘人员视觉影响医学评估测试报告》,为撤站工程的总体安全性加上了一把"放心锁"。

"只干活不提要求""技术问题当仁不让""满满的奋斗精神"……集中全院力量全力助推撤站攻坚,部公路院的工程师们收获了各省交通运输部门和业主的称赞。

"功成不必在我,当然,我希望是我。"

他们说一切都值得

有一说一,技术亮剑,初心可见;有多大力出多大力,牺牲小我,他们说一切都值得。

"安排人和我一起去新疆、甘肃、内蒙古调研省界收费站现状,晚上动身,人不用多。"6月6日中午,徐东彬收到了李爱民的微信。当天晚上就要出差,他的心里咯噔一下,明天儿子可是要高考呀!

高考是人生的大事,年初他就和爱人商量好了,平时忙于工作顾不上管孩子,高考可得好好表现。

家长群里,家长们也商量好了——妈妈穿旗袍、爸爸穿耐克套装,希望孩子们旗开得胜、做得全对。

安排谁去呢?作为部门负责人、北京交科撤站设计技术组组长、分院党支部书记,徐东彬无疑是最合适的。

回到家里收拾行李,和儿子说自己当天晚上要出差,不能陪他参加高考。"儿子淡淡地说已经习惯了。说实话这一刻真的感觉很内疚,由于忙工作,在孩子身上亏欠太多。今年缺席了他的最后一次家长会以及成人礼、毕业典礼等重要时刻。"徐东彬说。

早上7时,新疆乌鲁木齐的天刚蒙蒙亮,徐东彬就从睡梦中醒来了。他打开手机,看到凌晨2时才安静下来的"技术交流群""项目负责人群""设计人员群"等微信群又热闹起来。2000多公里外,山西太原的施强已经在群里解答问题,他赶紧洗了把脸,与施强一起分析问题、远程指导。

徐东彬和施强,分别是北京交科信息化分院、机电分院的负责人。在北京交科,与他们一样辛勤忙碌的,还有几十位技术骨干。从今年4月份开始,他们奔赴多个省份,与当地交通运输部门的同志们并肩作战,已经连续7个月无休,平均每天工作14个小时。

"你们功不可没,劳苦功高!"港珠澳大桥通车当天,习近平总书记的亲切话语深深印在施强心里。接受完习近平总书记的接见,施强马不停蹄来到山西。在港珠澳大桥交通工程设计一线,他坚守了8年。

重任在前,唯有拼搏。同事们都知道,他患上了面部神经炎。大家劝他"歇一歇""抽出时间坚持扎针",他摇摇头:"手头的事儿太多,晚点再说吧。"年迈的母亲病重住进ICU,见到匆忙赶回的施强,第一句话竟然是:"你那么忙,回来会影响你工作的,赶紧回去。"在母亲的催促下,他待母亲病情稍微稳定后,迅速返回工作岗位。

面对身体与意志的考验,他们执着又坚韧;面对事业与家庭的抉择,他们无私而忘我。

作为部公路院撤站实施组技术小组负责人,刘鸿伟不仅要把握技术方案的总体方向,还要统筹安排技术标准、试验验证等所有工作。

在同事眼里,每天最早到单位的是她,晚上最晚离开的还是她。在辽宁饭店封闭工作期间,往返在部公路院与交通运输部的马路上,她几次路过家小区门口都没有进去。

不仅是技术小组组长,她也是一个小升初孩子的妈妈。每晚10时左右,她都会收到女儿打来的睡前电话。稚嫩的声音从话筒里喊出:"妈妈,您今天回家吗?""妈妈,您别太辛苦了,注意身体!"放下电话,刘鸿伟眼眶微红。

青海撤站组负责人崔玮还支持宁夏和甘肃的相关工作。由于三地工作同步推进,隔天乘飞机来回三地对他来说已是家常便饭。高强度的工作、极大的体力和脑力消耗使他的抵抗力下降,一度出现红疹反应。

工作期间,崔玮的父亲生病住进ICU,他不得不回去照顾。陪护期间,他依然与项目现场的李志国、张政富探讨问题……

这样的感动名单上,还有张晓峰、潘崇柯,还有许许多多部公路院人的名字。

每一步，每一次付出，都是成长的经验。背后有多少部公路院人用炽热之心和美好的初衷日夜兼程作的那些努力，有多少他们的亲人给予的充分理解和支持，即使外部看不见，事实依存。

永远等待着"战斗"的磨砺

部公路局有关负责人介绍，目前，交通运输部正组织各地交通运输部门和相关技术支撑单位，扎实推进业务功能验证、业务功能复测、ETC门架及收费站联调联试、网络安全检测和全流程联调联试等工作，不断优化系统功能，完善系统切换方案，确保年底顺利实施系统切换，如期优质全面完成撤站目标任务，向党和人民交上一份满意的答卷。

这不是一个简单的替换，而是经过多年技术积累实现的跨越。而"撤站后时代"，会面临什么？没有人了然于心。

在部撤站总指挥部的指挥下，沉淀、总结、夯实、拓展，部公路院人已经知道要做哪些准备。

"撤站不是终点，而是起点。一是关注系统运行，二是关注技术提升。"李爱民表示，撤站工作完成后，他们将重点关注收费系统的服务是否安全、稳定、可靠，同时做好技术储备。

做好这一储备工作，部公路院除了将研究北斗、5G、区块链等技术如何在不停车快捷收费系统上呈现，还将为自动驾驶、车路协同形成具有中国特色的、可推广的收费模式。

翻阅技术方案、各地项目组微信群、工作台账，如此宏大的工程，涌现了一批批实干担当的部公路院人，活跃了整个供应链体系，调动了整个交通运输行业的力量。

这一本厚厚的技术方案，一次次深夜的工作交流，一回回现场的调试比对，哪里是技术方案、工作交流、调试比对，分明是一个个部公路院工程师的技术人生。

弦歌不断声声远，事业如棋局局新。这一页即将过去，敢战能战的心永远等待着战斗的磨砺。更美好的出行，必将如期而至。

大 事 记

(1) 3月至4月末,编制《取消高速公路省界收费站总体技术方案》,"采用以我国自主知识产权的 ETC 技术,实现电子不停车快捷收费(ETC)、辅以车牌图像识别、多种支付手段融合应用"的技术路线,获得了部领导及行业内外的普遍认可。

(2) 3月底至5月底,陆续完成《电子收费 单片式车载单元(OBU)技术要求》《高速公路 ETC 门架系统技术要求》《高速公路复合通行卡(CPC)技术要求(修订)》等编制工作。

(3) 3月底至9月26日,全国高速公路联网电子不停车收费系统国产密码算法迁移工程部级系统陆续实现通过部设计批复、开建、建成、初步验收并开通试运行。

(4) 4月起,陆续承担北京、河北、甘肃、广东、青海、新疆、内蒙古、宁夏、山西、广西等16个省份的撤站设计和咨询工作。

(5) 4月30日,建设完成 ETC 系统部级在线密钥管理与服务平台应急保障系统,并面向行业提供密钥服务。

(6) 6月,仅用3个月时间自主开发的 ETC 门架系统综合智能控制机柜上线。

(7) 6月10日起,在部公路院公路试验场开展 ETC 门架系统性能验证测试工作。

(8) 6月底,《ETC 门架系统设置对司乘人员视觉影响医学评估测试报告》完成并通过专家验收。

(9) 6月至8月,开展部分特殊跨省联网解决方案研究,解决了新疆、甘肃、内蒙古,内蒙古、宁夏,宁夏、甘肃,安徽、江苏等省份之间取消省界收费站的难题。

(10) 6月至11月,不断提升 PSAM、ESAM 初始化产能,助力 OBU 设备完成密钥初始化及时应用于撤站前线。

(11) 7月底,开始陆续承担全国9条高速公路撤站项目系统集成与科技服务工作。

(12) 7 月至 10 月,受交通运输部科技司委托,组织承担"2019 年度电子不停车收费系统(ETC)等相关产品质量行业监督专项抽查"工作。

(13) 11 月初,全国高速公路联网电子不停车收费系统国产密码算法迁移工程部级系统接入 27 个省份,提供正式国产密钥在线服务。

发挥科技先锋作用　为撤站提供优质科技动力

交通运输部公路科学研究院院长　张劲泉

深化收费公路制度改革,取消高速公路省界收费站,是党中央、国务院决策部署的重大任务,是人民群众高度关注、热切期盼的民生工程,是加快建设交通强国、满足人民群众对美好生活向往的应有之义,是推进区域协调发展、构建现代化经济体系的内在要求,是深化供给侧结构性改革、促进物流业降本增效的重要举措,是加快完善治理体系、实现高质量发展的客观要求。

30 年来,我国高速公路发展经历了从无到有、从线到网、再到世界前列的光辉历程。四通八达的高速公路是公路网中的"主动脉"。随着我国经济社会发展和居民消费升级,私家车数量持续增长,公路出行需求也日益增长。部分地区公路收费站特别是省界收费站拥堵现象日益严重,在一定程度上影响了高速公路网的整体出行效率和公众出行体验。

长期以来,交通运输部门十分重视解决这一问题。从技术角度看,近年来,我国在高速公路收费技术上做了诸多探索,取得了一定成绩。但是,当前我国的高速公路收费技术水平与高速公路建设规模、运营管理需求,以及加快建设交通强国的要求仍不相称;在提升公众公路运输效率和服务需求,以及对标发达国家的收费管理服务水平上,仍有较大差距。取消高速公路省界收费站,是我国高速公路收费技术迭代升级的又一次探索和验证。

作为交通运输行业科研主力军和"国家队",交通运输部公路科学研究院成立 63 年来,始终紧跟时代步伐,以服务交通运输高质量发展、服务行业技术革命与产业变革为己任,以科技创新引领技术发展,为交通运输事业发展贡献力量。

按照交通运输部总体部署,部公路院勇担"交通强国、科技先锋"使命,发挥综合优势,动员全院科研力量,为取消高速公路省界收费站工作提供优质科技动力。

对标"人民满意、保障有力、世界前列"的交通强国建设总目标,部公路院科技工作者顽强拼搏、攻坚克难,为总体技术方案编制、国密迁移、关键设备技术要求、十多个省份的撤站设计、关键设备产品质量监督抽查、部分省(区、市)集成和技术服务等一系列具体工作提供了技术支撑。

当前,取消高速公路省界收费站工作进入攻坚冲刺阶段。部公路院将根据深化收费公路制度改革取消高速公路省界收费站总体工作部署,完成好联调联试、系统切换阶段承担的任务,为如期优质完成今年年底基本取消高速公路省界收费站的目标任务提供有力的科技支撑。

立足当前,着眼长远。下一阶段,部公路院将继续发挥好科技先锋作用,进一步强化科技创新引领,为高速公路收费系统平稳有序运行提供技术保障;研究拓展ETC门架功能应用,服务智慧公路建设;结合5G、北斗等技术进一步提升收费技术水平,总结形成有中国特色的高速公路收费技术,推动公路交通高质量发展,为交通强国建设贡献科技力量。

□亲历者说

交通运输部公路科学研究院副院长李爱民:

从建到撤,见证我国高速公路收费技术进步

"斗地风云突变色,炸桥挥泪断通途。五行缺火真来火,不复原桥不丈夫。"接到撤站任务后,中国"现代桥梁之父"茅以升建桥、炸桥、复桥的传奇经历,不断在我脑海中闪现。

说来,我和高速公路收费站也是结缘颇深。

30多年前,我大学毕业后有幸参加了京津塘高速公路建设。这是我国第一条利用世界银行贷款建设的跨省高速公路,在我国高速公路建设史和高速公路联网收费发展过程中,都具有里程碑意义。

此后的20多年里,我负责了我国第一部高速公路联网收费技术要求的起草工作,先后参与(北)京沈(阳)高速公路联网收费示范工程、省(市、区)域联网收费工作、京津冀和长三角区域高速公路ETC联网示范工程、全国ETC联网等工作。这期间,我参与制定过很多有关高速公路收费的标准规范,为高速公路收费站的设置、撤除提供了政策和标准要求。

如今,作为交通运输部取消高速公路省界收费站总指挥部撤站实施组副组长,我又要参与这些收费站的取消工作。如果说没有一点不舍,是假。不过,我十分乐意见到这样的情况。这恰恰证明,我国高速公路收费技术在不断进步!

记得在探讨京津塘高速公路采取何种收费方式时,世行专家建议借鉴西方国家经验,采取开放式收费。但由于投融资体制、技术条件、运营管理等原因,京津塘高速公路最终采用了封闭式收费模式。

我国高速公路经历30余年发展,建设规模、运营水平实现跨越式发展。我国高速公路收费技术也实现了从低级到高级、从功能简单到丰富完善的转变。但是,从技术角度说,我国人工半自动收费方式距离世界领先水平还有差距。

科技创新是引领发展的第一动力。对于我们每一名交通运输行业的科技工作者来说,不能等,要把工作做在前面!我们要始终以国家和社会进步、行业发展、人民便利为出发点,持续不断地进行攻坚克难,勇攀科研高峰。

世上无难事,只怕有心人。如今,我们可以自豪地说:"撤站完成后,我国将拥有世界上技术更先进、系统更简单的收费方式。"我也相信,随着行业科技工作者共同努力推动技术进步,群众出行将更便捷、更顺畅。

中交国通总工程师刘鸿伟:

女儿想"投诉"我们老板

确定由部公路院尽快拿出总体技术方案后,在院领导的带领下,中交国通ETC技术团队正式承担起这项工作。

凭借在高速公路收费领域多年的技术积累和工作经验,我被任命为交通运输部取消高速公路省界收费站总指挥部撤站实施组技术小组组长。

这让我深感荣幸,更倍感压力——一方面,要考虑我国收费公路政策环境及收费系统建设运营现状,另一方面还要兼顾未来收费技术发展方向和交通强国建设布局。

工作节奏基本上是每天更新一个方案版本。连续作战和加班熬夜,使我和团队成员们疲惫不堪。深夜,困倦至极,有的同事就盖着衣服蜷缩在办公椅上休息一会儿，但经常过不了多久就被冻醒。

我经常提醒大家："一定要抽空给家人打电话，把家里安顿好，有困难提出来。"但每次我看到的都是一张张疲惫而灿烂的笑脸——"没问题，家里都很好！"

团队中，大部分成员的孩子正读幼儿园，有的甚至是学龄前儿童。我知道，团队里一位有二胎的妈妈偷偷抹过几次眼泪。我也是一个小升初孩子的妈妈，女儿是我最牵挂的人。

"妈妈，您别太辛苦了！注意身体！"

"妈妈，其实本来我想投诉你们老板的，总让您加班。但现在又不准备投诉了。爸爸说您做的工作是习大大安排的，是为全国交通服务的！我为有这样的妈妈自豪！"

每次接完女儿的电话，我都眼眶发酸，心里却暖暖的。

北京交科机电分院负责人施强：

我们是同事是战友是亲人

全国各省份同一时间撤站，这在高速公路交通工程领域前所未有，对设计工作提出了极高要求。

3月26日，交通运输部取消高速公路省界收费站总指挥部工程实施技术小组邀请31个省份相关负责人参加撤站专题座谈会。此后，多个省份与我院联系，委托我们参加撤站设计或提供技术支持。

在港珠澳大桥坚守8年积累了设计经验，在山西省做过十余项设计任务，作为共产党员和分院班子成员，这些因素，让我在内部任务分配会上主动提出负责山西省撤站设计项目。

领到任务，更艰巨的工作在等着我们。撤站需要设计团队常驻现场。从接到任务开始，每一个假期和周末都成了工作时间，加班成了同事们的家常便饭。

没有完美的个人，但是可以有完美的团队。困难和压力纷至沓来，我们从不叫苦。冲到最前面，挑最难的事情做，遇到问题从不退缩……有时我们还会给合作单位的同志们打气，疏解他们的疑虑。

我常跟同事们说："我们开始是同事，后来成为战友，再后来就会成为亲人。"团队成员之间相互关心鼓励、取长补短、积极工作、共渡难关。团队的工作精神也感染了业主和合作单位，得到了省厅和各级业主的高度认可。

北京交科信息化分院负责人徐东彬：

倾尽全力兑现更重要的承诺

6月6日中午，副院长李爱民简短地布置任务，安排人当天晚上和他一起去新疆、甘肃、内蒙古调研省界收费站现状。

当晚，我和北京交科总工程师盛刚、同事刘见振一起从北京去往新疆哈密。原定当天23时30分由北京起飞的航班，延误到次日凌晨3时才起飞。一夜未眠的我们在哈密稍做停留，便与李院长一同乘车去往新疆、甘肃省界进行调研。经过两天的紧张调研，我们掌握了翔实的资料，为跨省（区）域联网方案制定提供了有力支撑。

我在新疆忙着调研、奋战撤站的时候，儿子正在考场里奋战高考。作为一名父亲，曾经向儿子许下的"陪你参加高考"的承诺无法兑现，正是源于要去兑现一份更重要的承诺。

"年底基本取消高速公路省界收费站"，这是交通人向党和人民许下的承诺。面对时间紧、任务重、身体不适等诸多困难，我和我的同事们始终保持积极乐观的态度，项目组内部分工合作，项目组之间则互相支持帮助，从项目调研、设计再到施工配合，大家倾尽全力，只为兑现这一承诺。

撤站工作是党和人民交给我们的重任。我们攻坚克难、勇于担当，为取得的进步和收获欢欣鼓舞，更为能见证、推动、践行取消高速公路省界收费站工作而自豪。

原刊于《中国交通报》2019年12月4日2~3版

大宗货物水路运输成痛点
上千企业盼贺江扩能复航

张建林　钟俊峰　陈贻送

近段时间,大宗货物水路运输不通不畅正成为贺州市大宗货物企业发展的桎梏,因水路这一关键环节的缺失而导致货物运输成本过大、库存日益增加、投资积极性下降的事时有发生。广西中资控股集团股份有限公司(以下简称"广西中资控股")负责人此时也正在发愁,他向记者吐槽,由于贺州航道通航条件差,贺江扩能推进迟缓,水路运输的规模优势无法得到有效发挥,导致其在贺州的投资信心一度受阻。

对于粤港澳大湾区经济腹地的贺州市来说,大宗货物运输问题正成为制约城市社会经济发展、碳酸钙产业规模持续扩大、融入粤港澳大湾区实现互联互通的痛点。贺州市交通运输局局长陆善东在采访时也多次忧心地表示,年初广西中资控股计划在贺州投资年增货运量约5000万吨的碳酸钙新材料深加工产业园项目,但受限于贺江水路不通,无法实现船畅其流,对方只愿意在首期先行建设年产1000万吨的生产线。

经济要发展,交通要先行。贺州市作为广西东融先行示范区,要高质量发展交通运输,逐步打造公路、铁路、水路相互衔接的综合运输体系,才能为粤港澳大湾区与广西经济腹地之间的协同发展新格局注入丰富的想象空间。加快推进贺州西江黄金水道建设步伐,打造贺江绿色水运通道,充分发挥水运的集聚辐射带动作用,对缓解贺州交通压力、提升贺州产业区域竞争力,助推贺州市碳酸钙、新型建筑材料两个千亿元产业快速、和谐发展,实现贺州绿色崛起具有极其重要的意义。

"两江"穿城而过　年货运量仅百万吨

贺州市位于广西东北部,地处湘、粤、桂三省(自治区)交界地,贺江、桂江两条江穿城而过,水流平缓,其中贺江由贺州八步城区至省界通航里程为119公里,桂江由贺州昭平电站至京南船闸通航距离为93公里。但是近年因航道通航等级偏低、船闸过船能力小等问题,导致以往水路运输繁华的贺江逐渐凋落,现如今处于断航状态,而桂江也只剩下部分砂石船和零星的木材运输船舶在进行为数不多的区间运输。这两条江在2018年完成水路货运量105万吨,这个量仅占贺州市交通运输总量的1.95%。贺州市交通运输局总工程师李延明非常惋惜地说道,目前贺州的两个千亿产业园围绕贺江沿线分布,"根据我们局深入研究和科学测算,贺江和桂江两条河流每年可分别运载2000万吨的货物,但由于航道等级偏低及通航建筑受限等问题影响,两条江所发挥的作用不足设计的3%,贺江更是完全没有利用起来。"

百公里江面无船过　作业区荒废逾十年

四月的贺江,春和景明,2019年的汛期来得早,江面水量充沛。但令人感到疑惑的是,在记者走访的1小时内,偌大的江面竟然不见一艘船舶通过,岸边的临港作业区也不像其他城市那般熙熙攘攘,此刻显得异常落寞。"以前贺江还有6家港航企业在经营,后因航道条件太差而无法维持,现阶段贺江完全处于断航状态,就连这个作业区都荒废了逾十年。"在广西贺州市八步区信都镇新兴村广西东融产业园旁的贺州港信都作业区,贺州市交通运输局港航处港口科科长雷兴遗憾地向记者说道。一公里长的进港水泥公路全部变成黄泥路、50亩的堆场杂草丛生、300吨级的泊位出现大缺口、岸线上杂乱无章地堆满碎石块、起吊机基础因缺乏使用锈迹斑斑……现如今的贺州港信都作业区因没有船舶系泊而完全荒废,运营公司撤出,作业区外租,徒留下"贺州港信都作业区"的铁牌在港区大门随风摇曳。

据介绍,贺江是珠江流域西江水系的一级支流,流经广西贺州市东部,最终从广东肇庆市封开县江口镇注入西江,全长351公里,其中广西境内236公里,广东境内115公里。20世纪60年代后期,贺江先后兴建起龟石、蒋家、东风、黄石、芳林、八步、厦岛、合面狮、云腾、龙江和广东段的民华、白垢等13座拦河坝,由于缺乏过闸设施和部分过闸设施不完善导致贺江全线断航,船舶运力逐渐下降,只在广东段有船舶运输。1988年至1993年,交通运输部按"先通后畅"的目标启动贺江复航工程,先后修建厦岛船闸、合面狮船闸(50吨干式升船机)、云腾船闸、龙江船闸(通航100吨),贺江短暂恢复通航,随后又因通航条件恶化等多种原因造成贺江广西段断航。2008年贺江广西段尝试复航,建成了总占地面积50亩,拥有4个300吨级泊位,年设计货物吞吐量为100万吨的贺州港信都作业区。

"复航后的贺江航道通航等级为Ⅵ级航道,但仅可通航100吨级船舶,丰水期最大通航单船为120吨级船舶。"雷兴介绍,随着经济社会发展,物流运输需求越来越大,受航道条件及下游船闸只能过100吨船舶的限制,"贺江广西段船舶无法大型化发展,所以建成的信都作业区一直没有发挥应有的效益,2009年后便荒废至今,贺江又再一次断航。"

区间运输成主流　三百吨船难解困

镜头拉到位于贺州西部的桂江。2019年4月30日,暴雨初停,充沛的桂江水淹没了拥有3个300吨级泊位的贺州港昭平作业区,虽然这个码头占地面积较小,但却是目前贺州市唯一正在运营的临港作业区。记者现场看到,相比起贺江江面上的平静,桂江江面上热闹得多,不时可见三百吨的船舶停靠在岸边。据悉,桂江是珠江流域干流西江水系一级大支流。早年下游因建设水利枢纽后同步建设了船闸,航道条件得到改善,因此能通航三百吨船。目前贺州市所有运输船舶均集中在桂江,现拥有货运船舶58艘共14361净载重吨,旅游客船2艘共100客位,乡镇客圩渡船107艘共5512客位。

但随着船舶大型化、西江干流限制小型船舶进入等原因,目前贵州贺州段的船舶只能进行短途区间运输,这也影响了桂江水运的发展,无法发挥桂江水运对贺州市经济发展的支撑作用。

往昔水路繁华通畅　如今船员各奔东西

据悉,20世纪60年代,贺江是一条全线畅通的繁忙河流,流域县市和湖南的物资主要靠贺江水路运输到广东,当时贺江有水运企业6家,船舶运力533艘,总7902吨,年运量达30万吨以上。回忆起往昔水路的繁华,现如今60多岁的已退休老船长黄水金满是感叹,"那时候的贺江百舸争流千帆竞发,好不热闹!"当年的水运盛景让他至今仍满是骄傲,"我祖上几代人都在贺江跟着公司跑船,20世纪80年代我经常驾驶30吨的木船在合面狮水电站下游运输,把广西的木材拉到珠江三角洲,一个月来回两三趟,日子很自在。"随着20世纪90年代后贺江逐渐断航,黄水金无奈之下只能跟着公司转战梧州,如今的他拥有一艘1750吨的货船,由儿子负责在梧州进行运输。

"现在贺江一艘船都看不见,一间航运公司都无法存活的尴尬局面着实令人遗憾。"黄水金表示,由于贺江水运发展慢,以前曾在贺江跑船的老船员如今都各奔东西,分散积聚在广西梧州、贵港等地继续开船营生,"我们每次发现船上运输的货物是由家乡贺州经货车运来的,都会不由得想到贺江的不通不畅,大好的水资源无法被利用,这种心疼的感觉只有贺州水运人才懂。"在听到记者介绍目前贺江航道扩能工程计划,黄水金表现得很兴奋,他第一句话便问道,"真的吗?我非常期待!如果贺江复航,我肯定会让儿子回去经营,因为贺州才是我的故乡。"

【症结】

船闸"卡口"狭窄难过 航道等级偏低限制运输

"整条贺江有13座拦河大坝,其中复航航段234公里有8座枢纽,从广西八步往下游广东封开,不通不畅的症状主要在三个关键点。一是合面狮水电站船闸只有一座50吨干式升船机,导致上下游过闸难;二是广西、广东段枢纽船闸只能通航100吨船舶,限制了船舶大型化发展;三是贺江上下游沿线的航道规划及维护等级低,无法满足水运经济发展的要求。"贺州市交通运输局港航管理处主任梁虎成指出,当前贺江航道等级低,难以发挥水运的规模优势,是贺州市港口建设和水运发展长期面临的主要问题。

他进一步解释,港口与航运的发展是相辅相成的,没有高等级的航道,水运不可能有更好的发展,港口的建设和发展更无从谈起。随着运输船舶技术状况明显改善,珠江内河船舶运力增长速度较快,大型化趋势明显,贺江现有航道等级低，无法满足经济发展的需求，航运效益不明显，无法发挥水运运量大、耗能少、污染小和成本低的优势，严重限制了贺州流域经济的发展。

2019年4月29日，记者在贺江信都段的合面狮水电站了解到，该电站建成于1976年，属坝后式电站，拦河大坝最大坝高54.5m，坝顶长198m，库区48公里，是一座以发电为主，结合灌溉、航运等综合利用的水利枢纽。1989—1996年曾进行更新改造，现有一座50吨干式升船机，但由于水上水下设施的设计技术和性能存在问题，满足不了船舶安全过坝要求，所以至今该升船机都没有通过验收，而且随着水路运输需求发展，目前该船闸也无法适应如今的船型发展。换言之，这也意味着，自水电站建成后贺江航运已无法实现全线航运畅通。

"由于贺江是一条跨区域河流，涉及广西段和广东段，所以跨区域协同发展不仅是贺州市自己的事情，更需要各个层级的主管单位帮忙推进协调。"梁虎成介绍，长久以来，贺江广西段船舶需经广东段才能汇入西江，但受贺江下游广东段的民华枢纽等4座船闸只能通航100吨船舶的限制，贺州船舶只能按照100吨打造，所以一直难以发挥水运的规模优势。

他表示，按照当前规划，贺江广东段的民华枢纽计划拆除，一旦拆除，贺江上游的航道水深就成了新问题，为此贺州已规划建设能通千吨船的铺门扶隆枢纽，该枢纽建成回水后能极大地提高贺江上游航道等级。"即便铺门扶隆枢纽做好，下游广东段航道条件不足也是限制贺江汇到西江的主要问题。"他呼吁，希望国家能把贺江航道发展纳入国家高等级航道网规划中，打通阻塞的难点，提高贺江下游115多公里的广东段航道等级，畅通贺江汇入西江的水路大通道，争取在"十四五"期间动工建设，早日实现贺江复航。

4月30日，记者在桂江走访时了解到，当前桂江维护航道为六级，由于沿线枢纽已建成，通航条件相对贺江较好，丰水期基本可通航300吨级船舶，但目前桂江的发展同样受限于京南、旺村船闸过船能力小的影响，船型无法大型化发展，水路运输优势无法发挥。

【需求】

产业集聚刺激水运需求　航道建设畅通迫在眉睫

贺州于2002年撤地设市，经济长期在广西14个市中排末位，一直被调侃为广西的"十四阿哥"。随着近些年几届市委市政府领导班子的努力,贺州经济格局有了较大变化,碳酸钙、装配式建筑和生态健康"三个千亿元产业"齐头并进向东驰。尤其是贺州的白色大理石资源("贺州白")储量丰富,年产重质碳酸钙粉体达850万吨,占全国产量的35%,建成生态岗石生产线52条,年产岗石达6000多万平方米,已成为全国最大的重钙粉体和生态岗石生产基地。"重钙之都""岗石之都"称号声名远播,国内越来越多的碳酸钙生产上下游企业聚拢在贺州。

目前贺州工业园区发展加速,在贺州东部沿着贺江布局了广西东融产业园(原粤桂产业合作示范区)、旺高工业园、钟山工业园、贺州华润循环经济产业示范区、贺州高新区等沿江产业集群区,主要生产生态陶瓷、水泥、重质碳酸钙粉体、钢材、石材、矿产等大宗货物,这些货物主要运往梧州、广东港口,较远的运到江苏、山东、海南及出口东南亚等地。

产业的集聚也刺激了对交通运输的迫切需求。记者从贺州市交通运输局提供的数据看到,当前贺州市的货运物流大通道建设水平还比较低,公路、水路、铁运的货运占比相差较大。从2013年开始,贺州市公路的货运占比由87.53%不断上升,到2017年达到顶峰为92.37%,而水路和铁路的占比则常年分别维持在2%和7%左右。以2017年为例,贺州市总货运量约5000万吨,当年通过公路运输的货运量为4449万吨,通过水路运输的货运量为102.7万吨,通过铁路运输的货运量为265万吨,占比分别为92.37%、2.13%和5.50%。"每年贺州外运的产品仅碳酸钙一项就超1000万吨,但由于贺州市水路不通,所以企业只能用货车通过207国道运至梧州李家庄码头走水路集装箱外运,这些货物的运量约占李家庄码头货运量的80%。"贺州市交通运输局港航处主任梁虎成痛心地表示,这样的运输方式无疑增加了企业运输成本,也给207国道带来了较重的通行压力和维护成本,更使得贺州市物流税源流失。他表示,当前贺州市对畅通水运绿色大通道的需求非常迫切,尤其是未来五年贺州市产业经济快速发展,千亿元产业基地的持续升级,广西中资控股等企业2019年投产新增生产线3000万吨/年,贺州的年货运量将一举突破6000万吨,企业降本增效亟须加快贺州的两江绿色通道建设步伐,只有这样才能更好地满足工农业产品的运输需要,发挥交通运输的支撑作用。

园区规模扩大遇瓶颈　水运缺失限制大发展

位于贺州市平桂区的旺高工业区是广西碳酸钙千亿元产业示范基地,经过几年发展,园区的石材、碳酸钙产业已经形成"一石多吃、吃干用尽"的绿色循环全产业链,园区规划范围内纳税户企业有 428 家,规模以上工业企业 72 家。"我们的碳酸钙产业发展后劲非常充足,预计三五年内产值会翻上一番。"广西贺州旺高工业园管理委员会行政部部长毛建华介绍,2019 年 1 月 7 日,贺州市与山东中信钙业有限公司签订了《广西(贺州)碳酸钙新材料产业园项目投资框架协议》,将建设"年产 500 万吨低碳活性钙项目、300 万吨高比表面积改性氢氧化钙项目、48 万立方装配式建材项目、360 万吨超微粉重钙项目、3000 万吨石灰石骨料项目"的碳酸钙新材料深加工产业园,该产业园将落户在旺高工业园,并注册成立广西中资控股集团股份有限公司及另外五家全资子公司。

"我们生产的货物在国内需求量很大,销量一直很好,现在大家不愁卖出去,最担心的反而是运不出去。"谈到当前园区发展的问题,毛建华坦言是对水路运输畅通的迫切需求。他表示,随着近几年经济的发展,贺州市交通路网和货物运输业都有了长足发展,目前贺州市主要以国道 323 线、207 线、包茂高速公路、汕昆高速公路、洛湛铁路和贵广高速铁路等公路和铁路为对外交通主骨架,形成了以公路和铁路运输为主的物流运输网络。但由于贺江、桂江的不通不畅,导致亟须水路运输的大宗货物运输面临尴尬局面,园区所有货物运出去只能依托公路。他指出,大宗货物必须压缩运输成本才能提高利润,但交通问题却制约了现有企业扩大产能,制约了园区招商引资。现在园区企业基本是通过货车把产品运到梧州上船,这种方式造成的运输成本过高。"目前园区有企业存在货物拉不出去的情况,无法及时把货拉出去就不能回笼资金,造成竞争力进一步下降,这也会影响到企业投资的积极性。"他说道,关于水运通道的问题,园区企业们曾多次提出,但是无奈一直无法得到有效解决。

同样的问题也困扰着贺州信都镇的广西东融产业园,虽然产业园围绕贺江而建,但贺江的水运优势却完全无法发挥,目前园区货运几乎全靠公路。记者采访期间看到,在信都镇的主干道随处都是运载货物的拖头,镇上的主干道正进行大修,每当有车行驶便灰尘滚滚。尤其是路面上被大车碾压造成的路坑,更是成了该路段的交通隐患。

广西东融产业园管理委员会办公室主任叶燕奎介绍,广西东融产业园也叫粤桂产业合作示范区,近年来示范区大力承接产业转移,吸引广东、福建、江西等东中部地区的一批产业项目进驻,形成了新型建筑材料、木材家居、五金机械、新能源、现代服务业、农产品加工等主导产业。"我们主要以原料粗加工为主,所以对原料产区的依赖性大,园区材料的运输需要'一进一出',涉及的运输成本非常惊人,现在物流成本限制了企业的产品定价,也限制了企业的大发展。"他表示,由于贺州距离原料产区相对较远,而目前东融产业园就建在贺江边上,所以畅航贺江是解决这一问题的关键一环,"想办法打通贺江,让它造福贺州老百姓是极其必要的。"

【企业之声】

物流运输压力大　打通贺江呼声高

广西贺州利升石业有限公司坐落于广西贺州市旺高工业区,是一家打造新型环保生态石材品牌的企业,共有 6 条生产线,年产能达到上千万平方米。"现在公司的物流方式主要以公路和铁路为主,每天有 20~30 辆拖头进行货物运输。"该公司办公室主任郑东祥向记者介绍,当前公司面临的物流运输压力大,每年政协开会时,作为人大代表的公司老总都会提出物流运输降本提效方面的议案,"我们希望能打通贺江水路,把运输成本降下来。"

作为贺州市最大的粉体生产企业,广西贺州市科隆粉体有限公司年产各种规格的重质碳酸钙产品达 120 万吨。该公司副总经理陆元鸿向记者介绍,公司成立于 1997 年,是一家集矿山开采、超细粉体加工及新材料研发为一体的民营高新技术型企业,由于公司供应的上游企业主要集中在沿海地区,所以物流运输以水运居多,占到年产量的一半,"但令人遗憾的是,我们的货物不是在贺江上船,而是要用货车运至梧州或肇庆再装船,这使我们的物流运输成本很高。"在听到贺州市正在争取打通贺江时,他眼前一亮,"若贺江能够复航走千吨级大船,我们的产品省了陆运成本,未来将会更有竞争力。"

扎根贺州广西东融产业区的广西桂鑫钢铁集团有限公司主要生产钢材,现在年产量为 200 万吨。明年该企业将进一步扩大产能,二期园区完工后将每年增加600万吨产能。"目前我们采用公路运输方式把货物送到珠三角地区,公司拥有的拖头就有四五百辆。"该公司办公室主任郑金瑞向记者表示,目前公司上下都很期待贺江复航,一旦贺江可通航两三千吨的大船,就可减少50%运输成本,"若贺江长期无法复航,我们二期园区完工后只能继续用公路运输,届时拖头的数量会翻一番,运输成本也会变得非常高昂。"

同样在信都镇广西东融产业园,广西恒希建材有限公司财务总监李清枝也正在为物流运输压力而发愁。"我们公司去年的产量为30万吨,'一进一出'共需60万吨,目前全部通过公路运输。由于现道路治超严格,所以运输成本高企,利润被压得很死。"她向记者举例,如把陶瓷从贺州运送到佛山,一吨的费用大概为68元,而藤县当地到佛山的运输成本可以直接便宜20元,"单是从成本来看,我们就已经无法与藤县的企业竞争了,再加上现在信都的公路年年破损,坑坑洼洼的路面使运输的瓷砖产生很大损耗。"她说道,贺江若能通航一两千吨的船舶,就能解决企业很大的运输需求了,同时也能促进各产业园招商引资,带动贺州经济腾飞。

东融示范区呼唤高质量发展　水运大动脉亟待发挥支撑

"打通贺江这条水运大动脉能够有效解决贺州融入粤港澳大湾区国家战略实现互联互通的痛点,是广西经济腹地与粤港澳大湾区之间协同发展新格局的点睛之笔。"贺州市交通运输局局长陆善东向记者表示,近年来,贺州市以交通建设为先导,全面实施综合交通基础设施大会战,建成了多条贯通屏障、打通阻塞的交通干线。贵广高速铁路、永贺高速公路贺州段相继建成通车,目前还有几条高速公路在建设中,贺州正由广西全区交通"末梢"向桂粤湘区域性交通枢纽转变,加快融入粤港澳大湾区2小时经济圈。"目前贺州的产业基本是沿着贺江布局,所以建设贺江绿色通道是贺州建成广西对接东部和中部地区的重要门户和枢纽的具体要求,也能为贺州加快经济产业发展提供重要支撑,同时更是补齐贺州发展短板的迫切需要。"

他指出,贺江是西江水系"一干七支"中主要的支流,是贺州打造东融先行示范区、融入粤港澳大湾区、融入珠江西江经济带、融入广西壮族自治区"双核"驱动战略的重要纽带,也是国家第四条纵向综合运输通道(黑河至港澳)建设的水路运输通道组成部分。为此，新时代贺州市交通运输发展的重要任务是必须紧紧抓住国家的重要战略机遇期和"十三五"交通运输发展黄金时期，积极推动贺州交通运输高质量发展，有效畅通水运，推进贺江扩能工程。

期盼纳入国家高等级航道规划　畅通潇贺古道成最好发展契机

随着这几年贺州"三大千亿元产业"的迅速发展，水运建设在贺州的迫切性愈发强烈。近年来，无论是贺州市还是广西壮族自治区、交通运输部、珠江航务管理局都很重视贺江扩能工程，也做了很多积极的工作。从国家、广西壮族自治区层面相继出台《西部大开发"十三五"规划》《交通运输部关于印发珠江水运发展规划纲要的通知》《广西壮族自治区人民政府关于印发加快珠江—西江经济带（广西）发展若干政策的通知》《广西西江水运建设和管理体制改革实施方案》等文件，明确提出要把贺江列入地区性重要航道推进建设，将全面提升航运综合能力，大力发展临江、临港产业。2018年贺江（含湘桂运河之潇贺古道运河）列入全国内河国家高等级航道规划（修编）的初稿中，规划建设等级为Ⅲ级航道。这些对贺州市加快推进两江绿色通道项目建设来说，都是难得的历史机遇和政策优势。

"贺江航道是珠江（西江）水系的重要省际航道，贺江扩能工程项目实施亟须大力支持和协调，请求交通运输部及各主管部门帮助协调，共同争取将贺江扩能工程正式列入全国内河国家高等级航道规划、协调纳入国家黑河至港澳运输通道（长沙至广州段）实施项目，争取国家对贺江扩能工程给予资金补助，加快贺江扩能工程实施。"陆善东介绍，按照国家和广西壮族自治区部署，近期贺江扩能工程广西段正积极推进沿线港口、航道、船闸枢纽等基础设施建设，力争将贺江下游"贺街作业区至省界"段85.5公里航道建设成为可通航1000吨级船舶以上标准的航道，远期规划建设湘桂运河之潇贺古道运河。目前，贺江扩能项目中的信都龙江航电枢纽、信都作业区改扩建等子项目工程项目可行性研究报告初稿已完成，铺门扶隆航电枢纽与云腾渡口至省界航道整治项目工程项目可行性研究报告已通过了技术审查会。

他表示，贺江扩能工程（含潇贺古道）涉及湘粤桂三省区，恳请交通运输部帮助协调广东省、湖南省方面加快推进贺江扩能广东段、潇贺古道方面前期相关工作,同等级规划建设贺江航道,同步开展前期工作,同步实施,尽快启动贺江扩能工程,造福贺州百姓。

打通湘桂运河也是沟通长江水系和珠江水系、进一步促进贺州水运发展的极好契机。2018年12月,交通运输部组织珠江航务管理局等单位开展了连接长江和珠江的运河工程——湘桂运河的前期研究情况调研,调研组新增了湘桂运河(潇水—贺江)的开发方案设想。

据悉,潇贺古道历史上是中原沟通岭南最主要的通道之一,也是沟通长江水系和珠江水系的海陆丝绸之路重要通道。贺州市地处粤湘桂三省(区)交汇处,是广西的"东大门"、大西南东进粤港澳的重要通道。对潇贺古道的重新开发,对促进贺州市融入珠江—西江经济带和粤港澳大湾区,对实现"贺州建设广西东融先行示范区"和成为联通西南中南地区的水运综合交通体系的关键节点有重大意义。

今年4月17—19日,交通运输部珠江航务管理局党组书记、局长王建华等一行7人组成贺州水运发展调研组到贺州市对贺江扩能提级及湘桂运河之潇贺古道方案路线进行专题调研。在走访贺江现场后,调研组对《贺州市推进贺江扩能提级及湘桂运河之潇贺古道方案》给予了充分肯定,并表示在下一步工作中将全力支持贺江扩能提级及湘桂运河之潇贺古道方案相关工作,积极协调广东、广西、湖南三省区交通部门共同抓好贺江(含湘桂运河之潇贺古道方案)的各项工作,力争将贺江(含湘桂运河之潇贺古道方案)列入全国高等级航道规划修编中。

比起跨省的贺江,桂江的畅通问题已得到有效推进。当前贺州市交通运输局正积极与广西壮族自治区交通运输厅开展桂江扩能升级整治工程,桂江下游的京南二线船闸建设也已有时间表,桂江下游昭平县马江镇在建的马江作业区于2019年年初开工建设,预计年底建好4个千吨级泊位,预计吞吐量938万吨,这里也将成为贺州市唯一的集装箱码头作业区,预计年集装箱运量将达到60万TEU,实现集装箱码头零的突破。未来,这里有望实现2000吨级船通航,货船可经桂江汇入西江后直达粤港澳大湾区的主要物流海港。

2019年是新中国成立70周年,七十载春华秋实,我国经济社会发展取得巨大成就,珠江水运的发展也发生了翻天覆地的变化。水运为沿岸经济社会发展作出积极贡献,有力地支撑了地区发展。尤其是珠江水运的主通道西江航运干线,更是沟通珠江水系上、中、下游地区最重要的水上运输大动脉,成为我国西南水运出海通道和滇黔桂与粤港澳沟通的重要纽带。当前,贺州水运发展必须得到国家层面的关注和推动才能更好、更早地实现扩能复航,才能让贺江、桂江真正能够为辖区产业的交通疏运、为满足沿岸百姓对美好生活的需求、为贺州市地区经济发展作出积极贡献,为贺州市交通运输高质量发展、为建设交通强国标上八桂大地最闪亮的注脚。

原刊于《珠江水运》2019年6月刊(总第484期)

偏向武汉行
——记中国邮航飞行部737一中队中队长王晓辉

毛志鹏

2020年2月10日下午1点53分,王晓辉再次驾机起飞,将14.75吨防疫物资从北京运抵武汉。在中国邮政防疫物资寄递专机任务中,他是首位请战者,也是首飞者,更是飞行次数最多者。

在春节这个万家团圆的节日里,他舍小家为大家,"明知山有虎,偏向虎山行",6次直飞武汉,及时送去约70吨防疫物资。自大年初二离家,他至今未归,不是在飞往武汉的途中,就是在宾馆隔离观察+待命中,随时准备起飞。

37岁的他在大学期间已入党,自中国民航飞行学院毕业后入职邮航,任副驾驶期间参与了汶川地震救灾等重大保障任务。这次面对新冠病毒,他和普通人一样有顾虑,也会害怕,但仍决定做一个坚定"逆行者":"国家有难,我们作为'国家队'不先上谁上。面对危险,党员不冲锋在前谁冲锋在前。"

三次请战

因为春节货运停航,如果没有这次疫情,中国邮航飞行部737一中队中队长王晓辉仍然会和往年一样,在北京的家里和妻子陪着两个年幼的女儿过春节,一家人团团圆圆。

1月23日,武汉封城,医疗物资短缺开始见诸媒体。空运无疑是最快的方式。出于职业的敏感,他觉得需要为武汉做点什么。之前国家每有重大灾情,必有邮航身影,他也多有参与,还把自己微信头像换成了"钢铁侠"。

集体荣誉感极强的他马上和飞行部领导请战:疫情这么严重,我们是"国家队",需要有行动。

1月24日,大年三十,上午10:56,王晓辉在朋友圈看到有货运专机飞抵武汉的消息时更坐不住了,再次向领导请战:这个危急时刻,我们作为"国家队"是不是应该有所反应了?如有任务,希望领导不要心疼我们,该上就上。

其实王晓辉不知道,邮航领导比他还着急,不是不想飞,而是巧妇难为无米之炊——在焦急等待国家相关部门运货指令。

晚上,王晓辉甚至没心思看央视春晚,琢磨再三"越级"给邮航总经理杨建国发去拜年短信,明确表示"如有春节专机任务,我能上。"

杨建国回复:"邮航早已做好准备,随时起飞,如有任务,算你一个。"

王晓辉的心总算暂时放下了。

那几天,王晓辉关注最多的就是武汉医疗物资短缺的消息,和同事交流最多的就是邮航何时起飞。他和同事拜年时都在互相提醒对方,过年不要喝酒,以便随时能飞。

王晓辉的想法很简单:"国家有要求,邮政挑重担。自己作为党员,还是飞行中队长,这种危急时候肯定要带头先冲上去"。

上战场的感觉

1月26日,正月初二上午,王晓辉临时到单位开会,到家时已是下午1点多。到家不久,他便接到单位的紧急电话通知:1月27日下午有任务,运送一批防疫捐赠物资从广州到武汉。执行任务的飞机停在南京,需要先赶去南京调飞机到广州。

疫情就是命令,救兵如救火。相关部门只有一个要求,"快"。邮航领导再加一条:必须做到以机待货,货到即飞。时间十分紧迫。

他马上收拾东西,准备出发。妻子知道他还未吃午饭,趁间隙给他煮了碗面条。

5岁的大女儿已经开始懂事,尾随着他进进出出,很是不舍:"爸爸,你要去哪儿啊?""你能不能不去?""你回来会不会住院?""我要跟你一块儿去。"……

等王晓辉收拾妥当,已是下午3点半。那天正好是小女儿的生日。看着爸爸拉着行李箱要出门,她忙着往生日蛋糕上插着小蜡烛,吵着要爸爸给她吹完生日蜡烛再走。但王晓辉已订好下午5点的火车票,再不走就来不及了,他抱了抱女儿，匆匆离开。

妻子送他到火车站。在电梯里，平时不爱拍照的她，拿出手机自拍了一张两人的合影，一切尽在不言中。

第二天早上，从南京机场起飞时，塔台空管人员在指令结束后突然加了一句："期待你们平安归来，再见。"犹如送将士出征，几多深情，几多悲壮。这让王晓辉突然有了种"上战场的感觉"。当天上午，飞机即安全降落广州。下午，王晓辉驾机载着9.3吨捐赠防疫物资按时起飞。

当飞临武汉上空时，向下望去，整个城市仿佛被按下了暂停键，街上空无一人，车辆稀少，偌大机场里冷冷清清。王晓辉暗暗告诉自己："来对了，绝对该来。"他深知对武汉人而言，自己运来的不仅仅是急需的防疫物资，还代表着温暖和希望。

正因为如此，王晓辉每次执飞，不怕飞得累，就怕没东西拉、拉得少、不能及时送达。让他最着急上火的一次是2月7日的任务，因为北京前一天突降大雪，飞机起飞前进行除冰作业时故障灯突然亮起，这让他心里咯噔一下：千万不要延误起飞。所幸机务在5分钟内迅速排除故障，只是虚惊一场。

随时飞下一班

1月27日至2月10日，王晓辉已驾机飞抵武汉6次，每次从武汉飞回北京都需在首都机场附近的宾馆隔离观察＋待命，等待下一次起飞。

这期间，他也不得空闲，需要在线处理大量日常飞行相关工作事宜。他还把飞武汉的宝贵经验给执飞的其他同事分享，尽可能减少感染风险。2月6日，邮航再次双机起飞，紧急运送防疫物资到武汉。因为执飞机型不同，货舱门需要在机外打开。为尽可能减少机组被感染风险，他建议起飞前用视频录下操作程序，然后发给武汉机场地面人员。届时，辅以微信视频连线的方式指导对方操作。该方案被采纳。

邮航武汉航线为临时航线，每次在武汉机场降落后，要手工输入回程指令，因此有约一个小时的停留时间。尽管预案充分、防护到位，理论上也存在被感染的可能。因此，在宾馆隔离＋待命期间，王晓辉闲下来时也免不了胡思乱想，自我怀疑，然后再找理由说服自己不会被传染。

他主要倒不是担心自己,最初请战已做了最坏打算,即使不幸感染,自己年轻力壮肯定能挺过去。他怕的是传给家人,更怕"给单位添乱",影响专机任务的完成。

但只要一接到专机任务,他的心就立马踏实了下来,开始琢磨飞行细节:"先把活顺顺利利干了,把自己保护好,再接着飞下一班。"他说,只要需要,自己就坚持飞,尽量减少机组被隔离人数,以免节后复航时人员紧张。

同为邮航员工的妻子逐渐理解了自己心目中的"英雄":"尽管不舍,但大义当前,仍支持他的决定。作为'国家队',在此关键时刻,我们不能做得比别人差。只有武汉好了,全国才会好。驰援武汉,就是保卫自己的小家庭。这不是为家,其实也是为家。"

2月4日,中国民航飞行员协会在致广大民航飞行员《齐心协力共克时艰》的信中,配发了两张照片。一张是王晓辉和同事出发前在驾驶室掰手腕照,希望武汉加油。他们特意没有穿防护服,只戴了口罩,不想让武汉同胞觉得被歧视。另一张是"英雄机长"刘传健的照片,他驾机送四川医护人员到武汉。一个送货,一个送人,二者殊途同归,相得益彰。

冲在前　做在先

"这世上哪有从天而降的英雄,只有挺身而出的凡人"。

作为众多逆行而上的邮政人代表,王晓辉不惧艰险,冲锋在前,坚决完成任务,与奋战一线的医务工作者一样,都是最美逆行者,忠实履行人民邮政的责任担当。

在此次战"疫"中,邮政各级企业员工纷纷"请战""奋战",自觉坚守岗位,主动挺身而出,以一不怕苦、二不怕死的英勇精神,冲在前,做在先,心系企业,心系国家。他们舍小家为大家,牺牲了与家人的团聚,放弃了祥和的节日。作为普通人,他们的生活并没有太多的波澜壮阔,也许不会惊天动地,但作为邮政的一员、社会的一员,他们强烈的责任意识、严谨的工作作风、精湛的专业技能,处处体现了对邮政、对人民、对国家的高度负责,也在平凡的岗位上释放出人性的光芒,既照亮自己,也照亮他人,既功在企业,又成就梦想。

习近平总书记说过,把每一项平凡工作做好就是不平凡。我们每个人不仅要向优秀典型学习,还要在一点一滴的平凡工作中完善自己,恪尽职守,自觉打造不平凡的人生,以实际行动为中国邮政"二次崛起"贡献力量,打造党和人民值得信赖的"国家队"。

原刊于《中国邮政报》2020年2月13日1版

天地融合,北斗卫星"智"领交通再升级!
——北斗卫星系统在交通领域的应用探讨

刘睿健

提到我们的国之重器——北斗卫星,最令国人感到骄傲和兴奋的事儿,莫过于一个多月前北斗三号卫星的顺利发射!2020年6月23日上午9时43分,北斗三号系统的"收官之星"飞向太空,发射取得圆满成功,整个系统55颗卫星织成一张"天网",实现"天地融合",瞬间刷爆了微信朋友圈。北斗卫星的组网成功,让中国卫星导航系统继美国GPS、欧洲伽利略、俄罗斯格洛纳斯(GLONASS)后,正式踏进全球卫星导航之列。由于伽利略和格洛纳斯在经费和技术方面出现了一些问题,目前这两个卫星系统在整体上还落后于GPS和北斗,而在中美关系陷入僵局的今天,北斗卫星的成功组网和不断完善,必将逐步打破美国GPS一统天下的局面,而北斗与GPS的角逐,更是中美两国的一场科技博弈和宇宙空间竞争!

至此,有人便要发问了:"既然北斗已经成功组网,那北斗导航系统如何使用呢?"其实,北斗系统早已融入我们生活的方方面面。如果你的手机拥有北斗芯片并在手机上使用高德地图,就能够享受到北斗系统的定位服务。目前,大部分的手机芯片都支持多个卫星定位系统,其中,大约80%的手机芯片支持北斗定位。在最新版的高德地图中,原先"GPS信号弱"的语音播报已经改为了"卫星导航信号弱"。

"交通领域的北斗应用非常普遍,主要包括陆地、航海、航空3个领域。陆地应用覆盖车辆自主导航、车辆跟踪监控、车联网应用、铁路运营监控等;航海应用覆盖远洋运输、内河航运等;航空应用则涉及航路导航、机场场面监控等。"交通运输部新闻发言人孙文剑在6月份例行新闻发布会上介绍了北斗系统在我国交通运输领域的应用现状,他表示,下一步北斗系统建设将与交通行业发展实现"同频共振",为交通运输行业用户提供更加广泛、更加融合、更加智能的定位导航服务,让北斗系统为交通强国建设注入强劲动能。在过去一段时期中,GPS几乎成了"导航定位"的代名词,在智能手机应用全面普及的今天,一个庞大、完整、成熟的GPS商业生态圈已经形成。据中国卫星导航定位协会会长于贤成介绍,中国拥有的卫星导航定位用户全球最多,是世界上最大的卫星导航市场,而北斗卫星完成全球组网后,将成为全球卫星导航系统的主要组成部分,全世界人民从中都能分享到中国北斗带来的红利。这预示着,美国GPS长期垄断全球卫星导航市场的时代将画上句号,而北斗系统的广泛应用,不仅将为我国交通行业发展带来巨大变革,未来北斗应用新模式、新业态的不断涌现,在改变人们出行方式的同时,还将带来更大的市场空间。

老将为王还是后来者居上?
相比于GPS,北斗系统的优势何在?

全新第三代北斗导航系统实现全球定位,成了能与GPS争夺"天下"的全球导航定位系统。那么,北斗系统究竟能否后来者居上?或许可以从北斗卫星的先天优势上得到一些答案……

定位精度更高

作为导航定位系统,定位精准是"硬技术"。在定位精度方面,由于北斗卫星系统采用的是3频定位,精度可达水平4~5米、高程5~6米,这比GPS系统8米范围左右的定位精度更高。据高德地图相关负责人介绍,北斗对出行最直接的影响是定位更准,高德基于北斗的卫星定位和传感器融合技术,能够在卫星信号丢失的情况下,依据传感器进行惯性导航,用户在进入隧道或地下停车场等封闭场所时,仍然可以获得准确的位置更新。当用户使用高德高精定位的汽车AR导航系统驾车出行时,导航系统甚至可以提示司机该走哪个车道、何时并线,让司机拥有更好的驾驶体验。在共享单车应用方面,北斗高精度定位功能可以帮助广大用户更加准确、便捷地寻找车辆,解决"找不到车""还不了车"等常见问题,大幅提升用户体验,同时还可以对用户骑行行为和停放管理进行精准干预，让单车无序停放等城市治理难题得到有效解决。

抗干扰能力更强，覆盖范围更广

"抗干扰能力"是卫星导航系统研发过程中的一大技术难题。北斗系统在通信信道上采用三信道设计，而 GPS 采用的是双信道设计。从理论上讲，北斗系统的抗干扰能力是 GPS 的 2 倍。除此之外，北斗导航卫星的数量是 GPS 的 2 倍还多，覆盖范围大，通信盲区少，对于大范围的数据采集和监控管理，北斗系统使用起来更加高效便捷。尤其是在智能交通领域，基于北斗技术可以更好地实现高速公路、隧道、城市、停车场等区域的监控管理及突发事件分析等。例如，一辆装配了北斗导航服务的校车，一旦出现车辆超载、偏离线路、疲劳驾驶等情况，内置的北斗终端就会向司机发出警报，同时将报警信息和车辆信息上传给监控中心。除此之外，校车在行驶途中如果遇到紧急状况或突发事故，还可以通过北斗终端发送求救信号。

"定位+通信"双重功能

除了目标定位外，北斗具有 GPS 所不具备的通信功能。目前，GPS 只能定位使用者所处的位置，但不能连接通信，而北斗系统不仅可以精准定位使用者的位置，还能将使用者的位置信息传送给第三方。以远洋渔业为例，当渔船在海上遇到危险时，渔民在求助过程中，GPS 和海事卫星电话是必不可少的两件东西，二者缺一不可。由于 GPS 只能起到定位作用而无法实现通信，当 GPS 定好位置后，渔民需要利用海事卫星电话告诉救援人员自己的确切位置，以推进救援进程。但使用一部海事电话是非常昂贵的，考虑到生命安全，渔民们对此非常纠结。但是，北斗系统在亚太地区布网后，当渔民们遭遇海上危险时，就可以通过安装在渔船上的北斗卫星船载终端的双向短报文功能进行一键求救，北斗终端会自动把附带定位信息的求救短信通过卫星发送给救援人员，让渔民得到及时救援。

产业链驱动下智能交通将迎北斗应用良机

当前，在中美贸易战的严峻形势下，在新冠疫情防控常态化的背景下，导航系统国产化是未来产业链增长的主要驱动力。随着无人机、自由流、自动驾驶、车路协同等技术的发展,北斗卫星导航与位置服务产业将进入快速发展的崭新阶段,在产业链的驱动下,智能交通中的北斗应用也将迎来重大的发展机遇。

所谓北斗产业链,是指与北斗技术紧密相关的"上游设施(上游基础元器件)——中游终端和系统——下游客户(解决方案和运营服务)"一条较高市场化参与的产业链。其中,上游基础元器件作为自主可控最关键的部分,主要由芯片、板卡、天线等构成;中游终端主要是指能接收北斗卫星信号的导航和定位装置,包括终端集成和系统集成,是产业发展的重点;下游运营服务主要是指为政企及行业用户、服务商和大众消费者提供基于北斗的定位、导航、授时、短信报文等各类基础服务。

随着北斗技术与互联网、大数据、云计算、人工智能、车联网等新兴技术的快速融合,一条以北斗时空信息为主要内容的新兴产业链正逐渐形成,成为加速北斗产业发展的新引擎和生产生活方式变革及商业模式不断创新的助推器。

芯片作为上游基础元器件的核心部件,是北斗系统应用的核心技术,直接决定着我国导航产品性能的优劣。2019 年发布的《北斗卫星导航系统发展报告》显示,目前国产北斗芯片的研发生产技术已逐步成熟,正逐步替代国外产品实现产业化。在物联网和消费电子领域,28 纳米且支持"北斗三号"系统信号的芯片已经得到广泛应用;22 纳米的双频定位芯片已具备市场化应用条件,全频一体化高精度芯片已投产。截至 2019 年底,国产北斗导航型芯片模块出货量超 1 亿片,北斗导航型芯片、模块、高精度板卡和天线已输出到 100 余个国家和地区。

在中游终端方面,不得不提"千寻位置"。由中国兵器集团与阿里巴巴共同发起成立的千寻位置网络有限公司(以下简称"千寻位置")与"北斗三号"一起成长,是一家时空智能基础设施公司。千寻位置利用设置在全国各地的北斗地基增强站,接收北斗卫星的定位信号,完成卫星定位误差的实时计算,数以亿计的用户可以享受到由千寻位置为其带来的高精度定位服务。千寻位置所建设的北斗地基增强系统、星基增强系统等,构成了一个实时无缝的"星地一体"高精度时空网络,终端用户可以像使用移动互联网一样,方便地接入"时空网络",享受到厘米级定位、毫米级感知、纳秒级授时。由于北斗系统具有良好的开放性，千寻位置所提供的服务可以同时兼容 GPS、伽利略、格洛纳斯等卫星导航系统，让服务产品具有更高品质的用户体验。目前，千寻位置作为北斗的"增强版"，正在为自动驾驶等领域提供高精度的定位服务。例如，由千寻位置自主研发的北斗加速辅助定位服务，可以将耗时 30 秒以上的初始定位时间缩短至 3 秒，极大增强了用户的定位体验。目前，千寻位置的这项增值创新服务，已经在国内大部分安卓手机上得到应用。譬如，当一辆使用该服务的汽车驶出隧道时，汽车上装配的智能终端就会启动初始定位，而没有享受上述服务的用户，可能需要花费 30 秒甚至更长的时间来等待。

在运营服务方面，以电子商务为例，国内多家电子商务企业为物流货车及配送员配备了北斗车载终端和手环，实现了车、人、货信息的实时调度。在智能手机领域，有近 300 款的智能手机支持北斗定位功能。如今，我国大部分的车载导航仪和手机导航系统，在基本层面上使用的是北斗系统，只不过将 GPS 作为辅助修正之用，在操作界面上保持了 GPS 的显示方式。卫星导航定位行业按照定位精度差别可分为高精度 GNSS 行业（常规使用的定位误差在米级以下）和消费类行业（常规使用的定位误差在 1~10 米）两大服务群体，但随着无人驾驶等新兴技术的不断进步，服务群体的划分已不能简单凭借定位精度。对于无人驾驶来说，高精度定位是一项关键技术，但未来的无人驾驶显然属于消费类行业。

有业内专家表示，北斗正在从一个为区域提供服务的系统，逐渐转变成能够在全球范围提供服务的系统，这种服务范围的变化，将使全产业链受益，尤其是芯片和终端产业。由于北斗在全球实现覆盖后，相关产业链产品，例如手机、电脑、数码相机等终端产品，在定位服务上多了一套支持系统，这些产品的使用体验、可靠性、稳定性、安全性、便捷性等就会随之大幅提升。千寻位置 CEO 陈金培认为，北斗不仅仅是一个卫星导航系统，它还构建了一个泛在、融合、智能的综合时空服务体系，未来的产业链发展空间巨大，能够与 5G、大数据、人工智能等新技术协同推进，在应用上与交通领域的融合也将更加紧密。

"北斗+"市场引领智能交通再升级

根据《国家卫星导航产业中长期发展规划》，2020 年中国北斗卫星导航定位产业产值将达到4000亿元,2014—2020年的复合增长率高达21.22%。《华西证券研究报告》指出,2020年,北斗将拉动超过3000亿元规模的市场。目前,北斗系统正处于由国防应用、行业应用加速向大众应用推进的时间转折点,在卫星导航等新兴技术应用需求和自主可控等政策的双重推动下,北斗的市场空间有望快速打开。

中国卫星导航定位协会秘书长张全德认为,北斗"融技术、融网络、融终端、融数据"全面发展,必将形成一个个"北斗+"创新和"北斗+"应用的新生业态,成为国家综合时空体系建设发展全新布局的核心基础和动力源。自北斗提供全球服务以来,随着"北斗+"产业体系的逐步完善和丰富,北斗的规模化、产业化和国际化应用得到了前所未有的大发展,催生出了许多新产品,使得互联网、物联网、车联网等新兴领域与北斗技术的融合应用更加深入。而北斗与交通运输等传统行业的深度融合,将市场规模进一步扩大,成效也得到了进一步显现。

"北斗+交通"作为新生业态,未来必将带动整个交通行业的再升级。东兴证券认为,无人驾驶是北斗未来最大的市场。以手机、汽车等为载体的相关领域,是当前卫星导航定位的主要消费市场,北斗在其中的渗透率正逐步攀升。对于消费市场而言,北斗真正的机会和价值所在还是它的高精度,对于无人驾驶来说,高精度的位置信息是关键需求。国金证券在研究报告中指出,精准的时空信息标记,是物联网时代的核心技术之一,而智能网联汽车将是最先应用时空信息的重要领域,北斗导航系统所提供的综合时空服务,正是智能物联时代所需要的基础性服务。

除了传统产业之外,"新基建"的快速推进正与北斗形成两股合力。2020年8月6日,交通运输部印发的《关于推动交通运输领域新型基础设施建设的指导意见》指出,到2035年,交通运输领域新型基础设施建设取得显著成效,北斗时空信息服务在交通运输行业深度覆盖。要提升交通运输行业北斗系统高精度导航与位置服务能力,建设行业北斗系统高精度地理信息地图,整合行业北斗系统时空数据,为综合交通规划、决策、服务等提供基础支撑。

有业内人士指出,北斗与"新基建"碰撞出的巨大创新生态如何快速承载落地,产业链厂商都在思考。中国卫星导航定位协会副秘书长王博分析,"新基建"所包含的信息基础设施、融合基础设施和创新基础设施建设,北斗系统都可以为其提供时空基准服务。同时,"新基建"在带动其他相关产业信息化、网联化、智能化发展的同时,也将进一步推动北斗应用的多元化。广州海格通信集团股份有限公司主任专家田震华表示,北斗和5G都属于国家"新基建"的一部分,两者具有极大的互补性。北斗的精密授时能力,可为5G系统提供更为准确的基准时间系统;而5G的高速数据传输能力与高稳定性,也能为北斗提供更为稳定可靠的地基增强数据服务。配备了5G+北斗功能的无人设备,如无人机、无人驾驶汽车等,在实地应用时,能够将时间和空间成本大幅缩减。2020年以来,以5G为代表的"新基建"在国家层面出台了很多推动政策和措施,具体到交通运输行业,国家发展和改革委员会、交通运输部等11家国家部委联合发文,出台了《智能汽车创新发展战略》,提出要结合5G商用部署,推动5G与车联网协同建设。交通运输行业的移动化场景需要5G通信技术提供移动连接和传输功能,而交通运输行业的位置服务(LBS)场景也需要北斗系统提供精准的定位导航服务。由此可见,交通领域中5G与北斗更是遥相呼应,相互赋能。当前,5G发展已成大势,交通运输行业作为5G应用的先行区,5G与北斗形成的双轮驱动,能够发挥技术创新带来的叠加效应,引领交通运输行业进入全新的数字时代。

除了自动驾驶领域,北斗系统在交通运输领域的市场广阔,应用场景也在不断拓展。例如,北斗自由流智慧云平台,依托北斗自由流收费技术(简称BTC),融合北斗定位、5G、云计算、大数据、移动物联网等现代化信息技术,可实现收费公路在自由流状态下的无感支付;基于北斗卫星定位的"两客一危"车辆管理系统,通过提醒驾驶员超速与疲劳驾驶等,能够大幅降低道路运输重大事故率和人员伤亡率;基于北斗定位的交通基础设施状态自动监测系统,能够实现毫米级的位移感知,对交通基础设施的异常状态实现及时预警,提前处置,保证交通运输过程的安全畅通。

业内人士认为,下一步北斗的发展,应该紧紧围绕高端特色应用与增值创新服务发力。那么,未来的北斗系统将与交通运输行业擦出怎样的火花?又会催生出哪些特色应用和增值服务?让我们拭目以待!

原刊于《中国交通信息化》2020年8期第18~22页

为你们喝彩

胡卫娣　严晓璐　郜芳琳　黄　旸
张晶晶　李佳珂　牛　可　瞿华英

从北京天安门出发,中轴线向南46公里,便是北京大兴国际机场。高空俯瞰,这座已建成的世界最大航站楼宛如金色凤凰,傲立天地,展翅欲飞。

这是东航历史上最大规模的基础设施建设项目。从2017年11月20日开工伊始,8000多名东航建设者在大兴机场披星戴月、夜以继日。他们在大兴机场的建设里程中,跑出了"东航速度",创造了"东航奇迹",交出了名为"东航智造"的高分答卷。

参与大兴建设是我的幸运和成就
——建设运营指挥部工程管理部付镇

从东航北京指挥部到北京大兴国际机场大约7公里的路上,会路过一大片白桦林和西瓜田,这片农田的尽头就是大兴机场。这段路,付镇来来回回走了几百次,目睹着在一片荒地上逐渐建成万众瞩目的机场。

8月北京的烈日让工地升腾着阵阵热浪,但这些都毫不影响付镇验收每个工程,他仔细查看每道关卡,温和又坚定地对施工单位布置着各项收尾工作,不解决问题不撒手、不落实到位不放松。离开工地前,他前往一个水龙头前,仔细检查,他说:"在这栋楼里装了几百个水龙头,只要有一个漏水,工程质量就是不够好。很多时候,是细节决定成败。"

2017年,在东航北京大兴机场建设的关键时刻,付镇作为东航系统基建方面的专家,被领导点将支援新机场建设,任东航北京大兴国际机场建设运营指挥部工程管理部副总经理,负责工程建设管理工作。对工程的敬畏心让付镇对待任何事情都容不得半点马虎,白天走、查、访,晚上学、写、想。在工程管理部他经常来得最早、走得最晚,记录事务的笔记本堆成一垛,同事们都笑谈"付镇是每天熬灭最后一盏灯的人"。除了施工管理工作,付镇还有不少具体工作是沟通。承上启下的沟通协调,针对的事务非常多且杂,接触的人也形形色色,在沟通中要不停地变换自己的角色和沟通方式。"确实很难,但好在做工程的人都有一致的目标。大兴的目标也是确定的,就在压力中砥砺前行,努力推进吧。"

付镇从江西来到北京的这三年,女儿正值青春期,妻子承担的压力巨大,几次偷偷落泪。作为父亲和丈夫的付镇心中愧疚,"这两年真要说对不起的,就是妻子,她太不容易了"。因为工程紧张,就算每次来回多达 16 个小时的路程,付镇也愿意变身"空中飞人",回家!如今,大兴机场顺利落成,女儿也已平衡好心态,积极应战中考。采访期间正好遇到一次大兴机场演练,我们走进漂亮的候机楼、现代感十足的钢结构机库、新颖又功能性十足的核心区……这里浇灌了太多汗水,承载了无限期望。

执着奉献　无悔人生
——建设运营指挥部运行协调部孙伟

从一片无水、无电、无路的荒地拔地而起一座世界级大型机场,从上到下,由里到外,进驻这一庞大工程需要沟通和协调的事务之多超乎想象。该由谁来做好统筹、掌握进度、协调各方关系?东航北京大兴国际机场建设运营指挥部运行协调部应运而生。"我们的工作就是构筑起一张网络,哪里不通了,就疏通哪里,最终解决各种问题。"运行协调部总经理孙伟,用通俗易懂的比喻这样形容他的工作。

从柬埔寨金边机场,到北京南苑机场,再到佛山机场,13 年来孙伟一直奋战在航站开拓第一线,啃下一块又一块"硬骨头"。2017 年 4 月 12 日,孙伟再次受命到达北京,投入北京指挥部运行协调工作。

大兴机场筹备初期,由孙伟牵头编制的东航大兴国际机场建设及运营筹备综合管控计划,涉及 72 大项 237 子项。"计划初期的工作量确实挺大的,要收集所有信息,汇总之后提出问题,再有针对性地部署计划。只有对各类问题都考虑周全了,后面的工作才能顺利开展。"事实证明,管控计划为整个工程建设运营提供了重要依据。

"厚于德,诚于信,敏于行",这九个字整齐地写在孙伟笔记本的扉页,这也是他的座右铭。作为大兴机场的一名建设者,孙伟用奉献和汗水诠释着奋斗的意义。面对这航空母舰似的工程,孙伟一边工作,一边研学新的知识,希望遇到的问题都能迎刃而解。他已记不清自己开过多少会,与当地政府、机场等相关单位沟通过多少次。短短两年,他工作电脑的107GB容量如今只剩一半。

辛苦的付出也有令人欣喜的成果。航站楼工程验收那天,东航两舱休息室门口"中国东方航空"六个鲜艳大字高挂,格外闪亮,孙伟禁不住激动心情,泪湿眼眶,同事们见之也瞬间被触动,百感交集,流下了欢欣的泪水。在这崭新休息室的背后,是孙伟和同事们数个月日日夜夜、全力以赴的付出,最终使东航在原有"1+1"(国际+国内)两舱休息室的基础上,新增了一间1700平方米的国内休息室。"等将来退休回忆起曾经参与北京大兴机场建设的日子,是来自心底的踏实,而不是遗憾。"

对于这方奋斗过、战斗过的热土,孙伟的寄语朴实无华:希望北京大兴国际机场能充分发挥它的作用,大兴,大兴,愿它大展宏图,兴旺昌盛!

追 梦 大 兴
——地服部筹备工作推进组管玉蓉

乐观、坚韧、实干,是创业者、建设者身上常见的品质。拥有这种品质的人像一个发光的热源,在自己燃烧的时候,也传导和影响着周围的人一起努力奋进。

见到管玉蓉,正是八月炎炎盛夏,在东航北京大兴国际机场还未正式启用的核心工作区。她的工作场域并非这一处,候机楼演练现场、离机场十公里开外的筹备组办公室、以及辗转各处的路上、车上,都能看到她如陀螺般没有停歇地工作。

管玉蓉从上海来到北京一年半有余,得了一个"管姐"的新称呼,大家心领神会这里面的双重含义。管姐不仅管大家的吃住行,还管培训管财务管合同。综合事务,简简单单四个字,听着不起眼不重大,可是它千头万绪,需要计划、需要统筹、需要沟通、需要协调。短短一天半,笔者在数个现场见到她,景象就是李宗盛名曲《忙与盲》的复现"许多的电话在响,许多的事要备忘,许多的门与抽屉开了又关……我来来往往,我匆匆忙忙,从一个方向到另一个方向……"

忙忙忙的管姐,初来乍到时,一切都是从零开始,什么都要靠自己摸索。转变的是角色,不变的是初心。管玉蓉带领着她的团队,用勤勉、用能力、用智慧,强化"安全意识、家的意识、节约意识、归位意识",一切以维护和保障公司利益为先,将筹备工作推进得有序高效。说起为新机场运行而开展的地服人员培训工作,管姐的脸上洋溢出了一份地服人的自豪感和成就感,在很有限的时间里,东航地服完成了900名员工在上海浦东、上海虹桥和北京南苑三个机场的联动培训。

来异地工作的管玉蓉,平日里顾不上和在上海的老父老母多联系,某一天给母亲去的电话,方知父亲生病正躺在医院病床上,那一刻,愧疚和牵挂让她难以平静管玉蓉在挂上电话后哭了好久。说起家庭,管玉蓉爽朗利落的外表下,流露出的真挚语调特别感染人:"小时候去妈妈厂里,看到妈妈的照片一直贴在先进宣传橱窗里。"原来,管玉蓉的血液里流淌着的敬业、乐业精神亦有最亲最爱的人的传承。管玉蓉说,不只是她,筹备组的人能在异地夜以继日地勤奋工作,都是得到了家里的大力支持。

大兴机场举行首次真机试飞时,管姐和同事们一起爬到停机坪边的土堆上翘首眺望,当他们看到东航飞机出现在视野里的那一刻,眼泪唰地就滚落下来了。《忙与盲》里还写道:"忙是为了自己的理想,还是为了不让别人失望",笔者相信,管玉蓉和筹备组众多的建设者一样,扑在一线,内心里是为使命,是为爱。

以朴素初心　书写人生华章
——地服部筹备工作推进组地控组姜炜杰

"在加入东航大兴机场地控项目筹建工作之前,我是一名普通的一线员工,只要做好自己职责范围内的工作就行。到了大兴,要统筹整个地控项目,我才知道原来做管理是这么难,要熟悉每个岗位的工作,要协调部门之间的关系,还要处理这样那样的突发状况……"

没有经验,没有方案,更没有资源——2018年3月,刚刚来到北京大兴国际机场的姜炜杰,面对开荒一般的工作任务,心理压力可以想见。如何保障生产一线地面控制运行中心方案顺利推进？如何制定生产大厅的人员调配计划？全组人员的吃住行有哪些困难？压力测试和模拟演练需要协调哪些部门？工作难度之大完全超出了姜炜杰的预期。"996"根本不够用，每天"早9晚11"成了他的标配。

时隔一年多，回忆起那段艰难的开荒时期，姜炜杰依然清楚记得碰到的每一个难题。比如，没水没电他们还能克服，可是没有机场区域网络不行啊，值机区域、登机区域、行李区域、外场机坪区域的信息没法收集。经过一次次协调，机场方面最终同意在机场外围设立一个允许外部单位接入的服务器，机场内的数据上传至服务器，外部单位再通过服务器下载数据，如此才解决了信息收集问题。2019年3月至6月，姜炜杰频繁往返于北京和上海之间，为保证上海压力测试工作的顺利进行，他在各个部门之间东奔西走，全流程安排在沪的北京新员工培训工作——连续3个月，每天11个航班，按照大兴机场的流程，模拟开航保障环境。

"能够如期完成各项工作，圆满完成试飞和各项演练，我为自己、更为我们的团队感到自豪。"言谈中，姜炜杰不止一次说到了从无到有，也多次说到筹备组成员舍小家为大家的奉献精神，尽管他的脸上带着轻松的笑意，但语气中充满了诚恳和敬畏，那是对自我成长的肯定，也是对成员们的肯定和感谢。

面对机遇，并不是所有人都能收获成功。姜炜杰是幸运的，他不仅在干事业的年纪，遇到了东航转场大兴机场这样一件能够做出成绩的大事，更在一片空白的基础上，带领地控筹备组圆满完成了各项任务。这份幸运自然不是无缘无故自己找上来的，前者得益于他多年来兢兢业业在一线练就的技能，后者则来自他和20多名筹备组成员500多个日日夜夜的辛勤付出，以及作为东航普通员工所坚守的最朴素的初心——做好本职工作，为东航发展贡献自己最大的力量。

只为筑得广厦千万间
——基地项目核心区刘超

夜幕低垂，华灯万盏。刘超跟往常一样驾驶着自己的轿车从北京大兴国际机场东航基地项目核心区出发，路过河北与北京之间的固安检查站。由于"首堵",每次来这里都要堵上一刻钟左右。他打开手机相册,仔细端详着儿子的照片——此刻,这个东北大汉内心温暖而甜蜜。一直寄养在东北老家的儿子如今十岁了,暑期刚至就从老家被接到北京,老婆为了配合刘超的工作,在固安某妇保医院找到了一个新职位。

北京大兴国际机场东航基地项目核心区的时间表是这样的:东航2017年11月正式开工,2018年6月30日完成地下部分"正负零",2018年10月主体结构封顶,2019年元旦外立面封闭,2019年6月26日完成竣工验收……所谓"东航速度"的背后,是万千建设者日日夜夜不眠不休的持续付出。

"相比之前参与的项目,这个项目举国重视、意义非凡、体量最大,最关键的是,时间紧迫。"刘超说。每天早上8点之前,刘超要走进办公室开始工作。路上堵,只有空出足够的提前量,他才能保证上班不迟到。对他而言,从来只有上班时间,没有下班时间,工作也只有起点,没有终点。东航基地项目核心区一期工程涵盖了出勤楼、后勤楼、运行楼、培训会议楼、综合业务楼等多个单位工程。核心区项目经理,就是整个核心区的总管,项目经理管施工、项目经理管安全、项目经理管环保……由于北方冬雨期施工的特殊性,2019年春节,刘超继续留守北京。4月,岳父心梗入院,刘超赶回老家探望,后来他再没有富余的时间回去探望老人和儿子。

新机场航站楼蔚为壮观,阳光透过"天网"倾泻而下,光瀑散射在开阔的厅中,漫步其中,如梦如幻。儿子在尚未正式运营的航站楼大厅里四处探访,异常兴奋。刘超告诉他,爸爸还将参与东航基地项目核心区二期甚至更多期的建设。小小年纪的他并不懂新机场举世瞩目的国家战略意义,只是为爸爸感到很自豪。

人们总说,舍小家,为大家。小家如何舍?小家舍给谁?冲在工程建设一线,为筑万千广厦奉献智慧和汗水的建设者们,他们的身后,是多少家人在负重前行。感谢建设者,也感谢他们。

成竹在胸　挑战"不可能"
——基地项目部艾明星

两年内需完成北京大兴国际机场东航基地建设项目47万平方米建筑面积的一期工程,时间紧,任务重,巨大的工作压力不言而喻。然而,北京大兴国际机场东航基地项目部工程总监——经验丰富的艾明星却沉着应对,他与同事们最终夺取了"决战6·30"的目标。

在项目开工前,艾明星就带领同事制定了完善的前期项目管理策划工作,他们建立现场项目部靠前管理制度,根据现场的实际条件精心筹划,解决水、电、排污、进场施工道路等基础设施问题,并预先结合图纸、运用BIM技术模拟施工以规避潜在风险。同时,他们充分调研当地建筑市场信息,特别针对北京的气候条件选用适当的新型材料。面对北京有可能产生的各种极端天气,如强降雨、极寒天气等,项目部也提前做好应急准备。正是有了这一系列有备无患的准备工作,后期的紧张施工过程才得以有条不紊地进行。

在施工过程中,艾明星带领着一支不到30人的工程管理团队,与相关政府职能部门、大兴机场等有关方面及东航内部各部门进行了大量的沟通协调,他们不等不靠,通过主动顺畅的沟通使得基建工作高效展开。此外,这支精干的队伍还需管理上百家设计、监理、施工等单位,以确保各个施工环节不出任何纰漏,因为任何一个细节的疏忽都会产生连锁反应,从而影响到整个工期的进展。在工期开展最紧张的时期,整个东航基地项目施工现场有上万名建设者,安全、质量、进度及环保管理的压力巨大。

作为北京新机场建设的首批"拓荒者",艰苦的工作环境可想而知。建设者的驻地离繁忙的工地较远,为了不影响工期,项目管理人员在工地现场搭建了临时活动板房,同施工人员一起奋战在第一线。他们任务在身,责任在肩,24小时待命。

艾明星只是大兴机场众多东航建设者的一个缩影,他们将自己对小家的眷恋埋藏于心底,义无反顾地投入到这场艰苦的"战斗"中。他们骄傲地用实际行动,在这项举世瞩目的基建工程中镌刻下一段不平凡的东航荣耀。

原刊于《东方航空》2019年10月第126~138页

铁打的潜水队　钢铸的潜水员

——记上海打捞局潜水队

李星雨

和时间赛跑的不仅仅是竞技运动员,和生命拉锯的不仅仅是急诊科医生,和"敌人"命搏的不仅仅是武警战士,还有一个职业,他们在漆黑一片的水底上演着一出出独幕"默剧"。他们时常争分夺秒而自顾不暇,时常命悬一线而奋不顾身,时常战天斗地而浑然忘我,他们在平凡的岗位上践行着不平凡的使命。他们有着共同的名字——上海打捞局抢险打捞潜水员。

（一）

抢险打捞潜水员,这是一个非常特殊的职业!

说到潜水,人们首先可能想到是五彩斑斓的海洋生物、是神秘莫测的海底世界、是紧张刺激的深海探险,但是对于上海打捞局潜水队的队员们来说,潜水,有着另外一番不同寻常的含义。

对于他们来说,潜水,意味着责任、坚守和梦想。他们常年背井离乡、水下作战,比谁都更懂得"舍"与"得"、"进"与"退"的真正含义。他们要始终保持"水下铁军""水下冲锋"的战斗姿态,把"潜水"当作生命工程和社会工程去拼搏和建设,把团队的青春和热血,挥洒在抢险打捞、应急救助、深远海开发等每一项任务中。

救捞潜水员们看似默默无闻,却有着较高的准入门槛。入职前,他们需要参照类似空军飞行员的体检标准,通过包括听力、视力、牙齿等多项身体素质检验。工作中,倘若开展深度水下作业,则需要采用饱和潜水。饱和潜水容易导致减压病,且长时间作业会快速消耗潜水员体力,下潜越深对潜水员的身体素质要求越高。为了做好随时应急抢救的准备,他们除了要不断加强异常繁重的潜水训练,还需要持续运动,以确保自己的体能始终维持在标准之上。

除了优秀的身体条件,过硬的专业知识和职业技能、过强的心理素质和调适能力同样是潜水员必不可少的基本素质。

(二)

哪里有需要,哪里就有潜水员的身影,他们面对十分困境,挑战百项任务,肩扛千斤重担。

86 小时情系万州　担当作为不辱使命

2018 年 10 月 28 日,重庆万州一辆载有 15 名乘客的公交车意外冲破护栏坠入长江,事件一出,举国哗然。根据交通运输部的工作部署,上海打捞局潜水队立即组成应急救援队伍,紧急驰援。

但救援难度之大超乎想象。由于事故车辆沉没水深达到 75 米,需要使用专业的氦氧饱和潜水技术,潜水前根据实际水深配置潜水员呼吸用的氦气和氧气比定水流,脐带存在被割破、缠绕风险,使得作业难度不断攀升。

然而,"时间就是生命,险情就是命令"!铁打的潜水队,钢铸的潜水员,他们自接到"下水!"的指令开始,就如陀螺般旋转起来。

每一名潜水员在没有得到充分休息的情况下,还要顶着巨大的心理压力,在水下环境复杂、严重变形的车厢内进行长时间的探摸工作。在氦氧混合气体潜水作业条件下,为避免压强变化太快,身体内的压缩气体突然膨胀对潜水员的肺部造成伤害,35 分钟水下作业时间已是极限。作业完毕后,潜水员需要在上浮过程中逐步减压 2.5 小时,出水后还要再进入减压舱减压 3 小时,仅仅一个班次就要 6 个多小时。

"单人单次的有效作业时间大概 35 分钟,基本都是掐着秒表上来。以往一天一个潜水员至少需要得到 12 小时以上的休息时间,现在我们基本上每天只睡 2 小时,有的甚至睡都没睡。好些潜水员包括监督,已经 3 天没刷牙、没洗脸了"。现场潜水监督、救捞工程船队潜水队队长胡建接受媒体采访时说道。

为了给遇难者家属一个交代,潜水员们轮番下水,连夜作战。

"亲人在等着你们，水下太冷，我带你们回家。"当潜水员打捞到一名3岁小孩遗体时，再也压抑不住内心的情绪，流下了眼泪。

整个应急抢救过程中，18名潜水员共潜水21人次、水下作业51小时，累计打捞出5名遇难人员遗体。"大海捞针"般地探摸找到黑匣子芯片，这对于真实地还原整个事故的过程、调查事故发生原因具有十分重要的意义。

26分钟生死救援　忘我奉献彰显无疆大爱

2018年1月6日，巴拿马籍油轮"桑吉"轮与"长峰水晶"轮在长江口以东约160海里处发生碰撞，导致"桑吉"轮全船失火。上海打捞局接到救援指令后，紧急奔赴事故现场，进行援救。

抵达现场后，"桑吉"轮仍在持续燃烧，不时发生爆燃。此时遇难船只还装载着13.6万吨凝析油。凝析油也就是天然汽油，极其易燃易爆，燃烧之后还会分解产生一氧化氮、二氧化碳、硫氧化物等有毒的烟雾。一旦发生爆炸，将对人员会造成致命的伤害，还将严重威胁海洋环境。

隔船作业效果甚微。为了达到更好的搜救效果，经讨论，上海打捞局决定派出4名救援经验丰富的潜水员组成应急搜救小队，冒死登上"桑吉"轮搜寻救援。

"我们首先考虑的是人命搜救，到目前海上人员搜救已经超过了140个小时，按照国际惯例超过72个小时就放弃，但'桑吉'轮船员还下落不明，我们还是不停止搜救，有一丝希望就百倍努力。"潜水员徐震涛说道。

1月13日，搜救小队展开了登船救助动员。"这次风险实在太大了，年轻的不要上去，他们有的孩子还小。还是我们上吧。当然我们经验也比他们丰富，遇到爆炸可第一时间跳海自救。"徐军林、徐震涛、卢平、冯亚军四名同志自告奋勇，毛遂自荐。这4位救助人员，最年轻的41岁，另外3名都已50岁出头。

四人穿戴完装备准备登船时，其中一人提议留影，"这可能是我们最后一次合影了。"这张照片记录了他们最英勇、最无私的瞬间。

他们登上遇难船只时，海况恶劣、毒气蔓延、高温威胁、随时面临爆炸的危险，四名同志不顾个人生命安危，毅然打开通往防海盗舱通道进行搜寻。里面浓烟滚滚，一股热浪迎面扑来，气体报警器立即发出报警，不可能存在生命迹象。四名同志在氧气有限的情况下,对生活舱、驾驶舱进行搜救,几经寻找,成功取下了船舶碰撞的关键性证据"黑匣子",同时将发现的两具船员遗体一并成功带回。14日,"桑吉"轮突然猛烈燃烧,火焰最高达1000米,船体开始下沉。16点45分,"桑吉"轮沉没。

600天战天斗地　攻坚克难行大国担当

2014年4月16日,韩国渡轮"世越号"在韩西南海域发生沉船事故,造成295人遇难、9人下落不明,举世震惊。上海打捞局代表中国救捞力量,远赴韩国实施沉船打捞。

"世越"打捞主要作业内容在水下,为了打赢这场战役,作为打捞现场的先锋队、水下尖兵,潜水队员奉献了他们的所有,发挥了关键作用。

如迷宫探险,他们用身体排雷,攻坚"封网"。为了防止遗体流失,潜水员要穿过舱内密布杂货物、甚至经挤压严重变形的廊道,找到封堵位置,将巨大的铁网带去封堵门窗,脐带随时都有被缠绕的危险。他们侧着身子前进,一手护着脐带,另一手稳住身体,用身体甚至头部推开漂浮的障碍物。即使在这样困难复杂、危险重重的环境下,经过一次次潜水,每个人的脑海里,都刻下了廊道复杂的空间分布图。他们坚持"封一个网就对遗体多一份保护"的信念,水下奋战100天,完成封窗300个,成功把所有门窗都封堵严实。

勇担风险,爬过生命窄道穿缆绳。起吊船头穿引首批钢梁,是打捞成败的关键。由于船体沉没近3年,水下状态未知,抬吊后潜水穿引位置的离地高度不足1米,这几乎是潜水员穿着潜水服爬过去的极限高度,而上方船体稍有晃动,便可能使潜水员动弹不得。眼看水流逐渐湍急,再不穿引将错过气象窗口。"必须完成穿引",在得到铁的命令后,3名80后潜水员立下军令状:"就是爬,也要爬过去"。他们没有多想,便一头扎入深海,在近万吨难船的下方,用娴熟的水下技术,沿着沉船右舷一路爬摸,快速地穿引了3根缆绳,为后续首批钢梁穿引节省了宝贵时间。

他们坚守现场一年超330天,一天连续作业近18个小时,潜水作业超6000人次,水下作业时间近13000小时。累了,就席地而坐地睡,醒来,又投入到新的战斗中去。

战天斗地,砥砺前行,终于在 2017 年 3 月 23 日,沉睡海底 1073 天的"世越号"被打捞出水,重见天日,兑现了向遇难者家属做出的承诺。

(三)

这是一支"敢上九天揽月,敢下五洋捉鳖"的水下铁军,是一支时刻践行"把生的希望送给别人,把死的危险留给自己"的英勇战队,是一支永远"吃苦在前、冲锋在前、流血在前"的潜水突击队,他们将"忘我实干奋斗协作"的金锋劳模精神作为自己的行动指南,时刻牢记并坚决践行上海打捞的精神愿景,完成了长江航道"东方之星"沉船打捞、"银锄"轮打捞等多项应急抢险打捞任务,同时培养出了"中华技能大奖"获得者、全国人大代表金锋同志等数位全国劳动模范、几十位上海市劳动模范,分别获得"全国交通运输行业文明示范窗口荣誉称号""全国工人先锋号""全国青年文明号""上海市团队特色班组""上海市工人先锋号"等集体荣誉称号。

饱和潜水事业是一项可以类比载人航天的伟大事业,也是这群潜水员、这支潜水队的毕生事业。这支成立于共和国初期的潜水队伍,是我国目前专业能力最强的潜水国家队,他们不断向潜水高峰攀登,2005 年实现了我国饱和潜水"零"的突破,2011 年饱和潜水实践作业深度达到 196 米,2014 年将五星红旗插入南海 313.5 米深的海底,刷新国内饱和潜水作业记录,打破国外 300 米级饱和潜水的技术垄断,彰显我国向深远海发展的"海洋强国"形象。他们向深海进军的脚步没有停下,目前正在加快挺近 500 米饱和潜水作业,迈向潜水新的高峰。

原刊于《中国救捞》2019 年 2 月第 8~13 页

习近平：要维护好快递员等就业群体的合法权益

王宏坤

"要适应新技术新业态新模式的迅猛发展，采取多种手段，维护好快递员、网约工、货车司机等就业群体的合法权益。"在2020年11月24日举行的全国劳动模范和先进工作者表彰大会上，中共中央总书记、国家主席、中央军委主席习近平的重要讲话在邮政快递业引起强烈反响，为邮政快递业进一步关爱快递员指明了方向、坚定了信心、鼓足了干劲。

习近平总书记心系基层，时时牵挂着快递小哥。从2019年新年贺词中称赞快递小哥是"美好生活的创造者和守护者"到春节前夕看望北京基层干部群众赞扬快递小哥是"勤劳的小蜜蜂"，从2020年劳动节前夕给郑州圆方集团全体职工的信中肯定快递小哥等劳动群众"在各自岗位上埋头苦干、默默奉献，汇聚起了战胜疫情的强大力量"，到在全国抗疫表彰大会上肯定"数百万快递员冒疫奔忙"，再到此次"要维护好快递员、网约工、货车司机等就业群体的合法权益"，总书记的牵挂为邮政快递业基层从业者风雨无阻、勇敢前进、拼搏实干注入强大精神动力。

给快递员多一份保障和关爱，是习近平总书记的牵挂，也是广大群众的心愿。近年来，全行业、全系统认真贯彻落实习近平总书记关于邮政快递业重要指示精神，在传递关心关爱、维护职工权益、促进职业发展、促进社会融入等方面开展了大量工作，快递小哥的获得感、归属感、尊严感、荣誉感、幸福感显著增强。

底气！让快递员群体"心有所依"

早在2017年，国家邮政局局长马军胜接受新华社记者专访时就表示："如何给予快递员幸福感和归属感，是中国快递行业健康长远发展必须面对的重要课题。"

国家邮政局连续多年把"保护快递员（投递员）权益"纳入邮政业更贴近民生七件实事。从业青年服务月、关爱慰问活动、评选"最美快递员"等活动形式丰富，尤其是今年"暖蜂行动"暨第五届"快递员关爱周"的启动，给快递员带来更多温暖与感动。他们用质朴的语言表达心声："我们的工作越来越得到大众的理解和认可""感觉归属感越来越强，现在送快递更有底气了，工作起来更有动力"……

各地邮政管理部门纷纷为保障快递小哥权益出实招。北京、上海等地提供公租房、江西新余的"邮爱驿站"、四川南充的"快递员关爱服务站"、福建三明的"快递小哥爱心驿站"、辽宁葫芦岛"职工爱心驿站"……关爱行动因地制宜，关爱举措层出不穷。

"辽宁将加强与人社、共青团、工会等部门沟通协调，优化从业环境；推动出台优化快递员权益保障政策，指导各市局争取多方支持，为快递员等一线劳动者争取保障政策和关爱服务。"辽宁省邮政管理局局长刘彦辰表示，将进一步加强对快递小哥的主动关注、积极联系、有效覆盖，争取多方支持，推动建设更多户外服务站点，为快递员提供休息、充电、饮水等服务。

此外，各地还纷纷把改善快递员工作环境作为落实关心关爱工作的重要抓手，如深入推进快递进社区、校区、商区、机关等工程，协调物业为快递员通行、快件代收等提供便利，解决快递电动三轮车通行难题等。在江苏，已有12个市全面规范通行、1个市实行部分县市规范通行。"总书记的重要指示对我们是一个重要鼓舞。"江苏省邮政管理局局长张水芳表示，将更加坚定行业发展方向，坚定维护快递从业人员权益的决心，加大工作力度，联合工会、团委等部门尽快出台《江苏省关心关爱快递小哥实施意见》。引导快递企业与员工签订劳动合同并办理社会保险、为员工购买意外人身伤害等保险，引导规范快递企业合理参与市场竞争，加强快递技能人才激励表彰，进一步拓宽快递员向高技能人才成长的通道。

"要以习近平总书记关心关爱劳模和基层劳动者的重要讲话为根本遵循，落实好党中央、国务院决策部署。"马军胜强调，要做到努力搭建平台、真诚关心关爱、加强权益保障。

正气！让快递员群体"劳有所得"

习近平总书记在表彰大会上指出，要把稳就业工作摆在更加突出的位置，不断提高劳动者收入水平。

邮政快递业在吸纳劳动力就业上不断实现突破。马军胜在今年邮政快递业助力脱贫攻坚新闻发布会上介绍："每天能送150个包裹，就能稳定一个人的就业。"按照每年增长100亿件包裹来算，一年可以增加20万人就业，为稳就业提供重要支撑。

据统计，2014年以来，邮政快递业共解决农村地区就业150万人以上。仅2020年前8个月，邮政快递业就为农村地区新增就业岗位15万个，帮助504个国家级贫困县的10万户贫困户增收1亿多元。

2020年因为疫情暴发，大学生就业比较困难，国家邮政局和教育部在网上开展了招聘。截至8月底，签约1.2万个岗位（不包括企业定向培养）。各快递企业每年招收大学生有数千人。

"稳就业，保民生。"新疆维吾尔自治区邮政管理局局长张建军表示，新疆局将推动邮政快递业吸纳更多就业，促进行业创新带动就业，营造行业内公平就业制度环境。

就业"稳"了，才能确保快递员"劳有所得"，收获稳稳的幸福。入职顺丰15年的快递小哥蒋传军通过奋斗在浙江温州安居乐业，他实现了"客户零投诉"和"营运零问题件"，成为温州顺丰唯一的一线新工培训讲师。2015年，蒋传军花费20万元在温州买了人生第一套房子，虽然只有40多平方米，但是一家四口其乐融融。2020年，他把小房子卖了，全款置换了一套100多万元的大房子。

硬气！让快递员群体"住有所居"

如何让勤劳的"小蜜蜂""住有所居"？多地邮政管理部门早谋划、早部署、早行动。

在首都北京，早在 2018 年，北京市东区邮政管理局促成朝阳区面向辖区邮政快递企业配租保障房 200 套。在快递企业总部聚集地上海，上海市邮政管理局协调房屋管理部门为快递小哥落实 590 多个床位。上海局还鼓励引导快递企业总部发挥主体作用，在总部园区建设员工宿舍等配套设施。目前，上海各快递企业总部共购买土地自建员工宿舍 13 栋，共计 1529 间，解决 3811 名员工住宿问题；通过市场化租赁为管理技术人员提供公寓 2088 套。"上海市委、市政府和相关部门积极贯彻落实习近平总书记关爱快递小哥重要指示精神，从组织快递员春运高铁专列、春节和高温慰问、开设户外职工爱心接力站，到疫情期间防疫物资的保障，始终将总书记的关心关爱传递给每一位快递小哥。"上海市邮政管理局局长冯力虎表示，将把总书记的关心关爱化为奋斗的动力，把社会各界的关心关爱化为务实的行动，努力为创造者创造，为守护者守护。

在湖北宜昌，为解决快递小哥买房贵、贷款难等问题，2020 年 8 月，宜昌市邮政管理局联合团市委共同举办关爱快递小哥大型公益看房活动，快递小哥购房可享受比市场价多 2 个百分点的折扣，首付仅需 20%。

锐气！让快递员群体"梦有所圆"

全国劳动模范、上海市邮区中心局邮件接发员柴闪闪告诉记者："习近平总书记在表彰大会上提到'为劳动者成长创造良好条件'，激发了我们普通劳动者更加努力投入工作的热情。"

作为全国人大代表，柴闪闪曾提出"希望每个农民工、产业工人都能够享受到个性化培训"方面的建议。念念不忘，必有回响——2019 年 9 月，国家邮政局和人社部联合印发《关于加强快递从业人员职业技能培训的通知》，切实提升行业从业人员职业技能，畅通人才晋升渠道。在 2020 年邮政业更贴近民生七件实事中，"实施职业技能培训'246'工程，进一步提升从业人员素质"赫然在列。据统计，2019 年，邮政业 84 人入选首批全国邮政行业科技英才和技术能手推进计划，1.4 万余人取得快递工程技术人员职称资格，国家邮政局还联合人社部颁布快递员和快件处理员国家职业技能标准。

据了解，广东、山东、云南等地已超额完成 2020 年快递从业人员技能培训既定目标任务。截至10月底,广东省快递从业人员政府补贴性培训累计达10620人次。山东省邮政管理局将行业职业技能培训工作列入"一把手"工程,截至11月底已开展快递职业技能培训3500余人次,争取财政补贴资金60余万元。

近两年来,浙江省邮政管理局、省人社厅共评选出34名快递行业高级工程师。浙江省邮政管理局局长陈凯表示,在该局的推动下,杭州快递员李庆恒获评杭州市高层次人才,根据杭州市相关规定,D类高层次人才将享受在杭州购买首套房补贴100万元、子女入学优先、杭州市民相关待遇、三级医疗保障、买车上牌补贴3万元等福利待遇。下一步,浙江局将进一步关心关爱快递基层网点和快递从业人员,保障其应当享有的福利待遇,探索完善收入分配制度和收入增长机制,完善投诉处理机制,遏制"以罚代管"现象。在此基础上,积极落实国家邮政局"246"工程要求,与省、市各级人社部门加强沟通协调,进一步推进快递业高层次人才评定,充分发挥群团组织和行业组织功能,帮助企业树立正确选人用人导向,引导企业高度重视快递行业人才培养。

"加强快递员的职业保障"成为多地邮政管理部门的共识。江西省邮政管理局局长魏遵红表示,江西局将坚决贯彻习近平总书记的重要指示精神,督促企业担负起主体责任,加强人文关怀,优化内部管理,发挥好邮政快递企业工会组织的作用,在工资薪酬、福利待遇、劳动强度等方面,维护快递小哥的合法权益。积极推进快递从业人员职业技能培训和职称评审工作,畅通快递从业人员职业发展通道。

"维护好快递员的合法权益,亟须强化多部门工作合力。"广东省邮政管理局局长周国繁表示,广东将在制度和体系建设上对接形成对快递从业人员的有效保障,完善社会保险、住房保障、子女教育、入户加分、劳动权益、卫生医疗以及优化工作环境等方面的社会保障体系。同时强化工会组织、快递员之家、爱心驿站等阵地建设,强化职业技能培训和职称评审工作力度,强化先进典型选树,引导行业利益分配向基层快递员群体倾斜。

"光荣属于劳动者,幸福属于劳动者"。相信,在全行业、全系统、全社会的共同努力下,勤劳的"小蜜蜂"终将收获甜蜜人生。

原刊于《中国邮政快递报》2020年11月27日1版

抢建生命驿站,他们与死神赛跑

涂云华

岁末年初,一场突如其来的新型冠状病毒肺炎疫情从武汉迅速蔓延,武汉告急!为救治新冠肺炎患者,解决现有医疗资源不足,武汉继兴建火神山医院、雷神山医院后,又抢建多所"方舱医院"。

早一天修建好医院,就能早一天收治病人。疫情形势逼人,刻不容缓!为打赢疫情防控阻击战,中国铁建等参建单位开始与死神赛跑……

火速集结,星夜驰援火神山

2020年1月30日深夜1点,中铁十一局接到武汉市防控疫情建设指挥部紧急通知,火神山应急医院建设处于关键阶段,急需大量电焊工和钢结构技工的支援。接到救援通知后,该集团主管领导高度重视,立即动员武汉片区单位和在建项目迅速调集作业人员,克服一切困难开展援助。

当日深夜1时50分,正在睡梦中的中铁十一局四公司武汉事业部总经理兼光谷综合体项目经理霍强接到公司紧急通知,要求他连夜组织联系专业焊工等作业工人,驰援火神山医院建设。

挂断电话后,霍强犯难了。当天正是大年初六,工人都放假了,到哪去找工人呢?工人会返回武汉吗?

疫情就是命令。他不敢有半点迟疑,立即联系劳务工班负责人,得知工人们都回到离武汉市区50多公里的新洲区家中过年了。通过一个个电话沟通协调,没想到工人们都表示愿意为抗疫出一份力。早上6点30分,霍强顾不上吃早餐,和其他4名同事分别驾车赶往新洲区,将26名工人分两批送到火神山医院建设现场。

"参加医院建设,大家都憋着股子劲儿,就准备大干一场!"中铁十一局建安公司武汉梧桐苑项目经理黄喜胜得知消息后,主动向公司请缨。

此前,为筹备雷神山医院建设所需应急物资,建安公司第一时间成立项目支援工作小组,梧桐苑项目迅速拆掉多套正在使用的工地活动板房,抽调集装箱、柴油发电机作为应急物资储备以备随时征用。

当天,短短数小时,建安公司就集结了 20 多名钢结构专业人员、电焊机 10 台,以及充足的电线、电缆、焊条和头灯等,火速驰援火神山医院建设。

就这样,中铁十一局近百名电焊工、钢结构工从四面八方赶来,在当天中午集结在火神山医院建设现场。

火神山医院位于武汉市蔡甸区知音湖畔,总建筑面积达 33940 平方米,设有 1000 个床位,是该市新建的首座用于集中收治新冠肺炎患者的专门医院。

现场施工最大的挑战就是工期、人员、资源都异常紧张,几千人交叉作业,施工安全隐患非常多,令人头疼的是还有感染的危险。

为了防止被病毒感染,他们在现场给作业人员配发了口罩和药品,并定时进行体温测量。施工团队虽然是临时组建的,大多数人此前素不相识,但是大家内心的想法却是一样的,也是强烈的。他们自觉协同配合、理解支持,争分夺秒,日夜奋战。吃饭是泡面,夜宵是矿泉水加小面包。两天一夜的持续抢拼,虽然疲惫至极,但看着建成的 ICU 病房 55 根钢结构立柱、2 圈立柱围栏钢管、7 榀架立屋面的钢桁梁,他们还是充满了慰藉。

2 月 2 日 22 点 30 分,中铁十四局大盾构公司武汉地铁 5 号线 3 标项目部负责人林尚月接到紧急通知,火神山医院急需水电安装支援。该项目 30 分钟内就组织了多名水电安装工,不到 1 个小时,支援队伍就赶到现场,连夜熟悉施工现场,了解水电线路分布,迅速展开工作,按时完成了多个房间电线安装工作。

2 月 4 日,仅用 10 天建成的武汉火神山医院正式收治新冠肺炎患者,标志着中国铁建参建的火神山医院正式投入使用。

抢建"方舱医院",再次吹响集结号

继建设火神山医院、雷神山医院之后,2 月 3 日晚,武汉市决定建设 3 所"方舱医院",用于收治新冠病毒感染的轻症患者。

"方舱医院"是解放军野战机动医疗系统的一种,在各种应急救治中也有广泛使用。"方舱医院"一般由医疗功能单元、病房单元、技术保障单元等部分构成,是一种模块化卫生装备,具有紧急救治、外科处置、临床检验等多种功能。

2月4日10时20分许,中铁十一局接到援建通知,位于武汉国际会展中心的"方舱医院"急需大量工人安装病床和隔离设施,并需要自带锤子、电钻、电锯等工具设备物资。

同样,接到武汉国际会展中心"方舱医院"援建任务的还有参与武汉地铁建设的中铁十四局。

时间就是生命。具有军队传统的中铁十一局、中铁十四局再次吹响集结号,迅速组织调集作业人员。

13时,由中铁十一局300多人、中铁十四局30多人组成的应急支援队伍抵达现场,展开施工。

在武汉国际会展中心"方舱医院"建设中,中铁十一局主要负责二楼5个区域所有隔离墙安装、228个病床安装和临电安装任务。中铁十四局主要负责一楼东大厅全部改造工程,共建隔间病床近400张。

"武汉现在深处危难之际,外面有数以万计的疑似病人需要及时得到救治,这正是我们奉献力量的时候。我们一定会发扬铁军精神,顺利完成这次援建任务。"支援现场,建设者信心坚定。

中国铁建建设者分秒必争,奋力拼搏。17时圆满完成武汉国际会展中心"方舱医院"中的建设任务后,又火速驰援武汉客厅的"方舱医院"建设。

在武汉客厅"方舱医院"建设中,中铁十一局主要负责860多张床铺的安装、搬运、铺设和临电安装、吊顶等施工任务。中铁十四局主要负责东大厅部分改造工程施工任务。他们通宵奋战,再次以高效优质书写了铁军的使命担当。

截至目前,中国铁建先后参与了武汉国际会展中心、武汉客厅、湖北省委党校新校区、塔子湖体育中心4家"方舱医院"建设,共完成近2300多张病床铺设和隔板安装、临电安装等任务。中国铁建旗下的队伍五战五捷,为武汉疫情防控呈现了央企的爱心和力量。

逆行而上，他们心中没有退缩

2月8日，农历正月十五，元宵节。中铁十一局再次驰援湖北省委党校新校区"方舱医院"建设。在这群心系疫情的逆行者中，中铁十一局城轨公司盾构再制造基地的陈江已经是四上"战场"了。

2月4日城轨公司在援建武汉国际会展中心"方舱医院"时，火速成立党员突击队。突击队队员们面对鲜红的党旗，重温入党誓词，表示一定按期完成"方舱医院"建设任务。

还不是党员的陈江表示："在目前抗击新冠肺炎疫情的严峻形势下，我虽然不是共产党员，但我要向党员学习，以共产党员的标准严格要求自己，争当先锋模范，如果党组织能接纳我入党，也是我毕生的荣幸……"在宣誓现场，他庄重地向党组织负责人交上了自己的入党申请。

"我去！当然去！我也报名！"得知公司要报名支援火神山医院建设，作为一名老铁道兵，中铁十一局建安公司梧桐苑项目书记赵开清身上军人的血性再次涌现上来。

临行前，他拨通了妻子的电话。电话那头正等着他回家过年的妻子，本能的反应是劝阻，但结婚几十年，她深知老赵的脾气，他拿定的主意就是九头牛也拉不回。妻子只好含着眼泪在电话中再三嘱咐："老赵，你年龄大了，一定要注意自己的身体和安全，平安回来啊！"

在赵开清和黄喜胜的带领下，队伍紧急集结，火速驰援火神山。抵达施工现场后，大家争分夺秒地全力投入施工建设。在现场，赵开清这位不再年轻的老铁道兵拼着力气和大家一起装卸材料，两天一夜，赵开清一刻也没有离开去休息，实在坚持不住了，就寻根钢筋坐下稍做喘息又继续奋战。圆满完成任务、安顿好工友后，赵开清刚想休息一下，2月4日，公司再次吹响抢建"方舱医院"的集结号，这位老兵又率先报名参加战斗，带着他的队伍再次"逆行"奔向战场。

"工人不够，我们上！"2月4日，中铁十一局一公司武汉地铁5号线项目经理王军接到援建武汉"方舱医院"的通知，但因为春节的原因，工人都放假了，支援的工人不够。"工人不够，我们就是工人，我们上！"王军带着几名工人和5名项目管理人员奔赴抢建一线。项目会计肖汐浪更是第一次去工地干活，但他毫不胆怯,"不会的我就跟着学,跟着做。"进场后,他先到别的场地学习了一会儿,然后便将一块块木板运到二楼,开始拼装,很快就进入了状态。

当前,湖北疫情形势仍然严峻,建设者们表示,随时准备参与后续应急建设任务,为打赢疫情防控阻击战贡献铁建力量。

原刊于《中国铁道建筑报》2020年2月12日1版

千万里 只为你

周献恩 陶 静

国内应急救援已是困难重重,而跨国救援则需要面对更多不确定因素和复杂环境。但在生命面前,中国救捞人从未退缩,从不放弃。

2019年3月初,交通运输部救助打捞局向国际海事组织递交了广州打捞局赴马来西亚应急救援队(以下简称"救援队")"海上特别勇敢奖"提名材料。在对马来西亚"荣昌8"轮的搜救中,这支15人组成的救援队先后分两次紧急出发,与时间赛跑、与死神角力,克服重重困难,冒着生命危险,从倒扣的遇险船中成功救出两人,打捞出一具遗体,创造了中国救捞史上幸存者被困55小时后获救生还的奇迹,得到马来西亚政府、中国驻马来西亚大使馆和交通运输部领导的高度肯定和赞扬。

在"一带一路"建设的进程中,这支团队用自己的勇敢和汗水,践行了"把生的希望送给别人,把死的危险留给自己"的救捞精神,让中国救捞闪耀世界。

救援队成功救出第一名幸存者

快速反应 争夺"黄金72小时"

从中国广州到马来西亚麻坡巴冬水域,尽管相隔2600公里,但并未阻隔交通运输部广州打捞局应急救援人员创造出生命救援的奇迹。

"去年在马来西亚的那次跨国大救援,既是对生命的尊重,也是中国救捞闪耀世界的一次壮举!"见到记者,救援队队长、广州打捞局海洋工程中心主任王仁义说。

时间回溯到2018年3月21日。

当天早晨8时30分,急迫的求救声从马来西亚海事机构的指挥中心传来,马六甲海峡发生了一起惊动中马两国政府和人民的海难事故：一艘多米尼加籍挖沙船"荣昌8"轮在马来西亚麻坡巴冬水域(马六甲海峡南部)倾覆,船上18人遇险,其中包括16名中国船员。16名中国船员中,已有1人死亡,3人获救,其余12人下落不明。

险情重大,情况危急！

中马两国政府高度关注,交通运输部当即指示部救助打捞局与马方搜救部门联系对接,指示广州打捞局做好赶赴现场进行应急救援的准备,并与外交部及中国驻马来西亚大使馆联系、协调。中国驻马使馆第一时间协调马方全力搜救失踪船员。

接到指令后,广州打捞局连夜成立赴马来西亚应急救援队,在各方协调下,以救捞专家王仁义为队长的15人先后分两次紧急出发,一场与时间赛跑、与死神赛跑的跨国大救援拉开序幕！

首批7名应急队员于3月22日11时36分抵达马来西亚事故现场指挥部,与马方火速商讨救助方案。

难题摆在中马两国营救人员的面前：

现场水深34米,水流湍急,倒扣的遇险船漂浮着,仅有一条拖轮在现场守护,随时可能进一步下沉和倾斜；船体结构复杂,从经验推断,翻转后船舱内会有众多杂物,一些结构物随时可能掉落,对救助人员构成重大威胁。

然而,经过现场评估后救援队认为：潜进倒扣的遇险船中,搜索、救出幸存者,是唯一有效的办法。

潜入船舱救人？此前,马方的潜水队员采取背氧气瓶的潜水方式,只能在货舱里搜寻和水面巡视营救。中方救援队提出如此高风险的方案,让他们有些犹豫。

经过详细地介绍以往救助经验,并展示成功救助的案例后,马方现场指挥人员悬着的心才放下来,同意潜水进舱救人。

13时10分,救援队到达难船现场,同时从新加坡调遣一艘8000马力救助拖轮前来支援。但起初,救援队并无遇险船舶资料,只是从幸存的船员口中得知,事发时遇险船正在施工作业,机舱、驾驶楼、泵房、甲板均有人值班。而且,在机舱附近的船底,曾听到传出来敲击声。

有幸存者！机舱！此时的救援队一下子兴奋起来。

尽管船体仍然处于漂浮状态，经过现场评估，救援队决定下水救人。

16时45分，潜水员骆伟建、张桂华下水，通过敲击船体，真切地听到了舱内的回应声——有幸存者！

随后，又一批两名潜水员顺着信号绳先后进入机舱搜寻。机舱内的污油层足有五六厘米厚，油气充满机舱，救援队员不停地敲击船体，但没能听到任何回应；来回搜寻近5个小时，翻遍每个角落，始终未发现幸存船员或遗体。

时间就是生命。潜水员们都已经精疲力竭，但"能熬就熬"，直到次日凌晨6时，可全力搜寻只闻其声，未见其人。此时，马六甲水域涌浪不断加大，激烈的摇晃使遇险船的沉态进一步恶化。

船员下落不明，生死未卜，撕扯着救援队员的心。

点评

72小时，是在空气、水温等相关条件满足下，遇险人员水下生存的黄金期。抢夺这"黄金72小时"，是与死神角力。

然而，这场跨国水下救援行动，面临着诸多外事许可环节、国内大型潜水设备无法空运到现场等比国内救援更大的难题。可喜的是，在外交部、交通运输部及部救捞局、广州打捞局争分夺秒的协调下，首批救援人员在最短时间抵达了现场，并取得了当地的潜水设备。

更为难得的是，尽管只有简陋的潜水设备，尽管遇险船仍然处于漂浮状态，为了救人，救援队放手一搏：进船舱来回搜寻，竭尽全力，只为了找到遇险者。要知道，穿戴着厚厚的潜水设备，水下作业体力消耗相当于岸上的6倍！要知道，在翻扣船的内部，危险无处不在。

潜水员下水搜救

用尽全力　终于找到你救出你

得知现场的搜救进展后，3月23日3时18分，广州打捞局再次火速派出的第二批8名救援人员已从广州出发。

在晚上休整时，搜救队员们彻夜难眠：白天搜救时真切地听到了敲击声，可人怎么就不在机舱?

3月23日早晨,新一天的救援开始,所有人都揪心昨天船舱内传来的敲击声。

经过再次评估,救援队决定依托现场守护拖轮和从新加坡调遣来的救助拖轮,先紧急将难船拖至附近浅水区,让驾驶楼顶部轻微触底以初步稳定船舶。顺利将难船搁浅后,搜救工作继续进行。

万幸的是,船舱内又传来敲击声,被困人员还在!

两名潜水员下水,开始搜寻人员可能存活的泵房,但入口处被气瓶和杂物阻挡,经过数次努力都没能清理成功。

此时,揪心了一整夜的张桂华心急如焚,主动请缨,与潜水员邓烨再次下水实施救援!

经过地毯式搜索,两人终于找到了进入泵房的唯一通道。但是,如迷宫一般的通道不仅异常狭窄和曲折,而且堆满了各种杂物和器械,水下漆黑一片,且布满了障碍物。

他们的身后,都拖着一根长长的用于供气和通信的"脐带",这是潜水生存最重要的依赖,而进入迷宫一样的通道,"脐带"很容易缠绕、挤压。

"再困难也得进去!"张桂华和邓烨下定决心,一边清理着障碍物,一边摸索着前进。经过仔细搜寻,终于发现了泵房大门,但大门已因严重变形而被卡死。

也许被困人员就在门后的舱室内!时间就是生命,两名潜水员用手中唯一的铁锹,一点一点地撬动。他们拼命地互相打气:抢抓每分每秒,把生的希望早些送给被困人员。

经过近1个小时的努力,邓烨和张桂华终于进入了只有1.5米见方的狭小泵房里,发现了两名幸存者!由于在水下困了50多个小时,两名幸存船员身体接近虚脱,精神接近崩溃。

"不要怕,请放心,一个一个来,我们一定会把你们安全带出去!"安抚好船员情绪后,张桂华立即返回水面去取呼吸设备,准备带领被困人员出水。而邓烨则紧紧地抱住两名船员,尽力安抚。

14时10分,张桂华给一名幸存者戴上潜水面具,准备带领他出水。就在出发前,张桂华发现他的"脐带"与邓烨及幸存者的"脐带"纠缠在一起。如果不及时理清,三人的安全都将受到严重威胁。

于是,他再次返回水下,理顺好"脐带"后再返回泵房内,带着第一名幸存者艰难地穿过狭窄弯曲的生命通道。

近了,近了,离出口越来越近了!

14时55分,第一名幸存者刘孔干(福建籍轮机长)从死亡线上被拉了回来。那一刻,距他被困水下已整整55个小时!

此时,泵房里的邓烨正全力安抚着另一名幸存者。但这名船员情绪异常紧张,说什么也不肯佩戴呼吸设备。从头盔电话中得知消息后,张桂华再次小心地挤进泵房,用手势反复安抚船员:同伴已经获救,戴上呼吸面罩,配合救援。幸存者这才慢慢冷静下来。

此时,邓烨紧紧抱着幸存者,慢慢往舱口的通道转移,但意外突然发生:也许是长时间精神紧张,也许是对再次下水的恐惧,这名幸存船员情绪出现大幅波动,胡乱挣扎着想冲出舱口,使他的"脐带"与邓烨的"脐带"连同信号绳绞缠在一起,情况十分危急!

在舱口接应的张桂华看到这一紧急情况,不顾自身安危,立刻用小刀将信号绳斩断,小心地理清他们的"脐带"和绳子后,三人才小心翼翼地通过充满障碍的通道。

15时42分,第二名幸存者梁普增(浙江籍船员)终于被安全带出水面。两名被困人员全部获救!

水下奋战近3个小时,两名潜水员已筋疲力尽,但他们的身心都被一种难以言表的喜悦包裹着:在异国他乡的大洋下,他们救起了两个活生生的人!

点评

翻扣船里救人,一个突发或不可测的意外,都足以让潜水员送命。

在这次异国他乡的救援中,船舱里有厚厚的油层,即使开着头顶探照灯,也是黑乎乎的。没有参照物,很难分清自己在哪里,只能靠手感、记忆摸索前进。而幸存船员情绪失控后的乱抓乱翻,让救人者和被救者都陷入危险境地。同时,船倒扣之后,涌浪一来,结构物极易掉落,压挤供氧"脐带",舱内杂乱的铁器利口,也随时可能割断"脐带"……危险随时、随处都在。

然而,只要有一线希望,就决不放弃,救援队员用他们的果敢和生命,彰显了"把生的希望送给别人,把死的危险留给自己"的救捞精神。

通 讯 类

搜救人员敲击沉船船底

决不放弃 一定让她回归故里

被救船员家属悬着的心稍微安定下来了,而没被发现的船员家属依然心急如焚。从获救的两名船员那里得知,机舱里应该还有人。

3月24日9时,遇险船尾部开始下沉,情况越来越危急。潜水队员郑洁云、陈锐迅速着装下水。他们仔细搜寻着可能有人的主甲板两个房间和厨房。这块区域虽无敲击回应,但又是船员最重要的生活区。

船舱内所有物品都翻倒过来,杂乱无章地充斥各个空隙,给救援带来极大困难,潜水队员只能一寸一寸地反复探摸。从厨房到餐厅,再到储物间一个个检查,工作手套早已磨破。

由于通道太窄,郑洁云单独进入各个房间搜寻,陈锐在通道拐角处接应。

由于是第一次参与实战,害怕、紧张、恐惧,还是别的什么,独自进去的郑洁云一直在努力地克制自己。四五平方米的房间,他仔细搜寻了四五遍,才到下一个房间搜寻。

此时,陈锐一直在房间拐角处焦急地等待,一边小心地帮他整理着"脐带",一边默默祈祷同伴能找到幸存者。

时间一分一秒过去,郑洁云搜索完餐厅和两个船员房间,却毫无发现。当他来到厨房门口时,一抬头,就摸到了一只手,他瞬间懵了。但立即回过神来,这不是幸存者,而是一名女性遇难者!

他鼓足勇气拉了拉那只手,却怎么也拉不动。失事已过三天,在温度约20摄氏度的船舱里,遇难者身体浮力已经变得很大。他小心地靠上去,拿绳子把遇难者的腰部绑上,心中只浮现一个念头:完整地带她出水,让她能回归故里!

郑洁云很小心地将遗体压过舱口,终于将她带出水面。

3月26日,现场搜救工作正式结束,这场牵动多方的跨国大救援落下帷幕。

这次救援中,救援队共入水18人次,对难船生活区、机舱、泵房、船头储物舱、货舱等每一个可能存在失踪船员的舱室都进行了地毯式搜索,救出两名被困幸存者,打捞出1名遇难者遗体,创造了中国救捞史上的奇迹。

救援队的 15 位英雄，王仁义、张潮水、李昌、杨银欢、吴德剑、张桂华、邓烨、郑锐、陈锐、骆伟建、王伟科、袁庆华、黄国超、廖志前、蓝建军，他们的荣光，已永远载入了中国救捞的史册。

点评

人，对黑暗有天生的恐惧。在又黑又冷的水下，面对绕来绕去的弯道、横七竖八的杂物，更是令人胆战心惊。

潜水英雄，成为英雄之前，也只是一群普通人，有的也不敢摸遗体，有的也需要做心理辅导，才会放下心中的芥蒂。但是，下水之后，他们都会全力以赴，成为一名不知疲倦、奋勇出击的水下"战神"。

海难无情，大爱无疆。他们的善举在"一带一路"上永远流传；在建设交通强国的路上，留下了闪光的一页页。

薪火相传　随时准备再次出征

现场搜救工作结束的当天，中国驻马来西亚大使馆大使接见了 15 名救援英雄，高度赞扬了这次跨国救援，并为中国拥有这样一支应急搜救队伍而感到骄傲和自豪。

而让救捞专家、领队王仁义骄傲和自豪的，则是在每一次接到应急任务时，火速召集成立的救援队，都是本着"谁在家、谁最快"原则进行的。指令一下，应急队员有的从工地现场赶来，有的则立即取消休假从家里赶来，集结迅速，招之即来，来之能战。

经过多年的培养、锻造，广州打捞局已经形成了一支实力强大、敢拼敢战的应急救援队伍。

前不久，记者见到了张桂华。刚从湖南东江湖训练回来的他，在为期 15 天的混合气潜水训练中，分别进行了 66 米和 78 米的潜水作业。"冬练三九、夏练三伏"，各种强化训练按计划进行着，以随时应对海上、江河、湖泊上的应急救助抢险。

"我参与四川广元应急打捞任务时，就潜到了 60 米。如今有了混合潜水训练，可以更好地在水下应急救援中发挥作用！"张桂华说。

在"华天龙"起重打捞船上，记者见到了潜水员郑洁云。年轻、帅气，走路一阵风是他留给记者的第一印象。据介绍，"华天龙"上的潜水小组有七八名潜水员,没有应急救援任务和潜水作业任务时,郑洁云则和同伴练就了烧焊、切割以及开叉车、吊车等过硬的本领;更重要的是,要做好跑步、俯卧撑等体能训练,并培养队员之间的默契感、信任感。

"我们通过导师带徒,口口相传,提升潜水技能,规避作业风险,这已成为多年的传统。"党的十九大代表、"华天龙"工程船总监、高级潜水员钟松民解释道。

作为潜水前辈,每次潜水作业或应急抢险时,钟松民总是下第一班水以探明情况,随后在岸上坐镇指导。有好几次遭遇突发情况,险些"死了一回"。他敢拼敢干的精神,深刻地影响、激励着年轻一代的潜水员们。

记者了解到,在广州打捞局,言传身教的好榜样更有已退休的传奇人物"水哥"——张潮水。他从一名普通潜水员成长为原"华天龙"工程总监,先后被授予全国"五一劳动奖章"、广东省劳动模范等荣誉称号,4 次被评为救捞勇士,3 次被授予救捞系统先进个人,经历了数次大型打捞工程和抢险救助任务。

"打捞人要有'豹的速度、鹰的眼睛、蚂蚁的腿脚、神仙的肚子'——抢时间,抓细节,手脚并用,废寝忘食。""水哥"的这句"名言"成了鼓舞应急抢险人员的精神食粮。

广州打捞局获得 2018 年国际海事组织(IMO)"海上特别勇敢奖"奖章的高级潜水员、救援工程船队第四工程队队长钟海峰,更是身边的好教材。

在 2017 年 11 月 27 日救助珠江口伶仃航道海域沉没的"锦泽"轮 7 名被困船员行动中,钟海峰上下来回 6 次,在半个多小时内成功拯救被困于水下超过 36 个小时的 3 名船员,创造了海难救援奇迹,诠释了一名高级潜水员的勇猛与担当。

"这个奖是给我们团队的,也是给中国救捞事业的。在生命面前,每一名潜水员都会用尽全力,勇往直前!"钟海峰在获得"海上特别勇敢奖"后的这番话,是对广州打捞局应急救援精神的真实总结,也是对中国救捞精神的深刻诠释。

这种精神薪火相传,指引着一代代应急队员苦练本领,在一次次的应急救援中创造出生命的奇迹,谱写着一曲曲感人至深的救助凯歌!

点评

对大多数人来说,美丽的大海是休闲度假的好去处,但是对于水下救捞人员来说,大海更多地意味着危险任务。

他们都希望,救援任务越来越少,甚至没有,因为每一次救援,都意味着险情、灾难和生死博弈。但谁都明白,险情不可能消除,他们要随时待命。

每一次看到那些遇险者从绝望中重现希望的眼神、上岸后的号啕大哭,都让应急队员们百感交集,热泪盈眶。因为经历了生死考验,他们太知道生命的脆弱,太知道潜水救助的重要意义,也更加激励着他们坚守使命,勇于担当,迎难而上。

一群最可敬、可爱的人!

原刊于《中国救捞》2019年4月第28~33页

打好"组合拳" 护航回家路
"速度+精度+温度" 牢牢扎紧外防输入关口
——北京交通行业疫情"防输入"工作纪实

韩 靖

当前,境外疫情快速蔓延带来的输入性风险持续增加,外防输入形势异常严峻复杂。北京作为重要国际口岸城市,防范境外疫情输入已经成为当前的重中之重,只有采取更加严格的防控措施,才能最大限度堵塞风险漏洞,确保首都安全。

为全面降低新冠肺炎疫情境外输入的风险,北京交通行业不断调整工作重心,始终在"外防输入"上掌握工作主动权,多措并举做好境外疫情输入防控工作,全面筑牢疫情防控严密防线。

面对境外输入风险陡增的新挑战,首都交通人迅速行动,积极参与运输组织保障及调度协调工作,担负起境外返京旅客运输保障任务,将战"疫"一线前移到首都国际机场、新国展转运点、小汤山医院等地。"压力再大,困难再多,我们也要坚决打赢这场疫情防控阻击战!"这是近日从战"疫"一线传来的最多的声音。召必回,战必胜,坚守的是信念;冲在前,干在前,坚守的是责任;我不怕,我先上,坚守的是担当。号角吹响时,逆行而上的首都交通人用责任和担当筑起了疫情防控的堤坝,用勇气和智慧筑起防护的层层壁垒,用行动和坚守筑起境外输入第一道防线,彰显了北京交通速度、精度、温度。

速　度

下好"先手棋"提前摸清底数

成立转运调度组　用"民航飞机速度"与时间赛跑

随着本市境外疫情输入确诊病例的不断增加,首都国际机场成为本市疫情防控工作的战略重点,市委市政府迅速启动应急响应机制,科学制定防疫工作措施,在机场设立了前方指挥部。自2020年3月2日开始,市交通委作为指挥部成员单位,参与交通保障工作,市交通委李先忠主任第一时间研究、批准了国外抵京人员转运工作流程,王兆荣副主任在机场前方指挥部坐镇协调、调度,落实了运力、驾驶员防护、车辆洗消以及卫健、机场、公安、社区防控组等相关部门的衔接工作。自3月1日晚接到转运保障任务,经市交通委和运输企业共同努力,抽调管理人员、调集车辆、选派驾驶员、协调防护物资,3月2日早8时,转运保障车辆已到机场待命执行任务。

3月10日,北京市副市长杨斌带队赴首都国际机场检查疫情防控期间首都国际机场陆侧交通接驳运输服务工作及境外人员进京交通保障相关工作时强调,当前国内外疫情防控形势依然严峻,各相关单位要高度重视,严格落实中央疫情防控规定和首都严格进京管理联防联控协调机制要求,特别是市委书记蔡奇对疫情防控工作的指示精神,做好重点国家入境人员转运服务保障工作,在北京口岸入境防疫管理联防联控应急处置组的统筹协调下,分工负责,加强配合,实现全流程闭环管理。杨斌特别要求市交通委要做好首都国际机场日常陆侧交通接驳服务工作,确保运输服务质量;更要按照北京口岸入境管理联防联控应急处置组的统一安排,做好入境旅客的转运交通服务保障工作。

入境人员转运工作,看似并不复杂,但时间紧、涉及部门多,需要大量沟通协调。更为重要的是,在转运过程中,既要保障工作人员的健康安全,做好消毒防护,又要克服疫情防控期间人员不足的现实困难。

在转运保障过程中,市交通委始终密切关注转运工作运行情况,发生问题第一时间协调各相关单位,提前研判,不断调整和优化转运流程;各"参战"运输企业不惧艰险、奋勇向前,全力做好入境人员进京转运服务保障工作。北京交通行业正用"民航飞机速度"与时间赛跑。

主动请战　秒入"战斗"状态

2020年3月1日夜里，北京民航机场巴士有限公司(简称机场巴士公司)接到了市交通委严格进京管理联防联控航空旅客转运任务，自3月2日起执行旅客转运任务。

在接到应急任务后，机场巴士公司第一时间动员全体员工参加应急保障任务。在面对有可能感染病毒的危险面前，员工们无一退缩，主动请战。他们秒入"战斗"状态，不畏病毒，逆向前行，在首都国际机场与新国展之间，24小时不间断转运入境旅客，共同把牢防境外输入的"第一关"。

应急任务开始后，在首都国际机场T3航站楼近端车场总能看到一个身影在不停地忙碌着，从清晨到夜晚，他就是机场巴士公司客运一部的副经理李勇。动员司机，安排车辆，运营调度，数据统计……不仅如此，他还担负起防控物资的领用、发放、记录工作，同时承担着司机休息室、调度室、运营车辆的日常清洁和防疫消毒等任务。李勇曾说："这是一项光荣而艰巨的任务，既然我来了，定不负使命！"

为全力保障此次疫情联防联控转运任务，机场巴士公司共投入车辆48部，转运保障的驾驶员168名，管理及辅助人员64名，共计232人。截至3月27日共发车2138班次，转运旅客43889人次。

"3+1"转运模式　24小时"歇人不歇车"

2020年3月15日零时起，首都国际机场将全部国际以及港澳台地区的36个进港航班调整到处置专区运行，导致部分时段旅客和行李激增。针对这种突发情况，市交通委入境进京人员交通服务保障现场调度组及时启动应急预案，在一个小时内快速调度10余辆厢式货车参与行李的运输工作。同时，为了提高转动效率，保障组将旅客和行李的转运模式由原来的旅客与行李共用一辆大巴车的方式，调整为"3+1"模式，即三辆机场巴士配一辆厢式货车，并编组分别运送旅客和行李的模式，现场转运效率提升了50%。

接受调派承担此次行李转运保障任务的是春溢通搬家公司。时间紧、任务急，春溢通搬家公司的项目经理郑启枢主动请缨承担起重要任务，40分钟内，带领 8 辆货车在机场指定地点集结完毕并投入到转运工作中。

转运任务对安全性、准确性要求极高，每次任务预告时间短，且要求一定准时抵达机场指定地点，所有车辆和人员需不分昼夜保持 24 小时不间断、随时待命的状态。随着入境旅客人数进一步增加，按照交通服务保障现场调度组的要求，春溢通搬家公司增加了 8 名司机承担夜间行李转运工作，采取昼夜两班、歇人不歇车的方式，确保了运力充足。"我总算是体会到一线医护人员的辛苦了！原来穿着防护服浑身是汗工作起来这么沉重，戴着护目镜鼻梁这么疼！"郑启枢感叹道。

3 月 15 日至今，春溢通搬家公司共计发车 300 多车次，运送行李 20000 件次，未发生行李遗失、遗漏情况。

精　　度

打好"主动仗"强化闭环式管理

筑牢防输入坚实屏障　凸显"北京交通精度"

为加强入境人员入口管理和落地管理有序衔接，市交通委为入境人员从机场到转运点开辟了"全封闭通道"。交通服务保障现场调度组的工作人员每天提前对接航班、旅客、行李数据信息，提前备班做好转运准备，为入境乘客提供 24 小时不间断转运服务，力争做到"乘客少等待、服务零差错"。同时，还对运输服务实施全程跟踪、协调、保障，组织做好值守、现场调度等管理工作，做到转运旅客流程规范、无缝衔接，用"北京交通精度"筑牢防输入坚实屏障。

"第一时间"到位　"第一时间"处置

手机不离手、调度不停歇，这是东城运输管理分局新国展交通运输服务保障工作组工作人员每天的日常。东城运输管理分局临危受命，勇挑重担，承担了在新国展集散点配合各省区驻京办、协调客运企业为离京旅客提供应急用车转运等任务，全力确保各项交通运输服务保障工作有序开展。

2020 年 3 月 20 日，保障组人员乘车抵达顺义新国展，该接驳点承担着首都国际机场的境外人员转运任务。办交接手续、参加驻地工作会、前往现场了解情况……一下车，保障组人员的行程瞬间就被"填"满了。殷紫原是东城运输管理分局年龄最小的同志，此次他主动申请参与保障工作任务，在新国展集散点的现场协调、工作信息撰写、应急任务出勤等工作中都能看到他的身影。为确保能随时参与到任务中，他放弃个人休息时间，食宿单位。在东城运输管理分局支援新国展交通运输服务保障工作组的队伍中，有三名都是和殷紫原一样去年新入职的青年同志，在保障工作中，他们充分发挥了青年突击队和多面手的作用，用青春书写了战"疫"担当。

随着境外疫情变化，所有国家入境抵京的旅客，都需要检查、隔离、转运，保障组的每名队员都深知身上的担子越来越重。他们负责调配车辆和人员、联系对接接驳点、汇总转运人员信息、编写工作简报等，每天都处于24小时待命状态。对此，他们毫无怨言地说道："特殊时期要尽非常之责、尽非常之力。"

随叫随到　全天候服务不断档

3月10日，按照首都严格进京管理联防联控协调机制工作部署，以及市交通委服务保障现场指挥部和新国展集散点指挥部的统筹安排，首汽集团成为转运服务保障的成员之一。

"我们在接到任务的当天晚上就迅速完成了集结工作，很多党员司机主动请战，从十个车队中指定了三个车队，挑选出参加过多次大型保障任务、党员身份的驾驶员执行任务，随时具备出发条件。"首汽集团相关负责人说。

服务期间，首汽集团的驾驶员实行倒班制值守保障机制，全天候在新国展随时待命。没有接到任务时，当班的司机会对车辆进行全方位检查和无死角消毒工作。只要场内的工作人员通知，司机就要第一时间把车开到指定地点，等待乘客上车，为入境乘客提供24小时不间断转运服务。

按照疾控防疫要求，在现场的首汽工作人员都要穿着防护服，戴口罩、护目镜等。防护服虽然安全，但确实不透气。因为工作时间长，他们的脸上都被口罩勒出了印痕。"最开始，我需要别人帮忙才能穿上防护服，每天穿戴整齐所有防护衣物就要用半小时。现在习惯了，不但自己就能搞定，而且十分钟之内就能穿戴整齐。穿上防护服，发车的那一刻，使命感油然而生。"一位坚守在一线的首汽司机自豪地说道。

在转运工作中，首汽集团严格控制车辆满载率不高于50%，把相关人员送到指定地点后,司机还要对车辆进行无死角消毒,做到"出车一趟、消毒一次"。目前,首汽集团所有投入使用的转运车辆均严格做到"专车专用",驾驶员和转运车辆在此期间不参与其他社会运输服务。

温　度

细耕"责任田"提供优质服务

用"北京交通温度"为医护人员提供能量

为进一步做好输入人员疫情防控工作,北京市医管中心陆续协调市属各医院精干力量增援小汤山医院,随着医护人员的不断增多,原定为医护人员驻点的2家酒店也逐步增加到了4家。为了让"抗疫战士"们无后顾之忧,战"疫"之初,市交通委第一时间发出号召,成立了医护人员交通保障团队。丰台运输管理分局、公交集团和首汽集团主动承担经检查排除人员的转运工作、医护人员通勤保障和地坛医院应急运输的特殊保障任务,用"北京交通温度"为医护人员提供能量。

无缝衔接　信息共享　做好转运"协调员"

2020年3月16日,北京小汤山医院重新披甲上阵。接市交通委紧急通知,为快速高效地做好小汤山医院检查排除人员的转运工作和医护人员通勤保障工作,确保各环节无缝衔接,在小汤山医院启用的第一天,丰台运输管理分局就选派工作人员入驻了小汤山医院,担任起了转运"协调员"。

面对紧急的保障任务和各种临时出现的突发情况,丰台运输管理分局协调专班的工作人员充分发挥了转运"协调员"的作用,第一时间勘察了小汤山医院内外部道路,畅通了信息沟通渠道,根据医院内外道路较窄的情况,提出了"避免交叉车流""东进西出"的建议。同时,协调医院及时通报人员排班安排,确定院内候车点;根据医护人员临时通勤情况,协调安排夜间班车,制定医护人员夜间通勤班车时间表等。对于小汤山院区外部道路正在维修、影响了通勤班车主要通道的情况,转运"协调员"及时提醒公交集团注意通勤时间,安全行驶;协调医院做到"院内道路公交优先"。

目前,经检查排除人员的转运工作和医护人员通勤保障工作进展顺利,丰台运输管理分局协调专班的工作人员在工作笔记中写道:"医务工作者是最可爱的人,作为转运'协调员',我们要想医务人员所想,急医务人员所急,为打赢这场战'疫'贡献力量。"

"零事故""零感染" "公交力量"助力"白衣战士"

根据市委市政府关于疫情期间应急保障运输要求,公交集团主动承担了地坛医院应急运输保障任务和接送小汤山医院医务工作者班车的特殊保障任务。

"今天天气预报有小雨,检修重点是专车雨刷和制动系统。同时,气温有所回升,一定要严密检查发动机水管和油路系统连接部位的紧固,确保无渗漏,对车辆外部要细致消毒。"3月31日,郁金香温泉花园度假村停车场内,保修分公司一厂的邱德运带领四名技术保障小分队员,正在为执行地坛医院应急运输任务的2部专车进行细致的车辆检查。

公交集团保修分公司结合此次执行应急运输任务车辆车型、车况特点,迅速制定保障方案,选派精干保障力量成立专项工作小组,在同步做好常规线路运力保障工作的基础上,采取多项措施全力做好应急运输车辆技术服务保障工作,努力确保执行任务人员"零感染"、执行任务期间应急运输车辆中途"零故障"。

而在战"疫"的另一战场——小汤山医院,公交集团还承担着医院通勤班车应急运输任务。公交客八分公司第一时间选拔政治素质和驾驶技术双过硬的37名员工参与此次应急运输服务保障任务,成立了疫情应急服务保障小汤山突击队,备齐了医用口罩、酒精、消毒液、洗手液等防护用品。

执行任务以来,公交集团累计投入运营车辆27部,发出1372车次,运送医护人员逾1.7万人次,营造了安全舒心的乘车环境,最大程度满足了医务工作者通勤需要。

原刊于《都市交通》2020年第15期4~5版

"快,立刻去现场支援!"

本报记者现场直击沈海高速公路温岭大溪段槽罐车爆炸事故救援工作

张诗雨　王多思　蒋尚建　章柠檬　盛琪　朱国金

2020年6月13日16时40分许,G15沈海高速公路温岭大溪段发生槽罐车爆炸事故,导致重大人员伤亡和财产损失。事故发生后,浙江省交通运输部门第一时间开展救援处置工作。台州市交通运输局局长陆善福、党委委员阮仁贵第一时间赶赴现场,同时紧急集结交通执法人员200余人次、交通施工队伍300余人及6台挖机参与交通管制与救援工作。6月14日上午,记者前往爆炸核心区良山村,现场直击沈海高速公路温岭大溪段槽罐车爆炸事故救援工作。

不到20分钟就赶到了现场

【6月13日17时左右】

台州市公路管理局高速路政一大队到达现场。随后,温岭市交通运输局也开始组织力量协助救援。

如果没有这次爆炸事故,台州市公路管理局高速路政一大队路政员王克强也许会度过一个和往常无异的值班工作日。直到接到浙江交通集团沪杭甬台温运行管理中心打来电话,事情的发展开始如失控一般,呼啸着拉开序幕……

"温岭西匝道口附近发生爆炸,快,需要立刻去现场支援!"

王克强和同事赶到事故现场时,临近下午5点,爆炸事故刚刚过去不到20分钟。"四周是化不开的浓烟,几乎无法睁眼。车子还在烧,房子也塌了,高速公路匝道桥旋转护栏部分损毁,消防车正在救援。由于一开始找不到爆炸点,情况非常紧急。我们只能先维持秩序,万一有二次爆炸,后果不堪设想。"王克强说。

17时30分左右,温岭市交通综合行政执法队大溪中队中队长颜海彬和6名队员也相继抵达G15沈海高速公路温岭西收费站。虽然不在事故核心区,然而受爆炸影响,温岭西附近交通开始发生拥堵,私家车、救护车、伤员、围观百姓越聚越多。

"超乎想象",提及那段经历,颜海彬思考了一会儿,觉得用这个词来描述最为合适。由于事发突然,收费站工作人员只能用板车将伤者一个个往外运。"当时看到有个人大面积烧伤,情况严重,我们就赶紧用公路巡查车把他送往温岭市第一人民医院进行救治。"颜海彬说。

另一边,温岭市交通综合行政执法队直属中队中队长陈华鸿带着矿灯等救援物资前往良山村附近。他同样也有些不敢相信自己的眼睛,整个人愣了几秒。"惨烈,房子都塌了。重型机械在挖的同时,一批又一批救援人员也在徒手挖着。大家好像都只想着赶紧救人,有种'一方有难,八方支援'的感觉。"

设卡、维持秩序、劝返围观村民……一切都在快速有序地运转。伤者要运出去,救护车、消防车、警车要开进来。同时,部分高速公路路口实施封闭。陈华鸿回忆,现场救援需求极大,确保交通通道有序畅通,就是为生命争取时间。

时间一点一点地流逝,周围逐渐陷入昏暗。砖块瓦砾混着玻璃土渣在消防水枪的冲击下,升腾起一阵阵裹着焦臭的白烟。房屋损毁严重,人员伤亡不明。

满目疮痍中,增援刻不容缓。

"开挖机14年,用挖机救人却是第一次"

【6月13日19时20分】

中交二公局一公司路泽太高架TJ03标项目部接台州市交通运输局救援指令,迅速成立由96名成员、6台挖机组成的救援小组,赴现场进行救援。

中交二公局一公司路泽太高架TJ03标项目部负责人王鑫接到电话时正好在吃晚饭,"咱们有几台挖机?准备一下,再带上些工具,可能要去支援了!"

G15沈海高速公路温岭大溪段发生槽罐车爆炸事故后,为尽快找寻幸存者,现场还投入大型抢险救援机械设备30多台(套)。其中,台州市交通运输部门紧急集结了6台挖机,路泽太高架TJ03标项目部何彦良便是驾驶员之一。

开挖机14年,用挖机救人却是第一次。

何彦良回忆,到达现场后,第一轮地毯式搜救已经结束。"周围全是人,武警、消防员、救援队员,好多人都在徒手挖石头、砖块,气氛很紧张。"爆炸的余温与夏季的闷热相互作用,戴着口罩的何彦良很快满头大汗。他来不及进行多余的思考,与现场消防指战员协商后,便进入挖机驾驶室,准备参与第二轮救援搜救。

废墟之上,挖机坚硬的"铁臂"在歪斜将碎的房梁下撑起一条"生命通道",防止损坏剥落的砖块砸伤救援人员。随后,救援队带着生命探测仪进入现场展开紧张的人工搜救。

"没有生命迹象……"

于是,救援队撤出,挖机启动"铁臂"。为减少大型机械对伤者产生二次伤害,何彦良在刚刚搜救过的区域处小心翼翼地挖开浅浅的一层石块。随后,继续撑起"生命通道",等待救援队再次搜救。

"停下!停下!"对讲机里传来一声紧急指令。何彦良精神一振。

此刻,距离参与救援已过去三个多小时。

"这里有三个!"人群一拥而上,小心且迅速。伤者被抬了出来,全身都是灰,看不清样貌。

"不知道还有没有活着。"亲眼看见这一切对于何彦良来说,是件不太真实的事情。

"当时唯一的想法就是赶紧救人,一定要多救出来一些,不知不觉就天亮了。"隔着电话,何彦良告诉记者,连续参与救援工作13个小时后,14日早上8时,自己才有时间抬眼看一看周围的一切——槽罐车爆炸后的残骸飞落到高速公路路下的草坪上,红色的外壳上遍布着扭曲的焦灼痕迹。临近的树木被烧毁,细长的树枝上,零星的几片树叶在裹着热气的风中无力地摇晃着。前一晚弥散不开的焦臭味,如今牢牢地扒在了地面上、高速护栏上、废墟石块上,凝固干涸成一块又一块深深浅浅的黑色……

"我一辈子都忘不了这段经历。"何彦良说。

截至6月15日7时许,事故共造成20人死亡。各医院在全力救治伤员,其中伤势较重人员24人,生命体征平稳。现场大规模搜救工作已基本结束,后续搜救及各项善后工作正在有序进行中。

原刊于《交通旅游导报》2020年6月16日头版转二版第3074期

孙勇:无人科技赋能物流新起点

祁 娟

导语:在5G、人工智能、工业互联网等新基建的加持下,京东正依托仓配一体优势致力于打造全流程智能物流体系,以无可比拟的研发优势和领先地位,站在了无人配送赛道的前端。

科技的进步让物流行业正变得越来越智慧化、无人化。

过去几年间,人工智能、5G、自动驾驶等技术快速发展,为全新的物流场景打下科技基础。如今,全新的颠覆已经来临:在解决与日俱增的用户配送需求与劳动力、运力缺口的矛盾上,在实现提高配送效率、降低运营成本上,无人科技所展现出的灵活、便捷、安全、高效等配送价值令人瞩目。尤其是2020年以来,在疫情防控的催化下,以京东、顺丰为代表的各大电商、物流企业拥抱无人配送的脚步大幅加快,带动智能物流产业链进入高速增长阶段。

"无人配送解决的是运营成本和配送效率问题,是特定场景下的特定解决方案;无人装备的应用是对传统配送方式的补充,而非取代人类来做一切事情,相反,可以成为人类的好帮手,在配送这个环节辅助人做事,实现与人类的协同。"京东×事业部无人系统研究院院长孙勇说这番话时,正站在×事业部大楼的门口,背后经典的×标志,在黑色楼体的映衬下,略显神秘又科技感十足。

作为国内较早在物流领域进行无人技术研发和探索的企业,从自主研发全球首个无人智能配送站,到解决物流配送的"最后一公里"的末端无人机、无人车等在北京、陕西、云南、青海等多地实现常态化运营,如今的京东,面对奔涌而来的5G、人工智能、工业互联网等新基建浪潮,依托仓配一体优势努力打造全流程智能物流体系,正以无可比拟的研发优势和领先地位,站在了群雄竞逐无人领域的赛道前端。

先人一步

如果说,2008年京东首个自动化仓库落地,被视作其在物流无人化技术领域的先行先试,那么,2016年5月京东×事业部正式成立,则开启了自主研发物流无人化技术设备的新征程,也充分显示出京东探索智能物流的决心。

回忆当年,孙勇介绍说,×事业部的前身是物流实验室,创建于2013年,起初仅专注于少量机器人的研发,以应付某些劳动强度较大的场景。2015年12月,无人机和无人舱两个部门先行成立。

"当初我选择加入京东无人机,一方面由于这个部门刚刚成立,可施展、可发挥的空间比较大;另一方面,那时无人机风口正起,我比较看好物流无人机未来的发展。"孙勇说,"后来在京东集团的战略规划下,着力发展无人科技、建设智慧物流体系,才成立了专门的二级部门,也就是现在的×事业部。2016年8月,无人车部门也成立了。"

孙勇表示,仓储自动化(无人舱)、物流无人机、无人配送车是无人配送的重要组成部分,每个无人系统装备都有各自的应用场景需求,整体形成一个全闭环的无人配送体系,京东×事业部主要承担了上述无人装备的研发及运营体系建设。而作为×事业部的研究院,无人系统研究院一方面负责支线物流无人机的相关业务,另一方面承担着建设全无人配送体系的职责。

"京鸿"首飞

在仓、运、配整个物流全链条的研发过程中,无人车是解决to C配送及短驳(站点和配送员之间的物流场景)的最佳方案,而在农村,由于人口密度低,单位面积支撑的订单量有限,采用无人机完成送货的综合成本更低,而且能够大幅提高效率。

2017年2月,京东与陕西省政府正式签署关于构建智慧物流体系的战略合作协议,双方将共建智慧物流体系,并合力在陕西打造全球首个低空无人机物流网络运营基地。此举被视为京东正式进入无人机物流行业的信号。

实际上,京东无人机送货的试验正在不断加速——

2018年11月19日,京鸿无人货运大飞机在陕西蒲城机场正式完成首飞,标志着京东干线—支线—末端三级航空物流体系在支线环节向实际运营迈出重要一步，也意味着京东已具备完善的管理与研发能力，通过对核心技术的掌握，可搭建全流程无人机研发、生产以及供应链管控体系。

记者了解到，整个项目从立项之初，到完成首飞，乃至后续的科目试飞，孙勇和他的团队经历了整个过程。提起当时的测试经历，孙勇笑着回忆说："很艰苦。尤其是进场后，我们和通航飞机共用一个机场，白天通航飞机的活动比较多，无人机的测试只能放到一早一晚，争分夺秒地进行。11月的天气很冷了，经常每天早上四五点钟进场测试，晚上就开着车灯照明，我们团队的目标只有一个——完成飞行任务。"

11月19日，随着飞行检查完毕，"京鸿"在浦城机场的跑道上加速起飞，在完成了爬升、平飞、着陆等一系列既定飞行科目后，顺利返航降落。孙勇说，那一刻所有的辛苦和付出都是值得的。"'京鸿'首飞的意义非常重大，它是当时，即使到今日也是，真正基于物流应用需求而设计的一款原生物流无人机。京东拥有完全的自主知识产权，而非有人机的无人化改造。这款无人机拥有一体化大货仓存储空间，可快速自动装卸，通俗点讲，让人一看就是个做货运、搞运输的无人机。"

据介绍，在京东的三级智能物流体系中，其末端配送无人机已经形成成熟的运营模式，在陕西、青海、海南、江苏等8个省份实现常态化运营，有效解决了广大农村、道路不便地区"最后一公里"的配送难题；在支线与末端衔接环节，京东则成功进行了有人机+无人机协同运输场景验证，为支线无人机首飞及后续开展物流配送奠定了基础。随着京东正式获得全球首个覆盖省域范围的《民用无人驾驶航空器经营许可证》，京东无人机正步步为营，将三级空中物流网络由设想变成现实。

技术，还是技术

从2007年开始深耕自营供应链和自建物流，到2017年初明确向技术转型战略，京东已成为一家以供应链为基础的技术服务型企业。在无人配送领域，京东也坚定选择了走技术自研之路。

"京东是一家技术型公司，技术的基因一直都在，无人机部门也不例外。选择技术自研,京东也不是完全不跟其他企业合作,相反地,合作方面还很多。京东进入支线物流无人机领域,属于航空领域的范畴,也是近几年才有的事。"孙勇解释说。他表示,应该发挥无人机行业合作伙伴的技术积累,快速建立起京东的研发及运行体系,同时充分发挥行业力量,只有这样才能走得更快,走得更稳,最终实现合作共赢。京东已成功研发的无人机飞控技术,比无人机本身更为重要,是真正实现落地运营的基础。谈起技术,毕业于西北工业大学飞行控制专业的孙勇变得滔滔不绝。他解释说,无人机最核心的两个系统一个是总体,一个是飞控,而飞控不仅是核心,而且不是一朝一夕就能够打磨出来的。

"做出一款能飞的飞控并不难,但是要把这款飞控打磨得想飞就飞,并且易飞、稳定、可靠,遇到各种故障时处置逻辑清晰等,需要不少的时日和功夫。京东无人机的飞控从部门成立之初就立项了飞控的研制,经过几年的打磨与各项试飞,拥有比较高的安全性,在后续无人机落地运营中发挥了非常高的稳定性,也为运营的持续飞行提供了保障。"孙勇说。

蹒跚中的商业化难题

作为×事业部的关键产品之一,京东配送机器人已升级到4.0版本。不久后,还将通过推出一些商业化应用场景,不断进行产品与技术的升级与迭代,使配送机器人在未来2~3年内逐渐走向成熟,实现更多的商业化应用。相比之下,京东无人机的应用现状显得相对滞后,尤其是大型无人机,距商业化落地还需要一定的时间。

对此,孙勇认为,自动驾驶的风口比无人机似乎更受资本的青睐,发展会更快一些,但实际上不论无人车、无人机,都属于新兴领域,有各自的应用场景需求,若想实现市场化落地运行,都有各自的难点和痛点。

新冠肺炎疫情的突发,使得无人配送因"无接触"服务的特性而辅助人力,在消毒、餐饮等方面得到广泛应用。当记者问及疫情是否会对国内无人配送发展有促进作用,以加速其商业化落地时,孙勇表示,此次疫情让更多人熟知无人配送这一新业态、新应用。"但即使没有这场疫情,无人配送的技术迭代、场景应用也是会继续的,因为这是发展趋势。"

对此,业内人士普遍认为,虽然无人配送在一定程度上克服了物流配送"最后一公里"的痛点,但其在技术、监管、用户接受度等方面的问题待解,全面推广尚需时间。

"技术在考虑经济性的同时,并未达到非常可靠安全的程度,相应的产品设计标准、运行标准也并不健全。无人机有空域的问题,无人车有路权的问题,未来想实现'想飞就飞、想跑就跑',还有很多环节需要打通。"孙勇说,"令人安慰的是,立法、监管部门正与企业携手共同推动相关工作的进行。"

当下,伴随着技术、成本、政策等方面瓶颈的打破,智能物流时代正渐行渐近。而京东对于无人技术在物流领域的探索也从未停止——

2019年10月底,京东在全球智能物流峰会分论坛上,正式发布云匣、智能物流站两大智能装备,这将有效解决末端的配送难题。通过与无人机、无人车等贯通,更可以实现智能物流配送的全流程闭环,提质增效的同时,能够提升用户物流体验。

这也标志着京东物流继无人机、无人车、无人仓等智能设备后,进一步打通了物流终端配送的"最后一公里"。

2020年7月16日,京东物流无人配送研究院项目落户常熟国家大学科技园。据介绍,这是一个末端无人配送车开放道路、整个区域内的无人配送项目,京东将在常熟打造一个无人配送城。这不仅是全球第一个全区域范围内的无安全员的L4级别自动驾驶无人配送项目,也是全球自动驾驶技术落地的一次重要突破,对无人配送车最后一公里的无人配送商业模式的建立和探索具有非常重大的意义。

原刊于《交通建设与管理》2020年4期第14~19页

建立三级联席会议制度 首创移动管理系统
路地双段长齐负责
我省探索出铁路沿线安全治理新模式

刘 练 吴春鹏

"这还是我今年第一次坐高铁,看着窗外天蓝水美,坏心情一扫而空了。"在经河北开往北京的高铁上,一位乘客兴致勃勃地掏出手机,拍下了好几张照片。

刚刚过去的"五一"小长假,河北铁路发送旅客74万人次,日均达到13万人次。这是国内疫情形势向好之后,老百姓第一次大规模出行。透过车窗,人们看到了辽阔坦荡的田野平川、挺立的大树和茂盛小草,风景好了,心情也跟着好起来。

这份美好的背后,是河北省交通运输部门的努力。"我们一直在积极优化铁路沿线环境。"河北省交通运输厅铁路民航处副处长梁金生颇为感慨,"2019年一年,我们从零探索,推动全省建立路地协作工作机制,开展沿线隐患专项整治,特别是2020年,还上线了一套新系统。"

梁金生所说的新系统,就是河北铁路沿线环境安全隐患整治管理系统。2020年4月30日,随着石家庄市元氏县马村镇地方段长杜国宾收到第一个隐患信息,系统正式上线试运行——这套全国首个铁路和地方共同使用的铁路沿线环境安全管理系统,将铁路沿线环境安全工作推进了一大步。

一年整治安全隐患45812处

时间回到2014年。

随着我国城市化进程加快,铁路沿线环境发生了很大变化。过去的广袤田野,变成了密集的城市;冷清的铁路道口,变成了拥堵的交通要道。近年来,随着铁路的加速建设、高速重载、高密运行,铁路沿线环境问题愈发凸显,由铁路沿线环境造成的设备故障、交通事故等安全问题不时出现,铁路沿线环境安全治理在铁路运输安全管理中所占比重越来越大。

问题凸显,治理要跟上。随着铁路沿线环境安全工作不断深入,河北省委、省政府相继出台系列文件,保障铁路沿线环境安全,明确河北省交通运输厅牵头负责铁路沿线环境安全监管。针对全省境内12条普速铁路、6条高速铁路,以及京张、京雄等8条新建高速铁路,河北开展了全省铁路沿线环境安全隐患综合整治活动。

肩负重任,河北省交通运输厅立即行动,积极探索工作方法——建立三级联席会议制度,即省级建立由省直15个部门和中国铁路北京局集团有限公司组成的联席会议制度,各成员单位担负本行业本领域保障铁路运行安全的监管责任,各市、县也相应建立联席会议制度;建立双段长制度,明确铁路沿线县、区和铁路有关单位实行双段长责任制,履行巡查、会商、处置及上报信息等职责。

这个由联席会议负责协调、路地双段长负责落实的工作机制的初步形成,为开展铁路沿线环境安全治理工作奠定了基础。

"截至2019年年底,河北省共计完成整治铁路沿线安全隐患45812处,整治沿线垃圾堆物697处、塑料大棚823处、各类彩钢瓦14319处,很多铁路建设时期遗留的历史'老大难'问题得到了有效解决。"河北省交通运输厅铁路民航处处长周蕴璞介绍。

深入研究长效机制迫在眉睫

历史遗留问题解决了,基础也打好了,可在管理过程中,新挑战随之而来。

首先,现有工作机制仍不够灵活。以前隐患整治,只能依靠历时几个月的专项行动。由铁路方一次性进行集中排查、集中移交,再由地方政府自上而下部署整治。不仅数据庞大、环节复杂、信息传导缓慢,且梳理和移交只能依靠厚厚的人工纸质报表,整治过程费时费力。

其次,各级路地双方对接也不够顺畅。特别是在基层双段长对接时,经常会出现整治主体、整治标准、整治节奏不一致的情况。

"以前,铁路方统一排查形成台账后,需要移交给地方政府,地方政府再分配给相应县、乡,最后才会到我们手里。"一位地方段长解释道,"有时一次性分来几十处隐患问题,需要和对方反复确认会商时间。如果每个隐患位置离得再远点,战线就拉得更长了。"而这样的过程,在确认验收的阶段,还要再重复一次。

联席会议的相关人员也有难处。

"沿线两侧隐患涉及的责任部门多,在实际开展整治中,会出现路地双方就个别隐患整治标准意见不统一的情况,我们协调起来有一定难度。"石家庄市交通运输局铁路民航协调处工作人员于忠丽说。

怎么能整治得快,又能整治得好,深化研究长效机制迫在眉睫。

实时查看全省隐患分布情况

2020年,在抗击新冠肺炎疫情中,由于防控的迫切需要,大量政务工作搬上了网,这也为铁路沿线环境安全治理工作带来了新思路。

既然人工费时费力,疫情期间路地双方段长见面也成难题,何不建立一套系统让铁路隐患整治工作打破固有流程的桎梏,步入"云"时代。

想法一出,河北省交通运输厅迅速行动,联合河北省交通通信管理局与浩鲸云计算科技股份有限公司,用时2个月共同研发出河北铁路沿线环境安全隐患整治管理系统,这也是全国首个地方和铁路共同使用的铁路沿线环境安全管理系统。系统上线后,通过移动互联网、电子地图等信息化手段,可以实现路地双方段长的便捷对接和快速处置。铁路方排查出隐患,填写位置、类型、规模、图片等详细信息后,可直接移交地方段长。

"我们只需要在手机上安装一个App就能使用。"京哈铁路津山段值班人员张颖一边演示一边说,"你看,这里发现了一处砖混彩钢房,疑似安全隐患。"说着,她拍下照片并上传到系统内。"像这样,发送成功后,地方段长可以立即接收,经现场核实后,就可以安排整治。以后隐患能随查随改,双方不见面就能解决问题。"张颖说。

话音刚落,我们看到系统中已经显示出隐患名称、类型、铁路线路名称和坐标位置。几分钟后,对方显示已收到,正在确认中。

通讯类

"核实有争议怎么办?"

"如果有争议,地方段长可以将理由记录到系统内,交上级联席会议进一步协调,直到问题解决。"

省联席会议办公室郭申鹏对这套系统也很满意:"以前,我们每周调度都要打上近百个电话,传真的纸质报表文件厚厚一沓。有了这套系统,不仅能实时查看全省隐患类型和分布情况,且整治全过程均有记录留痕,还可以随时导出各样式的电子统计报表,大大节省了时间和精力。"

如今,这套系统已经应用于河北省境内16条客货共线铁路和12条高铁,总长近8000公里,不仅解决了当前铁路沿线环境安全整治中存在的整治周期长、信息孤岛、权责不明、沟通不畅等问题,明确了地方行业管理责任,实现了路地工作交叉验证,大幅提升了沿线环境安全隐患整治的效率,更为深化铁路沿线工作长效机制,推进国家治理体系和治理能力现代化提供了"河北方案"。

原刊于《河北交通》2020年5月13日1版下转3版

丹心驭舟　为国远航

——写在"新海辽"轮运营一周年之际

王肖丰　阎 语

71年前,"海辽"轮冲破层层封锁,历经8天9夜,最终到达解放区大连港,成为新中国第一艘升起五星红旗的海轮,为新中国航运事业留下了希望的火种。

一年前,为纪念"海辽"轮起义而命名的"新海辽"轮在大连交付,满载坚定信念、为国为民的爱国情怀迎风远航,掀开了传承"海辽精神"、践行"一带一路"倡议的序幕。

招商局集团首次提炼和阐述了"海辽精神"的内涵,与"招商血脉""蛇口基因"共同构建和丰富了企业文化内涵体系,就是要继承和发扬爱国、奋斗、开拓的"海辽精神",融入新时代、启航新征程、展现新作为、谱写新篇章,勇担"与祖国共命运,同时代共发展"的历史使命,砥砺作为。

一年来,"新海辽"轮继承和发扬"海辽精神",秉承坚定信念、为国为民的爱国精神,为能源运输大动脉的畅通竭诚服务,运送液货油品110万吨;秉承众志成城、百折不挠的奋斗精神,在新冠肺炎疫情全球蔓延的形势下,一路战风斗浪,跨越马六甲海峡、印度洋、波斯湾,航程逾5万海里;秉承勇往直前、敢为人先的开拓精神,精细管理、树立标杆,安全运营近400天,在21世纪海上丝绸之路上留下了招商荣光。

一片丹心驾巨轮,国家船队常远航。在"新海辽"轮运营一周年之际,在加快建设交通强国征程上接续奋斗的招商轮船人,无疑交出了一份令人满意的答卷。

党建引领 "海辽精神"薪火相传

"我宣布:'海辽'轮起义!"

"我宣布:'新海辽'轮命名仪式开始!"

两个相隔70年的宣告,全都掷地有声、铿锵有力,全都彰显着"与祖国共命运,同时代共发展"的招商情怀。

航运是招商局的祖业和主业。招商轮船不忘初心,始终把航运发展与国家战略紧密联系在一起。

71年前的"海辽"轮起义,被载入新中国交通大事记的第一篇,新中国航运事业的伟大征程也由此起步,激励着一代又一代招商人奋勇前行、砥砺作为。

一年前,在新中国成立70周年之际,全球第二艘30.8万吨超大型智能VLCC"新海辽"轮下水。两个月后,招商轮船聘请原中华全国总工会书记处书记、方枕流船长之子方嘉德先生为"新海辽"轮名誉船长。"新海辽"轮承载着"航运强国"新希望,为国为民的航向更加坚定。

"新时代运维'新海辽',强大的精神动力就是'海辽精神'。我们始终坚持党建引领,把支部建在船上,推进党建、精神传承与中心工作的有机结合,在实干中进一步传承'海辽精神',接续奋斗,打造世界一流标杆船舶。""新海辽"轮首航船长钟文新说。

据介绍,在平时的工作学习中,"新海辽"轮党支部严格落实"三会一课"制度,积极开展"不忘初心、牢记使命"主题教育,激发党员的主观能动性,发挥党员的先锋模范作用,鼓励党员做船舶运营管理体系执行的排头兵、做劳动安全的督察员,树立标杆意识,引领全体船员用实际行动学习和发扬"海辽精神"。

"船上来了新人,首先要带他们参观文化墙,参与支部活动,学习'海辽'轮起义故事和'海辽精神',帮助其树立'与祖国共命运,同时代共发展'的价值观。同时,通过师徒结对'传帮带',为各级船员的成长、成才创造良好环境,锻造一支业务精湛、作风优良的新时代船员队伍。""新海辽"轮船长吴秋生说。

精神洗礼的脸庞,写满穿越风浪的力量;风浪磨砺的肩膀,支撑百折不挠的脊梁。

据悉,新冠肺炎疫情期间,"新海辽"轮积极开展船员党员"先锋岗"和"示范区"活动,组建青年突击队,开设青年讲堂,党员干部带头承担急难险重的防疫任务和生产任务,确保关键时刻船舶生产有序、能源运输不断。

党建引领,文化育人。在茫茫大海上,听着耳畔的海浪声,走进"新海辽"轮会议室和员工之家,看到墙壁上张挂着"海辽"轮船长方枕流、"新海辽"轮名誉船长方嘉德的照片,以及"海辽精神"传承文化展板,让人仿佛置身于71年前的那段峥嵘岁月。

作为"海辽精神"的传承载体,"新海辽"轮还积极探索船员培养新模式,为姊妹船舶培养、输出人才。虽然受到疫情影响和限制,"新海辽"轮克服困难培养出了一名大管轮,目前正在培养一名船长和一名大副……

历史的长河奔腾不息。热血和忠诚铸就的"海辽精神",总能激励招商轮船人以百倍的智慧和勇气,一次次站到时代最前沿,以全新姿态续写百年基业新征程,成为新中国航运事业跨越式发展的见证者、参与者、推动者。

融入大局　国家船队向海而荣

8月的中国南海,天高云淡,满载原油的"新海辽"轮与水相拥,激起一簇簇白色浪花,似乎在向祖国母亲表达归乡的喜悦,和即将完成航次任务的自豪。

"我们是国家船队的一员,在21世纪海上丝绸之路上穿梭往来,是国家蓝色经济的建设者!"说到这里,吴秋生难掩一脸的兴奋。

绕赤道一圈的长度是21600海里,而"新海辽"轮上一个航次的航行距离是12500海里。7月下旬,"新海辽"轮从宁波舟山港出发,一路南下进入我国南海,穿越马六甲海峡,在印度洋上绕半圈,跨过阿拉伯海进入霍尔木兹海峡,再过半个波斯湾,抵达沙特阿拉伯拉斯坦努拉港。8月12日,装货完毕后,再经22天的航行抵达大连港。

漂洋过海,"新海辽"轮每次运回的是近30万吨的原油。

这些"工业血液"接卸入港后,经炼制加工,不仅可以提取各种燃油、溶剂油、润滑油,还能获得石蜡、沥青以及液化气、芳烃等产品,为国民经济发展提供燃料、原料和化工产品。

漂洋过海,没有"漂洋过海来看你"描绘的诗意。

"穿越繁忙的马六甲海峡时,船多水浅,得小心翼翼航行;夏季北印度洋的汹涌,会让平时不晕船的兄弟连胆汁都吐出来;过霍尔木兹海峡进到波斯湾,更要经受中东烈日的无情炙烤。"实习船长付攀鸿说。

"但是,想到我们每完成一个航次,所载运的油料相当于2万多辆油罐车的运输量总和,炼成汽油可加满200万辆家用轿车的油箱,国家能源大动脉的安全、畅通就多一份保障,一切辛苦都值了!"付攀鸿自豪地说。

在"新海辽"轮船员看来,他们工作、生活的地方是长330米、宽60米的流动国土。家乡在远方,国土却在脚下。传承"海辽精神"的国家船队,要始终服务大局,为国远航。

传承"海辽精神",在紧要关头,更能展现招商轮船人炽热而深沉的家国情怀。

面对新冠肺炎疫情的全球蔓延,"新海辽"轮多措并举,按照招商轮船总部的指令,第一时间组建了船舶防疫小组,收集各方面信息,制定船舶临时防疫指南,协助完善抗疫应急计划,并协助其他船舶共同对抗疫情;对外保证登轮人员满足船舶防疫要求,对内保障船舶防疫物资充足,并在5月、7月、9月完成3批次船员换班工作,筑牢海上防线,确保特殊时期船舶安全生产不中断,关键时刻海上能源大动脉不中断……

在大漠边关,"叮叮"的驼铃声早已远去。但在大洋深海处,凌风远航的"新海辽"轮激起的浪花声,和招商轮船的"国家船队"一起,汇聚成了绵长"驼铃声",为我国国民经济发展提供坚实的海上运输保障,成为践行"一带一路"倡议的排头兵、先行者。

科学管理　凸显一流船队本色

"便携式对讲机要挂在脖子上,或系在衣服上,防止不慎丢落;在生活区换灯泡,不仅要戴好绝缘手套,还要穿上绝缘防护服,杜绝产生电火花的危险……"

写下这个月发现的安全隐患,"新海辽"轮二副杨德政及时地上报给船长。对能装30万吨原油的"大肚子"油轮来说,安全是永恒的课题。

秉持勇往直前、敢为人先的开拓精神,以建设标杆船舶为目标,招商轮船率先在"新海辽"轮践行先进的管理理念,构建特色船舶安全文化。在船上推广个人行为安全 BBS(Based Behavior Safety)，促进船员主动发现并指出身边的安全隐患，并根据不安全因素有指导性地进行安全培训；开展安全竞赛活动，根据公司船队一段时间集中出现的典型安全问题，有针对性地开展安全活动。

在招商轮船特色船舶安全文化引领下，"新海辽"轮还开展了 SHELL 船舶检查(SIRE)、船舶保安培训、"云登轮"安全检查和应急演习等丰富多样的安全活动。

特别值得一提的是，招商轮船在"新海辽"轮率先试行零事故安全运营天"Safety Counter"活动，设立考核激励机制，让人人都当安全员。自投运以来，"新海辽"轮一直保持着"零伤害""零事故""零污染"运营，全体船员逐步实现从"要我安全"到"我要安全"的转变，再逐渐上升为"我会安全""我能安全"。

铺陈安全的底色，"新海辽"轮进一步开展精细化营运管理，不断凸显行业标杆的本色。

开航前，结合天气情况、航次指令等，指导船舶合理优化航线设计、航速，减少航次油耗；营运过程中，加强关键操作节点的风险管控机制，从船期控制、燃油管控、备舱、货量、港口使费等方面总结、提炼和优化调度工作程序，将降本增效落实到整个航次管理中；定期与船舶航次租家咨询联系，调查航次执行客户满意度。

"优秀的营运管理是一流船队的外在表现，卓越的机务管理是一流船队的内在功力。一年来，我们积极探索，力争各项机务管理指标位居行业前列。""新海辽"轮轮机长熊俊阳说。

为提高精细化管理水平，"新海辽"轮还建立以信息化为基础的船岸一体维护保养系统，确保设备得到及时维护保养；制定关键作业操作管控程序、检查清单和复核审批程序，并定期回顾检视，以不断改进完善；制定关键备件在船库存最低量，增强备件和物料采购的计划性和合理性……

以"新海辽"轮为试点，传承"海辽精神"，打磨精细管理、打造标杆船舶、建设一流船队，招商轮船始终与时俱进、向海图强，争做行业领先的船队经营者。

先行先试　科技赋能提质增效

9 月的大连，海风习习，潮平岸阔，"新海辽"轮缓缓靠上码头。岸上的三条输油臂接上"新海辽"轮输油管,杨德政在中控室监控着操作面板,按下卸货阀门按钮,船舱内的原油通过管道迅速冲进岸上的储油罐中。

"通过智能液货系统,不仅卸油'一键操作',还能实时掌握卸油速率、舱内压力等关键参数,并提供有效的辅助操作参考,确保船舶在装卸货时拥有良好稳性。"杨德政介绍说。

智能液货系统只是"新海辽"轮展露满满科技感的一角。"新海辽"轮是国家"智能船舶1.0"专项在超大型智能原油船上的首批实船应用、交通强国试点方案的试点参研项目,加倍扩展了全船的感知和信息采集,实现有效的辅助决策,是全球首批获得中国船级社 i-Ship(I,N,M,Et,C,)及 OMBO 一人驾驶船级符号的船舶,填补了国际智能 VLCC 的空白。

"智能航运的快速发展和《交通强国建设纲要》的印发,赋予了'新海辽'轮新的历史使命。""新海辽"轮两任船长钟文新和吴秋生不约而同地达成了共识。

据了解,全船部署了 2300 多个数据采集点,利用智能示范船 1.0 网络信息平台,形成全船智能感知,实现信息数据采集频率 1 帧/秒,每 5 分钟一次船岸数据传输,可实现对全船核心设备进行实时远程监控,并实现对重点设备工况实时分析、预警,支持船岸智能化协同共管,实现高品质和高效率的船舶数字化管理。

"新海辽"轮在智能航运上的突破,远不止于此。

按照"平台+N个应用"理念,在全船感知和信息采集的基础上,"新海辽"轮搭建了船岸、船船智慧通讯网络链路,实现船岸、船船之间大数据的互通与共享,有较强的岸基远程监控和分析能力,能满足对船舶航行、液货管理、设备运行与维护、能效管理等远程管控需求。

"我们可以充分利用数字通信技术,通过云端,以视频连线、CCTV、图片和船舶视频传送等方式进行云检查,VDR 数据分析和在线问答相结合开展航行审核。"招商轮船下属海宏香港安监部总经理邹海峰船长说。

值得一提的是,"新海辽"轮完成了开阔水域辅助避碰决策功能的实船验证,其运营积累的实践数据和相关经验,将为实现"智能船舶2.0"2025年前实现船舶远程控制、部分自主,以及"智能船舶3.0"2035年前实现船舶的完全自主,提供有力的支撑。

以科技创新为抓手,推进先进技术率先应用,不仅提升了船舶精细化管理水平,还带来了绿色环保红利,为船舶污染防治提供参考样本。

通常情况下,船舶在航行过程中会通过"压载水"来增加强度和稳性。为防止压载水排放带来物种入侵或污染,"新海辽"轮压载水处理装置通过负压吸吮式自清洗过滤器对压载水进行预处理,再用紫外线消毒系统对海水杀菌消毒,确保排放物的生物浓度指标完全符合国际海事组织的公约要求。

在航行过程中,"新海辽"轮应用业内先进的 SOMS 转速优化系统,为该轮提供最先进的船舶能耗管理手段。通过系统大数据分析,可以得出船舶在某一航程中的最优航速,从而降低能耗和碳排放。船员还能利用系统分析船舶抵离港和午报数据,跟踪和发现船舶油耗特殊和异常状况。

据统计,运营一年来,"新海辽"轮的碳排放量为 4.22 克/吨海里,远低于国家碳排放标准;油耗降低 3% ~ 5%。

国家船队逐深蓝,漂洋过海诉忠诚。站在新时代的历史起点,传承"海辽精神"、破浪前行的"新海辽"轮,必将在奋进中保持奋进,在远航中坚定远航,引领更多招商人、航运人为中国航运事业发展作出新的、更大的贡献,在践行"一带一路"倡议、加快建设交通强国的新航程中谱写新篇章。

原刊于《中国交通报》2020 年 9 月 28 日 2~3 版

城轨施工领军人
——记全国五一劳动奖章获得者、中铁一局高级工程师梁西军

薛 亮 辛 镜 王玉娟

"'叮叮咚,本次列车开往北客站北广场方向,下一站大雁塔站。翻越秦岭,我们来到西安,乘客正在地铁车厢里感受着十三朝古都的古往今来,地铁里的几分钟,仿佛能让你穿越千年……"

2019年2月,一部名为《中国城轨》、讲述地铁建设者故事的纪录片在中央电视台4套中文国际频道热播。片中,一位瘦高个儿、宽额浓眉、清澈的眼中透着执着与自信的俊秀汉子,令人印象深刻。

2003年,他大学毕业后毅然选择建筑行业,扎根艰苦一线,专注地铁施工,参建了西安已开通全部线路。

2006年,他在我国首条湿陷性黄土地质地铁项目——西安地铁2号线试验段建设中,加强技术创新助推项目施工,连续创下盾构掘进三项全国纪录,该工程荣获"全球杰出工程"大奖。

2018年,他在特级风险项目西安地铁4号线11标施工中,带领团队攻克世界性施工难题,成功穿越国铁站场道岔"咽喉区",研究总结了一系列饱和软黄土地质条件下地铁施工的科研成果,填补了我国在该领域的技术空白。

他先后荣获"全国五一劳动奖章""陕西青年五四奖章"、陕西省首批"守信激励青年"、陕西省"优秀建造师"、全国工程建设"优秀项目经理"等荣誉称号,以他的名字命名的"梁西军劳模创新工作室"先后被评为"全国工人先锋号""陕西省示范性职工(劳模)创新工作室"和"中国中铁五星级(劳模)创新工作室"。

他就是高级工程师、中国中铁一局城轨公司副总工程师、西安地铁5号线

11标的项目负责人梁西军。

最生动的一课

陕西蓝田,灞水之源。

梁西军,一个秦岭大山深处走出来的农家娃,自小吃苦长大。

1989年,10岁的他有天放学后帮家里干农活时,不小心跌落到沟里,摔破了腿,因为医疗条件有限,得了破伤风。山村里类似的伤情常见,好几人因此而丧命。家人昼夜奔波,将他送到省城人民医院抢救,才捡回一条命。

死过一回的他,小小年纪懂得了珍惜;住院期间,有好心人见他家境贫困,时常不露声色地给他送饭,又让他懂得了感恩。

山区孩子,求知是心底最深的渴望。一次,村里发大水,别人家的娃都没去学校,只有他一人蹚水赶到学校上课,让老师深受感动,疼爱有加地给他美美吃了一顿独食,教文化、教弹琴、教武术,恨不得把自己所有的本事都教给这个好学可爱的孩子。

他的学习成绩一直很好,从小学到中学,不是担任班长就是学习委员,得过的奖状,糊满了老屋的一面墙。

20岁时,他不负众望,成为村里第一个考上大学的人。然而,家里仅有几亩薄田,没有其他经济来源,生活本已十分拮据。学费怎么办?他一度产生了辍学的想法。

"上!"母亲态度坚决,东挪西借,费尽心思,为他凑齐了第一年的大学学费。

出发临别之际,母亲把钱塞到他手上:"娃啊,别怕苦,有困难,咱挺一挺就过来了。"

那一次,母亲给他上了最生动的一课,"挺一挺"成了他之后面对困难时内心最直接的反应。

2003年,梁西军靠贷款读完了大学,学土木工程专业的他入职中国中铁一局建安公司,在工地上当了技术员。

第一年,见习生每月工资1050元,而工人一月能拿到1500元。

"上大学还不如不上,打工都比这挣得多!"同期招聘入职的见习生牢骚满腹。

梁西军也很失落,每月还完助学贷款,再除去生活费就所剩无几,孝敬父母帮衬家人的心愿根本无法实现。性格早熟的他时常沉思:上学到底是为了什么?

不少人陆续选择了离开。

"走,还是留?"有人问他。

"再等等。"

在苦苦等候中,生活终于迎来一线阳光。

项目领导得知梁西军因贷款尚未还清、没有拿回毕业证而无法参加职称评定后,便立即借钱给他,让他还清了贷款。

职称评定后,当拿到新涨的工资时,梁西军激动得手有些颤抖。夜里,他在日记本上,郑重地写下"感恩"两字。

企业对咱有情有义,还有啥理由离开?

一步一个台阶

一百多年前,英国伦敦开通世界上第一条地铁,拉开了人类修建地铁的序幕。20世纪末,北京、天津、上海和广州四座城市开通运营地铁。进入新世纪,地铁建设向二三线城市蔓延,呈欣欣向荣之势。

2006年夏天,我国西北地区首条地铁——西安地铁2号线试验段开工,中铁一局争当西安地铁建设的"排头兵"。梁西军接受调派,成为"第一批吃螃蟹的人"。

以前干房建,如今转行地铁,刚到项目的他,脑子一片空白。怎么办?

半年内必须掌握地铁施工技术!梁西军暗暗给自己加压。白天跑现场,晚上伏案学习,翻教材、看图纸、查方案,不懂之处他就请教领导、同事甚至新来的见习生。

时任项目总工、现任城轨公司总工杨永强,是梁西军在地铁技术方面的启蒙老师。一忙完工作,梁西军就到总工办公室,系统地请教地铁车站、盾构施工等基础知识。困了,就用凉水拍拍脸;累了,冲杯咖啡提提神。对当天所学,不搞懂弄通,他绝不熄灯睡觉。

总工爱才,倾囊相授,将自己珍藏的"地铁宝典"——《盾构施工技术》送给了他。

这本书梁西军不知翻阅了多少遍——在书页的空白处,他写满了批注——第一遍用蓝色笔记,第二遍用黑笔,第三遍红笔写。如今,这本封面褪色、内页卷边的书已色彩缤纷,书中的每个章节都深刻烙印在他的脑海中。

不仅勤学理论,他还注重现场实践。

由于分工有别,他没有在盾构队工作的经历。为弥补这一空白,梁西军挤时间下盾构隧道跟班学习,四个月下来跟完一条掘进区间,熟练掌握了盾构施工工艺。

"小梁干活踏实,叫人放心!"时任项目经理,后来成为梁西军在管理方面导师的城轨公司副总经理张新义说。

2006年9月29日,2号线试验段要举办开工典礼,必须先迁改一处天然气管线,还剩一天时间了,项目部安排担任技术员的梁西军和其他同事一起盯控。夜里下起滂沱大雨,张新义不放心回来看工地,发现只有梁西军一人冒雨坚守。次日,迁改按期完成,开工典礼顺利进行。

干项目犹如闯关,梁西军就像一名竞技者,在地铁施工中,一路摸爬滚打"过关斩将",越闯越勇敢,不断锻炼成长。

2007年,梁西军被提拔为2号线项目工程部长。从一名籍籍无名的技术员,到管着20多人的部门负责人,他心里有一丝忐忑。

一次,项目召开盾构接收前的交班会,项目总工出差在外,盾构队长半带挑衅半开玩笑地说:"这个要技术交底呢,否则没法干。""矛头"直指梁西军。

不服输的他连夜组织测量组下现场,将盾构机的位置、接收洞门的位置等数据一一测清楚,做成详尽的交底方案,很谦逊地拿给盾构队长看。盾构队长颇为震惊,佩服地说:"从来没见过这么细的技术交底。"

后来,盾构接收时,管片离洞门切口的距离,与交底预测的地方,误差不到10厘米。

2009年,梁西军调任1号线6标总工。他坚持每天三上工地,在现场盯看,晚上睡觉前再在脑中过个电影,及时分析总结纠偏。技术上独当一面的他,通过超前筹划,有力推动项目实现了全线车站封顶、盾构始发、区间贯通3个第一,项目获得全国AAA级安全文明工地。

2011年,他调到3号线试验段项目担任总工,第一次碰到地裂缝暗挖施工难题。

盾构始发前要空推大截面暗挖段,该暗挖段长65米、截面变化4次,最大截面跨度13米、高度9米。且盾构刚始发,要连续下穿5栋10层楼房。为此,梁西军积极开展技术攻关,深入调研西安暗挖施工项目,还到北京考察,最后成功解决了这一难题,填补了技术空白。

后来,项目负责人张新义有意栽培梁西军,授权他放手管项目,两年半的经历让他在技术、生产组织和对外协调方面都得到了有效锻炼。

脚踏实地,行稳致远。

13年里,梁西军经过参建西安地铁2号线、1号线、3号线、4号线、5号线的历练,从技术员一步步成长为项目负责人、高级工程师。2012年,梁西军被聘为西安市轨道交通施工技术专家。

初次"挂帅"攻坚

2017年3月的一个傍晚,全国铁路特等枢纽站之一的西安火车站。

坐北朝南的"西安"站牌两个大字,在夜幕下耀眼夺目。南侧广场上,人来人往,熙熙攘攘。北侧站场内,离股道不远处的地下深处,却是另一番景象。

十米多宽的地铁隧道掌子面,在LED灯照射下,像反光穹顶的展厅一样敞亮。此刻,火车站1期暗挖施工正有序推进。

突然,从地面传来火车鸣笛,紧接着一阵"轰隆隆"的震响在头顶滚动,眼前的一切就像风中的树叶般飘摇颤抖起来。工人们惊恐万分,立马扔下工具撒腿就往洞外跑。

"大家别怕!这里已加固,绝对安全,你们放心,我们会在这儿陪着大家。"说完,梁西军一个箭步登上了掌子面。

一场"风波"就此平定。

而此时,梁西军"挂帅"西安地铁4号线11标已是第四个年头,刚刚进入攻坚决战阶段。

第一次独自"掌舵",就接手被列为中国中铁特级风险项目的4号线11标,刚开始时,他心里还是有些发怵。

11标两站两区间,全长不到5公里,却集中了全线近40%的重大风险,是名副其实的西安地铁"最难工程","软黄土"、地裂缝和文物保护三大难题全部遭遇。其中最难的,则是双线530米长的火车站1期暗挖隧道施工,须下穿运营国铁火车站站场29股道和12组道岔,被业内称为"给心脏做手术"的"超级下穿工程"。

自2014年开工以来,他天天悬着一颗心,没有睡过一个安稳觉。

第一年,忙建点、跑拆迁,等待业主确定火车站的施工方案。

第二年,还在等方案,好多难题需要解决,却不知从何下手。中铁一局举全局之力支援项目建设。

"把困难分级拆解,哪些靠自己,哪些借外力……"集团公司领导在项目调研时,精心点拨。

"对啊,庖丁解牛,先干啥,后干啥……"梁西军开窍了。

很快,他以含元路站施工为突破口,进行"练兵",为后续火车站施工做储备。此举效果不错,4个多月实现主体封顶,同时创下西安地铁车站最快完工的纪录,很大地提振了士气。

第三年,"先隧后站"分期施工火车站方案敲定,1期暗挖施工正式打响,实现66米的地裂缝暗挖段安全贯通,盾构掘进平稳通过世界文化遗产大明宫国家遗址保护区等。

第四年,火车站1期暗挖施工重点推进。这是我国首次在湿陷性黄土地质条件下下穿运营的铁路站场施工。

暗挖隧道覆土仅有10.5米,水位就在地下5米,开挖顶部有5米多厚的饱和软黄土,按常规要做降水处理,然而饱和软黄土失水则极易发生较大变形,进而导致地面沉降,影响铁路运营安全。

下穿铁路施工一般要对铁路股道预加固以确保安全。然而"平均每隔六七分钟就有一趟列车经过,且股道密集,根本就没有时间和空间去架起股道"。

为了铁路运营安全,地面单次沉降不得大于5毫米/天,累计沉降不得大于15毫米,这在国内外尚无先例可循。

地下工程中对水的处理是难题。梁西军团队决定用全断面深孔注浆加固技术将隧道外扩两米范围内全部进行预加固。这相当于往土里打针,注入调配好的浆液,形成硬化的保护"壳",阻断积水,同时提高土体自稳性。然后搭设超长大管棚,使隧道形成一个封闭的环,保证暗挖过程中它不会坍塌。

注浆,压力过大会导致地面隆起,压力不够就注不进浆。为此,梁西军在工地上设了四个试验段,根据不同作业条件,不断调整注浆压力参数,指导施工作业稳步推进。仅此并不能让他安心,又调来28台自动测量机器人,布设了3298个监测点,实时采集股道地面一丝一毫的变形数据。

进入2017年12月,要下穿西安火车站的复式交分道岔了,这是整个下穿工程中的"核心部位",施工过程中变形控制要求最高、难度最大。项目部召集会议研讨方案。

"做到安全穿越,我们有多大把握?"梁西军问。

"根据监测,地面基本稳定,应该有九成以上的把握。"总工回答。

"不,一定要万无一失!哪怕有1%的风险,都可能是灭顶之灾。"

会后,他们增加了人工监测环节,实行"自动化+人工"全天候24小时监测。

越到关键时,考验越严苛。

一向少雪的西安,这个冬天下了罕见的大雪,气温降到零下十几度。夜里,寒风刺骨,大雪纷飞,他们仍坚持守在道岔处监测。

注浆作业如履薄冰,注一注、停一停、测一测,观察一阵……根据现场采集数据及时调整施工方案。

这一段复式交分道岔区,花了50多天才安全平稳穿越。

2018年2月5日上午10:58分,历时615天,火车站站暗挖隧道双线终于贯通,标志着成功攻克湿陷性黄土地层、轨道无加固条件下下穿运铁路站场这一世界级地铁施工难题。

穿墙而过的那一刻,梁西军和大家紧紧抱在一起尽情欢呼,红色安全帽碰撞在一起,发出的脆响如欢庆凯旋的鼓乐般动听。

念"心经"带兵

梁西军性情平和宽厚,甚至有点腼腆内向,待人处事儒雅低调,不争不抢,似乎缺乏"为帅"的那种凌厉霸气,但他用心用情,带起兵来自有一套。

4号线11标几乎清一色的90后,平均年龄不到26岁。2015年冬,马上要暗挖下穿火车站了,工程难度大、风险高,人人倍感压力,个个焦虑不安。

夜已深,风呼啸。梁西军躺在床上翻来覆去睡不着。他和支部副书记汤建军彻夜深谈,达成的共识是,风险项目最难的不是技术,而是人心。项目攻坚克难,先要念好"心经"。

2016年春节前夕,梁西军召集项目全体人员开会,会场气氛很凝重。他说要和大家交交心。

"11标快两年了。谢谢这两年大家的不离不弃。"

他动情停顿后,接着切入正题:"火车站就要开干了。干好了,是我们一辈子的财富,干不好,有可能会毁掉我们的后半生。考验我们的时候到了!请大家都好好想一想,是走是留?要走,也没人把你当逃兵,我会尽量帮你安排去处。要留,就要做好天天加班全身心投入决战、不能有一丝一毫松懈的思想准备。"闻听此言,会场鸦雀无声,但大家的眼睛忽如星光闪亮。

节后,全员按时到岗,投入紧张繁忙的工作中,没有一句怨言。

压力依旧存在,一开会就开三四个小时成了家常便饭。

"开始我们不习惯,后来发现在会上各个部门充分交流情况,任何问题都是集思广益,工作中才不会各自为战,而是团结协作。"项目办公室主任胡瑜笑着说:"我们都爱上了开会。"

开会解决的其实主要是思想问题。

"我不会说教,喜欢和大家分享。"梁西军在工作上学习中每每有一点感悟,都能很快在会上变成大家共有的心得。

"树叶论"就这样深入人心,成为疏解压力的一股暖流。

"每一片树叶都有正反两面,压力对人的影响总是会有的,不能光盯着反面,消极应对;而是要看正面,将遇到的问题和困难当作是对心智的磨炼,这样你才会快乐。"

行动总是胜千言,梁西军亲身示范怎样把压力当作磨炼,养成了每天早上跑步的习惯,有时能从二环路边的家一路跑到火车站。重担在肩,仍每天保持微笑,他像压舱石一样,让大家感到安心。

"不管工作还是生活,有困难找组织。"项目部成了员工们心中可依可靠的

"大树"。

2016年国庆节,梁西军有意给大家释放压力,让每个人把自己的困难、困惑说出来。

工经部张红诚实地诉苦,"12月底前要想把大部分钱收回来,好难啊!"

"这不单是你的工作,而是整个项目的事情。项目解决不了,还有公司出面。"梁西军的三言两语,一下让张红脸上绽放出笑容。

项目部还有一个特殊的规矩,每隔一天利用午饭后半个多小时组织培训,一方面是为了提升员工业务能力,另一方面也是为了让大家保持攻坚的紧张感。

"在中午培训是不想影响家在西安的员工晚上回家。"工程部的张翔解释这个"奇特"的安排。

梁西军的心太软,即便给大家紧着螺丝,也是这样充满温情。

对于梁西军的"心经",工经部的崔婷感触最深。提起三年前的往事,这位活泼开朗的90后,神情会一下变得成熟端庄。"那时我太幼稚了!"

当年的小崔心高气傲,想出去创业。辞职信递到梁总手上,他不批评不挽留,反而赞扬小崔敢于迈出这一步的勇气,还像兄长一样教她如何与社会上各色人等打交道。然后说,"辞职信先放我这里,你创业成功了,我再签字也不迟,你如果不顺利,就回来,项目部还是你的家。"结果小崔在外面折腾了三个多月,就灰头土脸地回来了。梁西军果真没说二话接纳了她。被深深感动的小崔,从此工作上加倍努力,连续三年被评为项目"进步最快员工"。

梁西军的"心经"概括起来就是"快乐工作,幸福生活"。

"快乐工作,可以把大家的力量拧成一股绳,一切困难都会迎刃而解。"

用心带兵,春风化雨,润物无声。

"超级下穿"的创新

"老教授将近九十岁高龄了,一上讲台,就要求把凳子挪开,站着讲。他也是农民的孩子,搞工程,钻研技术……"每次和徒弟讲起"中国钢结构之父"、母校导师陈绍蕃先生授课的情景,梁西军都是一脸崇敬。

大学时的一次公共课,让梁西军记住了陈绍蕃。老先生一辈子学到老、钻研到老，科技创新和教学成果丰硕的事迹，深深触动了他。

"要成为陈教授那样的人。"这是他的目标。

梁西军作为技术负责人，开展的第一个科研项目是《西安黄土地层深基坑和盾构隧道关键技术研究》。

当时黄土地层土压平衡盾构机掘进和深基坑开挖在全国乃至全世界都是首次。黄土在没有水的情况下，自立性和稳定性好，但遇到水之后则容易塌陷。黄土地层土压平衡盾构机掘进最主要的就是渣土改良和沉降控制。

"为确保研究数据的准确性，他带着我跑现场，亲自跟踪渣土改良情况，做配比试验，经过100多次大小试验、60多次修改完善，终于掌握了黄土地层变化规律，形成了一套合理可行的施工方案。"同事刘丹记忆深刻。

按此方案，他们创造了盾构单班掘进14环成洞21米、单日掘进27环成洞40.5米、单月掘进485环成洞727.5米的三项全国新纪录。

这一课题还荣获"中施协科技创新二等奖"，专家评定：达到国际先进水平。

地铁施工防水在西安乃至全国都是技术难题，加上西安特有的地裂缝地质灾害，解决该难题充满挑战。地铁公司将其交给梁西军团队研究。梁西军带队在1、2、3号线全面调研总结的基础上，开展多项试验，形成了《西安地铁工程防水技术研究》成果，赢得了业主的高度认可，为西安地铁后续施工提供了有益的参考。

不光是在施工技术上钻研，他还对施工仪器和设备的改良感兴趣。

2009年3月，梁西军在西安地铁1号线担任项目总工兼技术部部长时，测量员向他反映项目隧道距离长、测量人员少、工作量大等困难。

他感觉事情蹊跷，"测量人员配备充足啊，怎么还诉苦呢？"于是，他赶到现场扶尺子、架仪器，查找原因。几次操作后，梁西军发现测量员使用的吊篮、托盘和高程安装板太笨重、安装难、速度慢、精度不高，同时进进出出的运输车辆也是很大的干扰。

于是他带着技术人员研讨试验，经过30多次调整，设计出了自动导向系统激光站吊篮、地面高程点安装板和平面控制点强制归心托盘三件测量设备。这些设备加工容易、性能稳定，安装灵活、使用方便，不受环境限制。"原来需要5个人完成的工作量，现在3个人就可以轻松完成了。"

这3项成果拿到了国家专利。

"工作这么累,梁总还喜欢'没事找事',自己找课题发动大家攻关。成果获奖了,大家都特有成就感。"徒弟、技术员刘恒宇说。

创新路上,永不停歇。

自参建地铁工程起,梁西军始终以奔跑者的姿态驰骋在技术创新的"赛场上",破解着施工中的一项项技术难题。

2015年6月,4号线11标创建了以梁西军名字命名的"劳模创新工作室"。他带领"创新工作室"的年轻技术人员,瞄准施工难题,积极探索攻关,取得了《西安地铁地下工程关键技术的工艺工法研究》《饱和软黄土地层浅埋地铁暗挖车站下穿西安火车站施工关键技术》等重大成果。"下穿火车站"成果经专家评定为:"填补了技术空白,达到国际领先水平"。

"每次科研报告,他都逐字逐句地改,连个标点符号都不放过。有一次他熬通宵写了8页纸的修改意见。"徒弟、具体负责创新工作室内业资料的技术员王勇深有感触。

"梁西军劳模创新工作室"成为企业科技创新、攻坚克难的大功率引擎,自成立以来,共承担9个科研项目,获得发明专利8项,开展完成QC成果11项,新技术、新工艺应用9项,管理创新成果3项,累计创造经济效益9000多万元。

一花引来百花开。大连、厦门、青岛等重点地铁工程项目都相继建立了"梁西军劳模创新工作室"。

2019年4月,中铁一局"梁西军劳模创新工作室"在西安发布两项重大创新成果,其中《盾构集群远程监控与智能化决策系统管理》曾获国家级奖项、《饱和软黄土地层浅埋地铁暗挖车站下穿西安火车站施工关键技术》总体达到国际领先水平。

奋斗不止的追梦人

2017年5月4日,青年员工座谈会。刚捧回"陕西青年五四奖章"的梁西军刚一落座,便抑制不住泪流满面。

生命的价值是什么?我们当代青年,应该追求什么样的状态?回顾自己的成长工作经历,梁西军万千感慨。

"地是不会亏人的,出多少力,长多少庄稼……"

他曾经许过三个愿望。

第一个,上小学时,他和所有那时候的孩子们一样,要当科学家。

第二个,十几岁时,看到村里不少乡亲外出打工,辛苦一年到最后钱却让包工头卷走了。于是他想当个能带着村里人一起挣钱的好包工头。

第三个,他想为企业为社会做更多更大的贡献,当一个好项目经理。

前两个愿望,是他少不更事的天真善良,后一个愿望,是他在工地上磨砺了十多年后最真实的感悟。为此,他一心扑在现场。

翻开泛黄的工作考勤簿,可以看到,大年三十他在值班,正月初一他依旧守在工地……梁西军的节假日大都这样度过。

16年来,他以工地为"家",无暇顾及自己的妻儿。

他的小家,跟着一条条地铁线的工地,在西安市里从南到北、从西到东搬了近十次,每一次都是妻子独自张罗;儿子、女儿出生,都是委托给月子中心去照顾,没有亲自为妻子烹过一碗汤,为孩子洗过一次尿布。满怀的愧疚只能用心去弥补,他悄悄攒钱买了一枚戒指,慰藉妻子与自己相知相伴的一片真情。儿子快7岁时,他带全家人一起补拍了婚纱照,无声地表白自己对妻儿对家庭的满怀真爱。

"令我最开心的事儿,要数有一次他在家休息了一天,主动帮我整理衣柜,每件衣服都叠得整整齐齐,他专注做事的样子真的很帅。"妻子侯慧萍尽管曾有过许多抱怨,但一起走过十多年后,依然深爱着从不说甜言蜜语一心干事业的丈夫。

2015年的母亲节,趁着工余间隙,梁西军和项目班子提议,把员工的家人接到项目上,一起陪"妈妈们"过节。那天,大家含着热泪一起高唱着那首《拉着妈妈的手》,录制的视频永久记录下那一段最温馨的画面。

2018年12月,西安地铁4号线开通运营了。梁西军抱着两岁的女儿,媳妇牵着儿子的手,一家人一起乘坐了一次自己亲手建成的地铁。列车在地下穿行,经过一个个熟悉又陌生的站台,他说,这是自己最享受的幸福时刻。

2019年5月4日,在梁西军负责的西安地铁五号线11标工地,由共青团陕西省委以"共青团号"命名的首台盾构机,在穿越迄今为止西安地铁厚度最大的饱和软黄土不良地层后，安全完成第一个区间贯通，以实际行动纪念五四运动100周年。

如今，梁西军仍在地铁工地领军。日复一日，在看似重复的工作中，他每天都面临着新挑战，向着更高的目标奋进……

原刊于《铁路建设报》2019年5月1日1版转4版

他倒在保卫长沙"西大门"的哨位上

冯玉萍

湘江新区综合交通枢纽,是湖南长沙这座城池的"西大门"。为严防新冠病毒肺炎疫情的暴发扩散,长沙市交通运输综合行政执法局岳麓大队大队长鲁力和14名执法队员日夜镇守在这里。他们和全局、全市的工作者一样,半步不离开自己的哨位,在茫茫人海中不漏检一辆过往的车辆,不漏查一位旅客乘客,用恪尽职守和辛勤劳动换来星城百姓祥和平安。

2月29日上午,鲁队长连续奋战54个夜晚以后,终因过度劳累被压垮,他的心脏骤停在42岁华年。朝夕相处的队友们不敢相信这个晴天霹雳,局领导和同事们为他的突然诀别泪湿衣襟,两位副市长带领经常配合工作的各局领导前去关怀探望,共同缅怀这位一直冲锋在前的铮铮铁汉。

一定要守住"西大门"

2020年1月10日,全国春运拉开大幕。镇守长沙"西大门"的岳麓执法大队,提前5天就进入"春运模式"。作为大队长,鲁力深知湘江新区综合交通枢纽这个长沙与湖南其他市州以及外省相连最紧密的地方,在长沙6个汽车站站场防控中这里进出人数最多、客流最大,他深感自己肩上这副担子的分量。从春运第一天起,鲁力就带领执法队员们开始进入"白加黑""5+2"的工作状态。

春运不久,新冠肺炎疫情暴发。武汉与长沙相距甚近,在鲁力心中陡然剧增了风险等级,肩上的担子愈之加大。交通局作为疫情防控交通组的组长单位,担当着更加艰巨的使命。面对湘江新区综合交通枢纽这块"风水宝地",鲁力自然要以"排头兵"的姿态精心安排加倍"呵护"。他要求队员们"要砌一堵墙将这个病毒挡住,保护长沙百姓保护家园。"鲁力一边在站场及周边做好疫情防控维护运营秩序,一边积极协调卫健委、公安、街道等相关部门加强布控,"一天要接好几十个电话,耳朵都接得发烫"成了鲁队长的常态。2月11日至28日,湘江新区综合交通枢纽到达和发送公交车2644班次乘客38517人,测量体温高达5.5万人次。

每天早上7点多,他总是第一个到达疫情防控点为站点消毒。不管是不是他的班,他都会在每天早晨8点第一趟班车发车前赶到,直到晚上10点看着最后一班进站并且所有乘客都下完车,他才安心撤岗回家。为保障站场营运秩序,他带领队员一边加强对大客车、出租车的巡查检测,一边在站场出入口、出租车专用通道等处协助做好测试额温。他一直都是主动放弃轮休,带头履职尽责,连续奋战在春运和疫情防控第一线。

在日常维持秩序打"黑车"的时候,工作时间经常不固定,有时忙了一个上午错过了中午饭点,站场的工作人员喊鲁队一起吃盒饭,他总因怕麻烦别人而婉言谢绝。他的行为深深影响了队员们,大家都尽量少给他人添麻烦,努力把自己的事做好。鲁力的家住在河东,为了方便早出晚归的上班节奏,他将妻子和孩子送至岳父家中,自己则搬到了离枢纽更近的父亲家。

值守在哨位的日日夜夜

多日加班加点,身体向鲁力发出预警。农历大年三十,他带领队员们已经连续坚守了19天,鲁力开始咳嗽、发高烧。难道感染了新冠肺炎?赶快去医院检查!被医院诊断为感冒以后,他才深深舒了一口气,于是他不顾医嘱又返回岗位,直到晚上9点多才回到家中。

2月17日、19日、20日,湘江新区综合交通枢纽站场接连出现几个发热乘客。在乘客症状没确认以前,工作人员需要预隔离。2月20日早上,队员刘警推开值班室,发现鲁力躺在沙发上。原来那两天协助转移了几个发热乘客,鲁力怕有突发情况,于是就干脆在值班室沙发上睡了三天。

26日晚上,他在微信里向长沙市交通运输综合行政执法局副局长胡卫湘汇报工作,第二天上午,他赶到局里又向胡局长做了详细汇报。

2月28日中午,队员胡欢在值班室看到鲁力脸色不好,劝他休息一下,到医院去看看。鲁力却说,在这个时候怎么能休息,等疫情结束再说吧!当天下午,他还组织执法队员召开了工作会,会上跟队员们说,在座的党员这个时候要冲到前面去。

28日晚上,鲁力在微信群里与同事们交流了有关值班的细节,询问疫情捐款的事。

2月29日原本是抗疫一线开始出现疫情向好的日子。上午8点,执法队员准时到岗开始了一天的工作。以往早已提前到岗的鲁力,此时会在微信工作群里向大家通报巡查情况,而这一天,上午半天过去了,同事们却不见微信群里的动静。由于忙工作,副局长胡卫湘也没太留意微信群里这一异常。上午9点多,胡局长桌上的电话铃突然响起,传来的却是晴天霹雳!鲁力因突发疾病,已被送往长沙市第四医院抢救。胡局长即刻放下电话赶往医院,他10点多赶到医院时鲁力正在被抢救,上午11:02,医院就宣布了谁也不愿相信的信息:鲁力因抢救无效离别而去。

事后从鲁力姐姐那里得知,当天早上鲁力走出家门准备上班,忽然感觉不舒服,又返回家里想稍事休息一下再走,谁知躺下之后再也没有起来。一个年富力强的中年汉子就这样走了,他生命中的最后54天,定格在2020年抗击新冠肺炎疫情的战斗中。

宝剑锋自磨砺出

以往拍工作照,鲁力总爱说"我个子不高,长得又不好,别拍我。"以至于同事在整理他的遗物时,竟然没有找到像样的照片。可是在岳麓大队的执法影像中,冲在最前面的总有鲁力那胖胖的身影。在同事们点点滴滴的回忆中,这个身影愈发显得立体生动,总在大家的面前微笑晃动。

鲁力是全局最年轻的大队长。接受任务时他总会说:我年轻,我来。在领导眼里,鲁力也是个做实事、识大体、顾大局、不藏私心的人。自打鲁力19岁进入原长沙市交通规费征稽处工作以后,不断经受各种锻炼,2002年11月,鲁力光荣加入中国共产党,在党的阳光哺育下迅速成长,成为最年轻的大队长。2003年,长沙"黑车"猖獗,严重扰乱市场秩序。有一天,鲁力和同事在韶山路执勤时发现一辆车有非法营运嫌疑,随即拦下车辆亮证执法,不料驾驶员从座椅旁抽出一把刀!面对暴力抗法鲁力没有退缩,最终妥善处理了这起非法营运案件。此后,无论是整治河西大学城周边的"黑"面包车,还是整治湘雅三医院周边的"黑救护车",只要任务下来鲁力照单全收,"硬汉"美名远播。近三年来,鲁力和他的队员们查扣车(牌)累计778辆(副),打掉西站、南站周边多个站外黑站点,为保障正常客运秩序尽心尽力贡献力量。

在家里鲁力也是顶梁柱。妻子在外打工,父母多病,小孩还在上学,他把这些都挑在肩上,从不轻易向外人流露,他总是用加倍的工作为孩子为家人多担当做表率。在宁乡市灰汤镇、浏阳市桃源村等地,他还牵挂着长期结对子的帮扶对象。

后 记

鲁力走后,妻子在整理遗物时,听到手机里传来执法局微信群里鲁力留下的语音,她马上联系局领导,将这笔捐款交给了市局党组织,完成了他生前未了的心愿。28日那天晚上,鲁力在微信群里留下的那两句语音留言,竟然成了他与同事们的最后诀别。正值壮年的执法干部,怎么说走就走了呢?带领执法队员镇守"西大门"的大队长,就这样不辞而去?错愕、震惊、悲伤的气氛,从岳麓大队弥漫到整个综合行政执法局。在南方人的普通话中,鲁力容易读成"努力"。正如这一谐音一样,鲁力一直在努力着,直到生命最后一刻。

翻开鲁力的档案,进入交通执法队伍24年来,他一直在用忠诚和努力践行着自己的奉献与担当。他多次荣获市交通系统"先进个人""中国共产党优秀党员",率领岳麓大队获评2019年市优化营商环境群众满意青年文明号。

鲁力成为长沙市践行"不忘初心、牢记使命"的模范典型。为大力宣传弘扬鲁力同志的先进事迹和崇高精神,湖南省长沙市总工会决定追授鲁力同志"长沙市五一劳动奖章"荣誉称号,并号召全市广大职工向鲁力同志学习,为全面建设现代化长沙做出更大贡献。

原刊于《中国道路运输》2020年第4期第48~49页

三等奖

"直播天团"诞生记

李 平　袁 怡　刘慧卿

重庆市荣昌区虹桥村。秋天在这里像打翻了的调色板：一株株绿油油的橘树上，挂满了黄澄澄的如拳头般大的橙子。树丛间，一场邮政惠农直播正在进行。

"大家好，我是小荣，我是小驿。很高兴又在'荣邮驿站'抖音直播间跟大家见面！今天，我们为大家带来的惠农产品是虹桥村的爱媛38号果冻橙……""小荣"徐杰用刀将一个果冻橙切成两半，拿起半个橙子凑近直播镜头，稍用力一捏，果汁瞬间爆出，"看，皮超级薄，汁多得不得了……""你不要光是说，也帮大家尝一个嘛，看看是不是真的就像吃果冻！""小驿"郑成君在一旁打趣道。直播"导演"梁小敏则在一旁忙前忙后，又是递道具，又是提示直播文案。

一人逗，一人捧，还有一人满地走。凭着邮政的品牌影响力和新奇有趣的带货方式，仅仅半年时间，"荣邮驿站"直播就在当地叫响了品牌。

萌芽：迎着风口站上去

郑成君以为，自己从投递岗位到客户经理岗位，是要做营销的。徐杰的想法也如出一辙。两人都没料到，转岗后接受领导指派的第一个重要任务竟然是——让自己成为"网红"。

这话就得从2019年年中说起。

彼时,荣昌区邮政分公司总经理朱军刚履新不久。一天,他来到一家做自热方便火锅的食品厂沟通合作事宜,一格一格半封闭式的"工位"引起了他的注意,补光灯、摄像头、音响……这些与食品厂格格不入的设备,怎么会出现在这儿?一问方知,这是食品厂为了扩大销售渠道,自建了一个直播团队。

此后,直播带货就在朱军心里埋下了种子。几经考虑,他将这个课题交给了市场部。

领到任务后,梁小敏、郑成君、徐杰等人便利用工作之余开始研究:直播用什么平台、需要什么设备、选什么商品、有什么话术、怎么吸引人来看……一大堆问题需要解决。

2020年初,在疫情催化下,直播带货风口正盛。几个人觉得,是时候得上阵了。

3月21日下午,正准备下班的梁小敏收到一个包裹,打开一看,是网购的直播灯架寄到了。三人一合计,择日不如撞日,索性马上就开始直播。地点选在了办公室的一角,商品用的是手头现成的——荣昌邮乐馆的地方特产。

可接下来的事情就尴尬了:简单的开场白后,徐杰和郑成君两人要么互相抢话,要么四目相对,只能以"好吃""很好吃""特别好吃"来尬聊。整场直播最高观看人数仅22人,不少还是闻讯而来的同事。

第一场直播让徐杰和郑成君泄了气,梁小敏在一旁安慰道:"这次虽然效果不好,但是我们要善于总结。怕冷场,就提前准备脚本;没人来,就去拍短视频预热。"

接下来,缺商品,就到供应商、农户那里去找;不会说,就天天守在大咖的直播间里学;不会拍,就找来最火的短视频"照猫画虎"……

天道酬勤,徐杰和郑成君渐渐摸索出了一些门道:按脚本一句句念会显得生硬,得加些临场发挥;送福利也要踩节奏,才能让更多人关注并留在直播间;一人捧、一人逗,两人互怼会让气氛更加热闹……

身在幕后的梁小敏,也以惊人的速度成长,从最初制作一个15秒的短视频要4个多小时,缩减到2个半小时,再到现在只用30分钟就能搞定。

在一周拍摄两次花絮、举行两场直播的"高压"下,三人默契见长,"荣邮驿站"直播间开始有了生机。

蝶变：外行人上演逆袭

三人一致认为，真正把直播间的名气做起来，就是"盘龙仔姜"直播带货那一场。

7月11日9点整，"荣邮驿站"直播团队要在盘龙镇进行直播带货。不到8点，几人就到达了目的地。可接下来姜农的一番话，着实给他们泼了一盆冷水。"不要耽误我们挖姜哟！有你们这个闲工夫，我都能挖100来斤了！"一位50多岁的姜农扛着锄头，头也不抬地拒绝了他们。从来没有接触过直播的姜农们，压根儿也不会相信凭借一部手机就能把姜卖出去。

越是如此，三人越迫切地想要证明自己。"大叔，您先给我们准备100斤嘛！要是卖不出去，我给您钱。"徐杰向姜农恳求道。

直播开始，凭借事先短视频的造势和临场的发挥，直播间观看人数不断上升，看着越来越多的"粉丝"下单，二人更加卖力："重庆和四川地区，保证24小时内到货，外省次日到。我们会用不同规格的箱子为大家包装运送，保证新鲜，保证速度！"

100斤、200斤、400斤！不断刷新的销量让一旁的姜农目瞪口呆，口中念叨着："400斤哟，要挖好久哦！"

看着三人尽力卖姜，姜农们的态度也发生了转变。"今天你们辛苦了，走，去我家尝点今年才泡的仔姜嘛，好吃得很哟！"姜农们用最朴实的方式表达歉意和谢意，还一再邀约他们"明年早点儿来"。

选择：始于责任忠于爱

"古昌镇人大常委会主任陈兰芳看到我们为仁义镇脆桃带货，不仅在直播间下了单，还邀请我们去为古昌镇蓝莓代言呢！"梁小敏的话语里充满自豪。

随着各乡镇纷纷邀请"荣邮驿站"直播团队去做直播，为当地推销李子、葡萄、桂圆等，邮政助农直播的口碑也在荣昌各级地方政府传播开来。受荣昌区商务委邀请，7月14日，"荣邮驿站"为荣昌区万灵古镇做景区推广；9月19日，与区农委携手为22位贫困户销售农产品；9月29日至10月1日，受邀参加《舌尖上的荣昌》直播推广活动，为12家企业带货……

尽管将直播带货做得风生水起，但"荣邮驿站"的小伙伴们丝毫没有放松对自己的要求。为了更有说服力，荣昌邮政专门定制了"主播代号牌""老板保证牌""村支书代言牌"，根据特定场景需要，邀请种植户、村干部等在直播时现场代言，通过出具无公害证书、地方政府背书，让网友们买得更放心。

"最大的变化是，我们现在出去谈业务，不管是政企单位还是商户老板，好多人认识我们，沟通起来更顺畅了！"徐杰说，让他们感到诧异的是，一些做餐饮、五金、家居的老板，也想找邮政带货。

"直播贵在精准。我们要精准对接市场，将城市需求与农村供给精准对接起来，真正做市场需要的；我们要精准对接群众，直播要接地气，一切为大家的生活服务；我们还要精准对接特色，把荣昌本地的非遗文化、农副产品做大做强！"朱军说，"荣邮驿站"的远景规划是，先从荣昌同城做起，再扩大到成渝双城经济圈，未来，还要向全国进军。

原刊于《中国邮政报》2020年8月21日1版

甬台温高速猫狸岭隧道"8·27"事故后

他们展开了一场紧急救援与修复

张诗雨　项亚妮　林书博

2019年8月27日18时27分,G15沈海高速公路台州段猫狸岭隧道杭州往临海方向,一辆安徽号牌重型半挂车在隧道内自燃引发货物瞬间燃烧,形成大量烟雾,80余辆车被困于隧道内。事故中共有36人被送往医院救治,其中遇难5人。目前,事故车辆驾驶员已被警方控制,事故具体原因正在进一步调查。

第一时间赶赴现场开启警报预警

"我们是晚上7点左右到达事故现场的,当时就看见隧道里面浓烟一片,有很多人从猫狸岭隧道内(宁波方向)逃出,于是我们赶紧下车维持秩序,帮助司乘人员撤离。"台州市公路管理局高速路政二大队副大队长江飞跃向记者回忆。

记者从台州市公路管理局获悉,27日18时35分,该局接到监控中心报警,第一时间启动应急预案赴现场开展紧急处置。由于自燃车辆所载的皮革制品属易燃物品,事故发生时货物瞬间燃烧,火势难以扑灭,造成隧道内部短时间内大量浓烟积聚并扩散至对向隧道,随后一些驶入的车辆及人员被困。

江飞跃及另外两名值班同事是第一批到达现场进行处置的公路人员。他们立即开启警报预警。"特别是告知宁波方向的驾乘人员不得进入危险区域,着火的车辆已经把隧道堵住,再有不知情的司机开进去的话,后果不堪设想。"江飞跃说。

闷热与窒息……

"有3名消防员在隧道口,远远地就能看见灰蒙蒙的烟了。"这是浙江沪杭甬高速公路股份有限公司甬台温管理处处长徐灵对于这场事故的第一印象。

27日19时30分许,徐灵开着私家车从临海赶到猫狸岭事故隧道口。眼看消防员的救援设备太多,他把自己的车让了出去。"因为烟雾太大,能见度又低,我们几个人等了一会儿才走进去。"徐灵向记者回忆。

步行1公里左右,徐灵和同事发现了一名已经失去意识的伤者,立刻协助附近的消防员将其抬上巡查车。因为把防毒面罩让给其他救援人员,快要接近事发点时,徐灵感到一阵窒息。他定了定神,决定折返。"太热了,根本呼吸不了,我们只能赶紧退出来,在洞口协助安抚被陆续运送出来的伤者。"徐灵回忆,有名小女孩被救出来时,也许是受到了惊吓,已说不清话。"叔叔在这里,别怕,救护车很快就到。"他递了一瓶水给女孩,轻声安慰道。

同样感受过窒息的还有台州市公路管理局高速路政二大队路政员毕凯。28日上午10时,已经连续工作了十多个小时的他,回忆起这场事故,依然历历在目。"当晚我没有值班,所以是第二批到达的。当时从猫狸岭隧道温州方向(车道)进入事故现场时,烟很还是浓。刚进去就感觉胸口很闷,也看不清。"

27日21时30分许,明火被扑灭。现场路政人员随即与当地消防部门配合展开搜救与引导工作。在猫狸岭隧道(宁波方向)的一处气通门口,惨白的灯光裹在烟雾中,显得有些模糊。"这些烟都是从事发点飘过来的。"毕凯说道。他的手机里存了一张照片,是在救援现场拍下的。照片里,两名消防员正在穿戴氧气设备,他们身后,是一片散不去的浓烟。"你看,他的脸都被熏黑了。"毕凯指着其中一位消防员,将照片放大。

28日凌晨,在确认事故现场已无滞留人员后,一夜无眠的台州市公路管理局高速路政二大队7名队员随即马不停蹄地前往猫狸岭隧道南北洞口,进行交通疏导与管制。

吹响抢险"集结号"

事故发生后,记者从台州市交通公路部门获悉,猫狸岭隧道内的安全设施完备,消防设备也很齐全,均可正常使用。此外,高速公路业主单位对猫狸岭隧道每月都会进行步检,主要涉及灯光、监控及线路等问题。此次事故中,隧道内隧道结构顶、道路路面以及机电设施出现严重损坏,已不具备通行条件。

8月28日下午，浙江省交通运输厅组织省公路与运输管理中心、台州市公路管理局、省交通集团沪杭甬公司、检测单位、设计单位、施工单位等在台州运行分中心召开猫狸岭隧道事故施工方案论证会，连夜讨论出专项治理方案。据悉，该方案确定为对直接受火区域采用锚杆+钢筋网片+喷射超韧性混凝土方式进行处治，对其他火烧影响区域采用喷射超韧性水泥基材进行修复。浙江省交通运输厅党组成员、副厅长洪秀敏强调，力争7天、确保10天完成抢通修复工作。

事故牵动人心，修复刻不容缓。对此，浙江交工隧道施工队伍"砺剑"班组第一时间集结人员设备，奔赴猫狸岭隧道开展抢险工作。

8月28日上午，"砺剑"隧道班组负责人王云强在微信群里发布了"征集令"，号召大家主动报名，奔赴猫狸岭隧道开展抢险工作。

王云强介绍，由于刚刚完成杭州绕城西复线奇坑隧道施工任务，班组内大多数技术人员都休假返回了老家。获悉灾情后，许多人都主动放弃休息，争相报名。

身处广州的周国峰第一个打来电话。他是党员、退伍老兵，也是"砺剑"隧道班组首席技能大师。这是他今年春节过后第一次回老家，还未与家人充分感受天伦之乐，就急着赶回了杭州；湿喷机操作员祁进从贵州老家打来电话，撂下电话就预订了当天下午飞杭州的机票；电焊工李全民也计划从成都飞回来……

王云强选择了7名队员组成抢险队，辅以1台凿岩台车、1台湿喷机，另外队员随时待命。

中午，王云强接到甬台温高速公路养护公司的求助电话，由于前期准备充分，王云强迅速落实了人员机械的召集工作。傍晚，前方终于传来处置方案，"砺剑"隧道班组只需派遣一台凿岩台车前往，负责隧道结构加固任务。

此时杭州突降暴雨，设备吊装难度陡增。暴雨之中，社会上的平板车、吊机出动困难，几经周转才解决，此时已经是深夜11时30分。冒着暴雨，王云强、周国峰、黄成等队员开始吊装设备。黑夜、暴雨，不仅视线不佳，而且机器湿滑，给吊装带来很大困难。大家脱去雨衣，在暴雨中足足奋战了两个多小时，终于完成吊装。

29日7点多，他们赶到现场，迅速投入隧道结构加固工作。他们承担了在隧道里打 150 根锚杆的任务。与平常施工不同,凿岩台车作业时必须避让来回穿梭的养护、交警等车辆,这大大拖慢了进度。但他们还是克服困难,完成了 150 根锚杆支护任务。

原刊于《交通旅游导报》2019 年 8 月 31 日 2 版

致敬战疫医护人员：
你们为我们拼命，我们送你们回家

葛汝峰　兰龙辉　杨佳璇　程锦波　余娟雪　刘　峰

送别："感谢你们，为武汉拼过命"

江城武汉，暮春三月，武大樱花，特别怒放。

来不及看一眼珞珈山漫山遍野的樱花，各地支援湖北的医疗队就开始陆续撤离了。

2020年3月18日，是河北省医疗队回家的日子。凌晨4点，天还黑着，湖北分公司安全员杨恒利起床了，穿戴整齐，下楼发动那辆最近被用作货车的大众途安，奔驰在寂寥的街上。他陆续接到飞行员周宇昕、陈玺、翟晨飞，一行四人奔向河北省医疗队驻地，为英雄的逆行者送行。

疫情突发，杨恒利等人脱下制服，成了热心肠的湖北伢。他们自发组成志愿服务队，为医院、社区、养老院运送物资。

与河北医疗队结缘是因为一个蛋糕。2月29日，河北医疗队张医生给周宇昕打来电话："周哥，我们护士长今天过生日，想请你帮看看哪里能买到蛋糕。"

周宇昕犯了难。彼时，武汉连酵母粉都买不到，更别说蛋糕了。他发动身边几乎所有人，几个小时后，一个现做的双层蛋糕经志愿者3次接力，从武昌送到汉口，交到医疗队手中。

临别，四年才过一次生日的护士长赶来致谢。周宇昕心里一阵酸楚，看起来20多岁的姑娘，头发剪得和自己一样短，假小子一样。

几个平日里泪点蛮高的大老爷们近来眼眶总会湿润，他们看得到医护工作者的付出和人性的光芒。杨恒利说，每一副口罩上方的眼睛，都闪着善良的光。

一次，一名麻醉科医生向志愿服务队申请10副护目镜。送货时，医生询问能否多给几副。物资配发都有计划，多给，要么回去补货，要么少给其他人。犹豫片刻，周宇昕和杨恒利还是多拿了几副出来。开车离开时，透过后视镜，两人看到医生正向他们深深鞠躬。

商场停业，交通停摆，快递暂停……疫情初期，武汉仿佛被按下了暂停键。湖北分公司地服部员工王俊松、胡云、胡博加入了接送医护人员上下班的志愿者队伍。王俊松第一单任务是送一名女护士上夜班，他永远不会忘记女护士临别时的那句话："为武汉而战，我们不觉得辛苦。"三八妇女节，王俊松装了满满一车郁金香，送给辽宁医疗队的女队员。拿到花，很多姑娘都哭了。

送别河北医疗队那天，杨恒利4人把飞行徽章送给了医疗队员，留作纪念。汉警铁骑在医疗车队前护航，他们就开车跟在后面，从驻地一直送到机场。

"滴水之恩当涌泉相报，我们永远记得他们。"杨恒利说。

在登机口，一句"感谢你们，为武汉拼过命"，代表了所有武汉人的心声。

如约：送你出征　接你凯旋

慕露慧几乎是流着泪接受完采访的，一种无法言说的情绪在内心激荡。这两天的经历，一说起来，她就流泪。

两个月前，南航运送了数千名天南海北的医疗队员驰援武汉。机组人员与他们约定，待到凯旋，南航还来接他们回家。

上周开始，南航陆续执行包机任务接医疗队回家。许多曾经执行去程包机任务的机长、乘务员、安全员主动请战，兑现约定。慕露慧就是其中之一。2月13日，她曾经送医疗队驰援武汉。

3月22日，慕露慧执行CZ5260航班接广东医疗队返粤。登机时，她站在客舱门口迎客。"很多医疗队员当时特别开心地向我们奔来，老远就打招呼，我们说'辛苦了，欢迎回家'。有的人本来没哭，一听到'欢迎回家'，眼泪就哗哗流下来。"

安全员姜超站在登机口，行军礼，致敬。

乘务组为医疗队准备了系有黄丝带的玫瑰。红色代表喜悦，黄色象征凯旋。除了正常的餐饮，医疗队员还吃到了鸡仔饼、砂糖橘、加应子等岭南小吃。

乘务员刘琨见到了曾经一起参加"众志护航同心战疫"云团日、广东省人民医院的3位医务工作者。护士黎诗欣开玩笑说,这是大型网友奔现现场。

3月22日是慕露慧的生日。她放弃了在家休息的时间,主动申请接医疗队。播报中,她说:"今天是我的生日,我特意申请了这次航班,亲自把你们送上一线,又平安把你们接回来,感谢有你们!"

"祝你生日快乐……"客舱里,不知谁起的头,医疗队员一起为慕露慧唱起生日歌。

慕露慧情不自禁,泪流满面。

慕露慧一直惦念着佛山南海中医院的两个90后护士。"2月13日我送她们去武汉,一登机,我就看到两人瘦瘦的,都是寸头。我问:'头发呢?'她们说:'出发前院长一个个给我们剃了'。"

当时,慕露慧和两人合了影。

3月23日,慕露慧再次执行武汉—广州包机任务。登机时,她很快在人群中找到了那两个90后护士,对方也认出了她:"我记得是你送我们去的武汉。"

慕露慧拿出合影,三人抱头痛哭。

"她们黑了、瘦了,头发也长了点,感觉坚强了许多,一直安慰我,说今天是回家的日子,是好日子,不哭不哭……"慕露慧说。

接机:平安归来 胜过一切

3月19日,河南第五批支援湖北医疗队乘南航航班回郑州。

河南公司地服部屈娟娟下午2点就在机坪上等待,她来接自己的弟媳、新乡市凤泉区人民医院护士张浩雪。

2月9日,张浩雪随医疗队去武汉。屈娟娟当天在值机岗位工作,忙完就急匆匆跑到登机口跟弟媳道别。因为全家人原计划春节去重庆玩,屈娟娟就和弟媳约定,等她回来还去重庆吃火锅。

3月19日当天,飞机晚点,一直到下午5点多才落地。张浩雪一出客舱,屈娟娟就认出了她。听到有人喊自己的名字,一扭头,张浩雪就看到屈娟娟正站在客梯旁兴奋地向她招手。

原来说只待15天,没想到一走就是40天。平时亲姐妹一样的两人第一反应是拥抱,张浩雪往前走了两步又迟疑了一下:"姐,我们就隔空抱一下吧。"

"终于平安回来了,放一半心了吧。因为还要隔离14天,希望一切顺利。"屈娟娟说。

与屈娟娟到现场接机不同,股份地服部袁斯倩最近很郁闷。3月22日,广东医疗队返粤,她原计划当天下午接机见一见云团日的3位"网友",给他们送上肖像画。可谁知当天一早却接到隔离通知:因为她服务的一位从英国回来的旅客被确诊。

袁斯倩和很多同事被称为"包机专业户",她前后共送过10班赴鄂包机,也满心想着接医疗队回来。在隔离的房间里,看着同事从前方发来的视频,哭了。

"包机专业户"马佳则幸运很多,她站在距离医疗队最近的飞机下迎接英雄。就在前几天,她与曾送过的一个医疗队员取得了联系,对方告诉她已经平安归来。

马佳说:"当时很多医疗队员的家人都来送行,现场很感人,我发现人群中有个小姑娘孤零零站在那,我过去跟她聊天才知道,她是瞒着家人报名的。出发很急,她接到通知还在医院工作,到宿舍收拾一下拿上统一配发的物资就到了机场。我就跟她说,如果你不介意,就当我是你亲友,我给你送行。拥抱的时候,我俩都哭了。"

伴随着疫情好转,武汉正逐步恢复正常。

杨恒利、周宇昕依然在城中大街小巷奔忙着。每每深夜开车回家,看到两侧"武汉加油"的红色大字,心里就充满了力量。

而现在正在隔离观察的慕露慧,她最想的就是14天快快过去,好回家看一看两个孩子。

原刊于《南方航空报》2020年3月26日1版

冲锋！汇聚水上战"疫"磅礴力量
——海事部门防抗疫情保障畅通综述

吴 楠

这是一场没有硝烟的战争。坚定信心、同舟共济、科学防治、精准施策——海事部门坚决贯彻落实习近平总书记重要指示精神，在交通运输部党组的坚强领导下，打响新冠肺炎疫情防控水上阻击战。

这是一场关键时刻检验海事治理能力和治理水平的大考。病毒传播渠道坚决阻断！公路交通网络不能断！应急运输绿色通道不能断！必要的群众生产生活物资运输通道不能断！"一断三不断"——海事部门紧盯目标，全力保障船舶、船员安全，全力保障防疫物资、民生物资水路运输，全力保障广大人民群众水上安全出行。

这是一次危急关头海事人初心使命的检验。坚决打赢疫情防控阻击战——领导干部靠前指挥，党员干部冲锋在前，党组织充分发挥战斗堡垒作用，让党旗飘扬在水上防控疫情斗争一线。

1月21日，针对突发新冠肺炎疫情，交通运输部启动二级应急响应。1月24日，部海事局紧急通知，要求各地海事部门立即成立新冠肺炎疫情防控工作领导小组，统筹推进疫情联防联控，海事水上阻击战全面打响！

中华大地，江海纵横。有水的地方就有海事人的身影。做什么？如何做？全国海事一盘棋，防控疫情，保障水路运输安全高效、保障人民群众健康安全，保护船员切身权益，海事系统充分发挥组织优势、专业优势，锚定方向、周密部署、精准施策、果断出击，筑起了一道水上疫情防控的钢铁长城！

抗疫情保畅通　助力开启"中国速度"

春节以来,各省(区、市)均存在不同程度的疫情。一时间,防疫物资告急!重要生产物资告急!交通运输部"一断三不断"的要求掷地有声。冲锋!抗疫情、保畅通,两手抓、两手都要硬。海事部门为疫情防控和生活、生产重点物资运输船舶开辟"绿色通道",以最快的速度,在五湖四海形成防抗疫情、共克时艰的合力。

一方有难,八方支援。"10天建一个医院,只有中国才能做到!"灯火通明的火神山、雷神山见证了中国力量和中国速度。而在上海宝钢,源源不断生产的各类钢铁,正是"中国速度"的基础构件。自1月下旬起,4万多吨钢板从武汉陆续运抵上海宝山,这些来自武汉基地的钢板将在宝钢上海基地被加工成优质钢材,为各大重点企业复工复产提供坚实支撑,其中包括为疫情重点地区赶制负压救护车的上汽集团。

物资如此重要,生产刻不容缓。与此同时,这些来自疫情重点地区的船舶,也给宝山海事局带来巨大的监管难题:一旦有船员感染,可能危及码头工人,影响码头正常运营;假如船舶发生一定概率的碰撞或污染事故,现场调查也将带来更多的近距离接触风险。

"把风险阻击在源头!"宝山海事局拿出了解题思路。宝山海事局敦促宝钢码头落实企业安全主体责任,制定操作规范,做到了三个"所有"——所有船舶均按计划靠泊,所有船舶均填写船员防疫安全承诺书,所有单据电子化流转。宝山区交通委、宝山海事局等相关单位进行现场调研,取消原本分散的靠泊码头,统一以宝钢码头作为重要物资卸载地点,在便利集中管理的同时,也有效防止了船舶进入黄浦江内河水域,为重要物资安全运输贡献了海事力量。

与此同时,从北到南,那一抹抹海事蓝正奋战在水上运输保障一线,从防疫物资到重要生产生活物资,他们用专业的判断与尽责的担当,践行着"一断三不断"的为民誓言。

天津海事局充分运用"三位一体"立体巡航手段,海陆空全方位、多维度监护,设置移动安全区,电子巡航运用水上动态监管平台系统集成联动,从船舶出发开始实施远程监控。无人机从船舶进港开始,预先对进港航路进行巡视预判;海巡船艇实时监护,全程把控船舶上线、下线、靠泊等重要动态节点,及时消除碍航隐患。

山东海事局实现防疫重点物资水上运输"零待时"。各分支海事局与港口、引航、代理等单位沟通协调,防疫物资船舶实行优先入关,提高入港效率。第一时间为船舶实施快速进口岸查验审批,相关船舶证书、船员证书等资料享受极简办理程序。同时,利用信息化手段,对船舶实施全程动态监控,提前进行航道交通组织,确保航道清爽通畅,做到防疫重点物资水上运输"零待时"。

秦皇岛海事局辖区是"北煤南运"海上电煤运输大通道的重要枢纽之一,每天有80余艘次船舶、近60万吨货物进出港口,不仅关系着本地老百姓的民生保障,也关系着南方多个省市、上亿群众的生产生活。秦皇岛海事局细化保障举措,人员24小时值班,守护海上电煤运输大通道的安全与顺畅。

珠海海事局多措并举,为疫情防控物资和民生物资运输开通水上绿色通道,确保医疗急救器材、液化天然气、电煤等重要物资运输船舶"优先安排计划、优先进出港、优先靠离、优先装卸"。

守护生命健康　共克时艰筑牢"防火墙"

海事政务服务网上办理、船舶进出港报告、船舶配员、危险货物申报、规费征收网上核查,到期年检、审核或换发船舶船员证书准予延期办理;加强对重点工程水上交通和人员健康保障;科学高效处置水上运输突发疫情……海事人以更坚定的信心、更顽强的意志、更果断的措施、更创新的举措,坚决遏制疫情蔓延,坚决打赢水上疫情防控阻击战。

在连云港海事局船舶交通管理中心,值班员们用自己的方式奋战在抗击疫情的前沿。

"为了降低疫情传播风险,我们的班次要进行临时调整,由'五班三运转'调整为'24小时连轴转',同志们没问题吧?"原先由12个人完成的24小时交管值班工作量变成了只有4个人完成,工作量瞬间增加了300%。"没问题,一切服从组织安排!"当连云港海事局指挥中心(交管中心)党支部书记刘贤君宣布调整班次的决定时,大家都做好了迎难而上的准备。

1月29日下午,交管中心接到电话:从韩国开往连云港的"和谐云港"轮客滚船上有 3 名乘客出现发热症状，船上还有 140 余名乘客。"立即启动应急预案，开辟'绿色通道'，让船舶在最短时间内完成靠泊，让发热旅客第一时间得到诊疗，打消其他乘客的顾虑。"布置完工作之后，交管中心又通过电话和高频向代理及船方详细了解情况，指导船方做好隔离观察、体温测量和安抚乘客工作，并第一时间将信息通报海关检疫和卫生疾控等部门，疏导港区船舶让清航道，安排船舶无延误快速进港……

在海事部门紧张有序的指挥下，"和谐云港"轮第一时间安全靠泊，经口岸卫生检疫部门确认，排除了新冠肺炎疫情，140 余名归国乘客顺利踏上了祖国的土地，也彰显了疫情形势下，我国作为负责任大国的良好形象。

与无形的病毒作斗争，考验着海事人的治理水平和治理能力。在压力和考验面前，时刻将人民放在心中，是检验海事工作一把有效标尺。

"三游"（邮轮、游艇和旅游客船）是三亚的特色，也是三亚海事局的监管服务重心所在。1 月 24 日，海南省启动突发公共卫生事件二级应急响应，三亚市宣布暂停全市各类场所的室内大型旅游、文化、体育、表演等各种活动。三亚海事局指挥中心立刻询问市相关单位"暂停的各类活动是否包含水路旅游运输活动"，未得到确切答复。指挥中心决定主动及时回应社会关切，耐心劝导辖区旅游客船企业及游艇俱乐部停止运营，争取企业、群众的最大理解、支持和配合。在积极的沟通下，辖区 18 家航运企业、1 家游艇俱乐部提前停止营运，海上通过游客传染的途径被切断。

春运以来，为保障群众安全顺畅出行，广州海事针对珠江口水域作为全国六区一线重点水域和华南地区最重要的水上货物运输航路的情况，要求广州沙角海事处的执法人员强化现场巡航监管，保证对辖区停靠、锚泊船舶进行全覆盖式"体检"，重点查看船上是否有发热等身体不适人员、是否近期有武汉居住或旅行史人员，了解船公司是否针对疫情防控向船员进行宣传，并指导船员做好个人防护。

同样在大湾区，春运期间，友联交通船码头丝毫没有停歇，穿梭于孖洲岛和深圳前海之间的交通船，像是串联粤港澳大湾区的一条条丝带。孖洲岛是亚洲最大的海岛式修船基地，岛上有招商重工和友联船厂两家企业的上万名工人从事海工作业，流动人口接近 100%。岛上修船基地还有许多停靠整修的外轮，做好各方面的防控措施刻不容缓。为了确保疫情不通过水路传播扩散,南山海事局工作人员主动前往交通船码头,了解友联船厂的防控措施,及时把上级最新的防控部署要求传达下去。针对友联交通船湖北籍船员数量多的问题,海事部门摸底每个船员及其家属的出行情况,并做好记录,海事工作人员登上交通船,对每一间船舱仔细巡查,并且着重检查船舶设置的隔离舱室是否符合要求,提醒船上负责人一旦发现乘客或其他在船人员存在疑似病症,要立即安排到专门隔离舱室休息,并立即向公司报告,联系海事部门协助处置。

特殊时期,要有非常之举。出于重点工程建设应开快开、应干快干,服务交通强国建设和地方经济发展的考虑,江苏海事局首次线上协同会商,将因疫情影响可能延期召开的张家港湾公共码头工程建设项目专家评估会搬到网上来开,既降低交叉感染风险,又确保该工程建设进度不受影响。为增加抗"疫"预警,江苏海事局联合相关单位开发行政检查系统"港口抗疫预警"功能,可对近14天在湖北港口进出港及航经停泊的船舶进行预警,在App及PC端供一线执法人员和码头工作人员参考使用,大大提高了港口疫情防控效率。

福建海事局面对辖区部分新进入体系船舶急需申请临时审核的实际情况,研究推出船舶"在线审核"新举措,利用"航运公司智能化管理平台"以及微信、QQ视频等信息化手段,在线开展首末次会议审核、查看台账记录、观摩演习和实操、现场访谈等审核执法活动,通过现场巡航执法和船舶安全检查进行确认,全过程保留审核实施证据并建立专门档案,实现保障审核质量与疫情防控"两不误"。

牢记初心使命　党旗高高飘扬在防控第一线

在这场疫情防控阻击战中,每一名共产党员就是一面鲜明旗帜,每一个基层党支部就是一座坚强堡垒。一名名共产党员挺身而出,一个个基层党支部战斗在前线!广大党员干部不畏艰险、沉着应战,用实际行动践行着党的初心和使命。

长江海事局党委把疫情防控作为当前最重要的工作来抓,长江海事部门专门组织了共产党员突击队,让党旗飘扬在防控疫情斗争一线。

在疫情阻击最前沿的武汉辖区,海事人不顾艰险,挺身而出,忠诚履职。武汉海事局各执法大队执法人员不间断对辖区开展现场巡航,为船舶船员运输生活物资;在粮油码头,执法人员对船舶进行疫情防控宣传,为船员测量体温并赠送医用口罩;在电厂煤码头,执法人员提醒船员没有特殊情况一定不要上岸,切实做好消毒工作和身体状况监测,出现异常情况要及时上报。自1月25日至2月8日,武汉海事局保障重点物资运输180万吨(不含集装箱),电煤37.2万吨,油品11.5万吨,矿石89.3万吨,钢铁29.8万吨,化工品2万吨,集装箱44670标箱,其他货物8万吨,辖区始终保持安全、畅通、无事故。在最困难的时刻,海事人始终与武汉人民同呼吸、共命运,唱响了一曲曲可歌可泣的赤子之歌!

在浙江舟山岙山岛上,有这样一群可敬的海事人,同时也有一个坚强的党支部。岙山海事处周小锋是该处岙山基地海巡执法大队大队长,也是一位长期从事海事履约研究的专家型人才。2020年春节,许久没回老家的他,原本打算趁假期回家看看老人,但接到疫情的通报后,他果断说服了家人,主动请缨坚守岗位。每次外出执法,他总是习惯重新整理胸前的党徽,用他的话说:"我是一名党员,要时刻牢记这个光荣的身份,只要组织和人民有需要,我永远第一个站出来!"

增强"四个意识",做好疫情防控。为深入贯彻落实习近平总书记重要指示精神,根据交通运输部党组部署安排,辽宁海事局党组下发《关于贯彻落实让党旗高高飘扬在防控疫情斗争第一线有关要求的通知》,就各级党组织贯彻落实让党旗高高飘扬在防控疫情斗争第一线作出全面部署。

营口海事局鲅鱼圈海事处党员同志主动请缨加入应急值班工作中,他们穿梭于码头各个泊位,巡航于锚地海冰之间,在确保船舶适航安全的同时,积极为到港船舶宣传防疫要求,了解船员情况。为了保障6200吨制造医用口罩原材料聚丙烯的运输,他们优先办理、主动服务、现场协调;为了阻断疫情传播通道,他们主动深入国际航行客船"紫丁香"轮,加强消毒防疫和监控,做好韩国进口防疫物资保障;为加强外籍船员、船舶防疫工作,"小徐创新工作室"建立外籍船员防疫服务通道,制作电子宣传海报,联系辖区外贸船舶代理企业,帮助外籍船员了解防疫规定,解决防疫过程中的困难。有一位船员感慨地说:"病毒无情人有情,海事人让我们感到了温暖,看到了希望。"

2020年是全面建成小康社会的收官之年，做好疫情防控，保障群众安全，关系着人民群众的福祉和按期脱贫的实现。钦州海事局派驻钦州市小董镇替头村驻村工作队员李何，与村委干部组建了党员先锋队，将全村10个自然村5000余人分为5个片区，实施小组区域负责制，通过拉横幅、张贴宣传单、村委广播等方式进行疫情防控宣传；对于广播系统不能覆盖区域，采用手持扩音器提醒村民"不要走亲串门，不要聚众娱乐，注意生活卫生"。疫情发生以来，李何始终坚持在一线工作，摸排、登记、劝导、上报工作成为他一天不变的节奏，条件艰苦，任务艰巨，但他的劲头丝毫不减。

在祖国的最北边，海事人同样发出了防抗疫情最强音。"请党放心，我们一定坚守界江，全力护好口岸这道大门！"黑河爱辉海事处全体党员立下了铮铮誓言。疫情期间，他们向辖区航运公司、船主通报疫情信息，持续利用短信、微信等平台加强宣传教育，督促航运公司、辖区船舶做好疫情防控工作。当口罩、防护服等疫情防控医疗物资从俄罗斯阿穆尔州海兰泡市通过中俄浮箱固冰通道运抵中国黑龙江黑河口岸时，大黑河岛国际客运口岸数次临时开关，包括海事部门在内的联检单位由共产党员带头，火速奔赴口岸一线，保障医疗物资迅速、安全通关。

每到危急时刻，中华儿女不惧风雨挺直脊梁；每到祖国需要时，海事铁军不畏艰险奋勇冲锋。在水上防疫斗争一线，那一抹抹海事蓝，正以昂扬的斗志，响应党中央的号召、人民的诉求和祖国的召唤，凝聚起水上战"疫"的磅礴力量！

原刊于《中国交通报》2020年2月14日1版转4版

十八洞村　三张照　一段缘

李雨青

得知我要前往十八洞村采访时,几位同事笑道:"那你能见到龙阿婆了,记得替我们向她问好!"说罢,给我展示了两张照片。

照片中的季节一冬一夏,同事们分别站在一位苗家阿婆左右。马珊珊和李玲穿着厚厚的羽绒服,身后云雾缭绕,宛若仙境;李家辉和董雅洁则身着夏装,旁边是平坦的农村公路,四周绿意盎然。据同事介绍,照片中的阿婆名叫龙德成。2013 年,习近平总书记来到十八洞村考察,就坐在她家的院坝上与村民们交谈,当时龙德成与她的老伴施成富一左一右坐在总书记身边。

像开启了时光隧道,我在同事们的讲述中被带回当年——

2015 年 11 月,马珊珊和李玲参与集中连片特困地区交通扶贫特别报道,湘西土家族苗族自治州是湖南省唯一的少数民族自治州,也是全国交通扶贫的主战场之一。当时村口的公路正在升级改造,十八洞村第一书记施金通带着记者沿着青石板路来到了龙阿婆家。阿婆的一句话让同事们记忆深刻:"我这辈子最幸福的事就是有路有水有电,感觉心情愉快,越活越年轻了!"采访结束,阿婆紧紧拉着同事的手说了句苗语,施金通翻译说,她是想让记者多多宣传十八洞村,让大家都来这里看看。

时光荏苒,转眼 4 年多过去了。2020 年 7 月,为采访当地通组公路建设情况,李家辉和董雅洁前往十八洞村。刚进村口,他们就偶遇了龙阿婆。当时阿婆身着粉色苗族服装,正在摊前用简单的普通话与游客聊天。采访过程中,阿婆眼角眉梢流露着对红火生活的满足,拉着二人去家中看看新变化:墙上挂着她和总书记的合影,当年总书记坐过的凳子还留存着,冰箱等家用电器一应俱全……不时有游客来家中参观,龙阿婆总是热情相待,俨然成了苗寨的"形象大使"。采访结束,阿婆将二人送到村口,见到一旁有人正在拍照,她主动拉起了董雅洁的手示意合照,快门定格了这一瞬间。

带着满满的期待,9月初,我与同事王俊峰踏上了"小康路·交通情"重大主题采访活动之旅。采访的最后一站,我们来到了十八洞村,也终于见到了照片中的主角龙阿婆。当时下着蒙蒙细雨,她正坐在家中,见到我们赶紧摆手招呼我们进屋,也许是几位同事先后来这里采访的缘故,虽是初见阿婆,却觉得亲切又熟悉。阿婆已有80岁高龄,但对比5年前的第一张合影,她的脸上丝毫看不出岁月的痕迹,甚至更精神了。采访结束,我们给阿婆翻看之前的合影,她认真端详了一番,指着照片连连点头。为了将这段缘分传承下去,我和王俊峰也一左一右站在阿婆身边与她合影留念。

能与龙阿婆结下这段缘分、见证交通发展为龙阿婆和当地村民带来的变化,我们深感荣耀。若日后有机会,一定再去探望阿婆,愿那时她身体仍旧硬朗、笑容依然灿烂。

原刊于《中国交通报》2020年11月6日2~3版

雪岩顶村脱贫记(系列报道)

在雪岩顶上书写山乡巨变

——长航局精准扶贫五年回眸

廖 琨 李 璐 康承佳 谭 凤

在精准扶贫五年的"长航答卷"上,这样的问题格外醒目:

一个怎样的词汇,既牵系国家大计,又连接百姓生活?

一份怎样的情怀,承载不渝的使命,寄托着美好梦想?

一种怎样的力量,开启了幸福之门,聚合起千万颗心?

2015年底,湖北省拉开扶贫攻坚大决战。根据安排,交通运输部长江航务管理局(简称"长航局")定点帮扶湖北省恩施州建始县雪岩顶村脱贫攻坚。五年来,长航局先后派出两批扶贫工作队,累计投入帮扶资金近1300万元,让雪岩顶村发生翻天覆地的变化,104户建档立卡贫困户全部脱贫,一步一步踏上脱贫奔小康的幸福路。

雨后初晴,雪岩顶村村委会的外墙上,一行标语十分醒目:"我和家人一起奔小康"。脱贫奔小康不落一户一人,在雪岩顶村已是看得见、摸得着的现实。

这是担当有为的长航速度——
脱贫攻坚谋篇布局

通过航拍镜头俯视雪岩顶村,能看到蜿蜒曲折的山间公路,连绵起伏的苍翠山脉,和点缀在山坡上的跑山鸡、跑山猪。

如果镜头推进,或许还能看到在山顶上举着手机拍抖音的乡亲。

诗画般的乡村风景背后,藏着村民们如今越来越红火的日子。

这样一组数字,意味深长:

2015年前,雪岩顶村是湖北省恩施州建始县92个重点贫困村之一,全村157户501人,贫困户104户320人,贫困率超过了60%。由于交通闭塞、居住分散,产业发展无从谈起。

2019年,雪岩顶村年人均纯收入从2014年的2560元增长到10800元,翻了近两番,从茅田乡末尾村一跃为全乡29个村前列,整村实现脱贫出列。

从出行难、吃水难、看病难,到活法换了、思路换了,雪岩顶村上演了中国最励志的"逆袭"故事之一。

把时间的轴线拉回到5年前——

2015年10月,长航局根据湖北省委省政府扶贫工作要求,统筹协调全行业资源,扛下了对口帮扶雪岩顶村的"大旗"。"要在与贫困斗争的战场上抢时间。"该局领导班子取得共识。

入之愈深,其进愈难。村庄偏远,村民出行、小孩上学难;信号不好,与外界通讯难;山路崎岖,老人生病就医难;水窖挑水,吃水用水难……雪岩顶村的种种难处,是中国山区"贫"的缩影。

"当时的雪岩顶村是名副其实的'穷窝窝',几乎家家户户都是重点扶贫对象。"村民韩传平回忆。

一次次深入考察、一场场现场推进会、一项项重大决策部署,长航局从顶层设计谋篇布局,到瞄准真问题,拿出实方案,建立了一系列行之有效的脱贫攻坚制度——

建立扶贫工作落实会商机制。确立了长航局全系统参与、局属各单位齐抓共管的扶贫指导方针,坚持每年筹办扶贫工作现场推进会,领导小组成员单位负责人到扶贫点现场调研指导帮扶工作,讨论、研究帮扶重点,做到组织领导、人员安排落实到位,保证了扶贫工作有序开展。

建立扶贫工作协作机制。指导局直属单位成立扶贫工作专班,选派扶贫队员,筹集扶贫资金,落实帮扶项目,通力协作,构建起全系统参与、全方位帮扶的大格局。例如,长江海事局从2016年起,面向建始县招收100名建档立卡贫困生就读武汉海事职业学院,并实行"三免一包";长江航道局捐赠村集体挖掘机、皮卡车等多项固定资产,充实村集体经济收入;三峡通航管理局捐建牛棚;长航公安局捐赠健身器材;局系统各单位通过爱心消费、工会消费、对口帮扶消费等形式采购特色农产品,以消费助脱贫……

建立考核评估机制。将扶贫工作开展情况纳入局直属各单位、机关各部门方针目标考核内容,真正做到年初有目标,年中有考评、年终有考核,将脱贫攻坚任务落细落准落实。

从长航局扶贫工作领导小组到基层"最后一公里",长航局带领大家层层压实责任,不仅体现了加大顶层设计和整体谋划的政治自觉,更彰显了他们努力兑现对老百姓承诺的决心。

"对于长航人而言,这是一场必须打赢的攻坚战,需要'撸起袖子加油干',也需要下一番'绣花'功夫。"长航局党委书记、局长唐冠军话语铿锵。

这是直抵人心的民生温度——
一心为民破解脱贫难题

来到雪岩顶村村头,村民樊申华正往加工房里运木材。"当初,日子看不到头,整天躺着干发愁。"如今樊申华开了家家居厂,日子越来越红火。

"雪岩顶村没有大路,九分石头一分土;羊肠小道曲弯弯,连绵大山绿茫茫。"一首山歌形象地唱出了村子的"行路难",村民们的日子也像进出村唯一的未硬化路一样荒芜——雪岩顶村 157 户近 500 人就困在石头窝窝里。

正是脱贫攻坚,让这里发生了翻天覆地的变化。

当长航局第一批驻村扶贫工作队初到雪岩顶村时,没有寒暄,不讲客套,便一头扎进深山。他们翻山头,钻刺蓬,用双脚丈量,历时两个月勘查调研,一个现实摆在面前:扩建到村主干道,惠及不到 30% 村民,要彻底打通村民脱贫的"最后一公里",就必须对每一条组级公路上档升级。

"路是村里的'穷根',打通村里的交通命脉,是村民们的大喜事,是一项前所未有的惠民工程。"第一批扶贫工作队队长黄发学如是说。

2016 年 10 月 21 日,轰隆隆的挖掘机声,打破了村庄的百年寂静,雪岩顶村 7.5 公里主干道改造工程开建。入村公路由泥泞小道变为水泥硬化路,极大地方便了村民出行,为雪岩顶村的经济发展打下基础。

一条路,盘活了一村人。向国林的烤烟、孙祖宏的黄牛肉、樊申华的组合家具……运出去方便了,收入也跟着上来了。

村民生活的改变,源自长航局精准扶贫精准脱贫。高质量完成脱贫答卷,既要迎难而上、攻城拔寨,更需要对症下药、靶向治疗的精准方法。

基建扶贫,织牢生活保障网——

近5年来,长航局"三战"雪岩顶之路:首战,筹措专项资金560万元,改造一条7.5公里主干道、新建6条共计11公里组级干道,全部浇筑水泥路面;再战,争取资金280万元,打通座座大山之间断头路,建自行车环游路,到2019年底,全村硬化路网已高达38公里;三战,争取资金270万元,全力开建产业路,一个大循环套小循环,在陡峭的深山中筑起了四通八达的水泥路网。

为解决全村"吃水难"的问题,从2016年至2019年,长航局投入并争取资金近百万元,共新建了13口互相联通、互为补给的蓄水池。目前,全村铺设各型管网近3万米,确保家家安装水表、吃上自来水,各项指标均达到国家饮用水标准。

产业扶贫,靠山吃山拔穷根——

"现在村里没闲人,都比着干。"这两天,村民杨正英正忙着照料青脆李基地,"再有一个来月,青脆李该采收了,可得卖个好价钱!"2019年通过参加生态农业合作社,甩掉贫困帽,杨正英往前奔的劲头更足了。

在雪岩顶村,700亩特色产业青脆李和350亩主导产业贝母得到有效管护,50亩枸杞、100亩金香芋、150亩经济套种基地,四季花果长势良好,确保有劳动能力的贫困户有1~2个比较稳定的收入来源。发展高山富硒蔬菜(青椒)110亩,传统产业烟叶220亩,有效运转农业专业合作社5家。同时把致富突破口转向了旅游发展,全村形成1个龙头企业与10家农家乐共同发展、具备接待近百人食宿的能力条件,全年实现旅游产值60余万元。

就业帮扶,让更多村民稳"饭碗"——

刚过完年,贫困户谢从均就迫不及待地回到了工作岗位。"多亏了扶贫工作队帮我找到这份工作。"32岁的谢从均现在是中国电信建始县公司茅田乡分部的一名网络维护员,"端上了稳稳的'饭碗',今年脱贫没问题!"

增加就业,是直接有效的脱贫方式。为贫困户"找饭碗""造饭碗",长航局通过组织定向投放岗位,提升职业技能培训,加大有组织劳务输出力度等措施,创造有利于贫困劳动力就业增收的良好环境,让贫困劳动力如期脱贫。

此外，投入60万元实施"五个一工程"，共建设花坛72个，摆放垃圾箱100个，新建公厕1座，新(改)建土厕70座；争取资金40万元，将"党员群众服务中心"全面翻修，配置了标准活动室、图书室、办公设备，建成了1700平方米的活动广场、文化宣传长廊、体育健身器材、公共厕所……

"人心暖了，等靠要的人少了，自力更生的多了；哭穷比穷的人少了，动脑筋想着怎么致富的人多了。很多贫困户既有决心，也有毅力，要把日子过好。"第二批扶贫队队长彭琤说。

这是不懈追求的民生高度——
留下一支"永不撤退"的工作队

盛夏时节，雪岩顶村游客渐多。走进村民刘辉军的农家乐，一簇簇绣球花映入眼帘。"种花植树，食客心情好了，生意才能更红火。"厨房里，刘辉军正忙着颠勺，瞅着空子跟记者聊上两句。

旅游招牌打了出来，但如何让雪岩顶村的农家乐走得长、走得远？彭琤带领扶贫工作队参与指导，成立了雪岩顶村农家乐协会。"协会一方面统一食宿价格，一方面建立监督员制度。游客权益如果受到侵害可直接向市物价监督管理局投诉。"

脱贫了，还要有可持续发展能力。为有效衔接乡村振兴战略，长航局多管齐下：

强化党建引领扶贫。长航局党员干部教育基地在雪岩顶村落地，打造了不忘初心、紧跟核心、为了民心的"三心党支部"，推行了"一统三治"(以党的领导为统领，以德治法治自治)村级治理模式，挂牌成立建始县首个新时代文明实践站。

开展结对帮扶。工作队与村干部结成"师徒"关系，将更高效的办公技能、更成熟开放的工作经验留在村里，为村里培养一批能干事、敢干事的中坚力量。

培养致富"领头羊"。樊申华开办了第一个家庭家具加工厂，魏明双成了青脆李贝母种植的专家，孙祖宏成了养牛大户，为村里培养了一批有技术、有想法的技术人才。

鼓励村民创业。向远凤的农家乐年收入8万多、武从平做起了跑山猪和跑山牛生态养殖业、刘勇开起了酿酒作坊并探索了一套林下养鸡技术，雪岩顶村村民创业激情高涨。

因地制宜开放产业。建设100余亩高山蔬菜基地、成功试种200亩特色中药材等,村民以前种苞谷、土豆的土地得到了高效利用。

更难得的是,村里人的观念变了。现在村里每次开会,村民们不再漠不关心,而是开始谋划未来的发展。大家提出新期盼:"盘活山里的承包地、林地、宅基地,长出更多新钱袋""城里机会不少,希望推荐一些更稳当、收入高的工作""想开个小卖店,盼着能把贷款办下来"……

山还是那座山,人还是那些人,生活却大变样。

如今的雪岩顶村,一座座青山被点亮,一排排扶贫安置房喜气盈门,一个个新发展的产业长势喜人,新修的扶贫大道蜿蜒于群山之间,整个村子生机勃勃。昔日偏僻落后的武陵山腹地山村,如今成为国家级森林乡村、湖北省级生态村、绿色乡村、恩施州美丽乡村和建始县首批实施乡村振兴战略的示范村、乡村振兴金融服务示范村、旅游扶贫试点村。

进入波澜壮阔的新时代,那些幸福花开的故事,已经写进雪岩顶村人的心间。

原刊于《中国水运报》2020年10月28日1版

守得牛儿在　日子生光彩

2020年10月,记者车行到湖北建始县,满眼是山。转过一弯又一弯,来到大山深处的雪岩顶村。村子地广人稀,157户土家族人家的房屋散居在半山腰。

"祖宏,牛肉装好没有?一会儿收货的人就到了。"天空微亮,鸟雀初醒,湖北省恩施州建始县雪岩顶村孙祖宏家却好不热闹。

"马上装好!"院里的人嗓门洪亮,眼前的牛棚欢腾起成群的黄牛。

因为孙祖宏家的黄牛肉口碑好,市场供不应求,本来打算留到过年才卖的大黄牛提前出栏了。在交通运输部长江航务管理局(简称"长航局")扶贫工作队的帮助下,两头牛快速完成过秤、算账、对外运输。

一个小时不到,3万元妥妥地交到了孙祖宏手上。"外出打工辛苦又赚不了多少钱,回村加入养牛合作社,有钱赚,还能顾家。这何止是梦想的生活,这是做梦也想不到的生活!"坐在院门口眺望远处,47岁的孙祖宏时黝黑脸膛上绽满笑意。

雪岩顶村地皮薄,不养庄稼也不养人,在山沟沟里跟土地讨生活,祖祖辈辈越活越穷。"'巴掌田'里种苞谷,哪能脱贫!"不安于穷现状,孙祖宏决定与妻子黄友艳出去闯。然而,一年到头攒下的钱也只是刚刚够一家人生活。

长时间高强度的体力支出让孙祖宏落下了一身的病。2015年底回到家乡的他,对生活的感觉就像雪岩顶村的冬季,天寒地冻看不到"春天"。

4年前,孙祖宏的生活有了转机。当时,长航局扶贫工作队动员村里贫困户参与养牛专业合作社,场地、销路都提供保障。孙祖宏本来就是养牛的一把好手,这下动心了,决定跟着干。

"越干信心越足!"孙祖宏说,只要遇到难题,长航局扶贫工作队都会想尽办法帮我们解决。

牛棚怎么建？购买牛仔的钱从哪儿来？长航局多方筹措资金建设牛棚,并作为村集体产业租借给合作社,同时帮助有养殖愿望的建档立卡养殖户争取金融贷款扶持。

不懂技术、没有经验怎么办？长航局扶贫队联系县乡两级畜牧部门,派专业技术人员现场指导,养殖、宰杀、检疫"一条龙"支持。

养大的牛卖不掉怎么办？长航局扶贫工作队帮忙找销路。

迈过一道道关口,养黄牛带来了好收益,参与专业合作社的乡亲们的日子也越过越好。2017 年,合作社养殖十几头黄牛,纯收入约 5 万元;2018 年,养殖扩大到 35 头,纯收入 18 万元;2019 年,仅黄牛养殖这一项,纯收入就超过 30 多万元。

几年下来,孙祖宏脱了贫,规模化养牛也摸出了门道。"过去养牛是为了犁地耕田,现在养牛是为了让牛产崽,再将牛仔养大卖牛抓收入。"

疫情防控期间,合作社的生意也依旧红火,"牛还没长大,就有人下订单了,根本供不应求。"孙祖宏说,从依靠长航局系统单位"以购代捐""以买帮扶",到有口皆碑、在社会上打开销路,4 年过去了,合作社的牛生意,真的牛了。

因为养牛养出了效益,孙祖宏还被村委会评为"十佳产业能人"。乡亲们看到孙祖宏过上了好日子,纷纷跟他学养殖,"现在这些贫困户都已摘了帽,日子过得美滋滋。"孙祖宏介绍。

扶贫扶长远,长远看产业。不仅是养牛,通过"合作社 + 基地 + 农户"的运营模式,长航局扶贫工作队还组织了 5 家专业合作社,带动群众走产业化发展道路。如今,700 亩特色产业青脆李已经挂果出售,350 亩正贝母上市销售,140 亩高山富硒蔬菜长势良好,新品种的土鸡引进饲养也让村民收入有了保障……

村民曾纪虎继续发展传统的烟叶种植,还带动 10 多个村民就业,实现帮扶发展;村民金启然身残志坚跟随工作队学习种菊花,一年仅种植半亩就能保证纯收益超过 5000 元……各类特色种植,不仅农户增收了,雪岩顶村在每个季节也有了新的风景线。

"现在乡村养殖越来越有模有样了。"孙祖宏指着正在修建的化粪池告诉记者,为了保证乡村文明,扶贫工作队还协助养殖户修建化粪池,使乡村养殖也能够做到像畜牧中心一样,粪便实现无害化集中处理。

"我儿子本来在大城市务工,明年也想回家和我一起干!"十月的山间清晨,凉意渐浓,看着牛圈里35头小黄牛的孙祖宏却满心滚烫。

牛群放上山坡后,雪岩顶村也慢慢苏醒过来……

原刊于《中国水运报》2020年11月4日2版

背靠绿水青山 端稳生态饭碗

"老板,还有没有房间啊?"

"有啊!来坐下歇歇吧!"

11月,气温微凉,记者来到湖北省恩施州建始县雪岩顶村的"辉军农庄",生意火热。

"生意咋样?搞了农家乐好不好?"

"自从村里开发了乡村旅游,到这里观光的游客一年比一年多,我们村民的收入也一年比一年多,实现了既卖风景又卖产品的'双赢',好日子还在后头呢!"刘辉军乐呵呵地向武汉游客介绍。

自从全国新冠肺炎疫情基本得到控制后,雪岩顶村的旅游业也开始回暖,举家来避暑的游客一批接着一批。"三天下来,杂七杂八毛利润差不多也有四千块。"刘辉军土坯手上满是老茧,脸上却堆满了笑容。

谁也想不到,如今喜笑颜开的刘辉军,当年却是一家四代人都挤在土坯房里,每天睁开眼就愁吃的。"搬出去,这一辈子都别回这乡坝头来了,没出路!"刘辉军的父亲千叮咛万嘱咐。

2017年底,早已把户口迁出雪岩顶村的刘辉军又回到了村里。"我决心回来是因为扶贫队,他们给这个村子带来了希望。"

2015年10月,交通运输部长江航务管理局(简称"长航局")扶贫工作队来到雪岩顶村,扶贫队队员便日日奔波在雪岩顶村各条乡村小路上,随身携带一张雪岩顶村的"问题清单",什么地方要铺路,什么地方装路灯,什么地方建垃圾中转站……每个细节都摸得清清楚楚。

刘辉军向长航局扶贫队提出:"我想回来做个农家乐,但是交通不便、通水不畅、网络不通,你们能解决吗?"

"只要你肯干,硬件条件我们想尽一切办法解决!"第一批扶贫工作队队长黄发学说。

两年间,雪岩顶村的路通了、水通了、网络通了、路灯亮了……"路都通到家门口,路灯全村都遍布,环境美得夸不出口,回乡创业政策又优厚,上哪里去找这样的创业'宝地'?"刘辉军盘算着。

2017年夏天,雪岩顶村第一家家庭旅馆"辉军农庄"正式开张。"没敢想,当年夏天生意火爆,4个房间几乎天天满客,订房的单子一直排到了暑期后,第一年纯收入就有6万。"刘辉军感叹。

趁热打铁,妻子又向银行申请了小额贷款,扩建了农家乐,达到一次性可以接纳20人左右游客的规模。"去年毛利润18万多元,靠天吃饭的山里人终于能靠自己的双手吃饭了!"刘辉军高兴地说。

如何能让全村的群众也乘上乡村旅游这股东风?"虽说刘辉军带头起了示范作用,但大伙当时对乡村旅游能不能发展得起来都抱有一种观望的态度。房屋翻修改造也需要各户自行投入数万元。"第二批扶贫工作队队长彭琤说,"这对很多家庭而言,可是大半辈子的积蓄啊。"

扶贫工作队并不气馁,带着村干部一起参与规划、设计,最终确定房屋翻新改造以砖石结构为主,家家户户门前种花种树,最大限度保留村子的乡村特色,"还得让游客有回归自然的感觉,唤起他们的乡愁。"

"老百姓心里都有本账,不吃亏、有利益,产业才能落地。"彭琤回忆道,那段时间他们天天跟村民们一起算细账:你自己种粮食、土豆,1亩地也就挣400多元,还没算人工;开农家乐,保底也有几万块钱……

不少村民开始主动找上扶贫工作队要求翻修房屋,开办家庭旅馆。

建档立卡贫困户向远凤,全家收入来源依赖于儿子在外打工。在扶贫工作队帮助下,她把自家房子拾掇一番,2019年4月开了家庭旅馆。"开张头3个月,赚了6万多元,比我儿子在外打工赚得还多呢!"向远凤说。

另一户建档立卡贫困户张知斌,一家六口常年分居三地。借着乡村旅游这股东风,全家终于团圆了。老两口干农家乐自给自足,媳妇进村委会帮忙,儿子参与青脆李合作社打理,孙子终于可以留在身边念书。"这哪儿是农家乐,简直就是天伦之乐!"张知斌说。

"抱团"发展带来了规模效应。截至 2020 年 11 月，全村形成 1 个龙头企业与 10 家农家乐共同发展，具备接待近百人食宿的能力条件，全村生态旅游初见雏形，2019 年全村创旅游产值 60 余万元，带动近 30 人就业。

如今走进雪岩顶村，一间间民宿里透出饭香，老板热情地吆喝着；村民骑着电瓶车，载着瓜果蔬菜等食材在山道上奔走……这个被群山环抱的小村庄显得热闹非凡，国家级森林乡村、湖北省生态村、绿色乡村、恩施州美丽乡村、建始县首批乡村振兴示范村、旅游扶贫示范村等一系列荣誉纷至沓来。

彭琤告诉记者，下一步计划通过市场引进有实力的公司，提高民宿的规模和标准；加强整体规划，整村推进旅游，修建观景平台、采摘路等，让游客既可以观光游览，又可以品尝美食、购买农产品。此外，还将与旅行社、专业旅游网站合作，开展网上订购民宿服务。

生意好了，生活也好了。走进刘辉军家，原来的老屋，早已荒废在菜园的角落。取而代之的，是一座花园小洋房。在庭院一角开辟出小假山，还精心种植了月季花、绣球花等植物，坐在院中，抬头便是蓝天与青山。正说着，又一拨客人吃完饭准备离去，刘辉军赶紧追上前，"来，我们加个微信，下次来之前打声招呼，我们提前置办好最新鲜的菜！"

原刊于《中国水运报》2020 年 11 月 6 日 2 版

村子美了 心更美了

十月底，记者来到湖北省恩施州建始县，顺着山道蜿蜒而上，山渐陡，林渐密。转过一山又一弯，眼前突然豁然开朗，雪岩顶村到了。

"走路去咯！"记者一进村就被一阵欢笑声吸引住了。抬眼望去，队伍中既有顽皮活泼的小孩，也有精神矍铄的老人，一路热闹非凡，笑声不断。

"这么早他们去哪呢？"

"那是我们村组织的康养徒步队。"交通运输部长江航务管理局扶贫工作队（以下简称"扶贫工作队"）队长彭琤笑着回答。

既要看百姓的"钱袋子"鼓不鼓，也要看"精气神"好不好。从过去靠种地生活到如今成立康养徒步队，乡亲们脸上溢出的幸福感深深吸引了记者。

"走，我给你们当向导！先去队长家看看，她家院子里的花好看着呢！"彭琤口中的队长叫杨振英，是雪岩顶村里有名的"活动积极分子"。自从2017年底第二批扶贫工作队驻村后，杨振英就负责队员的伙食。在得知扶贫工作队有意组织一支徒步队后，她便主动请缨成为徒步队队长。

"如今我们村路好走了，路灯也安上了，吃穿不愁了，有讲究养生的条件了，当然要积极参与！"曾经是建档立卡的贫困户杨振英介绍，如今，不仅她在家门口找到了工作，她丈夫也积极响应产业扶贫政策的号召，在村里的建始县顶皓生态农业专业合作社从事管理工作。夫妻俩一个月能赚7000多元，日子越过越红火。

村民们的腰包鼓起来后，身体好、环境好、村庄美便成了大家的新愿望。

徒步队已从最初的5人壮大成18人，"还有很多老乡说，等这段烤烟抢收期一过就加入徒步队呢！"杨振英笑着说。悄然地，康养徒步队背后这股健康生活的文明乡风吹进了越来越多村民心间。

发起康养徒步队只是雪岩顶村大力提高乡村社会文明程度，焕发乡村文明新气象的一个生动缩影。如今,一幅"村民富、村庄美、村风好"的乡土画卷正在润物细无声中铺展。

整治环境,村容村貌靓起来。

"以前的厕所不仅臭,到了夏季还苍蝇、蚊子到处飞,影响全家人的生活。现在旱厕得到了改造,我们农村也用上了水冲厕所,干净卫生还方便。"提起家中用上水冲式卫生厕所,雪岩顶村村民李宗仁高兴地说。

通过实施"厕所革命",近年来雪岩顶村新建公厕1座,新(改)建土厕70座。此外,投入60万元实施"五个一工程"(鼓励农户建设一个达标的厕所、一条硬化的入户路、一条美化的花坛、一管清水进农家,配置一个三分类垃圾箱),全村入户路总程3公里,建设花坛39个,摆放垃圾箱近百个。同时,成立村环境卫生协会,落实公益岗位,进行垃圾收集转运,建立健全村规民约,村庄道路管护、门前卫生"三包"、入户考核评比等村庄管理管护的长效机制有效运行。

美,不仅在环境,更是在人心。近年来,扶贫工作队在村里大力开展"八德教育",宣贯村规民约,健全乡风文明理事会,推行德治法治自治,评选出了"最美婆媳""最美孝子""最美产业能人"等一系列"最美榜样"。

"村里人最大的变化不是在脸上,而是在心里。我们变得会帮人了。先富带后富就是这样,今天你帮我,明天我帮人。"村民刘辉军是最早一批回雪岩顶村创业的人,夫妻俩用心经营的农家乐不仅为附近村民提供了2个就业岗位,还将村民们的农产品免费寄放在自家门前卖。

村民们有了积蓄,有的从打工仔变成老板,也有的从外乡回来创业,带着大家共同致富。

"千难万难不畏难,群众参与就不难,只有真正让乡亲们当主人、唱主角,乡风文明建设才能常态长效,富有活力。"彭琤说。

金秋时节,记者跟随康养徒步队穿行乡间,云雾深处的农家小院整洁有序,一个个忙碌的身影活跃在田间地头……今日的雪岩顶村,乡村面貌焕然一新,乡风文明日渐浓郁,老百姓日子更加红火,优良的民风民俗在雪岩顶村重塑,鼓起了群众接续推进乡村振兴的"精气神"。

原刊于《中国水运报》2020年11月9日2版

三天建起一座咖啡馆

慕立琼

在雄安新区 P1 停车场旁的空地上,发生了一件新鲜事儿。

"我才出差三天,怎么就冒出来一座咖啡馆呀!"新区建设者小刘从外地出差回来,发现空地上突然多了一幢新建筑。原来这是振华重工打造的"星驿"系列产品中的咖啡馆,也是雄安新区首个装配式模块化绿色建筑。

为什么建得这么快?"奥秘"在于真正用"搭积木"的方式盖房子,业内称之为"装配式模块化建筑"。"采用新型的建造方式,盖房子会像搭积木一样简单。"振华重工"星驿"咖啡馆项目负责人张海说。

初听到"装配式模块化建筑",参建人员觉得挺新鲜,但不太懂其中的"奥秘"。通过观看模型动画和实体样板培训讲解,模块化建筑的建造原理在大家的脑海里渐渐清晰起来。

"星驿"咖啡馆建筑面积约为 157 平方米,由 4 个模块组成。说到这里,张海滔滔不绝,"咖啡馆建造 90% 是在工厂里完成的,现场仅有组装和少量的细节处理,彻底改变了传统建筑的生产工艺和建造方法。"4 个模块规模的房子,在现场只需 4 个工人,用 2 个工作日即可完成所有组装和调试。与同等规模的钢结构建筑相比,节约了 15% 以上的钢材。

"星驿"系列产品中,除了咖啡馆,还有酒吧。"我们还在酒吧的玻璃墙内装了 LED 巨屏,市民们可以直接观看精彩的电视节目!"张海兴奋地说,"酒吧由 6 个模块组成又划分为两个区域,4 个模块承担日常酒吧功能,2 个模块承担烧烤吧功能。酒吧也提供早餐与中餐,解决游客就餐问题。丰富雄安新区 P1 停车场业态的同时,与咖啡馆呼应,形成业态互补,更好地服务雄安。"张海自豪地说。

"模块化的房屋可灵活拆解,可以随时搬迁,就像一座会移动的城堡,与常规箱式简易房相比,舒适又安全,安装还便捷。"张海介绍道。有了这种建筑模式,盖房子像按下了"加速键",和传统房屋的建造周期相比,工期至少可以缩短三分之二。

"星驿"系列产品在工厂中完成了主体钢结构、墙体、地面、屋顶、室内外装修以及软装等大部分工序,然后运至雄安现场进行拼装,但拼装的过程并非一帆风顺。由于咖啡馆所处位置没有水源,须从50多米远的地方接管。不仅如此,附近也没有可以排水和安放杂物的地方。"我们只能从已经做好的绿化带上'下手'。"张海说。停车场每天人来人往,为了不影响正常运转,建造团队只能夜间施工。一个晚上的时间,安装团队冒雨埋好了水管,还顺利地将绿化带恢复原貌,获得了停车场运营负责人的称赞。

高珉是现场负责安装的工人,这里的"工地"与他印象中的建筑工地不同,完全看不到遍地的脚手架和模板,也听不到混凝土搅拌机嘈杂的声音,整个施工过程绿色环保,减少了90%以上的建筑垃圾。

在高珉看来,装配式建筑的建造工艺丝毫不比传统工艺差,不仅缩短了工期,还很"高端"。振华重工在"星驿"系列项目上使用了绿色环保的、属于可再循环材料的钢结构,并选择由透气膜、隔气膜、保温层等组成的10层墙体,减少能耗损失,确保咖啡馆内冬暖夏凉。"更重要的是,我们的外墙刷了一层保护漆,墙面就具备自洁功能,下过雨之后,整个建筑就跟新的似的,省去了人工进行外墙清洗。"高珉对装配式建筑的前景十分看好。

原刊于《振华重工》杂志2019年12月总第36期封面故事

深山苗寨"拔穷根"

——贵州省公路开发公司驻大歹村脱贫攻坚工作纪实

胡选武

三月春渐浓,都柳江畔绿意盎然。由从江县城出发,经321国道来到丙妹镇大歹村,沿着宽敞明亮的硬化水泥路蜿蜒而上,只见一条条"玉带"串联着村里村外,一盏盏路灯错落有致,"机耕道"直达田间地头,禾晾、禾仓层叠在山梁两侧,独具民族特色的"吊脚楼"一户挨着一户,几名苗家妇女正在院坝里织布,小孩在路边玩耍……

谁又能想到,眼前这样一个"世外桃源",过去竟是"开门就见山,出门就爬坡;吃水全靠挑,庄稼要人驮!"的景象。"两年前的大歹村,又穷又落后,唐书记来了以后,才有了翻天覆地的变化!"大歹村村主任潘祥你说。

两年来,在大歹村驻村第一书记唐隽永带领下,大歹村脱贫攻坚工作队紧盯"一达标两不愁三保障"脱贫出列目标和"三率一度"指标,因地制宜、精准施策,以真帮治"穷病",用实干拔"穷根",团结带领大歹村287户2000余名群众,走出一条摆脱贫困奔小康的"蝶变"之路。

初到大歹村,啃下"硬骨头"

"心都凉了!"这是唐隽永刚到大歹村时最真实的感受。2018年3月15日,唐隽永提着行李来到村委会。说是村委会,其实就是原大歹小学一间不到20平方米的教室,屋里到处是烟头、灰尘,几张歪歪扭扭的办公桌拼凑挤在一起,唐隽永后来把它叫作"多功能室",因为它既是办公室,又是会议室、图书室。

"大歹村是从江县典型的深度贫困村,全村辖3个自然寨,5个村民小组,均为苗族,只有'潘'和'代'两个姓……"谈到大歹村村情,唐隽永打开了话匣子,他说:"两年前,村里4个村民组缺水,串户路还是土路,贫困发生率高达52.56%,是块难啃的'硬骨头'。"

"这里给我的第一印象是'脏、乱、差',村里的小孩从来不喜欢穿鞋,不管什么天气就喜欢打赤脚,到处是垃圾,没什么人情味……"廖文轩说,除了几个外地打工回来的,会说汉话的妇女不超过20个,如果没人翻译,基本无法交流,每次走访只能"大眼瞪小眼",甚至还吃了不少"闭门羹"。

"语言都不通,这贫该怎么扶?"一时间,唐隽永迷茫了。"既来之,则安之!"他拿出厚厚的笔记本,重新整理工作思路,下定决心啃下"硬骨头",鏖战深山拔"穷根"。

拔"饮水穷根",寻找"生命源"

大歹村缺水问题由来已久,祖祖辈辈"找水"的艰辛历历在目。由于早年间乱砍滥伐,加上杉木林本身不保水,每到枯水季节,只要连续干旱10来天左右,村民们自建的自来水就不出水了,只能到几公里以外的乌梢河里用三轮车拉水。

"总共小半盆水,一家人既要洗脸要洗脚,完了还要留给牲口喝,没一个娃儿是干干净净去上学的!"说起缺水的日子,村民们连连叫苦。"水是生命之源,没水怎么能行!"帮村民找水源,成了唐隽永最大的心愿。

撸起袖子,说干就干。2018年3月,唐隽永多次带领村民到附近寻找水源点,但由于大歹村沿山而建,坡度很大,土质松软,经常发生坍方,寻找一处合适的蓄水点不容易,发现的水源不是路程太远,就是出水时间太短。

为破解这一难题,唐隽永"厚着脸皮"到地方水务局协调请派技术员,带领村组干部、扶贫队员组成"攻坚队",顶着三十五度以上的高温,测高度,算距离,一处一处进行比较。功夫不负苦心人,攻坚队终于在谷坪乡山岗村与大歹村交界处一个小山头找到可靠水源,成功搭上了省政府安全饮水工程的"末班车"。2019年6月,大歹村安全饮水工程顺利完工,彻底解决了4个村民组1500多名贫困群众的饮水问题。

拔"交通穷根",打通"大动脉"

水稻和梯田,是大歹村的"命脉"。由于山高路远,农家肥、粮食的运输成为制约经济最大的问题,农机和车子进不去,人挑马驮,来回要走好几公里。

"每次把糯禾挑回家,累得饭都吃不下,倒头就睡了!"一次座谈中,村干部潘祥你提出,希望能修一条"机耕道"。"可钱从哪里来?"一个现实的问题,让所有人陷入沉默。这时,唐隽永想到了自己的"娘家人",结合行业优势,他向贵州省公路开发有限责任公司争取到60余万元资金,用于生产便道和村委会建设。

就这样,唐隽永带着4名工程技术测设人员,一头"扎"进了"机耕道"的路线探测中,穿密林、过沟渠、爬梯田,顾不上被茅草割、被蚊虫咬,有时一天要走20多公里,一不小心就摔一身泥,一步一个脚印"丈量"出13条13.7公里线路。

路线确定后,涉及林地赔偿等问题。怎么办? 有人建议找地方政府,有人建议从工程款里出,大家你一言我一语争论不休。"工程款,谁都不能动!"唐隽永严声呵责:"既然是为村里修路,为什么不能坐下来自己商量?"在工作队的耐心劝导下,村民们主动让出自家土地,施工得以顺利进行。2018年10月,除两条不实用线路外,大歹村11条共11.2公里"机耕道"全部完工。

"便道修好以后,用三轮车一次就能拉七八百斤,以前要一个星期才收完的糯禾,现在一两趟就能运完,节约出来的人力到外面打工,好的一年能挣三四万,差一点的也能挣一两万!"大歹村副支书代祥你说。

"机耕道"的修建,为大歹村发展生产增强了"造血"功能,为村民脱贫致富增添了"新引擎"。

此外,小融至大歹旅游公路目前正在建设,长约6公里,总投资3000万元,是大歹村发展乡村旅游和助推就业扶贫的重要举措。串户路的硬化,让村民彻底告别了"晴天一身灰,雨天两脚泥"的日子。

拔"就业穷根",鼓起"钱袋子"

"写祥,今年过年带得好多钱回来嘛?""3万多,还了债还剩点!"村民潘写祥笑着说。2019年,在唐隽永的鼓励下,他跑到福建安溪打工,每天能挣240元,有时能挣260元。

"多出去打点工,钱揣在自己腰包头,又不会掉出来,腰杆都要挺得直点!"大歹村山高路陡,土地稀薄,村民们光靠种植糯禾,一年到头挣不了几个钱,只要一有机会,唐隽永就苦口婆心劝说村民外出打工。按照"劳务就业一人,脱贫致富一家"目标,工作队多方宣传,向村民抛出就业补贴"橄榄枝",2019年全村外出务工347人,其中贫困户179人。

2019年12月,大歹村47人到八洛公路改造工地务工,并在工地开设"扫盲班",让村民们边挣钱边"充电"。无独有偶,大歹至小融旅游公路建设项目招收大歹村村民44人,潘叶列就是其中的一员。她和几名妇女负责搬石头、和砂浆,从"家庭妇女"到"劳务工人",她们决心通过劳务就业,增收脱贫。

秉着扶志、扶智激发内生动力的原则,工作队突出抓好劳务输出、就近就地就业安置,协调安排8人到大歹村学校工勤岗位工作。2020年,全村就业形势一片向好,务工方式持续优化,致富路径不断拓宽,群众干劲十足,"钱袋子"越来越鼓。

拔"产业穷根",念好"山字经"

"出去打工的挣了钱,留在村里的怎么办?"为让群众实现增收,唐隽永想尽一切办法,因地制宜,念好"山字经",积极引进油茶、黑山羊、小黄牛、小香鸡、中华蜜蜂、稻田鱼、生态鸡等扶贫项目,贫困人口产业发展覆盖率达100%。

"村里准备修养鸡场,今天要去量土地。"2020年3月21日,刚走访回来的唐隽永顾不得休息片刻,叫上几个人便往几公里外的养鸡棚匆匆赶去。该养鸡场占地750平方米,以合作社的形式进行,由财政出资,136户贫困户占股,唐隽永一边测量,一边和包工商讨建设方案,待回到村委会时,天已经黑了。

有村民提出,希望非贫困户也能加入合作社。"我们将继续加大产业扶贫力度,实施香猪养殖入股136户,林下养鸡6000羽,在确保贫困户脱贫的前提下带动非贫困户增收致富。"扶贫队员陈家斌说。

拔"思想穷根",立下"愚公志"

扶贫队员们深知,要改变村民的传统观念,拔掉思想穷根,不是一朝一夕就能实现的。只有立下"愚公志",打好人口、教育、宣传"组合拳",从思想根源上扶贫,才能战胜这难中之难、困中之困、坚中之坚。

"以前大家觉得上不上户口无所谓,现在渐渐会主动到村委会报告了!"2018年3月以来,工作队每天坚持走访,共发现"黑户"54人,恢复户口1人,死亡注销17人,重户19人,项目更正160项,基本解决了人口失真问题。

"为便于精准施策,我们专门建立了'一户一表',通过'问(农户)、看(现场)、查(证件)、访(邻居)'的方式,进行调查核实,统计信息共83项。"扶贫队员张德进说。

智、志双扶,教育是关键。2019年9月,通过争取澳门特区基金会援建,大歹小学新校区正式投入使用,全村504名学生搬进了全县最好的乡村完小,入学率达100%。与此同时,积极开展脱盲再教育、教育帮扶、锦绣女培训等活动,"金秋助学"资助5名考取大学、高中、中职的学生5.7万元,树立"知识改变命运"的榜样,鼓励更多家长和学生重视教育,为大歹村提供源源不断的"高素质"。

"2020年春节期间,大歹村一百多人从武汉打工回来,没有一人检测出感染新冠肺炎。"疫情防控期间,得知村里有151名武汉回乡人员,唐隽永和村支两委都捏了把汗,逐户进行排查,第一时间对涉及的130个家庭共1000多人进行检测,强制居家隔离14天,动员村民做好自我防护,至今未发现一例感染者。

拔"生活穷根",过上"好日子"

"唐书记,你去我家楼上看,我敢说,我家比其他家都要干净!"自从搬进了新房子,潘写祥就像变了个人似的,逢人就笑,说话的声调都提高了,比起以前一家6口人挤在两间破屋里的日子,现在的生活过得还算滋润。

截至目前,大歹村共完成258户透风漏雨老旧房改造、6户危房改造、35户人畜混居整治;完成厕改291个、灶改273个、165盏LED路灯安装,实施入户路及房屋周边、室内硬化14795平方米;实施村委活动室及村医务室建设面积340平方米,配有2名专职医生。

2019年除夕,难得回一次家的唐隽永来到贵阳市人民医院,陪着正在化疗的贫困户女孩潘叶往吃了顿"年夜饭"。了解到大歹村大多数人家没有床铺,都是随便垫几块板子"将就睡"。为此,工作队实施"温暖计划",帮贫困户购买床668张、床上用品668套、衣柜226个,让贫困群众温暖过年。

基础设施日益完善,生活陋习渐渐改变,文明乡村蔚然成风。2019年,大冘村环境卫生"大整治"活动中,唐隽永带领村干部和扶贫队员,挨家挨户帮村民扫地、叠被子,购置垃圾焚烧炉,将600个垃圾桶、小铁铲分发到每家每户。久而久之,村民们只要看到"唐书记"从家门口过,马上扛着扫帚扫地,从一开始的"做给他看",渐渐养成了"主动打扫"的好习惯。唐隽永高兴地说:"村民把衣服挂到衣架上,也是一种成就!"

冲刺90天,打赢"歼灭战"

一刻不能等,一刻不能停。脱贫攻坚进入攻坚拔寨的关键时期,省委书记孙志刚提出:"冲刺90天,打赢'歼灭战'"。大冘村脱贫攻坚工作队全体队员放下"铁汉柔情",坚决扛起政治责任,携手大冘村民走向"蜕变"。

"88岁的老母亲住院十多天了,但现在不能回去!"说到这里,唐隽永声音突然变得很低沉。驻村期间,母亲几次生病,他都走不开,全靠妻子和侄儿媳妇轮流照顾。唐隽永说:"两年来,辛酸与自豪感并存,同时也感谢公司一直以来的大力支持,我感觉自己不是一个人在战斗!"

"这两年跑了11万公里,我可能是第一个开车跑遍大冘村所有路的人!"最初,廖文轩到大冘只是作为一名专职驾驶员,在唐隽永的感染下,他主动走访、学拍照、做记录,做好工作对接和后勤保障,他早已把扶贫当作自己的本职工作。

2019年8月,陈家斌主动申请到大冘村参加扶贫,妻子张禹淋也是兴仁市马马崖村的一名扶贫队员。2020年3月18日,陈家斌到代家寨开展贵州省环保厅第一批排污处理系统选址,中途不慎摔伤,同事劝他回老家修养,他毅然选择"轻伤不下火线"。

张德进在参加扶贫工作之前,查阅了很多大冘村的相关信息,但现实远比他想象的要落后得多。他所负责的人口信息统计,关系着扶贫工作能否精准,村里哪家生了小孩,有多少人在外打工,他记录得一清二楚。

工程技术专业出身的罗飔,第一次接触扶贫工作,主要负责帮助村民搞基础设施建设,他说:"扶贫工作到不到位,就看村里的狗咬不咬你,刚来时总是叫个不停,现在见着人都会摇尾巴了!"

2019年,大歹村成功脱贫40户277人,贫困发生率降至9.87%,剩余28户204人,2020年6月将实现全部"清零"。昔日穷、偏、乱、脏的大歹村,正向着百姓富、生态美、产业兴的幸福村迈进。

原刊于《贵州公路》2020年第2期第17~21页

妻子女儿正隔离治疗，他在千里之外上了"抗疫"一线

黄梦婷　向代文　郑立维

得知女儿被确诊为新冠肺炎时，钟竹平脑袋"嗡"的一声，几乎拿不稳手里的电话。

1月25日，广西卫健委发布通报，全国最小新冠肺炎感染者出现，正是他2岁的小女儿。

时隔三天，1月28日，他的妻子也被确诊为新冠肺炎。

接踵而来的坏消息，让钟竹平感到前所未有的惶恐无助，却什么都做不了。

谁也没想到，2月7日，他行动起来了！他瞒着家人，投身到中交二航局参建的中国光谷日海方舱医院（以下简称"日海方舱医院"）抢建行动中。

我是党员，我必须上

大年三十的武汉，窗外的街道格外冷清，到处弥漫着消毒水的味道。看着春晚中的抗疫特别节目，钟竹平独自一人默默吃完了碗里的最后一个饺子。

这么多年来，这是他第一次没有与家人一起过年。1月21日，他的妻子女儿从武汉返回广西河池老家，他原计划23日回河池，为岳母庆祝70岁大寿，最终因"封城"留在了武汉。

洗了碗筷，钟竹平打开手机，查询了一些关于新冠肺炎的资讯和护理方案，传给了病床上的妻子，这是他每天必做的功课。

作为"信息交换"，妻子偶尔也会发来母女俩在河池人民医院隔离治疗的照片，以此安慰他情况稳定，大可放心。

怎能放心呢？一遍遍刷着新闻，看着疫情形势一天天严峻，确诊人数日渐

激增,钟竹平想要做点什么。

2月5日,中交二航局六分公司临危受命,负责抢建日海方舱医院,随后对内广发"英雄帖",征求所有在汉人员意见。

"我上! 我过了隔离期,家人不在武汉,没有后顾之忧,这样的关键时刻冲在一线是理所应当的!"钟竹平立刻请缨上阵。

在了解到钟竹平家里的情况后,单位一开始婉拒了他的请求。"我是党员,我必须上,早日建成日海方舱医院既是我作为一名党员的担当,也是像我一样无数个患者家属的心愿。"电话里,钟竹平的声音非常坚决。

最终,他说服了单位。

7日一大早,钟竹平收好行李,便从武汉丁字桥的家中赶往日海工业园区,但情况远比他想象得要困难。

武汉市政府要求在短时间,将17000平方米厂房改造成拥有1445张床位、310名医护人员休息间的日海方舱医院。时间紧、任务重、协调困难、物资紧缺,最要命的是人员复杂、进出频繁,稍不留神,就会被新冠病毒"盯上"。

但钟竹平明白,无论是考虑抗疫大局,还是践行4年前的入党承诺,这个时候都不能退缩,咬咬牙也要把这个"山头"攻下来。

汶川地震中受助,这次要报恩

当天中午12时许,妻子发来视频的时候,工地正干得火热。钟竹平想都没想,就挂了,用微信快速回复了8个字:在忙,晚上跟你视频。

晚上11时,收工了。钟竹平第一件事是偷偷溜进车里,打开视频。

"老婆,白天的时候我在厨房里炒菜,手忙脚乱的,没空视频,你别生气哈!"

"那你现在在哪里? 身体情况怎么样?"

"都挺好的,没有出现任何不适。隔离在家也不能出门,刚下负2楼丢垃圾,就顺便到车上坐会,换个环境透透气。你和孩子情况怎么样? 好些了吗?"

……

这次请战一线,钟竹平是瞒着家里人的。为了不让妻子发现他在工地的实情,他只能编出这样善意的谎言。"妻子孩子都在隔离治疗,父母都 70 多岁了,不想再让他们担心"。

其实他知道,就算告诉家人,家人再担心,也会全力支持他。

2008 年汶川地震,四川绵竹是重灾区,那里也是钟竹平出生的地方。地震发生时,他正在无锡参与京沪高铁的建设。在征求领导同意后,他火速赶往绵竹,报名加入了当地的抗震救灾志愿者队伍,负责分发救灾物资和做简单的防疫消毒。

"我们全家都是从汶川地震中活过来的,当时,除了人还在,家里一切东西都没了,全国人民都跑来支援我们,帮助我们重建家园。享了党的福,就得知恩报恩。这一次武汉有难,到了我们回报的时候,她们肯定会支持我。"对于这一点,钟竹平从来没有怀疑过。

8 天,每天 16 个小时连轴转

正月十五这天,9 岁的大女儿给钟竹平发来这样一条消息:"爸爸,元宵节快乐!你一个人在武汉要照顾好自己,我会替你照顾好妈妈和妹妹的!"

"当时我没忍住,眼泪唰地一下就出来了!"因为这场战"疫",一个单纯的小女孩突然就成熟起来了,这既让他觉得欣慰,更让他觉得心疼。他知道,自己要加快进度了。

在工地,钟竹平主要负责两项工作:一是医护人员宿舍改造,包括空调、热水器安装调试,门锁更换,宿舍照明等;二是食堂布置和厨房电器及设施购买安装。

最高峰的时候,钟竹平团队有 56 个工人。其中,有很多工人都是从火神山、雷神山、"火眼"实验室辗转过来的,已经连续奋战了 10 多天,有时候难免状态疲乏。进度跟不上,钟竹平着急得不行。

后来,电器、厨具等设备物资一送过来,他总是抢着第一个跑上去卸货。"大家不分工种岗位,卸货的时候全部都上,尤其是我们党员干部,必须带头上,这样才能加快施工进度!"连续 8 天,每天 16 个小时连轴转,钟竹平带领他的班组,在规定时间内,圆满完成了各项任务。

来不及休整喘息,2 月 15 日,钟竹平又马不停蹄地投入到青山武钢医院、武汉市中医院、武汉市四医院的病房改造任务中。

2月20日,钟竹平再次加入长江新城方舱医院建设中,这也是他第5次参与抗疫战斗。

算了算,他的两位家人,已在医院隔离治疗20余天了,病情稳定,出院指日可待。"希望武汉早日打赢'抗疫'阻击战,我们早日迎来全家团圆。"

原刊于《二航人》2020年3月10日4版

"1+2=12"：台里村的脱贫攻坚公式

何忠州

近来，从江县斗里镇台里村通过成立 1 支队伍——台里村脱贫攻坚"群众满意"党员突击队，建立 2 本台账——"群众满意台账"和"群众不满意台账"，实现了脱贫攻坚 12 个满意：政策宣讲让群众满意、公平公正让群众满意、致富增收让群众满意、保障民生让群众满意、改善人居让群众满意、排忧解难让群众满意、基层治理让群众满意、网格帮扶让群众满意、卫生保洁让群众满意、整改问题让群众满意、补齐短板让群众满意、文明乡风让群众满意，走出了一条"1+2=12"的脱贫攻坚满意度提升新路。

2020 年 1 月，台里村脱贫攻坚"群众满意"党员突击队刚一亮相，就引起了台里村群众的极大关注。这支队伍由贵州省交通运输厅驻村帮扶队队员发起，地方政府帮扶干部和台里村全部党员组成，一共 58 人。突击队的"突击目标"里把群众的事情分为两类，一类是满意，另一类就是不满意，并针对性建立了"群众满意台账"和"群众不满意台账"2 本台账。

"不会是做做样子吧？"台里村客寨村民潘玉辉与不少村民都有过这样的怀疑，但是突击队以实际行动打消了他们的疑虑。

"我们寨这个自来水已经很久没有来了，挑水给我们的生活造成很多的不方便，顾书记，看看你能不能帮我们解决一下！"2020 年 2 月 18 日下午，村民潘玉辉来到台里村脱贫攻坚指挥所，找到省交通运输厅驻村第一书记顾光胜急匆匆地说，话语中还带着一丝考验的味道。

原来，台里村客寨处于台里村的地理位置最高点，高过了村里自来水水池位置，加上季节性缺水导致水量不足，难以满足台里村客寨村民的生活用水，导致客寨村民的不满意。

接到潘玉辉的反映后,突击队把问题记录到了"群众不满意台账",迅速召集村支两委和客寨群众代表商议解决客寨自来水水量不足的问题,决定在客寨修建一座60立方米的水池解决客寨43户210人供水不足的问题。

"说干就干、实干苦干、干群一起加油干",突击队一边联系水利部门寻求技术支持,一边协调帮扶单位补上了5万元的资金缺口和约2.5万元的水管材料。施工开始后,台里村突击队队员纷纷带头加入修建水池的工作当中来,带头上山寻找水源、抬钢管、挖水沟、挑灰浆,样样都起模范作用。

由于客寨青壮男人大多外出务工,只剩妇女老幼留守老家,抬不动用作主管道的钢管。接到村民反映后,15名突击队员15分钟后就在指挥所集结,一组开路、两个组轮流绳拉肩抗,硬是用一道道伤疤和一个个水疱,在杂草丛生、荆棘满地的悬崖峭壁上,4天内就铺设完成了一条4公里长的水管管线。经过突击队员和客寨群众为期60多天的辛勤付出,台里村客寨新水池于4月28日正式储水,客寨村民也不再为停水而烦恼。

"玉辉,咋样?对你们寨的自来水满意吗?家里面还停水不?"突击队队长顾光胜在客寨水池启用后回访潘玉辉时问。

"满意!非常满意,现在家里也不会停水了,每天干完活回来随时都可以洗热水澡。"村民潘玉辉笑着答,同时他还有些愧疚:"不好意思啊顾书记,当初太着急了,说话有点冲。"

"没关系,还有什么不满意的你尽管讲出来,我们大家一起解决!"这是顾光胜的承诺,也是突击队的承诺。

据悉,贵州省启动脱贫攻坚"冲刺90天打赢歼灭战"以来,台里村脱贫攻坚指挥所积极作为,围绕群众满意度开展工作,把解决群众的不满意作为突击队的奋斗目标,积极制定并推出"十二个满意",抢抓战机、服务群众。

突击队采取"线上+线下"的模式进行民意了解,在线上通过村民到台里村微信公众号进行留言,指挥所专人对留言进行梳理和回复;在线下采取"驻村第一书记+村党支部+党员+群众代表"入户实际走访的方式收集民意,同时还在各自然寨设立意见箱,村民可以将自己的想法和建议投入意见箱,通过多渠道收集群众在哪些方面不满意和满意。

为了确保群众反映事件的真实性,突击队设立了核查小组,针对群众反映的每一件事情都会认真核查核实,对属于群众自身能力无法解决的问题,突击队立项处理;对群众自身能力范围能解决的问题,突击队不予受理,并做好相关政策解读和劝导,杜绝"等、靠、要"的思想和行为。

建立台账后,突击队再根据实际情况制定突击措施,分步进行,每一步都会寻求群众的意见和建议,把突击计划和群众的期盼结合在一起,确保最后结果群众满意、群众认可、群众得到实惠。

突击结束后,突击队队长组织队员们一起入户了解群众对突击队处理结果的认可度和满意度,直到群众满意无异议,"群众满意"党员突击队再对台账进行销账销号。

截至2020年5月25日,突击队已经接到群众反映的不满意事情9件,已经为群众解决了客寨群众自来水供水不足、排污管道修缮、村容村貌脏乱差等5个问题,其余4件事情因为诉求不合理未受理,完成的5件事均得到当事人的肯定和认可。

"群众满意"党员突击队在台里村引起群众热议,纷纷点赞台里村脱贫攻坚指挥所的为民精神,让群众烦恼有处可倾诉、问题有处可解决,做到"民有所呼、我有所应"。

说到突击队的事情,群众潘摆闹还有些激动:"驻村干部来我家时,我只是开玩笑地说了句,这个入户路有点湿滑。没想到第二天指挥所就来帮我硬化入户路,现在走起路来方便多了,路好了、心情也舒畅了。"说着说着潘摆闹情不自禁地竖起了大拇指。

为了带动贫困户发展产业实现脱贫致富,台里村脱贫攻坚指挥所带领83户贫困户一起成立了台里村生态茶油产业合作社,贵州省高速公路管理局出资25万元帮扶资金作为入股资金,量化给83户贫困户,每户3012.04元。贫困户负责油茶籽的种植、收购、搬运等工作,合作社采取"龙头企业+合作社+党支部+贫困户"的运营模式,在合作社成立的第一年就实现盈利分红,每户分红2000元。

台里村贫困户动态管理评议会上,贫困户潘交来主动举手要求退出贫困户:在党和政府的关怀下,他能稳定脱贫成效,绝对不拖累台里村的脱贫攻坚事业,他现在做起了养殖业。

原刊于《贵州交通》2020 第3期第24~25页

"决不能落下一位考生"

强降雨突袭江山，交通部门积极调度，787名考生准时走进考场

陈保罗　毛建华　蔡文俊　黄　睿

"夜里醒来发现家里都是水，都没过床头了！"家住江山贺村镇溪淤村的姜小凤回忆起6月6日的那场暴雨，心有余悸。"当时暴雨致使电力中断，房间一片漆黑。我突然想到，不知道公路有没有被水毁，接下去几天可是要高考了呀！"

姜小凤想的也是江山交通公路部门所担心的。记者了解到，短时的强降雨袭击，导致江山多处降水量超过300毫米，一些村民的房屋进水严重，许多道路也受损塌方。

"最严重时共有13条客运线路27个班次停运。农村高中787名参加高考的学生准时送达考场也成了首要问题。我们决不能落下一位考生！"江山市运管部门相关负责人告诉记者，他们马上连夜和负责接送学生的城乡公交公司及四所高中联系，密切关注道路通行条件。

"6月7日早上5点，我们就提前安排人员上路踏勘，根据各路段通行情况调整学生接送线路，并通知城乡公交公司安排专人到各接送点做好相关安全防范和秩序指挥等工作。6:50，21辆公交车准时从学校发车，将787名学生准时送到市区考点。"

"我们家长悬了一个晚上的心放下了。"一位考生家长告诉记者，江山市遭遇百年一遇的短时强降雨袭击，市域内多条道路损毁严重，听到客运线路停的消息，大家都急得团团转。"客运班车没法走，我们自己的小车就更动不了了。

还好,最后改道调整了。"

记者在张柘线看到,虽然路上已经难见积水,但被洪水冲刷过的路面印迹明显,三五处黄泥依稀可见,边坡上被连根拔起的树枝早已堆积在道路边。抢修人员一边搬运着阻碍通行的石块,一边三五协同将一条5米长的护栏板重新修正。"目前除张柘线尚未抢通外,其他线路均已正常通行。"

现场,江山市公路管理段养护科科长王浩告诉记者,公路部门已调动10台机械设备赶赴救援现场,同时由路政科专人负责应急求助,统一调度,确保发生险情时第一时间通知到值班人员,以养护科、公路站人员作为现场指挥核心,发挥路况地形熟悉和应急抢险经验丰富的优势,结合养护公司机械设备多的特点,共同进行抗洪抢险工作。

截至发稿时,江山全市还有6条城乡公交线路共11个班次尚处在停运状态。下一步,结合此次灾情,江山市交通运输部门将抓紧完善应急预案,开展科学有序的抗洪救灾工作,持续关注道路修复情况,加大力量开通临时班次,确保群众出行不受影响。

原刊于《交通旅游导报》2019年6月11日2876期头版转要闻

后疫情时代中国船舶工业何去何从

吕同舟

2020年10月21日,由中国船舶集团有限公司主办、中国船舶工业综合技术经济研究院承办的"中国船舶工业发展高峰论坛(2020)"在京举行。本届论坛以"后疫情期船舶工业发展机遇与挑战"为主题,邀请来自国内外的行业专家、金融人士分享了最新经济形势、前沿船舶行业动态、海洋装备技术发展趋势、船舶融资新政策、未来国际船市竞争格局演变等业界关注的热点话题,为后疫情时代推动船舶工业高质量发展建言献策。

多重因素叠加导致造船市场低迷

"今年以来,受新冠肺炎疫情全球大流行影响,国际国内环境正在发生深刻变化,船舶工业发展面临着新的形势、新的任务。"工业和信息化部装备工业二司司长高东升指出,在中国经济进入高质量发展的新时期,中国船舶工业要适应内外部环境的变化,紧紧围绕创新驱动战略和海洋强国战略目标,按照构建新发展格局的要求,加快推动船舶工业高质量发展。

中国船舶集团总经理杨金成强调,"造船业与航运、金融等众多参与主体密切相关,供需关系及价格信号是主导市场走向的核心因素,融资政策与融资成本是影响船东信心、新船订单的重要因素,而市场主体的行动将加剧市场周期性波动。"他指出,当前国际船舶市场低迷的局面是多种因素叠加的结果。

克拉克森亚洲董事、中国新造船项目负责人周吉樑表示,新冠疫情下全球船队扩张速度放缓,手持订单占比降到30年来最低水平,仅为7.4%。截至2020年9月初,全球新签订单仅396个,总计2300万载重吨,预计全年签单量和2016年的水平大致相同。受疫情影响,船东财务能力面临挑战,加之船东在燃油经济和技术上持保守态度,各国新签订单量均有不同程度的下滑。

中集海洋工程有限公司战略总监高上提出,当前船海领域所面临的各种压力反映了全球变革趋势,要重视当前船海领域四大外部挑战因素,即新一代技术革命、新一代能源革命、地缘利益格局、疫情加剧全球经济周期性波动。四大因素效果叠加,由周期性波动发展为结构性变化,其中前两项因素影响效果更加明显。

中国船舶工业综合技术经济研究院副院长包张静认为,当下世界船舶市场面临长周期、中周期和短周期三期叠加下行,再叠加新冠肺炎疫情冲击,导致世界造船市场遭遇重挫。疫情对造船企业的影响不仅是订单减少、交船难度加大,而且船舶工业产业链供应链稳定和安全也遭遇重大挑战。

如何把握未来确立竞争优势

中国船舶工业行业协会秘书长李彦庆坦言,全球海运贸易需求近五年来持续下降,始终未走出上一轮金融危机的阴影,未来十年将进入1%~3%的低增长区间。当前国际市场的超大规模扩张难以为继,以往国际贸易增长推动市场增量的情景难以复原,而由海事法规推动产业替代需求成为唯一可能的规模性市场扩张。因此,市场环境将从以聚焦国际市场需求向国际国内"双市场"转变,竞争同样激烈。此外,国际造船格局正在加速分化,中日韩欧将上演从"四极"走向"1+1+2三梯队(即中国+韩国+日欧)",全球产业新格局加速演变。未来5年将是确定全产业链竞争优势的关键期,历经40年发展的中国船舶工业面临着实现全面超越的历史契机。

周吉樑表示,随着航运业环保时间表的加速实施,需要提高对相关技术和人才的投入。绿色替代燃料中LNG目前最受欢迎,LPG等其他类型燃料应用也在逐渐增多。由于未来可能会使用更加清洁的氢或氨燃料,LNG被认为是解决碳排放问题的过渡方案。当前具备LNG加注能力的港口主要集中在欧洲,中国LNG加注港多分布于内河水域。根据航运与造船预测俱乐部的调研,到2030年LNG将作为替代燃料大规模应用,而到2050年氢等替代燃料将会大规模应用。

"影响新造船市场需求的基本逻辑依旧没变,经济、贸易和运力供求关系构成造船市场需求的基本面,而经济格局、船队拆解、运距、航速变化又深刻影响了需求结构的变化。"包张静预测,鉴于非市场因素下挫加上补库存的结构性需求,2021年会有修复性反弹的内在需求。近年来我国承接的船型价值有所提升,但与韩国相比仍有较大差距,与欧洲相比明显偏低。中国要跻身造船强国之列,需重点关注三大趋势:一是科技革命将加快船舶工业向新领域新空间探索的步伐;二是数字化转型将赋能船舶工业无限的升级可能;三是航运脱碳之路将推动世界造船业发生全新变革。

新一轮产业革命呼唤自主科技创新

"当前,信息技术、生物技术、新能源技术为代表的第四次工业革命正在重塑世界经济。数字经济、绿色经济将成为各国制定发展战略的重要取向。"国家信息中心首席经济学家祝宝良在分析未来主要机遇时说,"船舶工业要实现产业结构转型升级,迈向全球产业链、供应链、价值链高端,培育若干世界级先进制造业集群,需要坚持把科技创新作为引领发展的第一动力。"

在杨金成看来,数字技术与产业深度融合已成为推动经济发展的新引擎,并加速推动航运、造船模式变革,并极大地提升了船舶运营效率和造船技术水平,产生了可观的经济效益,智能航运和船舶智能化趋势日趋明显。

李彦庆认为,中国船舶工业要弥补需求创造、前沿创新和规则设立三大短板,强化战略引领技术与产业的能力,把国内超大规模产业能力和技术能力转化为对国内国际市场规则的设置能力,为工程科技转化应用、自主创新发展以及新产品上市提供更广阔的舞台。

中国工程院院士曾恒一则强调,海洋经济已成为世界经济高速增长的部分,海洋渔业、海洋油气、海洋交通运输和滨海旅游4大产业产值占世界海洋经济的70%以上。要建立以企业为主体的海洋技术创新体系,引领海洋产业向创新、有竞争力和环境友好方向发展,加快海洋资源开发利用,重点发展深海技术、绿色船舶工程技术、海洋环境监测预报预警技术等,构筑完善的海洋科技支撑体系。

原刊于《中国远洋海运》2020年11月第24~25页

军人的忠诚岂止在战场
——记长春市公路路政管理局路政七大队副队长李付军

张士鹏

他是一位人民功臣,在老山前线的300多个日夜里先后13次出境作战,6次参加较大规模伏击战斗和捕俘战斗,用血肉捍卫了祖国的疆土,被中央军委授予"二等功臣"、被原成都军区授予勇敢作战的"老山硬骨头战士"称号。

他是一名路政尖兵,将军人的忠诚和担当全部倾注在工作中,在路政联合执法中冲锋在前,在治理超限超载中化解矛盾,在处理事故中耐心热情,树立了良好的路政铁军形象。

他是一面先锋旗帜,三十年如一日坚守岗位,基本没有休假,吃苦耐劳,无私奉献,连续多年被评为长春市公路路政管理局优秀共产党员;2019年,由省厅向交通运输部推荐为"全国交通运输系统先进个人"。

"老爸,现在咱们国家发生了严重的疫情,我又要上'战场'了,今天得早走一会儿,晚上争取早些回来陪您!"2020年正月初三凌晨3:30,李付军起得比平常要早,边给因脑出血而长期卧床的父亲洗漱,边说新冠疫情,告诉老人他这一段时间又要很忙了。老人也如当年送他去参加中越自卫反击战时一样,不断地冲他点头。喂过父亲早餐,李付军穿上制服匆匆赶往单位和同事们会合,加入交通运输疫情防控阻击战中。军人出身的李付军已不是第一次和父亲做这样的告别,老人也记不得这是第几次送儿子上"战场"……

"想想那些牺牲的战友,我真的特别感恩,我还有余生、还有家人、还能工作,我只有好好工作、好好生活,才能无愧昔日战友用生命换回来的生命,无愧这个来之不易的美好新时代。"李付军说。

血肉捍南疆　用生命守护生命

"这是我们当年执行任务时候的照片,9个人当中仅活下来3个人;这是我们一次战斗前拍下的照片,15个人只活下来6个人,他们当中最小的才16岁,最大的也只有21岁,而我就是当中幸存的一个。"李付军小心翼翼打开一个红布包裹,将里面10多张褪了色的老照片托在手心,眼噙着泪,一张一张地向记者介绍。从照片中可以看出,包括李付军在内的每一名战士都很年轻,他们稚嫩青涩的脸上挂满了笑容,没有一丝畏惧感,他们当中的有些人还不知道,这竟是生命中最后一张照片。

1987年,年仅19岁的李付军被选拔到成都军区35188部队参加中越自卫反击作战,先后参加了著名的老山、扣林山、八里河、东山等高地的数次战斗。作为侦察兵,他经常深入敌军腹地侦察,出境纵向距离长达220公里,在枪林弹雨中录摄各种作战资料和珍贵镜头,为首长下达作战指令提供重要参考。

"最惨烈的是1988年1月攻打177高地,突击队23人壮烈牺牲,只有我们9个人回来。"李付军向记者介绍,当时杀敌都杀红了眼,直到因失血过多休克,才被发现子弹穿透了他的右胸和右腹,血已经在脚跟凝固,他的一个战友左脚炸没了,还冲锋了500多米。讲到这儿,他挺直胸膛说:"能为祖国冲锋战死,那是最光荣的事情。每天都有战友被送去火化,那么多战友倒在我身边,每次我都抱着赴死的态度,满负荷带上武器弹药,最后手里再摸上几颗手雷,想着即便战死,也要拉几个敌人垫背。"

他曾经受伤昏迷两天两夜,曾打散突围失联了7个昼夜,曾和战友们血战5天夺回丢失的国土,曾坚守阵地13个昼夜,顶住了上万发炮弹袭击、击退敌人13次疯狂反攻和数次偷袭……负重伤1次,受到嘉奖数次,直到现在身体里还残留一枚弹片,时不时折磨着他。

"这些奖章都是那时候得的,是无数战友用生命和鲜血换来的,看着它们,我的心中时刻都充满着希望和斗志。"大大小小的十多枚奖章被李付军嵌在一方红布上,在红布的衬托下熠熠生辉,那是他一生最珍贵的东西。他告诉记者,一枚奖章就代表一次残酷的战斗,更是无数战友的牺牲,他现在所拥有的都是那些牺牲的战友用生命换来的,那段历史和这些奖章已经成为他的精神支柱,每每想起，都无法不热爱现在的工作和生活。

老兵的忠诚　无时不战斗

和平年代虽没有硝烟，但对军人出身的李付军而言，处处都是"战场"，时刻都是在战斗。他将军人的忠诚视作毕生的信念，化为对工作的无限追求，诠释了从一名老山战士到吉林路政尖兵的转变。

"过年到现在一直都没有休息，白天我和同事们始终在一线配合卫健、交警部门做好疫情防控和交通疏导，到了晚间还要巡逻，遇有事故第一时间进行救援，经常是一宿不睡觉。"李付军波澜不惊地和记者说起春节以来自己的工作状态。面对突如其来的疫情，李付军深知，新的战斗打响了。1月27日，在省交通运输厅启动新冠疫情防控Ⅰ级应急响应后的第一天，李付军主动请缨，率先进入交通运输疫情防控第一梯队，迅速和同事赶赴疫情防控一线。疫情防控期间，他们最主要的工作是配合做好交通疏导，由于要对过往司乘人员进行体温检测，高速公路出口时常发生拥堵，让本就恐慌的司机变得极易焦躁，他们既要做好交通疏导、又要做好心理疏导。李付军和同事们每天都早早地上路巡逻，兴隆山出口、汽车厂出口、硅谷大街出口和长春南出口，哪里拥堵严重他们就在哪里。"有冒充运输防疫物资的，有破口大骂的，还有要下车动手打人的，都需要面对面解决。当事人有没有感染、自己会不会被传染，还真没想那么多。"在战场上厮杀过，在新时代奋斗着，将各种情况经历到极致，将人生也看得通透，用李付军的话说，军人的忠诚就是在余生不懈奋斗！

为事业而奋斗是李付军对忠诚的最好诠释，也是他庆祝余生的唯一方式。1989年，李付军复员后先后到双阳公路段大龙道班和双阳稽征所工作，陌生的工作、陌生的环境并没有让李付军产生陌生的情绪，反而激起了他不服输的韧劲。"好学、认干、肯吃苦，有了这三样，我就不信干不好！"李付军向记者介绍，在当稽查员时，除了定期参加局里举办的培训，业余时间他都捧着书进行自学，看不懂的就问，没过多久就成了业务精英。"那个时候基本不能正点下班，因为好多司机师傅要在下班后取票据。当好稽查员，除了业务要精，还要有强烈的服务意识，必须要坐得住板凳，否则司机来了取不到票据，影响多不好！"。

2015年6月，路政联合执法试点工作启动，正赶上88岁的老父亲摔伤住院,不能自理。他本想护理父亲,但单位人手又紧张,无奈的他只好将一起生活30年的父亲送到离家不远的养老院,每月花1500元雇人照看,因放心不下还请侄子抽时间帮助照看,这一去就是半年。在米沙子收费站联合执法的半年中,李付军虚心向兄弟单位的同行学习请教,在路政巡逻中首当其冲,不仅亲身体会了一线路政人员的辛苦,更重要的是熟练掌握了路产路权保护、事故现场勘查等实践知识以及一系列法律法规的理论知识。

2019年,他开始负责榆松高速公路榆树管段,由于是新开通的高速公路,要做的工作很多,所以不能及时回家,他就每天花50元钱临时雇用楼道的清洁工为老父亲和14岁的儿子做口热饭,如不及时,老人就吃"备餐"——一袋核桃奶、一根火腿肠、两张炊饼就放在老人伸手可及的床下。后来,清洁工也被他的敬业精神所打动,主动将费用减到了30元。

行走的标杆　到哪都是"香饽饽"

"我是党员,有事咱必须上!""在单位真闲不下来,总想干点什么。""别人能干的我能干,别人不能干的我也能干!"回忆起交通路政岗位工作的这些年,李付军对记者说。据他讲,2008年底,燃油税改革的时候他可以直接划转到国税部门,2009年,他还考上了双阳地税局,都是公务员的编制,最后他还是放弃了。"对交通有感情呗。"李付军说。

30多年寒来暑往,李付军基本没休过年假也没请过假,凭着对工作的满腔热忱和执着,始终坚守在交通执法一线,在岗位上不忘初心,不辞辛苦,默默奉献。提起他,全局的人都会竖起大拇指。

"老李在我们市局可是'香饽饽',各队都争抢着要他,这伙计干活一个顶三个!"长春市公路路政管理局政工办主任刘晓军说。他介绍,当年李付军在长春市局参加联合执法的时候,每天清晨4点就起床,给父亲洗漱、做饭、照顾孩子上学,然后再上班,早走晚归,每天往返100公里的路程。路途虽远,但他总是第一个到办公室,最后一个走,打扫卫生、给花浇水、清理办公环境、清洗巡逻车,每天都将办公室和办公设备收拾得立立整整;到了晚上下班检查关闭电源、门窗,再将大家的指挥棒、执法记录仪、对讲机等执法设备带回家中充电,就连同事的床单被罩和衣服都会经常拿到家中给清洗。稽征所、路政局、五大队、七大队……无论走到哪，这些日常琐事李付军都坚持在做，从来不觉得辛苦，同事们都觉得他有着用不完的精力。其实，李付军的身体状况并不好，战场上残留的弹片时常会折磨他，身上的湿疹在出汗的时候奇痒无比，而且他还患有冠心病，时不时就会胸痛胸闷。但是，他把单位当家、把同事当亲人的真挚感情，让他总能忽略这些不适，全身心地投入。

"治超工作不容易，昼夜蹲守、风餐露宿不说，司机的不理解、不配合是最头疼的，弄不好就会造成负面影响。"李付军总能沉着应对路政执法过程中的复杂事件和突发事件，他在哪个大队，哪个大队的工作业绩就在全局名列前茅。面带微笑、言语诚恳、条款精准、应对沉着，这是李付军做好治超工作的法宝。对待每一次超限超载行为，他都能妥善处理，无论是劝返还是处罚，都会让司机很信服，最后再拿出一份宣传单，叮嘱他们不要再犯这样的错误。2015 年至 2017 年，在李付军和同事们的共同努力下，他所在的五大队共查处违章车辆 800 多台次，劝返教育后放行车辆 140 多台次。

2018 年，李付军被任命为长春市公路路政管理局路政七大队副队长，这可把七大队的同事们乐坏了。"服务热情，执法规范，苦活累活脏活抢着干，急难险重任务面前从不退缩，付军的到来真是大大充实了我们队的力量。"长春市公路路政管理局路政七大队队长谢开宇说。

"半夜接警出现场是常事，处理完事故基本快天亮了，接着还要巡逻，经常连轴转。"回忆起处理事故现场，李付军介绍，高速公路上多数交通事故中的车辆变形很严重，车里车外不是血就是油，有时还要面对车内比较血腥的场面。"不管里面什么情况、什么场面，我都想办法进入车里，帮着抢救伤员，再把车内的贵重物品清点好，归还给车主或其家属。"无论面对何种情况，李付军总是能保持镇静，从容应对。"我经历过战场，比其他同志在这方面经验多，应该我上！"李付军说。

2019 年 8 月，在省厅对国道 101 兴隆山零公里至吉林土门岭段进行质量检测的工作中，李付军带队负责保通保畅工作。当时检测人员每走几百米就要对路面进行打钻取样，在此之前李付军等人要事先放好锥桶、指挥车辆通行，由于开车走走停停十分不便，他索性就拎着锥桶一直从起点走到终点，每天 20 多公里，就这样顶着烈日徒步，一走就是一周。这件事被当时负责监督质量检测的有关部门工作人员看在眼里,深受感动,还专程给省局领导打电话给予高度赞扬。

孝子慈父　他是家里的"顶梁柱"

走进李付军仅有62平方米的家中,墙上挂着与家人、同事以及当年和战友并肩战斗时的照片,"光荣之家"的牌匾十分显眼,还有他亲手画的画。整间屋子一尘不染,物品摆放十分规整,虽然简朴,却很是温馨。

"我的爸爸在战场上杀过敌,是战斗英雄,他还是个画家,画的画儿可好看了。"李付军的小儿子总是自豪地对同学提及父亲。在家里,李付军是父亲和孩子的骄傲,更是他们的大树。今年90多岁的老父亲自他复员至今和他同住。"老人家为我们付出了太多,当年总是为我提心吊胆,如今他老了,不能让他老人家再牵肠挂肚了,余下的日子我要好好尽孝。"李付军笑着说。按照规定,当年李付军作为二等英模是可以保送到石家庄炮兵学院深造的,但是为了照顾日渐年迈的父亲,他毅然放弃深造的机会,回到父亲身边。

南疆血火的淬炼,锻造了李付军"一不怕苦、二不怕死"的坚韧品质。多年来,一家五口人全靠他一人的工资生活,经济十分拮据,但他从没向组织提过任何请求。为了节省家庭支出,他到旧物市场买了工具,自己动手装修回迁楼,曾经三代五口"蜗居"的62平方米的房子,如今被他打造成县里的"文明之家"。为了改善生活,他靠着在绘画上的天赋,用自己的手艺贴补家用,他的作品在全市、全省各类大赛中数次获奖。

"那么多年轻战友在我面前牺牲,我是在替他们好好活着,不能要求太多。他们命都不要了,我还能要啥?这就很好了。"

幸福是奋斗出来的,如今的李付军每日仍然重复做着同样的事情,早起为父亲洗漱、做饭、喂饭,照顾孩子上学,白天上路巡逻、治超,晚间接警出现场、处理事故,闲暇时间画幅画。曾经是英雄的他,如今平淡平凡平静生活的他,正是这个时代千千万万奋斗者中的一个,也是可爱、可敬的那一个。

记者手记:

将军人的忠诚全部献给热爱的事业!在对李付军的采访中,记者真切地看到他身上的诸多闪光点,如同那些他从战场上得来的奖章一样闪亮。

感恩知足,这是李付军从战场上归来后一直秉承的心态。相比那些牺牲的战友,他庆幸自己还活在这个美好的时代,庆幸自己还可以奋斗,庆幸自己还有家人陪伴,他的心中始终有一片开阔地,那里充满着阳光和力量。

敬业友善,这是他处事待人的信条。他30余年基本没有休过年假,节假日等重要时刻值班的总是他。经历过严冬,最懂春天的可贵,对事业的珍惜和他人的善意,深深体现在他工作生活的每个细节。

忠诚执着,这是李付军最大的魅力。不管遇到什么困难,他都能勇往直前,始终保持对生活的热爱,始终保持对初心的执着。

忠于国家、忠于人民、忠于事业、守正、担当、勇敢、顽强……这是李付军作为曾经的战场英雄、如今的平凡交通人,给这个美好时代的珍贵礼物。

原刊于《吉林交通》2020年5月21日第20期1版

通讯类

高质量建设交通强省　江苏在行动

唐益志　施　科

一列列高铁动车风驰电掣,一架架飞机腾空而起,一条条公路连接城乡,一座座过江通道横跨天堑,一艘艘巨轮劈波斩浪……时空越缩越短,距离越拉越近,放眼江苏大地,一幅综合交通大建设、大跨越、大发展的壮美画卷令人赞叹。这画卷的"一笔一画"见证着"十三五"以来,江苏由交通大省向交通强省转变,奋力开启交通强省建设新征程的铿锵步伐!

千古百业兴,先行在交通。"十三五"以来,在习近平新时代中国特色社会主义思想指引下,江苏深入学习党的十八大、十九大精神和习近平总书记视察江苏重要讲话指示精神,切实担负起"争当表率、争做示范、走在前列"的历史使命,坚持以交通先行激活区位优势、提升竞争优势、塑造发展优势,不断创新交通运输管理体制机制,推动综合交通运输体系建设,全省交通基础设施建设取得明显成效,运输服务品质显著提高,智慧绿色平安交通稳步推进,为江苏高质量发展提供了有力支撑,为加快建设交通强国提供先行示范。

综合交通网络建设立体多元

12月11日,连淮扬镇铁路淮安至镇江段开通运营,江苏高铁网的"脊梁骨"——连淮扬镇铁路全线建成运营。该项目纵贯江苏南北,形成中轴铁路主通道,是江苏高铁网中极其重要的中间"一纵",将进一步沟通京津冀、环渤海和长三角"三大经济圈"的联系,直接受益群众超过2000万人。

交通强省,铁路先行。江苏把铁路作为交通基础设施建设主战场,按照"苏北突破、苏中提升、苏南优化"的总体思路,加快建设"轨道上的江苏",从几年建一条高铁,到一年同时开建几条高铁,再到如今的高铁建设全面开花,铁路建设迎来空前发展。"十三五"以来,全省铁路累计完成建设投资2240亿元,"补短板"取得重大进展和显著成效,南沿江、宁淮等一批重大项目相继开工建设,连盐铁路、宁启二期、徐宿淮盐铁路、连淮扬镇铁路、沪苏通长江公铁大桥和铁路等一批重点项目建成通车。苏北五市实现高铁梦,高铁覆盖设区市由2015年的6个增加至12个,设区市全部通动车。

五年来,江苏着力建设综合交通运输网络,针对性解决最突出的问题,补齐短板,推动全省交通运输加快发展、高质量发展。"十三五"以来,预计全省公铁水空交通基础设施建设完成投资超过6200亿元,年均增速达12.0%,约是"十二五"期的1.6倍。海陆空立体化国际运输大通道加快构建,长江经济带综合立体交通走廊加快建设,交通运输支撑国家重大发展战略能力显著增强。

助力"长三角机场群"成效突出,全省运输机场客货年吞吐能力分别达到7230万人次和169.5万吨,较2015年分别提高了21%和13%。南京禄口机场T1航站楼扩建完成。连云港花果山机场开工建设。南通新机场纳入《长江三角洲区域一体化发展规划纲要》。

过江通道建设跑出"江苏速度",建成沪苏通长江公铁大桥、五峰山长江大桥、江心洲大桥3座过江通道。过江通道累计建成17座,在建6座,沿江两岸设区市之间均有过江通道直通。

公路网络进一步完善,建成江都至广陵高速公路改扩建工程、宿州至扬州高速公路江苏段等一批重点项目,高速公路里程达到4924公里,比2015年增加385公里,面积密度4.8公里/百平方公里。普通国省干线公路里程超过1.2万公里,较2015年新增2051公里。

水运优势得到更好发挥,长江南京以下12.5米深水航道二期工程正式运行,实现与国际航运网络"深水"对接。干线航道达标里程达到2361公里,较2015年增加207公里,千吨级航道覆盖全省78%的县级及以上节点和50%的省级及以上开发区;港口万吨级以上泊位数524个,较2015年增加49个。

客货运输服务转型升级显成效

10月27日上午,随着一架从南京禄口机场起飞的藏航TV9930客机冲上云霄,南京与拉萨直飞航线成功首航,搭建起横贯祖国东西、连接苏藏两地的空中桥梁,拉近了两地时空距离,推动交往交流交融再上新台阶。

五年来,江苏高品质客运出行比重进一步提升。航空、铁路客运量在客运结构中的占比不断提升,由2015年的0.6%、11.6%上升到1.1%、18.9%。铁路城际客运服务更加便捷,实现长三角核心城市间1小时通达,省内设区市到南京2小时通达,设区市之间2.5小时通达。民航重要贸易国家和地区民航直达率由2015年的75%提升至85%,国际旅客吞吐量增长123%。

交通网络越织越密,出行越来越便捷高效。公交优先战略深入实施,实现设区市省级公交优先示范城市全覆盖,建制村镇村公交基本实现全覆盖。轨道交通客运量达16.8亿人次,比2015年提升78.7%。所有设区市公交、地铁实现移动支付。客运一体化服务和货运保障能力显著增强,基本形成沪宁杭合长三角核心城市间"1小时高铁交通圈"。全省累计开行长三角毗邻公交45条,一体化示范区交通建设步伐加快推进。

人畅其行,货畅其流。在中哈物流基地铁路专用线上,大型龙门吊正在进行集装箱吊装作业,连云港集装箱码头一派繁忙景象。距离1992年12月1日首列国际集装箱列车从连云港发出,新亚欧大陆桥已开通运营28年,目前,连云港中欧班列已形成覆盖中亚、西亚、欧洲等国家的运输格局。"十三五"以来,江苏中欧班列实现规模化运营,累计开行中欧(亚)班列是"十二五"期的9倍。

五年来,江苏综合运输服务能力和效能显著提升,综合货运服务保障能力大幅提升。扎实推进"公转铁""公转水",2020年前三季度,沿海港口大宗货物公路运输量与2018年相比减少超过2200万吨,水路货运周转量占比64.8%,居全国前列。全省沿海沿江港口共开辟集装箱近远洋航线79条(远洋航线3条),较2015年增加13条,内河集装箱运量超过60万标箱,是2015年的3.2倍。2019年,全省完成综合货运量28.1亿吨,综合货运周转量11114亿吨公里,较2015年分别增长32.8%和25.0%。

科技创新引领智慧绿色平安交通

无人物流、智慧泊车等多个应用场景在苏州落地;沪宁高速公路无锡段在重大节假日应用车道级主动管控系统,通行效率提升20%;南京禄口国际机场建设大数据共享服务平台,实现智能引路、刷脸值机、行李跟踪;通过江苏政务服务 App 亮证、登录江苏运政服务公众号、综合执法 App 扫码,五类交通运输经营证照可在长三角地区共享、互认……

五年来,江苏交通运输智慧化水平不断提高。沪宁高速、五峰山过江通道接线、南京港智慧港口等一批智慧公路、智慧港口、无人码头试点工程加快推进。建成全国首个省级交通地理信息云服务平台,新一代国家交通控制网试点工程和国家智能商用车质量监督检验中心获国家批复。交通一卡通在全国率先实现县(市、区)全覆盖。率先建成并推广内河船舶智能过闸系统(水上ETC)。

"十三五"以来,江苏充分发挥科技创新的带动作用,着力推进智慧绿色平安交通建设,不断提升交通运输服务质量和水平。

2020 年 9 月,江苏三级以上干线航道 20 个水上服务区和 40 个船闸船舶污染物接收设施全部建成投运,基本实现全省内河船舶污染物接收设施全覆盖。五年来,江苏交通运输行业节能减排和环境治理取得良好成效,能耗强度明显降低,污染排放控制明显好转。率先高质量完成绿色交通省建设,完成一批具有典型示范意义的绿色交通区域性与主题性项目。深入推进"263"专项整治行动,交通干线沿线环境综合整治达 2 万公里,内河干线航道沿线非法码头整治进度完成 85%。全省内河 LNG 动力船舶 92 艘,总数占全国 LNG 运营船舶总数的三分之一。"十三五"以来,全省交通运输实现节能能力 302.8 万吨标准煤,实现二氧化碳减排能力 1048.8 万吨。

"请注意,右侧盲区!"在宿迁市一家主动安全智能防控系统安装点,一辆货车右前侧盲区监测摄像头刚刚安装完毕。当有人站到车辆右前侧不足 1.5 米的地方时,系统立即发出连续报警声。这是江苏在国内率先研发、应用的"道路运输车辆主动安全智能防控系统",可监管疲劳驾驶、接打电话、抽烟、前向碰撞、车距过近等 46 类危险驾驶行为并发出警示。

五年来,江苏交通加快"科技兴安"步伐,"两客一危"运输车辆"道路运输车辆主动安全智能防控系统"安装率达 100%。从 2018 年 6 月至今,江苏重点营运车辆动态监管平台监管里程达 45.19 亿公里,报警信息 16.7 亿多条。深化"一车四方"平台建设,实现对全省"两客一危"等重点车辆 24 小时不间断监测管控。危化品船舶 VITS 船载终端安装率 100%。全省普通公路平均超限率降低至 1.81%。2019 年道路运输事故和死亡人数较 2015 年分别下降 27% 和 37%。

日前,交通运输部安全委员会通报 2020 年"平安交通"创新案例征集评选结果,江苏省交通运输厅申报的"非法营运车辆智能化整治"入选"平安交通"创新案例"特别推荐"。江苏在全国率先创新运用"大数据+智能化"手段,开发了"非法营运智能化整治系统",并通过大量探索实践,总结出数据布网、智能研判、精准堵截、联合惩戒、源头治理的"五步工作法",实现对非法营运车辆的主动发现、智能跟踪、精准堵截、联合惩戒。在今年 9 月开展的 19 座以上非法营运大客车专项整治"打非清零"行动中,仅 20 天时间就实现对 1161 辆疑似非法营运大客车的全面清零。至 11 月底,全省共查处非法营运车辆 6909 辆,将 545 辆大客车纳入高速公路禁行"黑名单",抄告 513 辆外省籍疑似非法营运大客车,非法营运治理能力大幅提升。

行业综合管理服务能力稳步提升

"怎样才能增加诚信分呢?"近期,在"徐货 9083"船头,船主刘师傅夫妇向苏北航务处工作人员进行咨询。《苏北运河船舶信用管理办法》将于 2021 年 3 月 1 日正式启用,该管理办法在原过闸诚信管理办法的基础上调整了加、减分条款项,增加了联合奖惩、积分兑换等新举措,为苏北运河实现"守信者畅行无阻,失信者步步难行"的治理格局提供了更精细化的标准支撑。京杭运河苏北段是世界上最繁忙的航段之一,苏北航务管理处开发的船舶过闸智能运行系统,形成了覆盖全流域信用信息"一张网",对系统内建档的 6.2 万艘船舶进行累计超过 182 万次的诚信分记录,并根据诚信积分情况实行差异化过闸服务,实现上万艘船舶安全顺畅通行,404 公里河段、28 座大型船闸繁忙有序。

这是"十三五"以来,江苏交通运输行业管理水平不断提高的一个缩影。江苏以交通运输市场和工程建设市场两大领域为重点,积极推进行业信用管理体系建设,行业管理由"管行为"向"管信用"转型提升,信用信息归集、共享、发布能力持续提升,重点领域信用评价及结果应用积极推进,连续两年获评"信用交通省"建设典型省份,公共交通服务体系在全省基本公共服务体系百姓满意度调查中位居"口碑榜"第一位。

2020年6月1日,《江苏省农村公路条例》正式施行。该条例首次以省地方性法规明确村道的法律地位,对农村公路规划、建设、管理、养护和运营作了具体规定。"十三五"以来,江苏省交通运输厅推动出台了3部省级地方性法规和2部省政府规章,立法项目数量排在省级机关的前列。出台《交通强国江苏方案》《加快推进全省现代综合交通运输体系建设的意见》。印发江苏省长江经济带综合立体交通运输走廊规划,批复高速公路网、干线航道网等中长期布局规划。

五年来,江苏交通体制机制改革不断突破,建立省级交通运输部门与设区市党委政府合力建设综合交通运输体系推进机制;成立省港口集团、省铁路集团、东部机场集团,形成公铁水空四大省级交通集团体系;组建省国际货运班列公司,率先完成省级承担行政职能事业单位改革,全面推进交通运输综合行政执法改革工作。

今年疫情防控阻击战打响后,各级基层党组织和广大党员广泛开展"保安全、保畅通、强服务""党旗飘在一线、堡垒筑在一线、党员冲在一线""大干一百天奋力夺取'双胜利'"等突击行动,为打好疫情防控阻击战、推动复工复产作出了积极贡献。

党建强则行业强。近年来,江苏交通运输行业全面加强党的建设,全面从严治党,大力加强实践锻炼与教育培训,全行业培训管理干部4万人次以上。开展"严防享乐主义、奢靡之风反弹回潮"专项整治,完成对3个厅属单位政治巡察和2次党建督察。同时,加大人才培养力度,一批优秀科技人才成功入选国家百千万人才工程、万人计划、国务院政府特殊津贴专家、交通运输青年科技英才、省"333人才工程"和省有突出贡献的中青年专家等高层次人才计划,培养遴选50名行业高层次领军人才和2个创新团队。

原刊于《中国交通报》2020年12月24日21版

尊重赢得农民工倾情回馈
——建安公司杭州地铁7号线I标项目双节前夕慰问一线建设者侧记

黄　斌　牛荣健　余　刚　刘　盼

每个月发工资后,第一时间通过微信转账把生活费打给远在成都求学的儿子——这是倪祖贵、杨明容夫妻在2020年8月份前的常态。

"现在孩子已经大学毕业找到工作,钱就不用每个月打了,我们俩好好干活攒钱,帮他在县城买房娶媳妇。"

9月25日,倪祖贵、杨明容夫妻作为中铁一局建安公司杭州地铁7号线江东三路停车场I标项目的农民工建设者代表之一,提前收到了来自杭州地铁集团和中铁一局建安公司送上的月饼、水果等节日礼包。

两口子来自四川绵阳江油市二郎庙镇洗脚村。洗脚村是典型的山区村,耕地全部是山间梯田,只能人工劳作,收成也要看老天爷脸色。夫妻俩辛辛苦苦侍弄家里的11亩梯田,一年收入最多也就万把元。老人看病、小孩上学都需要钱,倪祖贵只能在农闲时外出打零工补贴家用,家里所有事就都交给妻子杨明容。

2018年,当倪祖贵来到中铁一局建安公司杭州地铁7号线江东三路停车场I标项目部,看到这里不仅管理有序,相处和谐,还为一线农民工建设者提供了良好的生活环境,他二话没说,随即把妻子也喊了过来。"我是电焊工,我老婆是杂工,两个人一个月下来能拿到小一万。"说到这儿,倪祖贵脸上满是幸福的笑容。

按照规划设计,2022年前,杭州将建成12条城市轨道交通线路,运营里程将达到516公里。目前杭州地铁运营里程为206公里,尚有310公里需要建设。为如期完成这一目标,确保2022年第19届亚运会的胜利举办,杭州地铁于

2020年3月初实现在建工程100%复工复产。当前,杭州地铁正处于建设高峰,310公里轨道交通线路同时推进,共涉及8条地铁线路、1条城际线路、1条机场快线,5万多名地铁建设者在建设工地日夜奋战。

这其中的杭州地铁7号线江东三路停车场是亚运重点配套核心工程,建成后能保证44辆列车存放、保养,能确保30万~50万人每日的客运量。而这座建筑从清表到主体工程完工,仅用了短短8个月时间。

"让蓝图变为现实的,不仅是我们的科学管理、统筹调度,也在于有一帮和我们心往一处想、劲往一处使、敢打硬拼的农民工兄弟。"中铁一局建安公司杭州地铁7号线江东三路停车场I标项目部负责人朱忠宁说。

2009年底,来自江苏徐州市睢宁县梁集镇刘圩村的徐刚、孙金侠夫妻跟随中铁一局建安公司来到杭州,先后参与了地铁1号线七堡、2号线蜀山、6号线双浦以及如今的7号线江东三路停车场I标项目的建设,为杭州人民交通出行更加便捷默默贡献自己的光和热。

孙金侠告诉记者,项目部从来不拖欠工资,从项目领导到管理人员对农民工建设者都很好,不会瞧不起人,在生活保障方面也考虑非常到位,"像开水和洗澡水都是24小时供应,还有免费Wi-Fi和电动车集中充电棚。"

"项目部走到哪里我们也跟到哪里,我们愿意跟着他们干。跟着他们干能赚钱、有尊严,还有一种大家庭的温暖。"徐刚说。

农民工建设者对工资发放情况的满意,源自项目部对该项工作的用心:在建立农民工工资专户,确保农民工工资准时、足额发放的基础上,还在农民工生活区的出入口旁,专门开辟了一块公示栏,每月对农民工工资发放情况进行公示。每月工资是多少?出勤天数是多少?实发是多少?在公示栏上,每一名农民工的工资收入清清楚楚。

大多数的建设工地上,农民工吃饭都是由劳务公司、各作业队自行开灶,不仅花样少,并且餐饮卫生难以保障。为此,项目部引进了两家专业餐饮公司,对从业人员统一进行体检,对食堂统一进行管理。在十多个售卖窗口上,四川风味、陕西风味、安徽风味的饭菜层出不穷。

"(项目)食堂中午菜种类挺多,可以根据自己口味选择,一荤一素下来才10块钱,米饭不够免费加,价格比在街上便宜多了,而且还干净放心。餐厅有投影(仪),晚上下班吃饭还能看看电影。"工人庞焕旭说。

庞焕旭和妻子庞仍侠来自陕西汉中洋县槐树关镇,是当地政府建档立卡的贫困户,此前在家乡跑过运输,也在其他单位的建筑工地打过工。2019年,夫妻俩共同踏入中铁一局建安公司杭州地铁6号线双浦项目工地,后来随人员转场来到7号线江东三路停车场项目。

"还有,宿舍空调电费不用自己掏,项目有全自动洗衣机、搭了晾衣棚,洗衣服也很方便。原来在别的工地,哪里有这么好的条件。在这干活,心情好。"庞焕旭感慨道。

"我们认真落实中铁一局'五同'管理要求,用心、用情为农民工兄弟服务,让他们工作受尊重、内心有归属、薪水有保障,从而凝聚起了推进工程建设的强大合力。"项目部党支部书记、工会主席陈新平表示。

在江东三路停车场建设的200多个日日夜夜里,1000多名农民工兄弟和项目管理团队采取24小时三班倒施工,昼夜奋战在施工现场,共计使用各类钢材2.7万余吨,浇筑各型混凝土逾25万立方米。从清表到主体工程完工,在短短8个月的时间里,建筑面积达13.37万平方米的杭州地铁7号线江东三路停车场就在一片原野上拔地而起。在杭州地铁建设史上,刷新了同类型工程建设速度的新纪录。

原刊于《铁路建设报》2020年9月30日1~2版

因路而兴,"小黄瓜"结成了"大产业"

——承德平泉市榆树林子镇黄瓜产业助力群众脱贫致富

王冉冉

修路架桥、交通发展,立足当地需要是根本。平泉市省道榆大线,一头连接农户、一头连接市场,将榆树林子镇沿线黄瓜种植村串珠成链,打开了黄瓜交易市场与外界的联系,让"小黄瓜"结成"大产业",撑起农民钱袋子,助力百姓奔小康。

"每公斤2.8元,成交!"2020年11月4日早8点,在平泉市榆树林子镇黄瓜交易市场,市场总经理王凤虎又成功签下了10万斤的黄瓜订单。从下个月起,半年时间里,王凤虎的"榆树林子黄瓜"将以乌鲁木齐市为中转站,通过边境贸易,销往俄罗斯。

平泉市榆树林子镇黄瓜交易市场,是目前中国最大的单品黄瓜交易市场。"榆树林子黄瓜"除销往全国29个省市外,还远销俄罗斯、塔吉克斯坦、哈萨克斯坦等众多"一带一路"沿线国家,驰名国内、美誉世界。"我们基本掌握着全国黄瓜产地价的话语权,每年二三月份是黄瓜交易量最大的时候,1天的交易量能达到100万~200万斤,商户能达到100多个,农户一天有1万人左右。"王凤虎说道。

繁盛的黄瓜交易背后是当地交通的快速发展。近年来,平泉市加大公路建设力度,加快构建便捷畅通的交通网络,助力优化农业产业结构和群众增收脱贫。新改建的省道榆大线将榆树林子镇沿线黄瓜种植村串联起来,与508国道连通,将榆树林子镇位于河北、辽宁、内蒙古三省交界的区位优势充分凸显,彻底打开了该镇黄瓜交易市场与外界的联系,扩大了辐射范围。

"之前这条路很窄,进来拉黄瓜,就害怕会车,出不去进不来,耽误运输时间,造成不小的损失。"谈起之前的黄瓜运输经历,来自内蒙古的黄瓜采购商李立强印象深刻。

"正常黄瓜保质期就是7天,因为黄瓜97%都是水,所以对运输有一定要求。"王凤虎告诉记者,新改建的榆大线彻底解决了商户运输问题,9.5米宽的沥青路面一路延伸,再也不用担心会车了。

榆大线改建通车后,不仅外来的客商越来越多,来这里交易的黄瓜种植农户也大幅增加。"我们以前几乎很少过来,路不好走,140多公里来回至少耽误一整天的时间,还得考虑运费。现在路又好又快,我们早上不到2个小时就能过来,中午就能回去,在家还能干点别的活儿。而且现在也不用担心黄瓜没人收、卖不上价了,心里更踏实了。"刚卖完整车黄瓜的党坝镇农户孙师傅高兴地说。

榆树林子镇完善的农村公路让这里与外界畅通无阻,也让北井村的贫困户李坤"嗅"到了商机,入股了"黄瓜小镇有限公司"。如今,甩掉贫困户的帽子,李坤转身变成蔬菜批发商,还带动了同乡很多贫困户走上这样的道路,成了致富带头人,让"榆树林子黄瓜"在"丝绸之路"上声名远扬。

"我们榆树林子的黄瓜,种植技术是世界一流的,平均亩产达8万斤。产量高了,农户的收入也就增加了,现在每亩地至少能收入1000~1200元,老百姓也更愿意种了。"李坤告诉记者。

榆树林子镇是典型的农业大镇,又是典型因交通改变农业发展现状的大镇。截至目前,全镇设施菜暖棚数已突破1.2万个,户均1.5个棚,设施菜暖棚总面积达2万亩,占全部耕地面积的54%,从事设施菜相关产业人数达2.9万人,占全镇农业人口的90%。黄瓜产业的不断发展撑起该镇农民的钱袋子,2019年,该镇黄瓜年产值达20亿元,农民人均纯收入12580元,在富裕幸福的小康路上阔步前行。

据了解,近年来,平泉市2.7189万贫困人口实现稳定脱贫。2017年该市成为全国首批28个脱贫摘帽县之一,2018年3月顺利通过省级贫困县退出验收,2020年该市所有贫困户全部脱贫出列,贫困群众人均年收入由2015年不足3500元提高至2020年的10434元。

原刊于《河北交通》2020年11月18日3版

长三角共下互联互通"一盘棋"

吴 敏

皖江初夏,水阔天高,草木青青。

5月22—23日,以"共筑强劲活跃增长极"为主题的首届长三角一体化发展高层论坛在安徽芜湖市举行。长三角地区合作与发展联席会上,安徽省交通运输厅党组书记、厅长章义与沪苏浙交通运输主管部门负责人共同签署了取消高速公路省界收费站合作协议,与此同时,长三角主要城市轨道交通扫码便捷出行互通正式开通,长三角交通一体化正在迈向更高质量发展期。

小变革,大不同。对于拥有最密集高铁网络的长三角来说,这意味着交通一体化已经从高铁、公路等主动脉延伸到城市内部的毛细血管,在全国三大都市圈中走在前列。

更为重要的是,地铁一码通行,打破城市边界,让千万市民在长三角城市间串门增添了"无感"体验,"长三角人"的新身份在生活细节上有了更多认同。

长江三角洲地区是中国经济最具有发展潜力的经济板块,也是国际公认的六大世界级城市群之一。加快推进长三角交通一体化发展,既是大势所趋,也是内在要求。作为2019年交通专题合作组轮值方,章义在向联席会议介绍2019年工作时说,基础设施互联互通,是长三角区域一体化发展的重要支撑,交通是区域竞争的核心元素。2018年,在上海市交通委员会轮值下,长三角一市三省突出互联互通,不断加快区域轨道网络建设、全面提升省际公路运输能力、深入推进区域港航协同发展、努力打造长三角世界级机场群、强化交通运输服务与管理,"长三角一体化发展三年行动计划(2018—2020年)"中的交通类项目已全部启动,区域基础设施共建共享水平明显提升……

全域化打通省际"断头路"

有人说,长三角一体化发展互联互通首先连通的是省"断头路"。

6月2日晚,在连接合肥和南京的合宁高速改扩建项目02标段郑坝河桥上,工人们正在进行桥面钢筋及模板施工。安徽交控集团合宁改扩建项目办主任杨庆云说:"10月份完成全部的四改八扩建工程,年底正式实现八车道通行。扩建后的合宁高速通行能力将提高两倍,能满足7万辆的昼夜交通量。"

5月,皖105省道和苏340省道两条道路顺利贯通,标志着马鞍山和南京两地市民期盼已久的"断头路"终于实现了无缝对接。"两条省道贯通后,从马鞍山到南京的禄口机场只需要半个多小时就可以到达了,与之前相比时间缩短了一半。"马鞍山市交通运输局规划建设科科长蒋涛告诉笔者。

2017年,安徽就谋划实施贯通省际"断头路"行动计划。在陆续建成徐明、宿扬、泗许等苏皖省际高速公路基础上,2018年一市三省交通部门签署了《长三角地区打通省际断头路合作框架协议》,将17条省际断头路列入协议共同推进。其中,安徽省与浙江省相接的宁宣杭高速公路安徽段、与江苏省相接的溧阳至广德高速公路安徽段及高淳至宣城高速公路安徽段已建成通车,江苏、浙江段部分路段已开工;溧宁高速公路黄山至千岛湖段安徽及浙江段均已开工建设,宁国至安吉高速公路前期工作正在加快推进;对接长三角地区的普通国省道G104滁州至汊河、泗县段、G310苏皖界至黄口段等一级公路改建工程已建成通车。对接长三角的2个"断头航道"贯通项目,芜申运河航道安徽段已完工、新汴河航道正在建设。

全方位畅通综合交通网

加快构建互联互通的综合交通运输体系,是长三角区域一体化发展的内在要求。

南陵籍上海企业家李士发创办的宇培国际控股集团,总部位于上海虹桥商务区,离虹桥机场不到1公里。作为一家领先的物流企业,目前正在推进一个"大计划",谋划在合肥新桥机场周边建设一个大型物流枢纽和冷链基地,依托新桥机场空港优势以及合肥市的高铁、高速公路、内河水运网络优势,实现"四运联动",将进口的冰鲜产品以及水果等生鲜食品源源不断送往长三角亿万家庭的餐桌上。

"长三角地区的大型机场中,只有新桥机场具有较为突出的航空货运发展潜力。"在李士发看来,安徽要以全域观念加快一体化步伐,尽快补上交通基础设施方面的短板,以更加高效便捷的交通网络来集聚更多长三角地区的人流、物流、信息流、资金流,助力安徽加速振兴。

纵观全球,各大都市区、城市群都是因为开放而兴旺,建设互联互通的高效基础设施网络是打造开放高地的先导,更是区域一体化发展的引擎。放眼当下,长三角区域正着力打造陆、水、空、信息高效融合网络,加快构建便捷畅达长三角。

陆路网建设上,一市三省加快推进沪通铁路、商合杭铁路、宁杭高速公路改扩建浙江段、宁合高速公路改扩建、宁马高速公路改扩建、G320 公路、G310 公路、G206 公路、G104 汊河大桥、G228 公路等在建项目,加快推进重大项目前期工作进度,积极推进取消长三角区域 14 个省界高速公路收费站工作。安徽省积极完善区域公路网和铁路网,共建群众"连心路",杭黄高铁建成运营,商合杭、合安九高铁建设加快,与江苏省联手积极推进合肥至新沂高铁、南京至淮安城际铁路等;着力提升内部连通度,3 年完成新改建农村公路 8.3 万公里,畅通农村路网"毛细血管";推动实现"一卡通",全省 15 个地市公共交通全面加入全国网络,合肥、上海两地轨道交通实现二维码乘车互联互通;推进省际毗邻公交发展,通过客运班车公交化改造和公共交通延伸,相继开通 11 条省际毗邻地区公交化运营的客运班线,滁州、马鞍山、宣城、宿州等地同南京、徐州等地实现公交直达。

水运网建设上,一市三省积极推进长湖申线、平申线、秦淮河航道、淮河出海通道红山头至京杭运河段、京杭运河四改三段、杭州二通道段、引江济淮航运工程、水阳江航道整治工程、新汴河航道整治工程等项目建设,以及小洋山北侧开发和舟山江海联运服务中心建设;推动上港集团、江苏省港口集团、浙江省海港集团、安徽省港航集团等港口龙头企业进一步合作。安徽省深入谋划水运发展,加快"一纵两横"高等级航道网建设,持续推进引江济淮航运工程等重大项目建设;加快建设通江达海通道,开工建设淮河干流、水阳江航道、新汴河航道等整治工程；提速发力集装箱江海联运，相继开通合肥至芜湖、芜湖至上海每日发班的集装箱班线，开通宁波舟山港至马鞍山港的特定江海直达航线，初步构建了与长三角港口班轮航线网络。

航空网建设一市三省"以协力打造长三角世界级机场群"为目标，谋划长三角世界级机场群建设，以上海国际航空枢纽为核心，提升杭州、南京、合肥等枢纽机场能力。安徽加快芜湖宣城机场建设，推进阜阳、安庆、池州机场改扩建工程建设，推动合肥新桥机场二期工程尽快落地，全面提升以合肥新桥机场为中心的"一干四支"机场群的吞吐能力，加快布局临空外向型产业、空港物流等重大项目，服务于长三角地区的航空货运和产业升级需求。

章义表示，长三角地区自古地理相近，人缘相亲。在国家战略引领的更高质量一体化发展新航程上，沪苏浙皖立足自身实际，携手合力推进长三角交通运输更高质量一体化发展，将让一市三省群众往来更加便捷，心理距离更加拉近，共享一方幸福和谐的现代化美好新家园。

原刊于《安徽交通运输》2019 年第 5 期第 10 页

公交"摆渡"老兵"出征"

——记武汉市739路公交司机聂三华

焦 杨 吕作武 陈祺民

2020年2月的一个夜晚,武汉的街头空空荡荡,受新冠肺炎疫情的影响,原本热闹的城市此刻却格外寂静。不远处,缓缓驶来一辆公交车,车灯照亮了街道,也唤醒了路边疲惫的医护人员,聂三华来接他们回酒店休息了。

聂三华是武汉市739路的一名普通公交司机。疫情期间,他瞒着家人,动员了其他两位司机,主动担起了接送医护人员的工作。这场没有硝烟的战场中,平凡的他逆流而上,每天穿梭在武汉市人民医院和酒店之间,一天下来,他要接送医护人员320多人次。

手写请战书　只为"保护我的家乡"

疫情防控期间,武汉对城市交通进行严格管控,所有的公交线路都已停止运行,众多坚守一线的医护人员的出行成为难题。聂三华主动请缨成了"摆渡人"。

1月23日,聂三华收到了公司暂停运行的通知。"作为一名公交司机,十几年除夕都在班上,当时妻子还想着今年我可以在家过年了。可我觉得情况一定很严重,毕竟公共交通停运还是头一回。"聂三华说,没过几天就接到站上的通知,要组建党员突击队接送医护人员,他第一时间报了名。

聂三华此前在部队服役了11年,2006年8月,他转业到武汉公交,2007年8月正式开始从事公交车驾驶工作。疫情突发,作为一名有着经验丰富的战士,他手写请战书,在落款处按下深深的红手印。

"每个人都有英雄梦——梦想在纷飞的战火中奋不顾身,梦想自己能像超人一样,拯救人类于苦难。今天,新型冠状病毒肺炎来袭,虽然没有浓浓硝烟,但人民健康受到严重威胁。在这紧急时刻,作为一名共产党员责无旁贷。在此,我积极请战:若有战,召必回,战必胜。望组织批准为盼。"聂三华的请战书情真意切,字字铿锵。

聂三华说,739路公交车场站在武汉的光谷步行街附近,平日里非常繁华,而疫情期间,他看着冷清的街道,心里也跟着空落落的。除了自己积极投身疫情保障工作,聂三华还鼓励身边的人一起参与进来。"我在群里喊了一声,我说与其在家待着,还不如去为他们做点事。"在聂三华的带动下,有两位公交司机也加入进来,接送医护人员的驾驶员队伍进一步壮大了。

1月28日,新疆支援医疗队到达武汉,经过培训后,于1月31日正式在武汉人民医院开展支援行动。聂三华和其他两位同事负责接送他们,为了方便服务大家,他和队伍住在同一间酒店。

酒店到医院全程9公里,新疆医疗队有140多名队员。聂三华说,739路公交车平时营运8小时,每天差不多开4趟车。而接送医护人员强度要大得多,每天要跑8个来回,他自己一天就要接送320多人次。除此之外,他们还要随时准备运送医疗物资。

在聂三华眼里,自己远远比不上一线医护人员辛苦。"他们直面病毒,没有过一丝畏惧,而我能做的,就是每天按时接送他们,这并不算什么。"聂三华的愿望很朴实,他只想为自己的家乡做点好事,"我们要让医护队员都能感受到我们武汉人、公交人贴心的服务和温暖,让他们感受到,我们所有人的心都是在一起的!"

聂三华最欣慰的,就是给15岁的儿子做了榜样。"这次疫情,儿子特别理解和支持我,他说自己长大了,可以保护妈妈,让我好好加油!"

医护人员与患者密切接触,每天接送他们,是否有一些顾虑?当被问到为什么愿意冒着生命危险出来工作,个子不高的聂三华斩钉截铁地说:"保护我的家乡。"

24小时值守 护送援汉医生"上前线"

接完最后一班医护人员回到酒店,聂三华收班的时候已经是晚上23时40

分。他将车停好,仔仔细细消毒了一遍,才踏实回房间。

"我们一共2辆车,3个司机,每天上午班是7时10分到15时,下午班是15时到23时40分,另一个人则去检修车辆。"聂三华说,"虽然每天接送的医护人员相对固定,但由于大家都戴着口罩,穿着统一的粉色工作服,一般都是他们认得我,我不认得他们。"为了能更好完成这次应急运输保障任务,聂三华将每日车辆班次、发车时间、自己的手机号码,打印在纸上张贴在车前门处,方便医护人员查看。他还专门组建了微信群,随时在群里和医护人员沟通联系。

"还有人没上车吗?"每次发车前,聂三华都会在群里问一问,生怕落下了谁。有时候遇上医护人员下班晚,他也和大家一起等待,直到人齐了才发车。平时公交车都是按时发车,而特殊时期,大家好像都达成了一种默契,车上的人都很有耐心,不落下一个"战友"。聂三华也说,疫情期间,没有其他交通工具,极其不便,自己多等一会,晚一点下班没有关系。

"感谢武汉公交的聂师傅!相信通过我们所有人的共同努力,一定会最终战胜这次的疫情。"2月2日8时30分,在武大人民医院东院门口,新疆医科大学附属医院呼吸科来汉增援的梁医生对聂三华一再致谢。

2月1日22时,梁医生回酒店后,打开电脑继续上网查询资料,忙碌至凌晨才休息,不小心错过了早上的公交车。梁医生随后电话联系聂三华求助,聂三华接到电话后当即开着自己的私家车接上梁医生赶往医院。8时,梁医生顺利抵达医院投入新一天的战斗。

接送任务实行24小时待命的工作机制,除此之外,聂三华还参加了急诊小分队。有时候晚上需要医生出急诊,他就开着私家车将医护人员送到医院。"人命不能耽误,小车机动性相对好一些。"聂三华说,抢救有时候要三四个小时,他会带着被子在车里眯一会,等医护人员出来一起回酒店。

2月20日晚上22时,聂三华送医护人员去医院出诊,直到凌晨1时,医生护士们才走出医院。"当时他们一个个都不说话,气氛非常凝重。后来我一问才知道,当天夜里的病人没抢救过来。"聂三华说,"两天后,晚上我都已经洗漱完准备睡了,又接到通知送他们去医院出诊,这次他们从医院出来就很高兴,是病人救过来了!"

"我觉得每天9点半以后的电话铃就像部队里的紧急军号,响起来就要1

分钟穿衣服,1 分钟下楼发车,生怕耽误了一点时间。"聂三华对记者说。

新疆支援武汉医疗队医护人员于朝霞说:"对我们医务人员来说,抗击疫情是职责所在,但是聂师傅没有必要在这里,他的选择真是让我特别地感动。"

有一次,一位 20 多岁的护士下班后第一个上了车,聂三华在跟她打招呼的时候,得知她因为穿防护服,身上过敏了,非常不舒服。聂三华当即决定先将她一个人送回酒店:"当时太晚了,我没有向上级汇报,我看时间也不会耽误接其他人。虽然这样违反了规定,但我还是觉得'一切要把人放在第一位'。"

尽管这样要多出一趟车,但聂三华并不觉得累,看着疲惫的医护人员,聂三华深深感受到他们为这座城市的付出。他说,之前有一位医护人员来到自己的房间,希望他帮忙打开 4 个罐头。"我问她为什么开这么多,一个人也吃不完。她说医院的病人几天没吃饭了,想喝点糖水,就在美团上买了几个罐头准备带到医院去。"聂三华感慨道,"还有一次,收末班的时候,上来了 5 个医护人员。我就从后视镜里看着他们,上来就靠着椅子睡着了,一路上我竟然不知道怎么开车。开快了怕把他们颠醒了,开慢了又怕耽误他们休息时间。"

聂三华说,看到年轻的医生护士远离家乡来到最危险的地方,冒着生命危险来支援武汉非常感动,只能尽自己所能来回报这些挺身而出的"战士"。

暖心司机 "努力开好每一趟车"

"公交车是城市文明与城市形象的窗口,作为窗口工作人员,我们理所应当通过自己的一言一行,自觉为城市文明与城市形象代言,努力开好每一趟车,服务好每一位乘客。"聂三华说。

739 路公交线路单程为 7.5 公里,途经 3 个社区、1 个公园、1 个菜市场,平时车上老年乘客较多。聂三华为此专门总结出了"等说帮"的三字工作法。每次开车运营服务中,看到有老年乘客上下车,聂三华都会停车多等一会;老年乘客上车后,他还会主动口头提醒一句——"慢一点!"每当看到行动不便或手提重物的老年乘客上下车,他都会上前帮扶一下。

有一次,武汉的气温突然下降,天气骤然转凉。早上 6 时,聂三华准备启动头班车,这时候上来一位老婆婆,尽管当时车上没什么人,但这位婆婆刚坐下就突然站了起来。"婆婆,车厢这么空,您为什么不坐下?"聂三华赶紧起身上前询问。婆婆说,她的腰不太好,车上塑料板凳太凉,她坐下来怕不舒服。

满车的位置却坐不得,看着婆婆孤零零的身影,聂三华有点不是滋味。2019年,聂三华获得了公交的总经理特别奖,他将自己的奖金拿出了一部分,给自己的车上的座椅添置了棉垫,扶手绑上了防滑垫,便民袋里放上了餐巾纸、风油精、防吐袋等方便乘客取用的小物件。

"739路公交车的服务真的很暖心,爱心座位上都装上了棉坐垫,扶杆上也有了海绵套,车厢里还配上了便民袋。"2019年12月16日,从湖北省中医院光谷院区开完药后,陈奶奶坐上车准备回家时感叹道。

739路线长周平章说:"这条线路是一条敬老线,我们同事看到聂三华装了温暖坐垫以后,纷纷主动自发购买坐垫,在自己的车上进行安装。这些实际的行动,得到了我们乘客很好的评价。"

42岁的聂三华开公交已经13年了,在739这条敬老线上,也有10年了。这10年的时间里,他用自己的行为带动了739路的其他司机,大家一起用心用情去服务乘客们,与这条线路的常客们处得像朋友一样。

"在武汉公交从事公交车驾驶工作以来,我一直都对自己有着坚定的要求——'不忘初心,不负坚守,立足本职,永葆军魂'。"聂三华一直以军人的标准严格要求自己的一言一行,坚持用心用情服务好每一位乘客。多年来,他一直保持着"零事故、零违章和零投诉"的"三零"纪录。

记者手记:

退伍不褪色这个老兵有点"倔"

由于疫情关系,身在北京的记者,只能对聂三华进行电话采访。言语中,能感觉到他虽然不善言辞,却句句坚定。

说话和和气气的聂三华,却是个主意非常"正"的人,他决定了的事,十头牛也拉不回来。一开始,聂三华瞒着家里报名党员突击队,卷了铺盖,干脆住到车队里,并谎称自己出差几天。妻子提出了质疑:"你的工作还需要出差吗?这个时候,其他人都是往屋里躲,你怎么反而往外跑?"事情瞒不住了,聂三华只能如实招了,他说:"我是党员,也是一名退伍军人,这种紧要关头,我必须要带头上。"

服役期间,他曾参加1998年抗洪抢险,火线入党,带领班组奔赴龙王庙险段抗洪救灾,并立了两次三等功。

在聂三华身上,记者感受到他始终保持着军人品质。他说自己吃饭很快,穿衣很快,房间也收拾得整整齐齐。他不善表达,言语中却透着一种保卫家园的使命感,以及奔赴前线的满腔热忱。他从不觉得24小时待命有多累,而是一心想着按时接送医护人员往返医院,及时救助病患。他走到哪里都随身带着军被,那种"熟悉的味道"让他觉得心里特别踏实。

从1月28日,直到我们通电话采访的4月7日,聂三华已经在抗疫一线坚守了2个多月。这期间,他只回过家一次,远远在门外看了一眼儿子,便又匆匆投入到战"疫"当中。日子一天一天热起来,带到酒店的军被也用不上了,换成了酒店的薄被子。虽然新疆医疗队已经回去,但他仍然坚持接送武汉人民医院的医护人员,从未放松。

"哪有什么岁月静好,不过是有人替你负重前行。"2020年清明节,许多网友写下这样的话。疫情面前,有太多像聂三华这样默默付出的人。他们不顾家人反对,冲上抗疫一线,看着有那么点"倔",却坚定了内心的信念。他们秉烛而行,不顾艰险,奋力守卫自己的家园,照亮漆黑的寒夜。

随着疫情逐渐好转,全国复工复产有序进行中。聂三华说,感谢援汉的医护人员用知识拯救生命,更感谢他们为武汉拼过命。而自己则希望疫情早点结束,他想跟家里人逛逛街、喝喝茶,多年以后再一起回忆这段特殊的日子。

"已识乾坤大,犹怜草木青。"尽管经历世事沉浮,阅尽人间沧桑,愿我们仍能收拾心情,携手共赴一场春暖花开,迎接硝烟散尽后的曙光。

原刊于《中国交通报》2020年4月12日2版

疫情防控勇担当　扶贫攻坚履使命

四川交职院扶贫干部防疫扶贫"两不误"

罗　超

"亲戚不走,明年还有;朋友不聚,明年再叙""戴口罩、勤洗手、不聚会、少外出"……2020年3月12日,金口河区共安彝族乡新村村,几天前育下的蔬菜苗已经冒出了绿芽,四川交职院的扶贫驻村干部何远军又站在村头,拿起扩音喇叭,大声吆喝起来。伴随他的宣传口号声,村上党员干部、扶贫工作队成员又开始了新一天挨家挨户地"大排查"。

与此同时,通江县板桥口镇石院子村也日渐恢复了往日的气象。学院另一名扶贫驻村干部罗江川走出家门,开始了一天的值守。今天,他会对50户村民进行测体温、做调查的人员核查工作,还要尽可能地多了解村民返城务工、恢复生产的相关情况。

疫情防控关乎生命,脱贫攻坚关乎民生。虽然国内疫情还未结束,但四川交职院的扶贫干部们,已经全部返回工作岗位。在党建扶贫"共筑共建"的基础上,协助开展好疫情的各类防御、防控和防治工作,和当地干部一道建立起疫情"联防联控"网,凝聚"战疫"合力,用实际行动诠释着一名党员、一名扶贫干部的使命和担当。

最美逆行　扶贫干部率先返岗

针对扶贫村贫困户基本防护能力相对较差、属于易感染薄弱人群的特点,学院积极向各个扶贫点了解疫情防控需求,制定防控措施。考虑到扶贫点村委干部人员不足的问题,学院扶贫干部早早地返回工作岗位,帮助扶贫村开展疫情防控工作。

1月31日,学院挂职阿坝州松潘县委常委、副县长袁杰接到通知,从家返岗松潘县。2月8日,正月十五,何远军在吃过一碗汤圆后,便收拾行李,返回到新村村。2月14日、2月15日,学院的另外两名驻村干部罗川江、周浩相继返岗,3月3日,郭镭镭也冒雪回到甘孜州白玉县。用罗川江的话说,就是回到了他认为"党员干部应该奔赴一线"的工作岗位。

一到村上,驻村干部们便按照各乡镇的要求,迅速行动起来:建立严格的入户排查、值班值守、出入登记、定期消毒、疫情防控宣传、外出人员回乡定期上门监管等防控措施,加强对贫困群众的疫情防控工作。从早上9点到晚上6点,驻村干部们把疫情防控、扶贫攻坚两大任务两手一起抓。

由于此次疫情发生在春节,以外出务工为主要生计的石院子村,过年回来了一大半返乡人员,给疫情防控工作加大了难度。"村里的务工人员多在建筑行业,以山东居多,其次是陕西、福建。"据周浩介绍,为了保障人员健康安全,他每天拉着音响,在村路上来回播放防疫宣传语,并劝告返乡人员居家隔离,每天挨个到村民家中测体温,掌握每个人的出行情况。

而作为副县长的袁杰,疫情防控的任务则更加繁重——制定防疫政策、收集未解决问题、督查落实情况等,"从早上7点到晚上7点,忙到脚不沾地。"袁杰介绍说,为了开通行政审批的便民服务,他通过电话、视频会议等方式,收集意见,制定了较为周全的办公方式:网上办、邮政办、以后办和现场办。而现场办理则必须对办理人民进行登记、红外线测体温等。此外,还分管了教育、卫生健康和疾控中心的他,在此特殊时期,对各个事项更是事无巨细。

为了保障"停课不停学"的方案落实,3月9日,袁杰来到大姓乡上纳米村了解村民家中的光纤网络情况。他发现有一户学龄儿童家中,没有网络,无法保证孩子正常上课的需要。对此,他立即联系电信,帮助村民尽快开通光纤网络。

"内防扩散,外防输出。"在扶贫工作人员的辛勤努力下,学院帮扶的贫困村无一例感染病例。

爱心捐赠　扶贫单位驰援通江

2月3日,学院与定点帮扶通江县脱贫攻坚工作另外四家单位:四川省国安厅、四川党建期刊集团、中铁二局集团有限公司、四川省人民医院,共同向通江县捐赠医用口罩两万只。

口罩有价,生命无价!防护用品是打赢这场"战疫"的第一道防线。疫情发生后,定点帮扶通江县脱贫攻坚工作的五家省直单位积极响应习近平总书记关于做好疫情防控工作的重要指示精神,共同发挥自身渠道优势,在国内抗疫医疗物资紧缺、防控压力不断增大的情况下,第一时间从尼泊尔等国家采购了一批医疗物资,尽最大努力助力通江县全面打赢疫情防控阻击战,保障人民群众生命安全。

通江县卫生健康局副局长黄明感动地说:"在医用物资紧缺的情况下,省直单位的这批捐赠物品真是雪中送炭。我们一定将这批医疗用品及时发放到疫情防控一线医护人员手中,全力保障一线物资需求。"

实现脱贫　与群众携手打硬仗

2月3日,学院党委书记王东平参加了省交通运输厅召开的交通运输精准扶贫脱贫攻坚领导小组2020年第一次会议,明确了2020年交通脱贫攻坚目标任务,审议年度交通建设扶贫、巡视整改等7个工作方案和措施清单并作安排部署。这次会议也坚定了学院继续加强扶贫攻坚的信念。

2月中旬,松潘县开启了"春风行动",300余人分五批次有计划、有保障地前往浙江务工,这是松潘县巩固脱贫成果的重要措施。"2018年县里已经全部脱贫,如今,帮助贫困户实现就业,才是人民稳定致富的重要渠道。"袁杰介绍,随着成西铁路的开工、成兰铁路部分段的复工,目前,松潘县的重大项目已经全部恢复生产。下一步,县里将积极组织师生做好正式复课的准备和医疗物资的储备工作,并加快各个小项目的复工推进。

一年之计在于春。石院子村的春耕备耕也在此时有条不紊地进行着。2019年,石院子村已经实现全部脱贫。当地群众除了外出打工外,也开始积极恢复农业生产,无论是种植金银花,还是种植玉米、水稻,逐渐探寻一种"大户带动小户"的新思维方式。

30岁出头的杨坤宝就是石院子村种植金银花的"大户"。2019年和2020年,他一共承包了40余亩地,希望能够扩大生产,获得收益。金银花5月便开花进入到采摘期,当前必须尽快解决金银花修剪和灌溉问题,耽误不得。但目前处于防疫时期,杨坤宝的帮工们无法正常上班。杨坤宝与周浩商量后,决定由自家人正常佩戴口罩进行劳作。

在他们的努力下,园区的金银花冒出了绿色新芽。据了解,目前,村里已经有20余户村民开始向杨坤宝学习,"希望通过学习,带领村里群众渐渐走上致富道路。"周浩说。

与周浩一样,感受到由扶贫带来喜悦的还有何远军。这时的他,站在村头,看着即将竣工的新村通组环路,有着说不出的激动。从规划到竣工,他亲自参与到协调、监督的工作中,来往于施工方、村委,从协调配料到解决技术问题,一年的时间,他没有一刻松懈。

这次疫情期间,道路正处于收尾阶段,工人们都希望尽快完成学院援助新村村的这一项基础建设工程。在与村委商量后,何远军每天会在现场,与工作人员一起,对施工人员进行测量体温、佩戴口罩、安全帽等防护监督。

除了积极加强疫情防控工作外,何远军还积极投身于新村村的整理村容村貌工作中——河道的垃圾清理干净了,周明勤家的房屋改建了,二组的田坝整理了,一组的消防通道平整了,现在的新村村才是真正的焕然一"新"。3月2日,一张"环境最美新村"的荣誉证书由乡镇府颁发给新村村,看着证书,何远军喜不自胜。新村村已经完成了贫困户全部脱贫的历史转变,正在走向乡村振兴的发展道路。

目前,学院完成了2020年"1+1+3"扶贫帮扶工作方案的编制,为定点扶贫的3县1区4村42户贫困户制定了54项扶贫工作措施。学院将努力探索"扶志、扶智、破瓶颈"的交通职教扶贫帮扶模式,将乡村振兴战略与脱贫攻坚相结合,与定点帮扶贫困地区一同迎接脱贫攻坚的全面胜利。

原刊于《四川交通职业技术学院报》2020年4月15日第214期

守护祖国的绿水青山
——集团公司开启水务环保发展新篇章

薛 伟 刘崇水

2020年6月13日,市政环保公司成功中标鱼台县西城区污水处理及配套工程,这是该公司在山东省承建的首个水务环保项目。至此,该公司水务环保施工领域已覆盖全国26个省、自治区、直辖市。截至6月20日,该公司2020年在湖北襄阳、广东广州、广东江门、广东鹤山、福建福州、黑龙江大庆、江苏南京、陕西铜川、山东济宁等多个地区中标(含预中标)15个水务环保项目,中标金额达40亿元。

成绩的取得离不开长期的精耕细作,集团公司秉承"干好现场保市场"的理念,以优质的产品质量、高效的管理模式、超前的科研技术,不断做大做强水务环保业务,把"国内水务环保金字招牌"越擦越亮。

谋篇布局,营销全面开花

绿水青山就是金山银山。近年来,绿色环保发展理念深入人心。十九大报告也提出建设富强民主文明和谐美丽的社会主义现代化强国的目标,并要求"着力解决突出环境问题",生态建设问题刻不容缓。

在各行各界积极践行生态环保理念的同时,集团公司积极响应时代召唤,主动投身于中国乃至海外水务环保建设,施工区域覆盖长江、黄河、珠江、淮河、辽河、海河六大流域及马来西亚地区,工程项目几乎涵盖了国内一线城市和省会城市;先后完成国内400余项水务环保施工任务,打造了水源工程、净水工程、污水处理、顶管非开挖、污泥处理、固废处理、水环境提升7大环保水务产业链,创造了国内水务环保施工专业跨度之最。

在营销布局上,集团公司紧抓绿色理念、环境治理的市场机遇,先后成立了华东、东部、华中、华南、西南、西北、华北、东北等 8 个区域营销总部,形成了营销"全面开花"的利好局面;与北控水务、首创水务、粤海水务、中信环境、光大水务、江苏环保、南京水务等国内顶尖水务环保企业建立了长期稳定的伙伴关系,其中与北控水务集团合作的项目就达 31 个,合作项目总金额近 77 亿元,被评为北控水务集团"优秀生态伙伴"。更难得的是,2020 年集团公司还与南京水务集团签订了战略合作框架协议,双方成立了合资公司,近期按年不少于 50 亿元、远期按年不少于 100 亿元,对合资公司提供相应任务支持,共同打造成为江苏乃至长三角地区社会影响力广泛的水务知名品牌。

依托上海的区位和发展优势,凭借丰富的资金、人才和投资管理经验,良好的银行资信等级,畅通的投融资渠道和雄厚的工程建设、施工和管理实力,集团公司以 BT、BOO、BOT、PPP、DBO 为主要模式,以独立投资、合作投资等多种手段多方位进行运营,聚焦"水环境"市场,通过技术及管理创新、业绩及运维经验积累,打造水务产业领域集"投、融、建、管、运"于一体且核心竞争力突出的全产业链水务集团,成为国内社会影响力广泛的水务知名品牌。

精益求精,打造品质工程

2019 年底,集团公司承建的鹤山市沙坪河综合整治工程获评"广东省首届国土空间生态修复十大范例"工程,得到广东省政府点名表扬。

在施工过程中,集团公司坚持施工生产以诚信履约为目标,主动与政府部门、业主单位相关负责人沟通,精确掌握工期要求;加强节点工期把控,采取子、分公司主要领导驻点协调、建立重点项目微信工作群、成立公司派驻项目专项工作组等措施,狠抓施工计划落实、调配优势资源倾斜合作项目,大部分提前完成了各项节点工期;牢固树立"安全第一,质量至上"思想,不断强化管理,实现了施工生产安全"零事故"、质量"零缺陷"。

"干一项工程,树一座丰碑,交一方朋友",务求"出品即精品"。秉承这一发展理念,集团公司先后承建了上海市白龙港城市污水处理厂污水处理工程、徐州市骆马湖水源地及第二地面水厂工程、上海青草沙水源地原水工程等一批闻名全国的优质水务环保工程,承建的水务环保项目斩获中国土木工程"詹天佑奖"2项、中国建筑"鲁班奖"2项、"国家优质工程"金质奖2项、全国市政金杯示范工程4项、国家级安标工地1项。高端的产品以及优质的服务赢得了社会各界广泛好评。仅2019年下半年,各水务环保项目就收到各方表扬信35封、感谢信16封、贺电20封,企业社会影响力、品牌影响力日益彰显。

致力科研,加速成果转化

科学技术是第一生产力,是企业改革创效的活力源泉,是保障企业兴旺发达的不竭动力。

作为国内水务环保领域的领军企业,集团公司为进一步推动在水务环保领域的科技进步与技术创新,加强水务环保工程施工工艺、工装设备的前瞻性研究,成立了中国中铁环境治理工程创新中心。该中心致力于城市供水、污水处理、黑臭治理、异形顶管、综合管廊、海绵城市、水环境综合整治、固废危废处理、海洋近岸治理、土壤修复等施工领域技术创新研发,努力争当引领水务环保行业技术变革的践行者。目前该研发中心已获得授权专利15项,受理专利8项,完成课题3项,在研课题6项。

为紧追建筑行业大趋势,引领水务环保施工潮流,公司成立了BIM工作室,组建多个BIM工作小组,开展技术研究,承建的广州沥滘污水处理厂(三期)工程通过开展大型全地埋污水处理厂设计深化关键技术研究、基于BIM的大型水厂快速施工技术研究、智慧平台在项目综合管理中的应用研究、装配化关键技术的研究与应用等解决大型全(半)埋式污水处理厂设计、施工、运维一系列技术难题,形成专利技术6项,BIM成果获第四届国际BIM大赛最佳施工管理应用奖;承建的银川市第一再生水厂采用的污水处理工艺为AAO+高效沉淀池+V形砂滤池,该工艺是针对污水处理厂来水水量、进水水质、出水水质、再生水水量、厂区用地等特点提出的先进工程技术方案,且该工程针对我国西北地带地埋式污水处理工程快速施工技术进行了科研,形成4项专利技术,对推动西北地带地埋式污水处理工程施工技术发展具有十分重要意义。

回报社会,彰显央企担当

企业来源于社会,更要主动回馈社会。集团公司在践行习近平总书记打赢

"碧水蓝天保卫战"号召的同时,积极回报社会,履行社会责任。

近年来,公司承建的污水厂、净水厂、黑臭水体治理工程、固废处理工程遍布全国各地,受益人口达 3 亿人,占全国人口总数五分之一。积极开展企地共建、金秋助学、扶危救困活动,2019 年参与地方抗洪 9 次,援助上海市崇明岛三星镇、四川省资阳市丹山镇、广东省江门市篁边村等地多户贫困居民,公司领导结对帮扶 11 名贫困学生,切实把央企责任担当扛在肩上。

2020 年春,新冠肺炎疫情暴发后,集团公司所属武汉区域项目紧急驰援武汉东西湖区武汉客厅"方舱医院"、武汉长江新城"方舱医院"、武汉洪山体育馆"方舱医院"3 所"方舱医院"建设,共承担了 351 个紧急床位的建设任务。所属银川市第一再生水厂项目紧急支援宁夏"火神山"医院建设,紧急搭建了 200 个临时床位,助力宁夏地区疫情防控阻击战。

莫道青山高万仞,勇毅笃行人为峰。踏上新的征程,迎接新的挑战,中铁上海工程局将继续深入贯彻好习近平新时代中国特色社会主义思想和党的十九大精神,一路初心闪耀,一路热血拼搏,一路披荆斩棘,为守护好祖国的蓝天绿水再书新篇。

原刊于《中铁上海工程》报 2020 年 7 月 15 日 2 版

从人工到大数据+AI:"一张网"稽核加速中

王 虹

从 2020 年 1 月 1 日零时起,全国 29 个联网省份的 487 个省界收费站全部取消,实现全国高速公路"一张网"运营。据统计,我国高速公路网每天车流量超过 3000 万,每天的交易记录超过 2 亿条,高速公路运营公司稽核的路网里程也从本省变成全国。面对激增的数据量,通行里程变长引发的层出不穷的新的偷逃费方式,稽核难度大大增加,传统的收费稽核无论从制度上、理念上、技术手段上都需要与时俱进,迎接新的挑战。在第 22 届中国高速公路信息化大会上,来自全国各省市的专家就如何稽核,分享了各自的经验。

站撤了,稽核更难了

其实偷逃通行费的问题一直存在,传统稽核方法大量依赖人工进行,稽核数据以收费数据为主,视频、图片等证据链辅助数据不足,很少进行大数据分析,数据分析深度也远远不够,因此基于传统的稽核方法只能查出部分偷逃费行为,大量潜在的偷逃费行为依然逍遥法外。取消省界收费站后,全国实现了高速公路"一张网"运营,高速公路门架数量增多,数据节点变多,数据量发生了质的增长,撤站前各省只需要稽查自己的数据,撤站后面对的是全国的数据,稽核难度大大增加。撤站后,高速公路联网通车里程激增,可以一脚油门踩到底,单车单次通行金额大大增加,由于利益驱使,偷逃费问题更加严重,逃费场景比撤站前更加复杂。这些都已经不是传统稽查方式能解决的,从传统人工稽核向大数据、AI 稽核转型已迫在眉睫。

在第 22 届中国高速公路信息化大会上,专家们普遍认为稽核业务主要面临三个环节的挑战。首先是发行环节,2019 年各省为完成发行任务大量发行

ETC车载终端(OBU),由于发行时间紧迫,很多省份采用线上发行,导致发行质量参差不齐,没有规范性发行,出现了货改客、大车小标、货车车型不准确、安装不标准等问题。其次是收费环节,由于门架设备与车载设备本身交易成功率达不到100%,导致门架计费存在漏标情况;要达到毫秒级门架拟合,存在过拟合或无法全部拟合情况,门架路径拟合难度大;由于单车单次通行费金额增大,逃费意愿加强,出现了倒卡、屏蔽通行介质、改变车型等新型逃费方式。最后是运营环节,出现了大量跟车、闯关、蹭ETC、利用优免政策逃费的情况,这些都大大增加了监管难度和稽查难度。

大数据+AI,让稽核更高效

为保证新形势下高速公路通行费能颗粒归仓,各高速公路运营单位建立一套从基础设施到应用系统在内的稽核体系十分必要。急需在稽核体系中引入海量图像存储与计算、海量数据处理计算能力、视觉AI算法、数据模型、数据服务、数据开发分层解耦,沉淀公共的数据能力,数据缺失时进行多维数据补偿或交叉验证等技术,通过深度解析挖掘车辆抓拍图像,多维度分析车辆特征、通行轨迹、超时等方式,真实还原通行过程车辆信息,为偷逃费稽核提供证据链判定,为高速公路联网计费、设备物联监控、通行数据分析、稽核管理体系搭建、清分结算工作提供数据支撑,最大化减少高速通行费损失,保证高速计费的公平公正,实现高效稽核。

华为认为应从以下三方面来构建大数据+AI稽核体系。首先,建立基于门架视频图像的智能分析系统,为稽核数据分析应用提供基础数据支撑,通过完整、正确地接收高清卡口标识点设备的数据,利用图片智能识别技术、大数据分析技术、边缘计算技术等,完成车辆及驾驶员多特征识别、数据传输、证据图片上传、证据链生成等系列功能,为稽核数据分析应用提供基础数据支撑。其次,建立"动态超时+路径辨别"技术体系,实现防作弊稽核,通过对比缴费路径、标识路径(RFID标识点、ETC标识点)、高清卡口路径,对各种作弊的行为进行有效跟踪、控制通行卡在途中发生的变化,提供收费路径自动补全、作弊事件认定分析、作弊事件分类分析等功能,满足打逃取证的需要,实现防作弊稽核。最后,建立高速公路全方位、多层次联网收费防作弊体系,减少"一张网"路网通行费漏收,通过稽核数据分析应用向稽核监测平台推送补收流水、稽核黑名单,向主题数据库推送完整补全路径等,建立全省高速公路全方位、多层次联网收费防作弊体系,以有效提升高速公路联网收费"一张网"系统防作弊的功能和性能,最大程度地抑制各种作弊或逃费现象,减少"一张网"通行费漏收。

政企联合,精准稽核

意识到"一张网"运营形势下稽核问题的紧迫性,部分省份已经开始和华为、阿里、千方等企业合作,着手建立一套适合自己省份的大数据 AI 稽核系统,确保通行费应收不漏、应免不收。

部级稽核系统包括内部稽核、外部稽核、异议处理、特情复核、车辆通行交易查询、稽核名单查询、稽核结论修改、基础参数查询 8 个模块。各省可发起内部、外部稽核工单进行跨省逃费车辆协查,生成全国追缴黑名单对逃费车辆进行拦截追缴,开发统一的补费平台,形成稽核工作全流程闭环管理。

重庆依据《取消高速公路省界收费站总体技术方案》的技术思路和建设要求,形成重庆天网稽核平台建设细化方案,保障在取消省界收费站后,建设完整稽核与信用管理体系,减少路网通行费流失。重庆高速路网收费稽查体系依托部省数据稽查平台,建立市内稽查系统,以一个闭环体系(稽查—追缴—征信)、两个核心理念(确保收费完整性、确保信息准确性)、三项保障措施(统一平台、多元化的追缴方式、省部级全国追缴)、四个关键技术(大数据平台、图像智能分析、全网可视化地图路径还原、车道及门架视频)为总体解决方案,实现系统自动分析疑似数据,自动分配对应收费站稽核人员,最后由各相关稽核人员完成稽核、费用追缴。自 2020 年 5 月重庆天网稽核平台上线以来,每天 800 多万条收费交易数据、600 多万图片数据上传到稽核平台,共产生约 7000 条稽核工单,发现 900 多辆逃费车辆,追缴逃费金额 1500 多万(已追缴到账 600 多万)。

陕西联合阿里云研发了智能稽核引擎系统。该系统采用灵活、科学的分成架构模式,通过建立稽核模型为稽核业务提供感知和取证服务;采用阿里云图像识别算法,提供图像稽核基础服务能力,例如图像结构化解析、以图搜图、视觉图像比对等能力;利用大数据技术,汇聚发行方、收费方、清分方等多源数据,为整套系统提供快速、稳定的数据;采用阿里云平台,为在线云稽核提供高效、安全、稳定的云平台支持。智能稽核引擎系统利用多维度、立体数据,通过稽核模型解决发行、收费、运营管理三个稽核场景,从而提升稽核业务流转能力和质量,达到降本增效目标。系统上线以来,发行稽核的模型感知量能达到每月4万,收费稽核的模型感知量能达到每月5万,运营管理稽核的模型感知量能达到每月1万,且对于异常交易车辆的捕获准确率≥80%,稽核模型能快速感知异常问题,业务效率较以往提升了近100倍。

江苏采用云汇聚,利用云架构、开展云稽核,打造了云上稽核平台。云汇聚平台实现了江苏路网每天4000多万的路网视频、图片、流水在云端汇聚,为收费稽核提供数据支撑。云架构平台以"车牌搞准确、路径搞准确、省门搞准确"为核心思路,厘清了1381个门架关系,定期分析重点用户、实时打击重点用户,完成用户画像,实现了路径还原,建立了关系型数据库、列式数据库、时序数据库。该平台包括路径拟合、收费稽查、视频稽查、数据分析、异常数据推送、稽查工作展示、数据交互、黑(灰)名单管理、优惠车辆管理、证据采集、业务报表、人员信息和授权管理等共14项功能模块。云稽核平台借助省级稽核平台智能化、扁平化优势,通过"云派单"的方式实现稽核工作标准化、规范化。同步优化《江苏高速稽核管理办法》,完善主动"提单制",路段稽查办可在完成派单任务的同时,主动提取工单,开展稽核,从2020年5月6日高速公路恢复收费以来,通过云派单共计推送工单12.38万个,锁定异常数据10.01万条,初步核实逃费车辆2.3万辆,追缴逃费1200万元。

此外,其他省份如广东、湖南等,也建立了自己省份的大数据AI稽核平台,变被动为主动,实现高效精准稽核。

稽核,一直在路上

全国"一张网"运营给稽核业务带来了全新深层次挑战,虽然我国建立了部级稽核系统,部分省份也搭建了省级大数据AI稽核系统,在一定程度上解决了部分省份的燃眉之急,但一直以来,打逃都是高速公路运营管理的老大难问题,彻底解决并非易事。

江苏交通控股有限公司营运事业部稽查中心张西亚主任分析了当前稽核工作的几个难点:一是逃费车辆的管控手段不足,目前全国高速公路均基于车牌号码对逃费车辆进行定位和管控,但高速公路系统并未与公安交管系统对接,逃费车辆可以轻易采用过户变更车牌手段,逃避稽核人员对逃费车辆的定位追踪。二是稽核过程中核查手段不足,大部分省份都缺少公安车辆信息,无法准确核查车辆车型;遮挡、拆除车牌等闯卡逃费车驶离高速公路后难以获取地方道路相关视频图片资料,无法准确定位逃费车辆。三是跨省联合追缴难度大,各省稽查部门体制机制不同、互不统属,全网联动稽核难度较大。四是新形势下稽核追缴奖励分配制度未建立,全国车牌黑名单现场拦截补交执行难度大。

对此,张西亚提出以下几点建议。一是部级层面加强沟通协调,实现信息互通,建立名单管理机制,在收费公路存在偷逃通行费行为的,须接受处理后再进行车辆信息变更;打通公安车辆信息获取渠道,深化车辆办理 ETC 时信息认证,支撑存量 ETC 全量分析。二是加快建立稽核联动机制,开展典型逃费行为联合打击;研究制定联合稽核奖励激励机制,激发全网稽核人员的工作主动性、积极性;定期组织开展稽核经验交流,共同解决全网稽核工作中的难点和痛点问题。三是继续研究开发区域稽核系统,还原车辆路径、设定稽核策略,分析区域内车辆逃费形势,挖掘逃费车辆信息,例如,在路网建设全覆盖的车型识别设备,结合稽核数据建立完整、准确、及时的车型库;在现有模型基础上,利用海量历史数据和已核实的逃费行为训练预测模型,同时利用非监督学习方法,挖掘更多的逃费数据、逃费行为;根据各省的稽核实际情况建立可行的征信参数,并根据稽核结果和通行记录建立完整的征信库。

"一张网"模式已将省界之间的鸿沟打通,但随之而来的是逃费方式日益趋向科技化、集团化、隐蔽化,由此导致路网通行费少收、漏收损失的不仅仅是本省的通行费,而是"一张网"中的通行费。哪里有逃费,哪里就有打逃,高速公路逃费与稽核工作长期共存必是一种常态,稽核将一直在路上。

原刊于《中国交通信息化》2020 年第 11 期第 18~22 页

作示范 勇争先
——江西取消高速公路省界收费站工作纪实

练崇田 郭 萍 涂 钊 温 静

——ETC 门架系统建设全部完工。截至 2019 年 11 月 25 日,江西省 938 套 ETC 门架系统建设已全部完工,机电设备已全部安装到位,1569 条 ETC 车道已全部改造完成,336 个入口称重检测系统已全部建成。省界站正线改造工程 28 个已全部完工,各项工程已 100% 完工。

——ETC 发行任务超额完成,排名全国第一。截至 2019 年 11 月 25 日,江西累计完成 ETC 发行 465.7 万,自取消省界收费站工作开展以来完成 ETC 发行 268.1 万,占交通运输部下达任务的 105%,率先在全国第一个全面完成 ETC 发行任务,已超额完成发行任务 13 万,完成发行任务比例和近 2 周发行进度均排名全国第一位。

——取消对本省货运车辆单独优惠。已取消对本省货运车辆单独优惠政策,统一了省内外货车计费标准。其他政策清理方案已制定,并联合省发展改革委、省财政厅上报省政府,为 2020 年 1 月 1 日开始实施奠定了基础。

——入口称重检测系统逐步投入使用。江西全省 336 个入口称重检测系统逐步投入使用,对超限超载车辆拦截处理,全省高速公路平均违法超限超载率迅速下降。根据交通运输部最新数据,2019 年 11 月 25 日,江西高速公路平均违法超限超载率降至 1.76%。

——收费站数据全部连通成功。根据交通运输部统计,江西省是首先完成部—站数据传输 100% 连通的两个省份之一,352 个收费站的数据已全部连通成功。数据接口连通性、合规性测试和关键设备检测第一批次,CPC 卡采购、测试、发行工作全部完成。

一组组令人欣喜的数据,反映了江西交通运输部门坚决贯彻落实党中央、国务院决策部署的坚强决心,见证了江西交通人"特别能吃苦、特别能战斗、特别能奉献"的优秀品质。截至 2019 年 11 月 25 日,江西提前一个月零五天,在全国率先基本完成取消高速公路省界收费站工程建设、设备调试、ETC 发行和地方性减免政策清理等各项工作。

江西是重要的高速公路通道省份,全省共有 28 个省界收费站,数量排在全国前五位。同时,江西在国家高速公路网中处于"承东启西、连南接北"的中部位置,过境车辆多,通行量大。2018 年,通行江西高速公路的货车超过 6000 万辆次,其中七成以上货车为外省过境车辆。因此,江西省取消高速公路省界收费站工作要走在全国前列,才能助推全国综合交通运输网络更高效。

开弓没有回头箭,自 2019 年 6 月启动深化收费公路制度改革取消高速公路省界收费站工作以来,江西省把这项工作作为一项重大的政治任务,从对标对表党中央、国务院决策部署的高度,从贯彻落实习近平总书记对江西"在加快革命老区高质量发展上作示范、在推动中部地区崛起上勇争先"指示要求的高度,从服务江西高质量跨越式发展的高度,全力以赴打好取消高速公路省界收费站这场硬仗。江西省委、省政府高位推动;江西省交通运输厅按照交通运输部和省委、省政府的部署,咬定目标,奋力攻坚,采取超常规措施推进,调动全系统力量坚决打赢这场硬仗。

ETC 半年发行量超前十年总和

ETC 推广发行是取消高速公路省界收费站的关键配套措施。这项工作做得好不好,直接关系到取消高速公路省界收费站改革的实际效果。根据测算,要实现 ETC 安装率达 80% 的要求,在不到半年的时间内,江西需新增 ETC 用户 255 万,发行任务是前 10 年总和的 1.3 倍,任务非常艰巨。江西省交通运输厅把 ETC 发行应用工作作为重中之重,2019 年 11 月初启动了为期一个月的 ETC 发行应用攻坚行动,取得了明显成效。

坚持政府主导 充分压实责任

ETC 推广发行工作的主体是各级政府,具体任务由各合作银行实施。根据

《国务院办公厅关于印发深化收费公路制度改革取消高速公路省界收费站实施方案的通知》和《江西省人民政府办公厅关于印发江西省ETC发行工作方案的通知》等文件要求,各设区市结合实际,分别制定了发行工作方案,推动发行工作顺利开展。

新余市采取分类推进的办法,在全市范围内摸排统计公务用车、公职人员自用车未安装ETC数据信息,组织干部职工带头安装ETC。对全市营运客车安装ETC情况进行全面摸排,限期要求营运车辆ETC安装到位。

抚州市政府率先在全省市级层面召开ETC发行工作会议,印发《抚州市ETC发行工作方案》,明确部门及县区职责,确定时间节点,建立健全督查追责制度。在政府主导、高位推动下,抚州市调动宣传部门、公安交警支队、交通运输局、城市管理局等单位,通过市场引导、各合作银行具体落实推广发行,ETC发行进度持续排在全省前列,11月7日全面完成发行任务。

樟树市20个乡镇(街道、场)迅速行动,全面落实ETC发行宣传发动、组织实施工作,开展到乡镇(街道、场)、到单位、到企业、到居民区的上门安装服务。各村(社区)由党支部书记牵头,负责督促本辖区ETC推广安装任务,将发行任务分解到各村(社区)每个干部身上,挨家挨户上门发行ETC。

各方通力合作　打好"组合拳"

面对ETC车载设备供货紧的问题,江西省交通运输厅提前布局,2019年2月就通过公开招标确定了ETC车载设备中标厂家,各合作银行可直接同中标厂商签订供货合同。

2019年6月,根据交通运输部相关要求,各发行方需统一采购电子标签,其他省份开始通过招标流程采购,特别是在7月下旬,全国ETC发行数量显著提升,ETC车载设备出现严重紧缺,部分省份甚至出现了断货的情况。江西先行一步,提前获得厂家供货支持,同时派出专人紧盯厂商及时供货,有效破解了供货紧张的问题。

为破解发卡难的问题,江西省高速公路联网管理中心在全国率先利用科技和信息化手段,全面提升服务质量。"赣通宝"App实现自行充值、流水查询、发票打印指引等一站式网点功能服务,有效提升用户办理ETC的便利程度。"赣服通"App 还上线 ETC 申办功能,让群众从"最多跑一次"到"一次不跑",通过手机线上直接免费申请办理 ETC,自主安装激活电子标签,实现 ETC 全程网办。

一体式 ETC 手持发行设备于 6 月在全国率先完成研发并正式上线,实现银行、代理合作发行机构 ETC 业务移动办公,业务人员提供上门办理服务,有效提升用户体验。通过一系列有效举措和技术上的不断创新,江西 ETC 发行工作从申请办理到安装激活所需时间从原来的平均 18.5 分钟降至最快仅需 3 分钟,极大提高了工作效率。

在 ETC 发行应用攻坚行动中,江西省交通运输厅提出主动"入园"、积极"上路"、全面"进村"的发行推广思路。江西省高速公路联网管理部门主动"入园",协调组织各发行推广合作机构深入大型居住区、社区和人员密集的商圈加强 ETC 发行推广;路政、高速公路联网管理部门和各路段经营单位积极"上路",在全省所有高速公路收费站出入口、服务区设置 ETC 办理点,引导在人工车道缴费的车辆办理 ETC;地方各级政府部门、各地市交通运输局全面"进村",进入各地乡镇、村镇开展 ETC 发行推广。通过上述措施,确保攻坚期内每个收费站、重点服务区每天都有一家以上银行工作人员、一位交通运输系统的工作人员驻点,方便了车主就近便捷安装。

江西省高速公路投资集团有限责任公司、省高速公路联网管理中心、省公路路政管理总队等单位联合合作发行银行,从 11 月起放弃周末和节假休息日,委派专业技术人员和发行人员近 2000 余人奔赴高速公路出入口、服务区等地,及时解决 ETC 发行过程中的问题,为 ETC 发行提供应用支撑和服务保障。

全省高速公路运营管理单位、高速公路路政管理部门与地方交警、公路治超站联勤联动,把做好超限超载车辆告知、劝返与统筹推进 ETC 推广发行结合起来,持续为 ETC 业务办理点进驻高速公路收费站、重点服务区提供支撑。

ETC 合作机构在车辆检测站、4S 店、加油站、汽车维修厂、高速公路出入口等车辆集中的场所设立 ETC 发行网点,上门为机关事业单位公务车、干部职工个人车辆安装 ETC,为客运、货运及各类社会服务车辆安装 ETC 创造条件。中国银行、中国农业银行、中国工商银行、中国建设银行、中国邮政储蓄银行、交通银行等 14 家银行在江西共设立 1600 多个 ETC 发行网点。

为进一步拓宽发行应用渠道,根据交通运输部办公厅《关于做好货车及专项作业车 ETC 发行服务有关工作的通知》,江西省交通运输厅启动了货车 ETC 推广发行工作,各级运管机构积极协调有关运输企业,采取设立安装服务点、上门服务等方式,为营运车辆提供多渠道、多方式的便利安装服务。制作公益视频、广告,深入农村、小区、停车场,在广播、电视、微博、微信、网站等媒体广泛播发,提升社会公众对 ETC 推广发行工作的认知度、认可度、理解度和参与度。

超常规手段加快推进工程建设改造

根据交通运输部有关要求,江西共需建设 938 套 ETC 门架系统,其中省界 ETC 门架 100 套,非省界 838 套。在时间紧、任务重、高速公路投资主体多元、项目分散的情况下,江西采取"统一设计、各自承建、集中采购、灵活筹资、统一指挥、统一督导"的方式,集中力量加快工程建设与改造进度。

灵活筹集工程建设资金。比如,江西省高速公路投资集团有限责任公司先期出资 2.5 亿元、江西高速集团财务有限公司放款 2.5 亿元,优先支付开工和设备材料预付款,后续资金通过银团贷款、争取中央补助再予解决。

灵活安排工程建设方式。有的前期工作快,适当简化走简易流程,有的采用设计施工总承包,有的走市政府应急工程程序;加快施工队伍进场,为工程建设争取时间。

管理、设计、施工、监理等单位通力协作,倒排工期,加大施工队伍、人员、机械设备投入,加强工程质量和安全管理,高峰期有近 5000 人在路施工作业,有力保障了工程建设快速推进。

各单位高效协同推进联调联试,制定详细的联调联试方案,形成了路段自检、联网中心抽检、软件单位联调、硬件集成单位扫尾优化的一套高效有序的工作流程。各相关单位共派出 40 多支队伍夜以继日、风雨无阻在高速公路上对各系统机电设备、供电、网络进行接线安装、查缺补漏,做到了系统机电设备通电通网,软件安调紧跟到位,在 11 月初都还不具备联调联试条件的情况下,到 11 月 24 日就已基本全面完成省内联调联试工作。

江西大力推进高速公路入口治超。自 2019 年 8 月 1 日起,江西已在全省 30 个高速公路收费站陆续开展入口称重检测工作,按照"建成一批、启动一批"的工作思路,目前已安装完成 336 台高速公路入口称重设备,切实发挥了高速公路路口拦截作用。

加大路警联合执法力度,对重点地区和路段加强流动检测频次,加速构建"源头管理、入口检测、路面严查、追踪处罚"的全过程治超格局。有针对性地部署加强普通公路治超工作,实现联动治超、齐抓共管,有效遏制货运车辆超限超载行为。深入货运企业宣传入口治超法规,教育引导货车司机合理装载、守法行车。江西省公路路政管理总队在全员取消休假派驻收费站协助办理 ETC 的基础上,对列入试点入口治超的收费站倾斜驻守人员,确保每处收费站至少有 2 人在岗,保障入口治超工作顺利进行。

再接再厉展现江西交通人担当作为

下一步面临全国统一联调联试和元旦、春节假期、春运的"大考",江西将继续加大工作力度,再接再厉、连续作战,以高标准、高质量的优异成绩,全面展现江西交通人的担当和作为。

取消高速公路省界收费站后,在收费站仅保留一条人工收费车道的条件下,江西将切实做好收费站交通导流安排,确保不发生车辆拥堵,重点保障 ETC 车道的畅通,进一步加强 ETC 车道、ETC 车载设备等关键设备运行检测,对全省所有收费站 ETC 车道使用率进行分析,遇故障 2 小时内修复,确保 ETC 车道正常运行,现场问题及时协调解决。

江西将做好工程扫尾验收,对已完成的项目按标准进行重新进行梳理检查、完善提升,全面组织好工程验收;对需要待全国统一安排的有关工程建设项目,实行挂图作战,责任到人,持续推进。进一步提升服务水平,应对好 ETC 客户爆发式增长带来的后续工作,组织实施服务网点建设,在部分服务区和收费站先行开展试点,根据试点经验在全省选取 20 对服务区建设 ETC 一站式服务中心,为车主提供快速、便捷的售后相关服务。

原刊于《江西交通》2019 年 11 月 30 日第 173 期第 26~28 页

"撤站"攻坚成绩单

刘 怡　何建军

重庆市高速公路通车里程达 3233 公里,全路网累计建成 684 个 ETC 门架,ETC 车道 925 条,入口称重系统 279 套,完成 ETC/MTC 混合车道升级 830 条,正线改造省界收费站 21 个,全市 ETC 用户突破 377 万,渝籍汽车 ETC 安装率突破 80%。

所有收费站出口实现当次行程通行费额一次通行、一次扣费、一次告知。

自 5 月 6 日零时恢复收费以来,全路网 684 个门架,1081 个节点,265 个收费站,全部正常运行。

未发放纸质预编码券,未发生长时间、大面积拥堵现象,未监测到重大负面舆情,ETC 门架识别率、CPC 卡识别率位居全国前列,系统总体运行平稳。

交通运输部路网中心　24 小时实时平台在线监测

5 个指标监测为 0,即未发现重庆通行流水重复、单门架超过限值、时间错误、货车车轴数错误、ETC 车辆出口无入口信息;

8 个指标位列全国前列,即车道连通合格率、车道 RSU 正常率、车道车牌识别正常率、车道控制器正常率、门架连通合格率、门架 RSU 正常率、门架车牌识别设备正常率、MTC 省内交易发票上传比例均达到 100%;

9 个指标位列全国中上游,即部级在线计费调用成功率、ETC 使用率、ETC 省内交易发票上传比例、入口收费站交易上传及时率、出口收费站交易上传及时率、门架车牌识别数据上传及时率、门架交易上传及时率、省界入口门架识别成功率、省界出口门架识别成功率位列全国中上游。

精心组织　率先完成工程建设任务

这一系列位居全国前列的指标是怎样诞生的？首先,这与我市坚持问题导向,注重统筹协作,精心组织有关。

创新工作方法。根据工程建设急缓程度,分批分阶段细化项目施工图设计,成熟一个审批一个启动一个,切实加快工程建设进度；强化执法协作,编制标准化施工交通组织方案,以备案代替逐点交通组织审批,大幅缩短施工许可时间,建立执法、营运协调会商机制,维护施工路段安全畅通和良好交通秩序；强化检查督导,紧盯 ETC 门架、车道建设等重点工程,实行每周进度精准通报,督促指导营运公司推进工作。2020 年 10 月 31 日前全面完成所有工程建设任务,在全国第二个全面实现收费全流程联调联试。

综合施策,提前 20 天完成 ETC 推广发行任务。推行 ETC "零门槛"办理政策,通过完善线上线下发行渠道,全免费实施网上预约、上门"一站式"安装服务以及收费车道精准发行全面加快我市 ETC 的安装发行；提升 ETC 服务能力,实现区县 ETC 自营服务网点全覆盖,拓展 ETC 多场景运用,积极开通无感优惠加油等"ETC＋"服务。2019 年新增 200 余万 ETC 用户,超过前 6 年发行总和,渝籍汽车 ETC 用户突破 377 万,安装率突破 80%,高速公路通行效率得到显著提升。

科学测算,如期优质完成收费政策优化调整。平稳推进货车计费方式改革,会同市发展改革委召开听证会重新核定货车收费标准,实施货车由计重收费调整为按车(轴)型收费；规范清理高速公路收费政策,牵头组织市级相关部门和有关单位分门别类召开了 20 余次专题协商会议,确定继续保留 3 项,清理 4 项地方性高速公路收费优惠政策,完成城市周边高速公路收费路段清理,实现收费规范化；重新复核货车收费标准,将 4 类、6 类货车的收费级差系数分别由 4.5、5.5 调整为 4.08、5.44,进一步降低货车费率,确保降本增效。

稳步推进,如期全面实施高速公路入口称重检测。强化宣传引导,营造良好氛围,及时召开新闻发布会,加强宣传发布,设置入口称重检测过渡期,开展违法超限运输车辆劝返演练,规范收费站通行秩序；细化工作职责,加强执法协作,制定《重庆高速公路入口超限检测运行管理办法》,明确执法、营运多方协同的职能职责,规范超限车辆执法行为,确保合法装载车辆经称重检测后正常通行,违法超限运输车辆禁止驶入高速公路。全市路网于2019年12月16日如期全面实施高速公路收费站入口超限检测。

稳控风险,妥善分流安置收费人员。广泛开展分流安置调研,深入收费站开展实地调研,组织召开座谈100余人次,收回调查问卷2399份,及时正面宣传相关政策,引导收费员理解、支持、参与改革;明确分流安置要求,印发全市高速公路收费人员分流安置统筹方案,执行"人员只出不进"政策,逐步收紧人员编制,压缩劳动合同用工人数,调整收费管理运行方式,采用季节性用工、劳务外包、学生实习等灵活形式,解决周期性用工需求矛盾;多渠道安置收费人员,积极挖掘内外部潜力,按照"路网内安置为主,其他国企协助安置,鼓励再就业安置,符合条件提前退休,社会化帮扶安置"的思路,依法合规妥善分流安置收费人员863名,约占重庆市高速公路收费及管理人员总数的16%。

先行先试,完成"费显"为主线的系统调优。为适应取消高速公路省界收费站后广大ETC用户的需要,我市作为交通运输部5个试点省市之一,于2月初启动ETC"费显"试点工作。通过创新"三项机制"协同推进,克服疫情影响,建立部、省、路段、站点四级实时工作机制,按照拟定车道软件30日两轮开发部署思路,采取透传升级模式,实现"24小时"车道软件部署,按路径规划完成实车测试和问题整改,如期完成265个收费站、21个省界站、684个ETC门架、925条ETC专用车道、830条ETC/MTC混合车道的全面升级改造,所有收费站出口实现当次行程通行费额显示,圆满完成"一次通行、一次扣费、一次告知"的试点目标。

亮点频现　保障任务圆满完成

强化组织领导、协同推进是根本保障。"1+5"工作架构强化组织领导。成立以局主要领导牵头挂帅的取消高速公路省界收费站工作领导小组,抽调精要人员,设置"1+5"工作架构,即综合协调办公室、政策协调组、技术攻关组、营运管理组、工程实施组、宣传保障组,有序协同推进各项工作。"零内耗"协同推进奠定工作基础。建立部省上下联动、省市横向协作、市内纵向衔接的网络化、扁平化协同工作机制,把好行业动态的方向之源,做好细化分解任务之本,为取消省界站工作提供强劲动力。专项资金保障提供坚实支撑。召开专题会议进行工作动员，有力督促营运管理单位做好专项资金预算和年中预算调整，并在符合相关规定基础上采取"绿色通道"方式保障各环节资金需求。

强化技术攻坚创新是稳妥支撑。"五个统一"建设模式保证工程进度质量。按照"统一组织、统一设计、统一标准、统一采购、统一建设"推进项目总体设计、关键设备选型和工程组织实施。通过编制"标准化"施工组织方案，创新审批备案、打包审批等工作方式大幅缩短施工许可时间，为联网收费系统运行的稳定性、安全性和可靠性奠定坚实基础。研发门架拟合功能确保交易成功率稳步提升。通过边复核、边设计、边检测的集中"马路办公"方式，攻克"ETC门架与互通立交、入/出口匝道端部、被交道路小于700米"复杂路段的门架选址方案，解决13个ETC门架布设难题；全国试点首推门架灵活拟合功能，通过设计门架拟合计费功能、合理规划代收站点保障收费精确性，为路网平稳运行提供有力技术支撑。"24小时"软件部署计划赶抢工作进度。梳理全网收费站出入口ETC专用车道、混合车道以及人工应急车道数量，拟定车道软件30日两轮开发部署思路，成为全国第一个完成ETC和CPC车道软件试验室检测的省份。采取透传升级模式，制定"24小时"车道软件部署方案，成功实现24小时内全路网2527条车道软件部署工作。创新监测管理模式保障设备运维到位。自主研发虚拟省界站在线监测平台，实现对虚拟站点设备运行状态的在线监测和故障预警提示，组建应急维保队伍，采取7×24小时运维模式，及时处置问题，保障联网收费系统运行安全、稳定。针对重庆夏天高温高湿、冬季低温高湿气候特点，研发具有恒温、隔热、降温、防火等性能，并具备温湿度报警、门开报警、空调故障报警、视频监控等报警及控制功能的户外设备亭，为设备全天候运行维护提供硬件支撑。

强化营运管理服务是关键之举。加强制度建设促进营运管理服务规范。按照部颁《收费公路联网收费运营和服务规则》，修订完善我市联网发票清分结算、通行管理、纸质票据管理、稽核管理、客户投诉、ETC疏导人员操作、查验人员操作、收费车道人员操作、系统运行维护、12122客服中心服务、新路段开通前期工作等11项制度。修订了营运管理考核指标100余项，新增CPC卡平台操作、客服满意度、省界门架系统运行维护等专项考核，为营运管理工作提供强力制度保障,有效促进路网运营管理水平和质量提升。多措并举提升收费站保通保畅能力。充分发挥部、省、站三级调度指挥联动机制和我市交通综合执法体制优势,协同开展保通保畅工作。简化收费站预约优惠通行及入口称重检测业务流程,针对并网运行后的突发事件等有关收费特情,制定"一站一时一情一策"应急预案,指导全路网有序开展保通保畅工作,实现第一时间感知、第一时间响应、第一时间处置、第一时间消除收费站拥堵,保障路网运行平稳有序。重视客户服务提升用户体验度。按照"全网统筹、服务至上、整体推进、动态完善"原则,通过扩容座席规模、制定客服标准、完善工单流转、点对点信息提示、建立跟踪评估体系等方式重构ETC客服管理体系,不断提升客户投诉在线接通率和结案率,增强公众出行体验感。构建"天网"稽核平台保障通行费应收不漏。为维护正常收费秩序,自主研发"天网"稽核平台,从发行信息准确性、门架通行环节车辆信息一致性、出入口车道数据完整性等环节加强全流程稽核监管,保障通行费收入应征不漏。

成效显著 带来三大变化

取消高速公路省界收费站任务的圆满完成,给我市高速公路管理带来了三大变化——

通行秩序不断优化。成立以局主要领导为组长的重庆高速公路恢复收费保畅通保安全保稳定工作领导小组,加强路网统筹和现场指挥调度。运行初期建立24小时值班值守和半小时在线调度机制,强化路网运行动态监测,加强数据分析和结果整改运用,不断完善应急预案和特情处理流程。加强执法营运协作,建立系统运维24小时跟踪机制、投诉处理"1+2+3"工作机制(即重要投诉1日办结、一般投诉2日办结、跨省投诉3日办结)以及高速公路保通保畅部、省、站三级联动机制,避免收费站长时间、大面积拥堵,确保路网良好通行秩序。

服务水平全面提升。不断优化提升收费站通行能力。规范设置车道标识标牌907块,完成525台收费站服务器及700台ETC车道工控机更换升级,新增10套入口称重检测系统,完成128条混合车道改造,开发ETC车道移动应急手持机,积极探索车道外绿通车查验,进一步提升车辆通行效率。不断优化ETC售后服务能力,将OBU和ETC卡质保期调整为3年,明确设备在质保期内,非人为损坏的 OBU 和 ETC 卡由发行服务机构免费更换。召开新闻通气会,为 ETC 用户推送"畅通高速口袋书",规范 ETC 车辆通行行为。构建与 ETC 用户量匹配的重庆市 ETC 呼叫服务中心,实行话务员轮班 24 小时值守,满足日均进话量需求。恢复收费以来我市"中国 ETC 小程序"接通率、投诉处理及时率、投诉结案率均实现 100%,日均收费争议投诉低于 0.1%,百万客户投诉量指标控制较好,位列全国中上游。加强宣传服务力度,利用各类媒体主动公开取消高速公路省界收费站后的通行变化,加强政策解读和正面宣传引导,开展 24 小时动态舆情监测和处置,采取"点对点"问题回应,避免负面舆情。

提质增效成效显著。ETC 通行体验感不断提升,取消省界收费站后,重庆 ETC 门架交易成功率为 99.50%,路网运行总体平稳,客车平均通过省界的时间由原来的 15 秒减少为 2 秒,下降约 86.7%,货车通过省界的时间由原来的 29 秒缩短为 3 秒,下降约 89.7%,通行效率和服务能力明显提高;行业节能减排、降本增效作用更加凸显,ETC 联网 54 个月来,我市 ETC 用户累计节约车辆燃油约 9331.02 吨,能源节约效益约 0.86 亿元,减少碳氧化物排放约 1259.49 吨,碳氢化合物排放约 22.17 吨,一氧化碳排放约 2775.17 吨,取得较好的经济效益和社会效益。

展望未来　以管理创新促路网运行平稳

由于取消高速公路省界收费站后,全国高速公路并网运行仍处于磨合期,客观上仍然存在计费精准性、客服服务质量以及部分收费站排队缓堵通行等问题,下一步,我局将继续调整优化收费系统,加强管理创新,确保路网运行平稳。

坚持问题导向,重构联网收费管理服务体系。强化路网运行在线监测,及时发现并网运营过程中暴露出的问题,持续深入开展系统调优;修订完善重庆路网收费管理各项工作制度,优化调整收费管理相关岗位设置及人员配置标准,优化完善天网稽核系统,构建"坐席"数量、人员配置与车流量、进话量相匹配的重庆客户动态服务体系。从软硬件升级、建章立制、优化流程、强化培训等多维度研究制定工作措施,通过有效的技术策略和规范的管理举措,进一步提升高速公路通行服务水平。

加强执法协作,确保运行平稳畅通安全。继续发挥部、省、站三级调度指挥联动机制和我市交通综合执法体制优势,加强高速公路收费站现场通行管控;建立日通报、重大事项及时通报机制,主动开展安全稳定隐患排查整改,及时研究解决营运中出现的各类问题,进一步完善"一站一时一情一策"的工作预案,科学合理开通 ETC 车道和混合车道,探索建立解决收费站拥堵问题的长效机制,不断提升通行效率。

大力推广 ETC,提升通行效率。在交通运输部的指导下,加大 ETC 宣传推广力度,重点推进货车 ETC 发行,有效引导车辆通过办理、使用 ETC 从根本上缓解交通拥堵问题,同时为未来自由流收费奠定基础。

原刊于《重庆交通》2020 年 7 月 10 日第 32~39 页

钱来钱往中,快递业乘风破浪

武 琪

新冠肺炎疫情暴发,国内外商业普遍受到影响,中小型企业因经营困难倒闭的声音时时传出,而那一厢快递企业们却在两个多月的时间里出资数亿元成立近30家新公司。与此同时,企业之间的投资并购也达到了新高度,"通达百"与阿里系更深入的合作是可预见的,但与"零担之王"结合却是始料未及。上市融资、回归港股……钱来钱往中,新的境遇下,乘风资本的新快递故事将如何上演?

密集投资,砸下数十亿元资金

向内强筋骨,向外秀肌肉。还处在上升期的快递企业们个个都是跃跃欲试的状态。记者查询国家企业信用信息公示系统,从2020年4月初到6月初,2个多月的时间里,与顺丰、百世、中通、圆通、申通、韵达、德邦有关的近30家新公司密集成立。其中顺丰8家,资金近2亿元;圆通8家,资金超9亿元;中通3家,资金5000万元;申通1家,资金1.5亿元;韵达4家,资金超5000万元;百世2家,资金超1000万元;德邦2家,资金600万元。此外,德邦在6月10日发布的公告中称,将在上海、重庆、天津、泉州、厦门等地投资设立10家产业园公司,总额约4.8亿元。

短短2个月,涉及近30家新公司、数十亿元资金。经营范围从天上、地上到海上,从看不见的信息技术、咨询服务到看得见的电商产品、无人飞行器、房地产开发……他们奋力闯出一条新路,呈现多元化发展的形象不一而足,在初尝战果的领域,更是以亿为单位追加注册资金。

5月11日,圆通旗下公司福建圆通速递有限公司的注册资本从500万元增至2000万元,增幅达300%。6月3日,无锡圆智自动化科技有限公司注册资本从成立时的 2000 万元增至 3.5 亿元,增幅高达 1650%。

中通继 2019 年 12 月增资中通快运(中通供应链管理有限公司)近 2 亿元后,2020 年 6 月再次进行增资,企业的注册资本从 9 亿元提升至 12 亿元。

6 月 14 日,百世物流科技(中国)有限公司的注册资本从 2.33 亿美元提升至 2.83 亿美元。

居于头部的快递企业,一方面向内长远布局,另一方面向外果断出手。随着快递、快运、同城即配之间的边界弱化,跨界正成为常态。快运业务是大型上市快递公司拓展业务时布局最多的一个业务板块,并且有着不错的增势与前景。

5 月 24 日晚,韵达股份和德邦股份发布的一则公告在国内快递物流市场掀起波澜。公告内容围绕韵达投资德邦展开:韵达计划向德邦战略投资 6.14 亿元,成为德邦的第二大股东,持股 6.5%。德邦以非公开发行股票的方式募资展开,发行价格为 9.20 元/股,发行对象为韵达旗下全资子公司福杉投资,以现金方式一次性认购。

福杉投资系韵达股份全资对外投资平台。2017 年、2018 年、2019 年,福杉投资实现归属于母公司所有者的净利润分别为 0.26 万元、-217.79 万元和 173.34 万元。此次福杉投资依托韵达股份的相关战略资源,与德邦股份具体开展战略合作。

这是德邦上市后首次引入战略投资者,也是目前国内上市快递企业首次股权战略合作,"通达百"的组合有了第三种可能。此时距离韵达财报透露阿里入股不足一个月。显然,快递市场中"合纵连横"正在不断加速。

6.14 亿元的投资在万亿级的快递市场中虽是九牛一毛,无法撼动行业格局,也并不能在短期内让德邦提升市场占有率、让韵达快运业务进入新发展阶段,不过其释放的信号远超数字本身。"共同提升市场占有率,进一步凸显规模效应,同时实现双方优势互补……"公告中,二者的合作早已明示:一是市场占有率,二是规模效应,三是优势互补。

一个是电商快递的勇猛"后浪",一个是曾经的"零担之王",二者分别在小件快递、大件快递和零担等业务领域有着领先行业的竞争优势,这种差异性及互补性让二者的合作有了更多期待。

方正证券分析认为,考虑到快递和快运的协同效应,德邦股份与韵达股份可通过市场拓展、网络优化、集中采购等方式开展多维度业务合作,其强强联合有助于在激烈的市场竞争中强化竞争优势,实现降本增效的双赢目标。

快递行业分析师罗敏也持相似观点,她表示:"此次合作后,德邦在快运行业的优势将会给韵达很好的补充。对德邦而言,也可以借助韵达的电商快递优势与其共谋发展。"

CIC灼识咨询执行董事冯彦娇表示:"快递公司需要在价格、管理、服务、成本等方面寻求最佳解决方案。而通过合作的方式,在较低成本支出的情况下,更快地转型成高服务质量的综合型快递公司,或许是在业内脱颖而出的一大捷径。预计未来会有更多如德邦与韵达的合作发生。"

在下沉市场,新的变量正在以"组团"的方式形成合力。6月3日,杭州溪鸟物流科技有限公司新增投资人(股权)备案变更,申通投资管理(舟山)有限公司正式入股。这家申通旗下投资公司的入股,意味着继4月中通(浙江仲瑞投资管理有限公司)、韵达(宁波梅山保税港区福杉投资有限公司)之后,又一家"通达系"快递企业与菜鸟布局农村物流的步调保持一致。

在国家大力推行快递下乡、快递进村的背景下,下沉、下沉、再下沉的背后除了助力脱贫攻坚,亦含有广阔的增量市场。

资本加持,闯出一片新天地

经过十几年的快速发展,快递与电商早已深度绑定,绑定方式即是投资入股。

2008年,阿里巴巴以1500万元投资刚成立的百世物流,在随后的7轮融资中,阿里巴巴参与4轮,拥有46.2%的投票权;2015年5月,阿里巴巴联手云锋基金投资圆通,目前持有圆通11.59%的股份;2018年5月,阿里巴巴宣布携手菜鸟等向中通快递投资13.8亿美元,持股约10%。2019年3月,阿里巴巴以46.6亿元投资申通,成为申通快递第一大股东,拥有45.59%股份;2020年4月29日,外界知晓阿里入股韵达,持有2%的股份。

梳理阿里入股快递企业的时间节点,可以明显地看到近年来其动作正在加快。逼迫阿里加快"物流"入局步伐的,或许与同为电商巨头的京东和快递龙头企业顺丰有关,后二者的融资步伐及融资能力亦不可小觑。

近日,京东回归港股二次上市的消息引起不小的震动。高盛曾测算,若基于每家公司的总市值,41 家在美中概股应符合在香港二次上市的条件,中通与百世赫然在列。

6 月 8 日,京东集团-SW 正式启动招股,拟发行 1.33 亿股股份。6 月 11 日京东截止认购,据悉,其公开发售部分超购近 180 倍,冻资额约 2850 亿港元,成为港股新"冻资王"。

京东在港交所发布的聆讯文件中提到,京东并无任何关于香港联交所潜在分拆上市的时间或详情的具体计划,但公司将继续探索不同业务的持续融资需求,并可能在三年内考虑将一项或多项相关业务于香港联交所分拆上市。

竞争无处不在,商业帝国的缔造资金至关重要。

2020 年一季度,京东物流收入逆势增长。据京东一季度财报显示,京东物流及其他服务收入为 65.85 亿元,同比增长 53.64%。京东透露,计划进一步扩张物流基础设施:"由于进一步发展和业务状况的变化,京东物流可能仍需额外的资金来源,可能会寻求获取信贷融资或出售额外股权和债权证券。还可能需要不时调整业务的若干部分,以配合不断转变的经济情况及业务需要。"

同样,"京东系"的"少年"达达,也是"一切才刚刚开始"。

6 月 5 日晚,本地即时零售和开放配送平台达达集团正式在美国纳斯达克上市,成为中国赴美上市"即时零售第一股"。

成立不到 6 年的达达脱胎于电商与快递物流催生的商业变革中。截至 2020 年一季度,其快送业务覆盖超过 2400 个县区市,平台的活跃骑士超过 63.4 万名,配送单量超过 8.22 亿单,平均每天配送 150 万和 220 万份订单,同比增长 46.7%。

从营收来看,2017 年、2018 年、2019 年,达达分别实现营收 12.18 亿元、19.22 亿元、30.99 亿元,2020 年一季度达到了 10.99 亿元,几乎追上 2017 年全年的营收;增速惊人,2018 年同比增长 57.8%,2019 年同比增长 61.3%。

但回看即时配送行业近 10 年的发展,争夺快递物流"最后一公里"的战役从未停止。顺丰等快递巨头杀入,闪送等企业则从个人市场切入 B 端市场,蜂鸟、点我达、UU 跑腿,以及美团、饿了么两大外卖巨头,新零售起家的盒马鲜生,同样在争夺这一市场。

达达先后获 DST、红杉、京东、沃尔玛等顶级风投基金和战略合作伙伴的 8 轮投资，累计融资金额超过 11 亿美元。但 2019 年的现金流净额为 -15.87 亿元，目前账上的现金、短期投资等资产加起来不到 20 亿元。也就是说，在技术差距不断缩小以及拼资本和拼人才的当下，如果没有外部资金支持，IPO 融资是必然选择。

与京东、达达不同，顺丰此前通过发行债务融资产品筹集资金。其公告称：拟通过两家全资子公司发行不超过等值 160 亿元债务融资产品，所募资金在扣除发行费用后用于补充运营资金、偿还银行贷款等。

各项业务尝试以及研发投入的不断增多，背后亦是一个"钱"字。

2 月 28 日，顺丰控股发布公告称，顺丰快运融资 3 亿美元，投资方为北京信润恒、CCP、鼎晖新嘉、Genuine、SonicsII 与君联景铄，融资将用来保持顺丰快运业务持续发展，提升快运品牌和核心竞争力，加强物流网络建设和科技研发。5 月 14 日，中信资本又牵头完成对顺丰控股旗下全资子公司深圳顺丰快运股份有限公司的 3 亿美元可转债融资。

在科技方面，顺丰集团旗下子公司丰行智图于 3 月完成 A 轮融资，金额超亿元人民币，由朗玛峰创投领投，元禾控股、麦星投资、古玉资本跟投。丰行智图于 2018 年 12 月开始独立运营，并于 2019 年 11 月获得导航电子地图制作甲级测绘资质。6 月 5 日，丰行智图发生工商变更，公司注册资本由原来的 2.5 亿增至约 2.78 亿元，增幅为 11.11%。

不断地向前奔跑，尝试新业务，领跑远比追赶来得恣意。新业务的培育需要时间、耐心、人才，更需要资金。如今的快递物流行业，早已是一个资本密集型行业。想要维持领先态势，想要构筑护城河、形成竞争壁垒，只有进行持续不断的资本投入和培育新的业务增长点，才能在这片已是红海的市场中觅得发展机遇。

原刊于《快递》2020 年 6 月 20 日第 46~51 页

扶贫攻坚 港口在行动(系列报道一)

芮 雪

党的十八大以来,习近平总书记在重要会议、重要时点、重大场合反复强调脱贫攻坚,作出一系列新决策新部署,提出了一系列新思想新观点,深刻把握和回答了新时代中国特色社会主义扶贫工作的重大理论和实践问题,把中国特色扶贫开发理论推向了新境界。

近些年来,全国各地港口始终铭记习总书记的重要讲话精神,在扶贫攻坚中,精准施策,锲而不舍,点滴汇聚,终成大海。

上港集团:初心不忘 精准扶贫

上港集团积极响应党中央和习近平总书记提出的"十三五"期间"精准扶贫""扶贫先扶智"的要求,进一步体现上港集团的社会责任。

"8·15"爱心基金活动是上港集团针对港务系统外来劳务工多且生活困难较多的情况,于每年的8月15日开展一日捐活动。为做实这项活动,上港集团专门成立"上海港务集团爱心基金会",每年通过召开集团"8·15"爱心基金会理事会会议,明确"8·15"爱心捐献活动的主题、内容和工作安排。同时,上港集团从"上海港务集团爱心基金会"建立之日起,用部分爱心捐款在贵州省的长顺县和荔波县援助建立了同笋、荔波两所希望小学,上港集团转制为上市公司后,又继续每年向这两所希望小学提供援助,向社会展示了上港集团和广大职工的良好形象。

扶贫案例1。2018年帮困救助集团职工2345人次,支付帮扶款517.36万元。

扶贫案例2。2018年,资助贵州两所希望小学171.47万元;为贵州长顺县同笋希望小学新建食宿楼、修建实验室,配新课桌,为小学生提供免费早餐和资助家庭贫困学生等,共捐助115万元;为贵州荔波县水利希望小学购买电脑等设备,为小学生提供免费早餐和资助家庭贫困学生等,共捐助28万元;对符合《资助贵州两所希望小学学籍的在读家庭经济困难大学生实施办法》条件的58名大学生进行资助,共支付助学金24.5万元;实施贵州两所希望小学优秀学生、教师"看海港"活动,共支出3.97万元。

河北港口集团:扶贫路上 你我同行

自2012年最初踏上扶贫这条路,河北港口集团就始终与贫困群众站在一起并肩战斗。7年间,越来越多的人在河北港口集团的帮扶下摆脱贫困:扶贫路上,河北港口集团解贫困群众之所困;致富路上,河北港口集团对贫困群众不离不弃;幸福路上,河北港口集团与贫困群众一心同行。

为扎实推进扶贫工作落实,河北港口集团专门成立了脱贫攻坚工作领导小组,下设协调保障、驻村扶贫、项目推进3个工作组,定期听取专题工作汇报。2017年以来,河北港口集团党委召开专题会议研究扶贫工作11次,领导班子成员先后17次到驻村一线慰问贫困户,现场调度、督促工作落实。面对严峻的脱贫攻坚任务,各工作组坚持在精准施策上出实招,在精准推进上办实事,在精准落地上见实效。驻张北各工作组从创建村级集体企业入手,成立张北草之源农业开发有限公司,与秦皇岛和沧州两家公司先后签订合作协议;依托张家口宏昊食品有限公司,通过销售莜麦片等当地村民生产的农副产品,增加集体收入20万元,用于全村百姓加入新农合医疗保险,解决因病致贫、返贫问题。积极参与镇政府重点扶贫项目——东号村8号恒温库450万元建设项目跑办,现已通过县扶贫和农业开发办审批,每年可为每个贫困户增收1250元。

扶贫案例1。张家口市张北县(深度贫困县)。"五包一"方面:捐建张北"幸福港湾"养老社区(一期)工程扶贫项目(占地6.9亩,105个房间,总建筑面积5000多 m^2)。"三包一"方面:创办村集体"草之源"农业开发有限公司,收购村民农副产品加工出售,设立公益岗位助力脱贫,为700多名村民投保新农合医疗保险,解决因病返贫问题。

扶贫案例2。承德市围场满族蒙古族自治县。捐助3个贫困村的基础建设,改善贫困村面貌,主要建设通组路、村党员活动阵地、村民文化活动健身广场等扶贫项目。

扶贫案例3。秦皇岛市青龙满族自治县。捐助10万元帮助贫困村建设扬水站,改良土壤,提高产量;发展扶贫产业,捐助6万元为贫困户购买猪仔;捐助55万元为贫困村建设村内通户路及护田坝,打通影响脱贫的"最后一公里"。

广西北部湾港:更高标准、更务实作风扎实推进脱贫攻坚

广西是全国脱贫攻坚(乡村振兴)的主战场之一,党中央、自治区高度重视广西的脱贫攻坚工作,2019年是打赢脱贫攻坚战极为关键一年,集团要以更高的标准、更务实的作风去扎实推进脱贫攻坚各项工作。

广西北部湾国际港务集团坚持精准扶贫、扶真贫、真脱贫,帮扶贫困县包括河池市大化县、柳州市三江县、百色市凌云县、百色市田阳县。2019年春节前夕,集团领导班子赴港口、奔山区,深入船闸码头,走进钢厂矿山,慰问困难职工和扶贫工作队员、困难党员、专家人才、军代处代表等,向他们送上节日祝福和慰问。

2019年1月24日,集团党委副书记、工会主席带队到上思县扶贫联系点叫安镇百包村开展春节慰问驻村工作队员及村委干部活动。当日慰问组还慰问了板细村、那齐村、枯萎村、佛子村驻村工作队及村委干部。

1月31日下午,集团纪委书记到鱼峰集团慰问派驻的"第一书记"和工作队员,对鱼峰集团在2018年脱贫攻坚(乡村振兴)工作所取得的成绩给予充分肯定,并强调广西是全国脱贫攻坚(乡村振兴)的主战场之一,党中央、自治区高度重视广西的脱贫攻坚工作,2019年是打赢脱贫攻坚战极为关键一年,集团要以更高的标准、更务实的作风扎实推进脱贫攻坚各项工作,要精准施策,扶真贫、真脱贫,要加强同地方政府和集团的对接,如期完成集团下达的脱贫攻坚任务,不辜负自治区和集团党委的嘱托。

扶贫案例1。河池市大化县。定点帮扶百马乡中和村、同社村脱贫攻坚工作,内容有发展黑山羊养殖、危房改造、水柜建设等。

扶贫案例2。柳州市三江县。定点帮扶同乐乡岑甲村、梅林乡梅林村脱贫攻坚工作,内容有修缮村屯道路、危房改造等。向两县共无偿捐助资金338.5

万元,提供无息贷款 700 万元。

湛江港集团:扶贫济困共建和谐

湛江港集团践行"以真诚和责任服务社会"的企业核心理念,积极参与社会公益事业,扎实推进新时期精准扶贫工作。

大力发动员工参与广东省"6·30 广东扶贫济困日"活动,积极响应省市委扶贫工作要求,扎实推进扶贫开发、精准扶贫工作,选派德才兼备的管理人员到吴川市兰石镇名利村等做好对口帮扶工作。联合合作方招商局慈善基金会投入资金帮助贫困村公共服务中心建设、项目建设等。近几年,集团通过行政拨款、员工捐助等多渠道筹集扶贫资金,投入扶贫专项资金 600 多万元,帮助名利村加强村基础设施建设以及村小学改造项目,较好地改善了村容环境,提高了村小学的教育条件,造福当地村民及贫困户;同时,集团团委还实施"春雨行动",多次安排优秀团员青年志愿者到名利小学,开展走访、慰问及举办"六一"游园活动,使该村小学生感受到关爱和温暖。通过一系列措施,为加强广东精准扶贫工作及湛江社会主义新农村建设作出积极贡献,树立了良好社会形象。集团多次荣获省、市扶贫济困先进单位奖。

扶贫案例。情系扶贫村,爱心暖中秋。2018 年 9 月 20 日,集团公司领导又一次带着对扶贫村贫困户的牵挂,驱车 60 多 km 来到吴川市兰石镇名利村。是日,烈日当空,集团公司领导率相关人员到名利村开展中秋节慰问、座谈和青年志愿服务及义诊等活动。

广州港:深入践行精准扶贫理念

让困难职工真切感受到来自广州港集团党委、行政、工会组织的关怀和温暖,并充分体会到来自广大职工集腋成裘、聚沙成塔的力量,从而较好地调动广大职工参与集团经营管理与建设发展的积极性,提升集团的凝聚力和向心力,促进企业平稳较快发展。

广州港集团 2016 年承接清远英德大洞镇三个扶贫村的对口帮扶任务后,及时成立领导小组,选派新沙、客运和黄沙水产市场的扶贫干部,深入开展驻村扶贫工作。集团困难职工帮扶中心自 2006 年成立以来,为困难职工诚心诚意办实事、尽心竭力解难事。为了更有效地帮助职工缓解在基本生活、医疗、子女上学等方面遇到的困难和问题，集团困难职工帮扶中心先后5次修改了《广州港集团困难职工帮扶办法》，多次提高帮扶标准，增加帮扶慰问项目，在一定程度上增强了职工抗御风险的能力，让困难职工真切感受到了来自广州港集团党委、行政、工会组织的关怀和温暖，并充分体会到了来自广大职工集腋成裘、聚沙成塔的力量，从而较好地调动了广大职工参与集团经营管理与建设发展的积极性，提升了集团的凝聚力和向心力，促进企业平稳较快发展。

扶贫案例。2018年11月，广州港出奇招，开展集装箱养鱼扶贫项目，受到大田村村民的欢迎。

青岛港：抓党建　促脱贫

以党建引领港口转型升级，保障港口持续稳健发展，已经成为青岛港的制胜密码。

20世纪90年代初，青岛港开始"对口扶贫"，向山东及周边地区的贫困县招收农民工入港，并创造条件让大家参加各类培训、技术大比武，使全港8800多名农民工学到了技术、练就了本领，实现了由短期务工向扎根海港，由挣钱吃饭向爱岗敬业，由普通打工者向产业工人的"三个根本性转变"。

扶贫案例1。1990年，得益于青岛在沂南的扶贫政策，25岁的徐万年和20多个老乡从老家沂南来到了青岛港，在原先的中港公司装卸三队28班干起了装卸。在23年的港口工作中，徐万年完成了"由挣钱吃饭向扎根海港，由短期务工向爱岗敬业，由普通打工者向产业管理者"的成长转变。

扶贫案例2。为积极响应"青年文明号助千家"结对帮扶活动的号召，2018年7月21日，青岛港财务公司营业部青年员工在公司总经理助理的带领下成立帮扶小组，驱车近2h，到达黄岛区大场镇丁家大庄村，对结对贫困户进行走访慰问。

日照港：村港"联姻"脱贫攻坚

"第一书记"们冲在扶贫一线，日照港集团是包联帮扶工作的坚强后盾。"这是一项政治任务，也是历史使命，必须提高站位，充分发挥集团优势，为打赢脱贫攻坚战和实现乡村振兴计划贡献港口力量。"

2016年6月,根据日照市委组织部的部署要求,日照港集团围绕"抓党建、促脱贫、奔小康"主题,选派相关负责人作为驻张家旺村和后山旺村"第一书记"打头阵,迎来包联村的可喜变化。在帮扶包联工作中,"第一书记"们积极协调日照市有关部门,争取美丽乡村建设基金、争引水利项目、实施通水改厕项目、推行孝德养老模式等,建立起长效扶贫机制,为包联村后续发展奠定了坚实基础。"第一书记"们冲在扶贫一线,日照港集团是包联帮扶工作的坚强后盾。自本轮包联帮扶以来,日照港集团领导班子成员先后到包联村调研、慰问共计16人次援建工程项目222万元,援助现金31.6万元,协调落实项目及资金共计136万元,走访包联村贫困人口120余人次,帮助包联村销售农产品共计50余万元。截至2017年底,包联村12户29口人实现"两不愁、三保障"。此外,日照港积极开展慈善募捐,捐建日照市三庄镇日照港希望小学,支援抗震救灾,开展浒苔清理,对口支援新疆麦盖提县。围绕服务县域经济,与区县分别签署了战略合作协议,合作内容涉及楼宇经济、石化物流园、石材加工等领域,努力服务全市经济发展,促进了港产城海融合发展。

扶贫案例1。为彻底解决张家旺村200余亩果园和耕地灌溉水源的问题,日照港集团投资143万余元兴建了一座小(二)型水库。

扶贫案例2。2018年,向重庆市黔江区捐款200万元。

扶贫案例3。2018年,帮助包联村销售鲜桃。投资为包联村修建一条道路。走访慰问包联村内贫困人员,并资助部分集体经济帮扶资金,合计约10万元;为修缮包联村满堂峪村党员活动室;帮助销售包联村满堂峪和姚家沟村销售农产品;通过金融扶贫为高泽镇贫困人员供帮扶款;采购寨里河镇农产品。

原刊于《中国港口》2019年第2期第7~10页

SynCon Hub 云端服务也有温度

李 琳

为应对新冠肺炎疫情给航运物流业带来的挑战,确保集装箱运输相关业务不断不乱,在春节长假及疫情高发的特殊时期内,中远海运各单位侧重使用数字化手段保障生产经营有序开展,倾听并尽可能满足异地、远程客户服务需求。以中远海运集运 SynCon Hub 平台为例,他们打出了"全在线交易、无接触服务"的口号,努力做到疫情期间订舱服务不间断。事实上,借用各种"云服务"平台已然成为疫情期间企业确保生产经营不断不乱的主要方式。

云端服务在这个特殊时期的重要性不言而喻,但是回眸到疫情暴发前那个节点,是否每一家企业都在这猝不及防、来势汹汹的疫情面前做好了准备呢?值得欣慰的是,得益于2019年中远海运集运大力推动数字化战略,在原有的全球集装箱信息集成系统的基础上,国内各大网点公司在 SynCon Hub 新电商平台业务开拓上多点开花,实现了较好的发展,为中远海运集运应对新冠疫情的"突袭"增添了几分从容。

2019年末,笔者在采访2019年电商业务考核指标完成率219.3%的华南集运分管领导刘万军时,他说:"我们的电商就像星星之火,虽然电商货量总体占比还不高,但成长迅速。我们现在所做的就是为互联网时代航运大变革的到来做好准备,一旦趋势形成,我们的电商一定会呈现燎原之势。"

站在如今这个时点思考这句话,尚不说互联网时代航运大变革是否到来,仅是从容应对当前的新冠疫情,这把"星星之火"就已起到了不可估量的积极作用。翻看中远海运集运关于该平台的微信推文,评论区类似"订线上,找中远海运,省心又省钱"的客户留言让人振奋和好奇,这个品牌的云服务究竟有什么与众不同?或许在华南集运2019年的表现中可以找到答案:"标准化+个性化",

这个云端服务有温度。

做实标准化，尽可能营造更公平的订舱环境。所谓的标准化，从一个电商平台来看，无非是可供查询的船舶航次、及时发布的舱位信息、易于操作的成交流程、便捷的下单窗口……但是，当仔细琢磨这套标准订舱流程时，你会发现，若站在客户的角度思考问题，其实还有许多可待改进的标准化。比如，航线有热门与冷门之分，市场也有淡季和旺季的区别，在传统旺季时期或者热门航线上，一舱难求是作为集装箱船东公司客户的心头痛，特别是小客户、非合约客户。

针对不同客户需求的航线、结合淡旺季，华南集运积极探索线上线下运价联动模式，实施差异化营销，并细分营销人员推广单元，全员发动参与推介，将SynCon Hub 平台运营理念传播到客户群中。一部分客户在体验了华南集运电商平台的服务大约 3 个月后，在业内交口称赞，电商合作箱量随即成倍数增长。

固为货代公司就是于 2019 年下半年开启电商平台交易的客户之一，其主要从事地中海东部、中东和红海航线的业务。该公司业务部经理 Kaiser 表示，线上订舱可以保舱，可以直观地看到价格。以前没有线上平台的时候，需通过集运业务员订舱，但在传统旺季，他们经常发生订不到舱的情况，而现在，只要航线产品上线显示有库存，像固为这样的非合约客户在支付一笔预付款后就可以"秒杀"，将舱位锁定下来，这实实在在给了中小客户公平的订舱机会。

做细个性化，让客户享受更多有价值的差异化服务。新事物的诞生总是伴随着或多或少的质疑，电商也不例外，在其不断成熟的过程中会暴露一些细节方面的问题，导致潜在用户望而却步，例如沟通效率、金融支付、产品同质化等。面对市场上常见的弊端，基于多年业务探索，在更加完善的 SynCon Hub 系统有效加持之下，中远海运集运的营销团队秉承"标准化＋个性化"的服务模式，即线上交易、售后保障、线下交付"三位一体"，当客户在线上标准化订舱后，分派营销客服跟踪订单，线下针对客户需求进行差异化服务。

泰德胜物流有限公司与华南集运有着多年合作经历，该公司市场营销部经理 Vera 女士表示，中远海运的配合度是他们使用的所有电商中服务最好的。她特别提到了华南集运在保舱、保柜服务方面始终让泰德胜很安心，即便是在每年跨年旺季和 2020 年疫情期间等特殊时期，这极大地增加了泰德胜对中远海运的信心。她还透露说,自与中远海运合作以来,泰德胜客户的满意度达到99.99%。

此外,在金融支付方面,现在的系统已一改以往线上订舱只能支付人民币的模式,可以开始使用美元支付了;订舱预付费比例也在不断优化调整,市场变化跟进的及时性、上线产品的稳定性和数量都在不断完善。

"标准化+个性化"很好地诠释了中远海运集运的云服务,从踏入电商平台业务的门槛开始,它从来不是一张冷冰冰的菜单,而是有温度的电商服务。这也是泰德胜物流从使用集运旧电商平台 Epanasia 开始,陪伴中远海运集运一同过渡到使用新平台 SynCon Hub,并始终获得如此高的客户满意度的原因。

随着技术的不断发展,互联网开拓了各行业运营、营销新渠道,从满足客户需求的角度出发,集装箱运输电商平台通过各环节资源的整合创新服务模式,突破服务的局限性,以满足各方需求,提升航线产品和品牌的价值。疫情期间的客户需求显而易见,在有效防抗疫情的大前提下,获得一如既往的优质、可靠的服务是航运企业的客户们当前最大的需求。

与其说是宅家云办公助推了 SynCon Hub 平台被更多客户所需要,不如说是中远海运集运这些年不遗余力地推动数字化战略,包括平台网络的升级、目标市场的定位、客户服务的完善等,让 SynCon Hub 平台在业界交口相传,并在日趋成熟的航运电商群体中脱颖而出,使疫情期间更多客户足不出户即可享受全程实时在线物流服务,这就是有温度的云服务之价值所在。

原刊于《中国远洋海运报》2020年3月27日3版

强基础 促融合 添动能

农村公路激发田园综合体活力

李家辉 谭 磊 唐雪芹 田 杰 夏小芹

孟夏时节,四川省都江堰市天马镇玫瑰花溪谷的月季与玫瑰争奇斗艳,浙江省湖州市安吉县鲁家村的百亩竹林簌簌作响,重庆市忠县苗圃里青色柑橘挂上枝头……一条条农村公路将产业园区、旅游景区串起,乡村更美丽,产业发展也动力十足。

自2017年中央一号文件首次提出建设田园综合体以来,全国各地积极探索新型乡村发展模式,构建起集现代农业、休闲旅游、田园社区于一体的田园综合体,以促进农村地区一二三产业融合,培育乡村发展新动能,形成农村经济社会发展的良性循环。

在这一过程中,日益完善的农村路网提升了田园综合体的服务能力,促进了产业融合发展,发挥了重要助力。

完善田园社区交通设施

田园综合体是全新的乡村综合发展模式,与传统的乡村发展模式不同,田园综合体在现代农业和休闲农业的基础上增加了田园社区的概念,其发展目的是构建一个融合人们生产、居住、休闲等需求的"生活家园"。田园综合体建设需要构建良好的社区环境,完善农村路网,打好交通基础至关重要。

四川省都江堰市交通运输局局长廖仁鹃说,都江堰市按照村落"肌理"建设农村公路,既满足不同人群的居住需求,也满足公共配套需要,为构建田园社区创造条件。

都江堰市天府源田园综合体是国家首批田园综合体试点项目,为满足园区发展需要,2017年10月,都江堰市交通运输局启动了田园综合体园区内首批3条公路改建工程项目建设。同步建设的都江堰市天马镇环线郊野绿道,串起了童山雷竹园区、禹王猕猴桃园区、玫瑰花溪谷等农业旅游产业项目,沿线还将建设3个绿道驿站,配套自行车停车位、便利店、公共厕所等公共设施,并在公路沿线融入天马镇传统农耕、水车碾坊、天马楹联等当地文化元素,为游客带来多种多样的游览体验。

在服务游客的同时,交通基础设施的完善也为当地居民带来了不少便利。天马镇禹王社区居民周尚秀告诉记者,以前他进城,要先到镇上再乘公交,今年3月,从都江堰快铁站到天府源田园综合体核心区的公交202A线开通了,现在走路5分钟就能到公交站坐车。

农村路网的完善为农村地区构建田园社区打下基础,在满足游客、居民出行需求的同时,各地也积极构建美丽公路,提升农村公路服务质量。

"出行要便捷,更要舒适,我们不断完善田园综合体内交通运输基础设施和功能,让社区游客、居民在出行时有更好的体验。"山东省临沂市沂南县交通运输局局长徐从山表示,为推进沂南县朱家林田园综合体建设,该县完成主园区内道路环线20公里,建设中小桥梁9座,并结合农村公路彩化工程,将乔、灌、花、草结合,提升农村公路彩化、美化效果,助力打造美丽园区。

农村公路起到纽带作用

浙江省绍兴市柯桥区花香漓渚田园综合体是该省两个国家田园综合体试点项目之一,园区所在的棠棣村以苗木花卉产业为主要收入来源,当地通过建设千亩花市、千亩花苑、千亩花田,打造棠棣村"美丽经济、田园生态、乡愁人文"三张名片。

"原来村里不通公路,苗木经常要靠人力挑出去,大的树需要七八个人来抬。"棠棣村村民金明荣说,有时候甚至花都谢了,苗木还没运出去。现在的棠棣村,无论是精致的蝴蝶兰还是挺拔的樟树,都能"搭"上大货车从村前的双棠公路运往全国各地,可以节省运输成本60%~70%。

2008年以来,柯桥区一直将农村公路改造列入政府民生实事工程。截至

2018年年底，柯桥区先后实施第一轮（2012—2014年）、第二轮（2015—2017年）县乡公路升级改造，"四圈一环"美丽乡村公路建设（2015—2017年），"等外路""差等路"提升改造（2017—2019年）、美丽经济交通走廊建设（2017—2019年）和低等级公路提升改造（2018—2020年）等改造建设工程。近年来，该区完成750公里农村公路改造，并打造钱茅线、双棠公路、平王线等一批精品示范路，为推动全区美丽乡村建设和区域经济发展提供有力的交通保障。

农村交通基础设施的完善为园区产业发展注入活力，但田园综合体的特色在于"田园"，其关键还是在于"融合"。

公路建好了，运输才有保障，花香漓渚田园综合体正着力开展农业主导产业培育、兰花综合交易集散等10个方面的试点。据漓渚镇党委书记裘剑平介绍，现在漓渚镇发展动力十足，将来还要实现休闲农业集群发展，打造品质型高效生态农业样板。

"将农业从第一产业向第二三产业延伸，三者相互依存、相互促进，带动田园综合体资源聚合、功能整合和要素融合，共同助推综合体发展，在这个过程中农村公路起到了一个纽带作用。"裘剑平说。

湖州市安吉县鲁家村，是浙江省第二个国家田园综合体试点项目"田园鲁家"所在地。当地不断寻求"四好农村路"与村庄"美丽经济"的融合点，因地制宜打造18个各具特色的家庭农场，创新"公司+村+家庭农场"经营模式，通过农村公路把家庭农场串联起来，推动当地鲁家白茶、特色民居、旅游业的发展，逐渐形成了"农业产业集群+休闲产业集群"互促发展的格局。

在鲁家村党委书记朱仁斌看来，田园综合体发展需要保持农村田园风光，打造符合当地生态的农业旅游产品及度假产品，而"四好农村路"与美丽乡村的建设理念十分契合，二者可以形成合力，助力乡村振兴。

交通基础设施建设成为招商引资重要保障

2017年，财政部印发《关于开展田园综合体建设试点工作的通知》（简称《通知》），《通知》对建设田园综合体的投入资金有了明确要求，"严控政府债务风险和村级组织债务风险，不新增债务负担"。这意味着，试点地区要积极探索推广政府和社会资本合作，拓宽资金获取渠道。

田园综合体在资金投入上，政府投入是引子，也要找到金融资本、百姓投入、社会资本的平衡点，交通基础设施建设成为招商引资的重要保障。

青花田园综合体位于湖北省恩施市建始县高坪镇，该项目以高坪镇青里坝村为核心，辐射开发柏杨坪村、花鹿台村、店子坪村等区域，并将打造多功能农业，推进农业与旅游、康养等产业的融合，助力当地农业发展。

2018年5月，建始县与湖北鼎途旅游文化股份有限公司（简称鼎途公司）签订协议，计划由该公司投资15亿元，开展田园综合体项目建设。"高坪镇自然资源相对丰富，区位优势也相当明显。"鼎途公司董事长程昆介绍，高坪镇位处北纬30度，又是富硒地区，很适宜种植。同时，当地打造红岩寺镇至楂树坪村沿线为主的乡村振兴战略示范廊道，串联起邻近的店子坪村红色教育基地、恩施地心谷4A级景区，可以进一步联动发展，有很好的前景。

农村路网的完善，在引来外资的同时，也改变着园区内村民们生产生活方式，让更多村民愿意回到村子里，创新创业，助力家乡建设。

柏文是土生土长的安吉县鲁家村人，也是该村第一个回来创业的大学生。"过去产业不好发展和交通条件落后有很大关系，现在鲁家村大力发展田园综合体，农村公路也是越建越好，回到家乡发展机会也有很多。"柏文说，2015年他在村里承包土地并结合自身的专业技能从事食用菌栽培，并采用草莓、蔬菜等农作物套种的栽培方式，开辟了自己的灵芝农场。

不仅仅是柏文，在天府源田园综合体，兴农蔬菜种植农民专业合作社理事长蒯世军也感受到了园区交通发展带来的好处。

"公路建设对我们支持很大，特别是公路改扩建工程，可以让货车直通田间地头，连接各个产业园区。"蒯世军介绍说，他们按照"公司＋合作社＋联盟＋农户"的模式，牵头联合44家合作社，依托畅通路网，解决了蔬菜分散生产带来的监管和销售"两个难题"，坚定了大家在家乡投资投产的信心。

村路弯弯，一头连接着人民对田园生活的向往、对自然生态的追求，一头连接着农村地区综合发展、乡村振兴的美好愿景。

农村公路建设对田园综合体发展起到了良好的推动作用，路网的完善带动各地产业发展，加强了城镇与农村的互动，为构建田园社区打下扎实基础。

但就目前来说，田园综合体仍然是一个新的乡村发展模式，交通基础设施建设也面临着不少挑战。田园综合体要展现农民生活、农村风情和农业特色,在这一过程中,如何保证田园综合体的"田园"底色,如何与田园综合体建设定位良好结合,对公路建设者来说仍需要不断探索、实践。

原刊于《中国交通报》2019年5月20日7版

中美贸易战:当前的形势和我们的任务

丁 莉

中美之间这种竞争的局面将长期存在,因为中国现在体量规模在这里。对此,我们要有清醒的认识。亡国论和速胜论都是不可取的,这必将是一场事关国家之间综合实力竞争的持久战。

世界面临百年未有之大变局,我国发展仍处于并将长期处于重要战略机遇期。

——习近平

当前的形势

一、全球经济贸易放缓

自2008年金融危机以来,全球经济始终没有真正走上强劲复苏之路。尤其是当前贸易紧张局势加剧,地缘政治冲突不断,各主要经济体均有不同经济发展掣肘。

全球经济贸易发展正呈现出三大特征,一是世界经济新旧动能转换,二是国际格局力量对比加剧演变,三是全球治理体系加剧调整。

IMF4月份发布的《世界经济展望》下调了全球经济增长预测,预计2019年全球经济增长3.3%,全球贸易增长3.4%。

二、关注影响当前美国经济贸易的几个重点

1.美联储停止加息退出缩表,货币政策重大调向释放关键信号。

（1）2008—2015年量化宽松，经济复苏，股指达到历史高位。

货币政策反映经济发展现状及前景。2008年美国爆发次贷危机，美联储为提振经济开始降息并实施量化宽松政策。其中2009—2015年间联邦基金目标利率水平一直保持在0.25%水平。

在宽松的货币政策带动下，美国经济率先走出低谷。股市是一国经济景气情况的晴雨表，而且更多反映的是投资者对于短中期市场的预期。经济走强的同时，美国资本市场也一路高涨，道琼斯指数较2008年低谷时涨幅近400%。

（2）2016—2018年经济走强，加息缩表，股指受损。

随着美国经济的复苏向好并逐步走强，失业率持续下降，美联储开始调整货币政策，并于2016年结束量化宽松，开启了加息缩表之路，对资本市场带来影响。此时，美股历史高位引发投资者对于后市走势的担忧。美国知名金融机构的统计显示，在2017—2018年内，许多机构投资者卖掉了股票，持币观望。

对于私有制的资本主义的美国来说，华尔街资本市场是美国经济运行的中枢。美股以机构投资者为主，不同于中国以散户为主。现在投资者持币待购，说到底是对本国经济贸易短中期发展缺乏信心。尤其是美联储连续加息三次，更是对美股造成重创。2018年美股遭遇2008年金融危机以来最大的跌幅。

（3）2019年停止缩表，刺激经济，拉升股指。

持续加息无疑会给资本市场带来打击，因此，特朗普一再指责美联储加息，呼吁降息。美联储终于在2019年2月份松口，表示不再加息，停止缩表，其间美股市场也开始了新一轮上涨。市场一度预期降息50基点，而8月1日美联储正式发布降息25基点，但这次降息饱受争议。一方面，特朗普一方指责美联储过于保守，降息幅度应该更大一些，并开启降息周期，为其不断加码的中美贸易战提供支持；另一方面，美联储内部对于降息有着较大分歧，毕竟就业和通胀指标表现好于预期，近日4位美联储前主席更是联合呼吁美联储保持独立性，确保货币政策不受短期政治压力影响。

（4）美联储货币政策重大调向显示出美国经济真实情况，利好他国。

停止缩表，充分反映了美国经济复苏乏力，后劲不足，需要通过宽松货币政策来刺激经济的现实情况。

美元是全球第一大国际储备货币。统计显示，全球超过60%的储备货币是美元,其他货币难以匹敌,欧元大约占20%,而人民币约2%。此外,美元还占据着全球支付市场近40%的份额,在全球商品定价系统中90%以上是以美元计价,所以美元是世界上最强势的货币。

美元的国际货币地位使得美国拥有了其他经济体所不具备的独特资源武器,为其在全球范围内回旋腾挪提供了更多选择空间。美元是美国最重要的资源和武器,超过任何杀伤性武器。通过美元将内部金融及经济风险向国外转嫁,这也是次贷危机后,美国经济能够率先走出低谷的重要基础。美国能够走出危机,并不主要是因为自身产业的复苏,实体经济方面也没有特别改观,很大一部分原因是通过量化宽松的货币政策以及美元的国际货币地位来薅各国羊毛。

之前,美联储加息缩表导致海外美元资产回流,给其他处于经济复苏阶段的各经济体带来巨大金融风险。以中国为例,2015年以来,我国外汇储备呈现下降趋势,其中2016年较2014年下降1/5 国家加大外汇管制,包括企业及个人的外汇业务都严格管制,堪称史上最严。现在,美联储停止缩表对于各国来说是个利好。

2. 特朗普政府实施新的能源战略将成为影响美国内政外交政策的重要砝码。

特朗普上任以来,对美国能源政策进行了根本性调整。主要的措施包括:

(1)退出巴黎协定,停止对新能源和清洁能源的支持和补贴,包括停止给特斯拉补贴。

(2)发展本国化石能源产业。

加快对美国领土及领海范围内的化石能源勘探。他曾表示:"我从来不知道我们国家有这么多石油和天然气,我们要开发,这能带来就业和税收,还要出口。"因此他解除了美国长达40多年的石油出口禁令,尤其是还大力发展页岩油产业。随着技术的不断进步,页岩油的开采成本已降至20美元以下。值得注意的是,华尔街资本大量投资页岩油能化石能源,而且特朗普幕僚中有多位来自油气产业。

在一系列措施的推动下,近年来,油气产业投资对美国GDP增长的贡献逐年提高,其中2017年达到54%。油气行业对美国就业也做出重要贡献,美国油气行业人均收入是美国平均收入的 1.9 倍,且一个油气行业直接岗位可以带动 2.7 个其他行业就业。值得一提的是,上述贡献是在油价 50 美元水平的情况下实现的。按照美国原油现在的产量,石油价格每增加 1 美元,一年将增加美国 40 亿美元收入。

美国能源转型的特点是:稳油、增气、减煤、稳核、大力发展可再生能源。

(3)最大化化石能源产业利益,即抬升油价。退出伊朗核协议、制裁伊朗及他国。

油价对于特朗普政府至关重要,想方设法推升油价,因此退出伊朗核协议,还声称要对其他国家进口伊朗石油实施制裁。中间豁免过一次,大家也都看出来了,美国也不是敢动真格的。近期,在美国的施压下,伊朗局势进一步紧张。伊朗打掉美国一个无人机,战争一触即发。油价也应声而涨到 57 美元。

(4)美国能源政策调整影响深远。

一方面,彻底改变全球能源供给格局。2019 年,美国原油日均产量将达到 1206 万桶,超过俄罗斯和沙特阿拉伯,成为世界第一。俄罗斯 1130 万桶,沙特 980 万桶。

另一方面,美国能源战略调整使得其与盟友关系发生微妙变化。与盟友在重大利益方面产生分歧,并将进一步对全球政经格局产生影响。例如欧洲是美国最重要的盟友,油价上涨以及伊朗局势紧张不符合欧洲利益,欧美因此在重大利益方面出现分歧。再如与中东一哥沙特关系微妙转变,由石油卖家和客户的合作关系转变为石油市场的竞争对手。

尽管如此,油价上涨空间有限,需要制造地缘政治冲突干扰市场供给并抬升油价。由于全球供给发生重大改变,且俄罗斯、欧佩克以及美国等石油供给方很难达成一致行动,因此,油价上涨空间十分有限。近一阶段油价一直在 55 美元上下波动,上涨到曾经的 140 美元以上是不可能实现的任务了。防止油价下跌是特朗普当局重点的任务,包括干涉委内瑞拉内政也有控制油价的目的,因为委内瑞拉是全球石油储量最大的国家。

3. 不断对贸易伙伴发起贸易战。

自 2018 年以来,特朗普政府频繁对贸易伙伴发起贸易战,包括对中国、欧盟、日本、加拿大、墨西哥、印度等。2019 年以来,集中火力针对中国,持续升级中美贸易战。

（1）为什么频发贸易战？

特朗普政府频发贸易战，是为赢得2020年11月大选排兵布阵。虽然连任是大概率事件，但来自民主党的反攻是不遗余力的。大选前的经济状况决定其能否连任。

华尔街是中枢，股市已经达到高峰，要想连任，保持股市牛市是一个基本的要求。如果现在和中方达成协议，那么接下来的一年时间里靠什么支撑股市继续保持高位而不盛极而衰呢？前面已经讲过，美国经济本身后劲不足，需要央行放水来刺激。所以如果现在就和中国达成协议，资本市场后续一年内演变的不确定性就会增加，给大选带来风险。因此，特朗普政府以连任为目标，重新调整了对华贸易战、伊朗问题、货币政策等有关战略。

一是升级中美贸易摩擦。欧洲和日本是盟友，中国目标足够大，是最合适的对手盘，足够吸引其国内民众关注，对华贸易战可以为自己赢得更多的大选成绩单。并且在中美贸易战问题上，民主党和共和党能够达成空前共识，"团结对外"，转移内部矛盾。2019年5月初，中美贸易第十轮谈判后特朗普宣布对2000亿进口商品加征关税，并制裁华为，多元化贸易战筹码。把战线拉长，重新调整中美贸易谈判的节奏，把中美达成协议的时间延迟，尽可能有利于大选。

二是哄抬油价以谋利。沙特是盟友，俄罗斯惹不起，因此制裁伊朗是抬升国际市场油价的最佳选择。而抬升油价可以为国内油气产业以及华尔街资本获利，从而可以弥补中美贸易战给资本集团带来的损失。2019年4月下旬，美国宣布将取消伊朗石油进口豁免，导致伊朗局势一度紧张。近期伊朗击落美国价值2亿美元无人机，战争一触即发。

从目前的局势来看，对于是否开战，美方需考虑诸多因素，尤其是盟友欧洲在伊朗问题上的谅解，而这显然很难，欧洲不希望油价上涨。伊朗局势紧张损害欧洲利益，最新消息称欧洲绕开美国对伊朗制裁的支付体系（Instex）开通了，这意味着欧洲公司将可以避开美国主导的SWIFT银行体系，与伊朗进行商业往来，可见在伊朗问题上欧洲与美国是针锋相对的。

另外对伊朗开战将分散美国精力，使其无法全心聚焦中美贸易战。而且一旦开战可能引发地区内各利益主体新的战略调整，将问题复杂化乃至失控，牵制美国太多精力并可能陷入战争泥潭,从而会影响到明年大选连任。不过就是想哄抬油价,而战争又是另一回事了。

三是通过美联储释放宽松信号刺激缺乏后劲的国内经济,稳定华尔街股市。2019年4月份以来,美联储开始将停止缩表明朗化,并重提降息。

可以看到,这几件事在时间节奏上高度一致,有内在逻辑,只为确保赢得明年大选。

(2)美国频繁发起贸易争端,促使其他经济体之间开启新一轮的合纵连横,国际政经格局深度变革。

2018年12月30日,全面与进步跨太平洋伙伴关系协定(CPTPP)正式生效;日本与欧盟(EU)的经济伙伴关系协定(EPA)于2019年2月1日开始生效;欧洲委员会宣布恢复俄罗斯表决权,并积极推进能源领域合作;土耳其与俄罗斯开展合作;中日关系回暖,新一轮中日韩自贸区谈判也在拉开;中欧关系越发紧密;"一带一路"合作步伐加快;中俄全面战略伙伴关系升级等。

我们的任务

总书记说,我国发展仍处于并将长期处于重要战略机遇期。这是一个基本的判断。在此,以中美贸易战为切入点,对中国当前的挑战和机遇进行分析。

一、关于中美贸易战的基本观点

1.当今国际贸易格局的形成是经济全球化的结果。

二战结束后,美国主导的以国际贸易为特征的全球化,基本特征是全球化的资源配置,并在此基础上形成了全球产业链的国际分工。这也带来了资本、技术、人才、产品在全球范围内的流动。处于产业链上游的发达经济体在这一过程中实现了本土资本、产品的全球化扩张,并在全球范围获得收益,而许多发展中国家在这一过程中实现了经济腾飞。全球化的资源配置是资本逐利本性的结果,即资本总是流向更有利可图的地方。

2.把本国巨额贸易逆差归咎于贸易伙伴,并指责中国经济成就是建立在对美国知识产权窃取的基础上的,这种说辞站不住脚。

经济全球化深入发展,国际分工不是哪一个国家刻意设计出来的,而是市场规律使然,时代潮流使然。国际贸易是建立在公平交易基础上的,推动了人类社会共同发展,包括技术的进步、文明的发展、财富的全球再分配等,落后国家则通过学习、模仿、购买、并购、投资、大量使用专利保护到期的知识实现自身的技术进步,即使存在技术转让的情形,也是建立在双方平等协商基础上的,而不同于殖民主义时期的武力侵略和强制掠夺。而在这一过程中,处于产业链中上游的欧美国家由于劳动力等资源成本的劣势逐渐面临中低端制造业萎缩的局面,这是贸易全球化背景下资本逐利本性的必然结果。

在此引用一位美国学者的一段话:"在整个经济史上,所有落后国家都效仿领先国家。这就是19世纪美国逐步赶上英国的方式。技术以多种方式从拥有它们的人,流向尚未拥有它们的人。当任何一个国家想要缩小技术差距时,它都会从国外引进专门技术。众所周知,美国的导弹计划,是由二战后被招募到美国的前纳粹火箭科学家建立的。"

3. 贸易战是没有硝烟的战场。

当今国与国之间的竞争已经延伸到军事、政治、技术、经济、贸易等各个领域。以贸易逆差过大为由向贸易伙伴发动贸易战,历来是美国政府国际竞争的手段。从20世纪80年代对日本发起301调查,对欧盟、加拿大等这些盟友发起贸易争端等做法,美国政府主张削减贸易逆差,振兴本国实体经济。但是数十年过去了,美国的贸易逆差并未减少,一些劳动密集型制造业加速流出美国本土。中国的快速崛起使美国感到压力,尤其是中国在新科技革命进程中的表现令美国感到不安。因此以贸易战为手段,以减少逆差为借口,试图打压中国的进一步崛起,这是国与国之间的竞争,是没有硝烟的战场。

4. 日本失落20年的教训及借鉴。

(1) 1985年签署《广场协议》。

1985年,美国、日本、英国、法国、德国五大发达国家共同签署《广场协议》,但这一协议是建立在五国对未来共赢基础上的协作。五国约定通过央行主动干预汇率,使得美元贬值,促进美国出口,减少美国贸易逆差,改善美国经济状况,从而稳固和促进五国之间的经贸合作。不同于19世纪末,日本被迫签署不平等条约,这次日本不是被逼签约的。

(2)《广场协议》后,日本央行量化宽松,对私人投资房地产放松管制,形成巨大资产泡沫。

但是,《广场协议》签署后,日本中央政府的一系列政策措施形成了国内巨大的风险。一方面,日元急剧升值,仅仅两年升值一倍;出口明显下滑,1987年,日本出口总额33.31万亿日元,比广场协议之前到1985年下滑了20%。另一方面,为提振经济,日本央行采取了量化宽松政策,并对私人投资房地产放松管制,默认通过房地产来带动本国经济发展,导致了危机前的日本以房地产与股市为代表的资产泡沫在1991年达到顶峰,几年内涨了5倍多。顶峰时期仅东京的房地产总市值超过全美国房地产总市值。

(3)出口受损,房地产泡沫破裂,陷入"失落的二十年"。

全民炒房,所以日本实体经济的处境非常的不好。关心实体经济发展的人很少,于是做出口的企业生产能力越来越差,慢慢地订单就减少了。在出口进一步受到打压的情况下,企业效益下降,市场预期变差,从而引发资产价格泡沫破裂,3个月内就跌了65%。危机发生后,整个国家陷入债务锁链,高房价锁定了高债务。当泡沫破灭时,私人投资者仍然要偿还巨额债务,整个国家背负起巨大的内债,进一步减弱其消费、投资等需求,经济也失去动力,整个国家陷入消化巨大资产泡沫的"失落的二十年"。因此,日本失落的二十年根源不在于《广场协议》,问题出在内部,是调控政策出了问题。

(4)德国在《广场协议》之后做对了什么。

与日本不同的是,德国在《广场协议》之后,虽然也经历了一段艰难的时期,但没有出现资产泡沫破裂的问题,逐渐走出困境,继续保持全球货物贸易强国地位。

从两国的对比来看,最大的危机源自内部。能否成功应对,对中央政府调控能力是巨大的考验。

(5)与日本相比,中国有相同点也有不同点。

相似之处在于,中国也面临对外巨额贸易顺差并引发贸易战,还有国内近十年来积累了天量的资产价格泡沫,实体经济发展面临许多困境等。面对贸易战,中国也有不同之处:一方面,与日本在军事上依赖美国庇护不同,中国军事独立,不需要唯美国马首是瞻;另一方面,中国国内14亿人口将全面进入小康社会,并形成的巨大国内市场需求,这是新发展阶段中国发展所面临的最大国情,也是最大资源和机遇。进一步开放国内市场,既是本国经济发展的需要,也是应对贸易战的重要战略选择。

5. 对中美贸易战走势的预判。

一种可能是,如果特朗普政府的其他有关政策,例如停止缩表及降息、伊朗问题以及其他可能的手段能够稳住美国国内资本市场(华尔街股市)以及国内经济,那么对中国的贸易争端可能会持续升级,包括对3000亿美元出口货物加征关税,并以此为筹码要求更多的让步。

另一种可能是,特朗普政府现有的措施不足以暂时稳住美国国内资本市场,对中国产品加征关税会对美国国内产业造成较大冲击,来自国内的反对声音较多,那么特朗普政府的措施可能会有所缓和。

但是,无论何种情形,短期内达成协议的可能性比较小,特朗普政府会倾向于采取迂回的战术,将战线拉长。总体节奏的把握还是要以2020年11月份的大选为目标。此次G20期间,两国元首会谈,美方表示暂时不再对中国出口产品加征新的关税,重启经贸磋商,可见,特朗普政府采取的就是这种迂回的策略。

6. 中美两国将长期保持竞争状态,这是一场持久战。

中美贸易问题,表面上打的是贸易,底层打的是产业。贸易战的影响,比较令人担忧的是将美日欧的产业链条从中国转移出去。因为政策的不确定性必然影响企业的市场决策,比如有一部分企业为了规避贸易战的影响,已经开始着手把部分产业链搬出中国,不得不曲线出口。政策的不确定性时间越长,影响越大。统计显示,2019年以来越南的外商投资暴增80%,产业园区租金上涨,也出现用工难。所以要有效应对,非常考验政府的管控能力。

尽管如此,我们要理性地看待贸易战。中国发展到今天的规模并且要继续发展下去,遇到贸易争端是必然的,是回避不了的。以后中美之间这种竞争的局面将长期存在,因为中国现在体量在这里。我们必须要清醒地认识这一点。亡国论和速胜论都是不可取的,这必将是一场事关国家之间综合实力竞争的持久战。

二、我们的任务

习近平总书记说,"最重要的还是做好我们自己的事情"。千丈之堤,以蝼蚁之穴溃;百步之室,以突隙之烟焚。最大的问题,最大的风险来自内部,把内部的问题解决好。十九大报告指出,我国经济由高速增长阶段转向高质量发展阶段。重点包括以下几个方面的工作:

1.防范化解重大风险,尤其是金融风险。

包括化解金融风险、去杠杆、严控房地产、普惠金融、加强对中小企业金融服务等。尤其是政府对于房地产的管控力度是前所未有的,一再重申"房住不炒",就是要以时间换空间,通过时间来慢慢把多年累积的资产泡沫消化掉,不造成大规模的债务危机。

2.打赢脱贫攻坚战。

社会主义的最终目标是实现全体人民共同富裕。脱贫攻坚是社会主义制度优越性的体现。在改革开放40年的历程中,已经让一部分人先富起来,但同时也要看到贫富差距、东西部差距、城乡差距等,以先富带动后富,消除贫困,才能体现社会主义制度的优越性,增强道路自信和制度自信。因此,脱贫攻坚是2020年必须完成的硬任务。

3.打赢蓝天保卫战。

当前,我们现在已经深刻感受到过去以牺牲环境为代价的粗放的发展模式带来的负面影响,环境问题已经到了不治不行、非之不可的时刻,对于环境治理的诉求取得广泛社会共识,污染防治攻坚战已经打响。

4.深入推进供给侧结构性改革。

当前,我国经济运行主要矛盾仍然是供给侧结构性的,必须坚持以供给侧结构性改革为主线,在"巩固、增强、提升、畅通"八个字上下功夫。巩固"三去一降一补"成果,增强微观主体活力,提升产业链水平,畅通国民经济循环。

5.优化营商环境与减税降费。

在当前贸易形势下,不断优化营商环境是积极应对贸易战及全方位开放的必然要求。国务院于2018年10月13日印发的《优化口岸营商环境促进跨境贸易便利化工作方案》中明确要求,到2020年底,较2017年集装箱进出口环节合规成本降低一半;到2021年底,整体通关时间比2017年压缩一半。此外,一网通办,让数据多跑路,让群众少跑腿,成效显著。此外,2019年中央实施大范围的减税方面也是力度比较大的。

6. 区域协调发展(粤港澳大湾区、京津冀一体化、长三角一体化、长江经济带、东北振兴等),促进资源在更大范围内的优化配置,实现增值。

7. 全方位开放(开放国内市场,世界工厂变为世界市场)。

一方面促进国际产能合作,降低商品贸易关税开放国内市场,举办进口博览会。

从我们内部来看,到2020年,14亿人口即将全面进入小康社会,未来经济社会发展将带来巨大的多层次社会需求,只靠国内产能难以高质量满足需求。如果不依靠国际产能,我们的资源、环境将面临无法承受的压力,这也是全方位开放的对外开放新阶段加快国际产能合作的根本原因。

大家可能担心,开放之后对国内产业的冲击。这个不用太担心,中国国内市场规模大,多层次的市场需求结构又可以支撑国内的生产体系稳定,国际产能只是补充,而不必担心市场放开后国内的生产体系被完全取代。

另一方面投资开放、服务市场开放,世界工厂变成世界市场。

从外部环境来看,在当前中美贸易摩擦加剧的情况下,以"一带一路"为引领,降低关税、降低壁垒,促进与沿线国家的经贸关系,把中国发展的红利通过贸易的方式惠及更多贸易伙伴,这是我们应对贸易战的有效举措和必然选择。因此,站在新的历史起点上,中国开放的大门不能关上,只能越开越大,必须越开越大。全方位开放使中国国际关系渐入佳境,世界工厂变成世界市场,从卖全球,到买全球。

8. 务实推进"一带一路"国际合作。

"一带一路"是我国当前及未来国际合作重点内容。坚持共商共建共享,遵循市场原则和国际通行规则,发挥企业主体作用,推动基础设施互联互通,加强国际产能合作,拓展第三方市场合作。

9. 扎实推进中科技创新和中国制造2025,推动制造业转型升级和高质量发展。

科技是国家长期发展的唯一原动力。我们要维护中国经济的核心利益,即必须保护现有的齐全的工业体系,必须保护独立发展权。中国制造2025规划受到美方打压,也正说明了这一战略的正确性和重要性。改革开放40年,我国已经建立起门类最齐全、体系最完整的工业体系,这是我们的伟大成就。

在新的发展阶段,我们的工业体系面临着转型升级、高质量发展的问题。尤其是在现在这种情况下,更是要加强自主创新,提升基础科技研发实力。尽管受到打压,但也要义无反顾地深入推进中国制造2025。

目前,我国已经全面加快推进5G网络建设步伐,并加快布局北斗导航卫星系统,截至目前,已有46颗北斗卫星,北斗导航预计到2020年实现全球覆盖,新一代信息网络基础设施布局。此外,我国还将建设"人工智能星座",按照计划,该星座将于2021年完成卫星组网,能够在环保监测、防灾减灾、交通管理等领域发挥重要应用。

原刊于《中国港口》2019年第8期第3~10页

补短板之策

张 波

2020年2月5日,中共中央、国务院发布2020年1号文件《关于抓好"三农"领域重点工作确保如期实现全面小康的意见》,文件聚焦打赢脱贫攻坚战和补上全面小康"三农"领域突出短板两大重点任务,对"三农"工作作出了全面部署。其中,补上8块短板的第一块,就是公路基础设施。

文件强调:要对标全面建成小康社会加快补上农村基础设施和公共服务短板,加大农村公共基础设施建设力度。推动"四好农村路"示范创建提质扩面,启动省域、市域范围内示范创建。在完成具备条件的建制村通硬化路和通客车任务基础上,有序推进较大人口规模自然村(组)等通硬化路建设。支持村内道路建设和改造。加大成品油税费改革转移支付对农村公路养护的支持力度。加快农村公路条例立法进程。加强农村道路交通安全管理。落实农村公共基础设施管护责任,应由政府承担的管护费用纳入政府预算。

文件要求十分明确且具体,其中心是提升农村地区公路交通基础设施,补足农村公路服务的短板,具体提到了几项要点:"四好农村路"示范创建要提升品质、扩大范围,自然村(组)要通硬化路,抓紧村内道路建设,加大燃油税转移支付养护农村公路,加快农村公路条例立法,加强农村道路交通安全管理。文件还特别提到,要落实农村公共基础设施管护责任,应由政府承担的管护费用纳入政府预算。作为农村重要公共基础设施的农村公路,其管护费用理应被纳入政府预算。

岁末年初,各地召开两会、交通工作会,部署谋划新一年工作,其中都强调了农村公路建设这一重中之重。本刊整理部分省份2020年农村公路工作计划,对标中央1号文件,看看大家都有哪些新举措。

【措施一】"四好农村路"示范提质量、扩范围

截至 2019 年 11 月,"四好农村路"全国示范县共创建 3 批 200 个,全国示范县的标杆效应充分显现,极大地调动了地方开展农村公路建设的积极性,提升了农村公路建设质量。交通运输部也强调要深入总结全国示范县创建经验,充分发挥示范引领作用,将"四好农村路"全国示范县打造成推动"三农"工作的"金字招牌",并要在此基础上,结合交通强国建设,研究推进示范市、示范省的创建工作,在更大区域内调动地方积极性。

各省 2020 年的工作计划中,都强调要继续抓好全国示范县创建,而且内蒙古、辽宁、浙江、江苏、湖北、湖南、河南、江西、贵州、陕西等大多数省份已经并将继续创建省级示范市、示范县。2020 年,江苏将力争创 1 个全国示范市,广西年内将创建 4 个自治区示范县,福建、湖北还将创建示范乡(镇)等。不仅如此,福建还将建立示范县不合格即摘牌的动态调整机制,江西也将对已命名的省级示范县加强动态管理,实行挂牌退出机制。截至目前,全国各地"四好农村路"各级示范创建工作正在火热进行中。

【措施二】自然村(组)通硬化路

据交通运输部资料表明,截至 2019 年,全国已经有北京、天津、河北、江苏、安徽、山东、广东等 23 个省份实现了具备条件的建制村通硬化路,其中,贵州等省份已经率先实现了 30 户以上的较大人口自然村组 100% 通硬化路的目标,农民群众"乡乡村村硬化路,四通八达奔小康"的梦想正在加快实现。交通运输部要求,2020 年,要集中推进撤并建制村等人口较大规模自然村(组)、抵边自然村等自然村(组)通硬化路,推进交通建设项目更多向进村入户倾斜。这是农村公路工程进一步向更小的农村生产单元延伸,为更多的农民群众带去交通的便利。

2020 年,内蒙古将推进撤并建制村和抵边自然村通硬化路,实施路网改善工程,解决好"油返砂"问题;浙江计划实现建制村通双车道公路比例达 50%,200 人以上具备条件的自然村通等级公路;山东以"雨天不踩泥、晴天不起土"为底线目标,细化目标、分解任务、压实责任,年底将基本实现村内道路"户户

通";河南将加快实施农村公路"百县通村入组工程",年内完成1.5万个自然村通硬化路的目标,全省20户以上自然村通硬化路率达到85%以上;湖南将实现全省农村通组道路"全覆盖";广西将在村村通硬化路的基础上开展自然村(屯)通硬化路工作,排查摸底全区自然村(屯)交通基础设施基数底数,按照"一屯一路""最短连通"的原则编制自然村(屯)通硬化路建设项目库和方案;福建将推进交通建设项目更多向进村入户倾斜;海南制定了4个100%工作目标,其中之一就是要实现具备条件的自然村100%通硬化路;宁夏在解决好"畅返不畅""通返不通"问题的同时,将有序推进较大人口规模自然村通硬化路。

【措施三】养护责任与机制

当前,我国农村公路发展正逐步从规模扩张向管理养护阶段转变。截至目前,各省份"以县为主、分级负责、群众参与、保障畅通"的农村公路管理养护体制基本建立,管养责任落实日益到位。截至2018年年底,全国县、乡级农村公路管养机构设置率分别达到99.9%和92.9%。农村公路养护里程超过395万公里,列养率达到97.95%,优、良、中等路率达到82.5%。农村公路养护越来越受到重视,养护机构、资金、人员等正在逐渐得到落实,比如湖南省开创的农村公路群众性养护体系经验,在全国得到推介。

2020年,辽宁农村公路工作将"强养护",在全省全面推广县乡村四级路长制(说明:县是两级,县长与主管副县长),不断完善专群结合的养护运行机制;江苏从体制改革入手,拟解决农村公路养护的根本问题,将力争提请省政府出台深化农村公路管理养护体制改革实施方案;福建将完善农村公路专群结合的养护运行机制,加快养护市场主体培育,鼓励将干线公路与农村公路捆绑管养,还将加大县乡道路面破损修复,实施养护示范提升1万公里,基本实现有铺装的县道和4.5米及以上乡道达到养护示范标准;江西将进一步完善省、市、县、乡、村五级农村公路管理养护体制,加快推进全省农村公路管养体制改革;贵州、西藏等省份将研究制定"农村公路管理养护体制改革实施方案";湖北将修订出台农村公路养护资金管理办法;湖南推动农村公路养护管理考核及管养体制改革,继续吸纳建档立卡贫困群众参与农村公路养护工作,推动出台深化农村公路管理养护体制改革实施方案;宁夏力争农村公路技术状况指数达到72

以上,主要在基本解决"有没有"的基础上,重点解决"好不好"的问题,全力抓好《宁夏农村公路条例》贯彻落实,推动农村公路管养体制改革,制定农村公路管养指导意见和考核评价体系,形成权责明晰的农村公路管养体系。

【措施四】农村公路立法

截至2019年年底,全国已经有黑龙江、吉林、山东、湖南、河南、广东、安徽、湖北、四川、青海、云南、宁夏和甘肃13个省份出台了农村公路条例,为当地农村公路建管养提供了一定的法治保障。2019年11月,交通运输部部长李小鹏在全国"四好农村路"现场会上强调,要加快推进《农村公路条例》立法进程,明确村道的法律地位,同时解决农村公路资金严重不足、地方政府主体责任难以落实、农村公路建设程序复杂、农村公路安全运营隐患多等问题,从根本上解决农村公路的发展问题。2020年,江苏也将出台《江苏省农村公路条例》,其他省份也在调研、推动相关立法工作。

【措施五】农村道路安全

民心路,走得顺畅还要走得安全。截至2018年年底,全国农村公路安全生命防护工程建设稳步推进,四、五类危桥逐步减少,农村公路交通安全条件明显改善。许多省份农村公路安全生命防护工程建设成效显著,比如四川省实现了县乡公路3米以上临水临崖安全隐患路段全覆盖,并逐步向通客运村道延伸;同时开展了农村公路危(病)桥整治三年攻坚行动,全面实施农村公路地质灾害、重要隧道出入口、标志标线等整治,基本消除了已发现的县乡道危(病)桥。又比如湖南省实施了农村公路安防工程,实现了"村村安",提升了农村公路安全保障能力,解决了"走得安、运得好"的问题。

交通运输部要求,到2020年年底,要基本完成乡道及以上行政等级道路安全隐患治理。2020年,浙江将基本实现临水临崖4米以上高落差路段安防设施全覆盖;福建将全面完成现有排查库内的农村公路安防工程,实现危(病)桥梁总量下降;湖南将实施国省道危桥改造100座、农村公路安防工程1万公里;广西计划整治县乡村道安全隐患路段2.67万公里,改造危桥301座;青海将实施村道以上公路安防工程482公里,改造危桥15座;西藏将实施农村公路安防工程2832公里,改造危桥16座共679延米,其中村道安防工程832公里。

截至2019年年底,全国已有安徽、云南、陕西等29个省份将"四好农村路"纳入政府绩效考核,浙江、福建、云南等18个省份在省级层面制定了深化落实"路长制"的政策措施,实现路有人管、路有人养。河北、江苏、湖北、海南等10个省份打造农村公路信息化管理平台,利用信息化手段提升农村公路精细化管理水平。

未来,农村公路管理养护还将更加智能化、信息化,比如江苏正在打造"一网一平台"信息化管理服务系统,福建已经实现了省市县三级农村公路管理系统App平台的开发与应用,极大地提升了农村公路的管理效能。同时,许多省份还特别注重提升农村公路发展理念,使之与"美丽乡村"、生态示范路、旅游公路建设等密切结合。

原刊于《中国公路》2020年3月1日第5期第44~46页

"战疫"中的交通大数据应用"枢纽"
——记北京市交通运行监测调度中心

张 蕊

与往年繁忙的节奏不同,2020年春运期间,北京各个交通枢纽空旷而有序。与此同时,在北京西三环,另一个交通"枢纽"却在紧张有序运行着,这里没有车,也没有乘客,却是春运和新型冠状病毒肺炎疫情防控期间不可或缺的一个"枢纽",海量数据从各种渠道汇集于此,再转换分析进而形成各种决策的支撑,这里是北京交通大数据应用的"枢纽"——北京市交通运行监测调度中心(以下简称TOCC)。

当好交通数据应用的"智多星"

TOCC是全国第一个建成并投入使用的省级综合交通运行监测调度中心,掌握着北京交通方方面面的数据。因为疫情,交通数据监测工作进入非常态阶段,这对TOCC的工作提出了极大的挑战。北京节后复工返京期间疫情防控压力大,交通工作是重中之重,每一项决策都关乎市民出行安全,因此必须要有扎实的数据作为支撑,TOCC也必须要做出极快响应。据TOCC粗略统计,仅春节期间,就接到了100余项战时性任务。

所谓战时性任务,即TOCC常规监测、分析数据之外的工作,通常是直接为某项重要决策提供依据的"个性化数据"。前不久,TOCC在接到任务之后的一个小时内,按要求上报近三年的相关数据。"一个小时非常不容易,数据并不是从系统中调出就可以直接使用,由于数据多源融合,十分复杂,需要经验丰富的专业技术人员统一维度之后才能应用。而每个战时性任务所需要的数据维度也不尽相同,我们在调出数据之后,还需要根据不同的需求,进行个性化的周期对比和维度分析,才能形成准确、科学的报告。"TOCC 相关工作人员表示。

面对新形势,TOCC 建立了新的数据指标和分析体系,进一步细化了指标,使数据更加精准,颗粒度要求更高。"比如公路方面,往年我们统计的是车流量(车的数量),现在具体到客流量(人的数量),更具有决策参考意义,那么我们就需要按照每车平均载客量用相应的系数相乘,合理估算具体客流。"

为更加精准地服务北京交通,TOCC 提供的交通运行监测信息也做出了相应的调整,新增不同周期的对比分析。"根据不同的数据需求,我们提供对比去年同期、上个月、上周甚至前一日的分析报告,精准服务每一次决策。"TOCC 工作人员介绍说。

当好交通运行监测的"千里眼""顺风耳"

"今年太特殊了,'撤站'(取消高速公路省界收费站)、春运、疫情防控,每一项单拿出来都是一块'硬骨头',今年是三个一起来了。"TOCC 工作人员介绍说,取消高速公路省界收费站之后,新的不停车快捷收费系统启用初期,受到社会各界极大关注。数据通常能够反映整体宏观情况,比如一条高速公路的整体流量或者断面流量,但对于某个路段的实时拥堵状况,却不如画面直观。

因此,TOCC 在取消高速公路省界收费站工作开展初期便靠前监测,在数据监测的基础上,启动视频监测模式,在 TOCC 大厅通过对上千路视频图像进行监控,发现拥堵情况及时通知相关部门采取应对措施。同时,TOCC 还将这一经验应用到日常的数据监测工作中,提高视频监测的密度和深度,进一步加强视频监测数据的整理分析,充分发挥了 TOCC "千里眼""顺风耳"的作用,为领导决策和行业企业及时应对提供重要支撑。

"从'撤站'开始,到春运,再到现在疫情防控,中心干部职工 24 小时不间断在岗监测,随时准备接受任务。"TOCC 工作人员介绍,"特别是从 1 月 23 日开始,面对新情况、新任务、新要求,中心以问题为导向,迅速组织业务骨干和大厅人员,及时调整监测方向、范围和重点,积极配合相关处室开展数据分析和报送工作,并将要求内容快速传导至每一名员工和监测人员,为全市交通工作提供了重要的数据支撑。"1 月 23 日至今,累计安排数据分析和监测 280 余人次,日均 20 余人次。报送春运和疫情期间交通运行情况各类日报、快报、专报、专刊和短信息等 530 余期次。下一步，TOCC 还将更加密切关注全市交通运行态势，持续不断地做好交通运行情况监测，并进行专业分析预测，通过媒体告知公众，以供市民出行参考。

当好交通决策支撑的"参谋官"

疫情就是命令，防控就是责任。节后大量返京客流、突发的降雪天气对北京交通运行监测保障任务提出了更高的要求。为保证数据及时、准确，TOCC 要求领导干部 24 小时在岗指挥、值班人员 24 小时监测值守、干部群众 24 小时随时待命。

数据监测、分析和应用工作需要严谨细致的工作态度，一套庞大的监测调度系统，更是环环相扣，牵一发而动全身。尤其是在非常态的数据监测模式下，更需要一套科学的监测调度机制和系统的支撑，一旦一个环节跟不上，将极大影响数据的准确性和及时性。这就要求所有 TOCC 的党员干部以身作则、勇于担当、快速部署、集中指挥，不断优化工作机制，迎难而上。TOCC 工作人员介绍说："在战时模式下，中心党员干部和业务骨干从春运到现在始终坚守岗位，有的一天未休，非常不容易。但交通人面对春运、疫情防控责无旁贷，TOCC 固然辛苦，整个交通系统各个行业同样辛苦。做好数据监测分析，更好服务领导科学施策，服务北京交通，是 TOCC 的责任与担当。"

作为北京交通大数据应用的"枢纽"，TOCC 将继续做好数据监测、分析、预测工作，为交通大数据应用站好岗、服好务、把好关。"在这一特殊时期积累的经验，我们也将及时总结，应用到下一阶段工作中，从而推动 TOCC 工作向更高、更精、更细发展，为领导精准把握、科学施策提供及时有效的信息保障和决策支撑。"TOCC 工作人员表示。

原刊于《都市交通》2020 年 2 月 19 日第 7 期 5 版

福建交通构建"153"大审计格局

薛荣泰　李憨

"以往专项资金审计,要花大量时间在确定重点内容、明确资金依据、编制工作方案等前期工作上。现在有了平台,可以直接调取历年来同类项目审计报告信息,迅速编制出更有针对性的审计方案。"省运输事业发展中心监审处负责人黄蕾有感而发。

黄蕾口中的平台,指的是福建省交通运输系统审计工作平台。近年来,我省交通运输审计部门以服务保障交通运输高质量发展为主线,积极构建全省交通运输系统"153"（1个平台、5个转变、3个力）大审计格局。2019年,全省累计完成各类审计项目56个,总金额达197.97亿元,促进增收节支666万元,促进完善规章制度45条,审计建议被采纳180条,高质量服务交通运输发展。

打造一平台　服务政策民生

"1个平台",即打造一个集资源整合、力量统筹、数据汇集、系统管理、交流顺畅等于一体的全省交通运输系统审计工作平台。

近年来,省交通运输厅党组高度重视系统内部审计工作。为解决繁重的审计任务与有限的审计资源之间的矛盾,厅党组鼓励省内交通运输审计部门创新审计方式,整合审计资源,将各设区市和厅直单位的审计报告和整改情况全部纳入平台管理,实现审计监督全覆盖,营造齐抓共管的审计新局面。

通过全省交通运输系统审计工作平台,我省交通审计部门可分类汇总审计报告并进行深度分析,加大对权力集中、资金密集、资源富集、资产聚集的重点部门、重点岗位、重点环节的审计力度,精准找出症结所在。同时,审计工作成果能进一步服务相关主管部门完善行业治理,服务政策落实、项目落地、改善民生。

"我省简化农村小型建设项目管理的若干意见,就是在农村小型建设项目审计的基础上出台的。审计过程中发现的招标程序冗长、资金效率低、无法调动群众参与等情况,都被纳入考量。这样既提升了管理水平,又优化了服务效果,受到了广泛的好评。"省公路事业发展中心副主任朱海滨告诉记者。

建立人才库　拓展审计内容

交通步履不停,在建立覆盖全省交通运输系统的审计平台后,我省积极布局"153"大审计格局中的"5个转变"。

目前,正着力推进审计目标由注重发挥审计防护向发挥建设作用转变,审计内容由单纯的审计监督向全面审计调查转变,审计力量由省级"独唱"向全系统"大合唱"转变,审计分析由微观的具体问题分析向宏观的体制机制弊端挖掘转变,审计效能由发挥局部作用向发挥整体效能提升转变。

2020年,我省在完成交通行业内部审计职责的同时,将就交通推进脱贫攻坚、交通强国先行区建设、"四好农村路"建设、优化交通运输营商环境等政策措施的落实情况开展审计调查。在推进脱贫攻坚方面,将对全省三产路、陆岛交通码头、"双百"工程等112个项目,"四好农村路"国家、省级18个示范县和申报的13个县进行审计调查,将审计内容从传统的资金审计拓展到政策跟踪审计,全力打好交通脱贫攻坚收官战。

特别是在数据分析方面,将运用大数据理念对每年所有审计中发现的问题进行汇总分析,从体制机制上深层次剖析审计调查所揭示的问题,实现微观层面向宏观层面拓展,进而提出强化宏观管理、完善政策制度的建议,并对可能出现的风险隐患进行预警,从而全面提升审计质量,更好发挥审计参谋作用。

随着大审计格局的深入推进,审计整体效能也将得到有效提升。我省将建立审计专报件制度,将审计结果和整改情况以审计专报件形式报送厅领导,并抄送给相关职能处室和厅直单位,加强同职能处室和厅直单位之间的沟通协作;建立回访检查和重点约谈制度,"挂账式"督促机制,落实一件销账一件,对未整改落实到位的问题继续"挂账"专报,加大对整改不落实或落实不力的处理处罚力度,形成长效机制。

依托全省交通运输系统审计工作平台,还建立了全省交通运输系统审计人才库,对审计人力资源进行统筹整合,吸纳工程、设计、造价等方面专业人才,推进跨层级、跨专业、跨区域的审计资源优化配置,使审计力量更加全面、充实。目前,全省审计队伍已涵盖厅机关、厅直单位和设区市交通运输局16个单位、39名审计人员。

问渠哪得清如许,为有源头活水来。我省交通运输审计部门在服务中监督、在监督中服务,让规范成为标准、让标准成为规范,切实优化审计"服务力",增强发展"凝聚力",提高交通"免疫力",构建"153"中的"3个力",高质量服务交通强国先行区建设。

原刊于《福建交通》2020年7月第18~19页

2018年投资突破千亿元　超额完成年度计划

湖北交通"四大攻坚战"高质量推进

石　斌　潘庆芳　赵　超

绿色的防护栏蜿蜒向前,整齐的标志标线清晰可见,崭新的收费站投入使用……武汉至深圳高速公路嘉鱼北段于2018年12月28日正式通车运营,这是湖北交通高质量推进"四大攻坚战"的一个缩影。

湖北交通大力推进"四大攻坚战",创新投融资方式,补齐交通发展短板。2018年,湖北省完成固定资产投资1068.6亿元,同比增长9.2%,占年度目标的125.7%,位居全国第七、中部第一。

"湖北省交通运输厅将再接再厉,持续推进交通'四大攻坚战',严格遵循坚持党的领导、民主集中制、实事求是、廉洁奉公、担当作为五大原则,不断创新工作方式方法,强化破解工作中的重点问题、瓶颈问题和急难问题,促进'十三五'规划目标实现。"厅党组书记、厅长朱汉桥说。

7个督导专班深入项目一线为了打赢这场"硬仗",省交通运输厅成立了"四大攻坚战"总指挥部,组建了7个督导专班,由厅领导带队,深入市县、项目、一线,督察指导、排忧解难。工程进展实行月通报、季调度,督办内容制成表格,逐条对照检查。

在高速公路建设方面,省交通运输厅成立了高速公路建设协调专班,多次督办进度,帮助解决工程建设"瓶颈"制约,实施精准协调服务,宣鹤高速公路、保神高速公路、洪监高速公路等项目稳步推进。麻竹高速公路大悟段建成通车,武汉城市圈环线高速公路孝感南段基本建成……湖北向着2020年全省"县县通高速"的目标,大踏步前进。

"建养一体化"招投标吸引投资356亿元

2018年4月,荆州在湖北省率先出台交通基础设施"建养一体化"招标文件,开始尝试由"政府办交通"向"社会办交通"转变。随后,黄冈、荆门、宜昌、咸宁等地利用分区域分类别集中"打捆"招标方式,广泛吸引大型央企、省企参与湖北交通建设。

目前,湖北已有8个市州组织开展了19个批次的"建养一体化"招投标工作,吸引了22家大中型企业共投资356亿元,参与3379公里的交通重点项目建设。

美丽公路经济带建设也开始启动,全面统筹推进道路系统、景观系统、服务系统、保障系统同步建设,努力让"免费公路"支撑产业发展、"交通驿站"守住心灵港湾、"快进漫游"连通美好生活。

2018年,湖北已建成一级公路513公里、二级公路1207公里,干线路网由典型示范、以点带面向整体推进、全面提升蜕变。

"四好农村路"示范由市县向乡镇延伸

黄州区、竹山县、神农架林区、潜江市、大冶市5个县(市、区)被评为"四好农村路"全国示范县。经过两个批次的评选,湖北"四好农村路"省级示范县已达18个。

在推进"四好农村路"建设攻坚战中,大力实施农村公路提档升级、公路安全生命防护、管养提升、美丽农村路创建和运输服务提升"五大工程",将示范创建由市县向乡镇延伸,开展美丽农村公路建设。

2018年,湖北完成新改建农村公路2.4万公里以上,建成美丽农村路10014公里,完成安全生命防护"455"工程2.7万公里。武汉等平原地区基本形成"乡镇公路联网成片,村与村公路全面循环,组与组之间路路相通"的农村交通运输网。

5个铁水联运项目纳入国家示范工程

2018年11月,在全国多式联运现场会上,湖北3个项目入选全国第三批多式联运示范工程。至此,湖北累计已有5个项目入选示范工程。

水运发展攻坚战中,湖北多式联运体系建设稳步推进。武汉新港、黄石新港、荆州港、宜昌港等主要港口实现铁路进港;武汉新港阳逻港区一二三期完成隔离网拆除工作,港口统一经营模式加速推进;黄石新港铁水联运已开通成都、重庆、河南铁水联运示范线路。

"长江大保护"同步推进,突出抓好非法码头整治、船舶污染防治、港口岸线治理和长江综合立体绿色交通走廊建设。目前,长江沿线共取缔各类码头1103个、泊位数1262个,复绿总面积超过566万平方米。

"湖北交通的底盘不小,短板不少,任务很重。2019年,我们将把短板和弱项作为问题导向,努力提升广大群众的获得感、安全感和幸福感。"朱汉桥说。

原刊于《湖北交通新闻》2019年1月21日1版

通 讯 类

新冠肺炎疫情下的中国船员

崔乃霞

2020年6月25日,是第10个"世界海员日"。

海运是全球贸易的命脉,承担着约90%的世界贸易运输量。为了彰显海员群体对世界经济的贡献,2010年在菲律宾马尼拉召开的STCW公约缔约国外交大会上,将每年的6月25日定为"世界海员日"(Day of the Seafarer)。自2011年起,IMO每年都会为"世界海员日"确定一个活动主题,并围绕这一主题开展相应的庆祝活动。

而2020年的"世界海员日",由于新冠肺炎疫情在全球肆虐,船员群体也遭遇了近十年来最严重的职业困境。

疫情之下 船员遭遇多重困境

"随着1月23日武汉封城,大家对新冠肺炎疫情越来越重视,对于我们这个特殊的行业来说,当时还没有觉得有什么影响,但是随着时间推移,身边的同行不能下船休假,原本计划3月底4月初上船工作的我,因为身处湖北武汉,所有计划都泡汤了。"船员熊志伟告诉记者。疫情暴发初期,熊志伟同全国人民乃至世界人民一样,并不知道这个陌生的病毒对自己今后的生活究竟意味着什么。

疫情之下,应对新型冠状病毒至关重要的医疗用品、食品和其他基本商品很多需要通过海运,因此商船和船员对各国的物资保障尤为重要。在疫情的关键时刻,广大船员在船上坚守岗位,他们远离家乡和亲人,不顾病毒威胁,为世界各地的抗疫提供支援,为航运体系的正常运转而努力坚守,为维持全球经济运行提供坚强保障。如果说医生是奋战在抗疫一线的"白衣战士",船员则是坚守在抗疫前线的"橙衣战士"。

然而,随着疫情在全球的蔓延,新型冠状病毒在一夜之间改写了全世界很多人的命运,也给中国船员群体带来了多重困境。

船员换班问题面临挑战。随着疫情加剧,大多数国家采取的旅行和个人行动限制措施致使许多船员被困在船上无法上岸或换班,还有一些船员被困在了酒店里,他们没有工资,也无法乘飞机回家,船员换班之路变得无比曲折。我国虽然疫情高峰已过,形势趋缓,但防范境外疫情输入的风险却在持续增加,我国船员换班同样面临严峻挑战。

换班成本或使部分中小船东望而却步。根据中国船东协会之前对54家主要航运企业(沿海、国际)的调研显示,3~5月,这些公司共有超过2万名船员的换班需求,随之产生的检疫费用会给船公司带来不小的财务负担。在国际贸易低迷的情况下,对于民营中小船东来说,"以人为本"还是"效益为先"成为他们的两难选择。

船员心理健康问题急需关注。船员远离家乡和亲人坚守岗位,为经济发展贡献力量,是疫情中的"逆行者"。有的船员已经在船近1年,大大超过合同期限,身体超负荷运转,对家人和故乡的思念越来越强烈,上岸休整的意愿非常强烈,进而可能影响船舶的安全运行。

船员物资保障难度加大。在世界和国内的某些港口,一度出现供应商被禁止登船向船员提供口罩、工作服和其他个人防护设备的现象。一些港口还因为船舶曾停靠过新冠肺炎疫情严重的国家和地区而拒绝船舶进入,这使得船舶无法获得必要的物资补给。

2020年3月以来,船员超期服务问题已经上升为一个全球性难题。随着境外疫情加剧蔓延,全球90多个国家采取了严格的边境管控措施,禁止船员离船登陆,这给全球船员的换班带来了前所未有的巨大阻碍。超期服务不仅严重损害了船员的身心健康,还对海洋环境、港口安全和海上人身安全带来极大的潜在威胁。

面对这一难题,3月下旬,代表世界各国船东协会和全球80%以上商船船队的国际航运公会(ICS)和代表全球约200万名海员的国际运输工人联合会(ITF)向联合国各机构发出了联合公开信,指出全球船舶每月都有约10万名船员的换班需求,希望各国出台便利船员换班和流动的措施,给予世界范围内流动换班的船员以适当的旅行限制禁令豁免,以保持世界海上运输供应链的正常运转,保障海上贸易的发展。

国际劳工组织总干事盖·莱德先生呼吁:"各国政府在新冠肺炎疫情期间应确保海员可以得到充分保护,获得医疗服务,可以往返船舶,在必要时继续发挥他们的关键作用。"

4月20日,IMO秘书长林基泽向全球海员发出了一封信,在信中他认为海员"身处全球抗击疫情的前线",并表示已致函IMO所有成员国,敦促他们认可海员为"关键工人",取消国家旅行限制,消除他们在海员证件和换班方面的任何障碍。林基泽指出:"困难时期,航运和船员承担运送包括医疗用品和食物等重要货物的功能,是应对并最终战胜疫情的关键。"

迎疫而上　全力保障船员权益

作为我国165万船员的主管机关,海事系统迎疫而上、冲锋在前,面对前所未有的突发挑战,凭借专业的智慧和无畏的精神,统筹做好疫情防控和维护正常航运生产秩序,从"严防控、推便利、解难题、稳就业"四个方面全力保障船员权益。

凡事预则立,不预则废。在应急准备阶段,交通运输部海事局就提前研判疫情对行业带来的潜在冲击,确定了"船员缺乏疫情防控指南、船员培训无法开展、船员考试无法按计划实施、船员证书过期、培训机构和海员外派机构资质证书过期、船员现场办理业务病毒感染概率增加、船员劳动合同到期、船员换班困难"共"八大风险点",并提前谋划对策、沉着应对;发布了《关于疫情防控期间船舶管理有关事宜的公告》,明确国内航行船舶的船员相关证书在疫情防控期间无法换发的可延期办理,暂停开展船员考试,建议船员培训机构暂停集中培训,发布了《关于便利船员远程学习和船上培训的公告》。

在应急响应阶段,指导船员增强应对疫情能力。编制印发了《船舶船员新冠肺炎疫情防控操作指南(V1.0)》及其修订版本(V2.0),指导公司、船舶和船员充分了解新冠肺炎及防控知识,加强船员相关培训和演练,有效开展船舶防控工作,做好船员个人防护和心理疏导;畅通船员问题反映渠道,加强宣传引导,确保信息公开透明;实施远程办理船员任解职手续,避免交叉感染。

在复工复产阶段,力推便利化援企稳岗保障船员从业。确保船员持证有效,在船员培训、考试无法正常开展的情况下,充分利用科技信息化手段,保证发证工作不间断,及时解决在船和计划上船船员证书到期换证问题;发布了《关于中国籍国际航行船舶、船员相关证书展期的公告》《关于国内航行海船和内河船舶船员相关证书展期的公告》,对船员因受疫情影响无法培训、考试和体检导致证书过期的,自动展期 6 个月,全面解决所有船员从业持证需求。提升服务船员能力,创新开展船员远程培训和线上培训,推动解决船员换班问题。

在外防输入阶段,精准做好船员疫情防控和维护正常航运生产秩序。全力推动境内港口船员换班工作安全、有序开展,会同国家有关部门印发了《关于疫情防控期间针对伤病船员紧急救助处置的指导意见》,指导疫情防控期间对伤病船员的紧急救助。

在常态化防控阶段,积极促进复工复产达产。发布《中华人民共和国海事局关于新冠肺炎疫情常态化防控形势下船员管理有关事宜的公告》《船员业务办理远程开户操作指南》,取消船员业务办理开户现场个人信息采集,明确船员水上服务资历的认定、船员考试组织、船员证书办理、海员外派机构资质管理,回应船员、航运公司、船员培训机构、海员外派机构的关切,进一步便利服务行政相对人,帮助船员稳定就业。

"海事系统经过五个阶段的坚持不懈、持续发力、步步为营、稳扎稳打,确保了船员队伍整体阶段性稳定,最大限度降低了疫情对船员队伍的影响,比较充分地保障了船员合法权益,并形成了船舶船员领域疫情防控的'中国经验',经由 IMO 向全球航运界推荐分享,助力全世界船员提高自我保护意识,对全球航运业做好船舶疫情防控具有现实的指导意义。"部海事局船员处处长孙大斌介绍。

面对广大船员最为关切、呼声最高的"换班难"问题,"一定要让超期服务船员早日回家!"带着这份义不容辞的责任感,海事人将船员们的急迫心情转化为较真碰硬、攻坚克难的动力和战斗力。

部海事局内外协同发力,推动交通运输部会同人力资源和社会保障部于 2020 年 3 月 13 日联合发布了《关于妥善做好疫情期间中国籍国际航行船舶在船船员换班安排的公告》,指导解决受疫情防控措施影响,中国籍国际航行船舶船员合同到期和超期服务问题;与国际劳工组织(ILO)标准司召开视频会议,通报我国船员面临的问题以及中国采取的措施;组织召开2次全国海上劳动关系三方协调机制办公室主任视频会议,与中国海员建设工会、中国船东协会相互通报工作,共同推动解决船员权益保障相关问题。

4月1日,部海事局会同国家有关部门印发了《进一步强化国际航行船舶中国籍船员境内港口换班管理工作的通知》,4月22日又会同外交部、国家卫生健康委、海关总署、国家移民管理局、中国民用航空局联合印发了《关于精准做好国际航行船舶船员疫情防控的通知》,指导各级海事管理机构积极推动、协调地方政府开展船员换班工作,并印发了《新冠肺炎疫情防控期间禁止国际航行货船搭载非本船船员以外人员的通知》,严防境外疫情经水运口岸输入。

在部海事局的指导下,各直属海事局努力做到第一时间响应船员换班诉求,稳定船员和家属情绪,一次次地主动协调地方政府和有关部门,推动将船员换班难题一件件解决。

多方的不懈努力,终于为中国船员铺设了一条畅通的"回家路"。自2020年4月1日至2020年6月2日,全国累计完成国际航行船舶中国籍船员换班逾4.5万人次。在严格落实疫情防控措施前提下,船员换班工作安全、平稳、有序、可控。

继续远航 迎疫向前乘风破浪

6月以来,船员换班问题在全球范围内愈演愈烈,而我国船员换班终于从最初的"不可能"转为"个别不可能",换班难的严峻形势得以缓解。

"目前我司在船船员5000余人,截至6月底,超期服务船员仍有1700余人,占比35%。我司部分有机会停靠国内港口并且靠泊时间长的船只,船员超期服务问题得到一定程度的缓解。"北京鑫裕盛船舶管理有限公司董事长王吉宣介绍,"然而,对于靠泊时间短的船舶(例如集装箱船、液货船等)以及近期没有回国计划的船舶,船员超期服务问题随着时间的推移将越来越严重,希望我国港口联防联控部门能够针对靠泊时间短的船舶的换班问题出台具有可操作性的流程。再者,目前中国籍船员在境外换班,由于航班的限制和中转航班难于操作,回国的可能性非常小,操作上仍存在极大的困难,如果没有各国政府的协调行动和有效措施,解决国际海员超期服务问题将困难重重。此外,目前国内部分港口对于居住在湖北省,尤其是武汉市的船员依然存在不同程度的高于其他地区海员的防控措施。湖北省为我国国际海员大省,希望能够尽快解除针对湖北籍国际海员的特别防控措施。"

疫情正在改变每个人的生活方式,船员也不例外。"作为船长,我在任期间经历了两次改线,美国港口国检查零缺陷,公司内审、主管和船队经理检查都比较满意,其他的期间检验和年审都已在我任期圆满完成,船舶状况良好,新航线稳定。疫情开始时,得知不能按时换班,我当时心里还很高兴,想着如果能再多跑一个航次也不错。之后,既下不了地、又回不了家,有到期或即将到期的船员开始出现浮躁心理,为此船上专门增设了KTV、健身等活动设施,从一定程度上缓解了疫情对船员的影响。后来六部委下发了新文件,在海事部门、船员管理公司、港口以及代理们的不懈努力下,最终实现了成功换班。换班回家之后,感到家人无比的亲切,外边的花草树木、鸟兽虫鱼、青山绿水、碧海蓝天更加珍贵了。换班虽然程序烦琐不过可以理解,我们国家的抗疫战果来之不易,我们应该好好珍惜。"外派船长梁志华这样描述自己几个月以来的心路历程。

过程虽波折但经过多方的努力,有一大批超期服务的船员在经过了数月的煎熬后,终于如愿以偿地换班下船了。而又有一大批经历了漫长等待和经济压力的超期休假船员走上舷梯,奔赴新的航程。

当被问及"如果疫情长期存在,还会考虑上船吗?"绝大多数船员都给出了肯定回答,船员李志丹说:"会在采取合理防疫措施后继续上船,因为这是我的工作",这也代表了大多数船员的心声。

为了解除迎疫向前船员的后顾之忧,海事部门将进一步推出便利服务船员的措施,服务船员队伍稳定;继续协调推动地方人民政府抓紧解决隔离点、核酸检测能力不足等问题,在严格外防输入前提下,做到船员换班"应上尽上、应换尽换",切实维护船员合法权益;充分利用信息化手段,继续大力推行"一网通办""无纸化办理"等放管服措施,建立适应疫情防控常态化形势下的船员管理和服务模式;研究换班船员因疫情防控产生的隔离费用、核酸检测费承担问题,提出指导性意见,尽可能避免费用全部或主要由船员承担。关注湖北籍船员从业面临的困难,及早研究对策;关注疫情期间船员心理健康问题,加强对船员的心理援助,帮助其增强自我调节能力。2020年6月15日,部海事局又发布了《船舶船员新冠肺炎疫情防控操作指南》(V3.0),全方位地指导船舶船员进行疫情防控,颇有一副"儿行千里母担忧"的意味。

各航运公司也在排除万难、多措并举维护船员权益,比如与主管机关、政府部门、驻外领事馆、客户等都保持良好的沟通,尽最大努力保障船员合法权益;建立长效的海员旅行、在船任职的防范新冠疫情措施;加大在线培训的力度,保障船员得到充分的培训;加强对船员的人文关怀,为家庭遇到困难的船员提供帮助,以及更加关注船员的心理健康等。

"不能按时出去工作,家里的生活压力很大,今年减少了很多不必要的开支,全家精打细算过日子,唯一值得欣慰的是可以多陪陪家人。随着国内疫情的好转,公司传来好消息,我终于可以上船工作了。个人觉得,在上船之前,做好防疫工作是关键,还有就是思想上的准备,因为上船后可能面临长时间不能下地、合同延期以及各个港口对疫情防控措施的落实情况不同。对于上船,既期待已久又有点担心,特别是家人会担心。现在国外疫情严重,有些国外港口的疫情防控措施也不严格,唯有现在通过互联网多学习一些防抗病毒的知识,以便上船工作时能用得上,再就是等待上船期间尽量减少外出,少喝酒、少熬夜,锻炼好身体。"面对接下来的航程,熊志伟虽然略带担忧,但又踌躇满志。

这就是疫情下的中国船员。他们既然选择了远航,无论前路是否艰险,都会继续乘风破浪。他们远航的初衷未必是为了世界,但正是他们的远航,成就了整个世界。

原刊于《中国海事》2020年7月15日第7期第8~11页

何健杰：我从雪山走来

陈克锋　周　蓉　何莉莉　张　鑫

"你用健美的臂膀，挽起高山大海……"一曲《长江之歌》，豪迈雄壮、气势磅礴。如果把每位建设者比喻为一滴水，那么汇集起来就是江河。因此，我想借用里边的歌词，为交通建设监理人真诚喝彩。

——何健杰

"一家有担当的企业，一定是由一批有情怀的监理人组成的。我们很享受被信任、被尊重的感觉。"四川省公路院工程监理有限公司常务副总经理、四川省公路规划勘察设计研究院有限公司勘察设计五分院院长何健杰说。

近年来，何健杰带领团队秉承安全发展、转型发展、创新发展的理念，开启"监理+""设计+"服务模式，专业技术和服务水平大幅提升，树立了良好口碑。仅 2018 年，他们就签订监理合同额 1.54 亿元，五分院设计合同额逾亿元，业务范围进一步拓展，为企业转型发展注入了充沛活力。

草食类恐龙比杂食类恐龙寿命短

"科学研究认为，草食类恐龙比杂食类恐龙寿命短，灭绝得也早。"2019 年初，何健杰从雪山脚下监理项目归来，风尘仆仆，和记者说起了这样一个话题，目光里闪烁着光芒。

何健杰比较关注"地产标杆"万科企业股份有限公司的文化创新。他说："万科主张快速稳健地发展业务，创造规模效应。另一方面，他们有强烈的品牌意识，成就了在房地产行业较为知名、备受信赖的'江湖地位'。"

这些都给予何健杰重要启示——从事交通建设监理咨询，必须比竞争对手做得更多、更好，解决问题的速度更快，质量更高，满足业主更广泛和更深入的需求。

低端容易被复制，走持续创新发展之路，才能立于不败之地。向全过程工程咨询方向努力，寻求高端发展，是何健杰的主张。后边要谈及的"监理+""设计+"服务模式等，在很大程度上证明了他的前瞻性和预判性，也决定了一个团队的未来。

正如《说勤奋》文中所写："古今中外，每一个成功者手中的鲜花，都是他们用汗水和心血浇灌出来的。"何健杰概莫能外。他和团队呈现的春天般的光芒，来自严冬酷暑的磨砺和锤炼——

1995年7月，何健杰从同济大学毕业，被分配到四川省交通厅公路规划勘察设计研究院公路四队，从事外业放线计算、路基设计，后被调入路面室、道桥所，从事路面设计、研究及试验检测工作。他主持了"水泥混凝土路面修补技术研究"等课题，体现了一位热血青年的情怀，又充分展示了科技工作者的风采。

2012年7月，何健杰受四川省交通运输厅委派到新疆维吾尔自治区交通运输厅规划设计管理中心工作。

2013年8月，何健杰被任命为四川省公路工程监理事务所副所长、勘察设计五分院（新疆分院）副院长，全面参与了团队组建。

2017年5月，何健杰被任命为四川省公路工程监理事务所、勘察设计五分院（新疆分院）负责人，全面主持监理事务所、勘察设计五分院（新疆分院）工作……

四川省公路规划勘察设计研究院有限公司是集设计、科研于一体的大型甲级设计研究院，技术力量雄厚，咨询团队专家云集。何健杰在这块沃土扎根，做过设计、试验检测、监理咨询，搞过经营，懂得管理，视野开阔，富有情怀，快速成长为一位复合型人才。

这为他带领团队创新发展埋下了伏笔。

惊心动魄的2018

2018年，中央电视台综合频道先后播放了四川省公路工程监理事务所承监的几个大项目——雅康高速公路、桃巴高速公路米仓山隧道、冯家坪金沙江大桥、对坪金沙江大桥、南溪仙源长江大桥等的建设情况。在业界，这家位于我国西南地区的监理咨询企业声名鹊起，格外引人注目。

回首2018，何健杰却用了"惊心动魄"这个关键词。一位企业掌舵人的苦和累，也许只有他自己最清楚。

2018年，他们仅省内就有35个重点承监项目，质量安全、品质工程创建成为年度工作重中之重。

他们为自贡牛佛沱江大桥提供施工咨询，针对挂篮施工、水下基础施工等环节深入研讨，分阶段出具了22个报告。"尤其在测量方面，我们可以不谦虚地说属于一流水平，可以完成工程测量一等水准。业主代表因此评价我们'所做的这些是传统监理企业无法提供的'。"

他们为甘肃渭源至武都高速公路木寨岭隧道提供技术咨询，是重要成功案例之一。因地质条件极为复杂，这座高海拔山岭被称为隧道工程"禁区"。2017年，兰渝铁路木寨岭隧道历时9年才完工。渭源至武都高速公路再次穿越木寨岭，面临的软岩大变形复杂地质难度堪称世界之最。更具挑战性的是，这里岩石遇水软化，地应力高导致软岩大变形，如同波浪般起伏，严重制约了施工速度。

四川省公路工程监理事务所派出专家与中国科学院院士孙钧、何满潮一同吃住在现场，仔细观测记录验算。终于，在没有类似公路隧道成功施工经验借鉴的情况下，他们不断进行工艺、设备的微创新、微改造，积极配合科研，实现科研成果的有效转化，逐步探索出一条适合木寨岭隧道软岩大变形地段的施工技术之路。

巴陕高速公路控制性工程米仓山隧道全长13.8公里，是目前国内第二长、世界第三长的公路隧道，也是国内独头掘进最长、中部通风竖井最深、通风联络道规模最大的公路隧道。这里有超过10公里范围的花岗闪长岩，岩石坚硬，高地应力特征明显，岩爆、断层、开裂甚至坍塌的风险远远高于普通隧道，需要24小时严密监控。掘进中，他们还遇到了瓦斯、硫化氢等有毒有害气体，施工人员需要戴防毒面罩才能作业。四川省公路工程监理事务所力排众议，在加强现场防护措施的前提下，顶着通车压力，说服业主延长工期，进行具体技术指导，确保了工程的质量安全。

国道321线仙人洞路段位于四川叙永县境内,当年夏日暴雨后,上游洪水如脱缰的野马,横冲直撞,把200多米的路基冲走了;另外原涵洞口径较小,地下河抬起了路面,同时附近一处边坡上一块大如中型卡车的巨石从山顶滚落,砸进附近村民的院子里。当地政府派人指挥过往车辆绕行,提醒群众注意安全。接到险情后,何健杰立即通知附近项目总监办奔赴现场,配合政府部门实施救灾。后续经过地质调查,很快完成了处治施工图设计,理顺了地下水序,指导施工单位回填路基,为恢复通行、抢救受伤群众夺回了宝贵的时间。

媒体评价:"四川省公路工程监理事务所在应对突发灾害方面,有着多年技术积淀和抢险救灾的经验,也由于监理项目在省内点多面广能派人快速赶至现场,与其他各方一起确定抢险方案,体现了国企强烈的社会担当意识。"

做更多、更好的事

风云际会,雾里看花。在全国交通监理咨询行业转型改革的进程中,各省份龙头企业掌舵人往往承受着较大压力,要经受重要考验。

近年来,四川省公路工程监理事务所的创新作为可圈可点。然而,成绩的背后,隐藏着四川监理人多少心血与汗水!

"业主遇到难题,首先想到的应该是我们。"何健杰对自己和团队如是要求。

那么,怎样才能做更多、更好的事?

何健杰倡导"两个路径"——一是"监理+",二是"设计+"。

"'监理+'是以四川省公路规划勘察设计研究院有限公司为背景,为客户提供附加服务。客户遇到疑难问题,我们的专家组会及时提供咨询服务。"何健杰说。多年前,他们就对宁夏六盘山隧道自然通风问题提供"监理+"服务。即使老专家也不顾高原反应,长时间实地考察、试验,写出了扎实厚重的报告,给予工程建设提供技术操作指南。

何健杰对总监提出要求——服务好业主,不局限于个人所在的项目。宜宾市及南溪区交通运输局等多次邀请南溪仙源长江大桥建设总监办参与地方其他项目的技术决策。他说:"如果其他业主有什么请求,我们也尽可能地发挥智囊团的作用,为当地交通出谋划策。"

广安市某地方道路滑坡,原设计单位提供的几个处治方案造价较高、实施困难,且无法满足工期要求。四川省公路工程监理事务所从施工组织的角度寻求突破,并非一味按照传统处理方式提供优化方案(在满足安全的前提下,可以采用更易于组织施工的方式,如路基尽量少使用构筑物,可以清方减载、增设宽台阶等提高路基自身稳定性),节约了造价,满足了工期要求。业主代表感激地说:"你们反应快,效果好,值得信赖。"

"设计+"为四川省公路工程监理事务所赢得了更多的赞誉。途经贡嘎山的康定至新都桥高速公路康定过境段就是例证之一。

该项目约束勘察设计及施工的条件多,地形、地质条件复杂,地震烈度高(最大烈度达9度),不良地质现象发育,起止点直线距离仅为10.5公里,高差却达430米。同时项目受城市规划、贡嘎山国家级自然保护等因素制约,展线困难。贡嘎山是国家级自然保护区,海拔7600多米,被誉为"蜀山之王",高速公路建设在这里,对自然环境和生态保护要求也很严格。项目起点的康定互通是一个特大型综合体建设项目,该互通+服务区综合体采用半直连变异Y形及四层填方错台形式集约服务管理设施,互通底层为国道318线以及湍急的瓦斯河,两侧山崖陡峭,该互通方案充分利用地形、地势,设计精巧。

仅四川省交通运输厅、交通运输部对该项目的两轮评审就历时一年多,短短18公里高速公路,研究的路线方案逾40个,评审专家用"穷尽了方案"来评价本项目。从项目启动历时两年半,业主才取得交通运输部批复文件。

一次,他们在后期服务中讨论一处路基缺口工点处治措施——采用挡墙支撑还是采取路基回填措施?业主代表决策困难。四川省公路工程监理事务所专家攀着岩石下到沟底,去除半空平台上的浮土,经勘察认为可以将原设计在沟底的挡墙变更到半空平台上。这一方案最终成立,为业主节约了大量成本。

业主代表不由感慨:"这种优化设计是在屋内看蓝图所看不出来的。四川省公路工程监理事务所水平就是高!专业!敬业!"

数据显示,2018年,他们承监项目正在建设的51个、新开工的13个、进入交工缺陷责任期的56个、已完工业主未组织竣工验收的38个,其中业主组织召开竣工会议的5个。他们采取了分类管理的方式:一是对重点项目,每年巡检两次以上;二是维护整治项目,采取飞行检查方式;三是监理费低的项目,时间短、见效快,实现"短平快"的要求;四是对有系统性问题的项目,定义为"特别处理项目",每周跟踪整改情况,确保有序、有效。

同时,何健杰要求总工办带队回访,听取项目业主、施工方、质监机构等要求,形成有效的质量体系。

为了应对四川区域性治理与发展的需求,何健杰还要求大家主动创新服务模式,能与地方政府达成深层次的互信和合作。

2018年,他们跟踪的项目就逾百个。何健杰把"核心业绩""重点业绩"作为经营重点,要求大家抓住机遇、保成功率。核心业绩是为了满足资质业绩要求,确立企业的"江湖地位",因此几乎"有求必应"。这方面的项目在高海拔特长隧道等领域较多,基本都是难啃的"硬骨头",费用也不高,很多企业都不接。何健杰则不把费用高低作为是否承接的唯一标准,而是把赢得客户更多信赖作为第一目标。重要业绩则是抓大项目,确保企业的经营规模和良好效益。

此外,他们精准扶贫甘孜藏族自治州、阿坝藏族羌族自治州、凉山彝族自治州的交通基础设施建设。三州地区交通基础设施建设缺口还很大,未来国家对四川三州的扶持力度会加大,随着后续大批公路项目的启动,监理及咨询市场体量也会增大。何健杰看中的是对市场的培育和开发,靠监理的触角感知市场,靠过硬的质量服务市场,靠优质的服务赢得市场。

你我都是文化创造者

采访过程中,许多人表示,四川省公路工程监理事务所近年变化较大,团队更加团结,工作更加规范,外部形象不断提升。2015—2016年,他们获得了"四川省青年文明号"荣誉称号。

这与何健杰的文化建设策略密不可分。他认为,每个人都是文化创造者,企业文化是每个个体文化智慧的结晶。

何健杰讲了两位退休专家的故事。第一位老人叫马元恺,退休不"退志",某日拿着3张纸,找到何健杰。老人说:"我们研究一下,这种桥梁支座垫块改进方案是否可以推广?目前实施的方案存在一些问题。"另一位老专家余义光72岁,主动请求到现场协助管理、搞技术培训。

每次面对这些老专家,何健杰都会嘱咐大家:"把我们的'宝贝'照顾好。"

感动之际,他转念一想:"如果我到了这个年龄,还有没有老专家这样的激情?"想到企业优秀文化的涌动与传承,何健杰的心中油然而生一种崇敬之情。

2018年腊八节那天,一位员工交标书时不慎摔伤,导致膝盖骨裂。何健杰立即派人拨打120,并赶到现场。当时,这位员工躺在担架上,还挂念着手中的工作。她对120救护人员说:"你们把我抬上去,我交了标书再到医院。"大年初四,何健杰到伤者家中慰问,令伤者及家人热泪盈眶。这位员工说:"领导这么忙,还来看望我,如果我不加倍努力工作,怎么对得起大家?"

姜可,是监理一公司的总工。贫困女生屈胜秋从初中起就受到了他的资助,这份爱心一直延续到她大学毕业。在他的家中,有专门留给屈胜秋的房间。现在,屈胜秋26岁了,就读于四川大学华西医学院法医学专业,是位在读博士。

姜可从事的是架桥修路的事业,是积善行德之举。屈胜秋看在眼里,记在心里。她说:"你们把我帮扶到这一步,我感恩不尽。现在,我要用所学回报恩人、回报社会。"

姜可深受感动,他由此联想到了自己的工作。他觉得,监理企业同质化现象较为严重,服务怎么称得上好?什么叫客户满意?我们比别人好多少?"我们依托设计背景,做'监理+''设计+',提供别人不能做的优质增值服务,才有可能走得更远。"何健杰非常赞同姜可的观点,并为之骄傲和自豪。

何健杰非常主张弘扬正能量,培育优秀文化,助力企业发展壮大。他们每周组织唱励志歌曲,不定期开展拓展训练。同时,组织专家定制培训内容,制作专业PPT,开展讲座。每年,他们都会派出驻村干部扶贫。这既是担当,也是锻炼,更是企业形象的外部展示。何健杰带领团队创造并享受着这种繁荣。

如今,何健杰想得最多的是——怎样比行业竞争对手过得开心一点儿、幸福一点儿,实实在在地做好应该做的事情。

分享成长的喜悦

"我们要让每个人都感受到成长,分享到快乐。"何健杰说。

他们针对高级监理工程师及以上高管推出了"卓越工程师计划",提出培养要求——"会艺术管理、会危机公关";针对中、低层监理人员推出了"青蓝计划",提出培养要求——"学好技术、管好现场"。何健杰表示,未来有能力的监理从业者和监理咨询企业不用担心没饭碗。企业拉长产业链,不断满足业主更广泛的需求,才能获得更多合理的利润,大家作为劳动成果的创造者和享受者,一定可以获得更多成长的喜悦。

2018年,他们进行了3期200人次的培训,让大家不仅应该知道工作内容是什么,还要知道为什么。

他们按照路基路面、桥梁、隧道等专业,成立了专家组,组建自己的智囊团。专家组对现场技术提供分类指导,委派专业人员参加国内外学术交流会,提高处理工程疑难杂症的能力,发挥传帮带的积极作用。

何健杰表示,一位专家在专业上有没有"技术高度",有没有较好地服务于当地政府,徒弟带没带出来,这些都成为被考核的重要内容。

2018年,四川省公路工程监理事务所签订监理合同额1.54亿元,监理收费1.13亿元;五分院(新疆分院)设计合同额1.035亿元,完成勘察设计产值约6000万元……

2019年4月,四川省公路工程监理事务所更名为四川省公路院工程监理有限公司,四川省交通运输厅公路规划勘察设计研究院勘察设计五分院(新疆分院)也变更为四川省公路规划勘察设计研究院有限公司勘察设计五分院。改制后,束缚会相应减少。然而,对于未来的预判,何健杰心中依然有着一定的压力。

如果四川交通行业投资规模全年降至400亿元后,不需要那么多的监理从业人员,企业怎么生存?他提出按照"傻瓜业主"的要求组建高端咨询团队,延长产业链条,满足客户更广泛的需求,让他们"飘逸的想法"落地生根。

何健杰说:"如同'傻瓜相机',正因其方便易操作才拥有了大市场,'傻瓜业主'并非贬义,而是说对我们的咨询服务和文化建设提出了更高要求。"

"最近,我们正筹备相关兴趣小组,如钢结构方面的,针对交通运输部重点推介、施工使用越来越多的技术,送出去,请进来,多方交流与切磋,不断提高与进步……"春天的阳光中,何健杰露出愉悦的笑容。在他更为辽阔的视野里,有着白雪皑皑的群山。

如今,四川省公路院工程监理有限公司、四川省公路规划勘察设计研究院有限公司五分院迈开了新步伐,向着下一座高峰继续攀登。

一个技术型专家团队，在何健杰的带领下悄然崛起。

何健杰

1971年2月出生，四川泸州人，毕业于同济大学道路与交通工程系公路与城市道路专业，学士学位；获西南交通大学工程硕士学位，高级工程师，现任四川省公路院工程监理有限公司常务副总经理、四川省公路规划勘察设计研究院有限公司五分院院长。

何健杰从事过路面设计与研究、试验检测、高速公路督导等工作，主持设计的项目多次获得四川省建设厅优秀工程勘察和优秀工程设计一等奖、四川省优秀工程勘察设计一等奖、全国优秀工程设计银奖，他先后获得"优秀党务工作者""优秀共产党员""先进个人"等荣誉称号。

原刊于《中国交通建设监理》2019年4期第3页

守初心　担使命

CCS持续提升广东、黑龙江海事船舶安全质量水平

胥苗苗

根据交通运输部《广东、黑龙江海事局船舶检验管理体制改革实施方案》要求,自2018年8月1日起,中国船级社承接原广东、黑龙江海事局负责的规定区域内船舶、船用产品及水上设施的法定检验和证书签发工作,时至今日,已过去快一年的时间。从接手时面临诸多挑战到现阶段各项工作逐步理顺、规范,在近一年的磨合过程中,中国船级社(CCS)迎难而上,攻坚克难,稳步推进广东、黑龙江海事船检业务划转工作的有序开展,确保划转海事船舶的安全运营,用实际行动彰显了国家船检主力军的责任和担当。

勇担责任积极作为　海事船舶工作进入理顺规范期

2017年12月27日,交通运输部人教司下发了《交通运输部关于深化直属海事系统管理体制改革的意见》,提出"深化广东、黑龙江海事局船检体制改革"的工作任务和"加快推进部属单位船舶检验工作政事分开,制定广东、黑龙江船舶检验改革实施方案,推动船检行政管理与检验业务分离,确保平稳过渡"的工作要求。为全面贯彻党的十九大和十九届二中、三中全会精神,落实部党组加快推进船舶检验治理体系和治理能力现代化建设的工作部署,在时任中国船级社党组书记莫鉴辉同志的带领下,在接收前期,由CCS总部国内营运处牵头组织对广东、黑龙江开展了多次实地调研,获得了大量翔实的一手数据,为业务接收工作的顺利推进打下扎实的基础。随后,总部国内营运处等六个部门于2018年7月30日联合下发了《关于做好承接广东、黑龙江海事船检船舶检验业务工作的通知》,成立接收工作保障小组,明确了各业务线在广东、黑龙江海事船检

业务整体划转后过渡期内的工作要求。

2018年8月1日,中国船级社共计接收广东、黑龙江海事船舶共计17633艘,979万总吨。与之前福建海事船划转接收工作相比,此次广东、黑龙江的接收工作在广度、深度和难度上都要大得多。同时,在广东、黑龙江地区实施"一省一检",意味着CCS在当地正式承担起"兜底"责任,对CCS来说是全新的挑战。

为推动CCS国内船舶和远洋渔船检验业务高质量发展,持续提升检验服务质量和安全管理水平,根据2019年重点工作部署,CCS开展了"国内船舶和远洋渔船安全质量提升专项工作",并制定了《国内船舶和远洋渔船安全质量提升专项工作实施方案》,方案中将海事船舶纳入CCS国内船队"一体化、常态化"的工作作为专项工作的重中之重,狠抓执行和落实,着力解决实际问题,让各项措施都做到"落地生根"。

目前,在平稳过渡的基础上,海事船舶正进入理顺规范阶段。针对广东、黑龙江地区船舶检验特点和工作实际,CCS开展了针对海事船舶的分析、甄别和梳理,组织制定了对广东、黑龙江地区国内航行船舶营运检验技术问题处理机制,确保检验工作顺利实施。同时,逐项理顺检验业务工作,逐步检视需要解决的检验技术问题,全面分析广州分社和大连分社承接海事船检业务后工作风险隐患及主要问题,并提出下一步措施建议。从目前的接收现状来看,各项工作都进入了正常轨道,正在有条不紊地展开。

正是在交通运输部党组的关心指导下,在部海事局的大力支持下,CCS坚持"先承接、再理顺、后规范"的工作原则,围绕"保安全、强质量、提水平、促融合"的工作思路,积极带动划转到广州分社、大连分社的原海事局干部职工从业务、管理、文化、情感上积极融入CCS,确保了各项工作平稳有序开展,检验业务不断、不乱,内部管理逐步规范,干部职工队伍思想保持稳定。

提升服务质量　为海事船舶质量安全保驾护航

海事船舶接收工作最直接影响的可以说就是船东,尤其是此次广东、黑龙江两省如此大规模的海事船舶划转到CCS,对船东而言,内心不免有些忐忑。从2018年8月1日到快一周年的今天,船东们都有什么感受?对此,记者采访了此次海事船舶接收大省——广东省的部分船东,听听他们心声。

"总体来说,我们觉得效率更高、程序更简便了,比如出证书的速度更快了。这是一方面,当然我们也能感觉到,CCS不论对现有营运船还是新造船的检验要求更高、更严格,都严格按照规范标准来执行。对船东来说,高标准严要求是好事,这样会使我们的船舶更安全,我们也更放心。"广东仕泰海运公司总经理许绩仕如是说。

广州蓝海豚游轮有限公司总经理林永忠表示:"我们感觉CCS的服务更好、更专业,审图、发证的周期更短,当然,划转初期,有些细节还需要慢慢磨合,但船东总体感觉都很好。"

广东民生油轮有限公司总经理谢国龙表示:"我们船东很感谢海事部门和CCS,切实地帮我们解决了很多实际困难。尤其是CCS,划转后CCS验船师的整体精神面貌和工作态度在原有的基础上更有提升,想船东之所想,急船东之所急,为我们这样的民营企业提供了高质量的服务,我们船东非常感谢CCS。"

……

一滴水就能折射出太阳的光芒,从船东们朴实的话语中我们深切地感受到了这一年中,CCS为海事船舶付出的艰辛努力以及CCS验船师们的担当精神,用实际行动确保了海事船舶的安全发展。

确实如此,CCS把海事船舶的接收工作当作一项重大政治任务。自接到交通运输部船检体制改革指导意见之日起,CCS总部国内处、产品处、建造处、安质处、科信处、信息中心、人事处、办公室、财审处等各相关部门加强配合、群策群力,从接收前的积极准备到接收后有条不紊地推进理顺、规范,确保了整个过程不断、不乱、有序平稳。

在这个过程中,CCS严把质量关,确保海事船舶的安全运营。据CCS国内营运处副处长李志伟介绍,CCS加大船舶营运检验工作力度,严格执行法规、规范及相关管理规定,明确规范工作流程,对检验实施的全过程进行有针对性的管理和控制。重点抓好高速船、车渡船、气垫船、浮箱固冰通道等重点船舶的检验,为船舶量身制作检验项目表。在此基础上,对2018年8月1日以后检验的船舶,验船师将船舶检验证书数据与实船、图纸进行认真细致核对,对历史遗留的证书填写不完整、不规范和数据错误等问题进行修正,保证船证一致。同时,加强新建船舶的建造检验质量控制。关注船舶开工前检查、结构件制作、安装外板、设备安装及各项试验等每个建造节点。据 CCS 总部产品处处长朱义程介绍，为确保产品检验质量，CCS 采用"产品检验相对集中"方法，稳步将海事船舶产品检验纳入 CCS 管理体系中。同时，CCS 还大力帮扶原主要为海事船舶服务的小微企业，提高产品厂家的质量意识，提升质量管理水平。

不断提升验船师队伍业务能力和水平也是确保船舶安全的重要抓手，对此，CCS 从接收一开始就重视对划转验船师的业务技能培训，在组织自学的基础上，结合实际和广东、黑龙江地区船舶检验业务特点，制定了相关人员资质培训计划，同时还通过选派海事划转人员参加船检基础知识业务培训、开展岗位交流等方式使培训工作更有针对性。与此同时，CCS 还重视教育引导，让海事划转干部职工积极主动在理念、角色、工作方式、思维方式上实现转变，做到业务融合、管理文化融合、感情融合、职业融合，提升服务意识，尽快融入 CCS 验船师队伍的一部分，为促进水上交通安全高质量发展做出贡献。

此外，CCS 发挥技术支持保障作用，积极服务地区行业发展。坚持以人民为中心，关注稳定和民生，主动加强与地方政府和主管部门的对接协调，积极参与地方政府和海事主管机关的相关工作，提供技术支持，协助加强船舶安全监管，发挥技术优势为区域经济和行业发展服务，切实提升 CCS 水上交通安全保障工作力度，在水上安全链中发挥了 CCS 应有的作用。

迎难而上　CCS 确保海事船舶接收工作稳步前行

1998 年，我国启动水监体制改革到今天广东、黑龙江海事船检业务正式划转 CCS 一年的时间，可以说，在这 20 多年中，我国水监体制改革在各方的努力下取得了重大进展。作为国家船检主力军，CCS 在支持和推动全国水监、船检体制改革的过程中发挥了重要作用。如果说 2007 年，CCS 接收福建海事船检业务是迈出的第一步，那么 2018 年广东、黑龙江海事船检业务正式移交至 CCS 则意味着全国船检体制改革又向前迈进了一大步。

然而，在海事船舶接收后，由于外部环境发生了重大变化，CCS 在实际工作中面临一系列的挑战。在政府层面，广东、黑龙江地区实施"一省一检"后，当地政府会从"兜底"的角度去理解 CCS 的工作职责，会出于经济发展、民生和社会稳定等因素的考虑,甚至直接行政干预CCS的具体检验工作,对CCS开展实际工作带来挑战;在资金层面,根据财政部关于停征中国籍非入级船舶法定检验收费政策,对CCS船检业务的可持续发展也造成了较大影响;在船东层面,广东、黑龙江地区的海事船舶船东以民营、私营企业为主,个体户船东较多,安全意识淡薄,由于这些个体投资者的实力、管理能力及安全意识不足等原因,导致船舶的安全管理大多仍停留在较低的水平;接收船舶所涉及的船舶修造厂基础设施、起重/加工/检测设备较少或较简陋,技术人员和生产管理人员严重短缺,缺乏对造船工艺的深入了解,施工随意性较大;国内新造船存在点多、面广、船小、量大等特点,现有人力资源的配备无法完全满足实施现行建造检验管理程序所需要的人员需求等。再加上,交通强国建设对船舶高质量发展提出了新的要求,国家对环保和船舶防污染的要求日益提高,这些都对CCS海事船舶接收工作提出了更高的要求。

面对这些挑战,CCS迎难而上积极作为。遵照交通运输部领导对CCS接收划转海事船专项工作做出的指示,CCS以问题为导向,注重检验和审核相结合,将专项工作推向纵深。具体包括:摸清底数,力求全面。CCS总部各业务部门进一步摸清专项工作涉及国内船舶和远洋渔船船东、船厂、设计单位、供方等客户群体,与客户建立有效工作沟通渠道,准确传递工作信息;根据此次专项工作的理念和要求,CCS总部各业务部门制作统一模板的通知,由分社向客户传递安全管理理念,与客户端形成互动,建立风险管理机制,针对不同的客户群体开展风险识别,分类施策,对优质客户要树立好的典型,抓住龙头、重点帮扶;同时,CCS上下级各单位、各部门及时汇报问题,分享好的经验,在全系统统一做法,形成经验。

针对船东安全意识薄弱等情况,CCS采取知识宣贯和业务帮扶等方式,全面提升船东、船厂等相关方的质量安全意识。一是通过加强对船东、船厂的质量管理,向船东、船厂宣贯安全生产意识,促使他们自觉提高安全质量水平;二是通过对船厂、船东、产品厂、设计单位等,尤其是中小微企业,加强技术帮扶力度,派出资深验船师对客户开展业务培训和技术指导,加强企业安全生产的主体责任意识,提升了船舶的安全营运水平,有效提高了客户满意度。在"逐步理顺"过程中,CCS总部根据在广东、黑龙江地区检验机构的设置情况以及在"整体划转"后承接工作中总结的经验,进一步健全管理制度和工作机制。

　　历史经验告诉我们,在推进改革的路上从来不是一帆风顺的。惟其艰难,才更显勇毅,惟其笃行,才弥足珍贵。CCS正是在实干中提高服务能力,在实干中彰显新时代担当精神,用实际行动助力我国交通强国建设。

原刊于《中国船检》2019年7月第12~15页

战"疫"在一线　监督不缺席

——宁夏交通纪检监察干部参加和监督防疫工作纪实

涂　晴　王志军

"现在疫情这么重,你就别到处乱跑了,当心自己染上病。"

"现在正是疫情防控的关键时期,防控一线才是我的工作地点。你放心,我会做好自身防护的。"

这是2020年2月3日宁夏交通运输综合执法监督局纪检干部李进保准备出门检查疫情防控工作时和妻子的对话。当天上午,李进保一口气检查了京藏高速公路天湖服务区、高速三营防疫检查站、原州区孙家河防疫检查站、宁甘交界毛家沟、蒿店检查站和G22高速公路宁甘省界沿川子出口防疫检查站,行程达600多公里,直到中午一点半才吃上午饭。当天晚上九点半回到宾馆,他顾不上休息,迅速整理检查发现的问题,及时向上级做了汇报。

这只是宁夏交通纪检干部逆行防控一线履职尽责、监督执纪的一个缩影。

面对新冠肺炎疫情这场突如其来的"战争",自治区纪委监委驻交通运输厅纪检监察组认真贯彻落实党中央、自治区疫情防控工作部署,把疫情防控作为当前最重要的工作来抓,阻击疫情战斗推进到哪里,监督保障就跟进到哪里。

迅速响应,主动扛起监督责任

2020年的这个春节,注定是一个特殊的春节。新型冠状病毒感染的肺炎疫情来势凶猛。对于宁夏交通人而言,全区3.66万公里公路交错纵横,收费站、服务区、客运站星罗棋布,交通运输行业疫情防控点多线长面广,春运保畅和疫情防控压力叠加,交通运输厅紧锣密鼓安排部署疫情防控,严把"两口"、管好"两区"、查疏"两车",在全区高速公路、国省干线等道路设置查验站点211处,在19对高速公路服务区增设防疫检测点,阻断疫病跨区域传播途径,奋力打赢防疫阻击战。

疫情发生后,自治区纪委监委驻交通运输厅纪检监察组全组同志放弃了春节休假,主动扛起监督责任。驻交通运输厅纪检监察组督促驻在部门领导班子履行疫情防控主体责任,实行日检查、日报告,层层传导压力,逐级落实责任,确保疫情防控措施落实到每个基层站点。对高速公路出口和国省干线省界入口设立的疫情防控查验站工作情况进行了监督检查,就防控检查站设置、站内布局、工作流程、车辆通行消毒、人员体温检测等措施落实情况进行实地查看,了解防控物资保障、工作人员的生活保障和自身安全防护情况,激励防疫第一线工作人员勇担使命,做到守土有责,守土尽责。

细化任务,强化监督执纪问责

考虑到春节假期返程人数剧增,疫情传播可能加剧的风险,2020年1月30日,驻厅纪检监察组通过《学习强国》召开组(扩大)视频会议,向全组成员和厅属各单位纪委书记深入传达了习近平总书记关于疫情防控工作的指示精神,自治区党委、纪委监委关于疫情防控工作会议精神,对围绕疫情防控加强监督执纪进行再动员再部署。督促领导班子特别是"一把手"履行第一责任人责任,紧盯交通运输行业承担的"两口""两区""两车"等领域的疫情防控任务开展督促检查。着重检查交通运输厅及所属单位落实疫情防控工作部署、应急值班值守、疫情物资采购发放、职工疫情防控措施等情况。同时,加强疫情防控监督执纪问责,对缓报瞒报疫情、工作敷衍塞责、挪用防控物资、搞形式主义官僚主义等行为,依纪依法严查快查,严肃追究责任。会后下发了《关于进一步加强疫情防控工作监督检查的通知》,要求厅机关纪委、厅属各单位纪委对厅机关各处室、厅属各单位强化政治责任担当、落实主体责任、履行防控措施、干部职工纪律作风进行监督检查,督促疫情防控责任落实,保障各项防控措施有力有序执行。

逆行一线,推进责任落实落细

疫情仍然严峻,自治区决定实行弹性工作制。工作有弹性,监督责任履行必须刚性。驻厅纪检监察组调动系统所有纪检力量和资源,对全系统疫情防控工作进行监督检查。2月2日,制定监督检查工作方案,并由驻厅纪检监察组同志牵头,抽调厅属单位纪委同志组成3个检查组,集中一周时间,对厅机关、厅属各单位及5市分支机构、基层一线防疫查验点进行全面检查。连日来,交通纪检干部迎难而上,逆行防控一线,检查防疫查验站工作措施落实是否有效,物资保障能否跟上,督促各单位值班值守是否到位,办公场所、电梯、食堂等区域身防疫措施是否落实。

驻厅纪检监察组实行"日报告"制度以来,坚持每天将检查情况向自治区纪委和交通运输厅疫情防控办报告。诸如防疫查验点表格多头报送、数量多、耗时长,工作人员自我防护意识差,口罩等防护用品配备不足,高速公路服务区人员交叉感染隐患等问题,均于当日反馈并敦促解决。

疫情防控阻击战,也是一场攻坚战。在这场没有硝烟的战场上,"交通纪检人"坚守岗位、履职尽责、无私奉献,以严明的纪律凝聚起众志成城、共克时艰的强大力量。

原刊于《宁夏交通》2020年4月20日1期头版2条

评 论 类

获奖名次：二等奖
标　　题：《吉高暖心人》
作　　者：饶　波
原 刊 于：《吉林交通》2020 年 11 月 26 日 46 期 4 版

获奖名次：三等奖
标　　题：《空中芭蕾》
作　　者：方文涛
原 刊 于：《江西交通》2020 年 6 月 30 日第 180 期 44 页

获奖名次：三等奖
标　　题：《追风之翼》
作　　者：沈丹源
原 刊 于：《三航报》2020 年 8 月 31 日 1618 期 1 版

获奖名次：三等奖
标　　题：《贵州首个"桥旅融合"观光园》
作　　者：刘叶琳
原 刊 于：《贵州交通》2020 年第 5 期封底

获奖名次：三等奖
标　　题：《跨越》
作　　者：樊连贵　邢宇森
原 刊 于：《河北交通报》2019 年 4 月 17 日 1 版

评 论 类

一等奖

让"中国建造"成为"一带一路"形象大使

付涧梅

非洲第一条中国标准跨国电气化铁路亚吉铁路,马来西亚第二高楼吉隆坡四季酒店,莫斯科地铁第三换乘线……这些醒目的"地标"工程是"中国建造"的闪光名片,正日益成为"一带一路"的形象大使,为各国民众讲述共建"一带一路"的精彩故事。在第二届"一带一路"国际合作高峰论坛期间,它们绽放异彩,助力中国铁建喜提"大单":相继中标28亿元的莫斯科地铁西南线项目、55亿元的几内亚达比隆港至圣图矿区铁路工程2标段、63亿元的东帝汶港口项目、援突尼斯外交培训学院项目等。

习近平主席在第二届"一带一路"国际合作高峰论坛主旨演讲中明确指出,"基础设施是互联互通的基石。"作为实施"一带一路"建设的重要力量,近年来,中央企业在承建的沿线3120个项目中,仅在基础设施领域承担的项目数占比就超过60%,合同金额占比接近80%。

如果把中国企业在"一带一路"建设中的战略意义比作一艘航母的话,中央企业就是旗舰队,起着开路先锋的重要作用。为什么越来越多"中国建造"在国际合作大舞台上崭露头角?以中国铁建为例,他们将最好的设备、最优的资源、最强的人才调配到120多个国家和地区,建设高质量基础设施,用精品工程展现了"形象大使"的实力。

精品工程不仅代表了中国铁建的海外形象,在国际市场树立了良好口碑,同时也是为了顺应国内经济转向高质量发展大势,倒逼企业要向高品质跃升。过去单一的承包工程,已经不能满足国际市场需求和企业自身发展需要,只有从战略规划、人才管理、产品服务等全方位升级,才能赢得更大发展空间。中国铁建已从原来的承包商、建造商向投资商、运营商、服务商、制造商、集成商转型,在联动上下游产业的发展中尝到甜头,海外业务已覆盖矿产投资、房地产开发、装备出口、园区开发建设、基础设施投建营一体化等领域,实现了多层次、宽领域"走出去"。

思路一变天地宽。身份的转变,让企业从竞争"红海"中跳出来,拥抱广阔的市场"蓝海"。然而,新的问题又接踵而至,广阔的海域,我们凭什么赢得市场的青睐?过去,在以西方标准为准绳的国际市场,无条件执行是唯一出路。而现在,我们坚持共商共建共享原则,在"一带一路"建设中,贡献"中国智慧"和"中国方案",实现了互利共赢。中国铁建深度参与了30多个非洲国家、10多个亚洲国家以及部分欧美国家的铁路规划……这些举措为当地发展注入新动力,让更多国家"向东看"。

眼下,第四次工业革命方兴未艾,5G浪潮席卷而来,"中国建造"能否把握数字化、网络化、智能化发展机遇,搭上"头班车",对中国建筑业未来发展影响重大。中国铁建敏锐抓住信息化发展机遇,依托云计算、大数据、物联网、移动应用和人工智能技术,打造"数字铁建",在海外运营铁路、城轨、公路总里程超过3000公里,形成了一套相对完整的智慧交通投资、建设、运营、维管技术体系,以数字技术引领企业发展。

大道之行,势不可挡。在开放的大门越开越大的今天,新时代的中国正以昂扬的姿态走近世界舞台中央。我们当以更高远的视野、更宽广的胸怀,展现大国央企的担当,让"中国建造""中国智造"在世界舞台发挥更大价值,为全球繁荣发展迎来路路相连、美美与共的光明前景!

原刊于《中国铁道建筑报》2019年5月23日1版

逆行不凡　温暖有光

任国平

人群汹汹,你们在阴霾中指引前路;逆行而上,义无反顾奔赴生命战场。

"人民群众亲切称你们为快递小哥。你们是疫情中的逆行者,在平凡中展现不凡。你们奔波在大街小巷,给人民群众送去的不仅是生活必需,而且是人间温暖。"

逆行而上,前行的路多远多难,你一个人扛。

复工复产要靠人。被困家中,你作出惊人决定,步行踏上一百七十公里返岗路。两天两夜,你的双脚长满了水泡。

交通运输要打通。高速公路限行,你全国动员,一个一个高速路口派人摸底,途经的运输司机都能够从容应对。

行业联动上下游。上游停工,网点运营成本高企,你咬牙坚持每天跑一趟,人们却不知你一趟就亏五千块钱。

双腿奔波成车轮,转身多少辛苦与泪水,越是艰险越勇往直前。你奋战在抗击疫情物资运输投送的第一线,冲锋在与疫情斗争的最前沿,奔跑在守护人民美好生活的"最后100米"。舍小家、顾大家、为国家,使命在、责任在、阵地在。

逆行而上,发出的光多亮多暖,你风轻云淡。

大米饭、微波炉、羽绒服、修眼镜、剪头发、接下班……白衣天使敬重你,叫你一声"大哥",你是他们身边神奇的"哆啦A梦";

收地瓜、卖草莓、送蔬菜、疏堵滞、畅物流、解忧愁……瓜农果商感激你,日盼夜盼,你手中的快递带领他们走向心中的远方;

摆"地摊"、支货架、件入箱、末端通、衣食通、心路通……社区用户感谢你,没有你,哪有米面粮油、安心"宅"家的衣食无忧。

"疫情过后,我第一个要感谢的除了医护人员,就是快递小哥!"感慨声中,3月初行业 300 万人到岗,复工率超 92%;1.6 亿件,每日流通快件重回高位。又半月,湖北以外产能基本恢复,物畅其流。行业一路艰难、爬坡过坎,通往光明的时刻日益临近,以最佳的姿态为广大人民群众的生产生活发光发热。

逆行而上,国家在为你们保驾,行业专心护航。

习近平总书记要求,科学调配医疗力量和重要物资。要落实防护物资、生活物资保障和防护措施。要密切监测市场供需动态,积极组织蔬菜和畜禽等生产,畅通运输通道和物流配送。

李克强总理指示,物流链连着产业链、供应链。有序推动复工复产,物流是重要基础。要尽快取消各种不合理的限制障碍。各地要对邮政和各种所有制快递企业给予一视同仁的通行便利,推动打破乡村、社区"最后一公里"通行和投递障碍。

免收全国收费公路车辆通行费;采取切实举措使货车司机从免收通行费中受惠;对执行运输保障任务的企业给予财政补贴;加大对客货运输企业的金融支持力度。

全力推动行业复工复产,"达效提产";积极与主要电商平台企业沟通,有序发运;指导企业了解免收快递收派增值税等惠企政策,用足用好;引导总部出台特殊时期对一线的扶持政策,关爱关心。

你说"自己多跑路,让客户少出门"。让我们忆起那个三棵树下的"中青周杰伦"、大明湖畔的"蓝色萝卜头",更让我们记住了背后的百万"小哥哥"。

你不是天使,更没有翅膀。穿上快递的"战衣",你的眼前只有大义面前的担当。逆行而上,逐风奔跑。你之所在,未必光芒四射,但始终温暖有光。

原刊于《快递》2020 年第 3 期第 6 页

二等奖

全力以赴汇聚中国力量

李 琳

9月8日上午，全国抗击新冠肺炎疫情表彰大会在京举行。在表彰大会上，长长的获奖名单凝聚着无数平凡英雄的付出。这里面，也有中远海运人的身影——集团所属武汉中远海运集运总经理吴士泉获评全国抗击新冠肺炎疫情先进个人，并作为代表在人民大会堂现场出席了表彰大会。

吴士泉是中远海运在武汉一线战"疫"团队的代表，也是交通运输行业的一名代表，更是中央企业的代表。在他获得先进个人荣誉的背后，还彰显了14万中远海运人在这场大考中彼此协同、勇挑重担，始终发挥中央企业主力军作用的精神。在医疗及生活物资运输保障中，在发挥全球综合物流供应链优势中，在发扬国际人道主义精神驰援各方中，在助推全国各行各业复工复产中，在坚持改革创新扎实落实"六稳""六保"中，无不诠释着央企的责任与担当，最终同全国人民一起，汇聚并迸发出强大的中国力量。

这种力量来自我们以人民为本的政治本色。坚持人民为本、生命至上是作为共和国长子传承红色基因、践行初心使命的具体行动。疫情发生后，为了保护广大干部员工和抗"疫"一线群众的生命安全，中远海运及各地区防抗疫情工作组有条不紊地开展工作。海内外公司携手并肩，各业务板块高效协同，一起筑牢疫情防控之堤，一同提升客户服务之力，与其他中央企业一道汇聚了坚不可摧的中国力量。

这种力量来自我们立足全局、着眼大局、闻令而动的主力军自觉。在协调解决粮食蔬菜食品供应链梗阻问题中，在化解医疗物资运输分发难题中，在复工复产初期确保交通运输线畅通中，中远海运人以实际行动展现了"疫情不退我不退"的坚定和勇气。正是每一名中远海运人身上以大局为上的精神品质，激扬出这一身闻令而动、听令而行的央企主力军的风采，自觉汇聚了中流砥柱的中国力量。

这种力量还来自我们驾驭大风大浪的实力担当。我们不仅召必至，更能战必胜。疫情发生后，交通、生产、生活一度被迫按下了暂停键。中远海运集团党组在党中央领导下科学施策，为防抗疫情筑牢了防线，既保持了生产经营大局稳定，又做好了服务地方疫情防控大局。当复工复产的号角吹响，中远海运自2月28日即推动实现了武汉始发铁水联运班列的全面恢复，多个在"一带一路"沿线的重点物流供应链项目也从未因疫情间断……这等从容不迫的应战能力与上下游企业一同汇聚成了钢铁般的中国力量。

在应对新冠肺炎疫情中形成的钢铁长城般的力量为我们在下一阶段取得更高质量发展倍添底气，中远海运将继续毫不动摇坚持和加强党的全面领导，在集团党组定锚稳舵的带领下，广大党员干部定当全力以赴，进一步巩固深化改革工作成效，在新时代新征程上披荆斩棘、扬帆前行，在企业自身发展和推动经济社会发展中奋发有为、再立新功。

原刊于《中国远洋海运报》2020年9月18日A1版

实现更多"从0到1"的突破

张 涛

"要面向世界科技前沿、面向经济主战场、面向国家重大需求、面向人民生命健康,不断向科学技术广度和深度进军。"9月11日,习近平总书记在科学家座谈会上强调,"要把原始创新能力提升摆在更加突出的位置,努力实现更多'从0到1'的突破"。

实践证明,创新驱动是新时期交通运输发展的战略抉择,科技创新有效支撑了我国交通运输建设,推动我国交通运输事业取得了巨大的成就。新形势下,加快建设交通强国对科技创新提出了更高要求,交通运输迫切需要科技创新,需要实现更多"从0到1"的突破。

从0到1,实现突破,需要坚持问题导向、强化重点技术攻关。要紧盯世界科技前沿,加强基础研究和技术研究。交通运输业是关系国计民生的重要行业,与人们的日常生活更是息息相关。要始终践行以人民为中心的发展思想,坚持问题导向,贴近出行要求,针对关键核心技术,通过科技创新实现更多"从0到1"的突破。要以新基建为抓手,着力提升基础设施、运输装备的质量,提升运输效率、服务和管理水平,积极推进新技术新业态新模式,打造融合高效的智慧公路、智能铁路、智慧港口、智慧航道等智慧交通基础设施,助力第五代移动通信技术(5G)、北斗系统和遥感卫星行业应用、网络安全保护、数据中心等信息基础设施建设,持续推进交通运输公共服务新供给,不断增强人民的获得感、幸福感、安全感。

从0到1,实现突破,需要抓好重大工程示范。创新不可无序,必须遵循一定的思考与行为准则,示范工程的示范、引领作用十分重要。要结合规划编制,统筹布局谋划交通运输领域新型基础设施项目,稳妥有序推进项目落地实施。

落实国家重大区域战略,选择特点突出、条件成熟、创新能力强的重点地区,依托重要运输通道、枢纽等开展多层次的交通运输领域新型基础设施试点示范,形成可复制可推广的经验。要注重完善标准规范,构建标准体系,分类制定关键性、基础性标准,加快完善通信网络、北斗系统、环境感知、交通诱导与管理、BIM、数据融合等标准规范,推进建立适应自动驾驶、自动化码头、无人配送的基础设施规范体系。

从 0 到 1,实现突破,需要推进产学研用一体化。创新资源和要素的有效汇聚,释放协同创新的最大活力,创新成果要尽快转化成现实生产力,产学研用一体化是必由之路。交通运输是技术集成应用型行业,"用"是科技创新的出发点和落脚点,研发的技术、产品如果不能在交通运输行业得到应用,科技创新也就失去了意义。要强化机制协同,拓展平台载体,营造良好环境,以"用"为导向将创新要素和资源融合配置,提高交通运输行业科技创新体系整体效能和科技投入的产出效益,推动建立涵盖政府、企业、行业协会和专业机构的协同机制,鼓励产业链上下游协同攻关、融通合作,更好助力科技强国和交通强国建设。

既滋兰之九畹兮,又树蕙之百亩。坚持"四个面向",提升交通运输科技硬实力,是做好"十四五"及未来一个时期交通运输科技创新工作的重要目标任务。我们要在全行业大力弘扬科学家精神,肩负历史责任、坚定创新自信,为把我国建设成为世界科技强国作出新的更大的贡献。

原刊于《中国水运》2020 年第 9 期第 1 页

波澜壮阔70年　交通发展谱新篇

张海洋

　　时序更替,岁月如梭。总有一些重要的时间节点让我们在回望中凝聚力量,在纪念中奋力前行。

　　在即将迎来中华人民共和国成立70周年的历史性时刻,我们深情回首过往,看到的是全省交通人在70年伟大征程中一路栉风沐雨、筚路蓝缕,薪火相传、砥砺前行的奋斗身影,特别是党的十八大以来,广大干部职工坚定不移跟党走,积极投身交通运输建设和服务,为全省经济社会发展提供坚强可靠的交通运输保障;感受到的是全省交通人逢山开路、遇水架桥,不在困难面前低头、不在挑战面前止步,敢为人先、勇于奋斗、甘于奉献的交通精神;听到的是"车到河北路好走"的广泛赞誉和社会各界对河北交通运输事业作为先行官的认可,是一个个因交通发展带来巨大变化的感人故事,是一曲曲交通人谱写的壮阔诗篇。

　　70年,高效便捷的高速公路网渐次织就。燕赵大地上,一条条高速公路纵贯太行,横跨坝上,蜿蜒平原,环抱渤海。她们冲破山水的阻隔,穿越时空的限制,或穿山越岭,或奔腾向海,或辐射四方,通车总里程达7279公里,成为全省经济社会发展的大动脉。

　　70年,惠民利民的农村公路架起一座座党心民心桥。全长16.7万公里的农村公路犹如毛细血管,不仅打通了田间地头、房前屋后,更是畅联起乡村与"外面的世界"。铺下的是路、竖起的是碑、连接的是心、通达的是富,千万农民过上了出门就有水泥路、抬腿就上客车的好日子,农民兄弟沿着农村公路走向了富裕、走向了振兴。

　　70年,现代综合交通运输体系建设跨越发展。蔚蓝天空下,机场从无到有、从有到优，6个运输机场让说走就走的旅行变为现实；茫茫大海边，208个港口生产性泊位不断吞吐希望、装卸奇迹，为沿海经济发展注入强大动力；列列火车上，承载着绿色交通"公转铁"的梦想，综合运输服务保障水平持续提升。

时间的长河，见证了交通人的奋斗足迹，也映照着交通人矢志不渝的坚定初心——坚持以人民为中心，打造人民满意交通，这是交通人永不褪色的誓言。

为了这份初心和使命，延崇高速、京雄高速等重点工程的建设者们披星戴月、加紧施工，推动重大国家战略和国家大事落地见效；为了这份初心和使命，数万高速公路收费员日夜奋战在三尺岗亭，用周到温馨的服务化解广大司乘的一路劳顿；为了这份初心和使命，全省交通运输系统13万干部职工正在各自的工作岗位上，实干担当、拼搏竞进，以党建先行引领交通运输事业高质量发展，以交通先行支撑经济社会发展高质量发展，决心以优异的成绩为全省人民交上一份满意的答卷。

我们不敢有丝毫的自满，但怀有无比的自信。站在新的历史起点上，全省交通人面前的使命将更加光荣、任务将更加艰巨、挑战将更加严峻。办好三件大事无不需要交通人拼搏担当、久久为功，打赢三大攻坚战无不需要交通人冲锋陷阵、一往无前，推动供给侧结构性改革、持续改善民生无不需要交通人披荆斩棘、锐意进取……唯有以坚如磐石的信心、只争朝夕的劲头、坚韧不拔的毅力，不畏艰难险阻、勇于攻坚克难，才能不断从胜利走向新的胜利。

建功新时代，奋斗正当时。让我们更加紧密地团结在以习近平同志为核心的党中央周围，高举习近平新时代中国特色社会主义思想伟大旗帜，认真贯彻落实《交通强国建设纲要》，坚决贯彻落实省委、省政府重大决策部署，坚守初心、勇担使命，构建安全、便捷、高效、绿色、经济的现代化综合交通体系，打造一流设施、一流技术、一流管理、一流服务的交通强国，奋力谱写交通强国河北篇章，为新时代建设经济强省、美丽河北提供高质量交通运输保障，书写河北交通运输事业更加灿烂辉煌的明天！

原刊于《河北交通》报2019年9月25日Z5版

顺变·求变·不变

陈克锋

2019中央经济工作会议正视经济下行压力,"善于化危为机、转危为安"的表态罕见,还再度提及了加快经济体制改革、加快国资国企改革、保护民营企业家人身安全和财产安全等。世界面临百年未有之大变局,变局中危和机同生并存,给中华民族伟大复兴带来重大机遇。

"变"局一直都在,并非突如其来,也非洪荒野兽,可是不少人还在观望,似乎觉得一切变化都没那么快。现在看来,这不是我们想变不想变的事情,而是必须要变,必须快变,我们才能抓住稍纵即逝的机遇。正如孙中山先生所云:"世界潮流浩浩荡荡,顺我者昌,逆我者亡。"

新时代"交通强国"战略背景下,交通建设监理咨询行业要想学会"顺变",必须顺应时代潮流,及时改变传统发展模式,对长期依赖的阵地、对象进行取舍。

1月11日,河北雄安新区管理委员会《雄安新区工程建设项目招标投标管理办法(试行)》指出,"结合BIM、CIM等技术应用,逐步推行工程质量保险制度代替工程监理制度",一石激起千层浪。雄安工程改革或将预示着未来监理咨询业的发展方向,然而我们准备好了吗?

本期刊发的《全过程咨询真的来了》,就以江西交通咨询有限公司转型改革为样本,提醒亲爱的读者朋友——仅仅"顺变"是不够的,我们还要学会"求变",主动迎接新挑战,把命运和发展权紧紧握在自己手中,以壮士断腕的气魄和破釜沉舟的精神闯出一条新路。

原交通运输部副部长翁孟勇一直关注本刊,谈及"什么时候能完成变化"时说,"变化永无尽头,但在不同阶段,变化的力度、速度等会有不同"。他还说:

"不要说科技革命给我们带领的冲击与阵痛刻骨铭心,仅就行业间的竞争压力而言就很大。"

因此,求变成为行业发展的必然。这就要求我们居安思危,不断提升自身实力与水平,"在炼丹炉里烤一烤自己,也许就能炼出一个孙悟空的金刚不坏之身"。

浴火重生需要的是智慧、战略、格局,尤其高歌猛进之时,更需要设计好适合自己的发展路径,切忌"野蛮生长"。同时,我们还要清醒地看到,变之大局中尚有不变之势。

对于监理咨询业而言,哪些是不能变的呢?

首先,为客户提供优质服务、坚守科技工作底线的初心不能变。让客户需要与满意,成为衡量我们服务质量的主要"砝码"。其次,确立行业、企业乃至从业者不同维度的长远目标计划不能变,精耕细作我们的主业,实现社会效益与经济效益的同步增长。再者,建设学习型、职业化组织的决心与行动不能变,不断提升与职业匹配的素质与水平,不断锻炼我们对相关领域的通畅能力和感知度,对新生事物保持敏锐的判断能力,争做推动我国社会转型发展的中坚力量。

原刊于《中国交通建设监理》2019年2期第1页

三等奖

从这个春天出发

肖维波

"艰难困苦,玉汝于成。"历史的车轮碾过了2018年,奋进的贵州公路人在改革开放的大潮里搏击了40年,贵州公路建设也经历了沧桑巨变的40年。在这承前启后的关键之年,贵州省公路局围绕新时代高速公路建设、普通国省干线升级提质、农村"组组通"决战攻坚、"四好农村路"提速创建,破瓶颈、补短板、促改革、防风险,圆满完成各项目标任务。

这一年,贵州公路人雄心壮志、迈步跨越,建成高速公路62公里,使局运营高速公路里程达850.9公里;建成普通国省干线二级及以上公路1102公里;新(改)建农村公路8172公里;建成通组硬化路5.25万公里,全省30户以上村民组通畅率提升至98.6%,从而将贵州公路建设成就推向一个新的高度。

这一年,贵州省公路局认真贯彻省委省政府、省交通运输厅各项决策部署,紧紧围绕"一新一优一提升"目标任务,狠抓政治建设、组织建设、队伍建设、廉政建设、文化建设,全力提升公路建、管、养、运各项水平,为"十三五"公路交通规划目标的实现奠定坚实基础。

千方百计抓固投。用足用活中央支持贫困地区基础设施建设有利政策,争取中央车购税、成品油税资金,盘活存量,扩大增量,提高资金使用效率,增加公路有效投资,齐心协力完成公路固定资产投资782.6亿元,超额23.6亿元,同比增长21.3%。

理念创新抓品质。深入贯彻"品质工程"理念,工程建设以满足优质耐久、安全舒适、经济环保、社会认可为目标,顺利实现混凝土桥平塘特大桥332米高的16号主塔封顶、上承式钢管混凝土拱桥大小井特大桥450米跨径主拱合龙;普通国省干线公路品质工程示范创建扩大战果,品质工程示范带动作用显现。

多措并举抓信用。加强制度建设,出台《关于深入推进普通国省干线公路建设领域"信用交通省"建设的指导意见》,构建公路行业信用评价体系,对28家设计企业、44家施工单位进行信用评价,实行"黑名单"制度,推进联合惩戒。

全力以赴抓环保。扎实推进公路生态环境保护,开展普通国省道生态环保政策法规专题研究,完成生态环境保护负面清单、建设项目生态环保手续办理情况摸底,环保手续办理比例稳步提升,"四新技术"在普通国省干线公路工程项目中常态应用,Superpave技术在全省普通国省干线公路工程中广泛推广,反响良好。

辉煌的成绩只能镌刻于岁月的丰碑之上,流淌于汹涌的历史长河之中,唯有拼搏才能憧憬未来。

一年之计在于春。春天是出发的季节,也是播种的季节。2019年的目标路径已绘就、任务清单已明确,冲锋号角已吹响,让我们撸袖加油,不断探索,迎难而上,在"幸福都是奋斗出来的"召唤下开启新征程,以优异的成绩喜迎新中国成立70周年。

从这个春天出发,我们要以习近平新时代中国特色社会主义思想为指导,始终牢记习近平总书记"三个决不能"的要求,毫不动摇坚持党的领导、坚定不移加强党的建设,不断激发奋斗精神、提振信心士气,努力把党的政治优势、组织优势转化为发展优势,为推动贵州公路高质量发展提供坚强政治保障。

从这个春天出发,我们要抓住战机、奋斗担当、敢为善为,着力发挥投资关键作用、提高路网通畅水平、提升公路服务品质,推动局管高速公路建设,普通国省干线公路提等升级,农村"组组通"公路三年大决战圆满收官,促进所管养的公路路况水平稳步提升,持续推进贵州公路事业高质量发展,为全省脱贫攻坚、同步小康筑牢公路交通保障。

从这个春天出发,我们要弘扬"团结奋进、拼搏创新、苦干实干、后发赶超"的新时代贵州精神;秉承"一不怕苦、二不怕死,顽强拼搏、甘当路石"的"两路"

精神;践行忠诚担当、爱岗敬业,"俯身为路,躬背为桥"的"铺路石"精神,树立必胜的信心,下定敢闯的决心,披荆斩棘,逢山开路、遇水架桥,书写公路交通华美乐章。

春天播种,秋天收获。只要我们继续奔跑,接力奋斗,咬定目标不放松,一年接着一年干,就能在建设交通强国西部示范省的伟大进程中作出自己的贡献,创造贵州公路新的更大奇迹。

原刊于《贵州公路》2019年3月第1期第1页

新冠肺炎疫情防控系列评论

张 蕊

系列评论1：立足本职 交通人也是"最美逆行者"

这个春节，因新型冠状病毒感染肺炎疫情而变得不同。

每年春节假期，都有无数交通职工放弃与家人团聚的机会，坚守在工作岗位。然而，一场突如其来的疫情，为这种坚守增加了不寻常的色彩。

疫情当前，在有关部门多次强调留在家中、避免感染的号召下，全国人民整齐划一，过了一个"宅"年。医护工作者逆流而上，奋战在抗击病毒的一线，感动了全国人民。而我们交通工作者，为了保障市民假期正常出行、保证城市正常运转，依然奋斗在本职岗位上，成为非一线的"逆行者"。

公交司机佩戴着口罩掌控方向盘，让必须要出行的市民有车可乘；地铁站务员认真检测每一位进站乘客的体温，确保站内车内乘客的健康安全；出租车司机严格做好车辆消毒工作，运送急需出行的乘客到达每一个目的地。2日凌晨起，飞扬的雪花洒落京城，鼠年第一场雪悄然而至。从上岗前的全员体温检测，到设备的消毒通风，道路养护工作者一边打好防疫攻坚战，一边做好道路保卫战。

把人民群众生命安全和身体健康放在第一位，把疫情防控工作作为当前最重要的任务来抓。本市交通部门坚决贯彻落实习近平总书记重要指示精神和李克强总理批示要求，牢牢把握"进京通道防输入、市内交通防扩散、从业人员防感染"三个重点，坚决防止疫情通过交通场站和工具传播扩散。

保障市民出行的安全的前提是保障自己的健康。作为行业从业者，我们自己也要牢固树立"每个人都是自己健康的第一责任人"这一理念，在工作中注意自身的健康防护，做到时刻戴口罩、勤洗手、多通风。

交通工作者虽不在抢救病患的一线,却也是这场防控疫情硬仗中的"战士",立足本职工作,交通人也是"最美逆行者"。我们坚信,在所有人的理解、支持、配合下,这场疫情防控阻击战一定能尽快决战决胜!

系列评论2:复工、防疫　交通保障两手都要硬

2月10日,本市迎来全面复工的第一个工作日。随着复工而来的是返京客流的提升,这对我们交通行业来说,是疫情防控工作中的一项"大考"。

迎接返京客流,交通行业作为防线的"门户",疫情防控关口必须"前移"。机场、火车站等交通枢纽,必须加强对抵京乘客及市内公共交通乘客的健康检查,及时筛查出健康情况存疑的乘客,确保广大市民出行环境安全、可靠。只有我们的防控措施做到位,才能最大程度保证病毒不在交通工具中传播、疫情不在出行过程中发生。同时,我们还要保障道路交通网络不中断、保障应急物资和生产生活物资运输通道不断,视情况有序恢复长途客运,调整机动车限行政策,为疫情防控及返京复工出行做好全面准备。

对于行业内部,在特殊时期,如何在保障市民出行的工作中,保护行业一线人员自身的健康安全,对行业管理者及从业者都提出了极高要求。交通行业作为服务正常生产生活的必要行业之一,一线工作人员直接接触广大市民,一方面防控压力巨大,另一方面,保障一线行业员工的健康,也是对社会负责、对防控工作负责的体现。交通行业各级干部职工必须从上到下高度重视疫情防控工作,坚持"每个人都是自己健康的第一责任人",不给病毒传播任何可乘之机。

我们必须坚持保障复工返京人群出行和疫情防控工作两手抓、两手都要硬,全行业上下凝聚共识、团结一心,早日打赢这场"战疫"。

系列评论3:举全行业之力　坚决打赢这场疫情防控阻击战

新型冠状病毒肺炎疫情发展至今,防控工作进入了"最吃劲的关键阶段",防控和复工叠加,人员流动逐渐频繁,不能让之前的努力功亏一篑,这格外考验城市治理能力。

这场疫情防控阻击战中,每个人都不是旁观者。细数我们交通行业,从政策支持,到交通一线防控,再到从业人员自身防护,每一项工作都是为了打赢这

场"战疫"。

我们可以看到,疫情期间,收费公路免收车辆通行费,车道栏杆常开,快速放行车辆;交通行业简化疫情防控应急运输车辆通行证办理流程,确保应急物资运输工作正常开展;道路养护部门全力做好车速慢、人员密集等重点区域的道路养护工作,特别是及时捡拾道路周边丢弃的口罩并集中处理,最大限度保障安全;执法部门加大对跨省载客黑车非法运营的打击力度,将源头输入的风险消灭在萌芽;道路运输行业第一时间向业内企业发出倡议,号召全员行动起来,支援疫区防疫物资的运输;公交、地铁、出租车等一线运营企业,更是层层防控,坚守岗位,确保城市运行的命脉畅通。

我们还看到,在疫情防控的同时,本市重点交通工程已经如期复工。广渠路东延、林萃路工程,轨道交通昌平线南延、房山线北延工程,城市副中心、冬奥会重点工程等均已进入复工复产阶段,城市运转按下了"播放键",经济社会发展和城市运行正逐步转向常态。

潮水汹涌的时候,没有谁是一座孤岛,每个人都是大陆的一片,紧密相连。打赢这场"战疫",依靠的是"合力"。疫情终将会过去,困难终将被克服,打赢疫情防控的人民战争、总体战、阻击战靠的是坚强的信心和团队的配合,举全行业之力,我们必将赢得"战疫胜利"!

系列评论4:从始至终 交通疫情防控决不能放松警惕

近几天,新型冠状病毒肺炎疫情防控工作呈现出积极向好的态势,这是全市共同努力、合力打好疫情阻击战的初步成果。但是,当前疫情防控工作决不能放松警惕,具体到交通部门,更是决不能麻痹大意,仍然要牢牢守住这道防线,对疫情持续"严防死守"。

习近平总书记在统筹推进新型冠状病毒肺炎疫情防控和经济社会发展工作部署会议上要求,当前疫情形势依然严峻复杂,防控正处在最吃劲的关键阶段,各级党委和政府要坚定必胜信念,咬紧牙关,继续毫不放松抓紧抓实抓细各项防控工作。

随着复工复产进程的推进,返京复工人员还将不断增加,交通运输部预计近期返程客流将继续维持平稳增长态势,疫情防控和运输保障任务繁重,北京疫情防控形势仍然严峻。当前形势下,交通行业面临的是行业管理和内部防控的双重压力,一方面要保证病毒不在交通工具中传播,确保市民出行的安全;另一方面,行业、企业内部防控的压力也不容忽视。

近来,我们可以看到,面向企业推出的定制公交、地铁隔位就座的温馨提示、出租车里安装的"土味防护舱",各种"花式"防护措施最大限度阻断了病毒在交通工具中的传播。但与此同时,近期本市在办公场所中出现了确诊病例,对复工复产下的疫情防控工作提出了更高的要求,交通行业自身也绝对不能忽视内部的防控压力。

本质上看,疫情防控与复工复产绝不是对立面,而是互为前提、互相保障。只有严防死守,才能确保复工复产的安全有序;只有复工复产,才能保证疫情防控中所需物资的持续供应。在这个前提下,无论怎样强调"两手抓,两手硬"都不为过,疫情一日不根除,防控一日不能松懈,从摸排每位员工健康情况,到监督员工日常防护,再到各单位内部各项防控制度的落实,疫情防控必须要"从始至终"。

系列评论 5:疫情一日不根除 防控一日不松懈

近一段时间,包括北京在内,全国各地新型冠状病毒肺炎疫情防控成果显著,但疫情反弹风险仍不可忽视。

北京作为首都,疫情防控工作的重要性不言自明。习近平总书记2月26日在中共中央政治局常务委员会会议上讲话指出,要加强北京等重点省份防控工作,坚决阻断各种可能的传染源。2月29日,北京市提出相关要求,明确任何单位、任何人不得擅自前往湖北接人进京,不得擅自前往其他地方接离鄂人员进京,不得擅自接全国确诊病例、疑似病例、发热症状患者、密切接触者等4类人员进京。3月1日,交通运输部印发通知,要求各省级交通运输主管部门按照交通运输部制定的《客运场站和交通运输工具新冠肺炎疫情分区分级防控指南》,科学做好客运场站和交通运输工具疫情防控工作。种种要求表明,当前,还绝不是可以放松的时刻。

北京市要求进一步加强各单位保洁、保安、物业、食堂、维修维护等后勤物业人员防控新冠肺炎疫情工作,做到全覆盖、无死角、无盲区,打赢疫情防控阻击战。交通行业作为城市"生命线系统"之一,要严格落实各项防控措施,确保行业自身的"生命线"安全,让系统内上下复工职工能够"安心"工作。

与此同时,随着新冠肺炎病毒在全球范围内的暴发,北京作为中国首都,境外、京外进京人流量巨大,防控工作无疑压力更大、责任更重。交通行业作为城市的"门户",一定要牢牢守住首都的"大门"。交通运输部明确指出,客运场站和交通运输工具是人员密集场所,疫情传播风险较大。道路客运站、城市公共汽电车、城市轨道交通、水路客运站乘客接触设施设备以及出租汽车重点部位的消毒频次,按照高风险、中风险、低风险地区分别有不同的标准和要求,要按照分区分级差异化防控指南推进疫情防控,坚决遏制疫情通过客运场站和交通运输工具传播。北京交通行业要严格落实"四方责任"、严格开展进京检查、抓好"外防输入、内防扩散"两大环节,严防疫情输入,尽最大可能防止输入病例,对病毒形成最有效的阻击,守护来之不易的抗疫成果,保卫首都安全。

我们要时刻牢记,疫情一日不根除,防控一日不松懈!

系列评论6:化危机为契机　实现疫情防控和交通工作双重胜利

交通场站和交通工具是疫情防控的"关口",抓好疫情防控,严防疫情通过交通场站和工具传播扩散,是我们面临的严峻考验。经过全行业上下的艰苦努力,目前北京疫情防控形势正在朝积极向好的态势拓展,交通行业也保持着"零扩散"。这充分证明,北京交通行业各项工作部署是及时的,采取的举措是有力有效的。

目前,本市已初步呈现疫情防控形势持续向好、生产生活秩序加快恢复的态势。截至目前,本市复工复产已经"满月"。一个月来,轨道交通、公路项目等重点工程积极复工,展开如火如荼的建设节奏。据统计,本市各交通枢纽客流量复工第三周较第一周增长34.1%,这说明本市的经济社会运行正在逐渐复苏。

随着全市各行各业复工节奏的加快,交通行业也为复工人员出行提供了全面的支持保障。面对特殊时期带来的挑战,交通行业也要化危机为契机,积极谋划下一步工作。北京地铁适时推出了早高峰期间预约进站的试点车站,可以减少乘客排队进站时间,这便是疫情防控期间地铁运营方面为降低地铁客流密度、控制地铁车厢满载率做出的尝试。交通系统各个领域都应及时总结此次疫情防控中的经验,提高应急处置能力,促进升级转型,创新管理手段,提升智慧交通服务水平等。

疫情终将成为过去,抗"疫"的过程,也是一次凝聚共识、创新发展的契机。每一次经历都不会白费,每一分努力都不会付之东流,交通行业上上下下要及时总结经验,切实做细做实每一项工作,科学谋划北京交通下一步工作,实现赢得疫情防控阻击战和圆满完成交通工作目标的双重胜利。

系列评论7:防控境外疫情输入 首都交通行业做好服务责无旁贷

随着国内疫情得到缓解、境外输入病例增加,当前疫情防控的重心逐渐转向防控境外疫情输入。3月16日召开的国务院联防联控机制新闻发布会介绍了防控境外疫情输入采取的措施,水运、民航等相关部门多项措施精准施策,对境外疫情严防死守。

作为首都,北京的机场防控压力不言自明。不久前,北京市出台新政,要求所有入境进京人员均进行14天集中观察。这项工作的落实,北京交通行业身处其中、责无旁贷。

3月16日下午的北京市新冠肺炎疫情防控新闻发布会上,市交通委副主任、新闻发言人容军介绍说,市交通委已在首都机场设立了入境进京人员交通服务保障现场调度组,做好机场与集中观察点之间的旅客摆渡运输及市域内应急运输保障,做到配强人员车辆、强化防疫标准、优化运输服务,坚决遏制入境人员境内转运过程中通过交通运输工具交叉感染风险,严防疫情境外输入。

做好入境旅客转运交通服务保障,首先要严选服务"软硬件"。市交通委从全市客运行业里选择了有重大活动保障经验、且信誉良好的运输企业承担入境人员交通转运服务保障,各企业也挑选了优秀的管理人员和驾驶员。为了防止交叉感染,驾驶员和转运车辆在此期间不参与其他社会运输服务。运输车辆严格做到"出车一趟、消毒一次",驾驶员也将与乘客采取必要的物理隔离等措施。只有配足配强车辆人员,并将转运过程中的防控措施做到最优,才能最大限度保障乘客和驾驶员的健康安全,将疫情扩散的可能性降到最低。

要严格执行各项服务标准,做到全面细致。严防境外输入疫情的同时,要以人为本,站在乘客的角度考虑问题,细致服务,尽量减少因疫情防控带来的负面情绪。要设身处地为乘客着想,能够提前开展的工作就要提前做好,如提前对接航班、旅客、行李数据信息,提前备班做好转运准备,力争减少乘客等待时间。同时,针对入境旅客行李多的特点,安排货车参与行李转运,减少聚集情况,降低疫情传播风险。

在保障转运工作顺利完成的同时,既要保证安全,又要做到人性化服务,对交通工作者来说,是一个挑战,也考验着从业者的管理和服务水平。疫情当前,转运服务就是另一个"前线",既是压力,又是动力。一线服务人员是冒着健康风险的"最美逆行者",值得我们为之鼓掌致敬。

原刊于《都市交通》2020年第5期至第11期1版

舒适停车,别拿性别说事

王晓萌

在公共服务场所设女性专用停车位是否必要、可否公平？是否有性别歧视之嫌？近日,某地高速公路服务区设"女性专用停车位"再次引发公众讨论。实际上,近年来这类做法不少,也屡屡引发争议。有女性表示,凭什么让女司机为车技差"代言"？也有男性不平：我也不善驾驶,怎么就不配使用宽敞停车位？争论的焦点是,女司机是否需要特殊关照？问题的内核在于,这到底是关爱还是歧视？女性车技水平究竟怎么样,不妨先看看有关研究和数据。一些研究表明,男性的空间感知能力的确普遍优于女性,更善于车距和车速等方面的估算,在应激反应能力方面也存在相对优势。不过,女司机的耐受力普遍较男性高,驾驶行为也更加谨慎专注。中国司法大数据研究院公布了2016年至2019年交通肇事罪案件的特点和趋势,数据显示,4年间男性驾驶人的平均万人发案率为女性的8.8倍。不难看出,男女究竟哪方车技更差很难定论。然而,在网络上搜索关键词"女司机""车祸",各类奇闻多达十数页,相关热点则有"女司机车祸集锦""女司机是马路杀手""女司机连撞11次"……在大众舆论中,女司机俨然一种特殊存在。那么,刻板印象是如何形成的？男性和女性的驾驶特点,造成了两者在不同事故类型中各占多数。根据北京市保险行业协会的统计,女司机在追尾、逆行等事故中负全责的比例低于男性,但在倒车、溜车、开关车门、违反交通信号灯事故中负全责的比例高于男性。这些"低级错误",也许是"女司机不行"印象的肇因,但这种推论逻辑未免以偏概全。

另外,从整体数量看,男性司机远多于女性,无疑形成了司机群体中男性话语权的天然强势。事实上,按照同样标准考取驾驶证的司机,又怎会因性别不同而区分了技术强弱？

消除刻板印象需要时间,公共服务提供者却不该先入为主,以致弄巧成拙。近年来,我们针对女性特点所提供的关爱举措不断增多,如增加公共卫生间女性坑位数等。但这与设置"女性停车位"概念不同,前者是基于客观生理差别的科学判断,后者是带有惯性偏见的区别对待。堂而皇之以"女性"冠名宽敞停车位,势必加深刻板印象。这看似"优待",却可能殃及无辜,今后也许会有人问:女司机开的公交车、出租汽车够安全吗?司机岗位招工还能不能为女性敞开大门?

仅从车位分配而言,"女性停车位"的名字也令人困惑。车技不好的男性是否可以使用?是否会有未解其意的人误读为:车技良好的女性也不应再使用标准停车位,原来的停车位成为"男性专用"?

必须承认,"女性停车位"的设置多出于好心,基于停车技术的差异划分不同尺寸的停车位也确有必要,但这与性别无关。个体之间的差异远大过群体,大码停车位应该开设给所有需求者。之所以出现女性不领情、男性叫不公的窘况,归根结底是名字惹的祸。建议抛弃这一貌似体贴、暗带偏见的性别标识,或示以"新手停车位""特殊停车位"等,自认车技不佳者,无论男女,愿者自取。

设置差异化停车位从理念初衷看是一种进步,体现了人文关怀,表明社会管理和公共服务趋向精细。但要把好事办好,还需要权衡斟酌、多费思量。

原刊于《中国交通报》2020年11月4日2版

学习抗疫英模　建设交通强国

胡志仁

运输撑起生命线——这既是对道路运输保障作用的充分肯定,也是对危机之时行业上下的决心和战斗意志的赞许。

年初新冠肺炎来势汹汹之时,白衣天使们奋战在救死扶伤的第一线,各行各业也都纷纷舍生忘死奋战在属于自己的战场上。道路运输人,这个拥有光荣战斗铁军精神和历史的集体,在"一断三不断"的战场上,挥洒了汗水与热血,书写了属于自己的抗疫精神篇章。

近日举办的全国抗击新冠肺炎疫情表彰大会上,中共中央总书记、国家主席、中央军委主席习近平向国家勋章和国家荣誉称号获得者颁授勋章奖章并强调,伟大抗疫精神,同中华民族长期形成的特质禀赋和文化基因一脉相承,是爱国主义、集体主义、社会主义精神的传承和发展,是中国精神的生动诠释,丰富了民族精神和时代精神的内涵。习近平指出,面对突如其来的严重疫情,中国人民风雨同舟、众志成城,构筑起疫情防控的坚固防线。面对突如其来的严重疫情,我们统筹兼顾、协调推进,经济发展稳定转好,生产生活秩序稳步恢复。习近平强调,我们要毫不放松抓好常态化疫情防控,奋力夺取抗疫斗争全面胜利。我们要扎实做好"六稳"工作、全面落实"六保"任务,确保完成决胜全面建成小康社会、决战脱贫攻坚目标任务。我们要加快补齐治理体系的短板弱项,为保障人民生命安全和身体健康夯实制度保障。

道路运输人身上正体现了这种抗疫精神,这支队伍无愧于中华民族的精神传承,无愧于党和国家交托给行业的重任。突如其来的疫情和春运叠加,成为摆在运输人面前的巨大挑战。但是没有退缩,没有犹豫,甚至无暇顾及家庭与自己。中国人民共同筑起的坚固防线,每一处都有他们的身影;中国人民一同走过最困难的日子,离不开他们枕戈待旦坚强保障;中国人民毫不放松抓好常态化疫情防控,他们征衣未脱又投入到更持久的战斗中……

他们平凡而又伟大,勋章和荣誉称号授予他们中的典型代表,体现的是对这个行业、这个队伍的肯定。他们是英模,更是千千万万同行者中的一员;千千万万运输人在疫情面前是同一种精神,才能淬炼出他们这样的光辉形象。

在这样的光荣时刻,我们由衷地祝贺他们,并向他们学习,同时也是鼓舞我们自己——拥有辉煌传统的战斗铁军,在常态化抗疫的条件下,将继续战斗在属于自己的战场,为夺取抗疫斗争全面胜利,为决胜全面建成小康社会,建设交通强国,一如既往地筑牢保障、贡献力量。

原刊于《中国道路运输》2020年10月第10期第1页

让自然和社会一起生长

谢博识

"这种该诅咒的社会和自然的畸形分隔再也不能继续下去了,城市和乡村必须'成婚',这种愉快的结合将迸发出新的希望、新的生活和新的文明。"这是社会学家、城市学家埃比尼泽·霍华德,在城市规划开山之作《明日的田园城市》中的话。埃比尼泽用"三磁铁"理论描述了他的主张:建设一种兼有城市和乡村特点的理想城市——田园城市。这个1898年问世的观点,120多年后不仅没有过时,还在指导一系列城市改革、城镇化改革和乡村改革。

田园城市希望实现人类社会和自然美景的深度融合、人和人之间的广泛交往、城市和乡村的才智互通,既能启迪音乐、诗歌、艺术,又能推动工业生产的机轮……

如今正在广大的农村上推进、惠及每一位老百姓的"四好农村路"工程,正逐渐让田园城市的"图景",一步一步变成"实景"。

河北邯郸涉县千里乡村旅游走廊中的"圣福天路"高耸入云,今年5月,在第二届圣福天路槐花节上,文人雅士诗词联弹:"高路绵延南北纵,槐花簇岭醉流云。天遗累累通灵玉,逐梦红楼半恼春。"诗意与天路相伴,行向太行深处。

江苏常州溧阳市365公里长的"1号公路"沿线坐落着30座茶舍,八方来客以茶舍为据点,用蕴香的盏,品着扬香的茶,高冲低泡之间,竟也结识了几位激浊扬清的同道中人,一期一会,且行且珍惜。龙江大地上的"四好农村路"为东北振兴探路,全球最大的亚麻纱、汉麻纱生产加工企业落户青冈县,亚麻细纱机络纱忙。黑龙江"百大项目"之一"30万吨燃料乙醇"工程每年能转化玉米92万吨,复工以来,产销两旺。工业陆续入驻农村,夯实了农村经济工农相辅的基础。

如今,420多万公里的农村公路在推动人类社会趋近田园城市的过程中,还有更深一层的作用:改变不合理的社会秩序。

城市和农村,这两个以农业生产和工业生产等社会分工划分的行政区域,一出现就打上了阶级的烙印,城市占据了高等级阶层。在"城市中心论"主导的一个多世纪以来,甚至到今天,很多人对农民的印象还停留在贫、弱、私、愚。在"工农分家"集体化运动、户籍制和单位制等理想化蓝图中,农民被城乡之间森严的壁垒排除在城市秩序之外,成了"自给自足的人"。随着工业逐步撤出,农村与城市在物理上渐行渐远,车不通,路不通,回一次家身心俱疲。农村成了只用想念,不必相见的家。农村与城市之间,除了亲属关系的联结之外,再无其他。

然而,人们聚居在一起,相互为邻,形成地域性群体,拥有共同的利益,协同行动,对政治、经济、娱乐充满需求,这才是社会。曾被失序的"蓝图"涂抹掉的社会基本纽带——地域性纽带,如今被通村达户的沥青水泥路重新施划出来,农村公路为农村注入了新的能量,让它们和社会万物一起,继续生长。

原刊于《中国公路》2020年11月1日第21期第1页

"城际网约车"能否撬动万亿级市场？

祁 娟

虽然经历下滑困境，但《2018中国道路客运互联网转型升级白皮书》调研数据显示，道路客运量占全国客运总量的83.3%，且道路旅客周转量占全国客运周转量的35.7%，道路客运仍旧是我国体量最大的客运方式，蕴藏着无限商机。

据不完全统计，当下我国近九成的道路客运企业正处于转型升级之中，这些企业要么与高铁无缝对接，重点发展县域、乡镇路线，实现班线公交化运营；要么进军网约车市场，实现网约车点对点、门对门的便捷化服务，快速占领市场。

越来越多的企业和平台意识到城际出行在整个出行链中的重要性与巨大潜力。比如，常州公路运输集团开通的常州至金坛"常金拼车服务"，以商务车为载体实现定制化城际出行；比如"易来客运"网约车平台，获得四川省发放的首张基于运输企业的网约车牌照。而"易来客运"正是由传统道路客运企业合力转型而来——该公司由四川省汽车运输成都公司牵头，整合了成都市汽车运输(集团)公司、四川达州运输(集团)有限公司等多家资源。

互联网巨头们也嗅到了城际市场的巨大商机，并纷纷开始谨慎地行动。

今年6月，滴滴城际拼车与河北保定交通运输集团有限公司合作，开通保定市区往返阜平县、保定市区往返涞源县的城际拼车路线。此次合作由保运集团承运，提供客运车辆和驾驶员，基于滴滴城际拼车的线上技术，将乘客用车需求与车辆精准匹配，为保运集团的高效调度提供支持。同时将滴滴安全功能技术与保运集团线下管理能力相结合，协同推进交通运输服务和管理的现代化，打造"客运融合"的行业示范合作。

7月,腾讯公司与青岛交运集团共同推出"米图出行"官方定制客运平台,首条线路"黄岛—青岛"开通试运营,为用户提供定制客运服务,成为腾讯落地的第一个城际客运场景。

今年7月12日,交通运输部发布《关于深化道路运输价格改革的意见(征求意见稿)》,其中明确放开省际客运班线、与高铁平行客运班线、定制客运等竞争充分的班车客运价格,实行市场调节价,这对城际客运市场而言是个利好。

有业内专家表示,城际网约车若想实现可持续发展,不仅需要符合网约车发展的趋势及新政的要求,在专业化、标准化、流程化等服务上下功夫,而且还应在安全和监管上加大力度,保证公众出行的安全、舒适与便捷。而对客运企业来说,如何借力互联网平台,将其技术优势、产品优势、运营优势嫁接到客运企业整体能力之中,搅动城际市场的一池春水,还有很长的一段路要走。

原刊于《运输经理世界》2019年第3期第4页

疫情在前 我们相约逆行！

李海宁

2020年1月，一场突如其来、来势凶猛的新型冠状病毒感染的肺炎疫情笼罩荆楚大地，向全国蔓延。灾难面前，人性的本能都是逃灾避难，但是还有些人为了更多人的安危，他们选择逆行，逆风负重而行。他们用按满了红手印的"请战书"，表达着责任与担当，用最美丽的身影诠释着生命的意义，用自己行动书写着人生中最精彩的韶华篇章。

这就是我国的广大医护工作者们，面对疫情，他们义无反顾地投入到这场危险的战斗。他们劝阻别人远离疫区，自己却放弃休假、放弃团聚，毅然成为"逆行者"。他们来到了病患身边，与新型冠状病毒作斗争，把病人从死神手中拉回来。

同样称之为"逆行者"的救捞人，在一次次的台风、寒潮、风浪中逆风而行，在一次次的生死关头，成功救起一个又一个鲜活的生命。

救捞精神和"救死扶伤、义无反顾"医者职业精神是高度一致的，作为救捞人更加了解"把生的希望送给别人，把死的危险留给自己""没有什么比拯救生命更有意义"这两句话的分量。我们都在用自己的分离，为无数家庭提供保障；用自己的舍弃，换来了更多人的获得。这不仅体现着敬业与奉献的价值追求，更展现出一种超越"小家"、成就"大家"的高尚境界。

疫情中的"逆行者"，为人民扛起了希望、撑起了健康。风浪中的"逆行者"，为人民支撑了保障、提供了安全。

沧海横流方显英雄本色，生死关头展现赤子情怀。

守护人民群众生命安全，亦是守护我们不变的初心。只要有我们的"负重前行"，就能换来人民群众的"岁月静好"。在国家和人民最需要的时候，"逆行"是我们无怨无悔的选择。

只要我们坚定信心、全力以赴,就一定能打赢这场疫情阻击战!只要我们众志成城、携手并肩、守望相助,就一定能战胜病毒,赢得胜利,也一定能共同守护好我们美丽的家园。

原刊于《中国救捞》2020年1月封二

一流大湾区　海事当先行

童翠龙

风帆起珠江,潮涌正当时。

2019年2月18日,《粤港澳大湾区发展规划纲要》正式公布,向世界清晰展示了未来建设国际一流湾区和世界级城市群的顶层设计和路线图。推进粤港澳大湾区建设,是习近平总书记亲自谋划、亲自部署、亲自推动的国家重大发展战略。春江潮水连海平,海上明月共潮生。在以习近平同志为核心的党中央关心指引下,粤港澳大湾区建设热潮澎湃而起。

粤港澳大湾区是我国开放程度最高、经济活力最强的区域之一,在国家发展大局中具有重要战略地位。和世界上三大成熟湾区——"金融湾区"纽约湾区、"科技湾区"旧金山湾区、"产业湾区"东京湾区相比,粤港澳大湾区规模大、依港而兴的特色突出。大湾区素有舟楫之利,其繁荣稳定与航运业息息相关、紧密相连。据统计,大湾区内90%以上的外贸货物、95%以上的煤炭、99%以上的原油和铁矿石运输是通过航运来完成的。航运业是大湾区现代化综合交通运输体系的重要组成部分,安全、绿色、高效的水上交通是大湾区高质量发展的重要保障。

作为国家水上主要行政执法力量、保障水上交通安全的主力军,海事人在提升粤港澳大湾区航运发展质量、助推大湾区现代化综合交通运输体系建设中,勇当先行、卓越服务,既是历史和时代赋予的光荣使命,更彰显了海事铁军的责任担当!

长期以来,内地和港澳海事机构保持紧密联系和沟通合作,初步形成了粤港、粤澳海事业务全面交流与合作的局面。如今,随着《推进海事服务粤港澳大湾区发展的意见》的出台和《粤港澳大湾区海事合作协议》的签署,海事在助推大湾区现代化综合交通运输体系建设中将发挥更加重要的作用。建立健全粤港澳海事协同合作机制,加强水上交通安全保障能力建设,持续提升水上应急搜救能力水平,促进大湾区航运绿色可持续发展,优化大湾区航运发展营商环境,坚持辐射带动区域协同发展……

美好的蓝图已然绘就,前行的号角催人奋进!

率先在大湾区全面建成海事服务交通强国建设先行区、海事改革开放创新发展试验区、海事高质量发展示范区。粤港澳大湾区为海事推进"交通强国,海事一流"的全面实践提供了大舞台,海事也必将为大湾区航运经济发展注入强劲力量,提供坚强保障!

依水而建,因水而兴,粤港澳大湾区人民的生产生活与水、与航运、与海事唇齿相依;安全便捷、绿色高效、卓越的海事服务将成就国际一流湾区航运发展的绚烂篇章。海潮激荡强国梦,美丽中国向未来!我们坚信:粤港澳大湾区明天会更好!

原刊于《中国海事》2020 年 9 月 15 日第 9 期第 1 页

副 刊 类

获奖名次:二等奖
标　　题:《"海上城市"》
作　　者:计海新
原 刊 于:《中国水运报》2019 年 10 月 9 日 1 版

获奖名次：三等奖
标　　题：《稳稳的幸福》
作　　者：张可静
原 刊 于：《新疆交通运输》2019年9月 第42页

获奖名次：三等奖
标　　题：《防控疫情　党员先行》
作　　者：刘蕊
原 刊 于：《北京公交》2020年4月1日3版

获奖名次：三等奖
标　　题：《烟雾中的"逆行者"》
作　　者：丁树伟
原 刊 于：《交运崛起》2020年2月第201期8版

获奖名次：三等奖
标　　题：《入城、越山、伴水成就集通高速绿色公
　　　　　路美景与雄姿》
作　　者：阚世儒
原 刊 于：《吉林交通》2019年9月19日37期通车
　　　　　高速公路建设专号

一等奖

一条路的自白

敖胤力

我是一条路,而我本非路,经受了许多踏石留痕的脚步,我便成了路。我见证了岁月的更迭,也目睹了时代的变迁,在中华五千年的历史长河中,我曾有过无数名字,但篆刻心底的名字却寥寥无几。

我是一条路,一条浸满鲜血的红色路,一条坚毅果敢的长征路。在中华大地上,从不乏秉持信仰、奋勇拼搏的名士,有百折不挠、匹马一麾的勇士,有先天下之忧而忧、后天下之乐而乐的志士。1934年,一群头戴红五星八角帽的战士从我身上迈过,有稚气未脱的少年,也有两鬓斑白的老人,步伐果敢,眼神坚毅,哪怕我的身上满是崎岖。原来,他们便是一心为中华民族之崛起而昂首阔步的中国工农红军。面对敌人的层层包围与疯狂扫荡,生死存亡之际,伟大领袖毛泽东带领红军战士们进行战略撤退和转移,挺进湘西、突破乌江、四渡赤水、翻雪山、过草地……狂风骤雨、遍地荆棘,红军战士们时刻经受着大自然的考验,饥饿和伤病亦如影随形,有的在路途上永远沉睡,站着的人脚步却更加坚定,面对生死考验,从无一人却步。长征的胜利保住了无产阶级的革命圣火,锻炼了革命队伍,为中国无产阶级革命取得最终胜利打下了坚实基础。这条被无数红军战士用鲜血洗礼过的我,叫作红军长征路。红军战士的意志和灵魂在我身上永驻。

我是一条路,一条别开生面的改革路,一条匠心独运的创新路。我所在的这片饱经战火洗礼的中华大地,这条沉睡的东方巨龙似乎已被世界所遗忘,被发达国家甩开了半个世纪,贫穷成了这片土地的代名词。在这时,又一位老人站了出来,在南海边画了一个圈,中国终于迎来改革开放的春天。于是,一群头戴安全帽的改革开放设计师也从我身上迈过,而此时的我,浑身都是风险与质疑。不惧质疑众志城,改革蓝图终绘成,座座高楼平地起,支支火箭奔天际,世界舞台齐瞩目,日月已然换新天。"嫦娥"奔月、神舟飞天成就中国新高度,"三龙"探海、海底钻探成就中国新深度,"天眼"观测、港珠澳大桥通车成就中国新广度,"复兴"奔腾、歼20破空成就中国新速度,中国制造遍布世界,中国品牌享誉全球,"一带一路"牵动世界发展……中国自改革开放以来已发生惊天动地之巨变,获举世瞩目之成就,这条沉寂良久的东方巨龙已然睡醒,正引领世界舞台之风骚。而汇聚万千智慧和心血的我,便叫改革创新路。

我是一条路,一条奔赴小康的发展路,一条脱贫攻坚的致富路。中国飞速发展,社会稳健进步,但还有这样一群人生活在交通闭塞的贫困村落中。老人在贫瘠的土地上尽力耕种只求温饱,壮年跋山涉水打工糊口,少年翻山越岭只为求学。孤寡老人带着留守儿童,住的是摇摇欲坠的危房,穿的是满是补丁的旧衫,一年到头没有一件新衣,每逢过节才能吃上一顿肉,更有甚者尚未能解决温饱,日夜为生计操劳。此时,习近平总书记又站在了龙头,他大手一挥,千万扶贫干部再次奔向、迈过了我,奔赴贫困村落,帮助贫困户谋出路、渡难关。扶贫工作看似寻常最奇崛,成如容易却艰辛。很多贫困村都处于崇山峻岭之中,因而扶贫道路上走得异常艰辛,狂风骤雨造成的滑坡、泥石流和冰霜之后湿滑凝冻的公路,疾病和意外时刻威胁着扶贫干部的生命安全。贵州铜仁的戴红蓉、遵义的徐梅、六盘水的潘玲玲……许多扶贫干部相继牺牲在扶贫道路上,将宝贵的生命奉献给了脱贫攻坚事业,她们不畏艰险、无私奉献的精神将流传千古,她们的名字将百世流芳。而且,更多的扶贫干部继承了她们的意志,毅然决然投身脱贫攻坚事业。衔山抱水建来精,多少工夫筑始成。如今,危房摇身一变成高楼,小村焕然一新变新镇,泥泞路变舒美路,深渊沟壑变通途,政府建设的安置房整齐划一,周围学校、超市一应俱全。贫困户们告别了与世隔绝的村落,住进生态宜居的安置房,青壮年无须远走他乡谋生路,少年们也再不必翻山越岭去求学,贫困户们真正得以与曾经食不果腹的生活永别。目前,脱贫攻坚已获巨大胜利,但这场战斗仍将继续。2019年是"十三五"规划的关键之年,亦是脱贫攻坚战的决战之年,党和国家已吹响向贫困发起总攻的号角,扶贫干部们在脱贫攻坚道路上燃烧着激情和热血,挥汗湿襟高歌行进。扶贫干部们用辛勤汗水浇筑的我,叫脱贫致富路,而我已然看到了这场战斗胜利的曙光。

我是一条路,一条本无感情的平凡路,但经无数红军战士鲜血的洗礼、改革先驱智慧的滋养、扶贫干部汗水的浇筑,我已成为一条承载着团结统一、爱好和平、勤劳勇敢、自强不息的中华民族精神的智慧路,我终于看到世界上存在着这样一个善良、坚毅、果敢、勤奋的民族。有这样伟大的人民,有这样伟大的民族,有这样的伟大民族精神,我坚信,中国会更加繁荣富强,中华民族定会恢宏昌盛,十四亿人心中共同的中国梦也定会实现。而激情澎湃的我,也给自己取了一个新名字:中华民族复兴路。

原刊于《贵州公路》2020年11月第5期第72页

铁路为何在这里拐个弯

张雨涵

铺开全国铁路示意图,许多小小的折线引人关注——线路没有径直延伸,而是在一些地方拐了弯,将贫困地区纳入铁路网版图。这些特殊的曲线,让山峦相牵、阡陌相连,让途经的每一个区域、辐射的每一个群体,深受交通惠泽,彰显了铁路扶贫的决心、担当和智慧。

当前,"百项交通扶贫骨干通道工程"(简称交通扶贫骨干通道)中的16个铁路项目已部分投入运营,在建项目全部复工复产。记者采访多位交通扶贫骨干通道项目的总工程师,探寻铁轨弯道上的扶贫力量。

浦梅铁路:

绕行"山水画" 青山带笑颜

夜幕下的福建建宁,雾色朦胧,格外宁静,建宁县北站却是人声鼎沸,机器轰鸣。在建的浦梅铁路建宁至冠豸山段建宁县北站站改工程开启了复工复产以来的首次天窗施工。

步阶而上,云绕梯间……为了最大限度不占、少占农田资源,浦梅铁路建宁至冠豸山段"小心翼翼"地绕行在山区边沿。铁路途经的建宁、宁化、清流、连城,是曾经的国家级贫困县。沿线坡陡山多,素有"八山一水一分田"之称,当地村民因地制宜,在大山深处,开掘出一片片雄伟壮观的梯田。

"'绿水青山就是金山银山',错落有致的梯田不仅是当地农业经济的主体,也是脱贫致富的旅游资源。"中国铁路设计集团有限公司(简称中国铁设)浦梅项目指挥长兼项目总工程师丁顺均介绍,水茜是农业大镇,山涧、小河蜿蜒全境,数公里梯田一气呵成,被誉为"八闽最美农耕文化景观"。此外,武夷山风景区、宁化天鹅洞国家地质公园、上杭永定土楼，以及古田会议旧址、长征集结出发地等红色旅游风景区，点缀在沿线各处，形成了穿行在"山水画"中的浦梅旅游线。

旅游，已经成为帮助当地人民脱贫致富的关键词。"我们设计线路面临的最大困难是，既要为闽西北百姓开辟一条新的快速运输通道，又要考虑旅游资源的开发利用，避开梯田区域，保护绿色生态环境，这提高了施工建设的技术难度和资金成本。"丁顺均说。

浦梅铁路黄沙潭至水茜段线路施工方案

为减少对沿河农田的占用，黄沙潭至水茜段采用隧道方式绕行，项目投资由此增加 481 万元。在绿色生态保护区，浦梅铁路将桥隧比降至 54.8%，并采用"生态袋边坡防护"法，减少建筑物对环境的破坏，让"人在车中坐、车在画中游"的美好设想变为现实。

串点成线，共享旅游经济。为带动更多经济据点，铁路从宁化站驶出后，又特意拐出一个大弯，将贫困地区清流县纳入铁路网范畴。"宁化至连城段的选线中，西线方案和中线方案线路都更顺直、投资更省，但为了更好服务贫困地区的群众出行，促进全域旅游共同发展，线路最终确定为经过清流的东线方案。"丁顺均说，采用东线方案后，线路长度增加了 2.1 公里，投资增加 1.27 亿元，但综合考量铁路起到的开发扶贫作用，这是最优选择。

"当下，浦梅铁路现场建设如火如荼，我们将继续坚持疫情防控和复工复产两手抓、两手硬，让浦梅铁路早日为沿线地区开通脱贫直通车。"丁顺均说。

郑阜高铁：

铁路线绕　远脱贫路直达

2019 年底，郑阜高铁在安徽临泉拐了个弯。2020 年，随着疫情形势不断向好，老区人民终于可以坐高铁走出大山复工。

"前段时间受疫情影响，返岗时间一拖再拖，心里很是着急，不过好在高铁站就设在家门口，'点对点'返岗，路上更安全。"常年在上海务工的李师傅，一直盼着老家临泉能通高铁。

打开郑阜高铁线路图,高铁线自西向东从界首南站引出后,没有径直往东,而是向南延伸近90度至临泉县,由此产生6.1公里的绕道线路。

高铁为何对这里格外关照?查看临泉县资料,答案很清晰——临泉是国家级扶贫县,也是我国人口最多的县城之一。据临泉县政府公开资料显示,2018年全县户籍人口约为200多万,相当于一个地级市的规模。作为传统的农业大县和人口大县,由于交通不便,招商引资受阻,村民普遍选择外出打工。据统计,临泉县常年在外务工人员达80万人之多,人口大量外流,整个县的人均生产总值较低。

时速350公里的郑阜高铁开通后,彻底结束了临泉县不通火车的历史。如今,从临泉到阜阳,搭高铁只要10分钟,到上海缩短至4小时左右,临泉融入长三角经济圈更进一步。

欣喜的变化背后,饱含着铁路工程师坚定扶贫的决心和智慧。"高铁从西往东,如绕行到临泉设站,会增加一段线路。但对临泉来说,通过铁路将贫困地区和发达地区联系起来,让外部的资金、信息都涌进来,将彻底改变这里的落后面貌。"中国铁设郑阜高铁项目总工程师姚章军介绍,团队重点研究了三种线路走向,从经济成本来看,在临泉设站并非成本最低的方案,但考虑服务贫困地区百姓出行的设计理念,最终选择"经界首、临泉局部取直方案"。

"为了让200多万临泉人民坐上高铁,我们投入了更多的精力和成本。但只要老百姓能看到告别贫困的希望,一切付出都值得。"谈及此处,这位工作多年的铁路工程师眼神里充满期盼,"高铁途经临泉后,本地务工人员出得去,外地企业进得来。大型企业将提供更多就业机会,不少务工人员在家门口就能脱贫致富!"

大张高铁:

幸福"便民弯"让山区百姓少拐弯

在山西阳高,为了让贫困群众出行更方便更省时,原本直线运行的大(同)张(家口)高铁向城区中心拐出一个"便民弯"。

大张高铁位于华北北部,高铁线路自河北省怀安站引出后,途经山西省6个区县,其中怀安、天镇、阳高曾为人口数量较多的连片贫困区,线路占高铁全线72.7%。

2014年至2017年，大张高铁历经线路测定、施工勘察阶段。由于贫困地区交通基础设施普遍落后，高铁站若靠近城区中心，既便于居民出行，也能利用既有交通接驳设施，减少贫困地区市政配套建设投入。

但看到阳高站站位方案时，中国铁设大张高铁项目总工程师苏勇却犯了难。"两个设站方案，高速公路外侧方案线路顺直，工程投资较省，但距城区较远；高速公路内侧方案投资较大，但靠近城区中心、方便旅客出行。各自的优缺点都很明显，我们讨论了很久。"苏勇说，经充分比选、征求地方政府意见，并获得国铁集团的批复，最终确定采用沿高速公路内侧方案，方便群众出行，施工图上由此留下一个向北凸出的"便民弯"。

"高铁从起点到终点，中间肯定要经过很多地段，在哪里设站、设在哪个位置，所有情况都要全面考虑。山区百姓外出携带物资较多、交通接驳工具单一，高铁的便利性是重点考察因素之一。"翻开大张高铁平面示意图，苏勇感慨道，"作为一名铁路工程师，最幸福的事就是看到自己修建的铁路得到老百姓的认可。"

没有方向盘的火车怎样转弯？

部分机车驾驶台设有一个可旋转的圆盘，不少人认为是火车转向盘。实则不然，火车本没有转向盘，该圆盘专业名称为调速器，通过旋转控制机车速度，相当于火车的油门。为解决火车拐弯的问题，聪明的轨道工程师对火车轮进行了特殊设计，使之能够以纯滚动的形式通过弯道。

与近似圆柱体的轮胎不同，火车轮对内侧存在突出的轮缘，使车轮整体近似锥体。当火车偏离轨道中心时，轮缘与轨道接触，并获得轨道所给的约束力，只要轮缘最低点低于轨面，火车就不会脱轨。而车轮与轨道接触的面叫作踏面，靠近轮缘处踏面半径较大，远离轮缘处踏面半径较小。

当火车转弯时，车轮首先由直道驶入缓和曲线，此时轨道向弯道内侧偏移，而轮对仍要向前移动，于是轨道外侧的车轮轮缘便更加靠近轨道，接触点半径随之增大，内侧车轮情况则恰好相反，火车便相当于以一大一小两个轮子在钢轨上完成转弯。

原刊于《中国交通报》2020年4月27日4版

你们,是这个国家的脊梁

臧弋萱　胡小娟

不久前,一封写给中国邮政的感谢信,让我们充分感受到了疫情期间,中国邮政人的坚守。这样的坚守,不仅仅是疫情之下的一句"服务不中断"的承诺,更意味着我们的邮政服务始终秉持着人无我有、人有我专、人专我恒的执着态度,我们的邮政企业将始终持服务质量之钧,将客户满意作为邮政的生命线。因为,邮政人,是国家的脊梁!

疫锁江城,老人的药却断了,生命在和时间赛跑……

2020年2月8日,元宵节,吴阿姨的手机响个不停,祝福短信让她暂时忘却了空城下的孤独。

武汉城封了,小区门禁了,儿女没在跟前,70岁的她和老伴儿跟谁说话去?吴阿姨逐字逐句回复着收到的祝福,欢喜了好一阵。可放下手机,伴随着孤独迅速蔓延的,还有与日俱增的忧虑。

药,怎么吃得这么快?

吴阿姨摇着空药瓶,早知道,1个月前怎么也得请大夫多开点儿!唉,可疫情的事儿,怎么又能早知道呢?

出去,就有被感染的风险。可不出去,药怎么办?

吴阿姨有高血压,老伴儿有脑中风术后后遗症,都离不了药。开齐他们需要的8种常用药,得跑到中南医院、人民医院等好几家医院。眼下,这都是收治新冠肺炎患者的定点医院。

再挺一挺!吴阿姨决定,断药的事先不跟儿女们说。她盼着,能有什么更好的解决办法。

5天过去了……

2月12日上午,吴阿姨看到微信群里有人分享"湖北地区慢性病患者断药求助登记表"的链接。这不,更好的解决办法来了!

迫不及待地点开链接,一张空表格上布满了吴阿姨不熟悉的字符,清一色的"高难度操作"。在武汉理工大学干了大半辈子,给学生解决了无数难题,到老了却被这"网"给难住了。

吴阿姨想了想,如果填个表就能解决断药的事儿,谁都不用冒风险,她也不用瞒着断药的事儿了。随即,吴阿姨给在上海的女儿周女士拨去电话。

"药断了?"

"断了一周了?"

周女士懵了。父母那个年纪的人,药和粮同样重要!怎么不早告诉她?周女士把埋怨生生咽了回去。

怎么让老人赶紧吃上药?周女士马上跟单位请了假,果断去解决这件"天大的事儿"。

试了一次又一次,能买到药吗?

药,不能断!

电脑屏幕照亮了周女士紧锁的眉头,天黑了。

坐了一下午,母亲发来的那张登记表终于填满了。

姓名、地址、药品种类、数量、处方……

点击鼠标,提交!

屏幕一片空白,没有任何提示告诉周女士,她的父母什么时候能拿到药。

她突然想到,这空白的背后,挤满了多少人、多少表,等药的"队伍"顿时塞满了空白。

她可以等,但父母的病等不起啊!

旅居国外多年,对这片故土,她熟悉而又陌生。国内的亲戚朋友疏于联系,不到万不得已,她不想找人帮忙,何况,还是在这疫情肆虐的时候。

强压着莫名的烦躁,她开始在网上四处找药。

无数次地输入、搜索,那8种晦涩难记的药名,她都能倒背如流了。

夜，深了。药，齐了！

确认付款……失败！

再确认付款……失败！

每确认一次，"湖北地区无现货"的一行小字便如幽灵般地出现在页面上。烦躁撕扯着夜的黑暗，失望、困倦、焦虑股股涌出。

药，不能断！

于是，深吸一口气。她决定，专找湖北地区有现货的药店下单。

确认付款……成功！

周女士舒了口气，高度紧张的神经一松劲儿，颈椎和腰椎的酸疼见缝插针地钻了上来。

她突然想起自己之前网购的东西到现在还没收到，在隐隐不安中，周女士睡得迷迷糊糊。

"叮、叮、叮……"

2月13日一大早，一连串急促的手机提示音刺破了宁静的清晨。

4家网上药店3家因无法配送退了款，只有一家药店表示：可以帮忙想办法。

心力交瘁。周女士从没感觉离父母这样遥远。如今，她在疫区外，父母在疫区里，她这层"小棉袄"被病毒阻隔，披不到父母的身上，心里充满了无奈、焦急、愤懑！

药，不能断！

网购不行，还有线下！

周女士穿上外衣，戴好口罩，冲出家门。她要看看，在这场疫情面前，她靠自己到底能不能救父母？她所热爱的这片故土，民生保障通道是否还在？

武汉，没有我的亲人，却有我的"战友"！

此时，离上海800公里，离武汉150公里的黄冈市麻城飞龙山村，一颗心也在忐忑不安。

饭桌上，刘永林一声不吭，只顾往嘴里扒饭。今天要是再走不成，单位开的"返城证明"就作废了！

刘永林是一名邮政小哥,在武汉市武昌区东亭投递部干了4年多了。

投递部微信群打他回来那天就没安静过:春节值班的同事穿着防护服,一车一车地往中南医院、梨园医院送防疫物资。一张张照片,直戳他的心窝子!

看着同事们没日没夜地奋战,他没有理由不回去,如果非要说出个理由——揪心!就是他回去的理由!

左等右盼,2月6日那天,复工的事儿总算有了眉目。

微信群里发通知,想申请外地回武汉复工的,单位可以开具"返城证明"。刘永林看到通知后,立马提出了申请。

第二天一收到证明,刘永林就拉开车门、一脚油门直奔武汉,可刚到镇高速路口就被拦下了。

"我有证明!"刘永林出示手机里的"返城证明"照片。检查站执勤人员看后直摇头:"你得开纸质证明,还需要村委会给出个证明。"

刘永林只得老老实实到村委会去开证明。

填好一张"返乡返岗申请表"就能回武汉,刘永林在填到"申请返回理由"那栏时,认真地写下了——回到公司工作岗位值班。

平时是信使,"战时"就是战士!"返岗理由"就是他的请战书!"同意返岗。"村委会的章红彤彤的。

但是,表没有给他。"'出发地防控指挥部意见'还要申报,这个你不用管,我们把表送到市里盖章,盖好给你打电话,你回去等电话吧。"

刘永林急了:"单位给开的证明有效期就7天,章能在有效期内盖回来吗?"

"你等通知吧!"

4天后,手机突然响了!

"刘永林,你过来取表吧!"

取了表,距离证明过期只剩不到12个小时了,路上还不知道得过多少个检查点,得赶紧走!

夕阳西下,武汉还是那么美,却安静得可怕。

刘永林开车进了武汉市直奔投递部。

"刘永林从黄冈回来了!"这条振奋人心的好消息,让投递部微信群又热闹了起来。

刘永林是投递部里第一个返岗的外地员工,他的归来给这个超负荷运行多日的投递部注入了一针强心剂!

食堂开不了伙,同事从家里煮了面条带过来,赶了一下午的路,刘永林饿坏了,一大碗面条,三两口就嗦掉了,吃得心里热乎乎的。

肚子饱了,定住了心神。刘永林赶忙来到生产场地。阔别多日的"老朋友",已经成了"战场"!

那刺鼻的消毒水味和一人高的"邮件山"清楚地告诉他,这里正经历一场鏖战。

"明天有得忙了。"刘永林把第二天要投递的邮件一一清点、装袋。上次见到这么多邮件是去年的"双11",那时候,投递部的人手是现在的4倍!

邮政,你能帮我解决"天大的事儿"吗?

就在刘永林回到武汉的当天,周女士跑遍全上海,终于凑齐了父母的药。

够父母吃两个月的了!周女士抱着药,心情稍微舒展了些。

这时,她想起了那家愿意帮忙想办法的网上药店,打开手机查看订单——物流状态居然更新了!

一位名叫叶继安的邮政小哥揽收了这单邮件,药,正从广州嘉禾营业部运往广州航空处理中心。

"邮政"——这两个字勾起了她的回忆。

她翻找着微信好友,因为曾经的同窗在邮政工作。如果这单邮件寄不到,她可能要请老同学出手相助了!

"邮政应该能寄到。春节前买过一次药,就是邮政寄的。"电话里,母亲的话并没有给她更多信心。她还是打算先找自己熟悉的民营快递。

2月14日,周女士预约了上门取件服务。很快,快递小哥回电了:"湖北我们寄不了。"

周女士很失望,但选择还有很多,她很快进行第二次、第三次预约。

但一次次的拒绝让她心里发毛,从希望到失望,从失望到无望!

看着那些她跑了一整天才凑齐的药,"天大的事儿"还是解决不了。

邮政,试试邮政!这是最后的希望了!

做好被拒绝的心理准备,周女士预约了邮政 EMS 上门取件。

邮政小哥回电了:"湖北武汉可以寄!"但上门后,一看她寄的是药品,没收,建议她去邮政网点邮寄。

周女士上网搜索到了离家最近的邮政网点,拿着药,怀着忐忑的心情奔了过去。

那是个很大的门店。她直奔收寄窗口,56 岁的柜员赵云清接待了她。

这是赵云清春节后复工的第 4 天。这几天,他接待了许多往武汉寄件的客户,多数寄的是防疫物资、奶粉等,寄药的并不多。

寄药有特殊规定,他请周女士出示处方,仔细核对药名。爱人在医院工作,他一看药名就知道这是高血压药,又是往武汉寄的,想必是急用。

周女士在一旁焦急地等待着,又尽量克制着不表现出来。

"现在往武汉寄,我们不能保证时限,说不好几天能到。"

"老人断药了,不好买药,只能邮寄了!"周女士生怕又寄不了,一句话脱口而出,语速飞快。

赵云清按照单位刚下的通知如实奉告,再三告知周女士送件可能会有延迟。

"只要能寄就行!"

看着赵云清开始封装包裹,周女士终于松了一口气。

称重,21 元。

你们,是这个国家的脊梁!

周日的清晨,武汉车家岭街上的商户门窗紧锁。寂静的街道,一个身影骑着电瓶车匆匆驶过。

2 月 16 日,刘永林返岗的第 3 天。

"千万别'中招'!"风呼呼地吹在防护服上,他在内心默默祈祷。

这几天,每天投递的邮件量都有满满一面包车。他和同事忙时连吃饭喝水都顾不上,哪还顾得上害怕?

单位发了防护服和口罩,每天要测好几遍体温,不停地给邮件消毒,这些让刘永林稍稍能安心些,但身上却不舒服!

从早到晚穿着防护服,就像连续蒸十几个小时的桑拿,里面全被汗浸得透湿,难受极了!

小区全都封闭,他找不到地方上厕所,只能少喝水,或是忍着回投递部解决。

戴着口罩,护目镜上满是哈气,真是眼睛看不清楚,耳朵听不真切。

"谢谢!"

无接触投递隔开了距离,没有隔开人心。是客户温暖的话语给了他坚守的动力,给了他无惧病毒的勇气,让他一门心思地把邮件"清零"!

刘永林正赶着去送的这批邮件,是一个小时前从武汉邮件处理中心刚运来的。

"今天如果结束得早,还能帮没返岗的同事投递他们段道上的邮件。"他心想着,不觉又加快了车速。

"您的邮件将由刘永林投递。"8:37,短信提醒,是"中国邮政"发来的。

"不会是药吧,刚邮了没几天,这么快就送到了?"

吴阿姨接到短信,简直不敢相信,迫不及待地给女儿打去了电话。

"快去看看是不是药!"

才3天!才3天!母亲就说"有快递到家",真的是网购的药品到了?

周女士太激动了!

邮件寄出后,她一直为几天能收到邮件而忐忑不安,甚至做好了发动武汉所有亲戚去帮忙买药的准备。

她高兴坏了!那种感觉仿佛连日阴雨的天空中骤然照射进一束明媚的阳光,让人心情豁然开朗。

她震惊坏了!在病毒肆虐的特殊时期,在所有快递都拒绝她的情况下,原本最不抱有希望的邮政不仅送到了,还送得这么快。

她感动坏了!看见母亲转发的通知收件短信,她无比感动于邮政人无畏的坚守和敬业的态度,感动于邮政帮她解决了这"天大的事儿"!

两天后。

2月18日8:40,从上海寄出的药也送到了!

还是那位名叫刘永林的邮政小哥送的。周女士对这位素不相识的邮政小哥充满了感激,她准备了很多感谢的话,按照短信提供的号码给刘永林打了过去。

"您是哪里?您那单我送到了!"刘永林忙着投递,没听清楚。

周女士知道他忙,便主动加了他的微信,把用真心写的感谢信发给了他。可刘永林直到当天晚上忙完才看到,才明白原来是感谢他的。

4年多了!

刘永林一直默默地为吴阿姨所在的小区投递,他的名字也曾在很多人的手机短信上出现过,可没有几个人记住。

这次疫情期间的邮政服务,让周女士记住了这位邮政小哥的名字,也让她彻底改变了对中国邮政的印象。

刘永林、赵云清、叶继安、东亭投递部、塘桥营业部、嘉禾营业部、武汉邮件处理中心、上海中春路邮件处理中心、上海王港邮件处理中心、广州航空处理中心……这些出现在周女士邮件物流详情中的名字和名称的背后,是几十个岗位上成千上万名邮政人在排除万难"逆向而行",为的就是不辜负客户的信任!这,就是情系万家、使命必达的意义!

"我在国外多年,之前一直对国企存在偏见,这次真的让我看到了国企的担当!我很开心也很骄傲,祖国有你们!……以后的日子里,当与每一位邮政快递工作人员擦肩而过的时候,我都会记起这段经历,会去猜测是不是你不惧危险,将药品传递到了我的母亲手里。我不知道你们的名字,但是我知道你们是这个国家的脊梁!"

很开心,很骄傲,国家的脊梁,中国邮政人!

原刊于《中国邮政报》2020年3月11日4版

二等奖

每一束希望的光

李 丹

今天的周永富没有了昨日的精气神,红着眼睛的他耷拉着脑袋走进办公室。"来来来,喝茶喝茶!"他从茶几底下拿出个罐子,或许是怕大伙介意盖子上堆积的灰尘,他快速打开盖子将茶叶抖进杯子里,然后倒入开水。落座后,他下意识地想要揉揉猩红的双眼,手举到半空又放了下来。

10月15日下午,巴尔库什干二号隧道里的台车出了些故障,负责隧道爆破施工安全管理的周永富在得知生产经理在召集焊工的时候,主动提出要帮忙。由于设备破损面积较大,共有5个焊工一起作业,一干就是6个小时。虽然戴着护目镜,电火光还是灼伤了他的眼睛。痛得睁不开眼的他只能在宿舍用凉水一遍遍地湿敷,直到第二天早上8点才完全睁开。

据周永富回忆,他2017年在眉山学焊工,后来又去了浙江羊毛衫厂打工。原计划今年节后回厂上班,由于新冠疫情暴发,眼看厂子短时间内复工无望,他感到有些茫然。好在经过工友介绍,他来到新疆乌尉高速公路项目,又捡起了之前的手艺。原以为只能枯坐家中的他很庆幸二航局能在疫情期间给自己一份工作。虽然这里是无人区,但是没什么比得上一份稳定的收入更让人心安了。

22岁本该是风华正茂的年纪,但是从周永富的脸上只能通过他腼腆的笑容感受到青春的影子。黑红的皮肤上遍布着晒斑,发白的嘴唇干裂得像冰川里的槽谷,长时间未得到打理的头发已经长过了耳朵。昨晚是他在这里最难熬的夜晚,眼睛的疼痛牵扯着积攒在心里的离愁。

"要不要离开这里?"周永富一遍遍拷问着自己。"在疫情期间只有这里接纳了我,不能就这么走了,我要和这片土地死磕到底。"整夜辗转反侧的他在睁开眼的那一刻,终于平静下来。

周永富所在的新疆乌尉高速公路项目地处阿尔金山,深秋的这里满眼是光秃的荒山,极目放眼不见人的踪影,随风卷起的沙尘让整个天空蒙上一层雾霾。这样的环境下施工有着内地想象不到的艰难,海拔高达 3000 米以上,温差最高 20 度。

周永富的住处在巴尔库什干二号隧道口下的营地,面积极小,每栋房子间隔只有 1 米,配以简单的生活设施。早上 9 点,房子周边的地面上已覆盖了一层薄冰,脚踩在上面咔嚓咔嚓响。

在这里工作时常打破两班轮转,有时候刚躺下一会又得上前线处理问题。周永富说,虽然项目部为每个人都进行了进场前体检,但仍有部分人员出现高原反应。2018 年 4 月,巴尔库什干二号隧道正式进洞,地质复杂带来的阻力让入洞的 300 米本该 3 个月走完的,却花了大半年时间。2018 年 10 月早早降下的第一场雪更是为项目施工雪上加霜。2020 年初本打算大干快上又遇到疫情暴发,历尽周折项目部终于在 3 月底正式复工。虽然前期耽误了不少时间,但 2021 年巴尔库什干二号隧道全部贯通的目标依然不变。

在周永富看来,这必将是一场前所未有的挑战。虽然他只是一个小工,负责隧道爆破安全,懂的技术不算太多,但他深知自身工作的重要性。每次接到爆破指令前,他都会循着微弱的灯光走到隧道最深处,找到里面的每一个人,将他们带到安全地带。他不轻易相信电话,不轻易相信工区前的闸机记录,他更相信自己的眼睛。在隧道里,他把眼睛睁得如铜铃一样大,不敢有一丝遗漏。

"一个都不能少!"他时常告诫着自己。

在千沟万壑的崇山之下,巴什库尔干二号隧道正在贯穿山体,通向另一端。周永富时常行走在这条黑暗与微光交织的隧道中,巡查着每一个安全漏洞。

每一次安全爆破对他来说就是一次胜利,就意味着这座总长 4736 米的特长高海拔地区的隧道又掘进一步。

短暂歇息后,周永富打起精神继续奋战。戴着头灯的他和工人们散发出一束束微光,成为枯寂的黑暗世界中最亮眼的存在。"再苦也要把隧道打通,不辜负大家的期望!"周永富说。在新疆乌尉高速公路建设中,还有着更多的周永富们正在突破困境,迎接这条康庄大道的美好前景。那每一束微弱的光,都是希望!

原刊于《二航人》2020年11月25日4版

写给"天鲲号"的一封信

丁忠华

亲爱的天鲲:

  前些日子偶闻你在"一带一路"沿线国家大显身手、疏浚造岛的消息,着实有些小激动。想起监造你三年内的点点滴滴,依旧历历在目,恍如昨日。

  首先,恭喜你出生在一家高度重视质量的公司,这家公司视质量如生命。而你的整个建造过程,伴随着的是这家公司严苛的质量要求。也许,在振华的这段日子,作为婴儿的你没有一丝记忆,也许你对我这套官方说辞嗤之以鼻,那么,就让我从你的长成经历一一说来吧!

  2015年12月15日,你的第一块钢板开始切割,这就好比人类婴儿的胚胎形成。彼时,你需要补充大量营养。对的,我们为你准备了充足的钢板、管子等原材料。你如饥似渴地汲取着这些能量,而我们更是严把入库关,确保每一份原材料均合格、可追溯。渐渐地,你长大了,组成躯干的96只分段也逐渐制作完成。婴儿在这个阶段,已经开始做CT了,我们质检部的兄弟不敢怠慢。为确保你的每一块骨骼、每一寸皮肤均健康成长,他们不遗余力、起早贪黑地登梯、爬舱、穿洞,为你全方位、无遗漏地进行无损检测。

  "物勒工名,以考其诚,工有不当,必行其罪,以穷其情。"你身上的每一块钢板,我们都能追溯其材质、厂家;你身上的每一道焊缝,我们都可以追溯其焊工、焊接参数、探伤人员。2017年5月上旬,你的手臂(桥架)开始机加工。对的,为了增强作业适应能力,尽可能增加最大挖深,专家们为你设置了上、下双耳轴! 该功能看似简单,但我只想偷偷告诉你,这其中包含的质量控制难度之高,令人咋舌!

  按照图纸要求,重约1100吨的桥梁在安装对接时,误差必须控制在毫米级别,其左、右舷位置度控制在±1毫米内,同轴度在0.2毫米。为此,我们精心编制了相关工艺,同时为了避免结构高温变形对机加工的影响,我们选择在每天凌晨3点左右进行检验。当现场见证了上、下耳轴绞点一次切换成功时,热泪溢出了我的眼眶。

2017年11月3日,你迎来了下水这一重大节点。你的出身,便注定了这一生将不同凡响。当时,国内外50多家媒体对你进行了报道,各种名号也加载在你的身上,如"造岛神器""地图编辑器""亚洲第一绞"等等。也许,谦逊的你对此愧不敢当,但我想说,你应挺起胸膛,坦然接受这些赞誉。

天鲲,类似这样的小故事比比皆是,因篇幅有限,我不再赘述,但你现在总该相信我的话了吧!最后我想说:

从你出生的那一天起,国内外媒体都在宣传,看:这天鲲!

我自豪地看着你一点点长大,长成祖国开疆拓土的利器;

你应该知道,我国一直以制造大国享誉全球,但是你更应记住,我们国家正在向"质"造强国挺进;

而你将是中国"质"造强有力的名片;

我们将和你一起,胸怀理想、追求卓越,做好中国名片的推动者;

同时,也希望你能够常回家看看;

记住这个生你养你的地方叫作:ZPMC!

祝一切都好!

丁忠华

2019年7月23日

原刊于《振华重工报》2019年9月12日总第217期4版

村道闪闪发光

李能敦

下过雨,代家湾去祠堂的路变得泥泞不堪。人的脚、牲畜的脚,往来反复,把泥巴揉成了面团,积水的地方就搅成了粥。在这路上走着,得有一定力气和经验。没力气,鞋子陷在泥中拔不出来;没经验,就会一溜一滑,摔一个仰翻叉或嘴啃泥。我小心地赶着路,又不能太耽搁,害怕进教室晚了罚站,心里刚有点着急,稀泥巴就让我一下子跌坐在泥浆里,书包也一并遭殃。我一边哭着,一边还得爬起来继续赶路。我打着赤脚,没有泥巴吞鞋的担忧,但溜滑却是一样的。因为赤脚,便又格外生发另一种忧惧:脚会踩到虫子。除虫子,还多半要踩到鸡屎、猪屎、牛粪、羊粪——这几乎是肯定的。这条村中大道,人要走,牲口也要走,大多会在道旁、田间、野地大小便。村道穿过一些人家的院坝,百分之百,这院坝里布满了鸡屎。走路到这里,面对一片泥浆,怎么下脚,怎么避开混合在里面的鸡屎,这差不多就是人生的终极考验,绝望、苍凉。

这是大约四十年前的景象,至今记忆深刻。

那时,祠堂是代家湾重要甚或唯一的地标。它位于村里几条道路交会的中心。本是李氏宗祠,只剩一座空房子,作为村里的小学。村里每户人家的大门都是木质的,门槛是青石板的,作用就是刮泥巴。当然,门前有石阶的,会在石阶上先刮一遍。村里每户人家还都有一个器具:拍板。整木做成,一头厚,侧面呈三角形,底部平平,一头是把柄。它最光荣的使命,是建房时用来平整土墙墙面。它最日常的用途,却是雨后放晴,在泥巴将干未干时,将各家院坝已被踏得坑坑洼洼的地面,重新平整过来。太阳初照,就听见村里各处"啪啪"声此起彼伏。

上学的村道,只要不下雨,就很可爱,打一双赤脚亲吻大地,简直是享受。

一下雨,面对那一路泥泞,不管赤脚不赤脚,都是战战兢兢的。那时,我便生出一个梦想:哪一天要把代家湾的土路全都铺上石板,那就太美了!

不是水泥,就是石板,以一个还没出过村的普通少年的见识,我只能想到这种奢华了。石板质地坚硬,人畜走多了就青光发亮。这东西就地取材,代家湾很容易找到,代家湾不好找了,北面山上的青石村多的是。石板费工的话,石子也行,砂土也行。石子、砂土渗水,不会变成烂泥。一下雨,这石板路、砂石路就被冲洗得干干净净了,没有泥巴,没有粪便,就是爬着虫子,那也不是大问题,因为看得清清楚楚。不仅去祠堂,去香树坪姑奶奶家,又从香树坪去公社,去培石外婆家……所有代家湾村里的和从村里走出去的路,全都铺成石板路、砂石路。所有的人,到祠堂,到公社,走亲戚,几趟回来,鞋还是那双鞋,裤子还是那条裤子,人还是那个人,精精神神的。到家,各家院坝也都用石板铺好了,雨水一冲,也是干干净净的,各家门槛也不用刮泥巴了,干干净净的。拍板除了拍墙,平时也真用不上了,可以当柴烧了。鸡啊,猪啊,一律圈养着,没有人家好意思随便放出来,弄脏自家的院坝了……

我做着这个有关村道的梦,没想到居然真的实现了,而且比我梦想得还漂亮!

一条总长约十公里、宽四米五、厚二十厘米,表面带有摩擦刻槽,里侧建有排水沟,外沿安装波形镀锌防护栏的水泥混凝土道路建起来了。

在香树坪眺望低洼处的代家湾,水泥公路紧紧贴附在村庄的肌体上,顺着山梁、沟湾、田坡蜿蜒而行,时不时隐藏身段,但很快又会冒出来。就像一个小孩,刚会走路,有些跌跌撞撞的,有些兴高采烈的,绕过来,又绕过去,不亦乐乎地跑着,是要跑到每个人面前,笑一阵,又跑开去,拉他不住。

青灰的天空下,灰白的路面反射着天光,比天空还亮一些,在村庄偏深色的背景上,更是格外地显得光亮,简直像一条发光的带子,让整个村庄都变得生动、活泼起来。这十来平方公里的山窝子,李、向、徐三姓三百五十余户人家,就让这光带紧紧串在一起,无论砖混平房、土墙瓦屋,都亮堂了。就有几处房屋稍偏,落了单,也是离开公路不远的,有稍窄的便道与公路连通,笼罩在公路温暖的光芒中。

从代家湾出发,四米五的硬化村道向西与毗邻的贺家、龙窝村村道连通,之后接入八米宽的抱龙乡乡道同时也是到巫山的县道,继而连接二十四米宽的双向六车道 G42 沪蓉高速公路……代家湾,在解决十公里硬化村道的关键问题之后,就这么迅速地连通了中国,把自己融进一个比一个大的交通网络中。北京、上海、深圳、烟台、呼和浩特、成都、石河子……所有代家湾老少爷们求学、务工、生活的地方,都成为手机导航系统的一个点,或是反过来,代家湾成为所有这些出发地的目的地,轻轻一点,一条北斗卫星观照的道路瞬间规划妥当,无论山高水长,送你返回家乡。

当我停了车,在香树坪向东眺望处于低洼位置的代家湾,眺望四十年前的梦境,遥远而迫近,虚幻而真切,让人疑惑,让人激奋。那一刻,我心潮起伏,还有些热泪盈眶,我忍不住伸出手,指点村庄,对旁人说:"看,代家湾的路!"好像别人都没看到,只有我发现了一样。

我看到,一条光辉的村道,像是一条长长的洁白哈达,轻轻律动着,带着村庄,带着我们更大的梦想,奔向远方。

原刊于《重庆交通》2020 年 7 月 10 日第 6 期第 76~77 页

大山·梦想

孙 晓

陈师傅是我认识的第一个佤族人。八年前去沧源挂职,是他开着车把我从机场带回去的。快五个小时的车程没有瞌睡,但我们话也不多。车往大山里越开越深,看着陌生的地理环境,想想全新的工作岗位——当时的我,心情真是难以平静。陈师傅时不时来找话头。他把沿途出现的山峦、怪石、景色一一指给我看,如数家珍。他说这片大山里有很多奇异的景色,有很多独特的风俗和讲究,来者都感慨大开眼界,只可惜知道这里的人太少。他就盼着我们能够多给宣传宣传,让更多的人了解阿佤山。说来也怪,就从那一瞬间开始,我似乎就找到了来这里工作的感觉,像是一个兴奋点,又像是一种使命感。

我跟陈师傅挺合得来的,喜静不喜闹。闲下来的周末,他会邀请我去家里。他家最让人印象深刻的,是养着各种各样的鸟。他甚至利用房屋和围墙的间隙笼起了一个鸟屋——足够飞禽在里面扑腾几下翅膀的。捕鸟,是陈师傅的一大爱好,也是很"佤族"的一门技艺。我看陈师傅摆出来的几件家什,跟翁丁佤寨民俗博物馆展出的捕鸟工具基本没什么区别,要说有什么与时俱进的,那就是他的"鸟哨"还有一个 MP3 功放,能模仿雌鸟的叫声。佤族人捕鸟用陷阱下套,讲求生擒活捉。据说陈师傅能在草地、灌木丛中分辨出斑鸠们走的"鸟路",陷阱就设在这些"鸟路"上。惊之诱之,鸟儿们自是入套。

陈师傅爱鸟,捉来的鸟都养着,能配对的还能下蛋、孵化。有一次鸟屋里多了一只通体洁白、尾羽长过一米的形似雉鸡的大鸟,陈师傅管它叫"白仙"。他说可惜没时间,要不然他就在林子里守着,再给它找一只雌鸟,让它们孵一窝小的。这次的"白仙"养好腿伤就放归大山了,独养在家的飞禽活不长,陈师傅说,善飞的还是要让它们飞到更广阔的天地去。让鸟儿繁衍分窝、生生不息——这是陈师傅在他这个爱好里最高的期待,他已经开始憧憬起退休生活。

陈师傅上过小学,他深知学习对于改变命运的重要性。我和他下乡,每到乡镇和村寨,都要去看看那里的学校。在一所村小,我问了一些孩子他们的理想是什么?七八成的孩子回答都是当警察!我一度以为是这些孩子懒得思考,学样说的,但后来陈师傅跟我说,村里最出息的孩子考上了公安专科学校,从此以后,当一名警察就是这里大多数孩子和家长的共同理想了。大山密林给了这里的人们求取饱暖的丰富自然资源,却也阻隔了这里的孩子想象外面的世界。闭塞,是山区教育发展最大的障碍。

我跟陈师傅后来又来过这个学校,跟我们一起来的,还有东航的志愿者们。他们教这里的孩子做游戏,讲大山外面那些有趣的人和事,谈梦想谈人生……每一次,孩子们都听得那么入神。志愿者里的飞行员现身说法,告诉孩子们他也曾来自大山,鼓励他们敞开自己理想的大门。

后来,因为工作关系我告别了沧源,陈师傅也终于退休了。后来,还有很多"后来":志愿者们成立了专门的公益项目,每年把大山里的优秀师生带到上海游学参观;有佤族的孩子成了飞行员、乘务员;沧源通了机场,佤寨上了热搜,越来越多人知道了这里;县里摘掉了"贫困县"的帽子……

许久没回去了……我也很想亲眼去看看陈师傅捕鸟的本事,听他讲讲那些破壳而出的鸟儿飞向山林的故事。

原刊于《东方航空》2020 年 8 月第 56 页

那些年我们乘坐的"公交车"

王文红

小时候我们四姐妹经常埋怨爸妈:"别人爸妈到新疆都知道往市区跑,你俩可好,偏跑到这个山沟沟里的煤矿来,出门连个公共汽车都没有!"

记得在那个资源匮乏的年代,全矿除了有几辆生活车定期出去给矿上采购生产、生活物资外,还有两辆看着都瘆人的血红色矿山救护车,这些车也只在拉货或运送伤员、领导外出开会、工人去疗养、学生考试才能用。日常所有人出行都是靠搭乘来矿上拉煤的大卡车。因为不能人货混载,出门大家都可以坐到驾驶室里,只是天不亮就得去排队,很耽误时间。下午回家倒是很方便,在地磅等去矿上拉煤的车,给司机师傅打声招呼,大人小孩便可以欢天喜地地翻爬到拉煤车的大厢斗子里,开心地飘回家(俗称"飘大箱")。等下了车你再看吧,所有人满身满脸都被糊得乌漆麻黑!

在我读小学二年级那年矿上发生了一件大事,惊动了全矿的人。大人、小孩争先恐后地踏着锣鼓的点子声,早早就跑到彩门跟前等,等着看那辆挂着红绸带、大红花,蓝白相间的大轿子车,那是矿上买的第一辆轿子车。从此,结束了矿上人出行靠"飘大箱"的时代。也是从那天起,我便每天都在期盼爸妈能带我出趟门,坐一下那辆崭新的大轿子。让我最记忆犹新的事就是初一那年暑假,大姐带我第一次乘坐19路公交车。我俩在车站等了近一个小时才挤上车。那一路着实是一场力量与耐力的考验。大姐用身体护着我,可我的小身板还是挤压在坐在座位上的阿姨身上(起初她还会扭动身体暗示我别压着她,后来看到我和大姐再努力也扛不住车厢内拥挤的人群,也只好无奈地把头靠在窗户上,任凭我挤压)。而我的脖子也因挺了一路都快要断了,因为只要松一口气我的脸就会贴在玻璃上。感觉那满实满载的一车人都要被挤成相片了!

多年后,我这个曾经在家因干活动作慢、说话声音小,且爱脸红、被称作"小绵羊"的四姑娘,居然成为一名101路"大通道"上的乘务员。而那时的我一改常态,每天在车厢里扯着嗓子大声喊得最多的话就是"别上啦!别上啦!上不来就不要上啦,后面车马上就来了!"

时光飞逝,转眼我在公交企业工作已有二十余载,亲眼见证了改革开放以来,我赖以生存的企业、城市经历着翻天覆地的变化。当年那个地处小山沟不通公交车的煤矿已完成它的历史使命,不复存在;那一群高喊着为祖国四化建设作贡献、甘愿投身山沟从事矿业开发的父辈们也日渐老去,在市委市政府的统筹协调下悉数迁入交通发达、生活便利的城市安度晚年,那个"飘大箱"的时代也永久地封存在我们记忆的长河里。

如今的我,每天驾着我的"王小白"上下班。只要老爸"咳嗽"一声要去哪哪哪的,我便想飞奔过去接,可老爷子实在不领情"接什么接,烦不烦,谁让你接,现在出门多方便,车那么多,想坐哪个坐哪个,那个518路一趟就从矿务局新房子坐到老房子;还有19路、33路,一会儿一趟、一会儿一趟,都跑得快得很,人还少;坐BRT也行,还有空调,方便得很,你们好好上班不用管我!"

听着老爸"不领情地唠叨",回想着我们伟大祖国70年来历经的沧桑与巨变,感受着改革开放以来经济迅猛发展带给我们老百姓的幸福生活。沐浴在新时代的春风里,我们这一代人是幸福的,我们赶上了,赶上了过去想都不敢想的好日子!

原刊于《乌鲁木齐公交》2019年7月16日第12期4版

两代人的"振华情"

胡 萍 杨 嵘

25年·初心不改

1994年正月十六刚过,时年20岁出头的李超贤便早早打包好了行李,带着家人的嘱咐与寄托,坐上前往南方的列车。李超贤的目的地是原上海港机厂江阴基地,这是他步入社会后的第一份工作。

"一行10多人,当时是以上海港机厂的名义来招人的,一听说是做大吊机,地点又在东部地区,顾不上吊机到底多大,地点到底在哪,反正就是兴奋地来了。"回想起初来振华的原因和契机,李超贤眼睛放光,言语间透着初来乍到的喜悦。

正月十七,李超贤终于在夜幕降临之际,抵达目的地。荒凉的西郊,简陋的车间,年轻的李超贤难免心生失落。"赶了很多路,也许是心里期待太大了吧,所以当时有点泄气。"李超贤笑着说道。虽然有点泄气,但是李超贤在心里暗示自己,"来都来了,好好干,肯定能闯出一番天地的!"

刚做好了心理建设,紧接着的工作安排,又给李超贤浇了盆凉水。"本来以为一进去就能参与大项目,做大吊机",李超贤愤愤不平道,"结果师傅让我扫地!"

起初,李超贤并不能理解师傅的苦心,天天负能量,感觉又失落又委屈。他的一言一行,师傅都看在眼里。这天吃饭间隙,老师傅特地叫来李超贤,"超贤,我让你扫地,不是埋没你的技术,更不是不相信你的能力。咱们这个工作,是个强调安全的活儿。你刚来车间,我让你爬上爬下,接触机器,根本不安全啊。"老师傅语重心长地说,"扫地也是门技术活,你先熟悉地面,边扫地边看这车间的机器,跟着我学习,打好基础,只要你悟性高,很快就能上机作业了!"老师傅的话,一下子惊醒了李超贤。原来师傅有这样的苦心,自己却完全曲解了,他感到惭愧,同时也萌生了要好好"扫地"的决心。

从那天起,李超贤每天像打了鸡血似的,早早就到车间干活儿,主动申请加班,主动学习,"苦是苦了点,但收获实在是太大了!"李超贤眼眶微微泛了红。

这一扫,就是3个月。3个月后,苦尽甘来。李超贤终于从"扫地"转到从事小机件的加工工作。"当时车间采取两班制,工资按自己的工作完成量来计算,那真是干劲儿十足。"当拿到厚厚的工资信封时,李超贤笑得合不拢嘴,"终于能用自己的钱,给家人和自己买东西了。"这一切变化,让李超贤兴奋极了,让哥哥们来振华工作的心愿,也由此萌发。

1998年,公司业务扩张,人才需求加大。李超贤向领导请示,能不能让有技术经验的哥哥们来公司发展。几个月后,大哥、二哥、三哥、四哥就陆续来到了振华的不同岗位,再后来,二哥李超玉的儿子李瑞,也进入了振华,两代人的振华故事从此拉开序幕。

李超贤在江阴基地干了8年,这期间他娶了妻,有了美满的家庭。2001年,李超贤随着公司迁址,来到了长兴基地。依旧是金工车间,此时的他,已经从徒弟,变成了师傅,开始担任加工生产主管,主抓车间生产。

2010年,振华承担南京盾构机的制造任务。项目工期紧,难度大,金工车间作为盾构机构件的整体加工车间,更是面临着巨大的时间压力。"当时留给我们的时间只有3天,我们要在3天内完成基础构件的机加工。"

接到任务后,李超贤没一丝抱怨,主动担起大梁,带领车间工人"赶进度"。盾构机结构复杂,工艺要求高,类似项目经历又少,"当时大伙都感到压力很大。"为了控制机构孔口误差,李超贤爬上爬下,钻前钻后,反复确认;密封条密封测试不达标,李超贤就牵头找解决方案。"我记得那几天都是从早上工作到夜里12点,在车间吃完同事买的夜宵后,继续奋战,反正吃睡都在车间。"

经过没日没夜的两天奋战,车间如期交工。李超贤的双眼因连续的睡眠不足而充满了红血丝,身上新穿的工作服,也沾满了黄色的焊花和汗渍。那天结束后,李超贤躺在床上整整睡了一天。"当时真的是太拼了,感觉是完成了一个不可能完成的任务。"沉思了一会儿,他接着说,"可能跟团队有关系吧,大家的那种责任感和使命感,深深地影响了我,我没理由不拼!"

正是基于这种强大的责任感和使命感,李超贤在振华扎根了近25年。数年来,李超贤初心不改,始终用高标准、严要求,约束着自己,把关着生产环节。

如今,振华已经走过了27载的光辉岁月。谈起变迁,李超贤感慨颇深,"我常常觉得我与振华的成长,都可以用同样一个词来形容——'有苦有甜'。"

李超贤回忆道,早年刚到江阴基地时,车间设备稀缺,很多大的机构件,都需要人工去抬。人抬不动的,就靠师傅教的土办法,用杠杆、用绳索拉,反正办法总比难题多。现在,公司逐渐走向现代化,车间也引进了很多新机器,我带的学生常常对这些新设备兴趣十足。"我想,机器的东西,他们比我上手快,但老师傅教给我的那些方法,工作态度,是我应该要传承下去的。"李超贤笑着说。"现在公司的产品遍布世界各地,这一切辉煌成绩,都是从'苦'中走出来的,是现在的'甜'。"

21年·敬业奉献

1998年,在弟弟李超贤的介绍下,李超玉来到振华,成为一名起重工。

"当年,我压根没想出来干活儿,家里孩子还小,我舍不得。"李超玉的想法在来到振华后发生了变化。在振华工作,每个月都能准时拿到工资,收入稳定了,家里的生活费不愁了,孩子的学费也有着落了。李超玉说:"我是家里的顶梁柱,不就指望着让家里条件能好点儿嘛!在这儿干能让家里人过得好,那就值了。"

李超玉对振华的初步印象,不仅限于稳定的收入,还有优质的员工福利。"98年那会儿,公司宿舍是4层的楼房,装了空调和电视机,地上还铺着地板。咱家里都没这么好的条件呢!"李超玉说,那个年代,他们村里家境好点的铺着青砖,家境不好的还是泥巴地。鲜明的对比让他感慨万千:"振华给咱们工人的待遇好啊!"

1999年开始,李超玉因为经常为外国客户卸船,出入过很多国家。在国外亲眼见证无数港口的崛起与发展后,他深刻地意识到,与世界上很多港口都有交集的振华,有着巨大的发展潜力。李超玉对自己、对振华的未来充满了信心。

和自己的弟弟李超贤一样,李超玉对振华深怀感激。在他看来,自己小家庭的种种改变离不开振华的促进,这种初心成了他敬业奉献的底气。在生活上,李超玉是一位随和的人;但工作上,他对自己的要求极高。

有一次,李超玉到美国负责转运铁路轨道吊。一到现场看到转运方案,凭借自己多年的经验,李超玉就觉得方案不成熟,执行有困难。"台车上的铁柱子,放得比圆筒还高,运输过程肯定存在安全隐患。"李超玉说,"当时还没人提出质疑,但我觉得不行。"带着"钻牛角尖"的劲儿,李超玉反复斟酌方案,加班修改,并向美国客户展示了他修改过的方案。

新方案不仅完美地解决了安全隐患,更为后期转运提供了便利。现场观看了李超玉的操作演示后,美国客户紧握着李超玉的双手,不停地赞扬"Good! Good! Very good!"这句再简单不过的赞美,让李超玉开心了很久。

"来这儿前,我是个农民,来这儿后,我成了一名工人。振华给了我走出国门的机会,长了很多见识。"每每问及过往,李超玉都十分感慨,在国外走多了,经常能看到振华的产品,每当这时,李超玉就无比自豪:"看! 这是我做的!"

在振华工作 10 年后,儿子李瑞与李超玉一样成了振华的一名起重工。如今,李超玉已在振华奉献了近 21 年。这位老振华人,经历了中国制造业从 50 多年前的筚路蓝缕,发展到如今的蔚为大观,也见证了振华重工从 20 余年前的破旧简陋发展到如今的蒸蒸日上。

"振华"这两个字,浸透了李超玉 21 年的青春,寄托了他对儿子未来发展的念想,饱含着他对国家、社会、企业和家庭发展的期待,成为联系他与儿子最独特的"纽带"。

10 年·信仰传承

对曾经年幼懵懂的李瑞而言,振华是一张照片,一个盼头,一种向往;对如今已近而立的李瑞来说,振华是家,是空气,是自然而然流淌在身体中的血液供养。

8 岁那年,李瑞清楚地意识到,爸爸之所以离开老家安徽,是因为他去了一个叫"振华"的地方。年幼的李瑞第一次知道了振华的存在,同时,他决定讨厌这个地方,因为振华"抢"走了他的爸爸,让他和姐姐只能跟着年迈的爷爷奶奶生活。

然而,这种讨厌的情绪随着春节的到来,转变成无比的期待与快乐。过年了,爸爸不仅从振华回到了老家,还带给自己很多好吃的好玩的。爸爸说,因为在振华工作,有稳定的收入,才能给他买这些。于是,李瑞决定当一个大度的孩子,不再讨厌这个叫振华的地方。

从那年春节开始,振华就在李瑞的心里扎了根。只要有空,李瑞就缠着爸爸问前问后:振华是什么样子的?那里的人多不多?在那里工作是不是很棒?您在里面是做什么的……得知爸爸是负责起重工作后,李瑞的内心骄傲得冒起了泡泡,在他看来,能操控起重机械的爸爸真是太酷了!"要是能去那里看看就好了。"小小的李瑞有了这样的心愿。

2002年,12岁的李瑞被爸爸接到振华的江阴基地,他长久的心愿终于实现了。在江阴3号基地,李瑞看到巨大的自动化起重机矗立在地上,看到无数等待装吊的货物,激动之余,朦朦胧胧地产生了一种自豪感。那时的李瑞还不知道,这种自豪感之所以能产生,正是因为他在内心深处已经把自己看成了一名"振华人"。

李瑞17岁的时候,爸爸已经调到振华南通基地工作。对于儿子今后的人生规划,爸爸跟同在振华工作的几位叔叔伯伯们想法一样:到振华来!在爸爸最朴素的想法中,自己在振华干了这么多年,干得挺好的,儿子来工作,肯定错不了!

于是,在满18岁后,李瑞与他的父亲一样,成为一名振华人。更巧的是,他选择了起重类工作。父与子,两代振华人,在同一个岗位上接替传承。

起重指挥工作讲求胆大、心细、负责任。在向师傅潜心学习了两年后,李瑞出师,这一干,就是10年。为了更好地完成工作,李瑞曾爬到一百多米高的桩腿上指挥吊机;为了抢任务节点,李瑞曾冒雨指挥同事完成起吊任务。"累是累了点,但每每顺利完成一个项目,我就觉得所有的付出都值得了。"

如今,李瑞也有了自己的孩子。与当年李瑞盼望着爸爸过年能带一堆好吃的好玩的一样,女儿也期待着他回家后能从背后神奇地变出一根棒棒糖。

两代振华人隔着时空,用同样的方式将爱传递下去。

原刊于《振华重工报》2019年10月17日总第219期4版

三等奖

怀揣初心永不变
——记川藏公路参建者、老公路人许必隆

王远峰

"自从离开学校进藏修路的那一天起,我先后参与川藏公路、贵州册三公路建设……公路养护、高速公路建设监理、咨询工作,这一干就是58年,作为一名老公路人,这是我的荣幸,也是我的初心。"当回忆起那段修路架桥的激情岁月,安顺公路管理局退休老干部许必隆频繁地用到"路"和"桥"这两个字眼——那就是一如既往干公路,初心永不变。

到祖国最需要的地方去

许必隆今年86岁,中共党员,安顺公路管理局退休干部,退休前曾担任副总段长兼总工程师。1933年4月,许必隆出生于浙江省杭州市,1953年冬天从杭州土木工程学校道路桥梁专业毕业。1954年初春,他告别了风光旖旎的西子湖畔,响应国家支援西藏建设的号召,跋山涉水来到"世界屋脊"的雪域高原,加入了川藏公路建设大军。那一年,他21岁。

"和我一起奔赴西藏参加川藏公路建设的同班同学一共有15个人,当时我是毕业班班长,由我带队先后乘火车、轮船、汽车,经武汉、重庆、成都、昌都,从东到西一路进藏。"他带领同学们先到重庆西南交通部报到,在重庆停留两天

后,乘坐客货混装的解放牌卡车一路颠簸来到川藏公路的起点——成都。后经雅安、巴塘后进入藏族聚居地,起初驻扎在宋东巴热神山脚下的松宗镇,最后驻扎在林芝。

"进藏前在西南交通部报到的那两天,主要任务就是学习和体检。当时的部长还给我们每人发了一本以他署名编写的《西南交通若干问题》一书,还推荐我们阅读苏联小说《远离莫斯科的地方》这本书,激励我们年轻人进藏援建公路的斗志。"许必隆回忆当时的心态:"其实我们早有思想准备,高原缺氧、土匪猖獗、工具落后,生活和工作难度可想而知。但是没关系,为了帮助少数民族兄弟,哪怕条件再艰苦,我们也有信心战胜困难,一定要把公路修到拉萨!"

鏖战高原强信心

刚进藏时许必隆还是实习生,在西南交通部第二工程局施工支队施工科,先是做川藏公路已通车路段的竣工资料,绘制竣工图。支队下属5个工区,每个工区下面又有许多工程队,他负责第四工区的工程计价审核工作。川藏公路部分路段建成后,由于受西藏地质特点和高寒恶劣气候影响,经常有泥石流、冰川雪崩和滑坍等情况发生。当时修建川藏公路的技术人员比较少,疲于奔命。许必隆正好学的就是路桥专业,熟悉公路测量、路线设计、放样等技术性工作,所以一去到那里就进入角色,很快便能独当一面,到离开西藏时已是一名施工经验丰富的技术员了。

西藏人口稀少,修建公路招工非常困难,因此,工人基本上是从内地去的,这给施工队的后勤保障带来不小压力。粮食都是靠人背马驮,粮食供应不上时就只能吃稀粥,偶尔连稀饭也吃不上。

川藏公路上滑坍、泥石流等地质灾害比较多,即使在通车之后也时有发生。许必隆所在的施工支队本部驻地前进到松宗的时候,不料后方索奥卡山沟突然发生特大冰川雪崩,冰雪裹挟着比房子还大的巨石,轰隆隆震天巨响,冲断了刚建成的道路。许必隆回忆起这段历史时,当时的情景仿佛还历历在目:"我们闻讯后当即就返回到索奥卡察看灾情,首先选择有利地形架设缆索、吊篮接近冲沟两岸,保证前方人员和粮食物资供应,同时组织测量,重新选定适宜路线的通行方案。"

在西藏修路还不时会遇到地震，震级虽不大，但也是险象环生。同志们晚上睡觉都是打地铺，通常选在背风的山脚下。因为有积雪，地上很潮湿，大家就铺上石块，盖上树枝，然后再铺上棉被睡觉。"有一次发生地震，山上石头滚落下来，其中一块石头穿破帐篷正好砸在我旁边的地铺上，幸亏当时我还未躺下，真是命大。"说起这段许必隆仍心有余悸。

1955年初，川藏公路通车后，因机构改组，许必隆所在单位改为交通部第一工程局第一工程处，奉命继续留在西藏参与修建了拉萨市区的道路，建夺底水电站、拉萨至日喀则公路以及拉萨的一些市政建设工程，为建设新西藏做出了贡献。

怀念战友树坚心

1955年，川藏公路正式通车，但其间的艰苦有多少后人明白呢？零下30℃的气温，起床时头发被冻结在地上，一碗饭吃到一半已是冰碴。10万筑路大军，3000多公里公路，3000多名烈士，平均每一公里就倒下一位血肉之躯。

许必隆说："其实艰难困苦都不算什么，最怕的是身边朝夕相处的同事忽然离我们而去。"

许必隆的同班同学恽瑞南就是这样其中一位。进藏不到半年，施工队从已完工的路段搬迁到新驻地的过程中，当翻越了几座海拔四、五千米的高山后，途中许必隆发现恽瑞南精神不振，不像平时生龙活虎的样子，到驻地后吃药仍不见效果。许必隆与另一位同事连夜用行军床将其抬送到山脚下的工程局卫生队抢救，终因高寒缺氧、呼吸困难形成肺水肿，医治无效，没能挨到天亮。

无独有偶，刚安葬完恽瑞南，又传来不幸消息，与许必隆一起进藏分配在部队施工单位的另一位同学李克强，在施工时被山上滚落的石头砸中惨死。

还有一位分配在工程局勘察部门的同学陈英业，在川藏公路某冰川冲毁路段勘察灾情时不幸牺牲。后来他被追认为烈士，现安葬于川藏公路烈士陵园。

想起这些在川藏公路上牺牲的同事，许必隆满怀伤感："其实恽瑞南平时爱好运动，打篮球时人称'功勋运动员'，本来身体很好，但不知怎么的终究没能挺得过去……"安葬完逝去的同事，许必隆和施工队又朝着拉萨方向继续筑路前进，在"生命禁区"的雪域高原创造了公路建设史上的奇迹。

扎根贵州守初心

1957年9月,工程处奉命全部撤出西藏返回内地,在四川省大邑县集中学习。1958年初,许必隆转战到贵州省西南一隅的少数民族地区,投入到册(亨)三(江)公路建设,在部属第一工程局第一工程处(后改称贵州省公路局第一工程处)施工科任技术员。1961年9月就地下放安顺公路总段工作;1963年2月至1975年2月,调至贵州省交通勘察设计院计划预算科工作,后任大型桥梁勘察设计队技术队长;1975年1月调回安顺公路总段工作,历任技术员、工程师、主任工程师、总工程师、副总段长,直到1995年4月在安顺总段退休。

经历了修建川藏公路那段艰苦岁月和西藏3年半的工作磨炼,转战贵州修建册三公路、贵黄公路,在安顺总段从事干线公路改造、管理、养护,以及后来主持多条高速公路和大桥的勘察设计,许必隆已从一名热血青年成长为一位德高望重、经验丰富的业内技术型专家。

退休后,许必隆本来可以颐养天年,享受天伦之乐。而他怀揣着那份对公路事业的初心,只要是交通工作需要,就义无反顾,积极响应。

1996年他受省交通厅邀请,参与交通部组织的《公路施工手册》桥涵分册的编撰、审稿、校核工作;1997年受省交通厅推荐,受聘于贵州省交通科研所被任命为贵州科达公路工程咨询有限公司总工程师,这样一干又是15年。

"在此15年期间,我亲身经历并见证了贵州高速公路迅猛发展的盛况,这是我的荣幸。在这期间,新型结构特大跨径桥梁、最长桥跨、最大桥高不断被刷新,特长隧道、地质复杂地段施工工艺在不断创新,项目管理、监理制度日益完善,安全质量意识明显增强,我感到非常欣慰。"许必隆深情地说:"相信在'小省办大交通'的指导方针下,贵州公路发展必将取得更大的成效!"

原刊于《贵州交通》2019第6期第79~81页

不负韶华再出发

侯佳冰

当璀璨的烟火千娇百媚地怒放天际,喜庆的灯笼红红火火地点亮夜空,街头巷尾人潮涌动,红烧肉、炸丸子烹炸出炉……又是一年春节到。

春节,素来是欢天喜地、阖家团圆的代名词,空气中处处弥漫着吉祥和幸福的味道。为了这一天,多少人跋山涉水千里迢迢回到故乡,把积攒了一年的乡愁和思念尽数化解;为了这一天,多少人把屋子扫除干净、盥洗一新,唯愿能在窗明几净的热屋中安享团圆喜乐,把浓浓的祝福和温情包进团圆的饺子里……

同样在这一天,当人们沉浸在节日的幸福里尽享欢乐时,仍然有很多人坚守在岗位上。武九项目白水江特大桥,所处施工环境复杂,涉及200根水中桩基施工。春节期间,项目总工程师丁德鹏要守护在这里。水文条件复杂、汛期时间长、有效施工时间短、施工难度大、安全风险高……这曾让丁德鹏头疼不已,但在临近春节的关口,提前一个半月完成水中桩基施工后,丁德鹏感慨道:"哪怕春节不回家,也值了!"春华秋实,奋进有成,艰难困境挡不住奋斗的脚步。

还有两天就是新年了,西安地铁六号线门卫邵庆安结束了一天中第五次巡逻,终于坐到了饭桌前,跟大家一起吃晚饭。"因为临近收尾,今年留守项目的人不多,但菜式可一点都不少。"邵庆安夹起一个饺子喜滋滋地说,光饺子就有三种馅儿。"老邵,今天高兴!来,我们喝一杯。"语罢,一只斟满酒的酒杯便递了过来。邵庆安大手一挥,将酒杯按下,笑着说:"兄弟,不好意思,稍后还有几次巡逻,为了项目和大家的生命财产安全,今天就不跟你们喝了,有机会一定补上。"晚饭还在继续,邵庆安的工作又开始了。他裹了裹棉衣,拿着手电向工地走去。工作,不分高低贵贱,在寂静无声处也能实现自己的价值。

早上七点半,新疆的天还没亮,京新项目部殷明已开始忙碌。为了大家能过个好年,项目部安排了一场联欢晚会。他是晚会的"台柱子",自然少不了一番忙活。从一名刚走出校园的稚嫩青年,到主动请缨到新疆项目,他成了公司同龄人眼中的榜样。追梦路上,埋头历练,让青春的时光因奋斗熠熠发光。

她叫张莉,他叫乔若愚,一个在项目办公室,一个在工区工程部。虽然他们都在修建昭泸高速公路,但大多数时候,他们也只能靠微信和电话沟通。"结婚四年了,我们聚在一起的日子少之又少,更别提春节回家了。今年跟儿子约好了,回家过年!"张莉笑意满满地说道,"回家前,我必须把留守人员过年期间的生活安排好,站好最后一班岗。"不舍昼夜,不问回报,奋斗的甜总能调和离别的苦。

新春之际,新的征程已开启,在中国铁建持续做优做强、打造"品质铁建"的春天,让我们不负韶华,只争朝夕,背上行囊重新出发,用汗水和足迹去谱写新时代铁建人的华丽篇章。

原刊于《中国铁道建筑报》2020年1月25日4版

在这里感受 加速复苏的港口"心跳"

王有哲　陈江强　付秋明　龙　巍　欧振国　赵光辉
姚　峰　王　晖　蒋晓东　余　波　余洪力　王　敏
刘晓龙　姜　山　耿玉和　夏德崧　何明波

年初的新冠肺炎疫情给我国各大港口生产带来前所未有的冲击,在疫情防控常态化下,港口生产秩序逐步恢复,并呈现良好增长势头。据了解,目前,全国港口货物吞吐量连续3个月实现正增长。最新数据显示,我国的港口货物吞吐量正在逐渐恢复至正常水平。本期将带您看看各地港口繁忙的生产景象。

摁下生产"快进键"

福建泉州港深沪港区6月份吞吐量和营收双创新高,同比分别增长48.46%和58.53%。

广西北部湾港二季度利润大幅反弹,单季度实现利润超过5亿元。

河北秦皇岛港上半年杂货生产累计完成货物吞吐量484.44万吨,为年度生产任务计划的80.74%,利润指标完成62%,超额完成上半年主要目标任务。

7月19日,40万吨级的马绍尔群岛籍散货船"沙哈姆"轮缓缓靠上宁波舟山港衢山港区鼠浪湖卸船1号码头。据了解,今年上半年,鼠浪湖矿石中转码头完成接卸量1607.41万吨,为年度计划的51.86%,同比增长24.3%。码头生产逆势上扬,为完成全年目标打下了坚实基础。

防疫复工两不误

今年以来,宁波舟山港努力克服新冠肺炎疫情影响,上半年完成货物吞吐量56889万吨,同比增长2%。

广州港集团严防港口境外疫情输入,助力湾区复工复产按下"加速键"。2020年1~6月,广州港集团完成货物吞吐量25896.2万吨,同比实现正增长。

安徽芜湖港通过降费增效、优化服务和运用数据等科技手段克服困难,稳外贸促发展。今年1—5月,芜湖港完成集装箱量39.06万TEU,同比增长7.3%;完成外贸量131.73万吨,同比逆势增长7.3%。

齐头并进促发展

今年上半年山东港口集团货物吞吐量累计完成7亿吨,同比增长7.1%。吞吐量、集装箱量、效益三大主要业绩指标实现"三增长"。山东港口青岛港、日照港、烟台港各主要货种齐头并进。

连云港港抢抓企业全面复工复产、原料运输需求快速增加的机遇,全面加大市场开发力度,持续优化作业模式,铁矿石、机械设备、铝矾土、粮食等货种均实现同比增长。

天津港国际物流公司冷链基地努力保障周边市场供给不间断,同时延伸冷链物流服务功能,强化对中西部的辐射能力。7月16日,首趟整列多式联运冷藏集装箱货物班列自天津港驶向成都城厢站。

原刊于《中国水运报》2020年7月24日4版

一位 96 岁老兵最后的守望

时　旭

电视里播放起抗战纪录片,虽然有些模糊不清,但还是让他原本混沌的眼睛闪亮起来。他目光炯炯地盯着屏幕,生怕漏掉一个镜头。96 岁高龄的他,每天有几件一定要做的事,一是拄着拐和老伴儿一起下楼遛弯,二是看抗战题材的电视节目。

"解决了哨卡,看到他们在屋里喝酒没有防备,我和班里的战士就直接冲上去了……"他记忆力已大不如前,很多事情都记不清了。也许是年纪大了不爱交际,他平日里话很少,但每当看抗战节目想起过往时,提起当年的战斗经历,他总会滔滔不绝、如数家珍。

那是 1944 年的隆冬腊月,正值农历春节。那几日,天寒地冻,滴水成冰。身上的单衣挡不住刺骨的寒风,通红的手指几乎冻得拉不开枪栓,就在这样的天气下,他所在的连向日军的据点发动了突袭。解决了为数不多的哨卡后,准备冲锋的战士们听到爆炸声的同时,手握钢枪,如离弦之箭,杀气腾腾,冲向了敌人的据点。枪声像放鞭炮一般"嗒嗒嗒"响个不停,看着战友们不断倒地,他红了眼,一边冲锋,一边大声地嘶吼着,嘴角甚至流出血来。据点内外,到处都是战火,到处都有厮杀,直到将敌人全部消灭时,他才发现鲜血几乎染红了这片大地。他作战总是一往无前,与死神擦肩而过的经历早已数不清次数。夜袭战回到营地后,战友们发现他身上有 4 个枪眼,身中 2 枪,枪枪洞穿,现在他左臂和左腿上的疤痕便是那场战斗留下的印记。这场夜袭战到底什么时间结束的他不知道,只记得部队凯旋时,雄鸡已叫了三遍。

他是我的姥爷,他叫金玉章。君子如玉,下笔成章,他是一位 1948 年入党的共产党员,一位参加革命 70 余年的抗战老兵,也是一位新中国成立后开发

"北大荒"的拓荒者。

姥爷离休前是黑龙江省佳木斯市香兰农场六分场的大队长,"北大荒啊!真荒凉。黑油油的土啊!草茫茫。又有兔子又有狼",这句民谣就是当年建场前这片亘古荒原最真实的写照。1958 年,响应党中央、中央军委发出的《关于动员十万转业官兵参加生产建设》的指示,身为连长的姥爷递交转业申请,积极要求去开发北大荒。之后,姥爷与上百名转业官兵,并肩前进,不掉队,不坐车,不叫苦,胸怀征服自然的凌云壮志,沿着江堤北部的沃土,披荆斩棘,从香兰方向朝荒原腹地挺进。他们高唱着战歌,沉睡的土地被唤醒;他们浩浩荡荡,狼虫虎豹被驱逐。他们将时光、力量、知识撒在广阔无垠的荒原上,让"北大荒"成了"北大仓";他们振臂呼喊,鲜艳的红旗下,诞生了农场。

姥爷今年 96 岁,1983 年从大队长的位置上离休。如今姥爷饭量不多,脚步有些蹒跚,但他一年 365 日,没有一天不拄着拐杖下楼散步,固执到有些呆板。冬天的黑龙江从来不缺大雪,下雪路滑,家里老少没有一个放心得下,姥爷却我行我素,每天准时穿好衣物、拿起拐杖,家里人也只好扶他下楼,紧紧在后,片刻不离。天晴的时候,姥爷喜欢坐在楼前向阳的椅子上,偶尔遇上老战友总会拥抱良久,平时习惯与路过的熟人打打招呼,看看路上车来车往,时不时眺望目力所及的远方。那远方,是他拼搏奋斗几十载的农场,是战友们埋骨的地方。

树高千丈,叶落归根,人走万里,终回故地。当初日寇侵华,姥爷在 1940 年从老家山东前往东北,随后参军,离家时的他只有 17 岁,谁也想不到这一走就是 79 年。姥爷会想家,会想念村头的那口甘甜水井,也会偶尔想起院里的那棵枣树,但他却更留恋黑龙江这片土地,更爱这片亲手建设的农场,这个第二故乡。

姥爷说,他死后就将他葬在香兰农场,埋葬在他战斗过的土地里,埋葬在他建设过的泥土上。他要闻着麦田清香,他要看着泥土绽放。

生时服从命令、无愧信仰,死也要和战友们葬在一起,这是一位老兵最后的守望。

原刊于《筑港报》2019 年 8 月 1 日第 1255 期 4 版

牛栏江上的通话

郑思婕

题记：巍巍乌蒙，气势磅礴，峰峦叠嶂，宛如一条巨龙横亘在祖国西南广袤的大地上。一条牛栏江犹如一条长龙般从洪荒远古呼啸而来，浸润着云南鲁甸这块古老的红土地。由三航局承建的 G7611 都匀至香格里拉高速公路守望至红山段工程 A3、A6 标就在这滇东北高原的崇山峻岭中。一场甜过春风十里的异地爱情故事，就在这里悄然书写着。

已经是午夜时分了。总工赵大庆还站在牛栏江上抽着烟，火花点燃满天的星斗，眼睛所及，都已进入梦乡了。大地开始沉睡，疲倦的月亮也躲进了云层休息，只留下几颗星星像是在放哨，阵阵微风，偶然一两声卡车碾过减速带的噪声，整个夜晚寂静无声。他从口袋里掏出电话，拨通了测量员妻子黄珊珊的电话……

确认过眼神，遇上对的人

2009 年 7 月大学毕业后，赵大庆从湖南工程学院土木工程系毕业，黄珊珊从江西大学测绘系毕业，两人就像缘分天注定一样，不约而同地来三航局厦门分公司投简历并被录取，继而分到一个项目部。但即使在同一个项目部，两人也因承担着不同的工作任务而交集不多。黄珊珊是一个对生活至简、对工作至真的人。她做事干练，不娇柔，不做作，走起路来风风火火的。赵大庆总爱开玩笑地说，每次见黄珊珊走路的时候，都让人误以为这是一个要去拯救世界的女侠！记得第一次和黄珊珊去测量现场，大家都认为全线 5 公里不到的测量范围，一周时间足以搞定。结果大伙一到现场都傻眼了：只见眼前是悬崖壁峭，荆棘丛生，仿佛是来到了亘古以来就不曾有人到过的原始荒地。大家都劝黄珊珊先回去,等其他男测量员将控制点采集完毕后再由她来统计计算,可是她却如同傲骨的梅树,执意要和大家一起完成这次任务。测量工作容不得半点弄虚作假,就这样,黄珊珊跟随众人一起走完每一处山峰和沟壑,原本计划一周的测量时间,他们用了足足一个月,连业主、监理单位都对这个新来测量员的表现竖起大拇指。在野外测量,经常要穿山坡、钻林子,往往是晴天一身汗、雨天一身泥。赵大庆瞅着一个女孩子干着这样的活,心里既佩服又心疼,一种爱慕和怜惜之情悄然升起。而赵大庆在工作上的勇于担当、生活上的体贴入微也逐渐引起了黄珊珊的好感。爱情的火苗悄悄地在两人之间燃起,一旦电光石火在两人心间闪过,一个眼神就能确认彼此就是对的人。2015年,他们从民政局领到了那张喜庆的结婚证,结为人生伴侣。

两情若是久长时,又岂在朝朝暮暮

当燃烧的烛光摇曳出一片洞房的灿烂之后,问题来了:赵大庆被紧急征召到云南G7611都匀至香格里拉高速公路守望至红山段工程A6标项目任总工,黄珊珊调到新疆乌尉高速公路任测量部长。在这分隔两地的日子里,除了偶尔的电话和视频,两人便只能在工作闲暇之余思念彼此。

每到夜深人静的时候,赵大庆总会到牛栏江上抽着烟,同妻子黄珊珊通电话。其一是因为那里更靠近蓝天,隔绝了所有熟悉的面孔和嘈杂的声音,也适合他谈天说地的意境;其二是因为白天工地需要处理的事务繁多,他腾不出时间。因为工期紧张,实际工程技术比预计的要复杂得多,他好久都没能回去。想念她的时候,总是会有许多不该出现的景象残酷地浮现出来:看到海水就仿佛看见有鸳鸯在里面嬉戏,看到树林,就仿佛看见连理,连路边的每一棵小草,也摇曳多姿。

然而,想念最强烈的时候是知道爱人身处险境时,自己却没能在身边陪伴。2017年,黄珊珊出差去四川。一日在测绘室办公,突然办公桌剧烈地晃动起来,黄珊珊以为是自己加班过度睡眠不足头晕产生的错觉,还没等她反应过来,就听到其他同事在喊,"地震来了,快跑!"瞬间,办公室屋顶上的灯瞬间砸在脚边,桌上的台灯滚落下来,黄珊珊吓得赶紧冲过去一把抓住图纸,然后拼命地往外跑。所幸的是,黄珊珊和其他同事在那场地震中没有受伤,但是却让远在云南的赵大庆一整天都心乱如麻、坐立不安。直到确认黄珊珊平安无事,提前结束行程回家,他悬在嗓子眼的心才彻底放下,千言万语和离别不能相见的情愁都化成了电话两头的一行热泪。

心中有爱,便是浪漫

因为工作性质上的聚少离多,赵大庆和黄珊珊更加珍惜在一起的日子。有的时候,赵大庆工作上遇到阻碍,黄珊珊能用一片云彩,擦亮他的心灵,扫去当天布满他头顶的阴霾,有的时候,她用一颗星星,点燃他美好生活的希望。他们一年四季的话语,都种植在牛栏江上,种植在诗句里,隔绝临街的喧哗,稀释烦躁的心情。还不习惯相聚成为分离的间接,偶尔想吻那头含泪的声音,自己却已是泪流满面……

原刊于《三航报》2019年3月15日1595期4版

我用文图致敬英雄

潘庆芳

6月16日,是我在省新冠肺炎疫情防控指挥部交通保障专班工作的第140天。按照常态化防控"指挥部不撤、专班不散、职责不变、工作不减和部分人员办公地点调整"的通知,我回到厅里上班。

回想起这紧张忙碌、刻骨铭心的140天,作为交通保障专班材料信息组的一员,在做好本职工作的同时,我一直坚持用文图致敬交通抗疫英雄!

致敬身边的英雄

突如其来的新冠肺炎疫情,打乱了人们2020年春节的计划安排。湖北省突发公共卫生事件一级应急响应实行战时管理,第一次让省级层面的铁路、公路、水运、航空、邮政和公安交管等9家单位集中办公,让交通保障专班成为一个领导有方、决策有序、指挥有效、保障有力的战斗集体。

尽管有同事说我在省指挥部集中办公140天,曾连续无休工作80天,但我深知一起工作生活的不管是厅里的同事,还是铁路、民航、长航、邮政等其他综合交通单位的人员,武昌洪山宾馆和东湖大厦会议室、办公室的灯光,陪伴着他们度过了一个个不眠之夜,交通保障专班的工作人员是我身边的英雄。

交通保障专班负责人、省综合交通运输领导小组办公室主任、省交通运输厅党组书记、厅长朱汉桥,身先士卒、率先垂范、抓细抓实。他根据疫情发展态势,提前分析研判形势、制定完善方案、采取有效措施。在他的领导下,汽车、火车、飞机、船舶、邮政,只要是能调用的,都以最快方式、最高效率,把应急物资及时送到指定地点。不仅按时高效、保质保量圆满完成了各项应急运输保障任务,还让我们这个战斗集体被交通运输部、中华全国总工会表彰为"2019感动交通年度特别致敬人物"。

负责专班日常工作的副厅长王本举,以指挥部为家,在疫情最严峻时,他有时一天只能休息三四个小时。他本着"交通是一家、管理一盘棋"的思路,充分尊重综合交通各单位的领导和人员,遇事第一时间商量、困难第一时间协调、问题第一时间解决。他把交通运输保障各项工作抓实抓细抓落地,既保证了专班工作的高效运行,又发挥了专班人员的工作积极性。

其他厅领导,既要在厅里保障正常工作的运转,又要经常深入基层调研指导疫情防控工作,协调解决社会上误传的非因交通原因导致的运输不畅等问题,还要经常到省指挥部共商抗击疫情的交通对策,忙得不停。

在抗击新冠这场没有硝烟的战斗中,专班其他人员,不分级别、不分岗位、不分性别,"5+2""白+黑"成为工作常态。尽管专班没有发过补助,也没有补休一说,但大家毫无怨言地克服各种困难,坚守在省指挥部。以前打交道不多的综合交通单位人员,在这场战疫中也加强了交流、加深了友谊,也为今后推进综合交通运输发展奠定了基础。

根据疫情变化,按照精简高效的原则,从厅机关和厅直单位抽调到省指挥部交通保障专班的人员,从少到多,再从多到少,不管人员怎么变化,交通运输保障的各项工作有条不紊。在抗击疫情的紧要关头,一线医护人员拿命在前方拼,交通保障人员责无旁贷地用情在后方干,不一样的抗疫战场,却有着一样的大爱情怀。我身边的这些抗疫英雄们,用行动诠释着交通人的奉献与担当。

致敬交通行业的英雄

湖北是疫情防控的"主战场",交通是抗击疫情的"生命线"。作为"一断三不断"和"三不一优先"要求的重要执行者,应急医务人员、防疫物资运输"生命通道"的保畅者,一声号令,全省交通运输系统两万多干部职工,迅速向工作岗位集结,义无反顾地投入到这场没有硝烟的战斗中,在职守和执着中抒写初心与使命。

他们有的坚守在高速公路、国省干线、农村公路一线保畅通;有的风雪兼程、第一时间把应急物资送到最需要的地方;有的以志愿者身份下沉社区任劳任怨;有的在机关后勤没日没夜,只为保证疫情防控工作指挥调度有序……湖北客运集团、武汉公交集团等单位驾驶员,全天候24小时保障援鄂医护人员从住宿地到医院之间的通勤保障任务。为了不让英雄们等车,驾驶员们总是提前到达等候;为了让刚下班的英雄们能在车上多休息一会,驾驶员们总是把车开得很稳、很稳……从快速选定覆盖全省的5个进鄂应急物资中转站,到规范物流园区管理的消毒、检测、隔离、中转等流程;从解决省际口罩及防疫物资的运输,到协调猪鸡等饲料运输;从保障外省援鄂医疗队的快速通行,到全程护送方舱医院等设备抵达武汉;从优先保证火神山、雷神山建设物资的运输,到因交通管制回不到工作岗位而就地下沉社区当志愿者;一个个挺身而出、顽强拼搏的可爱群体,一个个震撼人心、催人泪下的抗疫故事,湖北交通每一个岗位、每一名奋战在一线的交通人,都是值得致敬的英雄。

致敬逆行的英雄疫情期间,来自全国各地的346支医疗队、4.26万名医护人员以及运输各类物资进鄂的驾驶员、志愿者等,他们是逆行的英雄。

"酒精是武汉紧缺的防疫物资,我们一家企业加班加点生产,昨天装车后直接出发。"山东省临沂市沂水县捐赠物资领队葛京城说,"为便于转运和使用,300吨酒精分为5L、25L两种包装。为了让酒精早点到达、尽早发挥作用,每台车配备2名驾驶员,人歇车不停,以最快速度直奔武汉。"

"我们快一点,武汉人民就能早点用上这批物资。"聊城东泰物流有限公司的驾驶员张全喜对我说。寥寥数语,情深意切,彰显人间大爱!

速度就是生命!2月16日10时许,由湖北高速路政车辆护送的13台平板货车车队,平安驶出京港澳高速公路武汉西收费站,标志着由交通运输部统筹协调辽宁、天津、河北、河南、湖北五省,多部门联手保障负压救护车运输任务的圆满完成。负责此次运输任务的领队张春田与其他驾驶员,都想到疫情面前,时间就是生命!提前一分钟送到,就能提前一分钟发挥效益!早一分钟就能多救助一个生命,就能多带给人们一份希望和勇气!

当13名逆风前行的驾驶员勇士接过回程的个人防护、食品、饮用水等物品时,张春田激动地说:"感谢湖北交通部门的领导为我们想得这么周到。"

最美"逆行者",为武汉保卫战、湖北保卫战取得决定性胜利做出了巨大的贡献,理所当然地成为我用文字、图片记录的主人翁。

考虑到材料信息组其他同事家里有老人和小孩需要照顾,我主动承担了晚上值班的任务。每每想到逆行的英雄们的无畏付出，我坚持每天5点多起床、晚上10点多还坚守在办公室，不是参加会议、收集信息、核实数据，就是学习文件、拟写草稿、报送材料；不是挖掘故事、修改稿件、推荐发表，就是联系各方、提供素材、完善讲话；不是呈报方案、联系记者、组织采访，就是随车外出、现场交流、拍照写稿。因为我深知，今天的新闻就是明天的历史。

在这场看不见硝烟的战疫中，虽然我脸上写满了疲惫，眼圈也更黑了，在做好本职工作的同时，我牢记新闻从业人员的职责所在，坚守一线以笔抗疫。在高速公路收费站、在进鄂应急物资中转调运站、在铁路货运站场、在通宵达旦的会议室，记录下交通人在战疫中的辛勤付出。珍惜武汉封城、央媒记者不能出城的机会，多为中央、湖北省诸多媒体提供新闻素材，推荐参与抗疫保障的武汉公交客运职工的先进事迹，协调联系省内媒体记者采访，向省指挥部宣传组报送央媒和外省来汉媒体的宣传线索和素材。

回想在省指挥部工作的每一天，我有幸亲历和见证了湖北保卫战、武汉保卫战中湖北交通人的担当作为。汇总的是各方数据，留下的是记忆；上报的是每日信息，留下的是奇迹；记录的是过程，留下的是史料；写下的是新闻，留下的是历史；拍下的是图片，留下的是永恒。

一位位交通人的无悔付出、一件件大小事的妥善应对、一群群逆行者的无所畏惧、一封封感谢信的真情述说、一个个精准精细的科学决策、一份份紧急文件的及时处理、一车车捐赠物资的中转调运、一张张相片留下的精彩瞬间、一段段视频记录的珍贵资料、一幕幕感人至深的无私援助、一趟趟暖心便民的包车专列、一篇篇让人流泪的新闻报道……总是时常浮现在眼前。

逆风前行，用实干展现作为，用行动显示担当，用镜头和钢笔、用文字和图片，讲述可歌可泣的湖北交通抗疫故事，用自己朴实的行动践行初心和使命，中国交通报、湖北日报等媒体发表的百余篇稿件，是我致敬英雄的最好见证。

你用行动抗击疫情，我用文图致敬英雄，这是我抗击疫情的最大收获，也将是我一生最宝贵的精神财富。

原刊于《湖北交通新闻》2020年7月27日4版

跨越一个多世纪的公益引领

——吴太夫人纪念活动前记

丁德芬

"大家现在看到的这位慈眉善目的老人,就是周馥的原配夫人——吴太夫人。她一生勤劳聪慧,为人谦和,乐于助人,曾在芜湖购田1000亩为义庄,并创办'乐济会'……"。

我不记得从2016年9月至今的三年多时间里,自己多少次走进周氏家风馆,也记不清是多少次为前来参观、指导的人们讲解周氏家风文化。这个家族自晚清周馥开始的下延五代人,在政界、商界和学界,为国家做出了诸多杰出的贡献。吴太夫人,这位在这个家族中起到灵魂作用的一位女性,我给予她的解说词,乍一听并不是很多,但却似乎在每一个版块都不可或缺,最关键的是在一次次的讲解中,她给予我的关于公益的思考越来越深邃。

吴太夫人,安徽建德人(现东至县人),十九岁嫁与周馥。她为周馥生养了四个儿子,除三子早逝,长子学海与次子学铭曾同榜进士。四子周学熙最为出色,曾担任两任北洋政府的财政总长,是近代民族工业创始人之一,一生创办实业无数,与致力于实业救国的著名状元资本家张謇并称"南张北周"。

周学熙的一生,除了一心要走实业兴国的道路,与家乡,他始终以裨益民生为己任:建医院、办宏毅学舍、修文庙、创办农林工会、建工厂、修路、建万善桥和洋灰坝……众多惠民之举,专事善举尽天责,这一切都源于他深受家母的教诲。吴太夫人虽一介女流,上孝长辈,相夫教子,她那悲天悯人的情怀,将奉献的光芒从100多年前照耀到了今天。

回想2013年10月,一晃到现在已经六年。在东至,一群人、一群热爱周氏文化的文化志愿者,聚集在一起,利用一切工作之余可以利用的时间,挖掘、探究和宣传周氏文化。那时，未来一切未知。但，我们心中始终坚持，从不动摇。

于是，2016年9月，东至周氏家风馆建成，至今已经接待千余次约五万人的到访；2016年11月15日，东至周氏文化在中纪委网站头条刊登，将周氏文化研究推向新高潮；2017年5月，东至周氏文化亮相深圳文博会；2018年5月，东至周氏文化在省图书馆开启了为期一个多月的巡展；2018年10月，《六世书香 百年家风》书籍出版发行；2019年1月，《家风中华》节目安徽卫视播出和"池州学院东至周氏家风文化研究中心"正式成立；2019年7月，首届池州家风文化学术研讨会在东至召开……

"崇儒尚德、培心正业、清慎开明、勤俭乐济""风靡"至今。可谁又知，这十六个字，是东至周氏文化研究会的各位老师，舍弃了一个又一个休息的日子，从周氏家训、家规以及周馥留给子孙后代的治家宝训《负暄闲语》中提炼而出的周氏家风文化精髓。身为东至周氏文化研究会一分子的我，和各位老师一样，在周氏文化在每一次被提及时，一遍一遍被感动。与智者同行，终身受益。那些一次次走出去、请进来，那些在家风馆数不清次数的等候和讲解，都是纯粹的公益人的关于奉献的最好诠释。

其实，关于吴太夫人给予我的公益引领，不仅仅是周氏文化。十余年的公益路上，我与志同道合的同仁一起，力所能及地为这个社会做一些微不足道的小事：关爱孤寡老人、留守儿童、特殊群体，参与抗洪抢险、铲雪除冰、脱贫攻坚，组织无偿献血、爱心助考、清明祭扫，支持光彩事业、"非遗"传承、义写春联，宣传文明创建、全域旅游、科普生活，自创"益起成长"公益小课堂，传递"幸福家"理念……

一个个平凡的日子，因为公益活动的组织和参与，让自己更加充实。然而，草根公益人的艰难旅程，不是一份单纯的善良就可以支撑全场。每当身心疲惫和心生彷徨时，我总会一个人悄悄走进家风馆或者轻轻翻阅《六世书香 百年家风》，让自己沉浸其中。当我的目光与吴太夫人的画像对视的那一瞬，我仿佛看到了那来自一个多世纪以前的慈爱，那是一份关于对公益的坚定信仰，鼓励着我，一直、一直在这条公益路上前行……

国庆节那天，我郑重地邀请母亲走进家风馆，要亲自为她讲述一次周氏家风。母亲没有全程听明白，但是我却感到母亲对我一天天的性情沉淀改变的欣喜。彼时,谁又承想,我是有多幸运,与周氏家风握手,那种找寻到公益方向之后的会否坚守,再也不必考虑。因为,我的公益信念,在亲朋好友之外,总有一个来自多世纪之前、却又近在咫尺的周氏家族的女性"吴太夫人",时时刻刻给予我引领。

原刊于《安徽交通运输》2019年第10期第60页

爱上这个不公平的世界

吴 烨

前不久,妹妹的女儿小柔参加了一场少儿主持人比赛。

小柔形象较好,声音甜美,从四岁开始报少儿主持人培训班,已经学习了四年,在班上表现一直优异,受到老师的称赞。为了参加这场比赛,妹妹专门请到了专业的老师对小柔进行指导,从服装到发型,从语言表达到台风,从站姿到妆容,处处精心准备,前前后后忙了一个多月。小柔本来就喜欢主持,为了参加比赛更是勤奋,废寝忘食地练习,从不懈怠。

小柔的主持获得了全场上下一致好评。专业老师也向她竖起了大拇指。

可是最后评比结果出来,只获得了第二名。获得第一名的是一位表现平平、一度怯场的男孩。

领奖时听见旁边几个家长说,原来这个男孩的亲戚是评委之一。

回到家,小柔嘴里嚷着不公平,躲在卧室里哭了一个晚上。

妹妹内心也很纠结,不知道该怎样向孩子解释,更担心孩子因受到不公平的待遇,影响以后的价值观,打电话向我求助。

成年人深知社会和现实的残酷,却总想着维护孩子心中那个纯真美好的世界,不愿对孩子说出真相。为人父母,我非常理解妹妹的心情,她最心疼孩子,总想着能多为孩子遮蔽掉生活残酷的一面,向孩子展示一个公平、美好、文明的世界。但是,我对妹妹说,世界是有不公平存在的,这个真相,孩子到了一定年纪应该让她知道。

很多年前,亚当斯就说过:"以为根本没有公平的人是愚蠢的,以为人人都公平,则更加愚蠢。"

当孩子遭受到不公平,父母最需要做的就是告诉孩子,是的,世界就是不公平的。

有些人带着天赋出生,有些人靠着汗水死撑,有些人永远到不了罗马,有些人一出生就在罗马。但是我们依旧要感谢世界的不公平。因为,越不公平,努力越有意义;越不公平,社会内在的驱动力就越强。

就像美国最高法院首席大法官约翰罗伯茨在儿子毕业典礼上发表的演讲《我祝你不幸并痛苦》中说的那样:"我希望在未来的岁月中,你能时不时地遭受不公,唯有如此,你才能懂得公正的价值。"

世界不公平,但又很公平,会善待每一个用心生活的努力的人。

父亲的一位朋友年轻时擅长体育,喜欢长跑,每天绕城长跑十公里,风雨无阻,从不间断,后来市里举办长跑比赛,他报名了,成绩出来,他是第十一名,市里选了前十名进了体育队,他很遗憾,与成功失之交臂。他没有灰心,继续坚持练习。第二年,他跑了第六名,成绩出来,大家都为他高兴,但是人家只选了前五名。他不服输,继续加紧练习,第三年,他跑了第四名,但那一年,人家只选了前三名。他是个不服输的人,接连的打击并没有使他退却,他更加拼命地练习长跑,第四年,他终于跑了全市第一名!但那一年,他的年龄已经超过了进市体育队的界限,他没有被录用。但是,他的照片确实是被挂在了表彰栏的橱窗里,配着大红花,那是属于他的荣誉。他虽然没有被市体育队录用,但由于他数年坚持不懈的影响力,被一家著名体育培训机构高薪聘请为教练,实现了一次华丽转身。

我们或许会因为疾病,贫穷,相貌等等原因,受到命运的不公平待遇,但是我们可以选择面对不公平的态度,那就是:越努力,越幸运!告诉孩子,命运越是不公,越是坎坷,越是欺我负我,我偏要逆流而上!活出个拼命三郎来扭转乾坤!虽然我们无法选择自己的出身,但这不妨碍我们脚踏实地去努力奋斗。即使命运赐予你的是一座绝望的大山,那你也要在这绝望的大山上披荆斩棘,寻找并砍下那块叫作希望的石头去回馈命运!

2012年有一篇《我花了18年时间才能和你坐在一起喝咖啡》的文章火了,文章以第一人称的口吻记叙了一位来自贫苦农村的贫寒子弟倾全家砸锅卖铁之财力,受尽艰难寒窗苦读18年,硕士毕业终于留在了上海这座大城市工作,目睹城市同龄人生活的优渥和机遇的不均等,有感而发,写了这篇揭露城乡不公针砭时弊的文章。文章发表后引起了强烈的反响,大部分贫寒子弟都能在文章中找到自己当年发愤拼搏的影子,对文章观点深表赞同,对那些靠人际关系而获得优越岗位的人不以为然。

其实,人世间的一切,上帝早已标好了价。时间是检验真理的标准。那些靠关系上位的人,在随后的工作中总会露出自己的短板,当能力的不足到了捉襟见肘的时候,他们身处那个位置,也会有如坐针毡、如履薄冰、如临深渊感觉。而真正有才华有能力有真才实学的人,我想,只要你足够优秀,只要你不灰心丧气,成堆的沙子是不会埋没一颗珍珠的,遍地的泥土是不会埋没一颗金子的,风水轮转,光阴变幻,你总能找到发挥自己才能、实现自己价值、适合自己才情的位置。

我有一个同学,家境贫寒,一家人勒紧裤腰带砸锅卖铁供他念书,经历了三次高考,终于考上重点大学,后来他在西安就业,娶妻生子,买房买车,挣扎着挤进了中产队伍。由此可以看出,高考是寒门学子目前实现阶层跨越最直接的一个途径,也是一个相对公平的重要的社会机制,对于社会的稳定和发展起到了举足轻重的作用。

条条道路通罗马,可有些人穷其一生的终点,不过是别人毫不在意的起点。有的人含着金汤匙出生,一生风调雨顺富足圆满,有的人似乎上天注定是来经历磨难和考验的,但花园的牡丹固然富丽堂皇,荒野的小草照样也有绿色的春天,淡雅的梅花不必羡慕绚丽的玫瑰,清冷的月亮也不必嫉妒火热的太阳。世界上最励志的状态,大概就是在认识到生活的真相之后,依旧热爱生活,在认清世界的残酷之后,依然热爱这个不公平的世界。唯有其不公,你所付出的努力才显得那么珍贵,那么有价值,甚至价值千金。

世界上有两种人,一种是别人瞧不起他,他就破罐子破摔干蠢事,让别人更瞧不起;另一种人则是你瞧不起我,你敌视我,贬损我,我偏要活成与你的误解和敌意相反的样子。有的人一直努力做第二种人,结果他发现,当他越站越高,路越走越宽,得到的公平也越来越多,并且随着自身的发展,他能提供给别人公平的机会也越来越多,直到他可以以一己之力来福泽大众。

告诉孩子,世界的公平是相对的,从来没有绝对的公平,山有高有低,水有大海小溪,人有黑白黄棕,穷富美丑,同样,命运也有顺境逆境,高低起伏,但是,面对这个世界,选择以什么样的姿态去生活,这个选择权人人平等。

告诉孩子,努力变成更好的自己,只要你足够好,你就配得上这世上一切的好,并且可以选择想要的生活。所以,从现在开始,你要清楚自己面对不公应该做的是什么,那就是学会坚持,继续努力,直到有一天当那些不公平的雾幔无法遮住你所付出的脚印和汗水,那些不公平的阴霾无法掩盖你的才华的璀璨和光芒,你也会终将到达那个属于你的鲜花盛开,清风徐来的地方。

聪明是一种天赋,美丽是一种天赋,高超的情商是一种天赋,会唱歌是一种天赋,会画画是一种天赋,可是我认为,所有的天赋中,最耀眼的一种是努力。不要纠结于努力之后没有结果,不要再去理会旁人的评论与嘲讽,沿着自己选定的路勇敢地、无畏地走下去,让自己不辜负这大好的年华,以新的荣光来兑换这一场酣畅淋漓、老无遗憾的岁月,来告慰这春意正好、适合奔跑的青春……

原刊于《铁路建设报》2019 年 6 月 26 日 4 版

解决老年人出行运用智能技术困难

孙 悦

国办日前印发关于切实解决老年人运用智能技术困难实施方案的通知。其中要求,优化老年人打车出行服务。保持巡游出租车扬召服务,对电召服务要提高电话接线率。引导网约车平台公司优化约车软件。便利老年人乘坐公共交通。铁路、公路、水运、民航客运等公共交通在推行移动支付、电子客票、扫码乘车的同时,保留使用现金、纸质票据、凭证、证件等乘车方式。推进交通一卡通全国互通与便捷应用,支持具备条件的社保卡增加交通出行功能,鼓励有条件的地区推行老年人凭身份证、社保卡、老年卡等证件乘坐城市公共交通。提高客运场站人工服务质量。进一步优化铁路、公路、水运、民航客运场站及轨道交通站点等窗口服务,方便老年人现场购票、打印票证等。高速服务区、收费站等服务窗口要为老年人提供咨询、指引等便利化服务和帮助等工作,明确由交通运输部及相关部门完成。

原刊于《河北交通报》2020年12月2日第47期3版

子 鼠 记

袁建强

己亥末,子鼠初。鄂有华南集市,浅薄之家,贪野味好往之。须臾间,毒焰逞狂,染者众,医者犯难,病者凄凄。文亮示警,以戒同仁,未果。此疾而终,生者悲,纷纷悼之。

当是时,疫情猖獗,撼动九州。耄耋南山勇赴楚,兰娟上柬倾国防。海陆空停键,上中下为公。民不添国乱,闭门禁足,亿城空巷。冠状之始,人传人否,是非难决。潜江有谋略,"荆州"报火急。临危受命,调"将"驰马待胜贺。

华夏之灾,上下凝志,海内齐心。医护不晓昼夜;吏卒不知饥寒;黎民不跨"草舍"。世人捐财赠物,解囊抗疫,共援之。青史千代,尽显家国情怀;五湖四海,儿女英雄彰豪迈。普天之下,芸芸众生,藏有人间博爱。

冰融雪消,雨后天霁,灵芝妙药,妖魔尽斩。朗朗乾坤正罡,春风暖柳堤,蝴蝶恋樱树,车流人往,摩肩接踵,万物欣欣向荣。

众志抗魔虽如此,然必示之:灭魍魉者,万物也,终非人也。克人者,物也,非上苍也。使天下各爱其物,则足以防禽,万物复爱世人也。故法道:"红尘世间,相克相生,乱屠生灵者,必御也"。

至此,举国战脱贫,把梦圆之,泱泱炎黄,疫后兴邦。

原刊于《贵州公路》2020年3月第1期第61页

附　　录

获奖名次：二等奖
标　　题：《腾空踏浪》
作　　者：张　韬
原 刊 于：《中国救捞》2020 年 12 月封底

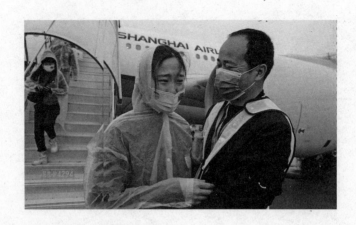

获奖名次：三等奖
标　　题：《父女久别重逢》
作　　者：殷立勤
原 刊 于：《东方航空》2020年6月14-15页

获奖名次：三等奖　　　　　　　　获奖名次：三等奖
标　　题：《圆梦》　　　　　　　标　　题：《邮到悬崖马坪村》
作　　者：张立　　　　　　　　　作　　者：朱正义
原 刊 于：《江西交通》2019年12月31日第174　原 刊 于：《中国邮政报》2020年12月18日4版
　　　　　期40页

第八届交通运输优秀新闻作品推选结果

消 息 类

奖 项	报送单位	作 者

一等奖(2篇)

新春佳节不打烊　战"疫"生产两不误复工
首日"中国制造"大型盾构机出口发货　　中国铁道建筑报　　　　胡　清　何大成

2020年我国快递业务量突破800亿件　　中国邮政快递报　　　　　　　　赵立涛

二等奖(4篇)

宋庆礼代表面对面跟总书记说特别想要高铁站
道路通即财路通　好产品卖好价钱　　　中国交通报　　　苗　蕾　潘庆芳　王　郑

长江干线数字航道全线联通
2700公里航道实时信息"跃然屏上"　　　中国水运报

　　　　　　　　　　　　　　　　　　　　　　　　吴　静　包　芸　邹小锋　曹树青

珠江水运内河货运量首次突破10亿吨大关
　　　　　　　　　　　　　　　　　　　珠江水运　　　张建林　马格淇　龙思任

首台中远海运造中国南极科考站极地
特种箱顺利下线　　　　　　　　　　　中国远洋海运报　　　　　　　　　　李　琳

三等奖(9篇)

推动北斗系统在交通运输行业全面应用
让行业发展与北斗建设"同频共振"　　　中国水运报　　　　　　　　　　　孙丹妮

世界最长重载铁路浩吉铁路通车　　　　中铁上海工程　　　　　　　　　　程继美

奖　项	报送单位	作　者
我省首个高速公路省界收费站开始拆除改造	河北交通	张贺贺　龚腾飞
短短20秒　他救了一车人	交通旅游导报	施　妍　袁梦南
一南一北　双"管"齐下我国跨海通道施工再创世界纪录	筑港报	董永贺　陈振强　卢志华　潘星雨　栾兆鹏
方向盘上的大年夜	北京公交	李　岩　郭瑞杰
广西：创新交通投融资方式　多举措破解资金难题	广西交通	覃　升　刘如萍　张　孟
习总书记视察过的舟山港迎来"振华速度"	振华重工报	林　勇
建设现代综合交通支撑美好安徽发展	安徽交通运输	吴　敏

通 讯 类

一等奖（9篇）

寄递市场新闻调查——问"长三角"谁主沉浮	中国邮政报	吕　磊　陈　帅　章思佳
五本火车驾照的故事	铁路建设报	侯若斌　魏　乐　刘　翔
生命摆渡人	快递	任国平　戴元元　曾　晨
胡秀花的三双鞋	三航报	史朵朵
"但凡有希望，我们就不会抛下一个人"	中国水运报	周佳玲
你从长江走来　带着三种色彩——海事部门为"母亲河"驻颜	中国海事	张孟熹
柑橘上车进城　游客下车摘果四川"金通工程"直通实达	四川交通运输	朱姜郦
变更378次，这条隧道太难了	交通建设报	尹沁宇　杜晓月　唐思平　南　竹

| 奖　项 | 报送单位 | 作　者 |

走基层看脱贫
　　——见证2020脱贫攻坚收官年　　南方航空
　　　　　　　　　　　　　　　　　　李　诺　王　艳　范晓雯　陆小兰　袁　震　李　骞　叶　扩
　　　　　　　　　　　　　　　　　　党　博　王海音　王永峰　丁　宁　王继华

二等奖(18篇)

为全球减贫提供最佳案例
　　——江西邮政助力"廖奶奶"合作社发展纪实
　　　　　　　　　　　　　　　中国邮政报　　　吕　磊　蔡兆清　李　萍
限硫令倒计时,集体焦虑为哪般?　　中国船检　　　　　　　　　　　王思佳
更美好的出行　必将如期而至
　　——交通运输部公路科学研究院服务撤站攻坚纪实
　　　　　　　　　　　　　　　中国交通报　　　赵鹏飞　梁　微　罗叶红
大宗货物水路运输成痛点
上千企业盼贺江扩能复航　　　　　珠江水运　　　张建林　钟俊峰　陈贻送
偏向武汉行
　　——记中国邮航飞行部737一中队中队长王晓辉
　　　　　　　　　　　　　　　中国邮政报　　　　　　　　　　　　毛志鹏
天地融合,北斗卫星"智"领交通再升级!
　　——北斗卫星系统在交通领域的应用探讨
　　　　　　　　　　　　　　　中国交通信息化　　　　　　　　　　刘睿健
为你们喝彩　　　　　　　　　　　东方航空　　　胡卫娣　严晓璐　郜芳琳　黄　旸
　　　　　　　　　　　　　　　　　　　　　　　张晶晶　李佳珂　牛　可　瞿华英
铁打的潜水队　钢铸的潜水员　　　中国救捞　　　　　　　　　　　李星雨
习近平:要维护好快递员等就业
群体的合法权益　　　　　　　　　中国邮政快递报　　　　　　　　王宏坤
抢建生命驿站,他们与死神赛跑　　中国铁道建筑报　　　　　　　　徐云华
千万里　只为你　　　　　　　　　中国救捞　　　　　　　周献恩　陶　静
打好"组合拳"护航回家路
"速度+精度+温度"牢牢扎紧外防输入关口
　　——北京交通行业疫情"防输入"工作纪实
　　　　　　　　　　　　　　　都市交通　　　　　　　　　　　　　韩　靖

奖　项	报送单位	作　者
"快,立刻去现场支援!" 本报记者现场直击沈海高速温岭 大溪段槽罐车爆炸事故救援工作	交通旅游导报	张诗雨　王多思　蒋尚建　章柠檬 盛　琪　朱国金
孙勇:无人科技赋能物流新起点	交通建设与管理	祁　娟
建立三级联席会议制度　首创移动管理系统 路地双段长齐负责 我省探索出铁路沿线安全治理新模式	河北交通	刘　练　吴春鹏
丹心驭舟　为国远航 ——写在"新海辽"轮运营一周年之际	中国交通报	王肖丰　阎　语
城轨施工领军人 ——记全国五一劳动奖章获得者、中铁一局高级工程师梁西军	铁路建设报	薛　亮　辛　镜　王玉娟
他倒在保卫长沙"西大门"的哨位上	中国道路运输	冯玉萍
三等奖(36篇)		
"直播天团"诞生记	中国邮政报	李　平　袁　怡　刘慧卿
甬台温高速猫狸岭隧道"8·27"事故后 他们展开了一场紧急救援与修复	交通旅游导报	张诗雨　项亚妮　林书博
致敬战役医护人员: 你们为我们拼命,我们送你们回家	南方航空	葛汝峰　兰龙辉　杨佳璇　程锦波 余娟雪　刘　峰
冲锋!汇聚水上战"疫"磅礴力量 ——海事部门防抗疫情保障畅通综述	中国交通报	吴　楠
十八洞村　三张照　一段缘	中国交通报	李雨青
雪岩顶村脱贫记(系列报道)	中国水运报	廖　琨　李　璐　康承佳　谭　凤
三天建起一座咖啡馆	振华重工杂志	慕立琼

附 录

奖 项	报送单位	作 者
深山苗寨"拔穷根"		
——贵州省公路开发公司驻大歹村脱贫攻坚工作纪实		
	贵州公路	胡选武
妻子女儿正隔离治疗,他在千里之外		
上了"抗疫"一线	二航人	黄梦婷 向代文 郑立维
"1+2=12":台里村的脱贫攻坚公式	贵州交通	何忠州
"决不能落下一位考生"		
强降雨突袭江山,交通部门积极调度,		
787名考生准时走进考场		
	交通旅游导报	
		陈保罗 毛建华 蔡文俊 黄 睿
后疫情时代中国船舶工业何去何从	中国远洋海运杂志	吕同舟
军人的忠诚岂止在战场		
——记长春市公路路政管理局路政七大队副队长李付军		
	吉林交通	张士鹏
高质量建设交通强省 江苏在行动	江苏交通	唐益志 施 科
尊重赢得农民工倾情回馈		
——建安公司杭州地铁七号线Ⅰ标项目双节前夕慰问一线建设者侧记		
	铁路建设报	
		黄 斌 牛荣健 余 刚 刘 盼
因路而兴"小黄瓜"结成了"大产业"		
——承德平泉市榆树林子镇黄瓜产业助力群众脱贫致富		
	河北交通	王冉冉
长三角共下互联互通"一盘棋"	安徽交通运输	吴 敏
公交"摆渡"老兵"出征"		
——记武汉市739路公交司机聂三华		
	中国交通报	焦 杨 吕作武 陈祺民
疫情防控勇担当 扶贫攻坚履使命		
四川交职院扶贫干部防疫		
扶贫"两不误"	四川交通职业	
	技术学院报	罗 超

奖 项	报送单位	作 者
守护祖国的绿水青山 ——集团公司开启水务环保发展新篇章	中铁上海工程	薛 伟 刘崇水
从人工到大数据+AI:"一张网" 稽核加速中	中国交通信息化	王 虹
作示范 勇争先 ——江西取消高速公路省界收费站工作纪实	江西交通	练崇田 郭 萍 徐 钊 温 静
"撤站"攻坚成绩单	重庆交通	刘 怡 何建军
钱来钱往中,快递业乘风破浪	快递	武 琪
扶贫攻坚 港口在行动(系列报道一)	中国港口	芮 雪
Syn Cony Hub 云端服务也有温度	中国远洋海运报	李 琳
强基础 促融合 添动能 农村公路激发田园综合体活力	中国交通报	李家辉 谭 磊 唐雪芹 田 杰 夏小芹
中美贸易战:当前的形势和 我们的任务	中国港口	丁 莉
补短板之策	中国公路	张 波
"战疫"中的交通大数据应用"枢纽" ——记北京市交通运行监测调度中心	都市交通	张 蕊
福建交通构建"153"大审计格局	福建交通	薛荣泰 李 憨
2018年投资突破千亿元 超额完成年度计划 湖北交通 "四大攻坚战" 高质量推进	湖北交通新闻	石 斌 潘庆芳 赵 超
新冠肺炎疫情下的中国船员	中国海事	崔乃霞
何健杰:我从雪山走来	中国交通建设监理	陈克锋 周 蓉 何莉莉 张 鑫
守初心 担使命 CCS持续提升广东、黑龙江海事船舶安全质量水平	中国船检	胥苗苗

| 奖　项 | 报送单位 | 作　者 |

战"疫"在一线　监督不缺席
　　——宁夏交通纪检监察干部参加和监督防疫工作纪实
　　　　　　　　　　　宁夏交通　　　　　　　　徐　晴　王志军

评　论　类

一等奖(2篇)

| 让"中国建造"成为"一带一路"形象大使 | 中国铁道建筑报 | 付涧梅 |
| 逆行不凡　温暖有光 | 快递 | 任国平 |

二等奖(4篇)

全力以赴汇聚中国力量	中国远洋海运报	李　琳
实现更多"从0到1"的突破	中国水运杂志	张　涛
波澜壮阔70年　交通发展谱新篇	河北交通	张海洋
顺变·求变·不变	中国交通建设监理	陈克锋

三等奖(8篇)

从这个春天出发	贵州公路	肖维波
新冠肺炎疫情防控系列评论	都市交通	张　蕊
舒适停车,别拿性别说事	中国交通报	王晓萌
学习抗疫英模　建设交通强国	中国道路运输	胡志仁
让自然与社会一起生长	中国公路	谢博识
"城际网约车"能否撬动万亿级市场?	运输经理世界	祁　娟
疫情在前,我们相约逆行!	中国救捞	李海宁
一流大湾区　海事当先行	中国海事	童翠龙

副　刊　类

一等奖(3篇)

| 一条路的自白 | 贵州公路 | 敖胤力 |
| 铁路为何在这里拐了弯? | 中国交通报 | 张雨涵 |

奖 项	报送单位	作 者
你们,是这个国家的脊梁!	中国邮政报	臧弋萱 胡小娟

二等奖(6篇)

每一束希望的光	二航人	李 丹
写给"天鲲号"的一封信	振华重工报	丁忠华
村道闪闪发光	重庆交通	李能敦
大山·梦想	东方航空	孙 晓
那些年我们乘坐的"公交车"	乌鲁木齐公交	王文红
两代人的"振华情"	振华重工报	胡 萍 杨 嵘

三等奖(10篇)

怀揣初心永不变 ——记川藏公路参建者、老公路人许必隆	贵州交通	王远峰
不负韶华再出发	中国铁道建筑报	侯佳冰
在这里感受 加速复苏的港口"心跳"	中国水运报	王有哲 陈江强 付秋明 龙 巍 欧振国 赵光辉 姚 峰 王 晖 蒋晓东 余 波 余洪力 王 敏 刘晓龙 姜 山 耿玉和 夏德松 何明波
一位96岁老兵最后的守望	筑港报	时 旭
牛栏江上的通话	三航报	郑思捷
我用文图致敬英雄	湖北交通新闻	潘庆芳
跨越一个多世纪的公益引领 ——吴太夫人纪念活动前记	安徽交通运输	丁德芬
爱上这个不公平的世界	铁路建设报	吴 烨
解决老年人出行运用智能技术困难	河北交通	孙 悦
子鼠记	贵州公路	袁建强

策 划 类

一等奖(5篇)

2019年度新中国成立70周年 宣传主题报道	中国邮政报	蒋为民 吕文礼 张巨睿 赵 伟

奖项	报送单位	作者
我家门口的超级工程	中国公路	谢博识 赵晓夏 杨燕 曹晶磊 孙誉蕴 张波
智出行,惠交通,助强国	公路交通科技	徐凌 张艳丽 唐思杨 刘成莺 柏青 王建凯
"小康路 交通情"交通扶贫重大主题宣传	中国交通报	慕顺宗 马珊珊 卫涛
行业重点推广技术	交通节能与环保	邵江 陈跃峰

二等奖(10篇)

奖项	报送单位	作者
大数据赋能交通运输	交通运输研究	付修竹 唐勋勋 张彦敏 曹艳华
扫描中国邮轮市场	中国远洋海运杂志	姚亚平 李英 李焱
国道上为何有个3米限高架 ——来自辽宁盘锦的调查	中国交通报	杨红岩 阎语
"一带一路"专刊	中国铁道建筑报	王利 汪元章 何大成 王莹 王维 邹静 梅梓祥 赵玲莉 王沂光
阿坝飞起无人机	运输经理世界	王宇 祁娟 楚峰
迎接首个"世界航标日"	中国海事	高汉增 任超 张孟熹 崔乃霞 童翠龙 李新 张婷婷 庞博
哈达献给最可爱的人	中国交通建设监理	陈克锋 崔云 王威
"最美验船师"系列报道	中国船检	陈道玉 崔连德 史婧力
提速"新基建"	交通建设与管理	王宇 陈楠枰 汪场
大兴南航 南航大兴(《云中往来》)	南方航空	刘志平 石涛 葛汝峰 严隽玲 曾健 孙福星

三等奖(20篇)

奖项	报送单位	作者
北江,向前	珠江水运	张建林
抗疫先锋	中国水运报	朱婧 张龑
驶向未来港	振华重工杂志	李雪娇
壮丽70年 阔步新时代(系列报道)	北京公交	赵诗雯 李天赐 宋殿宇
中国港口:勇挑重担 全员"亮剑"	中国港口	丁莉 曹杰 杨敏 刘梦瑶 阮晓丹
全网运行与各自为战的体制	中国公路	潘永辉 冯涛 涂胜男 陈露
中国邮政商洛定点扶贫系列报道	中国邮政快递报	王宏坤

奖项	报送单位	作者
"走近货车司机　发现最美故事"系列报道	中国交通报	陈林　王珍珍　杨美霞　蔡筱懿　刘文超　张英贤
重庆战"疫"的交通担当	重庆交通	刘正林　刘洋　拓跋凯琳
实施"三大攻坚行动、三大提升工程"推动江西交通运输高质量跨越式发展	江西交通	练崇田　黄金
"十三五"交通运输发展成就巡礼	广西交通	覃升　李雪芝　韦胜珍
2020年度"双11"宣传报道	中国邮政报	李伟
集团彰显国企担当　全面防控全员应战	交运崛起	徐琨
行在乡村　游在路上	河北交通报	杜娟　邢莫冉　许璐　王冉冉
"最美汽修人"系列报道	汽车维护与修理	李东江　汤多顺　姜国　陈云培　史荞荞
奋力为决战决胜脱贫攻坚当好先行	中国道路运输	胡志仁　刘云军　马力　黄博　冯玉萍
"战疫"下的城市摆渡人	交通旅游导报	丁前程　郑莉　章燕飞　崔义刚
大国凌燕的大兴机遇	东方航空	钱擘　柏蓓
忽如一夜春风来	珠江水运	马格淇　沈亮
《风向标》评论专栏	筑港报	刘志温

新闻图片类

一等奖(3篇)

展翅待飞——北京大兴国际机场工程掠影	中国交通报	李儒杰　何慷民　倪智乾　哈浩然　耿大鹏
世界首台千吨级架桥机在福厦高铁开启海上铺架	中国铁道建筑报	吴凡
风雪中的机务人	东方航空	华小龙

| 奖　项 | 报送单位 | 作　者 |

二等奖(6篇)

新疆乌尉公路包项目尉犁至且末 公路沙基全线贯通	交通建设报	吴　铮
其美多吉,你就是明星	中国邮政快递报	易思祺
最美水上高速(组图)	江西交通	方文涛
吉高暖心人	吉林交通	饶　波
海上城市	中国水运报	计海新
腾空踏浪	中国救捞	张　韬

三等奖(12篇)

英雄城市　浴火重生	中国交通报	赵广亮
空中芭蕾	江西交通	刘小荣
追风之翼	三航报	沈丹源
贵州首个"桥旅融合"观光园	贵州交通	刘叶琳
跨越	河北交通	樊连贵　邢宇淼
稳稳的幸福	新疆交通运输	张可静
防控疫情　党员先行	北京公交	刘　蕊
烟雾中的"逆行者"	交运崛起	丁树伟
入城、越山、伴水 　　成就集通高速公路美景与雄姿	吉林交通	阚世儒
父女久别重逢	东方航空	殷立勤
圆梦	江西交通	张　立
邮到悬崖马坪村	中国邮政报	朱正义

微 视 频 类

一等奖(2篇)

| 春运·回家的路 | 江苏交通 | 施科　高妞 |
| 我是城市摆渡人 | 中国交通报 | 陈林　张梦怡　党艳丽　王慧欣
郑敏慧　闫新亮　韩光胤 |

奖项	报送单位	作者

二等奖(4篇)

人均隔离121天！南航A380带你回家背后的故事	南方航空	冯鲁婧 钟君好
高速收费站小姐姐被骂哭,下一秒转头微笑继续服务……	交通旅游导报	丁前程 郑莉 周倩 徐君 郑宗祥
回看百年路	中国公路	杨仕贤 李晓风
黔路花开 梦圆今朝	贵州交通	芶云 韦景全 吴传金 卢绍清 董爱琳 简行

三等奖(8篇)

从此我的世界多了一个你	新疆交通运输	张可静 刘博 孙健
遥远的陪伴	振华重工杂志	慕立琼 王胜男 张九旭 陈迪 季学卿
格库之吻	铁路建设报	侯若斌 牛荣健 韩永刚 王维
伟大抗疫精神的方寸记忆	中国邮政报	张巨睿 王勤东 陈颢月 刘炳茹
用绿色为梦想画圆	交通建设与管理	祁娟 于飞 蔡一
玉麦	交通建设报	廖雪琳 蒋磊 王超 李庆 姚红纪 王双双
原创MV《守护》献给奋战在抗疫一线的"逆行者"	宁夏交通	徐晴 梅宁生 吕金蓉 米宁平 石新军
一路温馨 美好出行	温馨巴士	范喜慧

第八届交通运输报刊优秀编辑奖(12名)

1.《公路交通科技》　　　　徐凌
2.《中国远洋海运杂志》　　姚亚平
3.《中国交通报》　　　　　赵珊珊
4.《交通旅游导报》　　　　章燕飞

5.《振华重工》　　　　　　李雪娇
6.《交通建设与管理》　　　汪　汤
7.《交通运输研究》　　　　唐勃勃
8.《东方航空》　　　　　　黄　旸
9.《中国邮政报》　　　　　王　健
10.《河北交通》　　　　　 许　璐
11.《中国水运报》　　　　 张　冀
12.《江西交通》　　　　　 温　静